Tobias Melder

Die Drei-Welten-Saga 1

Die Reise beginnt

Tobias Melder

Die Drei-Welten-Saga 1

Die Reise beginnt

epubli

Über die Illustratorin:

Natalina Macri wurde 1980 in Schwabmünchen geboren und lebt seit vielen Jahren im Ostallgäu. Sie schreibt gern Bücher über Katzen, insbesondere über ihren schwarzen Kater Zampano. Er erlebt in den Büchern - „Zampano und die besonderen Tiere“ und „Zampano wild unterwegs“, zwei mitreisende Abendteuer. Neben vielen schönen Bildern und Zeichnungen, die die Autorin selbst illustriert hat, erwartet die Lesenden ein spielerischer Lerneffekt.

1. Auflage Januar 2021
Impressum:

Vorlage für Covergrafik + Illustrationen: Natalina Macri
Covergestaltung: Toni-Becker-Glacjer
Druck: e-publi – ein Service der neopubli GmbH, Berlin

www.tobias-melder.de

Danksagungen:

Danke an all meine Testleser:

Ines, Tanja, Flo und Vincent Danke das ihr euch die Zeit genommen habt um meine zahlreichen Fehler zu korrigieren und für euer wunderbares Feedback.

Danke an Natalina Macri für deine wunderschönen Bilder.

Danke an meine Schamanenkollegen Ralf, Elfriede und Julia, ohne euch wäre dieses Buch sicher nicht in dieser Form erschienen.

Danke an alle, die in irgendeiner Form am erscheinen dieses Buches beteiligt waren.

Danke an dich, dass du dieses Buch gekauft hast.

Jetzt wünsche ich dir viel Spaß beim Lesen.

Prolog

Die tiefstehende Sonne, in die er blickte blendete ihn so sehr, dass er seine Augen schließen musste. Es war heiß, beinahe unerträglich heiß. Aus jeder Pore seines Körpers rann der Schweiß. Die Sonne brannte auf seiner Haut und sein Körper glühte regelrecht. Er fühlte sich müde und ausgelaugt. Gleichzeitig raste sein Puls, als wäre er den ganzen Tag durchgerannt. Es fiel ihm schwer vor lauter Erschöpfung einen klaren Gedanken zu fassen. *Warum bin ich so am Ende,* fragte er sich, doch er konnte sich an nichts mehr erinnern. Obwohl er auf der einen Seite kaum noch Kraft hatte, spürte er auf der anderen Seite eine ungewohnte Energie durch seinen gesamten Körper strömen. Er fühlte sich völlig erschöpft, doch gleichzeitig war da eine Lebendigkeit, wie er sie noch nie zuvor in seinem Leben gespürt hatte. Nur sehr langsam begannen sich seine Augen an das grelle Licht zu gewöhnen, bis er es schließlich schaffte, sie wieder einen Spalt breit zu öffnen.

Ungläubig sah er an sich herab. Ein kühlender Windstoß, blähte die violette Robe aus dünner Seide die er trug auf und ließ sie wild um seinem Körper tanzen. In seiner rechten Hand trug er einen langen, leichten Stab aus grau-weißem Holz, an dessen Spitze eine in allen nur erdenklichen Farben leuchtende Kugel eingefasst war. Doch war es nicht sein ungewöhnliches Erscheinungsbild, welches ihm den Atem raubte, sondern vielmehr die Tatsache, dass er einfach so mehrere hundert Meter über dem Boden schwebte.

Unter ihm ersteckte sich eine karge Wüstenlandschaft, soweit das Auge reichte. Auf dem sandigen Boden schien eine gewaltige Schlacht zu toben, in der sich zehntausende Menschen gegenseitig bekämpften. Er konnte keine Einzelheiten erkennen, dafür war er zu weit entfernt, jedoch hallte der Klang von klirrendem Stahl, das aufeinandertraf, hundertfach zu ihm herauf. Überall waren Explosionen zu vernehmen, die die gesamte Erde erschütterten. Und er hörte unentwegt Schreie. Schreie voller Schmerz und Angst, die ihm das Blut in den Adern gefrieren ließen. Von überall her kamen sie, grässliche, verzerrte Schreie. Schreie von Verwundeten oder bereits im Sterben liegenden Männern und Frauen. *Was zur Hölle geht hier vor?* Sein Verstand raste und versuchte Erklärungen für das zu finden, was er hier sah, jedoch gelang es ihm nicht, auch nur einen klaren Gedanken zu fassen.

Er schloss ungläubig seine Augen und hoffe, dass, wenn er sie wieder öffnete, alles einfach verschwunden wäre. Doch die Schreie verstummten nicht und die Szenerie blieb nach wie vor unverändert, als er seine Augen erneut öffnete. In diesem Moment spürte er einen heftigen Luftzug, der seine Robe erneut aufbauschte. Etwas war nur wenige Meter an ihm vorbeigerauscht. Sein Blick versuchte dem, was gerade an ihm vorbeigeflogen war zu folgen. Er benötigte etwas, ehe er genau erkennen konnte, was es denn gewesen ist. Sein Mund formte ein lautloses „Wow", als er es letztlich erkannte. Seine Augen folgten einem gigantischen Greifvogel, der majestätisch durch die Lüfte flog. Doch der Vogel war bei weitem noch nicht alles, was er sah. Als er sich weiter umblickte erkannte er, dass auch um ihn herum ein erbitterter Kampf tobte. Eine Luftschlacht epischen Ausmaßes war hier im Gange, jedoch bekämpften sich hier weder Flugzeuge noch Helikopter, wie er es erwartete, sondern unzählige Tiere, die sich gegenseitig angriffen. Hunderte Vögel, um ein Vielfaches grösser, als alle, die er jemals gesehen oder von denen er auch nur gehört hatte sausten durch die Lüfte. Riesige Adler und Falken beharkten sich gegenseitig. Auf einigen von ihnen erkannte er sogar Menschen, die auf deren Rücken zu reiten schienen. Doch flogen auch noch weitaus ungewöhnlichere Kreaturen umher. Geschöpfe, wie er sie noch nie zuvor erblickt hatte. Mischwesen, halb Vogel, halb Katze, echsenartige Flugwesen, mit langen, stachelbewährten Schwänzen. Flinke in violett und blau schimmernde Kreaturen, die beinahe so zerbrechlich wirkten, wie ein Papierdrachen, die aber mit atemberaubender Geschwindigkeit in wildem Zickzack durch den Himmel schossen. In der Ferne meinte er sogar ein besonders großes Exemplar eines Adlers mit einer Art Drachen kämpfen zu sehen. Sein Verstand war immer noch dabei all das richtig zu verarbeiten, als plötzlich etwas direkt vor ihm seine Aufmerksamkeit auf sich zog.

Ein gewaltiges Monster, das direkt aus einem seiner schlimmsten Alpträume zu entstammen schien, schwebte genau wie er, vor ihm in der Luft. Die Kreatur war so groß wie ein mehrstöckiges Haus, mit stachelbewehrten Armen, so dick wie ein Baumstamm. Seine fahle, blaue Haut schimmerte leicht im Licht der tiefstehenden Sonne. Es trug einen wehenden, schwarzen Umhang unter dem ein langer, mit Stacheln übersäter Schwanz zum Vorschein kam. Aus seiner von tiefen Narben zerfurchten Stirn ragten zwei dunkle, gekrümmte Hörner hervor. Die Kreatur starrte ihn mit seinen stechenden, vor lauter Hass regelrecht glühenden, roten Augen direkt an, während sie die linke Pranke in seine Richtung streckte. Urplötzlich brüllte die Kreatur vor ihm laut auf, sodass er vor Schreck zusammenzuckte. Im selben Moment löste sich ein gigantischer Feuerball aus der Handfläche des Monsters, der nun unaufhaltsam in seine Richtung flog und ihn in Panik versetzte. Er konnte sich nicht bewegen. Er hatte keine Ahnung was er nun tun sollte. Er spürte, dass sein Körper ihm nicht gehorchte. Abgesehen davon hatte er ohnehin keine Ahnung, wie er sich hätte fliegend fortbewegen sollen. Zum Fliehen war es ohnehin bereits zu spät, denn in wenigen Augenblicken würde der Feuerball ihn erreichen und zu einem winzigen Häufchen Asche verbrennen. Die Hitze, die er jetzt auf seiner Haut spürte, war kurz davor, sie einfach wegzuschmelzen. Er schloss seine Augen, um sich seinem Schicksal zu ergeben. In diesem Moment geschah etwas mit ihm. Es fühlte sich fast so an, als wäre er plötzlich nur noch Gast in seinem Körper, als wäre er nichts weiter, als ein stiller Beobachter all dessen, was jetzt folgte. Ohne sein willentliches Zutun hielt er jetzt den Stab mit beiden Händen vor sich in die Höhe und murmelte einige, ihm völlig fremde Worte. Die schier unerträgliche Hitze, die er gerade noch verspürt hatte, war mit einem mal verschwunden und der Lärm um ihn herum verstummt. Vorsichtig öffnete er seine Augen wieder, nur einen Spalt breit. Erneut stockte ihm der Atem. Er war nun komplett von den Flammen eingehüllt und er war sich beinahe sicher, doch noch jeden Moment zu Asche verbrannt zu werden. Jedoch geschah nichts dergleichen. Eine Art unsichtbares Kraftfeld schien die lodernden Flammen von ihm fern zu halten. Er spürte keinerlei Hitze und konnte zusehen, wie das Inferno um ihn herum langsam wieder erlosch. *Was passiert hier gerade? Was ist nur los mit mir? Wo bin ich hier? Was ist das da nur für eine Monstrosität?* Die Gedanken in seinem Kopf rasten immer schneller, ohne dass er auch nur im Entferntesten eine Antwort auf irgendeine seiner Fragen finden konnte.

Er erkannte, wie die Kreatur erneut eine Attacke gegen ihn starten wollte. Nun schien er jedoch am Zug zu sein. Wieder bewegte er sich ohne sein willentliches Zutun. Er richtete den Stab mit der rechten Hand auf sein Gegenüber und schrie wieder etwas in der ihm unbekannten Sprache. Sein ganzer Körper begann zu kribbeln und sein rechter Arm zitterte vor lauter Macht, die ihn nun durchströmte. Beinahe im selben Augenblick brach ein violetter Strahl purer Energie, aus der leuchtenden Kugel an der Spitze seines Stabes hervor. Die Luft um den Strahl begann zu vibrieren. Zur gleichen Zeit hatte die Kreatur ihm ebenfalls einen Strahl aus scharlachrot lodernden Flammen entgegengeschickt.

Ein ohrenbetäubender Knall ertönte, als die beiden Strahlen aufeinanderprallten. Die Druckwelle, die dabei entstand, war gewaltig. Es kostete ihn fast seine gesamte restliche Kraft, nicht einfach davongefegt zu werden. Die meisten Kreaturen, die gerade um die beiden herumgeflogen hatten weniger Glück. Sie waren nicht darauf vorbereitet gewesen und wurden einfach zur Seite gefegt und die meisten der Reiter fielen aus ihren Satteln und stürzten nun dem sandigen Boden entgegen.

Die Kräfte der beiden schienen im Augenblick im Gleichgewicht zu sein, denn keiner konnte den Strahl des anderen entscheidend zurückdrängen. Auch wenn er nicht wusste, was hier gerade geschah, so merkte er dennoch, dass seine Kräfte rasch schwanden. Ihm wurde klar, dass er diesen Zustand nicht mehr lange aufrechterhalten konnte. Ein weiteres Mal bewegte sich sein Körper wie durch Geisterhand. Mit allerletzter Kraft legte er nun auch seinen linken Arm an den Stab, dabei schrie er wieder etwas ihm Unbekanntes. Jeder Winkel seines Körpers begann zu beben. Seine Arme fühlten sich an, als ob sie jeden Moment explodieren würden. Gelbe Funken sprühten nun zusätzlich aus der

Kugel, die am Ende des Stabes laut zu brummen begann. Die Funken tanzten im Kreis um den violetten Lichtstrahl und bahnten sich so ihren Weg nach vorne. Es gab eine weitere, noch gewaltigere Explosion, als diese mit dem Feuerstrahl kollidierten. Der darauffolgende Knall war so laut, dass er nichts weiter, als ein grelles Pfeifen hören konnte. Das grelle Licht, dass während der Explosion entstand, blendete ihn so sehr, dass er einmal mehr seine Augen schließen musste. Er mobilisierte seine letzten Kraftreserven, um den Energiestrahl noch etwas länger aufrecht zu erhalten. Lange gelang ihm das allerdings nicht mehr.

Seine Kräfte waren jetzt restlos aufgebraucht. Er war nun sogar zu schwach, um sich noch in der Luft zu halten. Er öffnete ein letztes Mal seine Augen. Der sandige Boden kam immer näher und begann langsam vor seinen Augen zu verschwimmen. Er stürzte hinab in die Tiefe, kurz davor das Bewusstsein zu verlieren. Nur noch wenige Sekunden blieben, bis er ungebremst auf dem Boden aufschlagen würde, bis alles vorbei wäre. Dann wurde ihm schwarz vor Augen.

Teil 1

Ein neues Leben

Kapitel 1: Der Alltag

Ein dumpfer Schlag ertönte, als der Wecker auf den Teppich neben seinem Bett knallte und ihn aus dem Schlaf riss. Tom lag schweißgebadet in seinem Bett und starrte völlig außer Atem auf die weiße Decke über ihm. Die Erinnerungen an seinen intensiven Traum verschwammen schon in dem Moment, als er seine Augen öffnete. Er versuchte sich an das zu erinnern, was er gerade eben noch durchlebt hatte, doch je mehr er versuchte, die Einzelheiten seines Traums ins Gedächtnis zu rufen, desto weiter entglitt er ihm. Tom wusste bald nur noch, dass alles ihm so völlig real vorgekommen war.

Erschöpft drehte er sich zur Seite, um den Wecker, den er wohl im Schlaf heruntergeworfen hatte, zu betrachten. 7:30 Uhr zeigte dieser an. Tatsächlich war es wirklich schon wieder Zeit für ihn aufzustehen, doch er fühlte sich müde und ausgezehrt. Ein Gefühl, dass Tom nur allzu gut kannte, doch dieses Mal schien es noch schlimmer als sonst zu sein. Er konnte die Augen kaum offenhalten, weswegen er kurz überlegte, ob er nicht einfach im Bett liegenbleiben sollte. Tom besann sich jedoch schnell eines Besseren. Da er bereits die letzten Unterrichtsstunden verpasst hatte, obwohl die Prüfungen bereits kurz bevorstanden, wäre es wohl keine gute Idee, noch mehr Stunden zu verpassen. Also quälte er sich aus seinem warmen Bett, streckte seine müden Glieder, während er laut gähnte, um anschließend seinen Computer anzuschalten. Die aufgehende Sonne schimmerte schon leicht durch die schweren, von Staub bedeckten, dunkelblauen Vorhänge, als er diese zur Seite zog. Er öffnete seine Balkontüre und trat auf den etwa ein mal drei Meter „großen" Balkon hinaus. Die kühle Morgenluft, die ihm entgegenschwappte, weckte die ersten Lebensgeister in ihm. Der Himmel war wolkenlos und die ersten Sonnenstrahlen trafen auf sein Gesicht. Er schloss seine Augen, genoss die sanfte Wärme der Sonne auf seiner Haut und atmete ein paar Mal tief ein. Als die kühle Luft seine Lungen flutete, schien die Müdigkeit Stück für Stück von ihm abzufallen.

Es wird ein schöner Frühlingstag werden, dachte er sich, als er den Blick über die umliegenden Häuser streifen ließ. Einfache mehrstöckige Reihenhäuser umgaben das Studentenwohnheim, in dem er mittlerweile seit fast drei Jahren wohnte. Es war sehr ruhig, wie meistens hier draußen in dem kleinen Vorort, in dem es lag. Ein Auto wurde gerade aus der Garage gegenüber gefahren, während einige Studenten sich schon auf dem Weg zur Bushaltestelle befanden. Auf der anderen Straßenseite ging eine ältere Frau mit ihrem Hund in Richtung des kleinen Parks, den Tom von seinem Balkon aus sehen konnte. Mehr war hier im Moment nicht los.

Meist mochte er die Ruhe hier. Niemand der ihn störte, niemand der etwas von ihm wollte, niemand der ihn verletzen konnte. Doch gleichzeitig hasste ein Teil von ihm diese Stille auch. Dann, wenn er sich in ihr einsam und verlassen fühlte, dann, wenn er sich nichts sehnlicher wünschte, als jemanden mit dem er reden konnte, jemanden, der einfach nur bei ihm war. Als er so auf dem Balkon stand, kamen schon wieder erste unheilvolle Gedanken in ihm hoch. Er schüttelte sich kurz, um diese Gedanken schnell wieder zu verdrängen, wie er es meistens versuchte. Anschließend drehte er sich um und begab sich zurück in seine kleine Ein-Zimmer-Wohnung.

Erst jetzt wurde Tom bewusst, wie stickig die Luft hier drin gewesen war, weshalb er die Türe weit offenstehen ließ. Er begab sich direkt in sein kleines Bad, ließ kaltes Wasser über seine Hände laufen und klatschte es sich ins Gesicht. Daraufhin betrachtete er sich im Spiegel. Er sah in ein hageres Gesicht, umrahmt von langen schwarzen Haaren, die leicht gelockt auf seinen Schultern ruhten. Die geröteten, matten stahlblauen Augen seines Spiegelbildes blickten müde zurück und wurden dabei von riesigen dunklen Augenrändern umrahmt, die er schon hatte, solange er denken konnte. Sie waren wohl hauptsächlich durch das Zusammenspiel von langen Nächten vor dem PC und den, immer häufiger werdenden, Schlafstörungen entstanden und im Laufe der Jahre einfach immer weiter gewachsen. Ein dichter, dunkler Bart umrahmte sein Kinn. *Nicht gerade das Gesicht eines klassischen BWL-Studenten,* dachte er sich, als er sich so im Spiegel betrachtete.

Nachdem er seinen Schlafanzug ausgezogen hatte, begab Tom sich in seine kleine Duschzelle.

Genau das was ich jetzt brauche, ging es ihm durch den Kopf, als das kühle Wasser der Dusche über seinen Körper rann, was dazu führte, dass in ihm weitere Lebensgeister geweckt wurden. Nach ein paar Minuten stellte er die Dusche wieder ab und nahm das Handtuch um sich abzutrocknen. Als er fertig war, betrachtete er sich noch einmal kurz im Spiegel. Seinen Augenrändern konnte das kalte Wasser nichts anhaben und noch während er die Dusche abgestellt hatte, kehrte die Müdigkeit wieder zurück in seine Glieder. Er schnappte sich seine Jeans und sein T-Shirt, welche noch vom Vortag auf dem Boden im Bad lagen und streifte sie sich über. Im Vorbeigehen nahm er noch schnell die letzte Scheibe Brot, sowie ein sauberes Messer aus seiner kleinen Küchenzeile mit an den Schreibtisch.

Dieser war immer mehr zum Mittelpunkt seines Lebens geworden. Sein Computer, mittlerweile längst hochgefahren, schien schon beinahe sehnsüchtig auf ihn zu warten. Tom legte das Brot auf einen noch recht brauchbar aussehenden Teller und bestrich es mit der schon offen bereitstehenden Nutella Creme. Der Schreibtisch glich eher einem Schlachtfeld, als einer Arbeitsfläche. Etliche gebrauchte Teller und Gläser stapelten sich auf der einen Seite, während auf der anderen Seite leere Tüten Chips sowie die Verpackungen von Fertigprodukten lagen. Überall verstreut waren Zettel und Geschirrtücher, sowie Ordner und Blöcke. All das ließ die Umrisse des Schreibtischs mittlerweile nur noch vage erahnen. Er nahm einen großen Bissen von dem Brot und machte sich daran, wie jeden Morgen, einige Internetseiten und Foren zu durchstöbern. Viel Neues gab es nicht zu entdecken, während er sein Frühstück beiläufig hinunterschlang. Kein Wunder, war er doch erst vor dreieinhalb Stunden ins Bett gegangen. Vorher konnte er noch keinen Schlaf finden. Obwohl er nichts Interessantes fand, verging die Zeit wie im Fluge und. Tom erschrak, als er wieder auf die Uhr sah.

Scheiße! Schon so spät? Er zwang den letzten Bissen vom Brot hinunter, um sich dann auf die Suche nach seinem Rucksack zu machen. Ein kurzer Blick hinein verriet ihm, dass der Ordner für Recht, dem ersten

Fach das heute auf dem Programm stand, noch fehlte. Hektisch überflog er das Chaos in seinem Zimmer und suchte nach dem besagten Ordner, jedoch ohne Erfolg. *Er muss doch hier irgendwo sein,* dachte er, als er zum zweiten Mal seinen Schreibtisch durchwühlte. *Verdammt ich habe doch keine Zeit mehr.* Ein verzweifelter Blick auf seine Uhr bestätigte ihn dabei. Dann fiel ihm der Ordnerberg hinter seinem Bett ein. *Da muss er sein*, sagte er zu sich mit etwas Zuversicht. Tatsächlich fand er ihn dort. Schnell packte er ihn ein, nahm seine Jacke, die über dem Stuhl hing und eilte durch die Türe nach draußen.

Bereits als die Tür hinter ihm ins Schloss fiel, hatte ihn die Müdigkeit wieder vollends gepackt. Er fühlte sich sogar noch ausgezehrter als zuvor. Missmutig sah er den Gang entlang, an dessen Ende er sich befand. Zu beiden Seiten gingen jeweils sieben gleiche orangefarbene Türen ab, die in ähnliche Wohnungen wie seine eigene führten. *Das mit dem Bus wird verdammt knapp,* dachte Tom, während er schnellen Schrittes an den Türen vorbeieilte und anschließend die düstere Betontreppe hinunterrannte. Während er die Stufen hinuntersprang, kramte er seinen MP3 Player aus der Jackentasche hervor und stöpselte ihn an. Der tiefe Bass der Musik beruhigte ihn ein wenig. Es war fast so als würde er sich damit abschotten von der Welt um ihn herum. Er ging an zwei Mitbewohnern vorbei, die sich gerade an den Briefkästen zufällig getroffen hatten und jetzt etwas Smalltalk hielten, ohne diese überhaupt zu bemerken und verließ schnellen Schrittes das Wohnheim.

Draußen angekommen schlug ihm wieder die kühle Morgenluft entgegen. Allerdings schaffte sie es nicht, erneut ihre erfrischende Wirkung zu entfalten. Als er gerade auf die Straße einbog, sah er auch schon den Bus vor seinen Augen davonfahren. *Ach verdammt nicht schon wieder,* fluchte er leise vor sich hin. Er blieb kurz stehen um seine Möglichkeiten noch einmal durchzugehen. Die Erste bestand darin, hier auf den nächsten Bus zu warten, welcher in etwa 15 Minuten kommt. Die Zweite war zu laufen, was allerding noch etwas mehr Zeit in Anspruch nehmen würde, als das Warten auf den Bus. Pünktlich würde er es allerdings so oder so nicht mehr schaffen. Die Dritte Möglichkeit, die ihm blieb, schien für ihn im Moment auch die verlockendste zu sein. Er könnte einfach wieder nach oben gehen, um den versäumten Schlaf nachzuholen. *Auf den Bus warte ich sicher nicht.* Ein inneres Zwiegespräch begann. *Ach jetzt noch einmal hinlegen, das wäre einfach super... Aber du hast schon zu oft eine Stunde verpasst... Aber ich krieg doch eh wieder kaum was mit, so müde wie ich bin... Nur noch ein paar Wochen bis zu den Prüfungen... Die habe ich davor auch so geschafft... Was wenn ich es dieses Mal nichtmehr schaffe?* Irgendwie schaffte es am Ende die Stimme, welche zur Universität gehen wollte, sich durchzusetzen. Also machte er sich zu Fuß auf in Richtung des Campus. Allerdings hatte er es nun nichtmehr allzu eilig. Er ging an der leeren Haltestelle vorbei und bog dann kurz darauf in ein Waldstück ein. Die Musik dröhnte aus seinen Kopfhörern. Nur ein paar Fahrradfahrer rasten an ihm vorbei, die er allerdings kaum zur Kenntnis nahm. Zu Beginn seines Studiums war Tom gerne den Weg durch den Wald gelaufen. Er war dafür sogar oftmals etwas früher aufgestanden. Das Laufen hatte ihn immer irgendwie beruhigt, er fühlte sich danach meistens wacher und lebendiger. Jedoch verflog diese Wirkung recht schnell, weshalb er begann, immer öfter mit dem Bus zu fahren, oder, wie jetzt, sich komplett von der Außenwelt abzuschotten. So nahm er weder den kleinen Weiher, an dem er früher öfter eine Pause eingelegt hatte wahr, noch die Lichtung, welche durch das Licht der Morgensonne ein beinahe märchenhaftes Ambiente bot. Auf dem Campus waren nur noch vereinzelt Leute unterwegs. Einige von ihnen hatten es eilig, sie waren wohl, wie Tom, zu spät dran. Andere flanierten an dem künstlich angelegten Teich entlang und beobachteten die junge Entenfamilie, die sich hier eingenistet hatte.

Kurz vor dem Hörsaal gingen ihm einmal mehr unzählige Fragen durch den Kopf. *Wie würde der Professor reagieren, wenn er so spät reinkommt? Würde er auf ihn aufmerksam machen, ihn vor seinen Kommilitonen bloßstellen? Was würden diese dann von ihm denken? Würde ihn überhaupt irgendwer bemerken oder bliebe er, wie immer, unsichtbar für alle anderen?* Mit leicht zittrigen Händen umklammerte er den Griff, drückte ihn nach unten und schob die schwere Tür auf.

Es war letzteres Szenario, welches eintreten sollte. Niemand registrierte, dass er gerade den Raum betreten hatte. Halb erleichtert, halb enttäuscht, suchte er sich einen Platz am Rand. Da der Hörsaal nicht mal zu einem Drittel gefüllt war, fiel ihm das nicht allzu schwer. Tom ging gemütlich die Stufen hinunter, setzte sich auf einen unbequemen Stuhl und breitete seine Unterlagen vor sich aus. Wie es schien war der Professor noch nicht allzu weit gekommen. Er versuchte mit einzusteigen und dessen monotonen Vortrag zu folgen, jedoch fiel es ihm schwer aufmerksam zu bleiben, weshalb sein Blick bald begann, durch den Hörsaal zu schweifen. Er erkannte viele Gesichter wieder, die ihm in den letzten drei Jahren vertraut geworden sind. Der junge Mann vor ihm, wie immer in einem schicken Hemd gekleidet, der die Angewohnheit hatte jede Stunde mindestens zweimal sein Handy auf den Boden zu werfen. Der kurzsichtige Junge in der ersten Reihe, der eine dicke Lupe brauchte, um überhaupt etwas von dem lesen zu können, was an der Tafel stand. Das hochnäsige Mädchen, das jede Stunde versuchte mit klugen Kommentaren Eindruck beim Professor zu schinden. Sein Blick streifte weiter umher, bis sein Herz einen großen Sprung machte. Sein Blick ruhte nun auf einer hübschen, zierlichen jungen Frau mit gelockten blonden Haaren nur ein paar Reihen vor ihm. Sie hatte ihren Kopf zu ihrer Banknachbarin gedreht und versuchte gerade, mit mäßigem Erfolg, ein Lachen zu unterdrücken. Sie war ihm schon am ersten Tag ins Auge gestochen. Jedes Mal, wenn er sie sah, begann sein Herz wie wild zu rasen, gleichzeitig schnürte sich alles in ihm zusammen. Er hatte bis jetzt noch nie den Mut aufbringen können, sie anzusprechen, obwohl er sich nichts sehnlicher gewünscht hätte. *Was soll ich denn zu ihr sagen? Wie würde sie nur von mir denken? Über was sollen wir uns denn unterhalten? Ich kann ja sowieso kein Gespräch führen. Was soll eine wie sie schon von mir wollen?* Tausendfach sind ihm diese Gedanken schon durch den Kopf gegangen, doch noch nie war es ihm gelungen, diese zum Schweigen bringen. So blieb er sich auch heute wieder treu und schwärmte aus sicherer Entfernung von ihr. Es kostete ihn einige Mühe seinen Blick wieder von ihr abzuwenden, damit er dem Professor bei seinem einschläfernden Monolog über

Gesellschaftsrecht weiter folgen konnte. Die Zeit schien beinahe still zu stehen, dass er fast befürchtete, die Stunde würde niemals zu Ende gehen. Immer wieder huschte sein Blick hinüber zu der jungen Frau und er fragte sich dabei, ob er es denn jemals schaffen würde, sie anzusprechen. Kurz vor dem Ende der Stunde vibrierte sein Handy. Es war eine Nachricht von Martin, einem Kommilitonen. Einer der wenigen, mit dem er überhaupt Kontakt hatte. *Ich schaff es heute nicht zur Mathestunde,* schrieb er. Also würde er die nächste Stunde auch wieder allein dasitzen, wie so oft. Er stieß einen leisen Seufzer aus. Bald darauf ging die erste Stunde dann doch endlich zu Ende.

Ein Großteil der Studenten stand auf und verließ den Raum, während andere in Scharen hereinströmten, um der Mathestunde beizuwohnen. Völlig in Gedanken schaute er den Leuten zu, welche die Treppe hinauf gingen, bis sein Blick den seiner Angebeteten traf. Er sah ihr direkt in ihre wunderschönen, dunkelblauen Augen. Sein Herz schien für einen Moment stehen zu bleiben, nur um dann wie wild zu rasen. Sie blickte zurück. Sah sie gerade wirklich ihn an? Auf ihrem Mund schien sogar ein leichtes Lächeln zu erscheinen. Sofort richtete er seinen Blick auf die Unterlagen, welche vor ihm lagen. Er spürte Hitze in ihm aufsteigen. *Hat sie mich gerade wirklich angelächelt,* fragte er sich. *Was für ein wundervolles Lächeln. War das eben nur ein Zufall, oder hatte es etwas zu bedeuten?* Da er jedoch nichts weiter machte, als panisch die Bank vor sich anzustarren, würde er es vermutlich nie erfahren. Wieder einmal hasste er sich selbst für seine Feigheit. Auch die nächste Stunde schien sich für ihn geradezu endlos zu ziehen, ohne dass er auch nur irgendetwas von dem Stoff mitbekam, den der Professor ihnen zu vermitteln versuchte. Seine Gedanken drehten sich immer wieder im Kreis. Er begann einmal mehr, sich selbst innerlich zu zerfleischen. Mittlerweile war es ihm vollkommen egal, ob er noch irgendetwas von dem Stoff mitbekam oder nicht. Es war ihm fast schon egal, ob er die Prüfungen überhaupt schaffte. *Wofür soll das alles hier denn überhaupt gut sein,* fragte er sich. *Wieso bin ich eigentlich immer noch hier, das hat doch alles überhaupt keinen Sinn, so wie der Rest meines Lebens.* Immer mehr versank er in seine düstere Gedankenwelt.

Als die Stunde beendet war, stöpselte Tom seine Kopfhörer wieder ein, in der Hoffnung, wieder auf andere Gedanken zu kommen. Er verließ den Hörsaal, ohne irgendjemanden um ihn herum auch nur wahrzunehmen. Alles um Tom schien in einen undurchdringlichen Schleier gehüllt zu sein. *Hat sich ja mal wieder gelohnt hierher zu kommen,* ging ihm durch den Kopf, während er durch die Türe des Hörsaals ins Freie trat.

Obwohl er nur noch ein paar Minuten hätte warten müssen, ging er an der Bushaltestelle vorbei. Er hatte keine große Lust in einen überfüllten Bus einzusteigen, in dem nur haufenweise Menschen waren, die ihn ja sowieso nicht beachteten. Also beschritt er den Heimweg auf demselben, auf dem er schon hergekommen war.

In seinem Zimmer angekommen warf Tom erst einmal seine Tasche in die Ecke, schaltete den Computer wieder ein und holte sein Handy heraus. Er hatte eine neue Nachricht erhalten. Diesmal von Chris, einem der wenigen Freunde, die Tom überhaupt hatte. Er kannte ihn schon von Kindheitstagen an. Er war wohl der Einzige, mit dem er sich wirklich gut unterhalten konnte.

„Hey, wir gehen heute Abend in die Stadt was Trinken. Lust mitzukommen?" stand in der Nachricht. *Also geht er heute mit Lucy, seiner Verlobten, in einen Club und will, dass ich mitkomme.* Tom war hin und her gerissen. Einerseits hatte er schon Lust wieder mal etwas mit Chris zu unternehmen. Immerhin war er schon fast drei Wochen nicht mehr mit ihm unterwegs gewesen. Auf der anderen Seite konnte er Clubs und Discos nicht ausstehen. Er hasste es dort, hatte immer das Gefühl einfach nicht dorthin zu passen, nie dazuzugehören. In Gedanken ging er schon einmal mögliche Ausreden durch. *Ich muss noch eine Menge lernen. Das glaubt er mir eh niemals,* musste er schmunzeln. Chris kannte ihn zu gut, als das er Lernen als Ausrede zählen lassen würde. *Mir geht's heute nicht besonders gut vielleicht,* dachte er, *oder ich habe schon etwas anderes vor. Nur was sollte ich da sagen,* ihm fiel spontan absolut nichts Glaubwürdiges ein. Er beschloss sich später zu entscheiden und suchte in seinem Kühlschrank nach etwas Essbarem. Er fand noch eine offene Packung Würstchen, die er mit an seinen

Schreibtisch nahm. Er machte sich gar nicht erst die Mühe sie warm zu machen, sondern aß sie so, wie sie waren. Endlich saß er wieder an seinem PC. Dort vergaß er für eine Weile alles um sich herum. Der Bildschirm vertrieb alle Gedanken daran, wie klein und elend er sich doch in seinem Leben fühlte. Er startete sein Onlinerollenspiel, sammelte eine Weile Materialien für den morgen anstehenden Raid und stöberte noch etwas in den Foren herum, bis sein Handy erneut vibrierte. Es war Chris, der immer noch auf eine Antwort wartete. Tom sah auf die Uhr. *Verdammt, ist es wirklich schon so spät?* Er hatte gar nicht mitbekommen, dass er schon wieder so lange vor seinem Rechner gesessen hatte. Wieder hielt er innerlich Zwiesprache. *Ich hasse Discos. Aber immerhin sind Chris und Lucy dabei. Trotzdem wird es mir sicher keinen Spaß machen. Ich verrotte noch hier drin, wenn ich nicht mitgehe. Ich bin so verdammt müde.* Es dauerte eine Weile, bis sich eine Seite in ihm durchsetzen konnte.

„Alles klar ich bin dabei, wann geht's los?", schrieb Tom zurück. Am Ende hatte er sich doch tatsächlich dazu durchringen können, heute wieder einmal mit den Beiden wegzugehen. „Um acht bei mir Bier ist schon kaltgestellt", kam die baldige Antwort von Chris. In Tom stieg langsam die Anspannung. Wie immer, wenn er unter Leute gehen sollte. Doch dieses Mal fühlte es sich irgendwie anders an als sonst.

Kapitel 2: Der Angriff

Tom erkannte den Hünen von einem Türsteher sofort, der mit der Security Jacke noch beeindruckender wirkte, als ohnehin schon. Es handelte sich um Ben, einem ehemaligen Kommilitonen von ihm, der jedoch schon während dem zweiten Jahr erkannt hatte, dass das Studium nichts für ihn war, woraufhin er es kurzerhand geschmissen hatte. Da er einer der Wenigen gewesen war, mit denen Tom sich gut verstand, hatte ihn dessen Weggang sehr geschmerzt. Gleichzeitig hatte er ihn um seine Entscheidung beneidet. Denn auch Tom war sich von Monat zu Monat unsicherer, ob das Studium denn überhaupt noch etwas für ihn ist. Obwohl er eigentlich keinen Grund fand, der noch für das Studium sprach, schaffte er es dennoch nicht, wie Ben, alles hinzuschmeißen. Vor allem die Angst, was denn danach kommen sollte, hielt ihn davon ab, denn er wusste nicht, was er stattdessen machen sollte. Als sie näher kamen erkannte auch Ben ihn.

„Hey Tom, schön dich mal wieder hier zu sehen", entgegnete er ihm. „Schon lange her, wie geht's dir denn?"

„Ganz gut soweit", log Tom und versuchte dabei sein stetig größer werdendes mulmiges Gefühl in seiner Magengegend zu verdrängen. „Und bei dir? Bereust du mittlerweile deinen Abbruch?", fragte Tom augenzwinkernd.

„Ganz und gar nicht", antwortete Ben. „War die beste Entscheidung, die ich je getroffen habe. Ich fühle mich so gut, wie schon lange nicht mehr."

Tom bewunderte Ben jetzt noch mehr für seinen Mut, den er selbst nie aufbringen würde. „Und was macht deine Boxkarriere so?", fragte Tom. Bens großer Traum war es schon immer, Profiboxer zu werden und er setzte alles daran dies auch in die Tat umzusetzen.

„Es geht voran", antwortete Ben. „Nächsten Monat habe ich meinen ersten größeren Kampf hier in Bobbys Boxstudio. Falls du willst kannst du gerne vorbeikommen, ich reserviere dir gute Plätze."

„Ich überleg es mir“, log Tom, denn mit Boxen konnte er so rein gar nichts anfangen. Insgeheim fragte er sich warum jemand wie Ben, der eigentlich keiner Fliege etwas zu leide tun konnte, ausgerechnet Boxer werden wollte. „Ist schon viel los?“, fragte er, um das Thema wieder zu wechseln.

„Ihr seid sehr früh dran. Noch ist wenig los, aber wird mit Sicherheit wieder voll heute“, antwortete Ben. „Dann mal viel Spaß, man sieht sich“, schon hatte sich Ben den nächsten Gästen zugewandt, die er seiner Begrüßung nach zu urteilen, ebenfalls gut zu kennen schien.

Tom, Chris und Lucy liefen gerade die lange, breite Treppe der Diskothek hinunter, als Tom ein leichtes Donnergrollen aus weiter Ferne vernahm. Nur wenige Augenblicke später begann die Erde kurz zu beben, oder hatte er sich das eben nur eingebildet? Sonst schien niemand anderes etwas bemerkt zu haben, denn alle gingen lachend und schwatzend weiter die Treppe hinunter. Aber irgendetwas war gerade passiert, das konnte er fühlen. Er spürte, wie sich Gänsehaut über seinem gesamten Körper ausbreitete, während das mulmige Gefühl tief in seinem Inneren stetig weiter heranwuchs. Ein Gefühl, dass er so bis jetzt noch nie derart intensiv gespürt hatte. Das ihm zu sagen schien, dass hier irgendetwas ganz und gar nicht stimmte. Doch hatte er keine Ahnung, was der Auslöser für dieses Gefühl war. Er sah zu den Wänden an beiden Seiten, hoffte fast, dort Anzeichen für ein Beben oder Ähnliches zu erkennen, doch keines der dort befestigten Bilder bewegte sich auch nur einen Millimeter. *Ich muss mir das wohl doch nur eingebildet haben,* sagte Tom zu sich. Er blickte zurück, die steile Treppe hinauf. Aber auch dort sah er keinerlei Anzeichen dafür, dass etwas nicht stimmte. Mit jedem Schritt, den er auf der glatten marmorierten Steintreppe weiter nach unten machte, wuchs das mulmige Gefühl in ihm immer stärker an. Er hatte schon des Öfteren leichte Panikattacken erlebt, doch keine davon hatte sich auch nur im Entferntesten so heftig angefühlt, wie das, was er gerade in diesem Moment erlebte. Seine Brust verengte sich immer mehr, das Atmen fiel ihm schwer, dazu begann sich sein Magen zu verkrampfen. Auch hatte er das Gefühl, pausenlos von jemandem beobachtet zu werden. Er sah sich noch einmal um, jedoch war da niemand, der ihn beachtete.

„Bist du dir sicher, dass er der Richtige ist?“, die Stimme eines jungen Mannes hallte in seinem Kopf wider. Obwohl Tom die Stimme ganz deutlich hören konnte, vermochte er nicht zu sagen, aus welcher Richtung sie kam. „Er sieht nicht gerade so aus, wie ich es erwartet hätte“, fuhr die unbekannte Stimme fort.

Tom blieb beunruhigt stehen, drehte sich erneut um und blickte die Treppe hinauf. Es war nach wie vor weder jemand zu sehen, der ihn beobachtete, noch konnte er Irgendetwas erkennen, das seinen Zustand hätte erklären können. Hinter ihm gingen nur zwei junge Mädchen langsam und heftig diskutierend nebeneinander her. Hätte Tom sie genauer betrachtet, hätte er sie mit Sicherheit hübsch gefunden. Die Linke mit kurzen, dunkelrot gefärbten Haaren und einem schönen, schmalen Gesicht, trug eine bunte Bluse und einen kurzen gelben Minirock, der von einem breitem Nietengürtel gehalten wurde. Die Andere hatte ihr langes, blondes Haar zu einem Zopf zusammengebunden. Ihre Augen funkelten im schummrigen Licht dunkelgrün. Sie trug ein einfaches, bauchfreies, weißes T-Shirt und eine kurze, enganliegende Jeans. Doch Tom nahm die Beiden nur am Rande wahr, er versuchte förmlich durch sie hindurch zu sehen, um erkennen zu können, was hinter den Beiden im Schatten verborgen lag.

„Habe ich dir jemals einen Grund geliefert, mir nicht zu vertrauen?“, ein zweiter Mann schien dem Ersten zu antworten. Seine Stimme war rauer und tiefer als die erste, klang wie die eines alten Mannes. Irgendwie kam ihm diese Stimme seltsam vertraut vor, nur konnte er nicht sagen, wo er sie vorher schon einmal gehört hatte. Auf der Treppe befand sich außer den beiden Mädchen und den drei Freunden niemand mehr. Tom blickte zur Decke hinauf, da er mittlerweile das Gefühl hatte, als kämen die Stimmen irgendwo von dort oben. Natürlich war auch dort nichts zu sehen.

„Nein, natürlich nicht“, erwiderte der jüngere Mann. „Aber ich gehe ein enormes Risiko ein und muss wissen ob er es auch wirklich wert ist.“

„Sonst wären wir jetzt nicht alle hier“, antwortete die zweite Stimme bestimmend. „Du solltest jetzt auf deine Position gehen, wir sollten uns alle bereit machen, es ist gleich soweit.“

Was ist nur los mit mir, fragte sich Tom. *Irgendetwas stimmt hier doch nicht, oder verlier ich jetzt langsam endgültig den Verstand?*

„Hey Tom? Auf was wartest du?“ Chris Frage riss ihn aus seinen Gedanken.

„Was...?“, er schüttelte kurz seinen Kopf, atmete einmal tief durch und richtete seinen Blick wieder nach vorne. “... ja... ich... ich komm schon!“, stammelte Tom und folgte den Beiden, die schon einige Stufen weiter gegangen waren, nach unten. Mittlerweile dröhnte der Bass laut durch die Luft. Mit jedem einzelnen Schlag bohrte sich das unangenehme Gefühl noch tiefer in Toms Eingeweide. Als sie schließlich am unteren Ende angekommen waren, drehte es ihm schon fast den Magen um.

„Ist mit dir alles in Ordnung? Du siehst blass aus“, fragte Lucy in leicht besorgtem Ton.

„Ja... ich hab nur...“, Tom richtete nochmal einen kurzen Blick hinauf zur Decke. „Alles OK. Gehen wir weiter.“

Sie befanden sich nun in einem kleinen Vorraum. Ein paar Jugendliche gingen durch die breite Schwungtür auf der rechten Seite in den großen Saal. Die Musik dröhnte heraus und es drang lautes Stimmengewirr zu ihnen herüber, welches sogleich wieder gedämpft wurde, als die Tür sich wieder schloss. Vor ihnen stand ein junger Mann an einen Stehtisch gelehnt. Er starrte unentwegt mit einem gehetzt wirkenden Gesichtsausdruck auf das Smartphone in seiner linken Hand.

Chris und Lucy bogen in einen schmalen Gang ein, um in der dortigen Garderobe ihre Jacken abzugeben. Da Tom keine Jacke dabeihatte, wartete er am Anfang des Ganges auf die Beiden. Er war gerade dabei in Gedanken zu versinken, als plötzlich ein lauter, schriller Schrei die Luft hinter ihm durchschnitt und den immerwährend donnernden Bass übertönte. Tom drehte sich, um erkennen zu können, was der Grund für den Schrei war. Vor Schreck blieb er wie angewurzelt stehen. Er starrte fassungslos dorthin, wo der Schrei hergekommen war.

Tom traute seinen Augen nicht, versuchte vergeblich zu realisieren, was sich dort gerade abspielte. Das rothaarige Mädchen, das gerade noch hinter ihnen hergelaufen war, lag bäuchlings am Fuße der Treppe, mit dem Gesicht in einem See aus einer matt glänzenden, roten Flüssigkeit, der von Sekunde zu Sekunde weiter anschwoll. *Ist das Blut? Ihr Blut,* fragte er sich, während ihm schwindelig wurde. *Was zum Teufel geht hier vor?* Toms Herz raste wie wild. Er konnte sich keinem Reim aus dem machen, was da gerade geschah. Sein Blick wanderte nun zu dem zweiten Mädchen, sie muss diejenige gewesen sein, die geschrien hat. Im ersten Moment schien es fast so, als ob sie einfach ein paar Zentimeter in der Luft schwebte. Erst auf den zweiten Blick erkannte er ein paar lange, knochige Finger, die von hinten um ihren Hals gepresst wurden. Jemand schien sie vor sich hochzuhalten. Das Mädchen sah Tom direkt in die Augen. In ihren wunderschönen dunkelgrünen Augen erkannte Tom die verzweifelte Suche nach Hilfe, sowie nackte Angst, die aus ihnen sprach. Dann, nur einen Bruchteil später riss sie die Augen und ihren schmalen Mund weit auf. Kurz darauf begann sie am ganzen Leib wie wild zu zucken. Etwas spitzes, Glänzendes drang plötzlich in Brusthöhe aus dem weißen T-Shirt hervor, welches sich in kürzester Zeit mit Blut vollgesogen hatte. Jemand hatte ein Messer von hinten direkt durch ihr Herz gebohrt. Das Messer wurde wieder herausgezogen und ein Schwall Blut strömte aus der Wunde, wie wenn jemand einen Damm geöffnet hätte. Dann löste sich der Griff um ihren Hals. Sie fiel seitlich auf den Boden, direkt neben ihre Freundin. Heftig zuckend und Blut spuckend, lag sie am Ende der Treppe nun ebenfalls in einem See aus ihrem eigenen Blut, den Blick noch immer auf Tom gerichtet. Langsam erstarben ihre Bewegungen. Ihr Blick trübte sich, fast war es so, als ob sie jetzt durch Tom hindurch ins Leere starrte, ehe endgültig jegliches Leben aus ihr gewichen war.

Jetzt erst bekam Tom denjenigen zu Gesicht, der dies alles angerichtet hatte. Wer war das? Oder besser gesagt, was war das? So etwas wie das hatte er noch nie zuvor gesehen. Am Fuße der Treppe stand eine grässliche, kleine Gestalt. Die Kreatur war vielleicht eineinhalb Meter groß, mit einer ledrigen, dunklen, graugrünen Haut. Sie trug nur einen Lendenschutz aus abgerissenem, fleckigem, braunem Stoff. Die Kreatur hatte lange, staksige Arme, in denen sie aber allen Anschein nach genug Kraft besaß, um das Mädchen mühelos mit nur einem Arm in die Luft zu heben. Das Gesicht und der Körper waren von unzähligen Narben übersäht. Der breite Mund quoll förmlich über vor lauter schiefer, spitzer Reißzähne. Ihre überlange Nase sah so aus, als wäre sie schon dutzende Male gebrochen worden. Alles in allem eine abgrundtief hässliche Kreatur, doch was Tom wirklich die Nackenhaare zu Berge stehen ließ, waren ihre Augen. Kleine, kreisrunde Augen, die von innen heraus orangerot zu glühen schienen. Nachdem die Gestalt nun Tom ins Auge gefasst hatte, starrte sie ihn mit durchbohrendem Blick an. In diesem Blick lag blanker Hass. Die Kreatur bleckte die Zähne und leckte das Blut mit seiner langen, ledrigen Zunge von seinem krummen Messer ab, das er gerade aus dem Körper des Mädchens gezogen hatte. In diesem Moment kamen noch weitere dieser Monster die Treppe hinuntergerannt. Toms Herz raste, stand kurz vor der Explosion. Die Neuankömmlinge beachteten Tom jedoch gar nicht, sondern liefen schnurstracks durch die Schwungtüre in den großen Saal.

Tom stand immer noch wie angewurzelt da, versuchte alles vergeblich irgendwie zu verarbeiten. In seinem Kopf drehte sich jetzt alles. *Was geht hier vor? Ich... Ich muss träumen. Das muss wieder ein Albtraum sein.* Übelkeit stieg in ihm empor. Das Monster warf sein Messer zur Seite und setzte ein schiefes, grauenerregendes Lächeln auf. Dann zog die Gestalt einen kleinen, hölzernen Bogen, den sie um die Schulter getragen hatte hervor, legte einen Pfeil auf und begann den Bogen zu spannen. Sie zielte damit genau auf Toms Brust.

Toms Gedanken rasten noch schneller. *Was... ist das da und warum macht es das alles? Was... was soll ich nur machen? Muss... Muss ich jetzt sterben,* fragte er sich. Langsam begann sich seine Starre ein wenig zu lösen und er taumelte panisch rückwärts.

Die Kreatur lies die Sehne los. Der Pfeil pfiff durch die Luft, raste direkt auf seine Brust zu. Tom spürte einen harten Schlag gegen seine Wade. Noch im selben Augenblick verlor er sein Gleichgewicht und kippte nach hinten um. Noch im Fallen sah Tom den Pfeil über seinen

Kopf hinwegbrausen. Kurz darauf hörte er das Krachen, als dieser an der Wand zerschellte. Ein umgekippter Tisch, der quer auf dem Boden lag, hatte ihm das Leben gerettet. Vorerst. Er lag in etwas feuchtem, warmem und klebrigem. Als Tom sich umsah, stellte er erschrocken fest, dass er in einer Blutlache lag, die von dem Jungen ausging, der zuvor noch auf diesem Tisch gelehnt hatte. Er lag dicht neben Tom auf dem Boden, einen Pfeil mitten in der Brust steckend. Sein Smartphone hielt er immer noch in seiner linken Hand, während es wild vibrierte.

Tom mühte sich, den Blick wieder von dem Jungen abzuwenden, denn die Kreatur stieß einen schrillen, wilden Schrei aus. Sie stürmte bereits mit erhobenem Messer auf ihn zu. Ihm war jetzt speiübel. Er wusste nicht was er tun sollte. Er sah sich panisch um, entdeckte jedoch keine Möglichkeit zu fliehen. Die Kreatur war nur noch wenige Schritte von ihm entfernt. Tom kroch ein Stück nach hinten, seine Kleider wogen schwer von dem ganzen Blut, das sie aufgesogen hatten, seine Füße rutschten auf dem schmierigen Untergrund immer wieder weg. Sein Rücken traf schließlich auf die Wand, er drängte sich daran. *NEIN! Ich will noch nicht sterben,* waren seine letzten Gedanken, als die Kreatur bereits über ihn gebeugt stand, während sie mit dem Arm zum Schlag ausholte, um ihn mit dem Messer zu erstechen. *NEIN,* schrie Tom still in sich hinein.

In diesem Moment berührte Toms rechte Hand etwas Kaltes, Metallisches. Was jetzt folgte, konnte er sich noch weniger erklären, als all das, was bis hier her geschehen war. Mit einem Mal beruhigte sich sein Herzschlag, er atmete völlig entspannt ein und aus, in seinem Kopf herrschte nun absolute Klarheit. Das Gefühl in seiner Magengegend war komplett verschwunden. Alles um ihn herum war plötzlich verstummt. Er hörte weder den donnernden Bass, noch die entsetzlichen Schreie, die mittlerweile aus dem Saal kamen. Er hörte nur sein ruhiges, fest schlagendes Herz, seinen gleichmäßigen Atem und das leise Klirren von Metall, das aufeinandertraf. Wie in Trance, ohne dass er es selbst bemerkte, hatte er den Hieb des Monsters abgewehrt. Doch womit eigentlich? Er betrachtete das, was er dort vom Boden aufgehoben hatte mit einem ungläubigen Blick. In seiner Hand befand sich ein Schwert. Ein einfaches kurzes Schwert, geziert nur von einem kleinen scharlachroten Edelstein, der in das Heft eingefasst worden war. Etwas schien in die Klinge eingraviert worden zu sein, doch Tom erkannte nicht, um was es sich dabei handelte. Irgendeine Art unnatürliche Energie schien von dem Schwert über seinen Arm direkt in ihn zu strömen und mit jedem Herzschlag durch seinen gesamten Körper gepumpt zu werden. Er fühlte sich so ruhig und gleichzeitig so lebendig, wie noch nie zuvor in seinem Leben. Sein Körper wusste mit einem Male ganz genau, was er zu tun hatte. Mit einem eleganten Satz richtete er sich auf und blickte nun seinerseits auf die Kreatur hinab, die daraufhin einen kleinen Sprung nach hinten machte. Offenbar war sie ebenso überrascht von der Wendung der Ereignisse, wie er selbst. Als Tom aufrecht vor ihr Stand, bemerkte er, wie klein sie eigentlich war. Er fühlte sich momentan beinahe unbesiegbar. Allerdings währte die Überraschung seines Gegenübers nur sehr kurz. Sofort stach sie weiter mit dem Messer auf Tom ein. In dessen lächelnden Gesichtsausdruck lag das sichere Gefühl des Sieges, doch Tom wehrte die Schläge ohne jegliche Mühe ab. Es kam ihm so vor, als ob das Schwert vollkommen für sich alleine kämpfte, er musste nur den Arm heben und die Klinge erledigte den Rest wie von selbst. Er war immer noch absolut ruhig. Die Welt um ihn herum war, bis auf das Keuchen der Kreatur vor ihm und dem Klirren, dass es bei jedem Aufeinandertreffen der Klingen gab, weiterhin vollkommen still. Es war fast so, als läge der Rest der Welt hinter dichten Nebelschwaden verborgen. Die Kreatur stach nun immer wilder auf Tom ein, ohne auch nur annähernd zu treffen. Ihr vorhin noch so siegessichere Blick veränderte sich langsam, wurde immer wütender und verzweifelter. Sie legte nun ihre gesamte Kraft in einen letzten Angriff, den Tom jedoch ebenfalls mühelos abwehrte. Die Kreatur schnaubte heftig und legte eine kurze Pause ein, offenbar, um sich eine neue Strategie zu Recht zu legen.

Auf diese Pause hatte Tom, oder vielmehr das Schwert anscheinend gewartet. Er holte nur kurz mit der Hand aus und stach zu. Die Klinge bohrte sich, durch die ledrige Haut tief hinein in die Brust des Monsters. Die Schneide glitt einfach hindurch. Ohne jeglichen Widerstand trat sie auf der anderen Seite wieder aus. Warmes, klebrigschwarzes Blut sickerte zähflüssig aus der Wunde. Die Kreatur starrte ihn ungläubig, mit ihren aufgerissenen orangerot glühenden Augen an, ehe das Leuchten in ihnen erlosch. Tom zog das Schwert wieder aus deren Brust, woraufhin die Kreatur tot in sich zusammenbrach.

So langsam erwachte er aus seiner Trance. Er begann wieder, alles um sich herum wahr zu nehmen, zunächst noch ganz verschwommen, als ob es noch aus weiter Ferne kam. Er hörte die verzweifelten und verängstigten Schreie. Es war so, als ob die Geräusche nur langsam näherkommen würden. Er bemerkte, dass die Musik aufgehört hatte. Die qualvollen Rufe und Schluchzer wurden immer lauter. Tom starrte immer noch ungläubig auf die reglos am Boden liegende Kreatur vor ihm.

In der Zwischenzeit waren auch Chris und Lucy um die Ecke gebogen. Sie hatten das Ende des sich ihnen hier bietenden Schauspiels fassungslos mit angesehen. Völlig entgeistert standen die Beiden da, unfähig zu erfassen, was gerade geschehen war. Der Raum wurde nun beinahe unentwegt von kleineren Beben erschüttert, wobei das Licht dabei jedes Mal heftig flackerte. Aus der Ferne konnte Tom leise Explosionen vernehmen. *Wir müssen hier so schnell wie möglich raus,* ging es ihm durch den Kopf, als er wieder etwas zu sich gekommen war. Er wandte seinen Blick von der Kreatur ab und sah nun zu Chris und Lucy hinüber. Er rannte auf die Beiden zu, seine Kleidung klebte, nass und schwer vom vielen Blut, an seinem Körper. Eine weitere Erschütterung durchzog den Raum, dieses mal noch heftiger. Staub und Putz begann von der Decke zu rieseln, in der sich jetzt ein breiter Riss bildete. Als er bei ihnen angekommen war, stammelte Lucy vor sich hin: „Was...was ist hier passiert?", ihre weit aufgerissenen tiefblauen Augen waren erfüllt von blankem Entsetzen.

„Wir müssen hier sofort raus", entgegnete Tom ohne auf die Frage von Lucy einzugehen. Er lief schon in Richtung der Treppe, als er bemerkte, dass weder Chris noch Lucy Anstalten machten, sich zu bewegen. Zu verängstigt, zu geschockt von dem, was sich gerade abgespielt hatte, standen sie einfach nur da und starrten auf die Leichen, die den Boden pflasterten. „Los jetzt, da drinnen sind noch mehr von diesen... diesen Dingern", rief Tom den Beiden energisch zu, während er dabei auf die Tür zum Saal zeigte, doch schnell begriff er, dass Worte nichts nützen würden. Er eilte wieder zurück, packte Lucy am Arm und zog sie hinter sich her. Sie kam zunächst ins Straucheln, fing sich allerdings schnell wieder. Nun lief sie Tom mit wackeligen Schritten hinterher, der schon am Fuß der Treppe angekommen war. Daraufhin begann auch Chris wieder zu sich zu kommen. Er folgte den Beiden. Sie rannten an den toten Körpern der Mädchen vorbei, die am Ende der Treppe in einem Meer aus ihrem eigenen Blut lagen. Keiner von ihnen traute sich sie im Vorbeigehen anzusehen. Zu viel Angst hatten die Drei vor dem Bild, das sich ihnen dort bot, stattdessen starrten sie alle stur die Treppe hinauf, rannten weiter, vorbei an den Größen der Musikgeschichte, die ihnen aus den Bildern gespannt zuzuschauen schienen, wie sie um ihr Leben rannten. Auf ihrem Weg nach oben kamen die Freunde an fünf weiteren, reglos auf der Treppe liegenden Menschen vorbei. Auch ihnen schenkten sie aus Angst keinerlei Beachtung, sie hatten nur noch den Ausgang im Blick, wollten so schnell wie möglich hier raus. Mittlerweile waren sie nur noch wenige Meter von der Türe entfernt. Sie konnten schon das Gelände außerhalb des Clubs sehen, als plötzlich ein donnernder Schlag die Luft durchzog und den Boden zum Beben brachte. Einige der Bilder fielen von den Wänden und Putz rieselte von der Decke auf die Drei herab. Tom hatte Mühe sich auf den Beinen zu halten. Zu seinem Entsetzen sah er, dass der Türrahmen vor ihnen bereits von breiten Rissen durchzogen war, die von Sekunde zu Sekunde noch größer wurden. Bald würde er nachgeben.

„Los schneller", schrie Tom, während er noch einmal sein Tempo verschärfte. Der Rahmen brach langsam unter seiner Last zusammen. Tom setzte zum Sprung an und schaffte es hindurch. Kurz darauf hörte er ein lautes Krachen hinter sich. Der Ausgang hinter ihm war eingestürzt. Panisch drehte er sich um. *Chris, Lucy ... NEIN,* ging es ihm durch den Kopf. Als er sich umdrehte, lagen die Beiden bäuchlings auf dem Boden, bedeckt von einer dicken Staubschicht. Einen kurzen Moment schien die Welt still zu stehen, während er zu den Beiden hinüberstarrte. Lucy regte sich langsam, auch Chris rappelte sich wieder auf. Sie schienen unverletzt zu sein. Tom atmete tief durch, dann half er Lucy wieder auf die Beine.

„Alles in Ordnung?“, fragte er besorgt.

„Ja…“, schnaufte sie erschöpft. „Ich glaube sch…“ Lucy brach mitten im Satz ab, hielt den Atem an und rannte zu der Hecke neben dem Eingang, um sich heftig zu übergeben. Erst jetzt nahm auch Tom die Umgebung richtig war. Sein Magen verkrampfte sich schlagartig. Auch er musste stark gegen die aufkommende Übelkeit ankämpfen. Selbiges galt für Chris, der von Sekunde zu Sekunde blasser im Gesicht wurde. Dutzende Leichen säumten den Boden vor der Diskothek. Einige von ihnen schrecklich entstellt, mit durchgeschnittenen Kehlen oder abgetrennten Gliedmaßen. Die Diskothek selbst war eingestürzt, Flammen schossen aus den Überresten, doch es war bei weitem nicht das einzige Gebäude, welches brannte. Der halbe Straßenzug stand in Flammen. Immer wieder hörten sie Einschläge in der näheren Umgebung. Weiter die Straße hinauf sahen sie noch mehr dieser Kreaturen, die hinter flüchtenden und panisch schreienden Menschen herliefen, wobei jeder, den sie erwischten, reglos auf das Kopfsteinpflaster niedersank. Doch damit noch nicht genug. Vom anderen Ende der Straße kamen fünf riesige Gestalten langsam in ihre Richtung getrottet. Sie waren wohl um die drei Meter groß, hielten riesige Keulen in ihren massigen, langen Händen, mit denen sie alles kurz und klein schlugen, was sich in ihrer Reichweite befand. Ein paar von ihnen warfen auf ihrem Weg, weiter die Straße hinauf, die dort parkenden Autos wie Spielzeuge in die noch intakten Häuser. Noch schienen die Drei von niemandem bemerkt worden zu sein, jedoch waren beide Seiten auf der Hauptstraße versperrt. Es blieb also nur noch die schmale Seitengasse als Ausweg die Tom nun entlangblickte. Erst jetzt erkannte er Ben, den Türsteher, der mit einer weiteren der kleinen Kreaturen rang. Ben überragte sein Gegenüber um Längen, welcher mit einem Dolch auf ihn losging, während Ben sich mit Händen und Füßen wehrte, was ihm bis dahin recht gut zu gelingen schien, denn neben ihm lagen schon zwei der Monster reglos auf dem Boden. Allerdings blutete Ben bereits stark am Arm und am Oberkörper, schwankte schon heftig und war sichtlich außer Atem. Tom rannte „hierher“ schreiend zu Ben, das Schwert nach wie vor mit der rechten Hand fest umklammernd. Ben wich einem Hieb der Kreatur aus, kam dabei jedoch ins Straucheln und fiel schließlich zu Boden. Die Kreatur holte zum finalen Schlag aus. Die Klinge sauste durch die Luft und bohrte sich durch die Brust, wie durch Butter. Das Blut rann schwarz und zähflüssig aus der tiefen Wunde. Tom war gerade noch rechtzeitig angekommen. Eine weitere Kreatur kam aus der Gasse gesprungen und Tom lief ihr entgegen. Er wehrte dessen Schlag locker ab und konterte seinerseits mit einem Hieb gegen den Kopf. Der Schlag spaltete die Schädeldecke, woraufhin dunkles Blut in alle Richtungen spritzte, ehe das Monster tot zu Boden fiel.

Ben stöhnte vor Schmerzen, als Lucy bei ihm ankam. „Geht es dir gut?“, fragte sie ihn, immer noch bleich im Gesicht, während sie seine Wunden betrachtete.

„Halb so wild“, antwortete Ben mit schmerzverzerrtem Gesicht, als er sich wiederaufrichtete. „Hat jemand eine Ahnung was zum Teufel hier los ist? Ich war gerade auf dem Weg zum Rauchen, als ich Schreie hörte und plötzlich von diesen... diesen Viechern angegriffen wurde.“ Keiner von ihnen hatte jedoch darauf eine Antwort parat.

„Ich habe nicht den geringsten Schimmer“, sagte Tom schließlich. „Aber wir müssen von hier verschwinden, auf der Straße wimmelt es nur so von diesen Dingern.“ Er sah sich auf dem Boden um und nahm ein Messer, sowie einen abgenutzten runden Holzschild auf, gab Chris das Messer und Lucy das Schild. „Das werden wir vielleicht noch brauchen“, sagte er. Ben hob seinerseits ein langes Messer vom Boden auf. In diesem Moment krachte ein Auto in das Gebäude neben ihnen. Eines der riesigen Ungetüme hatte es dort hineingeworfen.

„Ok, lasst uns von hier verschwinden“, rief Ben und sie rannten los in die schmale Seitengasse. Die Gasse führte die Vier auf einer langgezogenen Rechtskurve über das unebene Kopfsteinpflaster. Sie rannten um ihr Leben. Ben voraus, dicht gefolgt von Tom. Chris und Lucy mit geringem Abstand dahinter. Sie erreichten das Ende der langen Kurve und Ben blieb mit einem Male abrupt stehen. Tom hielt neben ihm inne.

„Was ist?“, fragte Chris außer Atem, doch als er die beiden eingeholt hatte, sah er selbst, warum sie stehen geblieben waren.

Die Gasse führte noch gut 100 Meter weiter geradeaus, mündete dann in eine größere Straße. Dort, an der Kreuzung stand ein gutes Dutzend der grünhäutigen Monster. Sie hatten sich um einen groß gewachsenen Mann geschart. Er trug eine dunkle, schwarz-violette Kutte. Dieser schien den Kreaturen Befehle zu erteilen, denn jedes Mal, wenn er mit seinem Arm in eine Richtung zeigte, rannten einige von ihnen dorthin. Schließlich fiel sein Blick auf die Vier in der Gasse. Tom blickte sich um. Rechts von ihnen verlief eine gut drei Meter hohe Steinmauer, welche die dahinter liegende Brauerei umgab. Auf der anderen Seite war das Haus, welches dort stand, bereits in sich zusammengefallen. Der Kuttenträger lachte kurz auf, als er die Freunde erblickte. „Sieh an, weitere Opfer“, sagte er mit einer tiefen, grollenden Stimme die Tom ein Schaudern über den Rücken laufen ließ. Es war beinahe so, als hallte dessen Stimme direkt in seinem Kopf wider. Der Mann hob seinen Arm und die übriggebliebenen vier Kreaturen rannten mit wildem Gekreische auf sie zu. Hinter ihnen hörte Tom die schweren Schritte der Riesen, welche ihnen wohl gefolgt waren, bedrohlich näherkommen. Sie saßen in der Falle. Keinen anderen Ausweg sehend, stellte sich Tom nun den Angreifern entgegen. Sein Atem ging schwer und sein Schwertarm begann zu zittern. Ben stellte sich, immer noch blutend, neben ihm auf. Lucy wurde von Chris hinter die zwei gedrängt und auch er stellte sich nun in die Reihe. So warteten sie auf die heranstürmenden Kreaturen.

Die erste ankommende Kreatur, griff direkt Tom an. Wieder schien er in eine Art Trance zu fallen. Sein Atem beruhigte sich, sein Herzschlag wurde langsamer, wurde bald zu dem Einzigen, was er noch wahrnahm. Seine fließenden Bewegungen entstanden wieder ohne sein willentliches zutuen. Er parierte den Schlag der Kreatur geschickt und brachte sie dadurch etwas aus dem Gleichgewicht. Ben nutzte die Gelegenheit und stach zu. Er traf das Monster an der Schulter, woraufhin sie laut aufschrie und ein Stück zurückwich. Da stürzte sich auch schon die nächste Kreatur auf Tom. Diesmal reagierte er zu spät. Tom spürte einen stechenden Schmerz in seinem linken Oberarm, als das Messer die Haut und das Fleisch durchbohrte. Er taumelte einen Schritt zurück, so dass das Messer wieder aus der Wunde glitt. Blut verteilte sich auf dem Boden. In ihm wuchs ein leichtes Schwindelgefühl heran, doch es behinderte Tom kaum. Ohne bewusst zu wissen kämpfte er einfach weiter. Das Monster holte erneut aus. Diesmal jedoch war Tom schneller, wich seitlich aus und stach seinerseits zu. Sein Schwert durchbohrte die Kehle seines Gegenübers. Gleich darauf zog er das Schwert wieder heraus und traf in einer fließenden Bewegung mit einem tiefen Stich die zweite, bereits verwundete Kreatur in der Magengegend. Beide fielen nahezu gleichzeitig tot zu Boden. Tom fühlte sich wie in einem Rausch. Mit Stolz und Genugtuung betrachtete er die beiden Ungetüme, die er gerade erledigt hatte. Er fühlte sich trotz all der Umstände so gut wie schon seit langem nicht mehr. *Kommt nur her, mich besiegt ihr nicht,* dachte er. Tom fühlte sich nun wieder unbesiegbar.

Ein lauter Schrei riss ihn jäh aus seinen überheblichen Gedanken. Es war Lucy's schrille Stimme, die die Luft durchbrach. Er drehte sich in ihre Richtung und erkannte sofort wieso sie geschrien hatte. Chris lag reglos auf dem Boden, während Blut aus einer tiefen Wunde in seiner Brust rann. Eine unbändige Wut packte Tom. Er rannte auf die Kreatur zu, die über Chris gebeugt stand, um ihr mit einem kräftigen Hieb den Kopf von ihren Schultern zu trennen. Dem letzten verbleibenden Gegner säbelte er, bevor dieser überhaupt reagieren konnte, seinen rechten Arm ab, ehe Tom ihn mit einem Stich direkt durch das Herz niederstreckte. Lucy kniete laut schluchzend neben Chris Körper und zerrte verzweifelt an seiner Schulter. Ben stand reglos daneben, stützte sich dabei an der Mauer ab. Blut sickerte noch immer aus seinen Wunden. Tom warf das Schwert beiseite, zog sein Hemd aus und presste es auf Chris Wunde, jedoch war es schon nach wenigen Sekunden völlig mit Blut durchtränkt und es blutete einfach unaufhörlich weiter. Der ständig bebende Boden kündigte an, dass die Riesen jeden Moment um die Ecke biegen würden. Von der anderen Seite drang die raue Stimme des in die dunkle Robe gehüllten Mannes zu ihnen herüber. „Hierher", rief dieser in Befehlston, dabei zeigte er auf die Vier in der schmalen

Gasse. Gleich darauf kamen weitere der Kreaturen um die Ecke, die sogleich auf sie zu rannten. Toms Herz raste. Er war völlig erschöpft. Ohnmächtig sah er Chris reglosen Körper an, wissend, dass es nun endgültig vorbei war. Er blickte wieder zu den Monstern, die unaufhaltsam auf sie zu rannten. Sein Blick begann zu verschwimmen, seine Gedanken schliefen langsam ein. Er versuchte nach dem Schwert zu greifen, jedoch lag es außerhalb seiner Reichweite. Seine müden Knochen reagierten nur noch widerwillig, doch irgendetwas ließ ihn noch einmal aufhorchen. Hörte er da etwa Pferde? Er versuchte sich noch einmal zu konzentrieren, blickte zu dem Kapuzenmann herüber und bemerkte, dass irgendetwas dessen Aufmerksamkeit erregt hatte, denn dieser sah nun die breite Straße entlang und wedelte wild mit den Armen. In diesem Augenblick bog ein Reiter um die Ecke. Seine blankpolierte Rüstung schimmerte silbern durch die unzähligen Feuer, die mittlerweile überall in der Gasse loderten. Er ritt auf einem riesigen, schwarzen Ross, das ebenfalls mit einer glänzenden silbernen Rüstung versehen war. Von dem Reiter ging eine unsagbare Eleganz aus, gleichzeitig wirkte er ungeheuer einschüchternd. Direkt hinter ihm folgten drei weitere Reiter, weniger prächtig ausgestattet, aber dennoch kaum weniger beeindruckend. Der Vorderste rief einige Befehle, jedoch konnte Tom davon nichts mehr verstehen. Es bereitete ihm bereits größte Mühe, dem Geschehen überhaupt noch irgendwie zu folgen. *Noch mehr Gegner,* fragte sich Tom. *Das macht jetzt auch keinen Unterschied mehr.* Hinter ihnen stürzte ein weiterer Teil der Mauer ein. Die Riesen hatten sie beinahe erreicht.

„Oger", hörte er einen der Reiter wie aus weiter Ferne schreien. Der ganz in Silber gewandete Reiter verschärfte sein Tempo noch einmal. Er hatte die hässlichen, kleinen Kreaturen, die weiter auf Tom und die anderen zustürmten, schon beinahe eingeholt. Die Letzte von ihnen drehte sich um und ließ einen lauten Schrei folgen, eher sie ihre Axt schwang. Doch der Reiter war schneller. Mit einer geschickten Bewegung riss er sein Pferd leicht herum und erledigte die Kreatur mit einem gezielten Hieb seines Schwertes. Die restlichen Monster hatten sich nun ebenfalls umgedreht, um sich dem Reiter zu stellen und stürmten nun auf ihn zu. Dieser setzte seinen Weg jedoch unbeirrt fort und pflügte geradezu durch die kleinen Kreaturen. Einer nach dem anderen fiel, getroffen von seinem Schwert oder niedergetrampelt von dem stattlichen Ross. *Ist er etwa ein Freund,* fragte sich Tom, wobei es ihm immer schwerer fiel, überhaupt einen klaren Gedanken zu fassen. Einer der anderen Reiter überholte den Ersten nun. Er reckte einen langen, schweren Holzspeer hoch in die Luft. Diesen schleuderte er mit enormer Kraft an den Vieren vorbei und traf eines der riesigen Monster an der Brust. Der Speer bohrte sich allerdings nur sehr leicht in die dicke, ledrige Haut des Ungetüms. Dieses schrie laut auf und riss die Lanze mit einem kräftigen Ruck wieder heraus. Ein weiterer Reiter preschte mit einer Lanze in seiner Hand an ihnen vorbei, während der Anführer neben ihnen zum Stehen kam.

„Los folgt mir", rief er ihnen in ruhigen, aber bestimmten Ton zu. Tom und Lucy knieten immer noch neben Chris auf dem Boden. Keiner von ihnen reagierte auf seine Worte. „Kommt schon, oder wollt ihr hier sterben?", rief er weiter, nun schon etwas energischer. Seine dunklen Augen leuchteten durch das Visier an seinem Helm. Immer noch rührte sich niemand. *Diese Stimme? Woher kenne ich sie,* fragte Tom sich, während der Reiter von seinem Pferd stieg, sich Chris schnappte, um ihn dann nahezu mühelos auf den Rücken seines Pferdes zu legen.

„Folgt mir", rief er ihnen zu und führte sein Pferd am Zaumzeug die Gasse entlang. Hinter ihnen hatte nun der andere Reiter einen der Oger durch einen gezielten Wurf seines Speeres in die linke Augenhöhle zu Boden gebracht. Die Erde bebte heftig, als der gewaltige Körper auf dem Kopfsteinpflaster aufschlug. Ben folgte, langsam taumelnd, dem Reiter, während Tom zunächst den Boden nach dem Schwert absuchte, das er vorher achtlos auf den Boden geworfen hatte. Er kroch darauf zu, umklammerte es mit seiner rechten Hand und nahm all seine Kraft zusammen, um ebenfalls ihrem geheimnisvollen Retter zu folgen, als er bemerkte, dass Lucy zwar dem Reiter hinterherschaute, aber immer noch keine Anstalten machte, sich zu rühren.

Einer der anderen Reiter wurde unsanft aus seinem Sattel gerissen, als er von dem noch verbliebenen Riesen mit der gewaltigen

Holzkeule getroffen wurde. Ein unheilvolles Knacken begleitete seinen Aufprall an Mauer, wo er reglos liegen blieb. Tom ging zu Lucy hinüber, versuchte sie hochzuziehen, allerdings hatte er dazu nicht mehr genügend Kraft. „Ben, hilf mir mal“, rief er seinem großen Freund zu. Ben kann zurück und half ihm, Lucy gemeinsam hochzuziehen, dann zerrten die Beiden sie mit letzten Kräften weiter die Gasse entlang.

Als sie zur Kreuzung schauten, bot sich ihnen wiederum ein äußerst merkwürdiges Schauspiel. Einer der Reiter lag neben dem Kapuzenmann auf dem Boden, während dieser aus seiner Hand eine Art Feuerball auf einen weiter entfernten Soldaten abfeuerte. Er traf ihn direkt an der Brust und der Aufprall riss ihn aus seinem Sattel. An der Ecke der Gasse entdeckte Tom nun einen weiteren Mann in einer Robe. Diese war jedoch nicht schwarz-violett, sondern in einem hellen Blauton gehalten. Er schien etwas zu murmeln. Als er seine Hände nach oben riss, zuckte ein Blitz vom Himmel, welcher den dunkelgewandeten Mann traf. Ein blendendes Licht ging von ihm aus, gefolgt von einem donnernden Knall. Tom musste seine Augen bedecken. Wenige Augenblicke später erlosch das Licht und der Befehlshaber der Monster brach in sich zusammen. Sie schleppten Lucy bis zum Ende der Gasse. Der Reiter bog dort rechts um die Ecke. Einige Meter entfernt sah Tom ein helles purpurnes Licht, dass mitten auf der Straße, ohne erkennbare Quelle, leuchtete. Um dieses Licht herum befanden sich gut ein Dutzend weiterer Soldaten, die es zu bewachen schienen.

„Kart, Rückzug durch das Portal! Sofort!“, rief der Reiter seiner Einheit zu. Daraufhin setzten sich die ersten in Bewegung und liefen direkt in das helle Licht hinein. Allerdings kam keiner von ihnen wieder auf der anderen Seite heraus. „Jetzt ihr“, sagte er zu den Freunden. Sie sahen sich verdutzt an. „Geht durch das Licht, dann seid ihr in Sicherheit.“ Von beiden Seiten der Straße kamen unzählige kleine und große Kreaturen auf sie zugestürmt. „Los jetzt, uns bleibt keine Zeit mehr“, brüllte er, nun ungeduldig und mit einem Anflug von Wut an. Ben und Tom sahen sich unsicher an, dann setzten sie sich langsam wieder in Bewegung. Lucy immer noch in ihrer Mitte tragend, gingen sie auf das

Licht zu. Tom kniff seine Augen zusammen, hielt den Atem an, dann trat er zusammen mit Ben durch das Licht.

Kapitel 3: Auf der anderen Seite

Tom schwitzte vor Anstrengung, doch gleichzeitig durchzog ein schauriges Frösteln seinen erschöpften Körper, als er näher an das strahlende Licht heran humpelte. Er fühlte sich ausgelaugt, fühlte sich, als hätte er tagelang weder etwas gegessen noch getrunken. Seine Kehle war staubtrocken, er bekam kaum noch Luft, spürte, wie bei jedem seiner immer müder werdenden Herzschläge, ein stechender Schmerz durch seinen gesamten Körper lief.

Als er über die Schwelle des Lichts trat begann er, am ganzen Leib zu zittern. Jede einzelne Zelle in seinem Körper schien zu vibrieren und seine Nackenhaare stellten sich ihm zu Berge. Für einen kurzen Moment hatte er dann das Gefühl schwerelos zu sein, ja fast zu fliegen, den Boden unter seinen Füßen spürte er nicht mehr. Dann fühlte es sich so an, als ob sich sein ganzer Körper beinahe ins Unendliche ausdehnte. Er konnte nicht mehr sagen, wo sein Körper aufhört und verlor völlig das Gefühl für ihn, bis er ihn irgendwann garnichtmehr spürte. Doch im selben Moment wurde er auch schon wieder zusammengedrückt, wodurch die restliche Luft aus seinen Lungen gepresst wurde. Er konnte nicht mehr atmen. Der Widerstand war zu groß. Tom fühlte, wie sein Verstand sich immer mehr verdunkelte. Panik ergriff ihn. Noch etwas länger und er würde ersticken. Auf einmal spürte er den Boden unter seinen Füßen wieder, wankte einen Schritt vorwärts und fiel dann der Länge nach hin. Seine Beine wollten ihn, geschweige denn auch noch Lucy einfach nicht mehr länger tragen. Während er auf den Boden fiel, holte er einmal tief Luft. Seine Lungen brannten, doch noch nie hatte sich ein Atemzug so gut angefühlt, wie in diesem Augenblick. Sein Körper fühlte sich nun wieder normal an. In seinem Magen drehte sich alles und er erbrach. Die Augen immer noch fest verschlossen spürte er, wie sich der Boden unter ihm verändert hatte. Wo gerade noch fester Asphalt gewesen war, fühlte er, wie seine Finger nun über raue Kieselsteine fuhren, als er sie langsam über den Boden gleiten ließ. Er öffnete seine müden Augenlieder einen Spalt breit, um etwas zu erkennen, allerdings war das Licht um ihn herum zu grell, weswegen er seine Augen erneut schloss. Tom nahm nur leises Stimmengewirr, das Galoppieren einiger Pferde, die einen Weg entlang ritten, sowie das leise Glucksen von Wasser, welches ruhig vor sich hinfloss wahr. Das Plätschern des Wassers beruhigte ihn ein wenig und sein Atem ging nun etwas langsamer. Alles schien sich immer mehr von ihm zu entfernen, nur das leise Rauschen des Wassers wurde stetig lauter. Er war endgültig am Ende seiner Kräfte angelangt, kurz davor, sein Bewusstsein zu verlieren, als er bemerkte, wie das Licht um ihn herum schlagartig erlosch. Mühsam versuchte er seine Augen zu öffnen. Nur verschwommen nahm er die Umgebung um ihn herum wahr. Langsam gewöhnten sich seine Augen an das flackernde Licht der Fackeln und Kohlebecken, die den Wegesrand säumten. Sein Verstand war beinahe zum Erliegen gekommen, konnte das alles schon längst nicht mehr verarbeiten. Er wunderte sich nicht länger über all das, was geschehen war. Die Monster, die Reiter, das Licht, den Kiesweg und die Fackeln, die nun anstelle der Straße und den Laternen standen. Er fühlte sich nur noch müde und ausgelaugt, wollte einfach nur seine Augen schließen, wollte nur noch, dass es endlich vorbei war. Sein Kopf war völlig leer. Seinen Körper durchzuckte nach wie vor bei jedem Herzschlag ein stechender Schmerz. Er konnte förmlich spüren, wie seine letzte Lebensenergie langsam aus ihm wich. Ein dumpfer Schlag neben ihm erweckte für einen kurzen Moment seine Aufmerksamkeit. Ben war neben ihm zusammengebrochen. Auch er war mit seinen Kräften am Ende. Mit Ben war auch Lucy auf den Boden gesunken. Immer noch unfähig sich zu bewegen, kniete sie mit ausdruckslosem Gesicht im Kies und blickte starr hinaus in die Dunkelheit. Auch das nahm Tom nur am Rande wahr. Er wollte einfach nur seine Augen schließen und in Frieden einschlafen.

Zwei Männer kamen herbeigeeilt. Sie trugen Tom auf ihren Schultern in ein Zelt am Rande des Weges und legten ihn auf eine harte Matratze. Nur die Augen schließen und alles war vorbei. All der Schmerz, all die Erschöpfung, all die grausamen Erinnerungen, doch irgendetwas in ihm wollte das noch nicht. So lag er noch eine Weile benommen auf dem Bett und starrte an die Zeltdecke, ohne sie bewusst wahrzunehmen, als eine alte Frau sich über ihn beugte, die Tom mit ihren streng dreinblickenden, leuchtend grünen Augen musterte. Sie sah Tom direkt in die Augen und es war fast so, als ob sie mit ihrem Blick in ihn eindringen, ja hinunter bis in die tiefsten Abgründe seiner Seele blicken könnte. Tom fühlte sich nackt und verletzlich. Dann, für einen kurzen Moment, vergaß Tom alles was geschehen war und all seine Schmerzen waren verschwunden. Er nahm nur noch die glänzenden grünen Augen, sowie den ruhigen Atem der Frau wahr. Es war, als würde Tom in ihren Augen versinken, als wären sie ein smaragdgrüner Ozean, in den er einfach eintauchen konnte, der alles Geschehene von ihm wegspülte. Sie drückte ihm sanft die Schulter und nickte ihm kurz lächelnd zu, woraufhin Tom langsam wieder zurückkam. Die Schmerzen, die seinen Körper quälten, wurden ihm abrupt wieder bewusst, was dazu führte, dass er seinen Atem anhielt. Die Frau begann sein Hemd zu zerschneiden und seine Wunde mit Arznei und Tüchern zu versorgen. Tom fühlte, wie der stechende Schmerz in seinen Gliedern nach und nach abnahm, als der Verband auf seine Wunde gepresst wurde. Die alte Frau legte nun ihre Hand auf seine Stirn. Augenblicklich wurden seine Gedanken etwas klarer, sein Herzschlag ruhiger und er spürte neue Kraft in ihm aufsteigen. Es war fast so, als ob sie ihm etwas ihrer eigenen Lebensenergie geschenkt hatte. Zum Abschluss flößte sie ihm noch einen warmen, bitteren Trunk ein. Er war schon kurz davor einzuschlafen, als er zwei vertraute Stimmen leise reden hörte.

„Sind wir rechtzeitig gekommen? Wird er es schaffen?“, Tom erkannte die Stimme desjenigen, der die Fragen aussprach. Es war die des Reiters, der sie gerade gerettet hatte. „Er sieht alles andere als gut aus“, fuhr dieser mit besorgter Stimme fort.

„Wenn er nicht zu viel seiner Magie verbraucht hat, um es bis hier her zu schaffen, hat er gute Chancen. Er ist hier in den besten Händen“, antwortete die vertraut klingende Stimme des alten Mannes in ruhigem Tonfall. Tom war sich nun sicher, dass es dieselben Stimmen waren, die er auf der Treppe gehört hatte, kurz bevor all das begonnen hatte.

„Das hoffe ich für uns Beide“, sagte der Reiter energisch. „Ich habe meine Befehle missachtet und dabei drei gute Männer verloren und du weißt, was das bedeutet.“

„Allerdings weiß ich das und ihre Opfer werden nicht vergeblich gewesen sein, das schwöre ich dir“, antwortete der alte Mann bestimmt. „Außerdem werde ich hierfür die volle Verantwortung übernehmen.“

„Es ist tatsächlich alles so eingetreten, wie du es vorhergesehen hast, Meister Aren“, sprach der Reiter in beinahe ehrfürchtigem Ton weiter. Nach einer kurzen Pause fragte er den alten Mann, „wie steht es um die anderen Drei, die wir hergeholt haben?“

„Der Große hat nur leichte Wunden. Er wird ein vielleicht ein oder zwei Tage brauchen, bis er sich wieder einigermaßen erholt hat“, kam die Antwort des Alten. „Das Mädchen ist körperlich gesund, steht allerdings völlig unter Schock. Ob und wie sie das alles übersteht, hängt alleine von ihrem eigenen Willen ab. Was den Dritten von ihnen angeht“, es folgte eine kurze Pause. „Er hat sehr schwere Verletzungen davongetragen. Die Heiler tuen alles was in ihrer Macht steht, aber sie haben nicht sehr viel Hoffnung“, schloss er besorgt ab.

Die letzten Worte hallten noch leise, wie ein schwindendes Echo durch seinen Kopf, ehe er schließlich in einen tiefen, traumlosen Schlaf versank.

Kapitel 4 - Der hohe Rat

Es herrschte eine erdrückende Stille in dem kleinen, prunkvoll eingerichteten Raum. Aren hatte in seinem langen Leben schon vieles erlebt, dennoch war die Anspannung, die er in diesem Moment verspürte, selbst für ihn kaum mehr zu ertragen. Er strich mit seinem Zeigefinger sachte über die raue, dunkelbraune Oberfläche der schweren hölzernen Platte des Tisches an dem sich der hohe Rat wie immer versammelt hatte. Er sah sich die Männer und Frauen, die mit ihm am Tisch saßen noch einmal genau an.

Zu seiner Linken saß Loris Den Varian, einer der einflussreichsten Adeligen im gesamten Land, Oberhaupt der Händlergilde, sowie Schatzmeister des hohen Rates. Wie immer war er in feinste Seide gekleidet. Loris war, reich, mächtig und enorm ehrgeizig. Wenig überraschend war er der Erste gewesen, der für den Antrag und damit gegen Aren gestimmt hatte. Zweifellos versprach er sich davon noch mehr Einfluss im Rat zu erlangen, denn Aren und er waren, im Gegensatz zu seinem Vorgänger, nur äußerst selten einer Meinung. Zu Arens Rechten saß Sir Brodwin, Oberhaupt der Königlichen Garde, oberster Ritter und Heermeister des Königs. Obwohl er schon auf die 50 Jahre zuging, strotzte er nur so vor Kraft und bot für jeden, der ihn zu Gesicht bekam, einen beeindruckenden Anblick, selbst ohne seine glänzende Rüstung, die er im Ratssaal gegen ein einfaches Lederwams getauscht hatte. Er war noch immer einer der gefürchtetsten Kämpfer im Reich. Es gab vielleicht nur eine Handvoll Männer auf dem gesamten Kontinent, die es mit ihm aufnehmen konnten. Darüber hinaus war er nicht nur ein hervorragender Kämpfer, sondern auch ein äußerst kluger Ratgeber, sowie Stratege, was ihm letztendlich seinen Platz im Rat einbrachte. Aren kannte Brodwin bereits sein ganzes Leben, schätzte dessen Klugheit, sowie seine offene und ehrliche Art. Auch er selbst stand hoch in Brodwins Gunst. Wohl auch deshalb hatte sich der Heermeister gegen den Antrag gestellt.

Ihm gegenüber saß Bolat, ein kleiner, rundlicher Mann, der stellvertretend für die Bauern sprach. Sein eher plumpes Aussehen, gepaart mit den relativ schlichten Kleidern, die er trug, vermittelten allerdings einen falschen Eindruck von dem Mann. Er war äußerst gerissen und schaffte es, jede Situation zu seinen Gunsten zu nutzen. Bolat wusste nur allzu gut, wem er seinen Posten zu verdanken hatte und wusste auch, dass Aren in den meisten Fällen mit ihm übereinstimmte, insbesondere wenn es um die Belange des einfachen Volkes ging, die die wenigsten im Rat wirklich berücksichtigten, weshalb Bolat seinerseits wohl ebenfalls gegen den Antrag gestimmt hatte.

Zur Rechten Bolats saß der Priester der Sonne in seiner dunkelgelben Kutte. Die schwere goldene Kette mit der Sonne, dem Symbol seines noch recht neuen Glaubens, wog schwer um seinen Hals. Aren traute dem Priester nicht, wie er auch dem raschen Aufstieg des neuen Glaubens nicht recht traute. Zu schnell hatte er den Glauben an die Zwölfgötter abgelöst. Auch er hatte sich gegen Aren gestellt, im Gegensatz, zu Renard aus dem Hause Gifrey, ein mächtiger und reicher Adeliger aus der Hauptstadt, dessen Ahnen schon bei der Gründung Elderans dabei gewesen sein sollen. Aren konnte die Beweggründe nur erahnen, warum er gegen den Antrag abgestimmt hatte, da die beiden sich eigentlich nie sonderlich gut leiden konnten.

Die Einzige, die sich im Rat noch gegen den Antrag ausgesprochen hatte, war Eolia. Eolia war eine schöne Frau, die ihre rabenschwarzen Haare unter einem schneeweißen Tuch verbarg. Ihre ebenmäßigen Gesichtszüge zeugten nicht von den vielen Jahren, die sie schon gelebt hatte. Einzig aus ihren dunkelgrünen Augen sprach die Weisheit von vielen Jahren. Aren schätzte sie als Sprecherin der Elfen, ihres Volkes, auch wenn sie meistens nicht einer Meinung waren. Hier, zu seinem Glück, waren die Beiden es doch einmal.

An der Stirnseite des Tisches saß Erewat, der erstgeborene Sohn des Königs und Thronfolger des Reiches. Die für sein junges alter harten Gesichtszüge hatte er von seinem Vater geerbt, während Aren in seinen stahlblauen Augen seine bereits vor vielen Jahren verstorbene Mutter wiedererkannte. Erewat war noch recht jung und manchmal etwas unbesonnen, doch besaß er einen wachen Geist. Aren war sich sicher, dass er mit den richtigen Leuten an seiner Seite, einmal ein weiser und gerechter Herrscher werden würde. Auch Erewat hatte sich für den Antrag ausgesprochen. Er wich Arens Blick aus und starrte stattdessen unsicher den Mann an, der ihm gegenübersaß.

Aren folgte Erewats Blick und ließ ihn nun auf dem Mann ruhen, dessen Stimme alles entscheiden würde. Er saß an der anderen Stirnseite des Tisches, in einem prunkvollen, mit burgunderrotem Stoff gepolsterten Ohrensessel. Er konnte förmlich den Zwiespalt, der in ihm herrschen musste, in seinem Gesicht erkennen. Die Stirn des Königs war in tiefe Falten gelegt, so dass die buschigen, grauen Augenbrauen sich beinahe berührten. Der Blick seiner dunkelbraunen Augen ging ins Leere. Seine Stimme besaß im Rat das doppelte Gewicht, was ihm bei knappen Entscheidungen dazu ermächtigte, letztlich zu bestimmen, so wie es auch hier nötig war. Doch dieses Recht lag nun auf seinen Schultern wie eine schwere Bürde. Seine Arme hatte er in seinem Schoß gefaltet, doch bewegten sich seine Daumen leicht hin und her, ein eindeutiges Zeichen, das er im Zwiespalt mit sich selbst war. Aren kannte Erowein schon seit seiner frühesten Kindheit an. Er hatte schon so oft in dessen Gesicht geblickt, aber noch nie hatte es so müde, so ausgezehrt gewirkt wie in diesem Moment. Noch nie schien die Krone, die auf seinem langen grauen Haar ruhte, so schwer zu wiegen, ihm eine solche Last zu sein. Würde er wirklich ihrem Antrag zustimmen? Wenn er so lange überlegte, musste er es mit Sicherheit mehr als nur in Betracht ziehen. Arens Anspannung verstärkte sich weiter. In diesem Moment durchbrach die helle Stimme einer Frau das unerträglich lange Schweigen.

„Eure Majestät, seid Ihr zu einer Entscheidung gelangt?“, säuselte sie, woraufhin eine weitere kurze Pause folgte. „Werdet ihr dem Antrag zustimmen und Meister Aren wegen Missachtung der königlichen Befehle und damit wegen Hochverrats aus dem hohen Rat ausschließen?“, fuhr sie fort.

Arens Blick fiel nun auf Iseria, die vor dem König gestanden hatte und nun förmlich durch den Raum zu schweben schien. Sie war wahrhaftig wunderschön, das musste er zugeben. Ihr hübsches Gesicht wurde von langen, geflochtenen, blonden Haaren umrahmt, in dem kleine, bunte Blumen eingewebt worden waren. Ihre strahlenden, hellblauen Augen ruhten für einen Moment auf Aren, während ihr voller Mund ihn sanft anlächelte. Doch lag in diesem Lächeln kein Wohlwollen, sondern es ging etwas Gefährliches davon aus. Dennoch konnte dieser Blick einen Mann wahrlich um den Verstand bringen. Ihr langes, dunkelgrünes Kleid saß perfekt an ihrem makellosen Körper, betonte gleichermaßen ihre Brüste, wie auch ihre Hüften. Ein schmaler Einschnitt gab bei jedem ihrer eleganten Schritte den Blick auf einen ihrer langen, schlanken Beine preis. Kein Wunder das der Sohn des Königs, sowie die meisten anderen Männer am Hofe, ihr sofort verfallen war. Aber Aren spürte, seit dem Tag, an dem er sie zum ersten Male zu Gesicht bekommen hatte, als sie, wie aus dem Nichts, am Königshof aufgetaucht war, dass irgendetwas mit ihr nicht stimmte. Er hatte bis jetzt noch keine Ahnung was genau ihn an ihr so beunruhigte, aber er spürte, dass eine unnatürliche Kraft, ja fast so etwas wie dunkle Magie, von ihr ausging. Allerdings hatte er nie irgendwelche Beweise dafür finden können. So hatte er dann auch keine Möglichkeit gehabt, die Hochzeit zwischen Iseria und Erewat mitsamt ihrer Krönung zur Prinzessin, sowie dem damit verbundenen Platz im Hohen Rat zu verhindern. Allerdings behielt er sie, soweit es in seiner Macht stand, immer im Auge. Sie wiederrum versuchte ihrerseits, hinter seinem Rücken, ihren Einfluss zu stärken und Arens Position im Rat zu schwächen. Jetzt schien sich ihre Arbeit endlich für sie auszuzahlen. Aren selbst hatte dafür gesorgt, dass sich ihr die perfekte Gelegenheit bot, ihn aus dem Weg zu räumen. Er hatte sich den königlichen Befehlen widersetzt, als er Tom und seine Freunde hierhergebracht hatte. Noch dazu haben bei dieser Aktion drei gute Soldaten ihr Leben gelassen. Auch wenn Iseria diesen Soldaten sicherlich keine einzige Träne nachweinen würde, so kam ihr dies doch äußerst gelegen. Aren, der die möglichen Konsequenzen einer solchen Tat kannte, musste wohl froh sein, dass er ein Mitglied des Rates und enger Vertrauter des Königs war, denn sonst hätte man ihn vermutlich gehängt oder noch weitaus schlimmeres mit ihm angestellt.

Dennoch hatte er gehofft, dass er noch genügend Einfluss im hohen Rat besaß, dass er ohne ernstere Konsequenzen aus dieser Sache herauskommen würde. Wie sehr er sich doch getäuscht hatte. Einen Teil des Rates hatte Iseria bereits in kürzester Zeit auf ihre Seite gezogen, weshalb nun die Stimme des Königs die Entscheidung herbeiführen musste. Je länger dieser sich dafür Zeit ließ, desto geringer wurde Arens Hoffnung, dass sie in seinem Sinne ausfallen würde. Doch selbst, wenn der König gegen ihn entscheiden würde, so bereute er seine Tat nicht. Er musste einfach so handeln, ihm blieb gar keine andere Wahl, bei dem, was ihm in seiner Vision gezeigt wurde.

„Ja, ich bin zu einer Entscheidung gelangt", die tiefe Stimme von Erowin hallte durch den kleinen Saal. Für einen kurzen Moment schienen alle Anwesenden ihren Atem anzuhalten. Er seufzte kurz, ehe er weitersprach. „Hiermit stimme ich dem Antrag von Lady Iseria zu. Meister Aren wird wegen Missachtung der königlichen Befehle aus dem hohen Rat ausgeschlossen."

Wieder breitete sich Stille in dem Saal aus, nur durchbrochen von dem klackenden Geräusch von Iserais Absätzen, das bei jedem Schritt, den sie auf dem Marmorboden tätigte, durch den Raum hämmerte. Aren war fassungslos. Sie hatte es tatsächlich geschafft. Sie hatte ihn aus dem Rat befördert. Damit hatte sie seinen Einfluss auf den König enorm geschwächt. Das war nicht gut und er ahnte, dass gefährliche Zeiten auf das Königreich zukommen würden. Er brauchte eine ganze Weile, ehe er wieder einen klaren Gedanken fassen konnte.

„Hiermit wird die heutige Sitzung offiziell beendet, es sei denn, jemand hat noch ein dringliches Anliegen", vernahm Aren Den Varians Stimme wie aus weiter Ferne. Beinahe hätte Aren diese Gelegenheit verpasst und damit die vorerst letzte Möglichkeit für ihn noch einmal mit dem König zu sprechen.

Er räusperte sich einmal, ehe er sprach. „Ich würde gerne noch etwas Wichtiges unter vier Augen mit euch besprechen, eure Majestät", wandte er sich an den König. „Falls ihr mir dies gestattet, natürlich", fuhr er fort. „Ich versichere Euch, es geht dabei nicht um meinen Ausschluss aus dem Rat", fügte Aren hinzu, als nicht sofort eine Antwort kam und er die Anspannung im Raum bemerkte. Es wäre unklug gewesen dem Urteil des Rates zu widersprechen, vor allem in seiner derzeitigen Lage.

„Wenn das euer letzter Wunsch als Ratsmitglied ist, so wird er euch gewährt. Trefft mich heute Nachmittag zur vierten Stunde in meinem Studierzimmer", kam die Antwort des Königs kurz und emotionslos, ehe er sich von seinem Sessel erhob und den Raum schnellen Schrittes verließ. Ihm folgte Brodwin, der im Vorbeigehen noch einmal seine Hand fest auf Arens Schulter drückte.

Aren tigerte unruhig vor der schweren Eichentüre auf und ab, während er in Gedanken versunken auf die Audienz beim König wartete. Er wusste nicht, ob er noch das Wohlwollen König Eroweins besaß, oder ob ihm die Missachtung des königlichen Befehls doch mehr gekostet hatte, als er gehofft hatte. Er war in Gedanken bereits tausende von Entschuldigungen durchgegangen, verwarf sie jedoch alle wieder, da sie seine Lage wohl eher noch verschlimmert hätten. Es war ohnehin zwecklos sich für das, was er getan hatte, zu entschuldigen. Immerhin hatet er gegen den Befehl des Königs gehandelt, was so viel bedeutete wie Hochverrat. Insofern wurde ihm klar, dass er noch Glück hatte, nur aus dem Rat ausgeschlossen zu werden und überhaupt noch eine Audienz beim König bekommen zu haben. Folglich besaß er vielleicht doch noch einen gewissen Stand beim König. Er beschloss also, das Gespräch erst einmal laufen zu lassen, um dann zu sehen, wie Erowein nun von ihm dachte, bevor er seinerseits aktiv werden würde. *Ich hoffe es war das alles wirklich wert,* begann Aren für einen kurzen Moment an sich zu zweifeln und fragte sich, ob er sich nicht vielleicht doch getäuscht hatte, besann sich jedoch schnell wieder eines Besseren. *Nein es musste einfach stimmen. Ich habe es ja selbst gespürt. Selbst gesehen. Er ist besonders. Er IST wichtig. Sie alle sind wichtig. Wichtiger noch als ich und meine Stellung im Rat. Sie müssen es einfach sein.* Aren wurde wieder selbstsicherer.

Er war gerade im Begriff, sich wieder auf die steinerne Bank an der Wand des Ganges zu setzen, als er das metallene Klicken des Schlosses hörte, das von innen geöffnet wurde. Kurz darauf schwang die Türe langsam und geräuschlos auf. Brodwin stand in der Tür. Er füllte den Türrahmen fast zu Gänze aus.

„Ihr dürft nun eintreten“, sprach dieser, schaute Aren dabei tief in die Augen und machte dann den Weg für ihn frei. Aren meinte Mitleid in seinem Blick erkennen zu können.

„Danke, Sir Brodwin“, antwortete Aren kurz, nickte ihm zu und betrat das Arbeitszimmer des Königs. Die schweren burgunderroten Vorhänge waren zugezogen und dämpften das Licht der Sonne so, dass der Raum sehr düster wirkte. Direkt gegenüber der Eingangstüre war zwischen den zwei hohen Fenstern die Karte des Königreiches kunstvoll an die Wand gezeichnet worden. An den übrigen Wänden standen unzählige Regale mit Büchern und Schriftrollen. Der König selbst saß an seinem schweren, aus dunklem Liderholz gefertigten Schreibtisch und drückte gerade das königliche Siegel in das Wachs, welches er auf eine Pergamentrolle getropft hatte, um diese zu versiegeln. Aren stand nur da, darauf wartend, dass der König sich ihm zuwandte. Im Schein der Kerze, die vor dem König brannte, schien das Wachs förmlich zu glühen. Schließlich hob der König seinen Kopf und schaute ihm direkt in die Augen.

„Mein König“, sagte Aren höflich und verbeugte sich dabei.

Der König musterte ihn kurz, ehe er schwer seufzte und dann seinerseits das Wort ergriff. „Wisst ihr was das hier ist?“, fragte er Aren.

„Nein mein König, das weiß ich nicht“, antwortete er.

„Dies ist ein Brief an die Witwe von Harol, einem der im Kampf gefallenen Soldaten. In dem Kampf, den ICH ausdrücklich verboten habe“, erklärte der König mit Nachdruck. „Jetzt muss ich ihr irgendwie erklären, wieso ihr Mann gestorben ist, wieso ihre zwei kleinen Kinder keinen Vater mehr haben.“

„Eure Hoheit ich…“, stammelte Aren

„Genug. Ich will keine billigen Ausreden hören. Ich kann mir zwar nicht vorstellen welcher es gewesen ist, doch hattet Ihr mit Sicherheit einen Grund für euer dämliches Vorgehen“, Aren merkte, wie Erowein Mühe hatte, die Wut, die in ihm kochte, zurückzuhalten. „Zumindest hoffe ich das. Denn ansonsten muss ich mir doch ernste Sorgen um euren geistigen Gesundheitszustand machen“, fuhr er fort, ehe sich ein kurzes Schweigen einstellte.

Ok das ist jetzt meine einzige Chance das Gespräch positiv zu gestalten, wusste Aren. Er sortierte noch einmal kurz seine Gedanken, um nichts zu sagen, was den König noch mehr erzürnen könnte, dann räusperte er sich kurz, ehe er vorsichtig zu sprechen begann. „Allerdings hatte ich einen guten Grund für meine Handlungen“, Aren hielt kurz inne und versuchte eine Regung bei Erowein auszumachen, jedoch war keine zu erkennen, weshalb er fortfuhr. „Dieser Grund betrifft die Geretteten, für welche bedauerlicherweise gute Soldaten wie Harol ihr Leben lassen mussten.“ Wieder pausierte Aren kurz. Gut, es sah so aus, als hörte ihm der König wirklich zu und interessierte sich für seine Rechtfertigung. „Vor allem drei von ihnen, da bin ich mir sicher“, fuhr er fort, „werden noch eine wichtige Rolle beim Erhalt unseres Reiches spielen.“

„Ist das so?“, der König blickte ihn unergründlich an. Er hatte sich erstaunlich schnell wieder beruhigt. „Ihr glaubt also, dass ein paar völlig Fremde von Nöten sind, um unser Reich zu erhalten?“, fragte er Aren.

„Ja, davon bin ich überzeugt, eure Majestät“, erwiderte Aren entschlossen.

„Wie könnt ihr Euch da so sicher sein, dass Ihr gleich einen MEINER Befehle missachtet?“, Die Worte klangen bedrohlich, aber dieses Mal schien keine Wut mehr in den Worten mitzuschwingen.

„Zum einen“, fuhr Aren ruhig fort „war es einer dieser Geretteten, der in Lady Keras Vision vorkam, ehe sie von uns gegangen ist. Sie sprach zu mir in ihrer letzten Nacht, dass das Schicksal dieser Welt in seinen Händen liegen wird. Sie hat Euch auch davon erzählt, nicht wahr?“, fragte er den König.

„Ja, das hat sie“, antwortete dieser und sein Gesichtsausdruck veränderte sich. Erowein kam ins Grübeln.

„Lady Keras Visionen waren bis zu ihrem Tod immer zutreffend, das wisst Ihr so gut wie ich", fuhr Aren weiter fort. „Zum anderen habe ich ihn selbst in meinen eigenen Visionen gesehen und die enorme Macht in ihm gespürt. Bei den schrecklichen Ereignissen der letzten Nacht konnte ich sie sogar mit eigenen Augen sehen. Er hat eines der antiken Lanerischwerter geführt. Nur die Götter wissen, wie es ausgerechnet bei ihm gelandet ist, geschweige denn, wie er seine Macht nutzen konnte." Aren machte eine kurze Pause und sah, wie des Königs Augen sich verengten und er ihn genauer musterte, um erkennen zu können, ob Aren auch tatsächlich die Wahrheit sprach. „Wenn das nicht ein eindeutiges Zeichen für die Macht ist, die in ihm liegt, dann weiß ich auch nicht mehr." Aren wusste, dass er jetzt nahe dran war sein Ziel noch zu erreichen, also fuhr er in für seine Verhältnisse emotionalem Ton fort. „Daher bin ich mir sicher, dass er zusammen mit seinen Freunden noch eine große Rolle hier spielen wird. Deshalb sah ich mich gezwungen, meinen Ruf, meine Stellung, ja sogar mein Leben für diese Menschen zu riskieren, selbst wenn ich noch nicht genau erkennen kann, welche Rollen sie spielen werden, mein König", schloss er seinen kleinen Vortrag ab. Wieder herrschte für einen kleinen Moment Stille. Mehr wollte Aren dem König noch nicht verraten, da er sich selbst bei den Omen, die er erblickt hatte noch nicht ganz sicher war. Darüber hinaus glaubte er, dass der König seine Vermutungen eher als Manipulationsversuch seinerseits werten würde.

„Was genau ist nun das Anliegen, wegen dem Ihr hergekommen seid?", fragte der König ruhig. Er ließ sich nicht anmerken, ob er den Worten Arens glauben schenkte oder nicht. „Ihr verschwendest unsere Zeit doch sicher nicht nur wegen dieser Erklärungsversuche."

„Natürlich nicht, mein König", antwortete Aren, dann reckte er sich etwas, um so würdevoll wie möglich auszusehen, ehe er seine Bitte vortrug. „Mein Anliegen besteht darin, die drei Geretteten an der Akademie aufzunehmen. Sie werden dabei voll und ganz unter meiner Aufsicht stehen. Ich weiß, dass das normalerweise Angelegenheit der Akademie selbst ist, da Ihr aber beschlossen habt, den Ankömmlingen allen eine passende Arbeitsstelle zuzuweisen, muss ich mit diesem

Anliegen direkt zu Euch kommen. Ich werde dort selbst verständlich die volle Verantwortung für die Drei und alles, was sie machen, übernehmen“, schloss Aren ab.

Erowin sah ihm noch einmal tief in die Augen. Wenn er sich entschieden hatte, ihm zu glauben und sein Anliegen zu erfüllen, so war es für Aren nicht zu erkennen.

Aren trat aus dem Zimmer, wobei er sich noch ein letztes Mal umdrehte. "Ich halte das nach wie vor für eine miserable Idee, Eure Majestät“, mit diesen Worten zog er die Türe hinter sich ins Schloss.

Kapitel 5: Das Erwachen

Als Tom sanft aus seinem tiefen Schlaf erwachte, musste er erst einmal etwas Ordnung in seine noch wirren Gedanken bringen. Sofort durchfluteten die Erinnerungen an den grausamen Abend seinen Geist. Er hoffte inständig, dass all das nur ein böser Traum gewesen war. Einer, wie er schon so oft einen erlebt hatte. Dass, wenn er seine Augen öffnete, er die weiße Decke seiner kleinen Wohnung anstarren würde. Dass ihm ein weiterer langer und öder Tag an der Universität bevorstünde. Allerdings war es diesmal anders. Als sonst. Er konnte sich immer noch an jede Kleinigkeit dieses Alptraums erinnern. Auch die harte Matratze auf der er lag schmälerte die Hoffnung, dass alles tatsächlich nur ein böser Traum war. Ebenso, wie der stechende Schmerz, den er bei jedem Atemzug verspürte. Dennoch klammerte er sich verzweifelt an diesen winzig kleinen Hoffnungsschimmer. Es konnte, es durfte einfach nicht passiert sein.

Tom atmete tief ein. Der Schmerz, der durch seine Glieder fuhr war so heftig, dass er den Atem kurz anhielt, ehe er langsam ausatmete und seine Augen öffnete. Die Sonne strahlte hell und blendete ihn durch das dunkle, grüne Tuch das über seinem Bett gespannt worden war. Er schloss seine Augen sofort wieder, in der Hoffnung, dass sie ihm im Halbschlaf nur einen Streich gespielt hatten. Nach kurzem Zögern öffnete er sie erneut. Jetzt nahm er den dunklen, geflickten Stoff deutlicher wahr. Sein Herz begann immer schneller zu schlagen. All die Erinnerungen brachen nun noch heftiger über ihn herein. Er durchlebte noch einmal die Geschehnisse der letzten Nacht. Die Monster, die toten Mädchen, die zahllosen zerstückelten Leichen, ihr Kampf, ihre Flucht durch das Licht. Und immer wieder sah er Chris, wie er reglos und blutüberströmt auf dem Boden lag.

Tom schüttelte seinen Kopf, um die Gedanken zu vertreiben ehe er sich mühsam aufrichtete. Sein ganzer Körper schmerzte und weigerte sich beinahe, ihm zu gehorchen. Es bedurfte einer enormen Kraftanstrengung, bis er es schließlich geschafft hatte, am Rand des Bettes aufrecht zu sitzen. Das harte Bett, wenn man es überhaupt so nennen konnte, bestand aus einigen Strohballen über die ein weißes Bettlaken gelegt worden war, das mit getrockneten Blutflecken übersäht war. *Ist das alles mein Blut,* fragte er sich, während er den Verband an seiner Schulter begutachtete. Gut möglich. Er hatte in der Nacht einiges abbekommen. Seine verletzte Schulter pochte immer noch bei jedem Herzschlag. Übelkeit stieg in ihm auf und ihm wurde schwindelig. Sein Kreislauf schien nicht einverstanden damit zu sein, dass er sich so schnell aufgesetzt hatte. Er musste sich an den Strohballen festkrallen, damit er nicht einfach wieder umfiel. Als der erste Schwindel sich wieder etwas gelegt hatte, begann Tom sich umzusehen. Er lag inmitten eines kleinen, eckigen Zeltes. Der dunkle grüne Stoff bildete die Zeltwand. In der Mitte des Zeltdachs befand sich eine kreisrunde Öffnung durch die der Rauch abzog, welcher von dem kleinen Lagerfeuer in der Zeltmitte ausging. Über dem Feuer hing ein gusseiserner Topf an einem Holzgestell, in dem etwas leise vor sich hin köchelte. Es duftete nach frischem Gemüse und Kartoffeln, allerdings verspürte er im Moment nicht den geringsten Hunger. Nun erst fiel sein Blick auf Ben, der auf einem ähnlichen Bett wie dem seinem ihm gegenübersaß. So wie er dahockte, mit gebeugtem Rücken und gedankenverlorenem Blick, wirkte er viel kleiner als gewöhnlich. Auch Ben schien ihn erst jetzt zu bemerken und seine düstere Miene begann sich ein wenig aufzuhellen.

„Gott sei Dank, du bist endlich wach!", entgegnete Ben. Erleichterung, aber auch eine gewisse Trauer und Resignation schwangen in Bens Stimme mit während er aufstand und zu Tom herübereilte. „Wie geht es dir?"

Tom reckte sich leicht und der stechende Schmerz fuhr ihm wieder durch alle Glieder, dass er sogleich zusammenzuckte. Sein schmerzverzerrtes Gesicht muss Ben erschreckt haben, denn der blieb kurz vor ihm stehen. „Was ist los? Du siehst noch nicht gut aus. Vielleicht solltest du dich lieber wieder hinlegen", sagte er in sorgenvollem Ton, während er Tom genau beobachtete.

„Alles gut, ich.., Ben... Ich... Was ist passiert? Wo sind wir hier?", fragte Tom benommen von den Schmerzen und dem Schwindelanfall, der ihn nach dem Aufsetzen überkam.

„Ich wünschte, ich könnte dir etwas sagen, jedoch habe ich immer noch keine Ahnung, was genau passiert ist", antwortete Ben niedergeschlagen. „Niemand hier will mit uns reden, niemand will uns sagen was passiert ist, niemand sagt uns wie es weiter gehen soll. Sie sagen uns nicht einmal, wo wir hier sind. Ich hoffe nur, dass wir bald wieder nach Hause können. Ich muss zu meiner Familie. Wenigstens geht es dir wieder etwas besser, ich habe mir solche Sorgen gemacht. Du hast drei Tage durchgeschlafen und niemand konnte sagen, ob du jemals wieder aufwachst.", der Hauch eines Lächelns kroch über seine Lippen, während er vorsichtig eine Hand auf Toms unverletzte Schulter legte.

„Drei ganze Tage?" entgegnete Tom ungläubig. In den letzten zwei Jahren hat er kaum einmal mehr als vier Stunden am Stück geschlafen und jetzt gleich ganze drei Tage.

„Ja, ganze drei Tage ich habe mir wirklich Sorgen gemacht", kam es von Ben zurück. „Sie sagten, sie haben alles Menschenmögliche getan um dir zu helfen und es liegt nun an dir, ob du es schaffst oder nicht. Ob du kämpfst oder aufgibst. Man bin ich froh, dass du nicht aufgegeben hast", er machte eine kurze Pause und blickte zum Zelteingang. „Ich würde dir wirklich gerne sagen, was hier vor sich geht, aber wie gesagt, will ja niemand hier mit uns reden", fuhr Ben fort. Er war sichtlich froh darüber, endlich jemanden zum Reden zu haben. „Ich kann mir einfach keinen Reim auf all das machen was passiert ist, geschweigen den auf diesen Ort hier. Es ist einfach alles so... seltsam", der Frust war ihm deutlich anzumerken.

Bei diesen Worten kamen auch die letzten Erinnerungen in Tom zurück und er blickte sich weiter in dem Zelt um. Außer Ben war niemand hier. Er atmete einmal tief ein, um sich auf die nun folgende Frage vorzubereiten, doch brauchte er noch etwas, um den Mut zu aufzubringen, damit er die Frage stellen konnte, dessen Antwort er womöglich nicht hören wollte. „Wie... Wie geht es Chris?", fragte er stotternd.

Die darauffolgende Stille und Bens Blick, der ihm auszuweichen versuchte, sowie sein leichtes Kopfschütteln, sagten ihm, was er bereits befürchtet hatte. Chris hatte nicht überlebt. Ein heftiger Stich durchzog seinen ganzen Körper, hundertmal schlimmer noch, als der Messerstich, den er im Kampf erlitten hatte. Er fühlte sich, als würde er in ein tiefes, schwarzes Loch fallen, als würde in diesem Moment auch ein Teil von ihm sterben. Er kannte Chris schon, seit er denken konnte. Er war der Einzige, der in den schlimmsten Stunden für ihn da gewesen war. Er war einfach immer da gewesen. Und nun? Nun wird er nie wieder da sein. Er wird ihm nie wieder zur Seite stehen, nie wieder mit ihm reden, lachen oder weinen können. Sein Atem wurde schwerer, er konnte kaum mehr einen vernünftigen Gedanken fassen. Tränen füllten seine Augen. Er dachte an all die schönen Erinnerungen, die ihm jetzt als Einziges geblieben waren. Dabei schwirrte auch Lucys Gesicht immer wieder durch seinen Kopf. Erst jetzt begann er langsam zu begreifen, dass Chris nicht der Einzige war, der für ihn da gewesen ist. Lucy. Sie war ebenfalls immer mit dabei, gerade auch in seiner schwersten Zeit. Auch sie war immer für ihn da gewesen. Diese Tatsache schien ihm erst jetzt wirklich bewusst zu werden. Seit er sie kannte war sie genauso wichtig für ihn geworden wie Chris. Nun brannte ihm die Nächste Frage unter den Nägeln, doch fürchtete er sich diese zu stellen, aus Angst, die Antwort könnte dieselbe sein wie vorhin. Schließlich konnte er sich dann doch dazu durchringen.

„Und Lucy? Wie... Wie geht es ihr?" fragte Tom mit trockenem Mund und mit brüchiger Stimme.

Ben seufzte leicht, eher er antwortete. „Sie... sie lebt, hat aber seit drei Tagen weder geredet oder gegessen, geschweige denn geschlafen."

„Wo... Wo ist sie jetzt?", wollte Tom erleichtert wissen. Er spürte, dass er zu ihr gehen und bei ihr sein musste, um... Um was genau zu tun? Er wusste es nicht. Er wusste nur, dass er zu ihr musste. Und zwar jetzt gleich.

„Sie sitzt draußen, direkt vor dem Zelt an dem kleinen See", antwortete Ben in gedämpftem Ton.

Tom stand langsam auf. Er fühlte sich wackelig auf den Beinen und es bedarf einiger Anstrengung, ehe er aufrecht stehen und einen Fuß vor den anderen setzen konnte. Von einem heftigen Schwindelanfall erfasst, wäre er beinahe wieder nach hinten umgekippt, hätte Ben ihn nicht mit einem beherzten Griff gepackt und festgehalten.

„Alles Ok? Ich glaube nicht, dass du schon aufstehen solltest?", fragte Ben besorgt, als er Tom festhielt und in sein kreidebleiches Gesicht schaute.

„Ich... Mir geht's gut. Ich..." antwortete Tom trotzig und schwer atmend. „Ich schaff das... alleine, danke." Reden und stehen gleichzeitig beanspruchte ihn sehr. „Ich muss... Ich muss nach Lucy sehen", japste er atemlos. Dann machte er einen Schritt vorwärts, während Ben seinen Griff etwas lockerte.

Er wankte, immer noch benommen, langsam und wackelig auf den Ausgang zu. Er fühlte sich, als hätte er einen Gipfel im Sprint bestiegen. Es dauerte eine Weile, bis er den Zeltausgang erreichte. Es kam ihm so vor, als wöge der Stoff mehrere Tonnen und es bedurfte all seiner Kraft, um ihn beiseite zu schieben. Er atmete einige Male tief ein, um den erneuten Schwindel in seinem Kopf Einhalt zu gebieten. Das Einzige, das er damit jedoch erreichte, war, dass der Schmerz erneut heftig durch seine Glieder fuhr und er einen unterdrückten Schrei von sich ließ. Er schloss kurz die Augen und sammelte seine Kräfte, ehe er aus dem Zelt schritt und sich dort umsah. Lucy saß einige Meter vor ihm auf dem Boden. Die Arme um ihre Beine geschlungen, starrte sie auf den kleinen, malerischen See hinaus, der sich direkt vor ihrem Zelt erstreckte. Die Wasseroberfläche kräuselte sich leicht im warmen Wind, der sanft zu ihnen herüberwehte. Tom setzte sich schwankend in Bewegung und ging langsam zu ihr hinüber. Als er bei ihr angekommen war, blieb er schwer atmend neben ihr stehen und blickte zu ihr hinunter. Ihre Augen waren verwaschen von den unzähligen Tränen, die sie in den letzten Tagen vergossen haben musste. Sie schien ihn nicht zu bemerken, oder vielleicht wollte sie ihn einfach nicht bemerken. Unfähig auch nur ein

Wort zu sagen und um nicht einfach umzukippen, setzte er sich schweigend neben sie auf den Boden. Es kam ihm vor wie eine halbe Ewigkeit, die sie so schweigend nebeneinandersaßen, den Blick auf den Grund des kristallklaren Sees gerichtet. Tom war überfordert. Er hatte keine Ahnung, was er tun, was er sagen sollte. Er wollte ihr irgendwie helfen, sie irgendwie aufmuntern. Nur wie. Was macht man nach so etwas. Er wusste selbst am besten, dass nichts was man gesagt bekommt einem in diesem Moment auch nur im Entferntesten helfen kann. Irgendwann war die Anspannung für ihn nicht mehr zu ertragen und er legte ganz vorsichtig seinen unverletzten Arm um ihre Schulter. Er atmete ein paar Mal tief ein, voller Angst, da er nicht wusste, wie sie darauf reagieren würde. Schließlich schmiegte Lucy ihren Kopf ganz sachte an Toms Schulter. Er spürte, wie ihr Körper vor Trauer zu beben begann, fühlte, wie Lucys heiße Tränen auf seine Schulter tropften. Sein Herzschlag beruhigte sich etwas. Er blickte zu ihr herüber und sah in ihr von Trauer zerfressenes Gesicht. Darin war nichts mehr, von der Lebensfreude, die es sonst immer ausstrahlte zu sehen. Sogar ihre einstmals tiefblauen Augen schienen all ihre Leuchtkraft verloren zu haben und blickten in mattem stahlblau weiter stur auf den Grund des Sees. Tom wusste, dass es nun keinerlei Worte bedarf, und legte seinerseits den Kopf sanft auf den Ihren und begann, zusammen mit ihr, unzählige Tränen zu vergießen. Er wusste nicht einmal mehr, wann er das letzte Mal überhaupt geweint hatte. Es war, als würden alle Dämme brechen, als die Beiden Arm in Arm hemmungslos zusammen weinten. So saßen die Beiden noch einige Zeit schluchzend nebeneinander am Ufer des Sees, um sich gegenseitig ein wenig Trost zu spenden.

Schon bald verlor Tom sich in seinen eigenen Gedanken. Immer wieder schwirrten die Vorkommnisse des schrecklichen Abends durch seinen Kopf. All die grausamen Monster mit ihren voller Hass lodernden Augen, der Junge, der neben ihm auf dem Boden gelegen hatte. Das Mädchen, das in ihrem eigenen Blut lag. Er sah dem anderen Mädchen wieder und wieder in ihre angsterfüllten Augen, als das Messer durch ihr Herz gerammt wurde. Er sah die verstümmelten Leichen auf dem Boden liegen, sah den Reiter krachend in der Wand einschlagen und immer wieder hallte Lucys Schrei durch seinen Kopf, während der tote Körper von Chris begann, sich vor seinem inneren Auge zu drehen.

Wäre ich doch nur schneller gewesen, dann könnte er jetzt noch leben, machte Tom sich heftige Vorwürfe. *Hätte ich nur anders reagiert. Wäre ich nicht so selbstzufrieden, so arrogant gewesen, nachdem ich zwei von diesen Biestern erlegt hatte. Hätte ich Chris gleich geholfen, würde er jetzt mit Sicherheit noch leben.* Wieder einmal begann er, sich selbst innerlich zu zerfleischen, wie er es schon so oft getan hatte. Sein Selbsthass erreichte schon bald völlig neue Dimensionen. Allmählich schweiften seine Gedanken ab, ohne dass er es bemerkte. Tom begann sich nun wieder an etwas zu erinnern, was er vor einiger Zeit tief in seinem Gedächtnis vergraben hatte. Etwas, von dem er gehofft hatte, dass er niemals wieder daran denken musste, von dem er gehofft hatte, dass er es für immer irgendwo in seinem Geist begraben hätte. Er erinnerte sich wieder so genau daran, als würde es noch einmal geschehen, erlebte noch einmal diesen Tag vor ziemlich genau vier Jahren.

Er kam spät nach Hause, später als sonst üblich. Er öffnete die Haustüre und schritt in den engen, dunklen Hausflur. Durch den offenen Türspalt drang gedämpftes Licht und es hallte die leise Melodie eines ruhigen Liedes im Gang wider.

„Hallo, ich bin wieder zu Hause“, sagte er mit gedrückter Stimme. Keine Antwort kam. „Mum? Ich bin wieder da.“ Nun klang seine Stimme schon etwas lauter. Wieder keine Antwort. Ein mulmiges Gefühl wuchs rasch in ihm heran. Sein Herzschlag beschleunigte sich. „Mum?“ hallte seine Stimme nun laut und dennoch zerbrechlich durch den Flur, während er sich langsam dem Lichtschein näherte, der aus dem Bad drang. „Mum?“ Noch ein letztes Mal erklang seine nun fast schon verzweifelt klingende Stimme, eher er die Badtüre erreichte. Er hörte nur seinen eigenen rasenden Herzschlag und die ruhige, gleichbleibende Melodie des Liedes, welches aus dem Radio im Bad kam. Tom atmete noch einmal tief ein, eher er die Türe vorsichtig zur Seite schob.

Alles an das er sich danach noch erinnern konnte, war das blutrote Wasser der Badewanne und das starre Gesicht seiner Mutter, die darin lag. Sie hatte sich umgebracht, hatte sich die Pulsadern aufgeschlitzt. Es schien fast so, als lag ein leichtes Lächeln auf ihrem Gesicht. Ein Anblick, der sich so sehr in sein Gedächtnis eingebrannt hatte, dass ihm nichts anderes übriggeblieben war, als ihn so tief in seinem Geist zu begraben, wie nur irgend möglich. Danach war er wochenlang nicht mehr imstande gewesen, einen klaren Gedanken zu fassen. Später hatte er erfahren, dass sie noch nicht lange tot gewesen sein konnte. *Wäre ich doch nur früher nach Hause gekommen, dann hätte ich sie stoppen können. Ich wusste doch, dass sie krank war.* Die alten Vorwürfe, von denen er dachte, er hätte sie längst so tief vergraben, dass sie nie wieder ans Tageslicht gelangen konnten, vermengten sich nun mit den neuen.

Leere begann allmählich sich in ihm auszubreiten. Und mit der Zeit füllte sich diese Leere mit Wut, mit unbändiger Wut. Wut auf die Welt, die all das geschehen ließ. Wut auf die grässlichen Kreaturen, die all diese grausamen Dinge angerichtet haben, die Chris getötet haben. Wut auf seine Mutter, die ihn einfach alleine gelassen hatte. Wut auf seinen Vater, der ihn schon vor seiner Geburt verlassen hatte. Wut auf sich selbst, dass er all das nicht verhindern konnte, dass er immer wieder zu spät gekommen war. *Ich hätte sie retten können. Sie retten müssen.* Ganz allmählich begann sich ein weiteres Gefühl einzuschleichen. Trotz. *Ich will nie wieder jemanden verlieren, der mir etwas bedeutet.* Er blickte hinab zu Lucy, die nun ruhig atmend in seinen Armen lag. Sie hatte mittlerweile aufgehört zu weinen. Er wusste nicht, wie lange sie schon so am Ufer saßen. *Ich werde nie wieder zu spät kommen,* gab er sich ein unumstößliches Versprechen. *Ich werde nie wieder jemandem im Stich lassen. NIE WIEDER!* Langsam schaffte er es, damit aufzuhören, sich selbst weitere Vorwürfe zu machen. *NIE WIEDER!* Mit jedem wiederholen dieses Versprechens, wuchs seine Entschlossenheit und es begann wieder etwas Lebensmut zurückzukehren. *NIE WIEDER!* Noch ein letztes Mal schwor er es sich.

Ein lautes Poltern hinter ihm riss ihn vollends aus seinen Gedanken. Er hob seinen Kopf und drehte sich erschrocken um. Hinter ihm wurde eine schwer beladene Holzkarre von zwei riesigen ochsenähnlichen Tieren, die allerdings vier Hörner besaßen, langsam den steinigen Weg entlang gezogen. Auf dem Wagen saß ein älterer, beleibter und kahlköpfiger Mann, der die Zügel locker in seiner Hand hielt, während er laut fluchend versuchte, den Tieren Beine zu machen.

„Verdammte Mistviecher. Bewegt euch endlich. Euretwegen habe ich schon den halben Markttag verpasst." Der Mann trug schäbige, abgetragene Kleidung, die ihm etwas zu klein waren. So bedeckten sie den beachtlichen Bauch des Mannes nicht zur Gänze. Auf dem massiven Wagen waren ein gutes Dutzend Holzfässer mit dicken Stricken befestigt worden. Daneben gingen zwei Männer mit Hellebarden bewaffnet und abgetragenen Lederwämsen. Erst jetzt wurde Tom sich seiner neuen Umgebung bewusster. Hinter ihm stand das dunkelgrüne Zelt, aus dem er gekommen war. Allerdings war es bei weitem nicht das einzige Zelt, das dort stand. Mehrere Dutzend Zelte reihten sich dicht gedrängt aneinander und hinter ihnen ragte eine riesige steinerne Mauer gut fünf Meter in die Höhe. Sie war aus massivem, schwarzem Stein errichtet worden. Weiter rechts führte der Weg, den der Wagen entlanggerollt kam zu einem Tor, das auf die andere Seite der Mauer führte. Oben auf der Mauer erkannte er zwei Männer, die im Gleichschritt nebeneinander hergingen. Sie waren ähnlich gekleidet wie die Leute, die sie gerettet hatten. Sie trugen hellblaue Wappenröcke über einer stählernen Rüstung. Scheinbar patrouillierten sie auf der Mauer. Er richtete seinen Blick wieder nach vorne und ließ ihn über den kleinen See schweifen. Direkt gegenüber erblickte er einen schön angelegten, ruhigen Park, in dem einige Menschen in knallbunten Kleidern spazieren gingen, auf den vielen Bänken saßen, sich unterhielten oder Bücher lasen. Je weiter sein Blick in die Ferne schweifte, desto größer wurden seine Augen und desto weniger wollte sein Verstand ihnen Glauben schenken. Direkt im Anschluss an den Park ging es einen sanften Hügel hinauf, auf dem etliche riesige Anwesen standen. Sie waren mit prächtigen Zäunen umgeben und die Gärten blühten in allen nur erdenklichen Farben. Die Gebäude glichen eher kleinen Palästen als Häusern. Am Fuß des Hügels konnte Tom einen gewaltigen Platz ausmachen, auf dem reges Treiben herrschte. Es handelte sich wohl um den Markt, zu dem der beleibte Mann mit seinem Karren unterwegs war. Unzählige Stände reihten sich dicht aneinander, auf denen Waren feilgeboten wurden. Direkt dahinter stand das größte Bauwerk, das er jemals zu Gesicht bekommen hatte. Es sah aus wie eine gigantische Kathedrale. Er konnte jedoch keines der ihm bekannten Glaubenssymbole erkennen, sondern lediglich eine goldene Sonne, die die Spitze des Bauwerks zierte. Noch weiter dahinter erstreckten sich zwei weitläufige Erhebungen, die in der Mitte von einer breiten Straße getrennt wurden. Auf der einen konnte er die Mauern und Türme einer gewaltigen, grauen Burg ausmachen. Und auf der Anderen? Er wusste nicht genau, was er dort sah. Unzählige Gebäudekomplexe in den aberwitzigsten Formen standen dort. Rechteckige, runde, ovale, kugelförmige. Einige von ihnen machten den Eindruck, als würden sie jeden Moment in sich zusammenfallen. Alle diese Gebäude überragte ein gewaltiger, schneeweiser Turm. *Wo zur Hölle sind wir hier eigentlich,* fragte Tom sich jetzt.

Langsam löste er seinen Arm von Lucy. Sie hob ihren Kopf und sah ihn mit ihren von den Tränen ausgewaschenen Augen an. „Ich hab Hunger, wir sollten etwas essen“, sagte er und stand mühsam auf. „Drinnen köchelt irgendetwas in einem Kochtopf. Hast du nicht auch Hunger?“, fragte er Lucy, während er ihr seine Hand entgegenstreckte.

Es dauerte etwas, ehe von Lucy eine Regung kam. „Ja, einen wahnsinnigen Hunger“, antwortete sie. Ihm war fast so, als hätte sie für einen kurzen Moment gelächelt, bevor sie seine Hand nahm und er versuchte ihr zu helfen, wieder auf die Beine zu kommen. Allerdings war das keine allzu kluge Idee gewesen. Schmerzen durchzuckten seinen Körper und er stöhnte laut auf.

„Was ist los?“, fragte Lucy sichtlich besorgt. „Ist alles in Ordnung mit dir? Solltest du nicht eigentlich im Bett sein?“

„Mir... Mir geht es gut“, antwortete Tom durch seine zugebissenen Zähne. „Ich hab mich... hab mich wohl nur etwas überschätzt“, dabei versuchte er zu lächeln, was ihm jedoch aufgrund der Schmerzen nicht sonderlich gut gelang. „Bin wohl doch noch nicht zu hundert Prozent fit“, keuchte er. „Komm lass uns ins Zelt gehen.“

Die Beiden machten sich langsam auf den Weg zurück, wobei Tom sich etwas auf Lucy stützte.

Kapitel 6 – Die Kundgebung

Lucy lag wach in ihrem Bett und starrte an die grüne Zeltdecke. Sie war ganz in ihren Gedanken versunken. Meistens drehten sich diese um Chris. Sie rief sich immer wieder ihre glücklichsten Momente mit ihm in Erinnerung. Wie sie sich kennenlernten, ihr erstes Date, der erste Kuss, sein Heiratsantrag. Doch immer wieder schob sich das Bild dazwischen, wie er dort auf dem Boden lag. Reglos, blutüberströmt, tot. Sie konnte, sie wollte einfach nicht glauben, geschweige denn verstehen, was geschehen war, allerdings hatte sie mittlerweile aufgehört zu weinen. Sie musste wohl schon alle Tränen vergossen haben und ihre Trauer wich ganz allmählich einer erdrückenden Leere. *Verdammt Chris. Warum nur Du? Warum nicht ich? Warum nicht wir beide? Das alles hier macht ohne dich überhaupt keinen Sinn mehr.* Immer mehr verlor sie sich in ihrer düsteren Gedankenwelt.

Laute Rufe holten Lucy wieder in die Realität zurück, oder war das hier vielleicht gar nicht die Realität? War das alles nur ein schrecklicher Alptraum? Ein übler Scherz? Einer, der einfach nicht zu Ende gehen wollte? Sie lag auf der harten Matratze und richtete ihren Blick auf den Zelteingang. Ihre Glieder taten ihr weh. Sie hatte noch nie zuvor auf so einer unbequemen Matratze gelegen. Dazu war sie unendlich müde. Sie hatte in den letzten vier Tagen kaum geschlafen, auch gestern hatte sie keinen erholsamen Schlaf gefunden. Sobald sie kurz davor war einzuschlafen, schreckte sie immer wieder, von den grauenhaften Erinnerungen geplagt, auf. Falls sie es doch einmal schaffte, einzudösen, dann wurde sie wenig später von einem schrecklichen Alptraum geweckt. Mittlerweile hatte Lucy sogar Angst davor ihre Augen zu schließen, da sie das Gefühl hatte, dass sie jedes Mal, wenn sie sie zumachte, wieder und wieder die grauenhaften Bilder vor sich sah. Allerdings erging es ihr im Wachzustand auch nicht viel besser. Sie konnte an nichts anderes mehr denken, als an Chris. Dazu kam, dass sie bis gestern Abend nichts gegessen hatte und auch dann brachte sie kaum etwas hinunter. Sie spürte zwar den Hunger, doch die Übelkeit, die tief in ihr saß verhinderte, dass sie mehr zu sich nehmen konnte, ohne es direkt wieder auszuspeien. Toms Erscheinen war der einzige, kleine Lichtblick, den sie in den letzten Tagen erlebt hatte. *Wenigstens hat er überlebt.* Auch wenn es ihre Trauer nicht mindern konnte, so gab es ihr zumindest ein gutes Gefühl, ihn wiederzusehen. Und das gemeinsame Weinen hatte ihr geholfen, zumindest kurzzeitig etwas Frieden zu finden.

„Lasst mich los! Was soll das! Ihr habt kein Recht dazu", klang die Stimme eines hörbar verärgerten Mannes, der nur wenige Meter von ihrem Zelt entfernt sein musste.

„Dort rüber! Sofort!", raunte eine weitere Stimme und es war das leise Reiben von Metall auf Metall zu hören.

„Was ist da draußen los?", fragte sie mit brüchiger Stimme, nachdem sie sich an ihrer Bettkante aufgesetzt hatte.

Es herrschte große Unruhe vor dem Zelt. Leute riefen wild durcheinander und unzählige, hastige Schritte waren zu hören. Lucys Magen verengte sich noch mehr. Sie hatte kein gutes Gefühl.

„Ich hab keine Ahnung", antwortete Tom ächzend, während er gerade unter Schmerzen versuchte, sich ebenfalls aufzusetzen.

In diesem Moment wurde der Zeltvorhang zur Seite geschoben. Lucy wurde noch unbehaglicher zu Mute, als drei Wachen in voller Montur, mit Kettenhemd, Schwert, Wams und Helm in ihr Zelt traten.

„Los beeilt euch, packt eure Sachen zusammen und folgt mir!", sagte der Vorderste der drei in unfreundlichem Ton, der unmissverständlich klar machte, dass er keine Widerrede duldete.

„Was ist los, wo gehen wir hin?", fragte Tom trotzdem leise und immer noch gequält von den Schmerzen, die er haben musste, während seine Hand langsam in Richtung seines Schwertes glitt, dass nach wie vor an seinem Bett lehnte. Woher dieses gekommen war, woher er den Schwertgurt bekommen hatte, oder warum es ihm nicht abgenommen worden war, waren nur ein paar der unzähligen Fragen, auf die sie alle keine Antwort finden konnten. Der anonyme Brief, auf dem nur stand, dass er das Schwert immer bei sich tragen und es möglichst niemand anderen sehen lassen sollte, machte es auch nicht besser. Mit Sorge sah sie, wie Tom sich fest auf die Zähne biss, als er sich aufrichtete. Trotzdem versuchte er, seine Schmerzen so gut es ging zu verbergen. Es gelang ihm allerdings nicht sonderlich gut.

„Das erfahrt ihr schon noch früh genug und jetzt los!", antwortete der Soldat in harschem Tonfall und Lucy sah wieder zu den Wachen, die ungeduldig warteten. Sie tat wie ihr befohlen wurde, erhob sich von ihrem Bett, schnappte sich den Umhang, den sie bekommen hatte und warf ihn über ihre Schultern, während ihre Anspannung noch weiter anwuchs. Ben stand ebenfalls langsam auf und ging hinüber zu Tom, um ihm zu helfen den Gürtel umzubinden und den Mantel umzuhängen. Dann half er Tom hoch und stützte ihn so, dass sie das Zelt verlassen konnten. Als Lucy aus dem Zelteingang geschoben wurde, sah Lucy das Durcheinander, welches in dem Zeltlager herrschte. Wie es schien waren auch alle anderen, die hier untergebracht waren, aus ihren Zelten geholt worden. Überall folgten verängstigte Menschen weiteren Wachmännern, die sie alle zu einer Stelle brachten, an der bereits einige Leute zusammengetrieben worden waren. Sie ließ ihren Blick kurz schweifen und entdeckte, dass an dem gegenüberliegenden Ufer des Sees etliche Schaulustige standen, die neugierig zu ihnen herüberblickten.

„Los zu den anderen!", sagte die Wache, die nach ihr aus dem Zelt gekommen war, während sie Lucy mit einer Hand weiterschob. Als sie in Richtung der anderen ging, erhaschte sie einen kurzen Blick auf die breite Straße, die zum großen Platz führte. Dort säumten sich unzählige Menschen am Straßenrand. Dann wurde sie in die Menschentraube gedrängt und konnte erst einmal nichts weiter erkennen.

Es waren mehr Menschen in den Zelten untergebracht worden, als Lucy angenommen hatte. Alles in allem bestand die Gruppe, nachdem alle zusammengetrieben worden waren wohl aus gut zweihundert Leuten. Laut Ben, der der Einzige von ihnen war, der sich bisher mit ein paar der anderen unterhalten hatte, kamen sie von überall aus der Welt, wobei jeder von ihnen dasselbe berichtete. Sie wurden von irgendwelchen Monstern angegriffen und die Ritter waren auch ihnen zu Hilfe geeilt und haben ihnen zur Flucht verholfen. Doch keiner von ihnen wusste, was wirklich vorgefallen war, noch wo sie sich gerade befanden.

Auch schien keiner von ihnen zu wissen, was sie jetzt erwartete. Lucy konnte die Angst förmlich spüren, die in der Luft lag.

Die Menschenmenge stand dicht gedrängt beisammen und die Wachleute hatten sich in zwei Reihen um sie herum aufgestellt. Lucy stand mittendrin und war zu klein um irgendetwas zu erkennen. Ihr Herz pochte mittlerweile so laut, dass sie glaubte, jeder Mensch in der Stadt müsste es hören können.

„Ruhe!", hallte eine laute, tiefe Stimme über das Gemurmel und Geschrei, das sich ausgebreitet hatte hinweg. Der Mann legte eine kurze Pause ein, und wartete ab, bis sich die Leute beruhigt hatten, ehe er fortfuhr. „Ihr werdet uns nun bis zum Platz der Sonne folgen", sprach er weiter und zeigte dabei in Richtung des großen Platzes gegenüber dem See, der sich vor der gewaltigen Kathedrale befand, an dem sich schon unzählige Menschen versammelt hatten. Jetzt hatte er die ungeteilte Aufmerksamkeit aller.

Der Mann der sprach war groß, sehr groß sogar. Er schien auf einer Kiste zu stehen, so dass er für jeden, selbst für Lucy, gut sichtbar war. In seiner glänzenden graublauen Rüstung sah er beeindruckend aus. Über die Rüstung hatte er einen dunkelblauen Waffenrock gezogen, auf dem ein roter Adler zu sehen war. Sein gepanzerter Arm ruhte auf dem Heft eines großen, mit Gold und Edelsteinen verzierten Schwertes, das an seiner Seite hing. „Dort werdet ihr die große Ehre haben, vor unseren König treten zu dürfen, der euch und unserem Volk dann erklären wird, wie es mit euch allen weiter geht", schloss er seinen kleinen Vortrag ab. Trotz seiner tiefen, rauen Stimme und der Vehemenz, die er in seine Worte legte, wirkte er freundlich, beinahe verständnisvoll. Der Mann drehte sich um, stieg von der Kiste und im selben Moment setzten sich die Wachen um sie herum in Bewegung und schoben die Menschentraube langsam vorwärts.

„Was soll das heißen, wie es mit uns weiter geht? Werden wir nicht einfach wieder nach Hause gelassen?", wollte ein junger Mann wissen. „Glaubt ihr etwa, er wird uns alle umbringen lassen?", ein Mann ganz in Lucys Nähe hatte diese Fragen gestellt, als sie langsam vorangeschoben wurden und sie merkte, wie ihre Angst immer noch weiter anschwoll.

„Wieso sollten sie sich denn die Mühe machen uns wegzubringen anstatt uns gleich umzubringen?“, entgegnete ein anderer, etwas älterer Mann. „Was genau das alles zu bedeuten hat, weiß ich allerdings auch nicht.“ Die Worte trugen kaum zu Lucys Beruhigung bei.

„Das alles wird nicht gut für uns enden“, fiel eine junge Frau wimmernd ein, die vor ihr mitgeschoben wurde.

In der Folgezeit wagte es niemand mehr, laut zu sprechen und so gingen sie weiter schweigend nebeneinander her. Nur leises Geflüster und gelegentliches Aufheulen war zu vernehmen. Sie hörte Tom neben ihr heftig atmen. Er hatte sichtlich Mühe, wegen der großen Schmerzen mitzuhalten, obwohl das Tempo nicht allzu hoch war und Ben ihn stützte. An den Straßenrändern standen bereits unzählige Beobachter. Anfangs waren es nur einzelne Schaulustige, die sich eingefunden hatten. Von Neugier über Angst und Wut bis hin zu leichter Bewunderung war vieles in ihren Gesichtern zu lesen. Anscheinend wussten die Bewohner ebenso wenig wie sie selbst, was genau passiert war und hatten teilweise wohl ebensolche Angst wie Lucy im Moment. Ein paar Kinder rannten, lauthals einen Kinderreim singend, um die Menschentraube. Mit der Zeit wurden die Schaulustigen immer zahlreicher, was zur Folge hatte, dass es immer langsamer voranging. Lucy versuchte, sich weiter zum Rand zu drängen, um mehr erkennen zu können. Nach kurzer Zeit passierten sie eine breite Steinbrücke, die über den Fluss führte, welcher quer durch die Stadt floss. Auf der anderen Seite lag ein Wohnviertel. Dort säumten noch mehr Neugierige die Straßen und das Vorrankommen gestaltete sich noch schwieriger. Als Lucy sich allmählich an den Rand gekämpft hatte, ließ sie ängstlich, aber auch ein wenig neugierig, den Blick über die Massen streifen, durch die sie sich hindurchzwängten. Die Gebäude hier wirkten alle, als seien sie im Mittelalter erbaut worden, doch waren sie in solch gutem Zustand, dass sie entweder sehr aufwändig restauriert, oder tatsächlich erst vor kurzem errichtet worden waren. Die Schaulustigen standen dicht gedrängt an den Straßenrändern, auf Balkonen, die der Straßenseite zugewandt waren und einige sogar auf den Dächern, um einen besseren Blick erhaschen zu können. Die meisten von ihnen trugen einfache, teils schon leicht zerschlissene

Kleidung. Sie kamen an einer Gruppe kleinwüchsiger, aber sehr stämmiger Männer vorbei. Alle mit langen, geschmückten Bärten. Ein recht eigenwilliger Anblick, den sie jedoch schnell wieder vergaß, als ihr Blick an einer anderen Person haften blieb. Sie stand auf einem breiten, reichlich verzierten Balkon und war umringt von einigen Mädchen in altertümlich anmutender Dienstkleidung. Lucy musste zweimal hinsehen, ehe sie richtig erkannte, was da oben stand. *Was... zum Teufel ist das?* Sie hatte das Gefühl, als müsste sie sich einmal kräftig Zwicken um wieder aufzuwachen. Dieser Ort war von Anfang an sehr seltsam gewesen, aber das toppte alles Bisherige. Dort oben stand eine menschengroße Katze auf zwei Beinen und schien sich mit den umherstehenden Mädchen zu unterhalten. Sie blieb einen Augenblick wie angewurzelt stehen. *Wo bin ich hier verdammt nochmal gelandet und was ist hier los? Was ist das für ein Wesen?* Für eine kurze Zeit sah sie direkt zu ihr herunter. Ihre Augen funkelten smaragdgrün unter ihrem dunklen, schwarzen Fell hervor und sie erwiderte ihren Blick mit sichtlicher Erheiterung. Die Katze besaß eindeutig weibliche Züge, die unter dem samtenen Kleid, welches sie trug, zum Vorschein kamen. Lucy konnte nur für einen kurzen Moment stehen bleiben, ehe sie wieder weitergeschoben wurde, wodurch sie die Katzenfrau wieder aus ihren Augen verlor. Erst jetzt bemerkte sie, dass immer wieder Katzenwesen zwischen den Schaulustigen zu sehen waren, was niemanden um sie herum zu stören schien, im Gegenteil, viele von ihnen waren sogar in Gespräche mit den Katzenwesen vertieft, die alle nur erdenklichen Fellfarben hatten. Von strahlend weiß über rotbraun bis hin zum dunkelsten schwarz, dass Lucy wohl je zu Gesicht bekommen hatte, war alles dabei. Allen gleich waren jedoch die smaragdgrünen Augen. Wunderschön und doch irgendwie unheimlich. Immer wieder wanderte ihr Blick auch zu Tom, welcher links neben ihr, gestützt von Ben, tief gebeugt einen Fuß vor den anderen setzte. Er musste immer noch starke Schmerzen haben.

Der Zug kam immer langsamer voran, was für ihn das Mitkommen etwas erleichterte. Dennoch atmete er schwer, und seine Knie sackten bei jedem Schritt leicht ein. Würde Ben ihn nicht stützen, dann würde er wohl zusammenbrechen. Tom schien die Menschen um ihn herum gar nicht wahr zu nehmen. Sein Blick war stur auf den Boden gerichtet, als müsse er sich bei jedem Schritt, den er machte, genauestens konzentrieren. Auch wurden sie mittlerweile so eng zusammengedrängt, dass Tom immer wieder einen Schlag von anderen abbekam, obwohl die meisten um ihn herum, die ihn auch mit Sorge betrachteten, versuchten es zu vermeiden. Bei jedem Rempler, den er abbekam, sah sie, wie er sich noch etwas mehr krümmte. Es dauerte eine ganze Weile, ehe sie wieder aus dem Viertel herauskamen und sie sich dem großen Platz näherten.

Dieser war bis zum Bersten mit Menschen gefüllt. Nur ein breiter Weg direkt zum gewaltigen Tempel war von Wachen freigehalten worden. Diesen Weg gingen sie nun langsam entlang, während um sie herum das Raunen immer lauter wurde. Zum Glück für Tom blieb das Tempo langsam, aber sie hatten nun wieder etwas mehr Platz und keiner stieß ihn mehr unabsichtlich an. Am Ende blieben sie unterhalb der breiten Marmortreppe, welche zu der gewaltigen Kathedrale hinaufführte, stehen. Von hier aus wirkte sie noch imposanter. Sie strahlte weiß im Sonnenlicht, an jeder Ecke waren unzählige Statuen und Verzierungen angebracht. Das hölzerne Tor allein musste größer sein, als Lucys ganzes Haus. Die Anspannung in ihr wuchs von Sekunde zu Sekunde weiter an. Hinter ihr nahm sie das Gemurmel und die Rufe der Massen wahr, allerdings konnte sie nun nichts mehr von den Leuten sehen, die hinter ihnen auf das Spektakel warteten. Die Wachen in ihrer dichten Aufstellung versperrten ihr die Sicht.

Der riesige Platz vor der Kathedrale war wirklich bis zum allerletzten Platz gefüllt, doch noch immer strömten weitere Menschen aus allen Richtungen herbei. Niemand wollte sich dieses Schauspiel entgehen lassen. Es hieß, sofern man den Gerüchten trauen konnte, dass sogar der König persönlich eine Ansprache halten werde. Auch Aeria konnte sich das natürlich nicht entgehen lassen. Doch anders als die Massen hatte sie sich einen Logenplatz ergattern können. Nach mühsamen Schleichen durch die verwinkelte Kathedrale und einigen, selbst für sie, schwierigen Klettereinlagen saß sie nun, eingehüllt in ihrem langen, abgetragenen schwarzen Mantel auf einem Sims mit perfektem Blick auf den Eingang der Kathedrale. Ihren Rücken hatte sie an eine große Granitstatue des heiligen Irakius gelehnt, der mit erhobener Hand die Menge begrüßte. Ihre langen, schlanken Beine baumelten gut dreißig Meter über dem Boden. Ihre langen, schwarzen Haare verbarg sie unter einer dunklen Kapuze, die sie tief in ihr schmales, blasses Gesicht gezogen hatte. Durch den Schatten, den die Statue des heiligen Irakius warf, war sie unsichtbar für die Menschen, die sich am Boden tummelten. Von dort oben verfolgte sie vergnügt das bunte Treiben, das unter ihr stattfand, während sie lässig mit einer prall gefüllten Geldbörse spielte. Es war fast schon zu leicht, den Menschen in diesem Gedränge ihr Geld abzuknöpfen, dachte Aeria, als sie die Börse in ihrer Hand wog. Sie hätte mit Sicherheit noch weit mehr stehlen können, allerdings hätte sie dann auf diesen Platz verzichten müssen. Außerdem wimmelte es mittlerweile nur so von Stadtwachen und sie hatte keine Lust darauf, dass sie doch von ihnen entdeckt würde. Heute Nacht waren aber bestimmt noch genügend betrunkene Idioten unterwegs, denen sie das Geld aus den Taschen ziehen konnte.

Ihr Blick schweifte über die Massen hinüber zum großen, aus massivem, dunklem Arakholz bestehenden, noch immer geschlossenen Eingangstor des Tempels. Davor hatten sich schon einige der einflussreichsten Personen des Reiches versammelt. Sie erkannte den Hauptmann der Wache, der nicht gut auf sie zu sprechen war. Reglos, wie er dastand, wirkte er in seiner strahlenden, stählernen Rüstung und seinem dunkelblauen Wams, beinahe wie eine ehrfurchtgebietende Statue. Daneben erkannte sie Loris Den Varian, den Schatzmeister des Hofes und einer der wohlhabendsten Männer auf dem gesamten Kontinent. Seiner Schatzkammer würde Aeria nur allzu gerne einmal einen Besuch abstatten. Sein elegantes bordeauxrotes Gewand flatterte leicht im Morgenwind. Bolat, der Sprecher für die umliegenden Bauern und gleichzeitig Besitzer der größten Metbrennerei im ganzen Land, der neben ihm stand, wirkte in seinen schlichten, graubraunen Klamotten im Vergleich zu Den Varian beinahe ärmlich, auch wenn Aeria es besser wusste. Er musste beinahe genauso reich sein, wie dieser Halsabschneider, nur stellte er es nicht so gerne zur Schau. Siebold von Haltenstein, Galrat aus dem Hause Windor, Serax aus dem Hause Sorkin und noch ein paar weitere namhafte Adlige, sowie noch einige mehr oder minder bedeutende Personen des Reiches standen dort, umringt von dutzenden Stadtwachen. Eine Person stach ihr jedoch besonders ins Auge. Seine lange, schneeweiße Robe schien im Sonnenlicht förmlich zu leuchten, während er auf seinem langen Stock gestützt dastand. Es war Aren, Meister an der Akademie hier in Elderan. Ein enger Vertrauter des Königs und Mitglied des hohen Rates. Zumindest bis vor kurzen, sofern man diesen Gerüchten trauen konnte. Sein Blick wanderte wachsam hinüber zu den ängstlich dreinblickenden Fremdlingen, die hier zusammengetrieben worden waren. Aeria folgte seinem Blick zu der Gruppe, meist sehr seltsam gekleideter Leute, die augenscheinlich Angst hatten. Sie waren dicht aneinandergedrängt und blickten sich immer wieder sorgenvoll um. Einer von ihnen stach aus der Menge hervor. Er war groß, ja fast schon ein Riese von einem Mann. Mit seinen breiten Schultern hätte er beinahe angsteinflößend gewirkt, wäre da nicht sein unsicherer Blick gewesen. Links neben ihm stand eine zierliche, hübsche junge Frau mit langen, roten Haaren. Mit seinem rechten Arm stützte er einen humpelnden jungen Mann, mit schwarzen, gelockten Haaren, der seinen Blick auf den Boden gesenkt hatte. Sie wollte gerade ihren Blick weiter schweifen lassen, als plötzlich etwas an der Hüfte des Humpelnden zu schimmern begann und ihre Aufmerksamkeit auf sich zog.

Was war denn das, fragte Aeria sich. *Habe ich das gerade richtig gesehen?* Sie schüttelte kurz ihren Kopf, um den Gedanken heraus zu bekommen. *Das ist doch absurd. Das kann einfach nicht möglich sein wie sollte ein Fremdling...?* Da war es schon wieder, dieses kurze Aufblitzen, das unter dem Mantel des schwarzhaarigen jungen Mannes hervorbrach. Etwas reflektierte das Licht der Morgensonne. Etwas das, wenn sie sich nicht täuschte, unvorstellbar wertvoll war. Etwas, nach dem sie schon seit vielen Jahren vergeblich suchte. Als sie das nächste Mal einen Blick auf den Gegenstand erhaschen konnte, blieb ihr vollends der Atem weg. *Bei Almerias Bart das kann doch nicht möglich sein.* Ein paar Augenblicke später konnte sie einen etwas längeren Blick darauf werfen, ehe es wieder unter dem Mantel verschwand. *Ich fass es einfach nicht.* Ungläubig starrte sie auf das Schwert, das an seiner Hüfte hing. Doch war dies kein gewöhnliches Schwert, wie Aeria sofort klar wurde. Immer wieder funkelte es auf und sie erkannte den dunklen Edelstein, der in ihm eingelassen war. *Ist das etwa wirklich der Stein der Morgenröte? Das ist doch völlig unmöglich.* Sie konnte immer noch nicht glauben, was sie da gerade entdeckt hatte. Auch der Stahl, aus dem es bestand war kein gewöhnlicher Stahl, wie es die Meuchelmörder in den Gassen, die Stadtwachen, oder selbst die edelsten Ritter trugen. Nein, so funkelte nur edelster, magisch verstärkter Lidstahl. Sie kannte das Funkeln aus ihrer Kindheit nur zu gut, als sie noch nicht ein Leben als Diebin fristen musste. Ihre Mutter selbst besaß eine solche Magische Waffe. Ruhntallah war dessen Name. Klinge der Morgenröte in der Gemeinsprache. Geschmiedet vor tausenden Jahren, wie alle magischen Waffen und seit unzähligen Generationen im Besitz ihrer Familie. Bis es vor einigen Jahren spurlos verschwand. Niemand wusste, wie es aus der Schatzkammer verschwunden war. Eines Tages war es einfach verschwunden. Es gab keinerlei Anzeichen für einen Diebstahl und seitdem auch nicht die geringste Spur über dessen Verbleib. *Und jetzt tauchte dieses Schwert einfach wieder auf. In den Händen von ihm? Wie ist das nur möglich.* Fragen über Fragen schossen durch ihren Geist. *Die Magie dürfte es eigentlich verbieten, dass ein Mensch überhaupt nur in die Nähe dieses Schwertes kommen kann.*

Dieses Schwert war mehr wert als alle Schwerter, die alle Schmiede des Reiches in einem Jahr herstellen konnten, zusammen. Sie musterte den Mann nun eingehender. *Wie kann jemand wie er nur an eine solche Waffe gelangt sein? Jemand, der erst seit vier Tagen überhaupt, sofern auch diese Gerüchte stimmten, in dieser Welt ist. Das ist doch absurd.*

Da sie völlig auf das Schwert und den Jungen, der es trug, fixiert war, merkte sie zunächst gar nicht, wie das Tor des Tempels langsam geöffnet wurde. Erst der steigende Lärmpegel der Massen riss sie aus ihren Gedanken und sie vernahm die langsamen, gleichmäßigen Schritte, die ohne Zweifel von der Leibgarde des Königs stammten, die mit ihren schweren, stählernen Stiefeln über den Marmorboden des Tempels marschierten. Währenddessen wurde das Murmeln der Masse auf dem Platz immer lauter und der Lärm schwoll noch weiter an, als die ersten zwei Wachen in ihren dunkelroten Rüstungen über die Schwelle traten und sich links und rechts vor dem Tor aufstellten. Auf ihrer Brust prangerte das Weiße Horn des Hauses Nuor, das Wappen der königlichen Familie. Also stimmten die Gerüchte tatsächlich. Vier weitere Wachen traten hervor und nahmen ihren Platz zur linken und zur rechten Seite des Tores ein. Dann fing die Menge an zu toben. Der Jubel, der vom Platz zu ihr herauf schwappte war so gewaltig, dass man sein eigenes Wort nicht mehr verstehen konnte. Der König hatte den Platz betreten.

Mit einem Mal verstummte der tosende Lärm, der um Lucy getobt hatte, nachdem der Mann, der, den Rufen nach zu urteilen, der König dieses Landes war, seine Hand erhoben hatte. Nun herrschte auf dem Platz eine fast schon gespenstische Ruhe, jeder erwartete mit Spannung, was er zu sagen hatte.

„Bürger von Elderan“, begann der König. Er sprach in eine Art Trichter, der auf einem Pult befestigt war, an dem er stand, wodurch seine Stimme laut und klar über den gesamten Platz wehte. „Ich weiß, warum ihr alle hierhergekommen seid. Warum einige von euch verängstigt sind,“ sprach er, ehe er eine kurze Pause einlegte. „Ihr wollt wissen, ob die Gerüchte wahr sind, die sich um diese Fremden hier ranken, die seit vier Tagen in unserer prächtigen Stadt beherbergt werden. Und ihr alle habt natürlich ein Recht darauf, die Wahrheit zu erfahren." Wieder machte der König eine kurze Pause. Lucy wurde nervös. *Wird uns jetzt endlich mal gesagt wo wir hier genau sind und was vor sich geht,* fragte sie sich. *Was ist eigentlich Elderan? Heißt so diese Stadt, oder vielleicht sogar dieses Land, in dem wir sind? Ich habe noch nie davon gehört.*

„Ja die Gerüchte stimmen", hörte Lucy ihn fortfahren. *Was sollen das denn eigentlich für Gerüchte sein,* fragte sie sich.

„Diese Flüchtlinge hier stammen weder aus unserer Stadt, noch aus unserem Land, nein sie kommen nicht einmal von unserer Welt." Ein weiteres Mal pausierte er, als Raunen und laute Rufe über den Platz schallten. *Was? Ich muss mich wohl verhört haben,* ging es Lucy durch den Kopf. *Ich soll was? Nicht von dieser Welt sein? Er muss sich wohl versprochen haben,* dachte sie.

„Sie sind nicht von dieser, von unserer Welt", wiederholte der König noch einmal. Lucy war nun völlig konsterniert. Sie wusste nicht, was sie damit anfangen sollte. Als sie sich umschaute, sah sie in den Blicken der anderen, dass sie gerade genau die gleichen Fragen hatten. Alle starrten sich ungläubig an, andererseits schien jetzt langsam alles, was sie hier bisher gesehen hatte, einen gewissen Sinn zu ergeben. Die mittelalterlich anmutende Stadt mit ihren gepanzerten Wachen und Fuhrwerken, die merkwürdigen Katzenwesen, die sie auf dem Weg hierher gesehen hatte. Der Umstand, dass sie nichts hier wiedererkannte, dass sie noch nicht einmal vom Namen dieser Stadt oder dieses Landes gehört hatte. *Sind wir tatsächlich nicht mehr auf der Erde? Wie um alles in der Welt soll das denn bitte möglich sein? Was geschieht jetzt mit uns?* Millionen Fragen schossen ihr durch den Kopf, so dass sie die nächsten Worte des Königs kaum wahrnahm.

„Aber sie stellen keinerlei Bedrohung für uns dar. Sie wurden von uns hierhergeholt, um sie zu retten. Zu retten vor einer Invasion, die auf ihrer Welt stattgefunden hat, denn ihre Welt wurde angegriffen, was diese Menschen zu Kriegsflüchtlingen macht, die bei uns aufgenommen wurden. Als solche werden sie auch von uns hier behandelt werden".

Weiterhin ging ein Raunen und Murmeln durch die Menschenmenge auf dem Platz. „Für unsere Welt jedoch besteht keinerlei Gefahr eines Angriffs, wie sie ihn erleiden mussten, da wir durch die alten Zauber vor so etwas geschützt sind“, redete der König ruhig und mit fester Stimme weiter, um eine mögliche Beunruhigung in der Bevölkerung zu verhindern. „Da für die Flüchtlinge keinerlei Möglichkeit mehr besteht, in ihre Heimat zurückzukehren, werden wir unser Möglichstes tun, um sie bei uns aufzunehmen und ihnen eine neue Heimat zu geben.“

Lucy stockte wieder der Atem. Hat er gerade gesagt, dass sie nie wieder zurückkehren können? *Aber wieso? Sie haben uns doch auch her gebracht also können sie uns doch bestimmt wieder zurückschicken,* hoffte sie, doch in diesem Moment fielen ihr wieder die grässlichen Kreaturen ein, die sie angegriffen hatten. *Können wir ihretwegen nicht mehr zurück,* fragte sie sich. *Aber unser Militär wird diese Dinger doch mit Sicherheit besiegen, dann können wir bestimmt wieder nach Hause. Dann müssen sie uns einfach wieder nach Hause bringen.*

„Aus diesem Grund hat der hohe Rat die Entscheidung getroffen, den Flüchtlingen eine vorrübergehende Arbeitsstelle zuzuweisen, um sie so bestmöglich in unsere Gesellschaft zu integrieren. Darüber hinaus bitte ich jeden einzelnen Bürger dieser wunderschönen Stadt, ihnen die Eingewöhnung hier so leicht wie möglich zu machen. Ich weiß, dass ihr mich stolz machen werdet.“ Mit diesen Worten verließ der König das Rednerpult und stellte sich vor seine Wachen, die neben dem großen Tor Aufstellung bezogen hatten. Diese setzten sich sogleich im Gleichschritt in Bewegung. Kurz darauf verschwand der König wieder durch das Portal in den Tempel. Dann trat ein großer, kräftiger Mann in Rüstung vor und begann über den Lärm von den unzähligen, mehr oder weniger leise flüsternden Leuten auf dem Platz hinweg zu sprechen.

„Ich werde nun jeden Einzelnen von euch“, dabei machte er eine ausladende Geste in ihre Richtung, „mit Namen aufrufen und ihr werdet dann einer entsprechenden Stelle zugeteilt. Diejenigen von euch, die ich zum Dienst im Schloss einteile, werden sich zu Madame Boufrey gesellen.“ Dabei zeigte sein Arm auf eine kleine, rundliche Frau in sauber herausgeputzter Dienerkleidung. Sie setzte ein freundliches Lächeln auf und verbeugte sich leicht. „Diejenigen, die ich zum Dienst auf den Höfen einteile, werden sich wiederum zu Lord Thorne begeben.“ Diesmal zeigte sein Arm auf einen großen, hageren Mann in feiner, beigefarbener Kleidung. Seine strengen Gesichtszüge veränderten sich nicht, als er vortrat und leicht mit dem Kopf nickte. „Ein paar von euch wurden auserkoren, eine Ausbildung in der Stadtwache anzufangen.“ Als er diese Worte ausgesprochen hatte, merkte Lucy, wie Entrüstung durch die Menge ging. Es wurde deutlich lauter und unruhiger, woraufhin der Redner seinen Arm hob, was dazu führte, dass recht bald wieder etwas mehr Ruhe auf dem Platz einkehrte. Er besaß eine enorme Ausstrahlung und musste wohl eine hohe Position einnehmen. „Wenn ihr also dazu berufen werdet, werdet ihr euch zu Kommandant Leras begeben.“ Jetzt trat ein kleinerer, eher unauffälliger Mann in derselben Rüstung hervor, die auch die Soldaten anhatten, die Lucy und die anderen hierher eskortiert hatten, um sich zu verneigen. „Doch seid euch gewiss, wenn ihr nicht mit der richtigen Einstellung zu Werke geht, wird euch dieses Privileg schnell wieder entzogen. Ich werde nun mit dem ersten Namen beginnen.“ Er zog einen Zettel aus einer Tasche an seinem Mantel und begann die Namen vorzulesen. „Mark Abeth Dienst im Schloss“. Eine kurze Pause in der nichts passierte. „Mark Abeth zu Madam Boufrey“, sagte er ruhig und verständnisvoll. Langsam und ängstlich begann daraufhin ein kleiner Junge, nicht älter als vierzehn Jahre, die Stufen hochzusteigen. Es kam ihr wie eine Ewigkeit vor, bis er endlich oben angekommen war.

„Lea Anders“, fuhr der Redner währenddessen weiter fort. Dienst auf den Höfen. Die verängstigte junge Frau wankte mit zitternden Knien langsam die Treppe hinauf, während er bereits den nächsten Namen aufrief. So ging es eine Weile weiter. Allem Anschein nach wurden sie in alphabetischer Reihenfolge aufgerufen. Lucys Puls schnellte noch einmal nach oben, als ihr klar wurde, dass sie jederzeit die nächste sein könnte. „James Crown zu den Stadtwachen“, hörte sie den Mann durch den Trichter sagen, woraufhin Lucy sich verdutzt umschaute. Eigentlich hätte sie jetzt an der Reihe sein müssen, wenn er, wie bisher ausgesehen hatte, wirklich Alphabetisch vorging. *Wieso hat er mich nicht aufgerufen? Haben die mich vergessen,* fragte sie sich. Auch Tom und Ben haben bemerkt, dass sie nicht aufgerufen wurde. Die Drei blickten sich fragend an, während das das Prozedere unaufhörlich weiter ging. Der Redner las einen Namen nach dem anderen vor. Doch auch Tom und Ben wurden nicht von ihm aufgerufen. Die Ungewissheit zehrte immer weiter an ihr.

„Theodore Zane, Dienst im Schloss", verlas er den letzten Namen, der auf seiner Liste stand. Kurz darauf standen die Drei alleine da. Er packte seinen Zettel wieder weg und aufgeregtes Gemurmel zog über den gesamten Platz. Anscheinend spekulierte nun jeder wie wild, warum diese Drei noch nicht aufgerufen worden waren. Lucys Hals schnürte sich immer mehr zusammen. Sie wagte kaum noch zu atmen. „Für die drei verbliebenen Flüchtlinge hat der Rat zusammen mit der Akademie eine Sondergenehmigung erteilt", ertönte erneut sie Stimme des Mannes. „Ihnen wird ermöglicht, unter der Verantwortung von Meister Aren...", sein Arm zeigte nun auf einen älteren Mann in einer strahlend weißen Robe, welcher sich leicht auf seinen kunstvoll verzierten Stab stützte. Dieser trat nun ein paar Schritte vor und lächelte den Dreien aufmunternd zu. In der kurzen Pause, die der Redner gemacht hatte, schwoll der Lärm auf dem Platz plötzlich rasant an. Die Leute redeten wie wild durcheinander. „Ihnen wird ermöglicht", begann er noch einmal, etwas lauter zu reden, um den Lärm zu übertönen, „eine Ausbildung an der Akademie zu beginnen".

Einen Augenblick lang war es auf dem Platz beinahe mucksmäuschenstill geworden. Es war fast so, als ob die Menge erst einmal die Worte verarbeiten mussten, die der Mann soeben ausgesprochen hatte. Dann, urplötzlich, war der Platz von tosendem Lärm erfüllt, als ob jemand eine Bombe gezündet hätte. Die Menge begann förmlich zu explodieren. Lucy konnte den Hass und die Wut spüren, der ihnen nun entgegenschwappte. Sie wage es zunächst nicht, sich zu rühren, bis ein leises Klacken neben ihr ihre Aufmerksamkeit erregte. Ein kleiner Stein war in ihre Richtung geworfen worden. Klack. Ein weiterer Stein flog. Sie zog instinktiv den Kopf ein und drehte sich um. Die Wachen hatten sichtlich Mühe damit, die aufgebrachte Menge unter Kontrolle zu halten. Sie konnte einen kurzen Blick in einige der wutverzerrten Gesichter werfen, ehe sie noch mehr Geschosse auf sich zu fliegen sah. Dann rannte sie los, die breite Treppe hinauf. Tom und Ben waren ebenfalls bereits dorthin unterwegs, wobei Ben Tom eher zu tragen schien, als das dieser selbst lief.

„Kommt", rief Meister Aren ihnen ruhig entgegen. Sein Blick hatte etwas Entspannendes. Ihre Aufregung ließ nach, je näher sie ihm kam. „Folgt mir", sagte der alte Mann und ging voraus in Richtung des Tempeleinganges, durch den der König mit seiner Leibgarde vorhin verschwunden war. Wortlos folgten sie dem alten Mann. Sie schritten durch das gewaltige Tor, hinter dem ein langer Gang lag, den sie dann gemeinsam entlanggingen. Sobald sie durch das Tor getreten waren, schien das Gebäude alle Geräusche von draußen zu verschlucken. Schon bald hörte Lucy keinen einzigen Laut mehr von dort.

„Ich habe ihm doch gesagt, dass das eine miserable Idee ist", raunte der Mann wohl eher zu sich selbst, als sie rasch voranschritten. Der Gang führte die Vier in eine Halle, die alles bisher Gesehene in den Schatten stellte. Als sie eintrat, vergas Lucy für einen Moment alles, was passiert war. Die Halle war gigantisch. Sie hatte beinahe Mühe, das andere Ende zu sehen. Die riesige Kuppel, die das Dach bildete, war über und über mit Fresken geschmückt, die so lebendig wirkten, dass Lucy das Gefühl hatte, sie könnten jederzeit zum Leben erwachen. Sie blieb, wie Ben und mit ihm auch Tom stehen und staunte einfach nur vor sich hin, während ihrem Mund nur ein leises Wow entfleuchte.

„Beeindruckend nicht wahr?", sagte der Mann, während er selbst leicht verträumt die Decke betrachtete. „Die begabtesten Künstler und Handwerker haben beinahe ein ganzes Jahrzehnt hieran gearbeitet. Das Ergebnis kann sich durchaus sehen lassen, oder was meint ihr? Leider haben wir im Moment keine Zeit für eine Besichtigungstour. Hier entlang bitte", sagte er, während er auf eine unscheinbare Tür, nicht weit von ihnen zeigte. Dann setzte er sich wieder in Bewegung. Die Drei folgten ihm schweigend und staunend. Sie betraten einen kleinen, im Vergleich zum restlichen Gebäude eher schmucklosen Raum, in dem ein Tisch und mehrere Stühle standen. Der alte Mann setzte sich und bot ihnen an es ihm gleichzutun. Ben setzte Tom auf einen Stuhl, auf den er heftig keuchend niedersank. Ben blieb, wie Lucy auch, allerdings lieber stehen.

„Hier, trink das“, sagte der Mann, als er Tom eine kleine verkorkte Flasche, in der eine goldene Flüssigkeit schimmerte, reichte. „Das wird dir helfen wieder etwas auf die Beine zu kommen“. Tom nahm die Flasche, sah dem Mann in sein freundlich lächelndes Gesicht, entkorkte dann die Flasche und trank den Inhalt aus. „Ich weiß, ihr habt im Moment viele Fragen, allerdings habe ich im Moment nur sehr wenig Zeit, so dass ich euch zunächst einmal nur das Allerwichtigste erklären kann. Ich werde alle eure Fragen heute Abend beantworten, wenn ich wieder zu euch stoße. Wie ihr soeben gehört habt, stammt ihr tatsächlich aus einer anderen Welt. Bis vor ein paar Monaten hätte ich selbst nicht geglaubt, dass so etwas tatsächlich möglich ist.“ Er machte eine kleine Pause, als ob er zu überlegen schien, was er ihnen als nächstes mitteilen wollte. „Allerdings weiß ich, wie es wohl dazu gekommen ist“, fuhr er fort. „Im Augenblick ist das jedoch nicht weiter relevant. Ich werde es euch selbstverständlich später alles genauer erklären, falls ihr dies wünscht. Wichtig ist allerdings, dass es einen Grund gibt, warum ihr hier seid, warum ausgerechnet ihr gerettet wurdet.“ Wieder legte er eine kleine Pause ein. „Ich konnte sehen, dass ihr eine wichtige Rolle hier spielen werdet, allerdings kann ich noch nicht einmal erahnen welche das sein soll. Auch dazu werde ich euch heute Abend etwas mehr erzählen. Jedenfalls habe ich Befehle missachtet, Leben aufs Spiel gesetzt und leider auch verloren, um euch hierher zu holen.“ Sein Blick wurde für einen kurzen Moment wehmütig, ehe er ruhig fortfuhr. „Um euch auf eure Rolle, welche diese auch immer sein mag, vorzubereiten, benötigt ihr die beste Ausbildung und diese bekommt ihr nur hier an der Akademie von Elderan, so heißt diese wunderschöne Stadt in der ihr euch gerade befindet und deren Gast ihr nun auf unbestimmte Zeit sein werdet. Das wiederrum führt mich allerdings zu einem Problem, das ihr vorhin auf dem Platz miterleben musstet. Das gemeine Volk wird euch dafür hassen, denn gemeinhin besitzen nur Adelige und äußerst Wohlhabende das Privileg, dort zu studieren. Das alleine wäre noch nicht so schlimm, doch zurzeit steht es um unser Land nicht besonders gut.

Die letzten Sommer waren zu heiß und die Winter zu lange, so dass die Vorräte im Land langsam zur Neige gehen, was zur Folge hat, dass viele Menschen Hunger leiden müssen. Natürlich sind die Adligen davon nicht betroffen, was dafür sorgt, dass alles, was mit ihnen in Verbindung steht, immer mehr zum Feindbild des gemeinen Volkes wird. Darüber hinaus wünschen sich schon seit langer Zeit viele vom gemeinen Volk Zugang zur Akademie, da eine Ausbildung dort in der Regel dafür sorgt, dass einem ein sorgenfreies Leben bevorsteht, jedoch wissen die Adligen das mit horrenden Aufnahmegebühren zu verhindern, so dass jemand aus dem gemeinen Volk überhaupt nicht die Möglichkeit hat, Zutritt zur Akademie zu bekommen. Ihr versteht vielleicht, dass die Aufnahme von völlig Fremden, die noch nicht einmal von dieser Welt stammen, also Menschen, die ohne Rang oder Stand sind und darüber hinaus auch über keinerlei Geld verfügen, die Leute hier in Aufruhr versetzt. Ihr werdet also von den meisten Bürgern im besten Falle verächtlich angesehen, im schlimmsten Falle jedoch werden sie dazu übergehen euch aufzulauern und anzugreifen, um ihre in letzter Zeit sowieso schon angestaute Wut an euch auszulassen. Leider konnte ich den König nicht davon abbringen, dieses Spektakel", er spuckte das letzte Wort abschätzig heraus, „zu veranstalten, weshalb ihr nun nicht nur stadtbekannt seid, was ich eigentlich tunlichst vermeiden wollte, sondern gleich auch noch zu den unbeliebtesten Menschen in ganz Elderan geworden seid. Deswegen möchte ich euch nun jemanden vorstellen. Brian du kannst dich jetzt zeigen." Während er das sagte, wandte er seinen Blick in eine dunkle Ecke des Raumes.

Erst als Lucy dort genauer hinsah, erkannte sie, dass noch jemand im Raum war. Ein unscheinbarer, schmächtiger Junge, vielleicht elf oder zwölf Jahre alt machte einen Schritt aus dem Schatten. Er trug ein abgetragenes, braunes Hemd, sowie eine zerschlissene, knielange Hose, ebenfalls in dreckigem braun. Seine struppigen, dunklen Haare hingen ihm halb in seinem von Dreck überzogenem Gesicht. Er bewegte seine nackten Füße so behände über den steinernen Boden, dass sie nicht den geringsten Laut vernahm, als er zu ihnen herüberkam.

„Wie ihr eben selbst feststellen konntet, beherrscht Brian die überaus nützliche Fähigkeit, ungesehen zu bleiben, wenn er es wünscht. Darüber hinaus ist er mir gegenüber stets loyal und, was das Wichtigste ist, er kennt jeden Winkel Elderans". Aren grinste wohlwollend auf den Jungen herab. „Deshalb habe ich ihn dazu auserkoren, euch als Führer zu fungieren. Er wird dafür sorgen, dass ihr ohne Probleme dort ankommt, wo ihr hinmöchtet. Er wird euch die schnellsten und sichersten Routen zeigen, die Elderan zu bieten hat und vielleicht lernt ihr auch noch die ein oder andere nützliche Fähigkeiten von ihm. Er wird euch jetzt zu einem verlassenen Haus bringen, in dem ihr bis heute Abend sicher seid. Dort könnt ihr euch ausruhen, bis ich wieder zu euch stoße, dann werde ich all eure Fragen beantworten, soweit dies in meiner Macht steht, das verspreche ich euch. Wir werden dann auch klären, wo ihr hier vorerst eine Weile leben werdet. Wie gesagt ich habe im Moment leider nur wenig Zeit und muss euch nun bereits wieder verlassen. Brian wird euch sicher zum Treffpunkt führen." Nachdem er geendet hatte, verließ Aren den Raum mit schnellen Schritten wieder, ohne dass sie die Möglichkeit gehabt hätten, auch nur eine Frage an ihn zu richten.

„Mach ich mit Vergnügen", sagte der schmächtige Junge und winkte den Dreien fröhlich zu. „Hier entlang, folgt mir", forderte er die Drei auf und ging auf eine Wand zu. „Oh, wir gehen nicht den üblichen Weg, der könnte für euch momentan zu gefährlich sein, wie Meister Aren euch ja bereits gesagt hat", fügte er hinzu, als er merkte, dass die Drei ihn verwirrt anschauten, als er vor der Wand stehen blieb. „Ihr werdet sehen, dass es in Elderan immer mehr als einen Weg gibt, ans Ziel zu gelangen", sagte er mit einem breiten Grinsen im Gesicht und drückte eine der Fackelhalterungen zur Seite. Schon öffnete sich in der Wand ein kleiner Durchgang, gerade breit genug, dass ein Mensch hindurch passte. Brian griff mit seiner rechten Hand hinein und holte ein paar Fackeln hervor, die er sogleich anzündete und an sie weiterreichte.

„Tom sollte sich erst noch ausruhen", warf Ben ein. Doch Tom war zu ihrer Überraschung bereits ohne Hilfe alleine aufgestanden. Lucy musterte ihn genau. Er atmete ruhig und stand aufrecht da. Keinerlei Anzeichen mehr von irgendwelchen Schmerzen. „Ich weiß nicht, was der

Alte mir gegeben hat, aber ich fühle mich großartig“, erwiderte Tom. „Ich denke wir können los.“

„Sehr schön“, sagte der schmächtige Junge, „Dann zeige ich euch Elderan nun von einer anderen Seite, von meiner Seite“, schon war er durch den Spalt geschlüpft und verschwunden. „Los kommt schon“, hörte Lucy ihn rufen. Nur langsam gingen die Drei in Richtung des Durchgangs und inspizierten die Öffnung. Dahinter führte eine schmale Treppe weiter nach unten, wo Brian schon auf sie wartete. Einer nach dem anderen stiegen sie die Treppe hinunter. Als Lucy schließlich als Letzte durch den Spalt getreten war, betätigte Brian erneut einen Hebel, was die Wand dazu veranlasste, wieder lautlos an ihre ursprüngliche Position zu gleiten. Nun waren die vier Fackeln das Einzige, was ihnen Licht spendete.

„Willkommen in der Kanalisation von Elderan“, sagte Brian feierlich, als sie nach einigen Windungen unten angekommen waren. „Dies hier ist der beste Ort, wenn man entweder nicht gefunden werden möchte, oder wenn man ungesehen von einer Ecke Elderans in eine andere gelangen will.“

Die Treppe hinunter war schmal gewesen, doch der Gang in den er mündete, machte es möglich, dass sie alle vier nebeneinander laufen konnten. „Ihr solltet nun zusammenbleiben“, sagte Brian an die Drei gewandt. „Hier unten kann man sich sehr leicht verirren und wenn ihr einmal verschollen seid, kann es Tage dauern, bis euch jemand findet. Falls man euch überhaupt je wiederfindet.“ Kaum hatte er das ausgesprochen, flitzte er auch schon schelmisch lachend davon. Sie sputeten sich, um ihm folgen zu können, denn verschollen wollte hier unten niemand von ihnen sein.

Die Luft in der Kanalisation war erstaunlich frisch. Etwa alle fünfzig Meter schien etwas Licht durch kleine Ritzen an der Decke. In unregelmäßigen Abständen gingen Türen und weitere, teils sehr enge Gassen von dem breiten Gang ab, auf dem sie liefen.

Kurze Zeit später bog Brian nach links in einen anderen Gang ab, kurz darauf in einen weiteren, dann in noch einen. „Sind diese Tunnel unter der gesamten Stadt?“, fragte Lucy, während sie versuchte, sich den Weg zu merken. Aber schon nach wenigen Minuten gab sie es, nach mindestens sieben Richtungsänderungen, auf.

„Unter einem Großteil der Stadt, ja“, antwortete Brian, ehe er für einen Moment stehen blieb und mit seiner Fackel eine weitere Abzweigung ausleuchtete. Er zeigte mit dem Finger auf die Wand. Lucy sah zu der Stelle, auf die er zeigte, dort war ein Zeichen mit kräftiger, roter Farbe an die Wand gemalt worden. Es zeigte einen Dolch, der hinter einem Dreieckstuch hervorragte, eingerahmt von einer Raute. „Seht ihr dieses Symbol?“, fragte Brian, doch er sprach ohne eine Antwort zu erwarten einfach weiter. „Prägt euch dieses Zeichen gut ein. Das ist das Symbol der Bruderschaft. Einer mächtigen Organisation hier. Dieses Zeichen an der Wand bedeutet, dass sie diesen Gang für sich beanspruchen und keiner, dem sein Leben lieb ist, setzt ohne deren Erlaubnis einen Fuß dort hinein. Sie besitzen viele Gänge und Räume hier unten, meist Abkürzungen oder große Lagerräume. Aber man kommt auch ohne diese überall hin. Ihr solltet also immer darauf achten, wo ihr hier abbiegt, sonst könnte es das Letzte gewesen sein, dass ihr je in eurem Leben getan habt“, dann lief er weiter, geradewegs den danebenliegenden Gang entlang.

„Diese Bruderschaft, was für eine Organisation ist das genau?“, wollte Lucy wissen. Ihre Angst wich ganz allmählich ihrer schier grenzenlosen Neugier.

„Das kommt ganz darauf an, wen du frägst“, sagte er. „Wenn du die Adligen, Reichen, Privilegierten oder die Stadtwache fragst, werden sie dir sagen, dass es gemeine Diebe und Mörder sind. Wenn du die Armen und Unterprivilegierten fragst, werden sie dir sagen, dass sie für etwas Gerechtigkeit sorgen, indem sie sich von den Reichen nehmen und auf ihre Weise die Armen schützen und ihnen helfen. Sie selbst verstehen sich wohl eher als so eine Art Gemeinschaft, bei der jeder für den anderen einspringt, wenn es nötig ist und die auf einander aufpassen. Im Großen und Ganzen sind sie nichts weiter, als ein Haufen Diebe und Halsabschneider die sich zusammengetan haben, aber sie werden nur Gewalttätig, wenn es einen guten Grund dafür gibt, sie haben nämlich einen strengen Kodex, an den sich alle Mitglieder halten müssen. Sollte jemand dagegen verstoßen und jemand aus der Bruderschaft davon Wind kriegen, dann war das das Letzte, was diese Person je getan hat", erzählte Brian mit einer gewissen Begeisterung für die Bruderschaft. „Auf jeden Fall sind sie bestens organisiert und agieren immer im Verborgenen. Niemand weiß, wie viele Anführer es gibt, geschweige denn, wer diese tatsächlich sind. Sie sollen sogar Stützpunkte im ganzen Land haben. Den Großteil ihres Geldes verdienen sie wohl mit Schmuggeln und dem Schwarzhandel, aber auch Personenschutz, Schutzgelder, sowie Erpressung gehören zu ihrem Gebiet. Viele Diebstähle, wie noch in den Anfängen, begehen sie nicht mehr. Auch das Morden ist in der gesamten Stadt zurückgegangen, seit die Bruderschaft an Einfluss gewonnen hat, da mittlerweile keiner mehr den Mut hat, gegen sie vor zu gehen. Das muss in der Anfangszeit anders gewesen sein, da sie sich ihre Vormachtstellung wohl mit äußerster Gewalt gesichert haben müssen. Das war allerdings alles lange vor meiner Zeit. Es soll sogar eine Art stille Vereinbarung zwischen der Bruderschaft und der Stadtwache geben, sich gegenseitig in Ruhe zu lassen, um unnötiges Blutvergießen zu vermeiden. Auch heißt es, dass ihre Schatzkammern voller sein sollen, als die des Königs und dass sie mindestens genauso viele Leute mobilisieren könnten, wie die Stadtwache. Angeblich sind ihre Anführer sogar zum Teil adelig und mischen ganz oben in der Politik mit, allerdings weiß niemand, wer sie wirklich sind. Und niemand will das auch wirklich wissen, denn selbst wenn es jemand herausfinden sollte, würde dieser wohl niemandem mehr davon erzählen können." Nachdem Brian beinahe ohne Punkt und Komma geredet hatte, während er die Drei weiter durch die Kanalisation lotste, entstand jetzt eine kleine Pause, als Brian erneut in einen anderen Gang abbog.

„Brian was waren das eigentlich für Katzenwesen, die ich heute überall in der Stadt gesehen habe?", fragte Lucy nach kurzer Zeit.

„Du meinst die Areiden?", fragte Brian stutzig. „Ach richtig, ihr seid ja nicht von hier. Gibt es die bei euch etwa nicht?", wollte er wissen, nur um dann direkt weiter zu erzählen, sichtlich erfreut darüber, dass er ein neues Thema hatte. „Sie kommen aus den Sandlanden weit im Süden, jenseits des stillen Meeres. Manche sagen, dass sie ursprünglich von einer Insel, noch weiter südlich, als das Sandmeer kommen, aber bisher hat noch niemand die Wahrheit über ihren Ursprung herausgefunden und die Areiden sind sehr verschwiegen, was ihre Vergangenheit angeht. In ihrer Anwesenheit solltet ihr allerdings nicht das Wort Katze erwähnen, da reagieren sie nämlich sehr empfindlich. Und keiner will einem gekränkten Areiden gegenüberstehen, glaubt mir. Sie gehören zu den alten Völkern und sind daher außerordentlich stolz. In ihrer Heimat sollen Menschen schon dafür hingerichtet worden sein, nur weil sie das Wort Katze leise geflüstert haben. Es sollen dort wirklich sehr harte Gesetze gelten. Über viele Jahrtausende blieben die Areiden nur unter sich, erst in den letzten hundert Jahren sind engere Beziehungen zwischen den Menschen und ihnen entstanden, doch wir wissen immer noch nicht, wie groß ihr Reich tatsächlich ist, denn sie lassen Menschen nur bis zu einem bestimmten Punkt reisen. Dahinter sollen die Heiligtümer der Areiden stehen. Jeder, der auch nur versucht in deren Nähe zu gelangen, der wird hingerichtet, so erzählt man es sich zumindest."

„Du sagtest gerade etwas von den alten Völkern", hakte Lucy ein. „Gibt es noch mehr dieser Völker? Welche gibt es denn noch? Kannst du uns etwas mehr über diese Welt erzählen? Da wo wir herkommen, gibt es nämlich nur uns Menschen". Jetzt war ihre Neugier gänzlich entfacht. Endlich gab mal jemand mehr oder weniger vernünftige Antworten auf ihre Fragen.

„Hm... ihr wisst wirklich nichts über unsere Welt oder?", erwiderte Brian daraufhin und plapperte dann direkt weiter. „Dann lasst mich euch einmal ein wenig aufklären", sagte er durchaus mit Stolz in seiner Stimme. „Zu den alten Völkern zählen all diejenigen, die es schon seit der ersten Ära gibt. Zwerge, Elfen, Areiden, die Minotauren, die Echsenwesen und noch einige andere, von denen allerdings viele bereits ausgestorben sind, oder zumindest lassen sie die Welt in dem Glauben". Als Brian davon erzählte, funkelten seine Augen. Er liebte es anscheinend Geschichten zu erzählen. *Gut so,* dachte Lucy.

„Dem hingegen stehen die neuen Rassen, wie die Menschen, die Orks oder Goblins. Hm... wollt ihr mehr über die einzelnen Völker hören?" wieder wartete er keine Antwort ab. „Mit wem beginne ich am besten?", fragte er mehr sich selbst, ehe er voller Enthusiasmus loslegte und sein, für sein Alter erstaunlich großes Wissen mit ihnen teilte. „Ich glaube, ich fange am besten mit den Zwergen an. Ich liebe die Zwerge. Im Prinzip sind sie kleine, stämmige Menschen mit langen Bärten. Aber auch das solltet ihr lieber keinem von ihnen ins Gesicht sagen, sonst bekommt ihr zu spüren, dass ein Zwerg in Sachen Kraft einem Menschen deutlich überlegen ist. Sogar jemandem mit eurer Statur", dabei streifte sein Blick Ben. „Meistens sind sie aber gut gelaunt und zu einem Krug Met sagen sie niemals nein. Sie sind oftmals hervorragende Handwerker. Aber es gibt auch herausragende Barden unter ihnen. Die Besten überhaupt, wenn ihr mich fragt. Sie singen nicht immer dieses schwülstige Zeug, dass die meisten Leute so lieben. Wo war ich? Ach ja, die Zwerge haben vor sehr langer Zeit ihre Heimat verloren. Seitdem streifen sie durch das ganze Land. Es gibt nur noch ein paar wenige kleine Zwergenstädte hoch im Gebirge im Norden. Der Rest der Zwerge lebt zum großen Teil unter den Menschen, wobei die meisten Menschen den Zwergen mittlerweile nicht gerade wohlgesonnen sind. Vielleicht sollte ich dazu sagen, dass ein Großteil der Menschen eh nur sich selbst wohlgesonnen ist."

„Ach ja, dann gibt es da noch die Elfen, die die Zwerge hassen wie die Pest, allerdings weiß keiner mehr zu sagen, wieso eigentlich. Von ihnen gibt es angeblich nur noch sehr wenige. Man sagt, dass es bei ihnen nur Frauen gibt, und dass sie sich nur durch Magie Fortpflanzen können. Auch heißt es, dass sie unsterblich sind. aber dann frage ich mich, wie es nur noch so wenige von ihnen geben kann. Leider habe ich noch nie eine Elfe zu Gesicht bekommen, man sagt nämlich, dass sie die schönsten Frauen auf Erden sein sollen. Sie verlassen ihre Heimat nur sehr selten, auch dürfen nur sehr wenige Fremde ihr Land betreten. Zusammen mit den Zwergen und den Elfen haben die Menschen vor langer ein Bündnis geschmiedet, den sogenannten Dreibund. Dadurch sichern sie sich im Falle eines Krieges gegenseitig Unterstützung zu. Der letzte Krieg liegt gerade einmal gut zehn Jahre zurück." Brian konnte jetzt gar nicht mehr aufhören zu erzählen. „Damals hat der Dreibund gegen die Völker im Osten gekämpft. Gegen die Orks, die Echsenwesen und die Minotauren, die sich ebenfalls zusammengeschlossen haben. Es musss ein langer, vernichtender Krieg gewesen sein, der viel Tod und Leid über den gesamten Kontinent gebracht hat. Keine der Seiten konnte am Ende den Krieg für sich entscheiden. Es war König Erowein der es geschafft hat, einen brüchigen Frieden auszuhandeln."

„Wollt ihr noch mehr über die Völker des Ostens wissen?", fragte Brian die Drei, die jedoch wieder einmal nicht zu antworten brauchten. „Die Minotauren sind laut Legenden sogar noch älter als Elfen und Zwerge. Sie ähneln äußerlich wohl mehr einem Stier, als einem Menschen und verfügen über wahnsinnige Kräfte. Man sagt auch gemeinhin, dass das Letzte was man sieht ein verärgerter Minotaurus sei, wobei sie angeblich sehr friedliebende Wesen sein sollen. Sie sollen auch über enormes Wissen und Weisheit verfügen. Sie leben im Einklang mit der Natur, aber wehe dem, der sie dann doch einmal wütend gemacht hat. Auch einen Minotaurus habe ich noch nie getroffen, würde aber gerne mal einen aus der Nähe sehen. Ich wette, die sind sehr imposant."

„Auch die Echsenwesen aus dem Sumpflanden tief im Südosten und über dem stillen Meer sind dem Zusammenschluss beigetreten. Über sie weiß ich eigentlich nichts, außer, dass sie Menschenfleisch essen und wahnsinnig gefährlich sein sollen. Gerüchte besagen, dass sie über eine Magie verfügen, die nur sie beherrschen. Blutmagie. Angeblich die mächtigste Form der Magie, die es gibt. Die Echsen gibt es wohl auch mindestens schon genauso lange, wie die Elfen und Zwerge."

„Die Orks gehören, wie die Menschen, zu den neuen Rassen und sind mit uns auch mit Abstand am weitesten verbreitet. Die meisten sagen, sie sollen blutrünstige Monster sein, weil sie im Krieg das ganze Land verwüstet haben. Auch geben viele den Orks die Schuld dafür, dass es uns in den letzten Jahren immer schlechter geht. Aber ich glaube das nicht."

„Wieso glaubst du das nicht?", fragte Ben nach, als Brian einmal eine kurze Pause beim Erzählen einlegte, als er an einer Kreuzung nach dem richtigen Pfad zu suchen schien, ehe er wieder unbeirrt weiter eilte.

„Weil zum einen die Menschen selbst im Krieg die Länder mindestens genauso sehr verwüsten haben wie die Orks, was man denen hier immer noch vorwirft. Zum anderen glaube ich nicht, dass irgendjemand anders schuld ist, an unserem eigenen Leid", antwortete Brian.

„Wer glaubst du ist dann schuld daran?", hackte Ben nach

„Ich glaube jeder Einzelne ist für sein Schicksal selbst verantwortlich. Wer jemand andern als sich selbst als Schuldigen sieht und von dem erwartet, dass der sich ändert und ihm hilft, ist nur zu feige, um sich selbst zu verändern und selbst etwas gegen sein hartes Schicksal zu unternehmen. Ah, hier geht's weiter, wir sind fast da", sagte Brian und wollte gerade in einen weiteren Gang einbiegen.

„Warte mal", es war Tom, der stehen geblieben war und jetzt sprach. Er zeigte immer noch keinerlei Anzeichen von Schwäche oder Schmerzen. Im Gegenteil. Er war nicht einmal außer Atem, obwohl sie in zügigem Tempo gelaufen waren. *Was wohl in dem Trank gewesen ist,* fragte Lucy sich nicht zum ersten Mal. „Hier! Das ist doch das Zeichen dieser Bruderschaft von der du erzählt hast, oder?", fragte Tom, als er auf ein Symbol an der Wand zeigte. Ein Dolch mit einem Dreieckstuch in einer Raute, in dunklem Rot, war dort auf dem rauen Stein gemalt worden. „Du sagtest doch wir sollen die nicht benutzen, es sei denn wir wollen sterben."

„Gut, du hast mir zugehört und dir ist sogar das Zeichen aufgefallen", sagte Brian und grinste dabei breit. „Normalerweise darf niemand, der nicht zur Bruderschaft gehört diese betreten. Außer..." Er machte eine kurze Pause „Außer", fuhr er dann theatralisch fort, „man besitzt eine Vereinbarung mit der Bruderschaft." Er zog einen kleinen Umschlag aus einer seiner Taschen und zeigte ihn kurz her. „Eine, wie diese hier." Ein kleines dunkelrotes Wachssiegel funkelte im Schein der Fackeln. „Meister Aren hat wirklich erstklassige Verbindungen in der Stadt. Er hat uns eine solche Vereinbarung beschafft. Sie gilt nur für diesen Gang und nur für den heutigen Tag. Es ist sehr schwer an so etwas heran zu kommen. Ich bin sicher, die Bruderschaft forderte dafür einen hohen Preis." Brian steckte den Brief wieder weg und setzte seinen Weg fort. „Aber ihr solltet nur auf dem Weg bleiben, nicht neugierig zu irgendwelchen Türen blicken und vor allem nicht stehen bleiben, es sei denn ich sage es euch. Wir sollten jetzt auch besser nicht mehr reden." Im Gegensatz zu den Teilen der Kanalisation, durch die sie gegangen sind, hingen hier in regelmäßigen Abständen Fackeln oder Laternen um den Gang zu erhellen. Auch war der Boden hier besser gepflastert, als in der restlichen Kanalisation. Sie kamen immer wieder an schweren Holztüren vorbei, hinter denen manchmal sogar leise Stimmen zu vernehmen waren.

Es dauerte nicht lang, dann konnte sie die Treppe sehen, die sie wohl wieder nach oben führen würde, als plötzlich eine Türe vor ihnen geöffnet wurde. Aus ihr trat ein großer, bulliger Mann mit einer tiefen Narbe über dem linken Auge heraus. Seine Haut am Hals war übersäht von alten Brandnarben. *Wie weit diese wohl unter seinem schweren, ledernen Wams reichten,* ging Lucy durch den Kopf. Er hielt einen kleinen Dolch in seinen massigen Händen, der dort beinahe wie ein kleines Kinderspielzeug aussah und stocherte damit etwas Dreck aus seinen Fingernägeln. Dazu trug er noch einen massiven hölzernen Knüppel, der an seinem Gurt baumelte.

„Halt!", die für einen Mann seines Erscheinungsbildes viel zu hohe, fast schon kindliche Stimme hallte den Gang entlang. Der Mann verengte sein rechtes Auge zu einem Schlitz. „Wer ist denn hier unten ungebeten in unseren Gängen unterwegs?", dabei entblößte der Mann seine schiefen Zähne durch ein breites Grinsen.

Lucy überkam die Angst. Sie spürte, dass mit dem Mann nicht zu spaßen ist und wusste, dass er sie wohl ohne zu zögern einfach töten würde, so wie Brian es ihnen gesagt hatte. Sie hoffte nur, dass er nicht sofort auf sie losging, sondern erst einmal Brians Brief ansah.

Für einen kurzen Moment herrschte absolute Stille. Keiner rührte sich. Auch Brian machte keine Anstalten, etwas zu unternehmen. „Ihr habt fünf Sekunden, um zu erklären, was ihr hier wollt, wenn ihr bis dahin keine Erklärung parat habt, werde ich euch genüsslich einen nach dem anderen Ausweiden. Bis auf dich", dabei sah der Mann Lucy lüstern an. „Ich bin mir sicher, für dich finde ich eine noch bessere Verwendung." Sein Lächeln hatte nun etwas Grausames an sich. Er schien sich wohl schon darauf zu freuen, jeden Einzelnen von ihnen zu massakrieren.

„Eins...", begann der Mann zu zählen

„Ich habe hier eine Vereinbarung dabei", entgegnete Brian schnell, während er an seiner Tasche nestelte.

„Zwei", der Mann zählte unbeirrt weiter.

„Sie besagt, dass wir heute diesen Gang hier benutzen dürfen", fügte Brian hastig an.

„Drei", das Grinsen des Mannes wurde immer breiter.

Endlich fand Brian den Brief in seiner Tasche, holte ihn hervor und hielt diesen dem Mann entgegen.

„Vier", fuhr der Einäugige fort, als er den Brief entgegennahm und das Siegel genau betrachtete.

„Fünf", schrie der Mann die Vier an, wobei er einen kleinen Schritt auf sie zumachte. Lucy erschrak davon fast zu Tode, woraufhin der Mann belustigt zu lachen begann, dann nahm er seinen Dolch, brach damit das Siegel, las den Brief und schaute die Vier eindringlich an.

„Hm... Schade", sagte er fast schon enttäuscht. „Ich hätte heute zu gerne etwas Blut vergossen, aber ihr dürft passieren". Er übergab den Brief wieder an Brian. „Tja, vielleicht habe ich beim nächsten Mal ja mehr Glück", wandte er sich an Lucy, ehe er sich umdrehte und wieder hinter der Türe verschwand. Von der anderen Seite konnte sie leises Gelächter vernehmen. Es war nicht nur das Lachen des Mannes zu hören, sondern noch mindestens zwei weitere Männer stimmten mit ein. Sie hatte nun keinen Zweifel mehr, dass ein ungebetener Besuch in den Gängen der Bruderschaft tödlich für sie enden würde.

Erleichtert stiegen sie die Stufen der Treppe nach oben, dem Tageslicht entgegen.

Kapitel 7 – Ein neues Leben

Die Sonne war bereits untergegangen. Da sie sich an das gehalten hatten, was ihnen Brian zum Abschied gesagt hatte, brannte kein Feuer, um den heruntergekommenen Raum, in dem sie sich seit dem Marsch durch die Kanalisation befanden, zu erhellen. Tom hatte sich gerade etwas mehr in seinen Umhang gehüllt, um sich vor der allmählich aufkommenden Kälte zu schützen. Er lehnte mit seinem Rücken an der löchrigen Holzwand, den Blick auf die Türe gerichtet. Tom verspürte immer noch kaum Schmerzen, seitdem er dieses Gebräu getrunken hatte, dass der Alte ihm gereicht hatte. Er spürte aber, wie ganz allmählich die Müdigkeit wieder in ihm heraufkroch. Schon fast gewillt, sich dieser hinzugeben war er kurz davor einzudösen, als ein Pochen an der Tür ihn wieder aufschreckte.

„Ich bin es, ihr könnt aufmachen", erklang Arens tiefe Stimme dumpf durch das schon leicht morsche Holz der Tür. Tom und die Anderen sahen sich kurz an, dann stand Ben auf, schob den vom Rost kreischenden Riegel zur Seite und öffnete die Türe. Das Licht der Fackel schmerzte in Toms müden, bereits an die Dunkelheit gewöhnten Augen.

„Folgt mir bitte, wir gehen ein kurzes Stück", sagte Aren, während er eine einladende Geste machte „und suchen ein vorzügliches Gasthaus auf. Dort werdet ihr euch stärken können und hoffentlich auch eine Unterkunft finden."

Tom stand auf, streckte seine müden Glieder und folgte dann, wie Ben und Lucy auch, Meister Aren. Er blickte noch einmal zurück auf das verfallene Haus, in dem sie Zuflucht gesucht hatten. *Na hoffentlich ist es dort gemütlicher ist als hier,* dachte er nur.

„Meister Aren?", fragte Tom zögerlich als er die breite, sorgfältig mit glatten, quadratischen Steinen gepflasterte Straße entlang ging.

„Ja? Was gibt es?", entgegnete Aren, während er ihn freundlich musterte. „Ihr dürft mich alles fragen, was ihr wollt."

„Ihr... Eure Stimme... Ich... Ich habe euch gehört kurz bevor... bevor das alles begonnen hat, zumindest glaube ich das. Ihr habt mit dem Ritter gesprochen, der uns gerettet hat. Ihr scheint genau gewusst zu haben, was passieren wird. Woher wusstet ihr das? Außerdem habe lange überlegt, wieso mir eure Stimme damals bereits so bekannt vorgekommen ist, aber ich habe ehrlich gesagt keine Ahnung warum das der Fall war, oder könnten wir uns vorher schon einmal begegnet sein? Wart ihr davor schon einmal in unserer Welt?“, richtete Tom seine Fragen an Aren.

„Nein, ich war noch nie in eurer Welt. Genaugenommen wäre das vorher auch gar nicht möglich gewesen, aber auf das werde ich später noch einmal zurückkommen, genauso, woher ich wusste, was passieren würde“, antwortete Aren. „Ich weiß zwar nicht wie es genau möglich war, aber du hast scheinbar irgendwie eine Verbindung zu mir aufgebaut und so meine Stimme gehört, kurz bevor, nun ja, bevor eure Welt angegriffen wurde.“ Aren überlegte kurz, ehe er weitersprach. „Du sagst, die Stimme sei dir damals schon bekannt vorgekommen?“

„Ja“ antwortete Tom, „es ist, als hätte ich sie schon unzählige Male gehört, jedoch kann ich mir nicht vorstellen, wie das möglich gewesen sein soll.“

„Hm...“ Aren machte eine Pause und strich sich langsam über seinen kurzen, weißen Bart. „Ich muss gestehen, ich kann es mir auch noch nicht wirklich erklären, scheinbar gibt es irgendeine Art Verbindung zwischen uns, von der ich selbst noch nichts wusste. Um ehrlich zu sein, habe ich keine Ahnung, welcher Art diese Verbindung sein könnte. Ein weiteres Rätsel, wie so viele, die dieser Tage noch gelöst werden wollen.“ Sie bogen um eine Ecke in eine noch breitere Straße ein, Aren schien etwas in Gedanken zu versinken.

„Habt Ihr mir dieses Schwert geschickt?“, fragte Tom weiter. Dabei zog Tom sein Schwert, dass an seiner Seite hing kurz unter seinem Mantel hervor.

„Du solltest es nicht offen zeigen“, flüsterte Aren Tom zu, während er über seine Schulter schielte. „Für dieses Schwert würden dich wohl noch mehr Leute töten, wie dafür, dass ihr an der Akademie aufgenommen wurdet. Keiner sollte je davon erfahren, dass du so etwas besitzt." Aren blieb stehen und legte Tom beide Hände auf die Schultern und sah ihm dabei eindrücklich in die Augen. „Um ehrlich zu sein kann ich dir nicht sagen, wie es in deinen Besitz gelangt ist. Das Schwert stammt zweifelsohne aus dieser Welt. Ich habe viele Jahre damit zugebracht, über Artefakte und Schwerter aus der alten Zeit zu recherchieren, dies ist definitiv eines davon. Ich kann sein Alter und die ungeheure Macht spüren, die in ihm ruht. Wie es scheint, hat es dich erwählt."

„Mich erwählt?", fragte Tom. „Wie kann denn ein Schwert jemanden erwählen?"

„Das Schwert ist mit Magie durchtränkt", erklärte Aren. „Und Gegenstände mit besonders starker Magie besitzen oftmals einen starken eigenen Willen. So kann man diese in der Regel dann auch nicht dazu missbrauchen, etwas zu tun, was sie selbst nicht wollen. Und dieses Schwert wollte wohl, dass du am Leben bleibst."

„Also gibt es hier wirklich Magie, echte Zauberei?", hakte Lucy nach.

„Ja, die gibt es hier, sie ist eigentlich etwas ganz natürliches.", antwortete Aren. „Es ist so, dass die gesamte Welt, die ihr sehen könnt, mit Magie durchzogen ist. Manche Theorien gehen sogar davon aus, dass die Magie der Ursprung von allem ist. Auch eure Welt ist vollständig von der Magie durchzogen", fuhr Aren fort, „jedoch habt ihr scheinbar eure Verbindung zu ihr verloren, als ihr euch immer mehr auf euren Verstand verlassen habt, bis Magie für euch nichts weiter war, als ein Mythos in irgendwelchen Geschichten. Allerdings ist es so, dass ohne Magie überhaupt nichts Lebendiges entstehen könnte, denn Magie ist ein Teil, manche behaupten sogar, die Essenz von allen Dingen. Ein Magier oder Zauberer, wie ihr ihn nennt, macht im Grunde nichts weiter, als sich mit dieser allgegenwärtigen Magie zu verbinden. Mit der Macht seines Geistes ist es ihm dann möglich, Teile dieser in einem gewissen Rahmen nach seinem Willen zu formen. Hier bei uns können die meisten Magier nur ganz bestimmte Aspekte des Lebens beeinflussen, wie dem Wind Befehle zu erteilen oder Feuer heraufzubeschwören. Wie genau dies funktioniert, dass wird dir an der Akademie beigebracht werden Tom, denn ich spüre in dir das Potential, Magie zu wirken. Und dass du dieses Schwert führen kannst, ist der eindeutige Beweis dafür", sagte Aren und deutete vorsichtig auf das Schwert, dass an Toms Seite hing. „Doch die Einzelheiten würden jetzt den Rahmen sprengen und ich glaube, dass euch im Moment weit wichtigere Fragen unter den Nägeln brennen."

„Ich... Es war. Ich weiß nicht, wie ich es beschreiben soll", sagte Tom. „Als ich das Schwert berührte kam es mir fast so vor, als ob die Zeit stillstand, als ob..." Tom wusste nicht, wie er den Satz beenden sollte.

„Ja, jedes der alten Schwerter besitzt besondere Fähigkeiten, die sich auf den Träger übertragen können", sprach Aren weiter. „Du hast das am eigenen Leib erfahren, sonst wärst du jetzt nicht mehr am Leben", antwortete Aren.

„Und wieso spüre ich jetzt nichts mehr davon?", fragte Tom.

„Das Schwert muss gespürt haben, dass du Hilfe benötigst, deswegen ist es überhaupt zu dir gekommen und hat dir dann seine Kraft verliehen. Normalerweise bedarf es jahrelangen Trainings, sowohl des Körpers, als auch des Geistes, um auch nur einen Bruchteil der Macht eines solchen Schwertes zu nutzen. Irgendwie ist es dir gelungen in diesem Moment eine tiefe Bindung mit ihm einzugehen. So etwas ist, soweit ich weiß, seit der ersten Ära nicht mehr vorgekommen. Aber scheinbar sieht das Schwert jetzt keinen Nutzen mehr, dir seine Macht zu leihen. Abgesehen davon, solltest du froh darüber sein, denn die Macht, die es dir verliehen hat, hat auch seinen Preis. Das Schwert speist seine Macht mit Hilfe deiner, ich nenne es mal, Lebensenergie. Je tiefer die Verbindung und je mächtiger der Zauber, desto mehr Lebensenergie wird dir bei seiner Anwendung entzogen und das Schwert hat viel von dir genommen, als es dich mit seiner Macht gerettet hat. Das ist auch ein Grund, warum du so lange geschlafen hast und du dich jetzt, da die Wirkung des Tranks, den ich dir gegeben habe, nachlässt, langsam wieder müde fühlst. Auch ein großer Teil deiner Schmerzen rührt daher.

Es wird noch einige Tage dauern, bis du dich einigermaßen davon erholt haben wirst."

„Und wieso spüre ich davon im Moment fast nichts?", wollte Tom wissen. „Was war das für ein Trank, den Ihr mir gegeben habt? War der auch magisch?"

„Das hängt vom Auge des Betrachters ab", entgegnete Aren. „Die einen würden sagen, es ist nichts weiter, als ein gut gebrauter Trank, kompliziert, aber es wurde keine Magie verwendet, um ihn herzustellen. Jedoch ähnelt seine Wirkung der von Magie schon recht deutlich", sagte Meister Aren weiter. Der Trank lässt deinen Körper glauben, dass du keine Schmerzen hast und er vertreibt die Müdigkeit. Dasselbe könnten auch gewisse Zauber bewirken. Doch vertraue ich bei so etwas dann doch lieber auf die gute alte Kunst der Alchemie", dann legte er eine kleine Pause ein. „Leider hat der Trank auch einige Nebenwirkungen, so verzögert er deinen Heilungsprozess, den du gerade durchläufst und du wirst vermutlich die nächsten Tage noch mehr Schmerzen haben, als du heute schon hattest. Ich hätte dir das gerne erspart, jedoch blieb mir keine andere Wahl, nachdem der König sich nicht umstimmen ließ und unbedingt dieses Schauspiel veranstalten musste", schnaubte Aren.

„Warum hat er es denn überhaupt veranstaltet? Was hat ihm das Ganze denn gebracht?", wollte Ben wissen.

„Naja, er meinte etwas von wegen, er wolle seinem Volk absolut nichts vorenthalten", schnaubte Aren. „Dieser Narr. Manchmal frage ich mich, wie er so lange auf dem Thron überleben konnte. Versteht mich bitte nicht falsch, Erowin ist ein guter König, ein gerechter König und ist auch nach wie vor sehr beliebt, nur versteht er nicht viel davon, was das Beste für das gemeine Volk ist. Er dachte, eine prächtige Zeremonie, in der Brot für das Volk verteilt wird, könne die Stimmung der Bevölkerung wieder etwas heben. Obendrein hat er gehofft, dass er durch seine Offenheit die Angst mindern kann, die durch die zahlreichen Gerüchte, die im Umlauf sind, aufgekommen ist. Das Einzige, was er jedoch dadurch erreicht hat ist, dass das Volk jetzt noch wütender auf alles ist, was einen Adelstitel besitzt oder überhaupt von höherem Stand ist. Doch was mit am schlimmsten ist, auch noch auf euch, obwohl ihr am allerwenigsten dafürkönnt. So etwas wollte ich eigentlich unter allen Umständen vermeiden. Wenn das so weiter geht, befürchte ich, dass uns bald ein Aufstand bevorsteht", schloss Aren resignierend ab.

Es herrschte kurzes Schweigen, ehe Lucy eine weitere Frage stellte. „Von wem oder was genau wurden wir eigentlich angegriffen?", wollte sie wissen.

„Von einem Feind aus einer längst vergessen geglaubten Welt, aber darüber werde ich euch gleich noch ausführlicher berichten", sagte Aren, als er plötzlich stehen blieb. „Ah seht! Das beste Gasthaus in ganz Elderan", versprach Aren mit einem breiten Grinsen im Gesicht, während er auf ein großes, steinernes Haus zeigte. „Hier werden wir uns stärken und, wenn alles nach Plan läuft, werdet ihr hier eine Unterkunft für die nächste Zeit erhalten."

Von außen sah das steinerne Gebäude nicht besonders spektakulär aus. Das Licht der Fackeln und Herdfeuer, welches aus den Fenstern drang, tauchte die breite Gasse vor dem Wirtshaus in unstetes Licht. Ein einfaches Holzschild auf dem ein Eber in einem Topf zu sehen war, hing über der schweren hölzernen Eingangstüre und wog leicht im Wind hin und her. Darunter war der Name der Schenke in verwitterten Buchstaben zu lesen: Zum gekochten Eber. Den Geräuschen nach zu urteilen, die durch die geschlossenen Fenster und Türen hinaus in die Gasse drangen, herrschte in dem Wirtshaus ein reges Treiben. Es wurde geredet, gelacht, lautstark gestritten und einige schienen sogar ein Lied anzustimmen, als Aren die schwere Holztür knarrend aufschob und, gefolgt von Ben, Tom und Lucy, eintrat.

Es dauerte ein paar Augenblicke, bis sie im Gasthaus bemerkt wurden, doch nach und nach verstummten alle Gespräche und es herrschte beinahe Totenstille im Wirtshaus, nur durchbrochen von leisem Flüstern, als die Leute erkannten, wer da soeben durch die Türe getreten war. Einzig das Lachen eines anscheinend schon ziemlich betrunkenen Mannes hallte noch durch den großen Schankraum. Alle hatten sich nun den vier Neuankömmlingen zugewandt und bedachten sie mit misstrauischen Blicken, während sie weiter hinein gingen. Aren lief unbeirrt in Richtung Theke, während die drei Freunde sich etwas zusammendrängten und ihm mit ungutem Gefühl folgten. Da kam auch schon ein kleinerer, etwas untersetzter Mann schnellen Schrittes auf sie zu.

„Meister Aren, welch ein unerwartetes Vergnügen. Schön dich mal wieder hier bewirten zu dürfen, das letzte Mal ist schon eine ganze Weile her", begrüßte er ihn, während er mit dem rechten Zeigefinger und Daumen, seinen übergroßen Oberlippenbart noch weiter kringelte. „und wie ich sehe bringst du Freunde mit", dabei musterte er die Drei einem nach dem anderen kurz, aber intensiv.

„Auch schön dich wieder zu sehen, alter Freund, es ist wahrlich schon eine Weile her, seitdem ich das letzte Mal die Zeit finden konnte, um dich hier zu besuchen", entgegnete Aren, während er ihm eine Hand auf die Schulter legte. „Das hier ist Bernim Bockhardt, Inhaber des wohl besten Wirtshauses in ganz Elderan und ganz nebenbei ein guter alter Freund meinerseits", sagte Aren in feierlichem Tom. „Bernim, auch, wenn ich davon ausgehe, dass du ihre Gesichter bereits kennst, darf ich dir trotzdem Tom, Ben und Lucy vorstellen."

„Wissen ist ein Teil meines Geschäftes mein Freund", antwortete Bernim und grinste die Vier schelmisch an. „Freut mich euch kennen zu lernen", sagte der Wirt mit einem freundlichen Lächeln und streckte den Dreien seine kräftige Hand entgegen. „Freunde von Meister Aren sind auch meine Freunde, folgt mir", sagte er, während er weiter nach hinten in den Schankraum ging. „Entschuldigt, es ist ziemlich voll heute, aber kein Wunder, nach der Vorstellung, die ihr heute auf dem Marktplatz geboten habt. Ich muss euch hohen Herren wohl dankbar dafür sein", flüsterte er Aren augenzwinkernd zu. „Ah, hier ist ein geeigneter Platz für euch." Dabei zeigte er auf einen kleinen Tisch in einer der Wandnischen. „Die Herren wollten sowieso gerade gehen", sagte er laut an die vier dort sitzenden Männer gerichtet. „Verzeiht mir die Unannehmlichkeiten werte Herren, aber wenn ich euch bitten dürfte aufzustehen und diesen Platz frei zu machen", sagte er in ruhigem, aber sehr bestimmten Ton zu den vier Männern, die den ersten Wink wohl nicht verstanden hatten. Die Männer, die dort saßen, waren allem Anschein nach gerade mit einem Würfelspiel zu Gange.

„Selbstverständlich gebe ich euch einen Nachlass auf eure heutige Zeche, den Rest könnt ihr bei Hilda an der Theke begleichen." Dabei wies er zu einer etwas rundlichen jungen Frau mit langem, zu einem Zopf gebundenem blondem Haar, die gerade hinter der Theke dabei war, Unmengen an Bierkrügen zu füllen.

Drei der Vier waren schon dabei, sich von ihren Stühlen zu erheben, als der vierte schon leicht lallend, laut rief: „Und wenn isch noch keine Luscht habe, für diese edlen Herrsch...Herrschaften Platz zu machen?", dabei beäugte der Mann die vier geringschätzig und stieß seinen halbvollen Krug auf die Tischplatte, so dass der Inhalt schäumend überquoll. Die Gespräche, die gerade wieder tuschelnd in Gang gekommen waren, verstummten erneut schlagartig.

„Dann, werter Herr Gunnar", antwortete der Wirt ohne Pause, „werde ich wohl deiner Gattin erzählen müssen, dass du in letzter Zeit wieder häufiger dein Glück beim Würfeln suchst und dabei wieder einmal eure kümmerlichen Ersparnisse verspielst", dabei schaute er den Mann mit strengem Blick in die Augen. Als dieser immer noch keine Anstalten machte nachzugeben, fuhr er in leicht süffisantem Ton fort. „Nur wirst du dieses Mal keinen Platz bei mir zum Schlafen bekommen, wenn sie dich wieder vor die Türe setzt", daraufhin erntete er im ganzen Saal schallendes Gelächter.

Der Mann lief purpurrot unter seinem dichten, schwarzen Vollbart an. Es sah für einen Moment so aus, als wolle er den Wirt gleich mitten ins Gesicht schlagen. Bernim blieb jedoch unbeirrt stehen und starrte dem Mann direkt in dessen verquollene Augen.

„Also... also gut", stammelte der Betrunkene „Isch... isch gehe, aber... aber nur für... für einen ordentlichen Nachlass", lallte der Mann zurück.

„Den sollst du natürlich haben", sagte Bernim und verbeugte sich ganz leicht.

Mit dem Mann verließen auch die anderen Drei den Tisch. Bernim nahm die alten Krüge in die eine Hand, zog mit der anderen ein Tuch hervor, welches an seiner Schürze hing und wischte damit den Tisch ab.

„Bitte setzt euch“, sagte er und zeigte auf die Bänke, die in der Nische angebracht waren. „Entschuldigt die kleine Unannehmlichkeit. Gunnar ist eigentlich ein feiner Kerl, aber immer etwas hitzköpfig, wenn er zu viel getrunken hat. Was darf ich euch denn bringen?“, frage er in die Runde, als sie sich gesetzt hatten.

„Vier Krüge Börgenser Met und viermal den himmlischen Eintopf deiner entzückenden Frau“, bestellte Aren. „Richte Marianna doch gleich liebe Grüße von mir aus. Außerdem würde ich später gerne noch etwas mit euch besprechen“, fügte Aren beiläufig hinzu.

„Ich dachte mir schon, dass du nicht nur zum Vergnügen hier bist. Ich kümmere mich um eure Bestellung und werde später noch einmal zu euch stoßen, wenn die Zeit dazu ist, aber jetzt muss ich mich noch um einige Dinge kümmern. Wie ihr seht, ist heute die Hölle los“, sagte Bernim, während er seinen Blick durch den bis zum letzten Platz gefüllten Schankraum schweifen ließ. „Ich bin mir sicher, dass meine Frau auch einmal die Zeit findet, sich zu euch zu gesellen“, mit diesen Worten hatte er auch schon kehrt gemacht, verschwand in Richtung Theke, rief Hilda die Bestellung zu und wandte sich dann an ein paar weitere Neuankömmlinge, für die er versuchte, noch irgendwo einen Platz aufzutreiben.

Es dauerte nur einen kurzen Augenblick, bis Hilda die vier Krüge zu ihnen brachte. Aren nahm seinen Krug dankend an, prostete ihnen zu und nahm dann einen kräftigen Schluck des leicht süßlichen Mets. „Ah, geht doch nichts über einen Schluck Börgenser bevor man eine Geschichte erzählt.“ Er setzte seinen Krug wieder ab und fuhr fort. „Ich bin mir sicher, dass Brian euch schon einiges über unsere Welt erzählt hat“, schmunzelte er. „Also, bevor ihr mich mit Fragen löchert, werde ich erst einmal eine andere Geschichte erzählen. Eine, von der ich mir sicher bin, dass Brian sie euch noch nicht erzählt hat.“ Er nahm erneut einen kräftigen Schluck Met, ehe er weitersprach. „Also, wie ich euch versprochen habe, werde ich versuchen, euch zu erklären, wie es überhaupt möglich ist, dass ihr hier landen konntet und wo genau dieses hier eigentlich ist“, begann Meister Aren zu erzählen. „Dazu muss ich allerdings zunächst eine kleine Geschichtsstunde einlegen. Diese

Geschichte handelt von Almexias, dem Mächtigen und den Folgen seiner Entscheidung. Sie spielt weit vor unserer Zeit, einige tausend Jahre um genauer zu sein. Sie soll erklären, was alles dafür gesorgt hat, dass ihr heute hier seid und wo ihr euch eigentlich nun genau befindet." Aren blickte die drei Freunde nacheinander an und nahm noch einmal einen tiefen Schluck Met, ehe er fortfuhr. „Wenn ich damit fertig bin werde ich natürlich versuchen all eure anderen Fragen, soweit es in meiner Macht steht, zu beantworten", wieder pausierte er kurz und blickte den Dreien in die Augen. Ein weiterer Schluck Met rann seine Kehle hinab, ehe er mit der Geschichte begann.

„Die Geschichte spielt im Jahr 1766 der zweiten Ära, etwa 3000 Jahre vor unserer Zeit. Es war die Zeit des großen Krieges der drei Reiche, die die Welt damals beherrschten. Amanthas, das Reich der Magie, Londuras, das Reich des Fortschritts und Karag, das Reich der Krieger. So werden die drei Reiche heutzutage genannt. Auslöser des großen Krieges war der Angriff des Kriegerreiches unter Rolug dem Irren auf die Heilige Stadt Etherion. Etherion lag genau im Zentrum der drei Reiche und war älter als die meisten Völker selbst. Sie war laut unzähligen Sagen und Legenden, die sich um diese Stadt ranken, die größte und prächtigste Stadt, die jemals erbaut worden ist. Niemand weiß zu sagen, wer sie erbaut hat, noch wie alt sie in Wirklichkeit war. Die Stadt war sie seit je her unabhängig und für jedermann, egal aus welchem Reich er stammte und welcher Rasse er angehörte, zugänglich. Sie stand unter dem Schutz der vier Titanen. Gewalt war dort strengstens verboten. Wer dennoch gegen die Gebote verstieß, wurde hart bestraft. So entstand dort eine blühende, friedliche Metropole, bis Rolugs Truppen schließlich vor dessen Toren auftauchten, um die Stadt zu erobern. Diesen Angriff ließen die anderen Reiche natürlich nicht unbeantwortet, denn jede Seite sah nun ihrerseits die Chance für sich gekommen, die anderen Reiche zu besiegen und die Stadt selbst einzunehmen, um die Herrschaft über die gesamte Welt an sich zu reißen. Auf den Feldern rund um Etherion tobte über viele Jahre ein erbitterter Kampf, bei dem sich keine Seite einen entscheidenden Vorteil verschaffen konnte. Allerdings arbeiteten alle Seiten an unvorstellbar mächtigen Waffen, die ihrer Seite zum Sieg verhelfen sollten. Diese Waffen sollen die Macht besessen haben, die ganze Welt zu vernichten. Als die Waffen kurz davor waren, einsatzbereit zu werden, war es Almexias, der in Erscheinung trat, um die Welt vor der Vernichtung zu bewahren. Almexias war das Oberhaupt des Anam Deis, einem geheimen Bund von wenigen auserwählten Magiern, die keinem Reich angehörten und die sich dazu verpflichtet hatten, alle Völker gleichermaßen vor Unheil zu schützen. Almexias soll zudem der mächtigste Magier gewesen sein, der jemals auf dieser Erde wandelte, so erzählen zumindest die Legenden. Der Bund hatte gemeinsam mit Zorax dem Weißen, dem langjährigen Herrscher Etherions und dessen Wächtern, den vier Titanen, einen Plan geschmiedet, der den Krieg ein für alle Mal beenden und somit die Welt vor der bevorstehenden Vernichtung retten sollte. Jedoch war es ein äußerst waghalsiger Plan, der die Welt für immer verändern würde und jeder der Beteiligten sollte einen hohen Preis für dessen Durchführung bezahlen. Ihr Plan war es die Welt, die seit Urzeiten bestand, zu trennen. Jedes der drei Reiche sollte zu einem eigenen Planeten werden und somit, dass erhofften sie sich zumindest, konnten sie den Krieg stoppen und die damit einhergehende Zerstörung des Planeten verhindern. Zu diesem Zweck starteten Almexias und Zorax das sogenannte Ritual der Trennung, bei dem zunächst die vier Titanen freiwillig ihr Leben opferten, um das mächtige Artefakt zu erschaffen, das in der Lage war, das schier Unmögliche zu vollbringen. Im Laufe des Rituals verlor auch Zorax sein Leben, so blieb es an Almexias allein, es zu vollenden. Mit letzter Kraft schaffte er es schließlich. Der Himmel verdunkelte sich und ein gewaltiger Sturm kam auf. Die Erde begann zu beben und am Ende wurde die Welt in drei Teile zerrissen. So entstanden die drei Welten, wie sie noch heute nebeneinander existieren. Da gibt es eure Welt, die ihr die Erde nennt, dann Tarell, die Welt auf der ihr euch nun befindet und Derewar, die dritte Welt, die aus dem Reich der Krieger entstanden ist. Jede war zu einem eigenen Planeten in einem anderen Universum geworden. Eigentlich waren unüberwindbare Schutzzauber bei der Trennung gewirkt worden. Kein Bewohner einer Welt sollte je wieder einen Fuß auf einen der anderen Planeten setzen können. Doch irgendwie haben die Magier von Derewar es geschafft diese Schutzzauber mit der Zeit so zu schwächen, dass sie sie schließlich durchbrechen konnten. Damit waren sie dann in der Lage, ihren Angriff auf die Erde zu beginnen."

Kaum hatte Aren seine Geschichte beendet, da kam eine kleine, rundliche Frau mit vier dampfenden, wohlriechenden Schalen an ihren Tisch. „Wurde auch Zeit, dass du deinen verknöcherten Arsch mal wieder hierherschleppst", sagte sie mit einer tiefen Stimme und klopfte Aren dabei fest auf die Schulter.

„Marianna du alte Schreckschraube", erwiderte Aren „schön dich mal wieder zu sehen. Wie laufen die Geschäfte?"

„Ach wie immer. Man hält sich so über Wasser. Ihr könntet ruhig öfter solch einen Aufruhr verursachen. So viel wie heute ist sonst nur zum Midfest los", zwinkerte sie Aren zu.

„Da muss ich dich leider enttäuschen Marianna", sagte Aren. „In nächster Zeit ist nichts dergleichen geplant. Wobei das Spektakel bis vor einer Woche auch noch nicht geplant war", gab Aren grinsend zurück.

„Das sind also die Flüchtlinge, von denen die ganze Stadt spricht? Nicht sehr nett von dir, ihnen so einen schweren Empfang zu bereiten. Aber wie ich dich kenne, gibt es einen guten Grund dafür, nicht?", entgegnete Marianna.

„War nicht meine Idee und ich bedauere die Umstände sehr. Ich weiß es wird jetzt mit Sicherheit erst einmal hart für sie werden. Aber nachdem der König sich nicht umstimmen ließ und dieses Spektakel unbedingt veranstalten wollte, hatte ich kaum eine andere Wahl als mitzumachen. Sie benötigen die beste Ausbildung, die sie bekommen können und die gibt es nun mal nur hier an der Akademie", sagte Aren.

Marianna musterte die Freunde eindringlich, ehe sie weiterredete. „Du hast dir da ein paar starke Individuen ausgesucht Aren. Ich bin sicher, dass sie sich durchkämpfen werden und dann hält sie so schnell nichts mehr auf. Vorausgesetzt, sie überleben die erste Woche", dabei zwinkerte sie ihnen zu.

„Hört nicht auf sie, sie ist immer schon ein Freund von deftigen Scherzen gewesen", antwortete Aren zu den Dreien gewandt. „Aber genau deshalb bin ich auch hier. Ganz abgesehen von deinen unübertroffenen Kochkünsten natürlich", fuhr Aren fort.

„Ja, ja, Bernim hat so etwas schon durchblicken lassen. Ach, wenn man vom Teufel spricht", sagte Marianna, als sie sich zu den Vieren an den Tisch setzte und ihr Blick auf ihren Mann fiel. Bernim kam zu ihnen herüber, zog einen Stuhl vom Nachbartisch her und gesellte sich ebenfalls dazu.

„So, dann mal gleich zur Sache. Der Laden ist voll und ich hab nicht viel Zeit. Was willst du?", wollte Bernim ungeduldig wissen.

„Genau deswegen schätze ich dich so sehr. Immer ehrlich und auf den Punkt", antwortete Aren. „Dann will ich auch gleich zur Sache kommen. Sie brauchen eine Unterkunft und du hast eine."

„Für wie lange?", fragte Bernim.

„Mindestens ein Semester", antwortete Aren.

„Bezahlung?", wollte Bernim knapp wissen.

„Du weißt, dass ich nicht viel besitze und sie haben gar nichts", erklärte Aren.

„Hm..." Bernim strich sich langsam und bedächtig über seinen Bart. „Du weist wieviel das normalerweise kostet?", sagte Bernim, während er Aren lange in die Augen blickte.

„Natürlich, ich kenne deine überteuerten Preise. Sie können dir in der Schenke aushelfen, wenn sie Zeit dazu haben", entgegnete Aren ruhig.

„Wie ich dich kenne wirst du ihnen nicht viel Zeit geben in denen sie für mich arbeiten können", antwortete Bernim. „Dazu wird mein Ruf leiden, wenn ich sie bei mir aufnehme und sich herumspricht, dass Elderans unbeliebteste Flüchtlinge bei mir übernachten. Du weißt genau, was die meisten Leute seit heute von ihnen halten", fuhr Bernim fort.

„Denk doch mal an all die Schaulustigen, die dir die Bude einrennen werden, nur um vielleicht einmal einen kurzen Blick auf sie erhaschen zu können", entgegnete Aren.

„Ich werde mehr Rausschmeißer wegen ihnen anheuern müssen", sagte Bernim übertrieben theatralisch.

„Und du wirst sie dir durch die neue Kundschaft leisten können", gab Aren ruhig zurück.

„Hm... ich weiß nicht. Die Zimmer sind in letzter Zeit meistens ausgebucht. Ich kann nicht..."

„Also gut", es war Marianna, die ihren Mann unterbrach. „Das hinterste Zimmer ist frei. Ihr könnt darin solange wohnen, wie ihr wollt. Ich freue mich euch hier zu haben", dabei setzte sie ein mütterliches Lächeln auf. Sie hatte Bernim mitten im Satz abgewürgt und der schaute seine Frau nun entgeistert an und er überlegte kurz zu widersprechen, wusste aber wohl, dass es sinnlos ist und schloss seinen Mund einfach wieder.

„Ich danke euch, wir wissen das wirklich sehr zu schätzen", entgegnete Aren sichtlich erleichtert und gut gelaunt.

„Gut dann ist das ja geklärt. Ich muss mich wieder um meine anderen Gäste kümmern", brummte Bernim missmutig, stand auf und ging schnurstracks zur Theke.

„Er wirkt nicht gerade sehr begeistert", sagte Aren in belustigtem Ton.

„Ach der alte Miesepeter kriegt sich schon wieder ein. Jetzt will ich euch aber nicht weiter stören, ich habe auch noch eine ganze Menge zu tun heute. Lasst euch euren Eintopf schmecken, bevor er noch gänzlich kalt wird", entgegnete Marianna gut gelaunt und verlies nun ebenfalls den Tisch.

„Danke Marianna, deswegen habe ich dich immer gerne bei solchen Geschäftsbesprechungen dabei", zwinkerte Aren ihr zu.

„Bilde dir nur nicht zu viel darauf ein, knochiger, alter Mann, ich habe das nur für die Drei gemacht nicht für dich, sie werden mehr brauchen, als einen alten Kauz, der ein Auge auf sie hat", mit diesen Worten verschwand sie wieder in Richtung Küche.

Kurz darauf begannen sie schweigend den köstlichen Eintopf, der mittlerweile genau die richtige Temperatur besaß, zu essen und ließen sich den süßen Met schmecken. Nach den spärlichen, ungewürzten Eintöpfen und den trockenen Broten, die sie die letzten Tage bekamen, kam ihnen dieses Essen wie ein wahrer Festschmaus vor. Eine Weile waren alle in ihre eigenen Gedanken versunken, während sie den Eintopf genossen, ehe Lucy sich an Aren wandte. „Stimmt es wirklich, dass wir nicht mehr zurückkönnen?", stellte sie die eine Frage, die sie alle beschäftigte und ließ dabei ihren Blick auf die Tischplatte gerichtet.

„Ich befürchte nicht, nein.", antwortete Aren. „Zum einen steht auf der Öffnung eines Portals in eure Welt nun die Todesstrafe und zum anderen würdet ihr dort jetzt vermutlich nichts weiter als Tod und Zerstörung vorfinden", fuhr er leise fort. „Ich fürchte, dass bereits nichts mehr vorhanden ist, dass ihr einst gekannt oder geliebt habt", schloss er ab.

„Das kann ich einfach nicht glauben!", erwiderte Ben. Wir haben ein riesiges Militär, die die fortschrittlichsten Waffen besitzen. Ich kann mir einfach nicht vorstellen, dass ein paar Biester mit Bögen und Schwertern dagegen irgendeine eine Chance haben."

„Diese Kreaturen vielleicht nicht, aber gegen die großen Magier werden euch eure Waffen wenig nützen. Wenn Meteoriten vom Himmel herabstürzen oder Drachenfeuer eure Armeen verbrennen, dann helfen auch die allergrößten Waffen nicht," sprach Aren ruhig, dennoch lag etwas Trauer in seiner Stimme. „Ein wirklich mächtiger Magier kann nur durch einen anderen Magier aufgehalten werden und ich habe viele mächtige Magier unter den Angreifern spüren können. Ich wünschte, ich könnte euch etwas anderes sagen, doch leider ist das die Wahrheit und das ist das Mindeste, worauf ihr einen Anspruch habt. Ich befürchte ihr werdet nie mehr zurückkehren können."

Eisiges Schweigen herrschte nun für einige Zeit am Tisch, in dem jeder seinen Gedanken nachhing.

„Warum haben die uns eigentlich angegriffen?" wollte Lucy nun wissen.

„Ich kann da nur genauso raten wie ihr", antwortete Aren. „Vielleicht haben sie es auf eure Ressourcen abgesehen, vielleicht wollen sie ihr Reich vergrößern, vielleicht haben sie auch einfach nur angegriffen, weil es ihnen im Blut liegt. Genau werden wir es wohl nie erfahren."

„Könnt… könnt ihr uns denn nicht helfen?“, fragte Lucy flehentlich. „Ihr habt doch hier sicher genug Magier, die es mit denen aufnehmen können. Wir müssen doch irgendwas tun können“, als sie endete, fing Lucy an in Tränen auszubrechen.

„Ich wünschte auch, wir könnten etwas unternehmen“, kam Arens Antwort. „Jedoch sind mir und auch dem König die Hände gebunden.“ Aren nahm sich eine kurze Pause, ehe er weitersprach. „Es würde niemals gelingen, für einen Krieg, der nicht einmal auf unserem Planeten stattfindet, Unterstützung zu finden. Für einen Krieg, von dem wir nicht wissen, ob er überhaupt zu gewinnen ist, einen Krieg, der unzählige Leben auf unserer Seite fordern würde, einen Krieg, für den wir nicht vorbereitet sind und in dem der Feind uns taktisch weit überlegen sein wird, da er bereits auf eurer Welt eingefallen ist und vermutlich auch bereits das Gelände so gut kennt, dass er es für sich einsetzen könnte. Insbesondere in dieser jetzigen Zeit, in der das gemeine Volk anfängt, Hunger zu leiden und der Konflikt mit den Orks wieder zu eskalieren droht, würde ein solches Vorhaben nichts weiter bewirken, als dass das Volk sich gegen den König erheben würde“, schloss er ab. „Es tut mir leid, aber von unserer Seite wird eure Welt keine Hilfe mehr erhalten, abgesehen davon, dass es dafür wahrscheinlich sowieso bereits zu spät ist.“

„Wieso habt ihr vorher nicht bereits eingegriffen? Ihr wusstet doch, was unserer Welt bevorsteht oder?“, wollte Ben wissen.

„Leider ist das alles nicht so einfach. Ja, wir wussten davon, dass ein Angriff auf eure Welt stattfinden würde“, sagte Aren. „Jedoch haben wir selbst nur wenige Tage vorher davon erfahren. Auch zu diesem Zeitpunkt war keiner davon zu überzeugen, euch Hilfe zukommen zu lassen. Selbst die Vorbereitungen für die Erschaffung der Portale, sowie die Rekrutierung von Freiwilligen für eure Rettungsmission waren schon gewaltig. Wir haben versucht, so viele, wie nur möglich zu retten, jedoch waren wir dabei leider nicht sehr erfolgreich. Außerdem hatte die Rettung von euch oberste Priorität.“

„Hättet ihr nicht früher eingreifen können? Uns früher retten? Dann wäre Chris jetzt noch am Leben“, schluchzte Lucy.

„Bedauerlicherweise nicht", antwortete Aren ruhig. „Wir konnten die Portale erst dann öffnen, als der Angriff bereits begonnen hatte, da zuvor noch die Schutzzauber zwischen den Welten aktiv waren. Ich weiß bis jetzt noch nicht, wie sie es geschafft haben, diese mächtigen Zauber zu brechen, aber nur dadurch war es überhaupt möglich, dass Portale von unserer Welt, in Eure erschaffen werden konnten."

„Wieso hatte unsere Rettung eigentlich oberste Priorität und wieso brauchen wir denn unbedingt die beste Ausbildung, wenn uns das doch zu den meist gehassten Menschen hier macht?", wollte Tom nun wissen. „Was hat das Ganze hier zu bedeuten?"

„Ich habe euch ja bereits erzählt, dass Zauberkundige hier gewisse Fähigkeiten haben, wenn es darum geht, Magie zu nutzen", begann Aren. „Meine besondere Gabe besteht darin, dass ich Einblicke in eine mögliche Zukunft bekomme. Meist nur kurze, undeutliche Ausschnitte, aber in eurem Fall", dabei sah er allen dreien nacheinander lange in die Augen. „In eurem Fall, waren sie außerordentlich präzise. Es wurde mir genau gezeigt, wie ich euch retten kann. Ich hatte lediglich eine wage Ahnung, warum ich euch retten sollte. Hierbei waren die Visionen jedoch leider nicht allzu konkret. Ich spürte nur, dass ihr wichtig seid, dass ihr in dem, was noch auf uns zukommt, eine große Rolle zu spielen habt. Dass ihr dabei helfen könnt, unsere Welt zu retten". Aren erzählte ihnen mehr von den Visionen die er und Lady Keras hatten. Auch verschwieg er die Konsequenzen, die diese Tat für ihn selbst hatte nicht. „Aber leider hat es sich mir noch bislang noch nicht offenbart, wie genau euer Schicksal nun weitergeht, deshalb will ich euch, so gut wie ich kann, auf alles, was womöglich noch vor euch liegt, vorbereiten", endete Aren seinen Vortrag.

Es entstand eine kurze Pause, ehe Aren fortfuhr. „Ich weiß, ich habe kein Recht irgendetwas von euch zu verlangen, schon gar nicht, dass ihr zu unserer Rettung beitragt, wo wir eurer Welt doch auch nicht zu Hilfe gekommen sind. Wenn es euer Wunsch sein sollte, so kann ich euch weit weg von hier bringen lassen, wo euch niemand kennt. Dort könntet ihr dann ein neues Leben beginnen, eines, in dem ihr eure Ruhe habt und nicht angefeindet werdet, für etwas, für das ihr nicht einmal etwas könnt. Es wäre ein bescheidenes Leben, ein hartes Leben, aber ein Leben in Frieden und Sicherheit, solange so etwas denn hier noch möglich ist. Allerdings bin ich davon überzeugt, dass man seinem Schicksal nun einmal nicht lange davonlaufen kann und es euch irgendwann einholen wird. Nur dann wärt ihr vermutlich noch weniger darauf vorbereitet. Wenn es denn euer Wunsch sein sollte, wieder in eure Heimat zurückzukehren, so würde ich euch auch diesen Wunsch gewähren, auch wenn er euren sicheren Tod bedeuten würde. Allerdings würde ich euch diesen Wunsch erst nach ein paar Tagen Bedenkzeit gewähren", endete Aren.

„Wie genau soll diese Ausbildung eigentlich aussehen? Wie wollt ihr uns auf etwas vorbereiten, von dem ihr nicht einmal wisst, was es sein wird?", wollte Ben wissen.

„Eine sehr gute Frage", kam Arens Antwort. „Nachdem ich nicht weiß, wie euer weiterer Weg aussehen könnte, habe ich Vorkehrungen getroffen, dass ihr alle in Dingen unterrichtet werdet, die euren Fähigkeiten am besten entsprechen, aber die genauen Einzelheiten würde ich gerne erst morgen mit euch besprechen. Wie gesagt, ich werde euch zu nichts drängen, wenn ihr all das nicht möchtet, dann werde ich euch dabei helfen, ein neues, unauffälliges Leben fernab von hier zu beginnen", als Aren geendet hatte, bemerkten sie, dass es in dem Schankraum still geworden war.

Tom beobachtete einen kleinwüchsigen, aber äußerst stämmigen Mann dabei, wie er gerade auf eine provisorische Bühne kletterte, die an der gegenüberliegenden Wand aufgebaut worden war. Oben angekommen setzte sich dieser schwerfällig auf einen massiven Hocker und strich sich dabei seinen langen, in vier Zöpfen geflochtenen Bart zurecht. Als er begann seine abgespielte Laute zu stimmen, verebbten allmählich die letzten Gespräche. Es wurde mucksmäuschenstill im Schankraum.

„Das ist Gerolt Graumantel", flüsterte Aren ihnen zu „Bei den Zwölfen, wo bekommt Bernim nur immer diese Musiker her? Bin gespannt was er heute alles zum Besten gibt. Gerolt gehört zu den begnadetsten Barden die das Zwergenvolk zu bieten hat, was schon einiges heißen soll, schließlich gehören die Zwerge zu den besten Barden auf dem gesamten Kontinent. Normalerweise tritt er nur noch selten in einfachen Wirtshäusern auf", sagte Aren, der seine Begeisterung kaum zügeln konnte.

Als Gerolt fertig war, seine Laute zu stimmen, spielte er eine kurze Melodie, die sofort zum Mittanzen animierte und die ersten Gäste fielen sofort klatschend in den einfachen Takt mit ein. Dann nahm er noch einen kräftigen Schluck aus seinem Krug, strich sich noch einmal über seinen grauen Bart und begann ganz leise eine ruhige und melancholische Melodie zu summen.

Es war fast so, als würde die tiefe Stimme des Barden alle Anwesenden regelrecht in ihren Bann ziehen. Auch Tom kam es vor, als ob er an einen fernen, verwunschenen Ort getragen wurde. Er lauschte so gebannt der Stimme des Zwergs, dass er zwischenzeitlich sogar den Atem angehalten hatte, als die erste Saite der Laute erklang. Nicht nur Tom erging es so. Im gesamten Saal herrschte eine fast schon unnatürliche Stille. Jeder lauschte gebannt, ohne sich zu bewegen der hypnotischen Stimme Gerolts, als er gefühlvoll und donnernd zugleich begann, die erste Strophe zu singen.

Einst lebten unter dem mächt'gsten Berge,
die uralten und edelsten Zwerge.
Hoch oben unter dem kalten Stein,
dort lagt das ew'ge Zwergenheim
Einst mächtig wie kein zweites Reich,
nun nur noch Erinn'rung bleich.

Tom spürte förmlich die Trauer und Sehnsucht, die in den Zeilen lag und er verfiel selbst in eine tiefe Melancholie als Gerolt weiter sang.

Zu tief sie haben einst gegraben,
Gold und Stein sie wollten haben.
Vernichtet von uralten Mächten,

gekrochen aus den tiefsten Schächten.
Mussten ohne sie abzuwehren,
ihrem Heim den Rücken kehren.

Verschlossen liegt die alte Pforte,
wartend auf die richt'gen Worte.
Versperrt durch alte Runenzeichen,
musst ein jeder wieder weichen.
Und seid ihr nicht von edlem Blute,
dann seid gewarnt vorm Übermute.

Doch wird kommen jener Tag,
an dem sie sich öffnen mag.
Um aufzustoßen die mächt'gen Flügel,
muss bevorstehn großes Übel.
Doch wer ihn bricht, den alten Bann,
uns alle davor retten kann.

Ihr werdet sehen es kommt der Tag,
an dem das Tor sich öffnen mag.
Und wenn's geschieht, seht ihr gleich,
wird aufersteh'n das alte Reich.
Dann wird erschall'n das große Horn,
und die Zwerge beginnen von vorn.

Nur ganz allmählich kamen die ersten Zuschauer wieder ganz zu sich. „Ha! Einen besseren Start hätte er wohl kaum hinlegen können", sagte Aren begeistert, während er energisch Beifall klatschte. Schon bald stimmte der ganze Schankraum mit ein und der Barde erntete tosenden Applaus. Der Zwerg grinste und deutete eine leichte Verbeugung an, ehe er wieder zur Laute griff. Erneut wurde es mucksmäuschenstill.

Aber nur für einen ganz kurzen Moment, denn sofort, als er die ersten Töne auf seiner Laute anspielte, begann der ganze Saal zu klatschen und ein Großteil der Gäste stimmte lauthals in Gerolts Gesang mit ein.

„Er weiß einfach für Stimmung zu sorgen“, sagte Aren während er wild in die Hände klatschte und laut mitgrölte. So verging die nächste Stunde wie im Fluge, während der Barde mal schwermütig, mal fröhlich beschwingt von Fabelwesen, Frauen, feucht fröhlichen Trinkgelagen oder dem Tod von nahestehenden Menschen sang.

Musik war für Tom schon immer ein wichtiger Teil seines Lebens gewesen. Sie half ihm, in schwierigen Zeiten nicht komplett seinen Verstand zu verlieren und schaffte es, dass sein Leben ihm etwas erträglicher schien. Doch dieser Barde schaffte es, dass er alles um sich herum vergessen konnte, dass all das, was die letzten Tage passiert war, ihn in diesem Moment nicht mehr belastete. Er schaffte es, dass er, Ben und sogar Lucy fröhlich im Takt mitklatschten, dass er sogar wieder eine gewisse Freude an seinem Leben verspürte, etwas, von dem er glaubte, dass es ihm schon längst abhandengekommen war.

„Meister Aren von welcher Stadt hat er vorhin gesungen? Ich hatte beinahe das Gefühl, dass ich selbst dort vor dem Tor stand, als es sich endlich geöffnet hatte“, wollte Tom wissen, als Gerolt gerade ein ruhigeres Stück spielte.

„Ja, Gerolts Stimme ist bekannt dafür eine sonderbare Wirkung auf viele seiner Zuhörer zu haben“, während er diesen Satz sagte, musterte Aren Tom noch einmal genau. „Das Lied ist schon sehr alt und niemand weiß von wem es geschrieben wurde. Aber jeder weiß, dass dort die Rede von Duurah ist, der ältesten und größten aller Zwergenstädte, die es je gegeben hat. Sie liegt unter dem Gipfel des alten Mannes, dem höchsten Berg unseres Kontinents. Sie war einst der Sitz des damals sehr mächtigen Hammerschmied Clans und darüber hinaus die Hauptstadt aller Zwergenstämme. Allerdings mussten die Zwerge Duurah vor weit über eintausend Jahren verlassen. Aber niemand weiß mehr von welcher Macht im Lied die Rede ist, die die Zwerge dazu brachte, ihre Heimat aufzugeben. Allerdings muss sie mächtig und äußerst gefährlich gewesen sein, wenn sie im Stande war, die Zwerge dazu zu bewegen, ihre Heimat zu verlassen. Seitdem fristen viele Zwerge ein ärmliches

Dasein und träumen immer noch davon, ihre Stadt eines Tages wieder zu betreten, um die alten, glorreichen Zeiten auferstehen zu lassen. Aber bislang ist es noch niemandem gelungen, die Tore wieder zu öffnen und seit über einhndert Jahren hat es auch niemand mehr ernsthaft versucht. Selbst der Weg zur Stadt ist mit der Zeit immer mehr zu einer einzigen Todesfalle geworden. Dazu wird das Tor von mächtigen Zaubern und Runen geschlossen gehalten, deren Bedeutung heute niemand mehr kennt, was es nahezu unmöglich macht, diese zu brechen und damit das Tor zu öffnen. Mittlerweile glaubt auch kaum mehr ein Zwerg ernsthaft an die Wiederauferstehung ihres alten Reiches." Aren pausierte kurz und betrachtet Tom noch einmal eingehend. „Kannst du beschreiben, was genau du gesehen hast?"

„Ich stand vor einem riesigen Tor, dass von zwei gigantischen Statuen umrahmt war", begann Tom. „Ich vermute, es waren Abbilder von Zwergen. Sie hatten ihre Hände einladend ausgestreckt. Kurz bevor das Tor sich öffnete, ist auf jedem der Flügel ein Symbol aufgeflammt. Als diese in Funken zerstoben, schwangen sich die Flügel wie von selbst auf."

„Interessant", erwiderte Aren. „Kannst du dich noch erinnern, wie diese Symbole ausgesehen haben?"

„Ich glaube", fing Tom an, während er versuchte, sie sich noch einmal vor Augen zu führen, „das Symbol links leuchtete türkisgrün. Unten war ein Kreis, von dem aus etwas wellenförmig nach oben ging. Es sah beinahe so aus, wie eine Schlange. Von dessen Kopfende gingen dann mehrere Strahlen weg, deren Farbe sich vom türkisgrün des restlichen Zeichens allmählich in ein helles Gold veränderten."

„In etwa so?", fragte Aren, als er über seiner Hand ein Symbol aufflammen ließ.

„Ja fast, nur waren es mehr Strahlen, ich glaube sieben und der Mittelteil war etwas länger, dafür waren die Kurven größer." Aren veränderte das Bild nach Toms Anweisungen. „Ja, genau so."

„Sehr schön, und das andere?", wollte Aren nun wissen.

„Es war", begann Tom, während er sich konzentrierte. „Es war eine Raute, die blutrot leuchtete. Von jeder Ecke ging eine Dornenranke ab, an deren Ende jeweils eine Blüte wuchs. Ich glaube es waren Rosen. Eine in dunklem Blau, eine in strahlendem Orange, eine in leuchtendem Weiß und die letzte in Schwarz.“ Aren ließ auch dieses Bild über seiner Hand erscheinen. „hm... die Raute war größer und die Triebe länger und immer etwas nach rechts gedreht. Auch die Blüten waren größer.“ Aren veränderte das Bild wieder und nach einigen weiteren Anpassungen nickte Tom. „Ja, genau so sah es aus. Haben diese Symbole etwas zu bedeuten?“, wollte er jetzt wissen.

„Das kann ich noch nicht genau sagen“, antwortete Aren. „So gerne ich mir Gerolts Vorstellung noch weiter anhören würde, muss ich euch nun dennoch für heute verlassen. Ich habe noch ein paar Angelegenheiten zu klären, die sich leider nicht aufschieben lassen.“ Dann stand er auf und verabschiedete sich von ihnen. „Ich werde morgen früh noch einmal zu euch stoßen und euch einige Sachen vorbeibringen, die ihr wahrscheinlich brauchen könnt.“, daraufhin verließ er eilig das Gasthaus.

Die Drei saßen noch eine Weile an ihrem Tisch und lauschten Gerolts Spiel, der mal lustige Trinklieder, mal traurige Balladen spielte. Mit jedem Lied wurden die übrigen Gäste ausgelassener, fröhlicher und um einiges betrunkener. Selbst als der Barde schon längst aufgehört hatte zu spielen, sangen die Meisten von ihnen noch fröhlich weiter. Erst zu später Stunde leerte sich der Schankraum langsam und Hilda kam zu ihnen an den Tisch. „Würdet ihr mir bitte folgen?“, fragte sie höflich und etwas schüchtern. „Ich bringe euch nun zu eurem Zimmer.“

Sie standen auf und folgten Hilda, als plötzlich ein groß gewachsener, stämmiger Mann aufstand und ihnen den Weg versperrte. „Wohin willst du denn mit diesen Ratten?“, fragte er lallend und ballte dabei seine Faust. Der restliche Tisch grölte darauf hin laut. Es saßen noch acht weitere Männer, allesamt groß, stämmig und ziemlich betrunken.

„Ich wüsste nicht was dich das angeht Haldor“, erklang Bernims Stimme von der Theke. „Es ist wohl besser, wenn du dich um deine Angelegenheiten kümmerst, sonst könnte ich anfangen deine Raten zu erhöhen“, drohte Bernim dem Betrunkenen ruhig aber bestimmt.

Zähneknirschend setze sich der Mann wieder hin. „Na schön, aber ihr solltet auf der Hut sein. In den dunklen Gassen unserer Stadt kann es äußerst gefährlich sein", spuckte der Mann aus. Dabei bedachte er jeden von ihnen mit einem verächtlichen Blick.

Schnellen Schrittes ging Hilda weiter, dicht gefolgt von Tom, Ben und Lucy verließ sie das Wirtshaus.

Das schmale Treppenhaus brachte sie hinter dem Wirtshaus zu den Schlafräumen. Der Aufgang wurde nur von einer einzigen, verrußten Laterne erhellt. Der Schein reichte kaum aus, um die schiefen Treppenstufen ausreichend zu beleuchten. Ben war der Erste, der Hilda folgte, die schon fast oben angekommen war. Bei jedem seiner vorsichtigen Schritte knarrten die Balken unter seiner Last, dass er befürchtete, sie könnten jederzeit einbrechen. Die Wirtstochter war nun mit ihrer Fackel oben angekommen. Langsam und bedächtig erklomm er die Stufen, während Hilda oben mit der Fackel in ihrer Hand zu ihnen herunterrief: „Kommt schon, ich hab nicht die ganze Nacht Zeit."

Oben angelangt, bog er in einem niedrigen Korridor ab, an dessen steinernen Wänden drei Fackeln hingen und den Gang in ein unstetes Licht tauchten. Der Boden war nun eben, aber er knarzte immer noch unter Bens schweren Schritten und er musste seinen Kopf einziehen, damit er sich nicht den Kopf anschlug. Er folgte Hilda bis ans Ende des Ganges, wo sie stehen blieb und einen Schlüsselbund herauszog, um die Tür zu öffnen.

„Das hier sind eure Zimmer", sagte sie und zeigte zur geöffneten Türe hin, nahm dann den Schlüssel von ihrem Schlüsselbund und gab ihn Ben. Dann zündete sie noch eine Fackel in dem Zimmer an. „Wenn ihr irgendetwas braucht, dann kommt morgen in den Schankraum. Ihr könnt mich oder meine Eltern einfach nach Hilfe fragen. Ich muss jetzt wieder, war ein langer Tag und er ist noch lange nicht zu Ende" und schon zwängte sie sich an Ben vorbei, wobei der Platz nicht ganz ausreichte und sie mit ihren ausgeprägten Rundungen Ben streifte.

Ben blickte ihr noch nach, bis sie sich auch an Tom und Lucy vorbei gezwängt hatte und schließlich mit der Fackel im Treppenhaus verschwand, dann drehte er sich um, nahm die Fackel aus ihrer Halterung, betrat das Zimmer und sah sich um.

Der Aufenthaltsraum war ein spärlich möbliertes Zimmer. Direkt neben der Türe stand ein alter verrußter Kamin, in dem ein paar Holzscheite über ein bisschen getrocknetem Stroh lagen. Ben nahm die Fackel und zündete das Stroh an, das sofort lichterloh in Flammen aufging. Das Feuer spendete bald eine angenehme Wärme in dem kalten Zimmer und erhellte den Rest des Raumes. An der Wand sah er ein Regal, auf dem einfache Holzteller und Keramikschüsseln, sowie ein paar Keramikbecher standen. An der Wand gegenüber, unterhalb des mit morschen Läden verschlossenen Fensters stand ein wackeliger Holztisch, sowie vier Stühle. Von dem Raum führten drei Türen in weitere Zimmer. Zwei davon waren Schlafgemächer, in denen jeweils zwei einfache Betten mit harten Matratzen, sowie je zwei Kommoden standen. Das Dritte sollte wohl das Bad darstellen. Ein Steinbecken hing an der Wand und daneben war ein Abort. Auf dem Boden stand ein Eimer mit kaltem Wasser.

„Das ist also unser neues Zuhause", sagte Ben leise vor sich hin und setzte sich ernüchtert auf einen der ächzenden Stühle, der unter seinem Gewicht zusammenzubrechen drohte.

Teil 2

Kapitel 8 – Erste Schritte

Ben saß am Frühstückstisch. Ihm gegenüber war, sein Vater, in seinen dunkelblauen, maßgeschneiderten Anzug gekleidet, vertieft in einen Bericht, an dem er bereits seit einigen Wochen feilte und den er heute in seiner Arbeit abgeben musste. In seinem Gesicht wechselten sich Stolz und Sorgenfalten beinahe sekündlich ab, während er ihn ein letztes Mal überarbeitete. Er war völlig in seine Arbeit versunken, so dass er nicht einmal wahrnahm, dass seine Frau ihn um den Zucker gebeten hatte, der neben ihm stand. Wie so oft in den letzten Jahren, schien er kaum Notiz von seiner Familie zu nehmen. Bens Mutter, die neben seinem Vater saß, streckte sich nun selbst und griff nach dem Zucker. Sie lächelte Ben strahlend an, wie sie es immer getan hatte, wenn sie stolz auf ihn gewesen war. Seiner Mutter gegenüber saß seine kleine Schwester Amelie. Sie war deutlich jünger als er, gerade einmal 8 Jahre alt. Sie hatte immer zu Ben aufgesehen. Auch jetzt sah sie ihn breit grinsend an, während sie ihr Brot mit einer dicken Schicht Marmelade bestrich. Sie sah in ihm den großen Bruder, der sie immer beschützen würde, der immer für sie da sein würde, wenn sie ihn einmal brauchte. Ben fühlte sich glücklich und geborgen. Dennoch fühlte er, tief in seinem Inneren, dass irgendetwas nicht stimmte. Die unbestimmte Furcht wuchs in ihm von Sekunde zu Sekunde weiter an.

Dann, ganz plötzlich, begann die Szenerie sich zu verändern. Sie schien buchstäblich vor seinen Augen zu verschwimmen. Er hatte das Gefühl, völlig den Halt zu verlieren und von einer unsichtbaren Macht weggezogen zu werden. Das Bild mit seiner Familie am Esstisch begann sich immer schneller vor seinen Augen zu drehen, dabei entfernte es sich immer weiter von Ben, bis er schließlich völlig alleine in der Dunkelheit zurückblieb.

Mit einem Mal stand Ben am Gartentor vor seinem Haus. Die frisch gestrichenen Holzlatten leuchteten tiefrot im Sonnenlicht. Aus den

Fenstern stiegen dicke, schwarze Rauchschwaden auf. Im Inneren hörte er seine Eltern und Amelie verzweifelt schreien. Die Schreie ließen das Blut in seinen Adern gefrieren. Er begann zu rennen, versuchte es zumindest, doch er kam kaum von der Stelle.

„Nein!“, kreischte seine Mutter laut und schmerzverzerrt. Ben setzte seine gesamte Kraft ein, wollte zum Haus, wollte helfen, doch es war fast so, als steckte er in unsichtbarem Treibsand fest. Nur mit allergrößter Mühe und unendlich langsam kam er voran, während die Schreie von Amelie und seiner Mutter immer lauter und verzweifelter wurden. Es kam ihm vor, als sei er bereits Stunden gerannt, als er schließlich an der Tür ankam und sie endlich aufstieß. Er atmete schwer, sein Herz schien jeden Moment zu explodieren. Er sah seine Eltern am Boden liegen, blutüberströmt und reglos. Dann sah er eine der abscheulichen Kreaturen, wie sie über Amelie gebeugt stand, bereit mit seinem krummen Dolch zuzustechen. Sie sah zu Ben herüber und lächelte ihn an. Es war ein schiefes, grausames Lächeln. Der Hass, der in diesen schrecklichen, bösartig glühenden Augen brannte, bohrte sich förmlich in Bens Eingeweide. Er war gerade einmal einen Meter von Amelie entfernt. Er wusste, er musste etwas tun, doch er konnte sich nicht bewegen, sein Körper gehorchte ihm nicht mehr, war starr vor Angst und Entsetzen. Er stand einfach nur da und blickte die Kreatur ungläubig an.

„Ben“, hörte er Amelie erleichtert sagen. „Ich wusste, dass du kommst um mich zu retten“, dabei begann Amelie bis über beide Ohren zu strahlen, als sie ihn ansah.

Ben fühlte, wie ihm bei diesem Anblick ein kalter Schauer über den Rücken kroch. Amelie verließ sich auf ihn, er musste etwas unternehmen, doch noch immer konnte er sich nicht rühren. Die Klinge der Kreatur glitt wie in Zeitlupe herab. Ben wollte etwas unternehmen, wollte losrennen und das Monster stoppen, doch er konnte nicht. Er hatte keinerlei Kontrolle über seinen Körper. Er konnte nur dabei zusehen, wie das Lächeln, das gerade auf Amelies Gesicht entstanden war, Ungläubigkeit und Angst wich. Sie öffnete ihren Mund und wollte wohl noch etwas sagen, doch mehr als ein leises Röcheln kam nicht mehr dabei heraus und der Glanz, den Ben in ihren Augen eben noch gesehen hatte, erlosch, als sie zur Seite wegkippte und ihren letzten Atemzug machte.

Er wollte hinrennen, wollte schreien, wollte die Kreatur in Stücke reißen, aber sein Körper verweigerte ihm weiterhin den Dienst und aus seinem zu einem Schrei geöffneten Mund drang kein einziger Laut.

Ein energisches Klopfen an der Türe riss Ben aus seinem Alptraum. Er lag schweißgebadet in seinem Bett und atmete schwer. Er brauchte einen Moment, um zu begreifen, wo er sich befand. Erst als er Tom friedlich schlafend neben sich liegen sah, wurde ihm wieder vollends bewusst, wo er war. Die letzten Reste seines Alptraums verflogen bereits aus seinen Gedanken. Er erhob sich schwerfällig aus seinem Bett und atmete einmal tief durch. Ein lautes Knacken war zu hören, als er seinen Fuß auf dem Holzboden aufsetzte. Er zuckte zusammen. Seine Nerven lagen blank, doch konnte er sich schon nicht einmal mehr daran erinnern, wieso er so angespannt war. Er sah reflexhaft zu Tom herüber, der immer noch tief und fest im Bett neben ihm schlief, dann stand er vollends auf. Unter dem Knarren der Dielenbretter ging er, so leise wie möglich, zur Türe, nahm den Schlüssel vom Kaminsims und öffnete sie. Die Türe schwang mit einem leichten Knarren und Quietschen zur Seite. Vor ihm standen Aren und Brian, beide mit einem großen Bündel beladen. Lucy war mittlerweile auch in den Wohnraum getreten und spähte an Ben vorbei auf die beiden Gäste. In ihren blutunterlaufenen Augen konnte er sehen, dass auch sie wieder nicht viel geschlafen hatte. Ben hatte selbst lange wach gelegen und versucht, alles zu verarbeiten, was die letzten Tage geschehen war und selbst der zu kurze Schlaf war wenig erholsam gewesen.

Aren war heute in eine einfache, dunkelbraune Robe gekleidet. In seiner rechten Hand hielt er einen kunstvoll geschnitzten Stab aus elfenbeinfarbenem Holz. Die Kapuze seiner Robe hatte er zurückgeschlagen, so dass Ben sein vom kurzen, weißen Vollbart und dem grauen Kranz auf seinem Kopf umrahmtes Gesicht vollends sehen konnte. Ben nahm zum ersten Mal wahr, wie alt Aren sein musste. Auch wenn er noch fit aussah, so hatte das Alter bei ihm doch deutliche Spuren hinterlassen, bemerkte Ben. *Dass mir das gestern noch nicht aufgefallen war,* dachte Ben, als er die Falten und die dunklen Augenringe in Arens Gesicht betrachtete.

Brian war wieder in einfache, leicht verdreckte und zerrissene Leinen gekleidet und trug keine Schuhe.

„Guten Morgen“, kam Arens Begrüßung etwas zu fröhlich für Bens Geschmack.

„Morgen“, raunzte er nur zurück, während er Platz machte und Aren eintreten ließ. Lucy gab erst gar keine Antwort darauf.

„Morgen“, Brian schien auch gut aufgelegt, als er sie begrüßte und sich an Ben vorbei drängelte, um seinen schweren Packen, den er über der Schulter hängen hatte, auf den Boden zu legen. Aren hatte seinen Packen indes sorgsam auf den Tisch gelegt.

„Wie schon gesagt, bringe ich euch einige Sachen, die ihr vielleicht noch benötigen werdet und ich will mit euch besprechen, wie es für euch weiter gehen könnte“, sagte er, während er den Raum betrat. „Doch zunächst muss ich mich eben um Toms Wunde kümmern. Ich gehe davon aus, dass er noch schläft?“, wollte er wissen.

„Ja“, antwortete Ben knapp, ging dann voran und brachte Aren zu Toms Bett.

Aren blieb vor dem Bett stehen, zog die grobe Wolldecke beiseite und betrachtete Tom, wie er, ruhig und gleichmäßig atmend, dalag. „Lucy würdest du mir bitte helfen?“, fragte Aren. „Du bekommst heute gleich einmal deine erste Lektion, die dir, solltet ihr euch dazu entscheiden, eure Ausbildung anzufangen, sicher nützen wird und außerdem sollte sich einer von euch die nächsten Tage gut um Toms Wunde kümmern, da ich leider nicht immer die Zeit haben werde, hier vorbei zu schauen.“

„Ja“, antwortete sie etwas zögerlich und trat neben Aren an das Bett heran. „Was soll ich machen?“

„Zuerst einmal nehmen wir die alten Verbände ab“, sagte er, während er sorgsam den alten Verband abrollte.

„Wie ich befürchtet habe“, sagte Aren, als er Toms Wunde mit sorgenvollem Blick inspizierte.

„Sie hat sich wieder entzündet“, sagte Lucy, als sie die Wunden genauer in Augenschein nahm. Die Besorgnis in ihrem ausgemergelten Gesicht war nicht zu übersehen.

„Ja, das stimmt.“, entgegnete Aren. „Die Wunde hat sich wegen gestern wieder entzündet. Der Trank hat, wie ich schon sagte, einige Nebenwirkungen. Eine davon ist, dass Wunden sich wieder entzünden können. Es wird noch einige Zeit dauern, bis er sich endgültig von ihr erholt hat.“

„Er wird also wieder gesund?“, fragte Lucy weiter.

„Sieh noch einmal genauer hin. Was siehst du?“, fragte Aren sie.

„Sie ist gerötet“, antwortete Lucy.

„Fällt dir sonst noch etwas auf“, fragte Aren weiter

Lucy sah noch einmal genauer hin, bevor sie erneut antwortete. „Nein..., sonst nichts“, antwortete sie zögerlich.

„Genau. Es ist kein Eiter oder ähnliches zu sehen und es ist nur eine leichte Entzündung. Hier spüre einmal vorsichtig hin“, sagte er und Lucy fasste vorsichtig an den Rand der Wunde. „Was spürst du?“, wollte Aren wissen.

„Sie ist etwas warm“, gab Lucy zurück.

„Ja, das ist normal, wenn sich eine Wunde wieder entzündet, jedoch ist sie nicht zu heiß“, fuhr Aren fort. „Ich habe eine Salbe dabei, die die Entzündung wieder abklingen lässt. Er wird es ohne Probleme überstehen, aber es kostet ihn erneut wertvolle Zeit, die er eigentlich zur Vorbereitung auf die Akademie bräuchte“, sagte Aren, eher mehr zu sich selbst gerichtet. „Du wirst die Wunde erst einmal neu versorgen. Ich werde dich dabei anleiten. Ich vermute, dass er heute den ganzen Tag über schlafen wird. Eine weitere Nebenwirkung des Tranks. Ihr braucht euch also deswegen keine Sorgen zu machen. Brian, das Verbandszeug bitte“, sagte Aren an den Jungen gewandt, der sofort in den Nebenraum flitzte und gleich darauf mit einem kleinen in Leinentuch gewickelten Bündel wieder zurückkam.

„Hier Meister“, sagte er und übergab es an Aren, der dann das Bündel langsam auspackte und weiter sprach. „Hier haben wir neue Verbände.“ Er legte zwei aufgewickelte Tücher auf das Bett. „Und das hier“, er holte eine kleine blecherne Dose heraus und schraubte den Deckel ab, „ist eine einfache, aber wirkungsvolle Heilsalbe. Sie besteht aus Haunwurz, Peterskraut und Alraunenwurzeln. Die findet man überall hier in der Gegend, wenn man weiß, wo man suchen muss. Die Salbe muss dick auf die Wunde aufgetragen werden, danach wird die Wunde wieder verbunden. Doch zunächst musst du die Wunde noch säubern. Dazu eignet sich am besten das hier“, er wickelte eine braune Flasche aus dem Tuch und legte auch diese auf das Bett. „hochprozentiger Alkohol.“

In der Folge zeigte Aren Lucy geduldig, auf was sie beim Verbandswechsel zu achten hatte und Ben half dabei, Toms Oberkörper leicht anzuheben, damit Lucy den neuen Verband richtig anlegen konnte.

„Ok, das sieht schon einmal sehr gut aus“, sagte Aren zufrieden, nachdem er noch einmal den Verband inspizierte. „Das gleiche müsst ihr heute Abend noch einmal machen. Ab morgen sollte es reichen, den Verband nur noch einmal täglich morgens zu wechseln. Wenn er wieder wach ist, wird das Ganze sicher noch etwas leichter werden. Und das hier“, dabei zog er eine kleine Glasphiole hervor, „soll Tom dreimal täglich trinken. Es unterstützt die Heilung und kräftigt seinen Körper. Solange er noch nicht aufwacht, müsst ihr sie ihm einflößen“, dann nahm er die Phiole und goss sie Tom in den Mund. „Drüben habe ich noch mehr davon, damit sie für ein paar Tage reichen. Nicht vergessen, drei Mal täglich“, dann erhob er sich vom Bettrand und ging schließlich in Richtung Wohnraum. „Mir knurrt der Magen, wer hat noch alles Hunger?“, ohne eine Antwort abzuwarten ging Aren zum Wandregal im Nebenzimmer und stellte Teller, Holzbretter und Krüge auf den Tisch. In der Zwischenzeit holte Brian herrlich frisch duftendes Brot, Wurst und Käse aus einem der Bündel und verteilte sie auf den Brettern.

„Setzt euch und esst“, sagte Aren, während er jeden Krug mit klarem Wasser aus einer Phiole füllte, die er mitgebracht hatte. „Ihr müsst hungrig sein“.

Tatsächlich fing Bens Magen heftig an zu knurren, als er das Essen sah und er merkte zum ersten Mal, wie wenig er die letzten Tage wirklich gegessen hatte. Er nahm sich einen Stuhl und setzte sich, während Aren und Brian sich schon bedienten. Auch Lucy setzte sich nun dazu. Zunächst wurde nicht gesprochen und alle machten sich fleißig über das Mahl her. Ben musste zugeben, dass er in seinem Leben noch nie so gutes Brot gegessen hatte. Es war noch warm, als ob es eben erst aus dem Ofen geholt worden wäre. Der Teig war locker und würzig. Auch der Schinken dazu schmeckte einfach köstlich. Als ihm schon langsam ein wohliges Völlegefühl überkam, zuckten Ben plötzlich wieder schemenhafte Erinnerungen von seinem nächtlichen Alptraum durch den Kopf. Er versteifte sich, sein Puls fing an zu rasen und er versuchte, die Gedanken schnell wieder aus seinem Kopf zu verbannen, jedoch ohne nennenswerten Erfolg.

Aren sah Ben in die Augen und es kam ihm vor, als sähe er direkt in ihn hinein, als könne er in ihm lesen, wie in einem offenen Buch. Ben fühlte sich dabei unwohl, doch konnte er seinen Blick trotzdem nicht abwenden. Ganz allmählich begann er sich zu beruhigen und seine Gedanken wurden wieder etwas freundlicher.

„Hm... ihr habt viel durchgemacht die letzten Tage und ich befürchte, dass das erst der Beginn von etwas weitaus Größerem ist“, sagte Aren, und löste seinen Blick wieder von Ben. „Ihr solltet miteinander sprechen, eure Gefühle, Sorgen und Ängste teilen. Ihr werdet einander brauchen, mehr noch, als euch vielleicht jetzt bewusst ist“. Aren trank einen Schluck Wasser, dann sah er von Ben zu Lucy und musterte auch sie eingehend. Es sah aus, als wolle er noch etwas sagen, hielt dann jedoch inne und widmete sich wieder seinem Brot.

„Das hier“, sagte Aren schließlich, als er mit seinem zweiten Brot fertig war und ein großes, dunkelgrünes Buch aus seinem Packen hervorholte. „Ist für dich Lucy. Es sollte dir helfen, deine Ausbildung zur Heilerin zu überstehen, solltest du dich dafür entscheiden, diese an der Akademie zu beginnen.“ Er reichte es Lucy. „Es ist ein Buch über die hier heimischen Pflanzen und Kräuter“, fuhr Aren fort. „Dort wird beschrieben, wo man sie am besten finden kann, welche Wirkungen sie besitzen und mit welchen anderen Kräutern man die besten Salben und Tränke zusammenmischen kann. Das ist Wissen, dass die meisten Leute hier bereits in die Wiege gelegt bekommen und diejenigen, die an der Akademie lernen, kennen sich damit sowieso bestens aus. Dieses Wissen wird dort vorausgesetzt und ohne dieses wirst du kaum Chancen haben, länger als ein paar Tage an der Akademie verbringen zu können. Du solltest es ganz genau studieren, wenn möglich, sogar auswendig beherrschen. Es wird dir auch nützen, solltest du kein Interesse daran haben, an der Akademie zu studieren. Brian wird dich auch zu Madam Forey begleiten, falls du möchtest. Sie ist eine vertrauenswürdige Kräuterhexe, die dir einiges beibringen kann, damit du bei deiner Ausbildung nicht bei null beginnen musst. Ich kann dir nur empfehlen, ihre Dienste in Anspruch zu nehmen. Sie wird euch auch weitere Salben für Tom mitgeben, da die, die ich mitgebracht habe, nicht allzu lange halten wird", endete Aren und schnitt sich dann eine dicke Scheibe Käse ab und biss herzhaft hinein, ehe er zu Ben herübersah.

„Nun zu dir Ben", schmatzte Aren, während Lucy den Einband aus dunkelgrün gefärbtem Leder genauer in Augenschein genommen hatte und bereits begann, die ersten Seiten des Buches durchzublättern. „Für dich habe ich zunächst auch ein Buch. Allerdings ist es eher praktischer Natur." Daraufhin zog Aren aus seinem Bündel ein weiteres Buch hervor und reichte es Ben.

Meister Gerhards Übungsbuch für angehende Schwertmeister Band 2: Zweihänder und ihre Besonderheiten, las Ben den Titel, der in schlichten, schon leicht ausgebleichten goldenen Lettern auf dem dunkelbraunen Ledereinband stand.

„Du solltest jeden Tag mindestens ein Kapitel darin bearbeiten", sprach Aren zu Ben in eindringlichem Ton. „Hier stehen Techniken beschrieben, die den geeigneten Umgang mit Zweihandschwertern erklären und das Buch bietet die passenden Übungen dazu. Viele behaupten das Werk sei überholt. Ich halte es jedoch immer noch für das Beste, welches je geschrieben wurde." Er lächelte dabei süffisant. „Damit du alle Übungen auch wirklich praktisch durchführen kannst, hat Brian noch etwas für dich."

Der schmächtige Junge zog kurz an seinem Bündel und holte dann mit einer Leichtigkeit, die Ben ihm gar nicht zugetraut hätte, ein gut anderthalb Meter langes Holzschwert heraus und streckte es Ben entgegen.

Ben nahm es unsicher in die Hand und es wäre ihm beinahe entglitten, da es schwerer war, als er vermutete. Er beäugte kurz Brian, der tatsächlich kräftiger sein musste, als es den Anschein hatte. Er hielt das Schwert kurz in beiden Händen, streckte es dann mit seiner rechten Hand aus, wobei er damit fast an der Wand kratzen konnte und stellte es dann neben dem Tisch ab.

„Du wirst nämlich an der Akademie eine Militärausbildung bei den diamantenen Schwertern bekommen. Eine Ehre, die nur wenigen Einheimischen zuteilwird und noch weniger Fremden gewährt wird." Ben schien es, als ob Aren jedes einzelne Wort besonders betonte, damit er erkannte, welche Ehre es wohl sein musste, dort aufgenommen zu werden. „Die diamantenen Schwerter sind ein Orden der besten Kämpfer aus ganz Tarell. In jedem großen Königreich werden die besten Krieger trainiert. In seinen Ursprüngen vor vielen hundert Jahren waren die diamantenen Schwerter unabhängig und sorgten für Sicherheit überall auf der Welt. Allerdings hat sich der Orden etwas gewandelt und mittlerweile gelten die diamantenen Schwerter als die besten und bestbezahltesten Leibwachen auf dem ganzen Kontinent. Dir wird dort die beste Ausbildung des Reiches gewährt, was gleichzeitig auch bedeutet, dass sie dich bis aufs Äußerste beanspruchen wird", fuhr er mit Nachdruck fort „Daher bitte ich dich in den nächsten zwei Wochen hart zu trainieren und dich dann tunlichst an alles zu halten, was deine Ausbilder von dir verlangen, sonst fliegst du schneller wieder dort raus, als du des Königs braune Unterhose sagen kannst", sprach Aren weiter, während er Ben fest in die Augen sah, wobei Ben wieder das Gefühl hatte, als schaute Aren tiefer in ihn hinein, als es normale Augen vermochten. „Ich würde ungern dadurch noch mehr an Vertrauen verlieren, als ich ohnehin schon habe", fügte er noch bestimmt hinzu. „Aus diesem Grund habe ich auch ein kleines wie nennt ihr das noch gleich? Ah... Ein Praktikum für dich arrangiert. Bei Ferwin, einem der besten Rüstungsschmiede hier in Elderan. Brian wird dich in drei Tagen zu ihm bringen, solltest du dich dafür entscheiden, die Ausbildung bei den diamantenen Klingen zu beginnen", endete Aren.

„Wieso wollt ihr mich zum Krieger ausbilden lassen?", wollte Ben wissen, während er mit dem Griff des Holzschwertes spielte, das an dem Tisch lehnte.

„Nunja", antwortete Aren. „Diese Welt ist leider eine sehr kriegerische Welt. Hier in der Hauptstadt beschränkt sich das weitestgehend auf Kneipenschlägereien, wobei in den ärmeren Vierteln Mord und Totschlag leider immer noch an der Tagesordnung ist. In anderen Gegenden lauern haufenweise Banditen oder noch Schlimmeres und in vielen Teilen dieser Welt werden Konflikte oftmals mit Waffengewalt gelöst. Angesichts deiner beeindruckenden körperlichen Kraft und Beweglichkeit, könntest du, mit dem geeigneten Training zu einem der besten Krieger des gesamten Kontinents werden, außerdem befürchte ich, dass ihr euer Schicksal nicht ohne Kämpfe erfüllen könnt", schloss Aren ab. „Ihr werdet allgemein jeden Morgen sehr früh aufstehen müssen, wenn ihr hier überleben wollt", sagte Aren, diesmal zu ihnen beiden gewandt, während Lucy wieder aus ihrem Buch zu ihm aufschaute. „Ihr habt sehr viel zu lernen und nur äußerst wenig Zeit. Ich befürchte auch, dass ich, solltet ihr euch an der Akademie nicht als würdig erweisen, nicht länger für eure Sicherheit garantieren könnte. Deswegen werde ich von euch eine Menge verlangen. Ihr werdet nur wenig Schlaf erhalten und weit über eure Grenzen hinausgehen müssen. Also besprecht gut miteinander, für welchen Weg ihr euch entscheiden wollt", endete Aren. Er stoppte kurz, ehe er noch sanft hinzufügte „Ich weiß, dass es für euch gerade eine schwere Zeit ist, überhaupt damit klar zu kommen, was alles geschehen ist, dass ihr eigentlich die Zeit verdient habt, eure Verluste zu betrauern", sagte Aren, während er Lucy lange in die Augen schaute. „Ich weiß auch, dass ihr niemanden sonst hier kennt und ich würde mir nichts sehnlicher wünschen, als euch alle Zeit der Welt zu geben, damit ihr euch in aller Ruhe mit allem, was passiert ist, befassen könnt, doch befürchte ich, bleibt dafür leider keine Zeit. Ich kann euch nur bitten, mir zu vertrauen, auch wenn ihr eigentlich nichts über mich und auch sonst über unsere Welt wisst. Wenn ihr euch dazu entscheidet, lieber ein ruhiges Leben weit weg von hier verbringen zu wollen, wo euch niemand kennt und ihr von niemandem gehasst und angefeindet werdet, dann werde ich dafür sorgen, dass ihr ein solches Leben führen könnt. Doch ich hoffe, dass ihr euch dafür entscheidet, euch vorzubereiten auf das, was auch immer auf euch und letztlich auf uns alle wartet. So könnt ihr hoffentlich zu eurem eigenen Wohl und zum Wohle aller beitragen", mit diesen Worten endete Aren, ehe er aufstand. „Leider muss ich euch nun schon wieder verlassen, aber bevor ich gehe, habe ich noch zwei weitere Bücher, die ihr euch bei Zeiten anschauen solltet", sagte er noch, nachdem er in seinen Beutel gegriffen hatte.

Sitten und Gebräuche im Königreich stand auf dem Einband des ersten Buches geschrieben, welches er herausgezogen hatte. *Adelshäuser im Königreich Band 32* auf dem zweiten Einband.

„Das erste Buch ist für das Überleben in der Stadt unabdingbar, letzteres für das Überleben an der Akademie", sagte Aren schon im Gehen. „So, nun muss ich aber wirklich weiter. Dieser Tage ist einfach viel zu viel zu organisieren und die Zeit drängt mich etwas. Ich weiß nicht genau, wann ich wieder zu euch stoßen kann, aber Brian wird euch täglich aufsuchen, und euch behilflich sein, wo auch immer er kann. Ansonsten könnt ihr euch auch jederzeit an Bernim oder seine Familie wenden. Er mag vielleicht etwas grob rüberkommen, aber im Grunde seines Herzens ist Bernim anständig und er wird euch behilflich sein, so gut es geht, da bin ich mir sicher." Mit diesen Worten nahm er seine mittlerweile leeren Säcke in die Hand und ging zur Türe, während Brian ihm folgte. „Macht es gut und denkt daran, Toms Wunden gut zu versorgen und ihm dreimal täglich die Tinktur einzuflößen. Falls er morgen noch nicht wieder aufgewacht sein sollte, wird Brian mich suchen und ich werde ihn mir noch einmal anschauen, allerdings glaube ich nicht, dass es so lange dauern wird, bis er wieder aufwacht. Und ihr solltet die nächsten Tage dafür nutzen, euch zusammen zu entscheiden, welchen Weg ihr einschlagen wollt", dann drehte Aren sich um und verließ gemeinsam mit Brian den Raum, während er Ben und Lucy ein fröhliches „bis bald" zurief.

Kapitel 9 – Tom - Ein ruhiger Geist

Tom sah sich in dem Zimmer um. Meister Aren hatte ihn hierher geführt und war kurz darauf in einem Nebenzimmer verschwunden. Während er über die Lehne des großen, mit rotem Samt überzogenen Ohrensessels mit seinen Fingern entlang strich, betrachtete er den massiven Schreibtisch, der zwischen diesem und einem weiteren identischen Sessel stand. Auf dem Schreibtisch lagen allerhand Papiere, sowie ein paar geöffneter Bücher, auch brannten zwei dicke, rote Kerzen gemütlich vor sich hin. Das große Fenster hinter dem zweiten Ohrensessel war einen Spalt weit geöffnet. Ein schwacher Windhauch ließ die schweren, weinroten Vorhänge leicht flattern, die zur Seite gezogen waren, damit das Sonnenlicht den Raum erhellen konnte. Der Duft von altem Pergament hing schwer in der Luft. Das mächtige Bücherregal an der Wand neben dem Fenster war Tom schon beim Eintreten direkt ins Auge gestochen. Der massive Ahornschrank füllte die komplette Hälfte der Wandseite des Arbeitszimmers aus und quoll förmlich über vor lauter dicken, in Leder eingebundenen Wälzern. Sein Blick schweifte über die einzelnen Buchrücken: *Die Kräuter und Pflanzen des Westens, Der Aufstieg der Königsfamilie, Die Anatomie des Menschlichen Körpers, Das Einmaleins der Magie, Sagenhafte Kreaturen.* Tom konnte weder ein Muster erkennen, nach dem diese Bücher ausgewählt, noch nach dem sie sortiert waren. Viele schienen in fremden Sprachen verfasst, auf einigen fand er Schriftzeichen, die er noch nie zuvor gesehen hatte. Auf der anderen Seite des Fensters hing ein großer gewebter Wandteppich, auf dem wohl, so vermutete Tom, das Königreich abgebildet war. *Ein wahres Meisterwerk,* dachte Tom, als er näher heran trat um ihn zu begutachten. Der Wandteppich zeigte unzählige Städte, Dörfer und anscheinend sogar jeden Hof an, der zum Königreich gehören musste. Er brauchte nur kurz, um Elderan zu finden, die Stadt in der er sich jetzt gerade befand. Sie lag ziemlich genau in der

Mitte der Karte am Treffpunkt zweier Flüsse, die sich von den Bergen hoch im Norden hinunter bis Elderan schlängelten, ehe sie sich hier zu einem Einzigen vereinten und dann weiter flossen, bis zur Meerenge von Garan. Was auf der anderen Seite der Meerenge lag, zeigte der Wandteppich ihm nicht, da er direkt darunter endete. Elderan war groß eingestickt, jedoch im Vergleich zum gesamten Königreich immer noch recht winzig. Es schien ein wahrhaft gewaltiges Reich zu sein. Im Osten lag ein Gebiet, das in hellem rot eingefärbt war. „Orkland" stand dort sorgfältig in goldenen Lettern geschrieben. Wie eine kleine Speerspitze ragte ein Teil des Königreiches dort hinein und endete scheinbar an einer Festung namens „Orkwacht". Im Südosten grenzte das Reich an die sogenannte „Tundra". „Gebiet der Minotauren" stand in kleinen silbernen Lettern darunter, wobei ein Teil des Minotaurenlandes, entlang des Flusses, bis hinunter zur „Meerenge von Garan" reichte. Im Westen grenzt der „Modersumpf" an das Reich, der in dunklem Grün eingefärbt war. Nach Norden reichte es bis zum „Arakgebirge". Selbst Straßen waren auf dem Teppich mit eingewebt. Diese durchzogen das gesamte Gebiet wie eine Art Spinnennetz. Dazwischen waren deutlich die großen und kleinen Flüsse zu erkennen, an denen der Großteil der Städte lag. „Zwillingsbrück", „Dockstadt", „Fischbach". Er fuhr mit seiner Hand über den Teppich. Dieser fühlte sich erstaunlich weich an und selbst dort, wo Städte, Flüsse oder Namen eingewebt waren, war er vollkommen glatt.

„Ah, wie ich sehe, hat es dir die Karte unseres Reiches angetan." Tom drehte sich erschrocken um, als Aren ihn ansprach. Er hatte gar nicht mitbekommen, dass er bereits wieder zurückgekommen war. „Ein wahres Prachtstück, welches mir der König vor nicht allzu langer Zeit persönlich als Geschenk vermacht hat. Mit den Fäden ist Magie in ihn eingewebt worden, so kann dieser Teppich sich immer den aktuellen Umständen entsprechend verändern. Es werden neue Straßen ganz von alleine in ihn eingewoben und auch die neuerlichen Spannungen mit den Orks kann man sehr deutlich an dem Rotton ablesen, mit dem er ihr Gebiet eingefärbt hat. Dem Reich und den einzelnen Gebieten werden wir uns im Laufe unseres Unterrichts auch ausführlicher widmen", sprach er weiter, während er die zwei dampfenden Teetassen auf den

Schreibtisch, der zwischen den zwei Sesseln stand, hinstellte. „Bitte setz dich, dann können wir beginnen.“, sagte Aren, während er sich selbst in einen der Sessel niederließ und dann an seiner Teetasse nippte.

Daraufhin setzte sich Tom ebenfalls in den, wie er fand, äußerst bequemen Sessel und nahm seinerseits die Teetasse in die Hand, allerdings eher um etwas zu tun zu haben, als dass er wirklich Lust auf Tee hatte und nippte kurz daran. Der Tee schmeckte recht bitter, aber dennoch fand Tom, dass er erstaunlich gut schmeckte. Er nahm noch einen größeren Schluck.

„Nächste Woche fängt bereits dein Unterricht an der Akademie an und bis dahin versuche ich dich bestmöglich auf das vorzubereiten, was dich dort erwarten wird. Leider haben wir, aus diversen Gründen, nicht so viel Zeit, wie ich es mir erhofft hatte, aber es wird für den Anfang genügen. Ich kann dir hier nicht das gesamte Wissen vermitteln, dass du für deine Ausbildung benötigst, dafür haben wir weder die benötigte Zeit, noch habe ich die Mittel dafür. Viel wichtiger ist im Moment sowieso die Vorbereitung deines Geistes auf das Kommende. Dies wird der Hauptbestandteil unserer Treffen sein. Jedoch kannst du natürlich jederzeit Fragen zu allem stellen, was dich beschäftigt. Ich werde sie dir so gut es geht beantworten“, endete Aren.

„Also, wo fange ich an?“, fuhr Aren schließlich fort, als Tom keine Anstalten machte, etwas zu sagen, nahm noch einmal seine Tasse zur Hand und trank einen weiteren Schluck Tee. „Wie ich dir ja schon erklärt habe, existiert hier Magie oder Zauberei, wie ihr es oft nennt. Du hast diese selbst bereits am eigenen Leib erfahren, als du mit diesem Schwert gekämpft hast. Damals bist du praktisch mit diesem magischen Schwert verschmolzen. Ähnlich verhält es sich, wenn ich Kerzen mit meinem Geist lösche oder anzünde“ und noch während er dies sagte, erloschen die zwei Kerzen auf dem Tisch, nur um kurz darauf wieder zu entbrennen, als sei nichts gewesen. „Prinzipiell wäre jeder Mensch in der Lage, Magie zu wirken, denn die Magie umgibt uns alle. Ja, sie steckt in jedem einzelnen Lebewesen, in jedem Baum, in jedem Stein, in jedem Tisch“, dabei klopfte er leise mit seinen Fingerkuppen gegen den Schreibtisch. „Sie ist einfach in allem und manche behaupten gar, sie ist eigentlich alles. Jedoch können die Wenigsten gezielt Kontakt zu dieser Kraft aufnehmen und noch weniger können diese gar meistern und dann auch noch ihrem Willen entsprechend formen und einsetzen. Eigentlich tragisch, da diese universelle Kraft doch in uns allen wohnt und eigentlich etwas ganz Natürliches sein sollte“, seufzte Aren, während er sich zurücklehnte. „Mein Mentor, Berengor, bezeichnete sie als Schöpferkraft, andere nennen sie universelle Macht, der magische Fluss oder gar göttliche Essenz. Egal wie man es auch nennen mag, es ist immer die gleiche, unendliche Kraft. Ein jeder von uns ist als ein Schöpfer geboren, deswegen könnte sich auch jeder mit dieser Kraft verbinden, jedoch“, dabei erhob Aren mahnend einen Zeigefinger, „benötigt man dafür viel Übung, sowie einen äußerst geschulten Geist. In Ausnahmefällen, so wie bei dir, reicht auch schon eine große Portion Angst, Leid oder Panik, um sich dieser Kraft in uns und um uns wirklich gewahr zu werden. In dieser Kraft steckt alles. Alle Lebenskraft dieser Welt und ihr gesamtes Wissen. Wenn man es schafft, sich mit ihr zu verbinden, kann man die scheinbar unmöglichsten Dinge vollbringen und wenn du es schaffst ihr völlig zu vertrauen, wirst du in jeder Situation wissen, was du zu tun hast, auch, wenn es auf den ersten Blick oft alles andere als logisch erscheint. Du besitzt diese Gabe, stärker, als bei den meisten, die ich bislang kennen gelernt habe, dass konnte ich bereits deutlich spüren, jedoch gelang es dir nur deshalb, sie einzusetzen, weil du Angst hattest und in Panik geraten bist. Ich kann dich lehren, wie du mit dieser Macht ständig in Verbindung treten kannst, und wie du sie durch deinen Willen für dich nutzen kannst. Allerdings ist es dazu unabdingbar, dass du zunächst lernst, deinen eigenen Geist zu kontrollieren und dass du es schaffst, dich von deinen Ängsten und deinem viel zu engen Gedankenkorsett zu befreien. Genau deshalb habe ich dich hergebeten. Das ist es was ich dich lehren kann, wenn du es zulässt. Aber ich muss dich warnen. Es wird zu Anfang sicher nicht einfach werden für dich und es wird dich einiges an Mühe kosten. Auch kann es sein, dass etwaige alte Wunden wieder zum Vorschein kommen, die erst geheilt werden müssen, ehe du dein volles Potential entfalten kannst." Aren pausierte kurz und sah Tom tief in die Augen. „Von daher werde ich dich zu nichts zwingen. Ich kann dich nur bitten, mir zu vertrauen und meinen Worten, soweit möglich, offen gegenüber zu stehen, da du ohne diese Übungen nur sehr schwer deinen natürlichen Zugang zur Magie finden wirst. Deswegen hätte ich gerne, dass wir uns jeden Abend hier treffen und dass du mit mir lernst, wie du deinen Geist kontrollieren kannst. Hast du noch irgendwelche Fragen, bevor wir loslegen?“, wollte Aren wissen.

Tom fühlte sich äußerst unbehaglich „Wie genau sehen die Übungen aus?“, wollte er wissen.

„Heute würde ich dich gerne dazu anleiten, deinen Geist zu beruhigen, dass du etwas tiefer zu deinem wahren Selbst vordringen kannst“, antwortete Aren. „Dies dient als Vorbereitung, damit du dann irgendwann auf die Magie in dir zugreifen kannst, denn je ruhiger dein Geist und je mehr du bei dir Selbst bist, desto leichter wird es für dich, den Zugang zur Magie finden.“

„Und Ihr seid euch wirklich sicher, dass ausgerechnet ich die Fähigkeit besitze, die magischen Kräfte zu kontrollieren?“, wollte Tom wissen, wobei er das ich besonders betonte.

„Ja, das bin ich“, kam Arens Antwort, „wobei kontrollieren das falsche Wort ist. Die Magie kann nicht wirklich kontrolliert werden, dafür ist sie einfach zu groß, zu machtvoll. Du kannst lediglich einen kleinen Teil der Magie für dich nutzbar machen.“

„Wieso habe ich dann davor noch nie etwas davon gemerkt?“, fragte Tom weiter.

„Weil eure Weltanschauung auf anderen Prinzipien aufgebaut wurde“, erwiderte Aren. „Eine Sicht auf die Magie, wie wir sie hier haben, gibt es bei euch nicht. Für euch muss immer alles logisch und erklärbar sein. Die Magie ist aber oftmals weder logisch, noch wirklich erklärbar, deswegen hat in eurer Welt nach und nach jeder seinen natürlichen Zugang zur Magie verloren. Deshalb war es dir gar nicht möglich, diese Gabe vorher einmal in dir zu spüren und auch jetzt versucht dir dein Verstand einzureden, dass dies alles doch gar nicht möglich sein kann. Er versucht alles zu leugnen, obwohl du die Macht die der Magie innewohnt, bereits am eigenen Leib erfahren hast. Obwohl ein Teil von dir bereits weiß, dass es die Wahrheit ist, dass du diese Gabe besitzt, wirst du weiter daran zweifeln. Du hast deinen Zugang auch erst entdeckt, als die Barriere zwischen den Welten bereits gefallen war und dein Verstand alles nicht mehr verarbeiten konnte, er sozusagen überlastet war. Deshalb war es überhaupt erst möglich, dass du dich der Magie des Schwertes öffnen konntest."

„Aber Ihr sagtet doch selbst, dass das Schwert magische Fähigkeiten besitzt, vielleicht hat es diese nur auf mich übertragen. Ich fühle mich so gar nicht magisch begabt", endete Tom sarkastisch.

„Wie gesagt, dein Verstand wird alles daransetzen, dich in diesem Glauben zu lassen", antwortete Aren. „Aber es ist ausgeschlossen, dass solch ein Schwert seine Magie in irgendeiner Form an jemanden weitergibt, der nicht magisch begabt ist. Ich würde sagen, wir beginnen gleich einmal mit der ersten Übung, vielleicht zerstreut sie ja ein paar deiner Bedenken". Aren richtete sich nun in seinem Sessel auf. „Setzt dich dafür aufrecht hin", begann Aren. „und schließe deine Augen. Folge einfach meiner Stimme, sie wird dich leiten. Konzentriere dich jetzt nur auf deinen Atem. Spüre, wie der Luftstrom in dich hinein und wieder hinausströmt."

Tom schloss seine Augen und versuchte sich auf seinen Atem zu konzentrieren, aber es gelang ihm nicht wirklich. Zu viele Gedanken schossen durch seinen Kopf.

„Lass die Gedanken einfach weiterziehen, sieh sie dir kurz an und dann komm wieder zurück zum Atem", hörte Tom Arens Stimme, „ein und wieder aus".

Es dauerte eine Weile, aber nach und nach schaffte Tom es, mehr als nur einen Atemzug lang konzentriert zu bleiben, doch je länger er so dasaß und sich auf seinen Atem konzentrierte, desto unruhiger wurde er.

„Spüre hin", erklang Arens Stimme in seinem Kopf, „Fühle die Unruhe, die in dir aufkommt."

Schon während Aren diese Worte ausgesprochen hatte, beschleunigte sich Toms Herzschlag. Anspannung verbreitete sich in seinem gesamten Körper. Er schaffte es jetzt, kaum noch ruhig sitzen zu bleiben. Er rutschte auf dem Sessel hin und her. Seine Hände und Füße fühlten sich an, als würden sie unter Strom stehen. Er musste seine Finger und Zehen bewegen, um etwas Spannung abzubauen. Er spürte einen enormen Druck in seinen Kopf der kurz davor war, einfach zu explodieren. Die Anspannung wurde von Sekunde zu Sekunde unerträglicher. Tom war kurz davor, einfach aufzuspringen. Er musste sich zwingen, auch nur noch eine Sekunde länger sitzen zu bleiben. Dann hörte er wieder Arens Stimme, wie aus weiter Ferne. „Und jetzt, lass die Anspannung einfach los", hallte sie durch seinen Geist. *Würde ich ja gerne, nur wie soll ich das anstellen,* ging es Tom durch den Kopf, während er den Drang, aufzustehen erneut niederrang.

„Stell dir nun vor, du treibst in einem Fluss", hörte er wieder Arens Stimme, diesmal schon etwas deutlicher. „Stell dir vor, du treibst in einem Fluss aus Licht, aus purem, goldenem Licht." Tom versuchte es sich vorzustellen und wider Erwarten gelang es ihm sofort. In seinen Gedanken lag er nun in einem Strom aus goldenem Licht, oder lag er vielleicht wirklich in einem solchen Fluss? Er konnte es nicht mehr mit Sicherheit sagen, seine Gedanken und die Realität begannen zu verschmelzen.

„Sehr gut", drang Arens Stimme an sein Ohr. „Jetzt lass das Licht die Anspannung einfach aus deinem Körper rausspülen. Fühle, wie das Licht durch dich hindurchströmt und dabei einfach alles aus dir herausschwemmt, was dich daran hindert, zur Ruhe zu kommen", noch während Aren diese Worte sprach, fühlte Tom, wie die Anspannung langsam aus seinem Körper wich. Er konnte wirklich spüren, wie das Licht durch ihn strömte, wie es nach und nach die Unruhe aus ihm spülte. Er atmete ein paar Mal tief ein und genoss die aufkommende Ruhe. Ein Gefühl, das er so noch nicht kannte. Solange er denken konnte, stand sein Körper immer unter Spannung. Nicht erst, seit dem Tod seiner Mutter, nein schon vorher, das wurde ihm jetzt klar. Er dachte, dass dies der Grund für all seine Unzufriedenheit war, aber es war davor schon so, dass wurde Tom nun bewusst.

Seine Gedanken begannen abzuschweifen. Er dachte an all die Momente, in denen er sich überfordert und hilflos gefühlt hatte, in denen er zum Zerreißen angespannt war. Er spürte, wie die Unruhe nun Stück für Stück wieder zurück in seine Glieder kroch.

„Komm wieder zurück zu dem Fluss aus Licht", durchbrach Arens Stimme Toms Gedanken, woraufhin er versuchte, sich wieder auf den Fluss zu konzentrieren. Es dauerte etwas, jedoch schaffte er es wieder, die Ruhe in sich zu spüren, diese wunderbare, friedliche Ruhe.

„Sehr gut", hörte er Aren sagen „lass dich einfach nur im Fluss treiben. Du musst jetzt nichts tun. Lass einfach das Licht alles für dich machen, gib dem Licht alles mit, was du in diesem Moment nicht mehr benötigst, gib ihm alles mit, was dich daran hindert, ganz zu dir zu kommen." Bald war auch der letzte Rest von Toms Anspannung aus seinem Körper verschwunden. Er nahm nun nichts anderes mehr wahr, als den Strom aus Licht, der ihn durchströmte. Tom fühlte sich so leicht, so lebendig, dass er vor Glück anfing zu weinen. Es fühlte sich an, als würde er nach unendlich langer Zeit endlich wieder nach Hause kommen, er spürte eine Freude, die er so noch nie zuvor gespürt hatte.

Tom wusste nicht, wie lange er einfach nur so dagesessen und vor Freude geweint hatte, als Arens Stimme ihn langsam wieder zurückholte und er seine vor Tränen verklebten Augen öffnete. Aren reichte ihm ein Stofftaschentuch, mit dem er sich die Tränen aus seinem Gesicht wischte. „Das lief erstaunlich gut", sagte Aren mit einem breiten Grinsen im Gesicht. „Du solltest diese Übung täglich machen, auch wenn du feststellen wirst, dass es am Anfang alleine vielleicht nicht so gut funktionieren wird, wie hier. Aber präge dir dieses Gefühl ein, das du im Moment fühlst, genieße es und denk daran, wenn du es jetzt fühlen konntest, dann kannst du es auch immer wieder fühlen," mit diesen Worten endete Aren.

„Brian, du kannst Tom jetzt zurückbringen", rief Aren in das Zimmer nebenan und prompt erschien Brian in der Türe, bereit aufzubrechen. „Versuche in diesem Gefühl zu bleiben, solange es dir möglich ist und denk daran, die Übung jeden Tag zu machen, am besten direkt nach dem Aufstehen und bevor du dich Schlafen legst", sagte Aren an Tom gewandt. „Das lief doch sehr gut, dann bis morgen Tom", sagte er zu ihm, während er aufgestanden war und Tom beim Vorbeigehen leicht auf die Schulter klopfte.

Kapitel 10 – Tom - Wut und Schmerz

Tom, der gerade wieder in seinen Atem versunken war, begann langsam eine schier unendliche Weite in sich wahrzunehmen, als Arens Stimme leise an sein Ohr drang. „Sehr gut", hörte er ihn sanft sagen, „jetzt gehe zurück an den Punkt, an dem der Angriff begonnen hat." Davor hatte Tom Angst gehabt, er scheute sich, dass alles noch einmal durchleben zu müssen. *Ich will nicht,* ging es ihm immer wieder durch den Kopf. „Hab keine Angst, folge einfach nur meiner Stimme, ich bin immer bei dir. Ich helfe dir", erklang Arens Stimme erneut. „Gehe zurück und betrachte die Ereignisse. Du musst dich ihnen stellen, damit sie ihren Schrecken für dich verlieren. Je früher du dich ihnen stellst, desto einfacher wird es für dich werden. Jetzt gehe zurück und beobachte."

Widerwillig begab Tom sich in Gedanken zum Beginn des Angriffs. Langsam veränderte sich das Bild vor seinem inneren Auge. Erst sah er alles nur verschwommen, doch nach und nach wurde alles klarer. Er war nun wieder in dem Club, ging erneut die Treppe hinunter, hörte den Bass der Musik in seinen Ohren dröhnen. Sein Herz begann sofort zu rasen, sein Körper spannte sich immer mehr an. „Sehr gut." Arens Stimme klang weiter weg, als noch vor ein paar Sekunden. „Atme tief ein, und versuch dich zu entspannen. Hab keine Angst."

Tom atmete tief ein, doch es gelang ihm nicht, sich zu entspannen. Im Gegenteil, die Anspannung wuchs immer weiter in ihm an. „Sieh nur hin, beobachte nur, lass deine Gefühle nicht die Oberhand gewinnen", erklang erneut Arens Stimme. „Du bist nicht wirklich dort, es sind nur deine Erinnerungen. Sieh sie dir einfach nur an, bleibe ganz bei meiner Stimme", versuchte Aren Tom zu beruhigen, doch er hörte Arens Stimme schon kaum noch. Stattdessen rutschte sein Geist immer tiefer in die grausamen Erinnerungen des Angriffs ab. Er sah das tote Mädchen, sah in ihre angsterfüllten Augen, sah den toten Jungen neben sich am Boden in seinem eigenen Blut liegen, sah all die verstümmelten Leichen. Es fühlte sich genauso an, wie beim ersten Mal, vielleicht sogar noch schlimmer. Panik ergriff immer mehr Besitz von ihm. Dann sah er Chris wieder vor sich liegen, reglos, leblos, in seinem eigenen Blut. Die Leiche begann sich vor seinem inneren Auge zu drehen. *Es war meine Schuld,* ging Tom durch den Kopf. *Alles nur meine Schuld.*

„Bleib bei meiner Stimme, lass deine Schuldgefühle nicht Überhand nehmen", hörte Tom Arens Stimme, wie aus weiter Ferne, jedoch drangen die Worte schon nicht mehr zu ihm durch. Immer mehr verlor er sich in den Geschehnissen dieses schrecklichen Tages, immer wieder sah er die Gesichter all der Toten. Immer wieder drehten sich die leblosen Körper vor seinem inneren Auge. Immer stärker wuchs der Zorn in ihm an. Zorn auf die Kreaturen, die all das Grauen verursacht hatten, auf die Welt selbst, dass so etwas überhaupt passieren konnte, auf seinen Vater und seine Mutter, die ihn einfach im Stich gelassen hatten, auf sich selbst, dass er nichts davon hatte verhindern können und Zorn auf Aren, der ihn all das noch einmal durchleben ließ. Immer stärker pulsierte die Wut nun durch seine Adern.

Wieso mache ich das hier überhaupt, fragte sich Tom, als sich wieder einmal das Bild seiner toten Mutter zwischen die grausamen Erinnerungen des Angriffes geschoben hatte. *Ich will das alles hier nicht mehr, ich will, dass es endlich aufhört,* sagte Tom zu sich selbst, während Tränen aus Trauer und Wut über seine Wangen liefen. Er fing an laut zu schreien.

Ein fester Griff an seinen Schultern holte ihn zurück. Aren stand mittlerweile gebeugt vor ihm, schüttelte ihn kräftig und sah Tom dabei besorgt an. Tom schaute Aren kurz in die Augen und riss sich dann von ihm los, stand auf und lief aus dem Raum. Er nahm seinen Umhang und das Schwert von der Garderobe und stürmte aus Meister Arens Haus.

Was für ein Albtraum, dachte Tom, als er, immer noch wackelig auf seinen Beinen, durch die engen Gassen Elderans lief. Nach wie vor bekam er die grausamen Erinnerungen nicht aus seinem Kopf. Es war, als hätten sie sich tief in ihn eingebrannt. So sehr er auch versuchte, sie wieder loszuwerden, es gelang ihm einfach nicht. Seit dem Tag, an dem er erwacht war und neben Lucy am See saß, hatte er es erfolgreich geschafft, nicht mehr an all die schrecklichen Momente zu denken, doch jetzt war es so, als wäre irgendwo ein Damm gebrochen und die Bilder überfluteten seinen Geist. Er war nicht mehr in der Lage irgendeinen anderen Gedanken zu fassen. *Ich dachte, ich hätte irgendwie damit abgeschlossen, hätte es geschafft, das alles zu vergessen,* haderte Tom. *Doch jetzt bohrt der Mistkerl wieder in meinen Wunden herum.* Blanke Wut kochte in ihm hoch. *Wie konnte er nur? War das seine Absicht? Aber was hätte er denn damit erreichen wollen? Dass ich vollkommen meinen Verstand verliere?* Tom zermarterte sich darüber seinen Kopf, doch er kam auf keine plausible Lösung. *Ach egal, ich will das alles nie wieder erleben und er kann mir gestohlen bleiben mit seinem Geschwafel. Von wegen, er möchte mir nur helfen, mir zeigen, wie ich meine Gabe finden kann, wie ich sie für mich und für andere nutzen kann. Pah, Fürn Arsch. Der Scheiß funktioniert doch eh nie. Als ob ich jemals Zaubern könnte. Ha, lächerlich! Der macht sich doch nur einen Spaß daraus, uns zu quälen. Ich werde nie wieder dort hingehen.* Tom lief einfach immer weiter und versuchte dadurch, seine Emotionen und Gedanken wieder halbwegs zu sortieren. Bald schon hatte er keine Ahnung mehr, wo er sich eigentlich gerade befand, geschweige denn, welchen Weg er einschlagen sollte, damit er wieder zurück zu Ben und Lucy kam. Zurück zu den einzigen Zweien, denen er hier vertrauen konnte. Sobald er wieder bei ihnen war, würde er sie davon überzeugen, von hier wegzugehen, ob Aren ihnen dabei helfen würde oder nicht. Er wollte einfach nur so weit weg von hier, wie irgend möglich. *Wie komme ich denn nun am schnellsten wieder zur...?*

„Hey, ich kenn dich doch!" Die Worte rissen Tom jäh aus seinen Gedanken. „Wo willst du denn so eilig hin?", hörte Tom einen Mann krächzen, der vor dem heruntergekommenen Gasthaus stand, an dem er gerade vorbeiging. „Du hast hier nichts zu suchen, du ausländischer Blutsauger", fuhr dieser fort, „He, dass ist dieser Flüchtling, der sich den Platz an der Akademie ergaunert hat", rief der Mann nun laut. „Verschwinde von hier, das ist unsere Stadt", schrie er Tom nun an, um ihm dann vor die Füße zu spucken. Erst jetzt realisierte er seine Umgebung wieder richtig. Er sah sich um und merkte, dass immer mehr Leute sich zu ihm umdrehten. Er hatte vergessen, seine Kapuze ins Gesicht zu ziehen, so dass ihn jetzt jeder erkennen konnte. Er zog sie sich schnell auf, jedoch zu spät. Die ganze Straße schien nun plötzlich zu wissen, wer da gerade entlangeilte. Die meisten schauten nun grimmig und wütend, einige andere, verängstigt zu ihm herüber. Tom beschleunigte seine Schritte nochmals. Klatsch. Direkt neben ihm landete der Inhalt eines Fäkalieneimers und spritzte ihn voll bis zu den Knien. „Geschieht dir recht, hau ab von hier!", hörte Tom nur noch eine Frau von oben rufen, ehe er zu rennen begann.

Er hatte keine Ahnung, wohin er rannte. Er wollte einfach nur weg von hier. Weg aus dieser Straße, wo ihm jetzt blanker Hass entgegenschlug, weg aus dieser Stadt, in der ihn offensichtlich niemand mochte, weg aus dieser Welt, in die er nicht gehörte. Er wünschte sich nichts sehnlicher, als wieder in seiner kleinen Wohnung zu sein. So oft er sie auch verflucht hatte, so wunderschön kam sie ihm nun vor. Er wünschte sich wieder zurück in sein altes Leben, obwohl er sich dort zwar nie wohl gefühlt hatte, wirkte es im Vergleich zu seinem Jetzigen dennoch traumhaft. Er rannte und rannte und rannte, so lange, bis ihm schließlich die Luft ausging. Er bog in eine kleine Seitengasse ab und stolperte diese noch ein Stück entlang, ehe er stehen blieb um nach Atem zu ringen.

Die Sonne war mittlerweile schon hinter den heruntergekommenen Hausdächern verschwunden und die Gasse, in der er sich gerade befand, lag in zwielichtigem Halbdunkel vor ihm. Er schaute sich um, in der verzweifelten Hoffnung, irgendetwas wiederzuerkennen, dass ihm vielleicht den Weg zurück zu Ben und Lucy weisen könnte, doch er fand nichts. Angst ergriff ihn, als er endgültig erkannte, dass er sich völlig verirrt hatte, dass er keine Ahnung hatte, wo er sich gerade befand oder wo er hingehen sollte. Er lehnte sich an eine steinerne Hauswand, um wieder zu Atem zu kommen und seine Gedanken zu sortieren. *Was mache ich jetzt? Wo soll ich hin?* fragte er sich, während er sich mit seinen Händen auf seinen Oberschenkeln abstützte.

Ein lautes, höhnisches Gelächter ließ ihn erstarren. „Na, wen haben wir denn da?“, hörte Tom eine tiefe Stimme rufen, die sich langsam aus der Richtung auf ihn zubewegte, aus der er gekommen war. Als er sich umdrehte, sah er drei stämmige Männer, die gerade in die Gasse einbogen und nun langsam auf ihn zukamen. „Hast du dich etwa verlaufen, Kleiner?“, raunte der größte Mann, der zwischen den beiden anderen lief, Tom entgegen. Sein Herz raste nun noch schneller, als es das nach dem Gerenne sowieso schon getan hatte. Die Männer waren mit schweren Knüppeln bewaffnet, die sie locker in ihren Händen hin und her schwangen und sie kamen immer weiter auf ihn zu. Tom drehte sich um machte ein paar Schritte in diese Richtung. Er wollte gerade wieder losrennen, weg von den Dreien, doch erst jetzt erkannte er, dass es dafür bereits zu spät war. Ihm versperrten bereits einige weitere breitschultrige Männer den Weg. Auch sie hielten Knüppel in ihren Händen und grinsten Tom höhnisch entgegen. Er erstarrte in seiner Bewegung und drehte sich erneut um. Die drei Männer kamen langsam weiter auf ihn zu. Tom schaute sich verzweifelt um, jedoch war kein Ausweg in Sicht. Er saß in der Falle.

„Na, wo hin denn so eilig?“, ertönte die Stimme des größten Mannes gehässig, „du willst uns doch nicht etwa schon verlassen? Das wäre aber zu schade.“ Tom schaffte es nur ein paar Wortfetzen zu stammeln, während er rückwärts gegen die Hauswand stolperte. Sein Herz pochte so laut, dass er die Worte des Mannes vor ihm gar nicht mehr richtig verstand. Seine Hand fuhr instinktiv hinunter zu dem Schwert, welches nach wie vor an seiner Seite hing. Das Gefühl, des kalten Metalls gab ihm wieder etwas Hoffnung. Es gab ein klirrendes Geräusch von sich, als er es aus seiner Scheide zog und er es mit zittrigen Händen vor sich hielt. Für kurze Zeit verging den Männern das

Lachen und sie hielten in ihren Bewegungen inne, wohl um die Gefahr richtig einzuschätzen. Als sie jedoch sahen, dass Toms Hände wie Espenlaub zitterten, lachten sie erneut laut auf und kamen weiter näher, allerdings etwas vorsichtiger, als noch davor.

„Nana“, hörte er einen von ihnen sagen. „Pass auf damit, du könntest dich sonst noch verletzen.“ Tom hatte gehofft, dass dasselbe passieren würde, wie beim letzten Mal, dass das Schwert ihn auch hier wie von selbst verteidigen würde, dass er die Angreifer einfach besiegen könnte. Es geschah jedoch nichts dergleichen. Er spürte keine neue Kraft in sich aufkommen, spürte nicht, wie das Schwert die Kontrolle übernahm. Er spürte rein garnichts, nur die Angst, die ihn immer mehr überwältigte. Sein Mut schwand rapide, während die Männer sich ihm weiter näherten. „Ein hübsches Schwert hast du da“, hörte er einen von ihnen sagen. „wir werden dafür sicherlich eine gute Verwendung finden.“

„Geht weg, ich warne euch“, gab Tom panisch von sich, als er völlig umstellt war, was ihm nur noch mehr Gelächter einbrachte. Das Schwert machte immer noch keine Anstalten, ihn irgendwie beschützen zu wollen. Tom nahm nun allen Mut zusammen, den er noch besaß und wagte einen Angriffsversuch auf einen der Männer vor ihm. Er holte mit dem Schwert aus und schwang es nach dem Mann, der ihm am nächsten stand.

Ein schwerer Hieb auf seine rechte Schulter stoppte ihn jedoch jäh in seiner Bewegung und sämtliche Kraft wich aus seinem Arm, so dass er das Schwert fallen ließ. Benommen taumelte er zurück an die Wand. Sofort spürte er den nächsten Schlag, diesmal in die Magengrube, und sämtliche Luft wurde aus seinen Lungen gepresst. Er rang nach Luft und war kurz davor, sich zu übergeben. Ein weiterer Schlag traf ihn an seiner Schläfe und die Welt um ihn herum begann zu verschwimmen, während er immer noch verzweifelt nach Luft schnappte.

„Das geschieht in unserer Stadt mit Leuten, die sich einfach das nehmen, was ihnen nicht zusteht“, sagte einer der Männer, während er mit seinem Knüppel zu einem erneuten Schlag ausholte. Tom kippte vorne über, als ihm der darauffolgende Schlag ein weiteres Mal die Luft aus seinen Lungen trieb und krümmte sich anschließend vor Schmerzen am Boden. Ein weiterer Schlag traf Tom am Hinterkopf. Er spürte, wie sich dort Wärme ausbreitete, als sein Blut aus der Wunde quoll. Ein hämisches Lachen ging durch die Reihe, als er hustend aufsah. Mittlerweile waren alle dicht an ihn herangetreten. Insgesamt sieben kräftige Männer. Aufgrund der heftigen Schläge sah er alles nur noch wie durch einen dichten Nebelschleier. Verzweiflung, Schmerz und unbändige Wut breitete sich in seinem Körper aus. Es fühlte sich an, als ob sein ganzer Körper in Flammen stehen würde. Die Hitze, die in ihm aufstieg wurde fast unerträglich. Tom schrie laut und schrill auf. Das letzte, was Tom noch mitbekam, war, wie die Hitze mit einem Mal aus seinem Körper wich und ein kalter Schauer ihn durchlief, ehe er das Bewusstsein verlor.

Es begann schon langsam zu dämmern. Aeria war gerade dabei, sich in ihrem Versteck unter einem Dachgiebel zu strecken, als sie einen lauten Schrei aus dem Haus des Magiers vernahm, gefolgt von lauten, schnellen Schritten. Kurz darauf sah sie, wie die Türe von dem jungen Mann aufgerissen wurde, dem sie bis hier her gefolgt war und er aus dem Haus stürmte. Aeria sah sein tränengetränktes Gesicht, um sich darüber zu wundern blieb ihr jedoch keine Zeit. Er eilte schnell die Straße entlang und sie hatte Mühe auf den Dächern mit ihm Schritt zu halten. Zum Glück waren die Häuser in Elderan meist dicht an dicht gebaut, wodurch sie ihm weiter unbemerkt auf den Fersen bleiben konnte.

Wo will er denn nur hin, fragte Aeria sich. *Hat er sich etwa verlaufen?* Sie folgte ihm nun bereits gute zehn Minuten und die Häuser tauchten die schmalen Gassen bereits in dunkle Schatten. *Sein Weg ergibt absolut keinen Sinn und jetzt ist er auch noch in die Außenbezirke abgebogen. Ist der denn verrückt?*

„Hey, dich kenn ich doch!", die Worte, die der alte Bettler sagte, bestätigten Aeria in ihrer Ansicht. *Das wird kein gutes Ende mit ihm nehmen,* dachte sie, als der Bettler Tom vor die Füße spuckte. *Wenn er so weiter macht, ist ihm bald ganz Elderan auf den Fersen. Ich hätte ihn doch vorher einfach stoppen sollen, da hätte es vermutlich niemand mitbekommen aber jetzt,* begann sie über sich selbst zu schimpfen.

„Du hast hier nichts zu suchen, verschwinde von hier." Jetzt begann er wieder zu rennen *Na super,* ging es Aeria durch den Kopf und sie hatte Mühe, ihm weiter zu folgen. Wieder rannte er einfach blind darauf los. *Dieser Idiot, was macht er bloß?* Es dauerte eine ganze Weile, ehe er wieder anhielt, um Luft zu holen.

Sie erkannte einige bullige Männer, die sich bereits daran machten, ihm den Weg abzuschneiden. Auch hinter ihm kamen ein paar Männer mit Knüppeln in den Händen die Straße entlang. Sie erklomm vorsichtig das Dach direkt über Tom, legte sich dann flach hin, damit sie nicht gesehen wurde. Sie schaute über den Rand, um nichts zu verpassen. Noch hatte er die Gefahr nicht erkannt, die geradewegs auf ihn zusteuerte. *Mist, das sind ganz schön viele,* sagte Aeria zu sich selbst. *So wird es schwer, unbemerkt an das Schwert zu gelangen. Ich kann nur beten, dass sie es nur auf ihn abgesehen haben und das Schwert vielleicht gar nicht bemerken,* hoffte sie.

„Na, wo hin denn so eilig?" sagte der größte der Männer mit einem schiefen Grinsen im Gesicht. Der junge Mann erschrak sichtlich, als er die Männer auf ihn zukommen sah. Er schien vorher wirklich nicht gemerkt zu haben, dass sie ihn eingekesselt haben. *Immer wieder erstaunlich, wie taub und blind die meisten Menschen doch durch ihr Leben stolpern,* dachte sie, während Tom sich umdrehte um dort seine Flucht fortzusetzen, aber er erkannte schnell, dass auch dieser Weg bereits versperrt war. „Ich... Was... Was", stammelte er leise und gebrochen vor sich hin.

Als die Männer näherkamen, zog er sein Schwert. *Scheiße, soviel dazu. Wenn das so weiter geht, komme ich nie an das Schwert heran,* dachte sie, als die Männer für einen Moment innehielten. Aeria sah die panische Angst in Toms Augen. Er zitterte von Sekunde zu Sekunde mehr. *Wenn ich noch an das Schwert gelangen will, muss ich mir irgendetwas einfallen lassen.* Sie bewegte sich langsam und leise weiter auf dem Dach entlang, bis sie etwas abseits vom Geschehen war.

Ein dumpfer Aufprall und ein Scheppern kündeten davon, dass er das Schwert fallengelassen hatte. Es lag nun zwischen den Angreifern, die es jedoch noch nicht beachteten. Zu sehr genossen sie es, den Mann mit Schlägen zu traktieren.

Das ist meine Chance, jetzt oder nie, sagte Aeria sich und schwang sich lautlos hinter einem der Angreifer herunter. Im Herunterfallen schlug sie dem Ersten mit ihrem Ellenbogen gegen den Hals, wodurch dieser bewusstlos zu Boden ging. Der Zweite, der neben jenem gestanden hatte, verstand noch nicht einmal was gerade passierte, da hatte sie ihm auch schon mit einem Tritt in die Kniekehlen zu Fall gebracht und mit einem harten Schlag ihrer Ferse gegen seine Schläfe ausgeknockt. Sie war gerade dabei nach dem Schwert zu greifen, als der Große sich verdutzt zu ihr umdrehte und die beiden sich für einen Moment anstarrten. Ein lauter Schrei ließ beide wieder zu dem jungen Mann hinblicken, der nach wie vor in sich zusammengesunken auf dem Boden kauerte. Der Schrei schien gar kein Ende zu nehmen und die Luft um ihn begann zu vibrieren. Aeria erkannte erschrocken, was da gerade passierte, im Gegensatz zu den Angreifern. Sie setzte zum Sprung an und schnappte sich den reglosen Körper ihres ersten Opfers, um sich dahinter zu verstecken. Keine Sekunde zu früh. Ein ohrenbetäubender Knall durchschnitt die Luft, gefolgt von einer mächtigen Druckwelle, die sie mitsamt dem Mann, hinter dem sie Schutz gesucht hatte, nach hinten an die nächste Hauswand schleuderte. Sie prallte unsanft dagegen und die Luft wurde aus ihren Lungen gepresst. Aeria brauchte einen Moment, um sich neu zu orientieren. Sie sah sich um, doch der aufgewirbelte Staub erschwerte ihr die Sicht. Nach und nach sah sie die Ausmaße dessen, was gerade geschehen war. In der Wand hinter dem jungen Mann klaffte ein riesiges Loch, noch immer fielen Ziegelsteine herab. Die Straße glich einem Schlachtfeld. Die Anderen hatten weniger Glück gehabt, als sie, stellte Aeria schaudernd fest. Der den sie als Schutzschild benutzt hatte, war von unzähligen Holzsplittern getroffen worden, die tief in ihn eingedrungen waren und ihn auf der Stelle getötet hatten. Der Große war ebenfalls gegen die Wand geschleudert worden, doch mit deutlich mehr Wucht. Er hat sie glatt durchbrochen und wurde dabei von einer herausragenden Holzlatte durchbohrt. Die Männer, die direkt um den jungen Mann gestanden hatten, sind durch die Wucht der Explosion regelrecht in Stücke gerissen worden. Das Haus, auf welchem sie bis vor kurzem noch gelegen hatte, stand nicht mehr. Es waren nur noch Bruchstücke davon übrig. *Woher bei Hiercinde, kam das denn bitte*, fragte sich Aeria, während sie zu Tom herüberschaute, der unter Trümmerteilen begraben lag. *War er das etwa? Naja auch egal. Ich muss das Schwert finden.* Nun begann sie, den Boden nach ihm abzusuchen. *Es muss hier doch irgendwo in der Nähe liegen,* sagte sie zu sich. *Es kann doch nicht so weit, ah da!* Sie sah erleichtert das Leuchten des Metalls unter ein paar Trümmerteilen. Sie stand auf, um es sich zu holen.

Ein stechender Schmerz in ihrer linken Wade ließ sie innehalten. Etwas hatte sich tief hineingebohrt und die Wunde blutete stark. Sie wollte sich gerade bücken und die Wunde versorgen, da hörte sie schon die schweren Schritte von gepanzerten Stiefeln auf Kopfsteinpflaster. *Die Stadtwache ist schon auf dem Weg hierher.* Sie biss sich auf die Zähne, humpelte los und schnappte sich das Schwert, dann blickte sie sich noch einmal kurz um. Sie nahm eine Bewegung wahr, wo der Junge verschüttet lag, aber sie konnte durch den dichten Staub nichts Näheres erkennen. *Hat er das etwa überlebt? Unmöglich.* Die Schritte kamen immer näher. *Ich sollte nicht gesehen werden,* fluchte Aeria und humpelte zum nächsten Dach, hangelte sich mühsam wieder nach oben und verschwand ungesehen in der Dämmerung.

„Was hast du jetzt wieder angestellt?", fragte die alte Frau Aren vorwurfsvoll, als sie sich über Tom beugte und ihn in Augenschein nahm.

„Wie konntest du ihm das nur antun, nach allem, was er sowieso schon ertragen musste."

„Es war die einzige Möglichkeit, die ich gesehen habe", antwortete Aren kleinlaut. „Die Wut war dabei, ihn völlig zu verzehren. Er musste sie ansehen, musste sie spüren, sie loswerden und uns läuft einfach langsam die Zeit davon. Es musste schnell gehen und das war der schnellste Weg. Ich habe einfach darauf vertraut, dass die Magie mich richtig leitet."

„Zeit hin oder her, das war einfach unverantwortlich", gab sie schroff zurück. „Vielleicht solltest du darüber nachdenken, deine Verbindung zur Magie einmal genau zu überprüfen. Es ist ein Wunder, dass der Junge überhaupt noch lebt und du denkst immer noch daran, was er als nächstes tun muss. Manchmal befürchte ich wirklich, dass du wahnsinnig geworden bist."

„Nach dem, was mir alles gezeigt wurde, habe ich überhaupt keine andere Wahl, als weiterhin darauf zu vertrauen, dass die Magie mich richtig leitet", antwortete Aren. „Auch, wenn es mir schwerfällt. Es hängt einfach zu viel davon ab, viel zu viel."

„Ich hoffe wirklich, du irrst dich nicht, was den Jungen betrifft, denn sonst wirst du ihn früher oder später tatsächlich umbringen, wenn du so weiter machst", seufzte sie, während sie Toms Wunden versorgte. „Er ist aber wahrhaftig besonders, das muss man ihm lassen. Einen solchen Ausbruch der eigenen Magie hätten nur wenige zustande gebracht und noch viel weniger hätten so etwas dann auch noch überlebt."

„Wäre er nicht so besonders, dann wäre er der Falsche", sagte Aren zu ihr gewandt. „Wie gesagt, ich vertraue darauf, dass ich richtig geleitet wurde und dass er derjenige ist und dass das, was mir gezeigt wurde, von Bedeutung ist, so wie es bis jetzt immer der Fall war." Aren setzte sich auf den Stuhl neben dem Bett. „Sag, wie schlimm ist es?"

„Die äußerlichen Verletzungen sind nicht so schlimm", antwortete sie, während sie Tom die Hand auf die Stirn legte. „Die werden recht bald verheilt sein. Schon alleine deshalb, weil die Magie nach wie vor stark in ihm ist. Was die Verletzungen durch die Magie selbst angeht." Sie schloss ihre Augen und schwieg für einen Moment. „Nun ja, dazu kann ich noch nicht viel sagen. Sie sind schwer, aber welche Auswirkungen sie letztendlich auf ihn haben, kann ich noch nicht abschätzen, das wird sich wohl erst morgen zeigen. Gut, dass Brian so schnell bei ihm war und ihn direkt zu mir gebracht hat, sonst würde er wohl nicht mehr leben. Wenigstens einer von euch hat noch genug Grips, um das Richtige zu tuen. So, er braucht jetzt Ruhe", blaffte sie Aren an und scheuchte ihn aus dem Zimmer.

„Danke", sagte Aren. „Ich stehe erneut tief in deiner Schuld."

„Ach erspar mir das Geschwafel von Schuld", erwiderte sie schroff. „Der Einzige, dem du etwas schuldest liegt da. Er und seine Freunde verdienen es, die ganze Geschichte zu erfahren, ob dir das nun passt oder nicht."

„Vermutlich hast du recht", antwortete Aren. „Weißt du schon, wann er wieder aufwachen wird?"

„Schwer zu sagen", sagte sie zu Aren. „vielleicht schon morgen, vielleicht auch erst in ein paar Wochen."

„Gib mir bitte Bescheid, sobald sich etwas ändert", verabschiedete sich Aren von ihr. „Und danke nochmal, Merva."

Kapitel 11 – Wahrheit

Als Tom aufwachte, lag er in einem ihm fremden Zimmer. Neben ihm standen noch zwei weitere, leere Betten, ansonsten war der Raum recht spartanisch eingerichtet. Neben jedem Bett stand ein kleiner, runder Tisch. Ein Waschbecken hing an der Wand gegenüber, eingerahmt von ein paar einfachen Holzstühlen. Der hintere Bereich war durch einen Sichtschutz vom Rest des Raumes getrennt. Tom wollte sich gerade aufsetzen, als die Türe aufging.

„Du bist aufgewacht, wie ich es mir dachte, sehr gut“, wandte sich die ältere Frau, die durch die Türe trat, an Tom, während sie zu ihm ans Bett ging und ihm dann eindringlich mit ihren leuchtend grünen Augen in die seinen schaute. Tom hatte diese Augen schon einmal gesehen. „Erstaunlich“, sagte sie schließlich, als sie den Blickkontakt unterbrach und ihm eine Hand auf die Stirn legte.

„Ihr?“, wunderte sich Tom. „Ich erinnere mich an euch. Ihr habt mich behandelt, kurz nachdem wir durch das Portal gekommen sind nicht wahr? Wo bin ich hier eigentlich und was ist passiert? Ich kann mich an nichts mehr erinnern.“

„Ja, ich war damals dumm genug, Aren einen Gefallen zu tun und bin es heute wieder“, entgegnete sie ihm schroff, „nichts gegen dich, ich bin froh, dass es mir gelungen ist, dich zu retten, aber mit dem alten Kauz gibt es die Tage nichts als Ärger. Er hat dich in mein Haus bringen lassen, damit ich mich um dich kümmern kann. Was genau passiert ist, das soll er dir schön selbst erzählen. Ich für meinen Teil kann dir nur sagen, dass du großes Glück gehabt hast, schon wieder. Aber erst einmal genug davon, du hast Besuch, der nur darauf wartet, dass er endlich zu dir darf“, daraufhin ging sie langsam zur Türe, um Ben und Lucy hereinzuwinken. Im Anschluss trat sie selber hinaus und schloss die Türe hinter den Beiden.

Lucy rannte direkt zu Tom, um ihn schwungvoll zu umarmen. „Gott sei Dank geht es dir gut", sagte sie erleichtert und setzte sich dann an den Bettrand. „Wir haben uns solche Sorgen um dich gemacht."

Ben war nun ebenfalls an das Bett getreten und legte seine übergroße Hand auf Toms Schulter.

„Schön, euch zu sehen", antwortete Tom.

„Was ist denn passiert", wollte Lucy aufgeregt wissen. „Brian wollte uns nichts Genaueres sagen, als er gestern Nacht zu uns gekommen ist, nur, dass du einen Unfall hattest und nicht kommen wirst, weil du dich davon erst woanders erholen müsstest. Er hat zwar gesagt, dass es dir bald wieder besser gehen wird, aber ich konnte die ganze Nacht kein Auge zumachen. Was ist passiert? Wie geht's dir denn jetzt?"

„Ich fühle mich ganz gut, etwas erschöpft, aber eigentlich ist alles in Ordnung mit mir", antwortete Tom. „Aber ich weiß selber nicht, was passiert ist. Das Letzte, an das ich mich erinnern kann ist, dass ich aus Arens Haus gerannt bin. Das Nächste, an das ich mich erinnere, ist, dass ich eben hier aufgewacht bin. Dazwischen ist alles irgendwie verschwommen."

„Das wundert mich nicht", sagte die alte Frau, als sie mit einer Tasse in der Hand wieder in den Raum zurückkam. Merva reichte sie Tom, als sie wieder an seinem Bett angekommen war. „Hier trink das, es wird dir guttun. Ein Teil deiner magischen Kraft ist gestern Abend in dir, sagen wir, unkontrolliert ausgebrochen, weswegen du dich noch entkräftet fühlst. Das hatte unter anderem auch noch zur Folge, dass dein Gedächtnis etwas unter Mitleidenschaft gezogen wurde, das sollte sich die nächsten Tage allerdings wieder legen. Ich weiß nur noch nicht, ob das unbedingt etwas Gutes ist."

„Was meint ihr damit?", wollte Tom wissen.

„Das soll euch der alte Tattergreis gefälligst alles selbst erklären, wenn er hier endlich auftaucht", antwortete sie mürrisch. „Er hat euch noch so einiges zu erklären, wie mir scheint. Manchmal frage ich mich, warum ich mich immer wieder von ihm breitschlagen lasse, ihm zu helfen. Ah, wenn man vom Teufel spricht", sagte sie, als die Türe erneut aufging und Aren eintrat. „Du bist wie immer spät dran“, schnauzte sie ihn an.

„Hallo, Merva, auch schon, dich zu sehen“, begrüßte Aren die alte Frau mit einem Lächeln „und euch natürlich auch“, wand er sich nun an die Drei. „Freut mich, dass es dir schon wieder besser geht Tom. Wir haben einiges zu bereden, doch ich muss mich wohl zu allererst bei euch und vor allem bei dir, Tom, entschuldigen. Merva, wärst du wohl so freundlich?“

„Aber sicher doch“, antwortete sie schroff. „Richte nur nicht wieder irgendwelche Dummheiten an“, dann verließ sie missmutig das Zimmer.

Aren holte einen Stuhl von der Wand und setzte sich ans Bett, ehe er zu Tom sprach. „Es tut mir leid, was gestern geschehen ist, Tom. Es tut mir auch leid, dass ich nicht gänzlich ehrlich zu euch war, doch mir ist nun klar geworden, dass ihr ein Recht darauf habt, die ganze Wahrheit zu erfahren, auf alles, was ich weiß oder zumindest zu wissen glaube. Ich dachte, ich könnte euch beschützen, indem ich euch nicht die ganze Geschichte erzähle.“ Aren legte eine kurze Pause ein und atmete schwer aus, ehe er fortfuhr. „Darüber hinaus hatte ich Angst, dass ihr euch gegen den Weg entscheiden würdet, den, wie ich meine, das Schicksal für euch vorhergesehen hat. Aber nach dem, was gestern geschehen ist, ist mir klar geworden, dass es ein Fehler war, euch im Dunkeln zu lassen. Ich war schrecklich selbstsüchtig.“

„Was genau ist gestern eigentlich passiert? Ich kann mich nur noch daran erinnern, dass ich wütend aus Eurem Haus gerannt bin“, wollte Tom wissen. „Ich weiß nicht einmal mehr warum.“

„Nun ja“, antwortete Aren verlegen. „Ziel der Übung, die wir gestern bei mir durchführten, war es, dich von deiner Wut und deinem Zorn zu befreien, der in dir wohnt, da dieser dich daran hindert, deine magischen Kräfte richtig zu beherrschen. Irgendwie hat das dann ja auch funktioniert, allerdings nicht auf dem Wege, den ich mir erhofft hatte.“ Aren pausierte erneut kurz, ehe er weitersprach. „Ich muss gestehen, ich habe den Zorn und auch die magischen Kräfte, die in dir schlummerten unterschätzt Tom. Das passiert mir eigentlich nur äußerst selten. Dazu kommt, wie ich glaube, dass deine Gefühle einen äußerst direkten Einfluss auf deine Magie haben. Da die Übung, die ich gestern mit dir durchgeführt habe, dazu geführt hat, dass deine Wut völlig ungehemmt in dir aufsteigen konnte. Daraufhin hast du dann mein Haus fluchtartig verlassen, ohne dass ich noch die Möglichkeit hatte, etwas dagegen zu unternehmen. Als du danach weiter durch die Straßen geirrt bist, hat sich immer noch mehr Zorn in dir angestaut. Am Ende bist du dann von Straßenräubern angegriffen worden, die es auf mehr abgesehen hatten, als nur auf dein Gold. Sie haben begonnen, dich zu verprügeln und hätten dich vermutlich auch getötet, hätte deine Magie nicht, nun ja, eingegriffen. Wie gerade erwähnt, scheinen deine Gefühle direkten Einfluss auf deine Magie zu haben und da du irgendwann nicht mehr in der Lage warst, all deine Gefühle zu kontrollieren, ist deine Magie gewissermaßen Amok gelaufen. In dir hat sich so viel Wut angestaut, dass sie sich schließlich in einer magischen Entladung materialisiert hat. Diese Entladung hatte eine gewaltige Explosion zur Folge, die dazu geführt hat, dass du alle deine Angreifer getötet hast, bevor sie dich umbringen konnten. Zum Glück ist Brian dir gefolgt und konnte dich rechtzeitig von dort wegbringen, ehe irgendwer dich dort sehen konnte. Anschließend hat er dich direkt hierhergebracht, wo Merva sich um dich gekümmert hat."

„Ich..., ich hab sie umgebracht?", stammelte Tom. „Wen..., wie?"

„Magische Kräfte zu besitzen, ohne sie kontrollieren zu können, kann überaus gefährlich sein, deswegen wollte ich dir zunächst einmal beibringen, wie du deinen eigenen Geist unter Kontrolle bringen kannst, denn deine Magie wird mit deinem Geist gesteuert. Allerdings bin ich dabei kläglich gescheitert, wie mir scheint", antwortete Aren niedergeschlagen. „Es ist nichts Ungewöhnliches, dass es bei ungeübten Magiebegabten zu Unfällen kommt, doch von einer solch massiven magischen Überladung wie bei dir gestern, habe ich noch nie zuvor gehört. Wie mir scheint, habe ich zu unvorsichtig einen wunden Punkt bei dir getroffen, der dann dazu geführt hat, dass deine Gefühle dermaßen außer Kontrolle geraten sind. Der Angriff auf dich hat dann noch sein Übriges dazu beigetragen."

„Könnte so etwas denn wieder passieren?", fragte Tom nervös. „Vielleicht sogar, wenn Ben und Lucy in der Nähe sind?"

„Ich kann das nicht ausschließen", antwortete Aren. „Vor gestern Nacht hätte ich das nicht einmal für möglich gehalten, aber jetzt." Aren blickte Tom tief in die Augen. „Du trägst eine enorme Macht in dir und wenn diese weiter unkontrolliert in dir heranwächst, was sie zweifelsohne tun wird, dann ist es durchaus möglich, dass so etwas noch weitere Male passieren kann. Es könnte aber genauso sein, dass dies nur ein einmaliges Ereignis war, das kann ich leider nicht mit Sicherheit sagen. Sicher ist nur, dass deine Ankunft hier deine Kräfte sozusagen geweckt hat und jetzt beginnen sie in dir zu wachsen, allerdings weiß ich selbst nicht, wie schnell sie weiterwachsen oder wie groß sie tatsächlich sind. Auch weiß ich nicht, welche Auswirkungen das auf dich haben wird. Ich weiß nur, dass du Hilfe brauchen wirst, um sie zu beherrschen. Deswegen hoffe ich nach wie vor, dass du deine Ausbildung beginnst, damit du lernen kannst, damit richtig umzugehen. Auch würde ich gerne weiter mit dir üben, wenn auch wesentlich vorsichtiger, als ich das gestern getan habe, allerdings könnte ich auch verstehen, wenn du mich nie mehr sehen wollen würdest." Daraufhin herrschte erst einmal unbehagliches Schweigen zwischen den Vieren.

„Ihr habt gesagt, dass Ihr uns alle belogen habt", richtete sich Lucy jetzt an Aren. „Was genau habt Ihr damit gemeint?"

„Ich habe euch nicht alles erzählt, was ich gesehen habe", gab Aren kleinlaut zu. „Ich konnte mehr von eurer möglichen Zukunft sehen, als ich euch bisher erzählt habe. Leider war das, was ich gesehen habe, größtenteils nicht sehr erbaulich, weswegen ich es vor euch geheim gehalten habe, da ich euch nicht noch mehr beunruhigen wollte, als es ohnehin schon der Fall gewesen ist. Darüber hinaus war ich egoistisch und dachte, dass das Verschweigen gewisser Dinge euch eher dazu verleiten könnte, dem, meiner Meinung nach, richtigen Pfad zu folgen. Ich habe mehr von dem vor euch liegenden Weg gesehen, als ich zugegeben habe, weit mehr. Es war mehr als nur eine Ahnung, dass ich euch genau diese Ausbildung zukommen lassen wollte. Ich sah dich, Ben in mehreren Kriegen kämpfen, ich sah dich daraus siegreich hervorgehen, oder aber ich sah dich sterben, solltest du dafür nicht bereit sein. Und es gibt keinen Ort, der dich besser auf eine Schlacht vorbereiten kann, als der Orden der diamantenen Klingen. Ich sah dich, Tom, wie du mächtige Zauber wirkst und alte Flüche brichst, oder aber, wie du daran scheiterst und bei deren Ausführung ums Leben kommst. Deswegen wollte ich dir die Ausbildung an der Akademie ermöglichen, damit du deine Kräfte studieren kannst und lernst, sie richtig einzusetzen. Und dich Lucy, sah ich, wie du Verwundete heilst und sie vor dem Tode bewahrst, oder aber wie du geliebte Menschen verlierst, weil du sie nicht mehr retten konntest und um dir dieses Schicksal zu ersparen, wollte ich, dass du bei den Besten lernst, bei der Schwesternschaft der Heiler. Ihr befindet euch im Übrigen gerade im Haus der obersten Schwester, wenn ich das anmerken darf, sie kann dir sicherlich noch mehr über die Ausbildung erzählen. Doch jetzt genug davon. Egal, welche mögliche Zukunft ich auch gesehen habe, immer sah ich, wie euch der Tod verfolgt. Sei es, dass ihn Menschen durch eure Hand erleiden", dabei sah er Tom mitfühlend an, „oder, dass Menschen, die euch nahestehen ihn ereilen. Ich sah euch in unzähligen Gefahren Seite an Seite stehen und ich sah euch scheitern, euch sterben, falls ihr auf diese Gefahren nicht ausreichend vorbereitet seid. Deswegen habe ich alles getan, von dem ich dachte, dass es nützt, dass ihr einwilligt, euch so gut es irgend geht, auf das vorzubereiten, was vor euch liegt. Ich befürchte nur, dass vor euch so oder so kein angenehmer Weg liegen wird. Allerdings ist mir klar geworden, dass es nicht meine Entscheidung ist, welchen Weg ihr einschlagt."

„Ihr sagt also, dass wir so oder so sterben werden?", sagte Lucy entgeistert.

„Das nicht", antwortete Aren. „Bisher hat sich mir immer eine Möglichkeit gezeigt, wie ihr lebend aus den Gefahren kommen, doch gab es daneben unzählige Visionen, wie ihr euren Tod findet. Es besteht also durchaus die Hoffnung, dass ihr letztlich erfolgreich sein werdet, wo auch immer euch euer Weg denn nun hinführen mag."

„Und wo genau soll uns dieser Weg denn am Ende hinführen?", wollte Ben wissen. „Warum sollten wir ihn denn überhaupt einschlagen, wenn er doch nichts als Tod bringt?"

„Wie gesagt, ich befürchte, dass, solltet ihr versuchen, euch für einen anderen Weg zu entscheiden, dass ihr damit dem Tod nur noch schneller entgegengeht. Man kann vor dem Tod nun einmal nicht davonlaufen. Was das letztendliche Ziel eures Weges angeht, da waren die Bilder leider wirklich nicht allzu deutlich. Ich konnte euch sowohl hoch im Norden, als auch in den Wüstenlanden tief im Süden sehen. Was entweder bedeuten könnte, dass euch euer Weg irgendwann überall dorthin führen wird, oder aber, dass ihr euch für einen der Wege früher oder später entscheiden müsst. Wie das alles letztlich zusammenhängt, oder was das eigentliche Ziel von alledem ist, darüber kann ich selbst nur spekulieren. Ich persönlich glaube, dass euer Schicksal eng mit der Trennung unserer Welten verknüpft ist. Wenn ich raten müsste, dann wird auch unserer Welt irgendwann einmal ein Angriff bevorstehen, wie ihn eure Welt bereits ereilt hat und ich befürchte, dass dieser unsere Welt ebenso vernichten könnte, wie die Eure. Ihr Drei könntet der Schlüssel dazu sein, um diesen Angriff abzuwehren, auch wenn mir noch nicht gezeigt wurde, worin genau eure Rollen in dem Ganzen bestehen. Was ich aber mit Sicherheit sagen kann ist, dass der richtige Platz für euch im Moment genau hier ist. Hier in Elderan und an der Akademie. Es wird nicht einfach für euch werden, aber durch das, was ihr dort lernt, steigen eure Überlebenschancen deutlich. Solltet ihr dennoch fortgehen wollen, so glaube ich, dass euch der Tod noch schneller folgen wird, als es euch lieb ist."

„Wieso sollten wir dir jetzt noch vertrauen?", fragte Lucy, „wer sagt, dass du uns jetzt nicht auch anlügst oder immer noch etwas verbirgst."

„Ich kann euch keinen Beweis für all das anbieten, was ich euch sage, für all das, was nur ich gesehen habe", antwortete Aren. „Ich habe Fehler gemacht, mehr als einen. Es war falsch, euch nicht gleich alles anzuvertrauen, das gebe ich zu und dafür möchte ich mich aufrichtig bei euch allen entschuldigen. Ob ihr meinen Worten nun weiter Glauben schenken wollt oder nicht, das liegt jetzt ganz bei euch. Ich hoffe zumindest darauf, denn es war niemals meine Absicht, euch in irgendeiner Form zu schaden." Daraufhin stand Aren auf und ging in Richtung der Türe. „Ich lasse euch jetzt wieder allein, damit ihr über meine Worte nachdenken könnt. Merva wird sich mit Sicherheit gut um euch kümmern. Ich hoffe, ihr entscheidet euch dafür, dass wir uns wiedersehen. Falls ihr der Meinung seid, dass ihr mich nie mehr sehen wollt, so werde ich das respektieren. In diesem Falle war es mir eine außerordentliche Freude euch kennen gelernt zu haben und ich wünsche euch von ganzem Herzen, dass ich mich geirrt haben mag." Mit diesen Worten verließ er den Raum.

Kapitel 12 – Aeria - Unruhige Rast

Aeria ritt langsam auf den Stall des Hofes zu, der einsam auf einer kleinen Anhöhe am Rand des Weges errichtet worden war. Zu dem Hof gehörte neben der Scheune, in dessen Pferch sich ein paar Schweine gerade im Dreck suhlten, auch ein ordentliches Gasthaus, in dem sie sich für diese Nacht ein Zimmer suchen wollte. Ein Stallbursche hatte sie bereits entdeckt und wartete, sein Haupt gebeugt, darauf, ihr Pferd in Empfang zu nehmen. Allem Anschein nach, war sie nicht die Einzige, die sich dieses Gasthaus als Ziel für diese Nacht auserkoren hatte. Im Stall waren bereits fünf andere Pferde untergebracht.

Als sie neben dem Stallburschen zum Stehen kam, überreichte sie ihm die Zügel ihrer kastanienbraunen Stute und schwang sich vorsichtig aus dem Sattel. Der Schmerz, der sie durchfuhr, als sie ihr verletztes Bein etwas zu stark belastete, ließ sie, trotz der lindernden Kräuter, die sie aufgetragen hatte, beinahe zu Boden gehen. *Vielleicht hätte ich zu Hause doch noch mehr über die Heilkunst lernen sollen,* dachte sie verbittert, während sie dem Stallburschen mit einer Handbewegung zeigte, dass sie keinerlei Hilfe von ihm wollte, worauf der Junge ihr Pferd schweigend in den Stall brachte, um es dort zu versorgen. Sie schloss kurz die Augen, atmete ein paarmal tief durch und dachte dabei an einen tiefen See, der trotz eines tobenden Unwetters völlig in sich ruhte. Es war eine alte Technik, die ihr einst von ihrer Mutter beigebracht worden war, als sie noch ein Kind war. Mit ihr gelang es Aeria, ihren Herzschlag wieder zu beruhigen und die Schmerzen wieder zum großen Teil aus ihrem Körper zu bannen.

Ihre Gedanken blieben nun kurz bei ihrer Mutter haften. Während Aeria an sie dachte, kamen Trauer, Wut und Verbitterung, aber auch neue Hoffnung in ihr auf. *Wie es wohl sein wird, wenn ich wieder zurückkehre,* fragte sie sich. *Wird sich durch mein Geschenk etwas ändern? Wird sie mir vergeben können?* Sie schüttelte kurz den Kopf, atmete noch einmal tief durch und vertrieb die Gedanken an ihre alte

Heimat und an das damals Geschehene aus ihrem Kopf, ehe sie sich in Bewegung setzte und zur Gaststube des Hofes humpelte.

Drinnen brannten bereits einladende Feuer in den Nischen der Wände, um vor der kommenden Kälte der Nacht zu schützen. Im Schankraum war nicht allzu viel Betrieb. Zwei Gestalten, in lange Reisemäntel gehüllt, saßen in einer Ecke und tuschelten, über ein Pergament gebückt, miteinander. Einer der beiden war groß und hager, während der andere kleiner und rundlicher war. Ihre Gesichter konnte Aeria nicht erkennen, da sie beide die Kapuze ihrer Mäntel tief ins Gesicht gezogen hatten.

Am Tisch neben der Theke saßen fünf in leichte, lederne Wamse gekleidete Männer. Aeria betrachtete das Zeichen, dass, schon leicht verwaschen, auf deren Wamse aufgemalt war. Es zeigte eine Burg, aus deren Mitte ein großer, eingefallener Turm ragte. Sie kannte das Zeichen nicht, dazu sahen die Männer nicht aus wie Soldaten. Aeria vermutete, dass es sich um Straßenräuber handelte, aber dass sich Banditen so nahe an die Hauptstadt wagen, war ihr neu, noch dazu, wenn sie ihr eigenes Zeichen hatten. Es musste also eine größere Bande sein, als nur die fünf, die hier waren. Jeder von ihnen schien bereits ordentlich getrunken zu haben. Sie unterhielten sich lautstark und lachten, während sie die junge Schankmagd mit frivolen Sprüchen bedachten und ihr beim Vorbeigehen auf den Hintern klopften. Die junge Frau war sichtlich eingeschüchtert und verschwand schnell wieder hinter dem Tresen, um den Männern neues Bier einzuschenken. Die Fünf waren so beschäftigt damit, anzügliche Witze zu reißen, dass ihnen gar nicht auffiel, wie Aeria den Schankraum betrat, was ihr allerdings ganz recht war. Sie setzte sich unauffällig in die Ecke gegenüber der zwei Gestalten, die munter weiter tuschelten und zog sich ihrerseits die Kapuze noch etwas weiter ins Gesicht.

Sie nahm das Schwert, das sie dem Jungen gestern erst abgenommen hatte in die Hand und betrachtete es noch einmal genauer. Das Metall schimmerte im Licht des Feuerscheins und der eingefasste Rubin funkelte rot. *Ich hätte nie gedacht, dass ich dich je wiedersehen würde,* dachte Aeria. *Bist du wirklich die Eintrittskarte, zurück in meine Heimat? Zurück zu meiner Familie, zu meiner Mutter?* Sie war gerade dabei, sich in ihrer Vergangenheit zu verlieren, als ein leises Räuspern vor ihr sie wieder aus ihren Gedanken riss, worauf sie leicht erschrocken aufsah. Die junge Schankmagd stand vor ihr mit einem gezwungenen wirkenden Lächeln auf ihren schmalen Lippen. „Was darf ich ihnen bringen?", wollte sie leise wissen, wobei Aeria deutlich die Angst wahrnehmen konnte, die in ihrer Stimme mitschwang.

Aeria war so vertieft gewesen, dass sie gar nicht mitbekommen hatte, wie sie zu ihr herübergekommen war, auch bemerkte sie erst jetzt, dass die fünf Gestalten am Tresen ruhig geworden waren und sie unverhohlen anstarrten. Sie steckte das Schwert schnell wieder in die Scheide und bestellte sich einen Eintopf und einen Krug gewässerten Wein, während einer der Männer aufstand und langsamen Schrittes auf sie zukam, wobei es ihm sichtlich Mühe bereitete, einigermaßen geradeaus zu laufen.

„Was macht eine so liebreizende junge Frau denn ganz alleine unterwegs?", fragte der Mann erheitert. „Es scheint mir doch etwas zu gefährlich für jemanden wie euch, alleine zu reisen. Lass mich dir ein Angebot unterbreiten", lallte er, während seine Augen vor Alkohol und Geilheit glänzten. „Wir..., wir beschützen dich, für eine kleine Gegenleistung deinerseits", bei diesen Worten fing der Mann schief zu Grinsen an und er beugte sich zu ihr, um besser unter ihre Kapuze sehen zu können. Die Männer am Tresen lachten hämisch auf. „Nun zier dich doch nicht so und zeig uns dein hübsches Gesicht", sagte er und versuchte ihr die Kapuze aus dem Gesicht zu ziehen, doch sie war schneller, wich zur Seite aus, stand auf, zog ihr Schwert und setzte es dem Mann an die Kehle. Das alles hatte nur einen Herzschlag lang gedauert und mit einem Male herrschte Stille in dem Schankraum. Nur das leise Tuscheln der beiden anderen Gäste war noch zu hören.

Der Mann sah zuerst verdutzt auf die Klinge, die geradewegs auf seine Kehle zeigte, stolperte einen kleinen Schritt zurück und lachte dann unsicher. „Hehe. Das..., das muss ein Missverständnis sein. Ich..., ich will dir doch nichts Böses", fuhr er fort. „Wir sind doch nur auf der

Suche nach netter Gesellschaft und etwas Spaß", sagte er, während er beschwichtigend seine Hände hob und langsam weiter zurückwich.

„Dann sucht euch euren Spaß woanders", erwiderte Aeria schroff. „Ich bin nicht hier, damit irgendwer von euch seinen Spaß mit mir hat."

Erst jetzt fiel der Blick des Mannes für längere Zeit auf das Schwert in Aerias Hand, während er langsam weiter zurückwich. „Ein wirklich schönes Schwert, das ihr da mit euch führt", sagte der Mann, nun mit einem neuerlichen Funkeln in seinen Augen. „Das würde sich sicher gut in meiner Sammlung machen", fuhr er fort. Mit einer Geste winkte er seine vier Freunde zu sich, die sich daraufhin erhoben und ihre Waffen zogen. „Besser du gibst es mir gleich, ansonsten kann ich für nichts garantieren, was meine Männer mit dir anstellen, wenn wir hier fertig sind."

„Das würde ich mir an eurer Stelle noch einmal genau überlegen", sagte sie ruhig, während sie sich ihre Kapuze vom Kopf zog. Ihre langen, schwarzen Haare fielen über ihre Schultern und gaben den Blick auf ihre spitzen Ohren Preis. „Falls euch euer Leben lieb ist, solltet ihr vielleicht in Betracht ziehen, ein anderes Gasthaus für diese Nacht aufzusuchen."

„Potz Blitz", entfuhr es dem Mann, während sein Grinsen immer breiter wurde. „Eine Elfin. Du bist aber ganz schön weit von Zuhause weg und dazu auch noch ganz schön alleine, um uns so zu drohen", daraufhin lachten die Männer wieder hämisch auf. „Die wird uns eine Menge Gold einbringen Männer. Schnappt sie euch, aber versucht sie am Leben zu lassen. Tot ist sie nur noch die Hälfte wert."

Auf sein Stichwort liefen die übrigen Männer auf sie zu, um sie von zwei Seiten zu attackieren. Aeria warf den Tisch um, der vor ihr stand, um weniger Angriffsfläche zu bieten und gleichzeitig mehr Platz für sich selbst zu schaffen.

Den ersten Schlag lenkte sie ohne Mühe zur Seite ab und stach in derselben Bewegung zu, bevor der Mann zurückweichen konnte. Das Schwert ging wie Butter durch das Wams und das Fleisch. Blut strömte aus der Wunde an der Schulter und der Mann zog sich, fluchend und sein Schwert fallenlassend zurück.

„Du elendes Miststück“, spuckte ihr der Zweite entgegen, der sie von der anderen Seite sogleich angriff, aufgestachelt von der Verwundung seines Partners. Die wuchtigen Schläge stellten Aeria allerdings vor keine allzu großen Probleme und ihr gelang es wieder einen Treffer zu landen, jedoch mit weit weniger Effekt, als beim ersten, derweil setzte ihr ein weiterer Kämpfer von der anderen Seite zu. In einer fließenden Bewegung drehte sie sich zu ihm um, blockte den herannahenden Hieb und nutzte den verbleibenden Schwung um selbst zuzustechen. Sie traf den Mann mitten in der Brust und er sackte sofort reglos zu Boden. Sie wandte sich wieder dem Zweiten zu, der seine Verwundung gut wegsteckte und ein weiteres Mal hart zuschlug. Sie machte einen Ausfallschritt und blockte den Schlag.

Schmerzen durchzuckten ihren gesamten Körper. Bei dem Ausfallschritt hatte sie ihr ganzes Gewicht auf ihr verletztes Bein gelegt und der Schmerz ließ ihre Sicht trüb werden. Sie schrie laut auf und ging keuchend in die Knie. Der Mann griff sie nun erneut an. Er holte weit mit seinem Schwert aus und erstarrte abrupt in seiner Bewegung. Ungläubig schaute er an seiner rechten Seite herab und begann sie abzutasten. Nach kurzer Zeit zog er einen, blutüberströmten Dolch aus seiner Seite, ehe er umkippte und nicht mehr atmete. Das gleiche geschah mit dem fünften Mann, der am Hals getroffen wurde und reglos zu Boden fiel. Nun standen nur noch der Anführer, der sich ruckartig zu der neuen Gefahr umdrehte und der an der Schulter verletzte Mann, der sogleich panisch aus dem Schankraum stolperte. Die zwei Männer saßen immer noch am Tisch und grübelten über der Karte.

„Ihr? Wart ihr das?“ fragte der Mann verstört, mit einem Anflug von Panik in der Stimme. Er wusste, dass es im Moment nicht gut um ihn stand.

„Mein Meister mag es nicht, wenn er beim Nachdenken gestört wird“, kam die kurze Antwort des großen Mannes, ohne dass er dabei vom Tisch aufsah.

„Das lasse ich mir nicht bieten. Wisst ihr eigentlich, wer ich bin?“, schrie der Bandit sie an. „Ich bin Regolar, der gefürchtetste Bandit der Königreiche und Anführer von über einhundert Männern. Ich werde...“

weiter kam er nicht mehr, da durchbohrte ihm Aeria von hinten mit dem Schwert.

„Dann hättest du vielleicht alle mitbringen sollen“, flüsterte sie ihm dabei noch ins Ohr. Seine entsetzten Augen sahen in ihre dunkel glühenden ehe sie erloschen und er wie ein nasser Sack zu Boden fiel.

Schwer atmend und erleichtert humpelte Aeria zu den zwei Männern und setzte sich zu ihnen.

„Danke“, seufzte sie erleichtert. „Ihr habt mein Leben gerettet. Ich stehe in eurer Schuld. Mein Name ist Aeria. Darf ich erfahren, wer ihr seid und wieso ihr euch eingemischt habt?“

Der kleinere Mann sah sie mit freundlichem Lächeln an. „Mein Name ist Fiadorgas, Gelehrter und Wissensuchender aus dem Königreich Umbar. Der Mann neben mir, der dafür verantwortlich ist, dass ihr noch lebt, ist Borogar, mein treuer Freund und Leibwächter.“ Der große Mann nickte kurz. „Es freut mich außerordentlich, eure Bekanntschaft zu machen, wenn es auch auf recht unerfreulichem Wege war“, dabei streifte sein Blick die toten Männer und fiel auf die ängstlich dreinschauenden Wirtsleute, die sich hinter der Theke verschanzt hatten. „Keine Sorge, niemand wird hier heute mehr sterben und nachdem wir für die Sauerei verantwortlich sind, sollten wir uns auch um deren Beseitigung kümmern, meinst du nicht Borogar? Doch vielleicht sollten wir uns zunächst um den verbleibenden Mann kümmern, ehe er hiervon noch seinen Kameraden erzählen kann und deswegen dieser Hof vielleicht noch zu deren Zielscheibe wird“, sagte Fiadorgas, woraufhin der hagere Mann nur kurz nickte ehe er aufstand um dann wortlos nach draußen zu verschwinden. Aeria wollte gerade aufstehen, um ihm zu helfen, doch Fiadorgas packte sie leicht am Arm und hielt sie so zurück. „Keine Sorge, Borogar schafft das auch alleine“, sagte er freundlich zu ihr. „Ihr seid verletzt, wie mir aufgefallen ist, allerdings rührt diese Verletzung nicht aus diesem Kampf, wie mir scheint“, dabei sah er sie mit undurchschaubarem Blick an. Als Aeria darauf nicht antwortete, fuhr er fort. „Dürfte ich sie mir vielleicht einmal genauer ansehen? Ich habe einst eine Ausbildung zum Heiler und Chirurgen gemacht und bin recht bewandert, was Wunden und deren Heilung angeht.“

Aeria zeigte ihm etwas widerwillig ihre Wunde, doch ihr war klar, dass sie dringen jemanden brauchte, der sich damit auskannte, denn sonst könnte sie bald ihren Tod bedeuten, das spürte sie.

„Hm..., die Wunde wurde ganz gut versorgt, dennoch breitet sich schon leichter Wundbrand aus, was bald zu Fieberschüben führen wird", sagte Fiadorgas, während er die Wunde näher in Augenschein nahm. „Wenn ihr erlaubt, würde ich sie gerne noch einmal säubern und behandeln."

Aeria nickte knapp.

„Ihr hättet nicht so schnell reisen sollen mit solch einer Wunde", sagte Fiadorgas nebenbei, während er aus seinem Beutel ein Stück Metall holte, das er dann unverhohlen in die Wunde drückte, was Aeria einen erstickten Schrei entlockte.

„Was zum", spuckte Aeria aus, während sie um Atem rang. „Was macht Ihr da?", wollte sie wissen.

„Nun ja, diese Wunde ist, so scheint mir, nicht auf natürliche Weise entstanden oder irre ich mich da?", entgegnete Fiadorgas ihr, während er das Stück Metall noch weiter hineindrückte. „Sie ist eindeutig das Werk von Magie und ein Teil dieser Magie beginnt sich bereits in Eurem Körper auszubreiten, deswegen ist der Wundbrand bereits soweit fortgeschritten und deswegen helfen auch die besten Kräuter hier nicht. Das Stück Metall, dass ich Euch gerade an Eure Wunde presse, stammt aus Aern Heddah und besitzt die wunderbare Eigenschaft, schädliche Magie zu absorbieren. Früher soll es ganze Rüstungen aus diesem wundervollen Metall gegeben haben. Heutzutage gibt es nur noch Bruchstücke davon, aber ihre Wirkung ist nach wie vor enorm", als er weitersprach, merkte Aeria, wie die Hitze langsam wieder aus ihrem Bein wich, ehe sie erneut aufschrie, als Fiadorgas das Metallstück wieder abrupt herauszog und dann in das Kaminfeuer neben ihnen warf. „Sehr gut, sieht so aus, als konnte ich alles extrahieren", sagte Fiadorgas, während das Feuer im Kamin bedrohlich anschwoll. „Eine beachtliche Menge Magie steckte in dieser Wunde, ich würde zu gerne wissen, von wem diese Wunde stammte, wahrlich bemerkenswert. Selbst die Art dieser Magie, äußerst bemerkenswert. So etwas habe ich schon sehr,

sehr lange nicht mehr gesehen", fuhr Fiadorgas fort, als das Feuer allmählich wieder kleiner wurde.

In der Zwischenzeit war Borogar wieder im Gastraum erschienen und zerrte die erste der Leichen nach draußen. Aeria schnappte immer noch nach Luft und ihre Sicht begann immer mehr zu verschwimmen. Fiadorgas hatte mittlerweile ein Glas mit einer grünlichen Paste und Verbandszeug hervorgeholt und begann damit, Aerias Wunde zu versorgen.

„So, fertig", sagte Fiadorgas, als er den Verband angelegt hatte. „Nun sollte die Wunde gut verheilen und Ihr solltet in ein paar Tagen wieder vollkommen fit sein. Jetzt solltet Ihr Euch allerdings erst einmal ausruhen", dann wandte er sich auch schon an die Wirtsleute. „Ich möchte mich noch einmal aufrichtig für all die Unannehmlichkeiten entschuldigen, die wir euch bereitet haben. Ich versichere ihnen, dass wir dafür Sorge tragen werden, dass hier später nichts mehr auf dieses schreckliche Ereignis hinweisen wird", noch während Fiadorgas zu den immer noch verängstigten Wirtsleuten sprach, kam Borogar wieder herein und zerrte die nächste Leiche nach draußen. „Selbstverständlich werden wir für diese Unannehmlichkeit auch angemessen aufkommen. Abgesehen davon, könnt ihr die Wertgegenstände dieser Banditen, sowie ein paar ihrer Pferde behalten, wobei ich an ihrer Stelle zusehen würde, dass die Pferde bald von hier verschwinden, bevor noch weitere dieser Banditen hier auftauchen. Ihr dürftet etwa eine Woche Zeit haben die Rösser und die Habseligkeiten zu verkaufen und somit alle Spuren zu beseitigen. Dann könnt ihr hier in Frieden weiterleben. Doch zunächst würde ich gerne um ein weiteres Zimmer für diese Nacht bitten und darum, dass jemand diese Dame später in ihres begleitet, sie wird dabei sicherlich etwas Hilfe benötigen, auch wenn sie selbst das vielleicht nur ungerne zugeben würde", endete Fiadorgas.

„Seid Ihr zufällig auf dem Rückweg in eure Heimat?" fragte Fiadorgas Aeria beiläufig, als er langsam vom Tisch aufstand.

„Ja, das bin ich tatsächlich", antwortete sie ihm durch ihre zusammengebissenen Zähne.

„Das trifft sich gut. Wir sind in dieselbe Richtung unterwegs, wenn Ihr nichts dagegen habt, könnten wir morgen zusammen aufbrechen", sprach Fiadorgas weiter. „Dann könnte ich mich auch weiter um die Verletzung an eurem Fuß kümmern. Ich denke zwar, dass sie gut verheilen wird, jedoch kann man das bei magischen Wunden immer nur schwer vorhersagen und eure ist außerordentlich bemerkenswert. Ich würde sie gerne noch weiter beobachten."

Aeria überlegte kurz. Seit ihrer Verbannung aus ihrer Heimat hatte sie sich immer alleine durchgeschlagen und bislang hatte das auch immer bestens funktioniert. Immer dann, wenn sie sich mit anderen zusammengetan hatte, ist früher oder später etwas schief gegangen. Auf der anderen Seite hatte er recht, wenn die Wunde sich wirklich noch weiter verschlimmern sollte, dann brauchte sie jemanden, der sich damit auskannte und Fiadorgas schien der Richtige dafür zu sein, also könnten sie ihr durchaus nützen. Sollten sie das allerdings nicht tun, so konnte sie die Zwei ja immer noch ausnehmen. „Wenn ihr während der Reise nicht mehr so viel redet, wie heute werde ich vielleicht darüber nachdenken", antwortete Aeria mit einem leicht gequälten Lächeln.

„Ach, ich seh schon, Ihr werdet euch gut mit Borogar verstehen", sagte Fiadorgas und lachte dabei laut auf.

Wie aufs Stichwort stand der Mann vor den Beiden. Er hatte die Männer bereits alle nach draußen verfrachtet und die Wirtsleute begannen damit, den Boden zu schrubben.

„Komm wir gehen auf unser Zimmer und lassen die junge Dame jetzt in Ruhe ihr Essen genießen. In der Zwischenzeit könnt Ihr ja über mein Angebot nachdenken", sagte Fiadorgas, dabei verbeugte er sich leicht. Anschließend gingen die Beiden miteinander tuschelnd die Treppen hinauf zu den Zimmern.

„Hier, Ihr bekommt heute alles kostenlos", sagte die junge Schankmagd, als sie Aeria einen dampfenden Teller Eintopf hinstellte. „Danke, dass Ihr sie aufgehalten habt. Ich weiß nicht, was sie sonst noch alles mit mir angestellt hätten heute Nacht", sagte sie, während ihr Blick auf den Boden gerichtet blieb.

„Danke", antwortete Aeria. „Seit wann trauen sich die Banditen denn so nah an Elderan heran?", fragte Aeria, während sie hungrig den ersten Löffel zum Mund führte.

„Seit den Unruhen im Süden und den Spannungen mit den Orks sind die meisten Patrouillen von hier abgezogen worden", antwortete die Wirtstochter. „Das hat viele mutiger werden lassen. Es waren nicht die ersten, die dieser Tage hier vorbeikamen, jedoch waren sie bei weitem die schlimmsten, bis jetzt. Sag Bescheid, wenn ich noch etwas für Euch tun kann. Euer Zimmer ist auch bereit, wenn wir Euch hinbringen sollen, ruft einfach." Sie legte ihr dankbar lächelnd den Schlüssel hin, dann verschwand sie wieder in der Küche.

Aeria aß noch den Eintopf auf und spülte ihn mit dem Humpen gewässerten Wein hinunter, ehe sie noch eine Weile in das Feuer starrte, bis die Müdigkeit von dem langen Ritt, dem Kampf, sowie der Wundbehandlung sie endgültig übermannte, so dass sie die Wirtstocher rief, die sie in ihr Zimmer begleitete, wo sie kurz darauf einschlief.

Als Aeria am nächsten Morgen erwachte war sie verblüfft, dass ihr Fuß nicht mehr schmerzte. Was auch immer der Gelehrte gemacht hatte, es hatte ausgesprochen gut gewirkt. Sie spürte nur noch ein leichtes Kribbeln, als sie ihr Bein belastete. Sie konnte wieder ganz normal laufen, ohne Schmerzen oder sonstigen Einschränkungen. Sie packte ihre paar Sachen zusammen und ging hinab in den Gastraum. Fiadorgas und Borogar saßen bereits am selben Tisch wie gestern Abend und grübelten erneut über dem Pergament, das sich als alte Landkarte herausstellte.

„Ah, die werte Elfe ist endlich erwacht. Ich hoffe ihr hattet eine angenehme Nacht“, begrüßte Fiadorgas sie überschänglich. „Wie ich sehe könnt Ihr euren Fuß wieder ohne Schmerzen belasten. Wie es scheint, hat meine Behandlung Früchte getragen. Ich würde mir die Wunde gerne später noch einmal genauer ansehen, wenn Ihr nichts dagegen habt. Es freut mich sehr, dass es Euch wieder besser zu gehen scheint. Setzt Euch doch zu uns, wir haben noch reichlich zu essen“, dabei zeigte er auf den vollgedeckten Tisch.

„Habe ich nicht gesagt Ihr sollt weniger reden, wenn ich mit Euch reisen sollte?“, antwortete Aeria grob, während sie sich zu den Zweien an den Tisch setzte. Borogar kommentierte den Satz mit einem kurzen auflachen. Aeria bestellte sich einen Kaffee bei der Wirtstochter, um erst einmal gänzlich wach zu werden. „Ihr habt jetzt schon mehr gesprochen wie manche an einem ganzen Tag“, sagte Aeria. „Und ich schätze Ruhe nach dem Aufstehen sehr.“

„Gewiss habt Ihr das angesprochen, jedoch ist die Kunst, viele Wörter zu verwenden nun einmal eine meiner unzähligen Gaben“, entgegnete Fiadorgas in heiterem Ton. „Und eine Gabe sollte man nicht vor anderen verstecken. Ihr werdet bald merken, dass es nicht so schlimm ist, sich in meiner Nähe aufzuhalten, trotz der vielen Worte nicht wahr Borogar?“, dabei schaute er verschmitzt zu seinem ungleichen Begleiter hinüber der nur leise grummelte und dabei den Kopf schüttelte. „Ach du alter Scherzkeks“, fuhr Fiadorgas unvermindert fort. „Also was sagt Ihr, wollt Ihr uns nun ein Stück begleiten, bis wir an die Grenzen eures Reiches gelangt sind? Die Straßen sind unsicher geworden, seit die Unruhen begonnen haben, wie Ihr ja gestern am eigenen Leib erfahren musstet. Wir könnten einander sicherlich helfen. Ich kann mich weiterhin um eure Wunde kümmern und Ihr wärt zusammen mit Borogar sicherlich eine ernst zu nehmende Abschreckung für jeden, der auch nur daran denken sollte, uns auszurauben“, endete Fiadorgas, während die Wirtstochter gerade den Kaffee an den Tisch brachte.

Aeria nahm erst einmal einen kräftigen Schluck um ihren noch müden Geist wieder gänzlich zu erwecken. „Wo genau führt Euch euer Weg denn hin?“, wollte sie wissen.

„Nach Arantiga“, antwortete Fiadorgas und hielt ihr die alte, vergilbte Karte hin. Sein Finger zeigte dabei auf einen Schriftzug mit diesem Namen.

„Hm... ich habe nie davon gehört“. Sie betrachtete die Karte genauer. Die Hauptstadt der Elfen war eingezeichnet und auch noch ein paar andere Namen sagten ihr etwas, jedoch erkannte sie die wenigsten der anderen Namen, die darauf standen. Arantiga lag genau westlich der Elfenhauptstadt im Schwarzen Gebirge.

„Sicher, dass Ihr dorthin wollt?“, fragte Aeria. „In diesem Gebirge hausen dunkle Mächte. Was glaubt ihr, dort zu finden, dass es Wert ist, einen solchen Ort zu bereisen?“

„Das, meine Liebe, ist ein Geheimnis“, dabei verzog sich sein Mund zu einem schelmischen Grinsen. „Ich kann Euch nur so viel verraten, dass ich schon seit jeher auf der Suche nach einzigartigen Büchern und Schriftstücken bin und dort soll es ausgesprochen wertvolle Exemplare geben. Darüber hinaus bin ich ein Entdecker, also immer auf der Suche nach Orten, die noch niemand vorher bereist hat.“

„Eine außergewöhnliche Karte ist das. Woher habt Ihr sie denn eigentlich?“, wollte Aeria wissen. „Seid Ihr sicher, dass Ihr nicht einfach einem Betrüger auf dem Leim gegangen seid, denn ich erkenne kaum einen Ort wieder, der hier verzeichnet ist und dass, obwohl ich selbst die Gebiete des Reiches für einige Zeit studiert habe.“

„Seid versichert, die Quelle aus der diese Karte stammt ist mehr als vertrauenswürdig und dass ihr, meine teure Elfe, kaum etwas hierauf wiedererkennt, liegt daran, dass sie bereits über 4000 Jahre alt ist“, antwortete Fiadorgas und machte dabei eine bedeutungsschwangere Geste. „Die Karte stammt sozusagen aus einer anderen Ära, als die Menschen gerade erst zu Gehen gelernt haben und auch die Elfen noch zu den jungen Völkern gezählt haben. Sie zeigt uns den Weg zu den verborgenen und schon lange vergessenen Städten von Völkern, die ebenso lange in Vergessenheit geraten sind. Ich habe einmal vor einigen

Jahren in einem alten Buch über Arantiga gelesen. Es handelt sich dabei um die alte, längst verlassene Hauptstadt der Zoaleth, einem Volk, welches den Elfen in ihrer Hochzeit wohl nicht unähnlich war, was Kultur, Handwerk und Begabung für die magischen Künste angeht. Seitdem bin ich auf der Suche nach Hinweisen, wo sie liegen könnte und bin letztlich fündig geworden", als er dies aussprach, klopfte er sachte auf die Karte. „Ach schon allein bei dem Gedanken, dass ich bald vor ihren Toren stehe, werde ich ganz aufgeregt. Was sich dahinter wohl nur alles an uraltem Wissen und verloren geglaubten Schätzen verbergen mag?"

„Wie kommt Ihr eigentlich darauf, dass die Stadt nach all der Zeit noch immer existieren könnte?", wollte Aeria wissen.

„Nun ja, wenn dass, was ich bislang über das Volk der Zoaleth gelesen habe stimmt und es sich tatsächlich um deren Hauptstadt handelt, dann wird sie mit Sicherheit noch existieren", antwortete Fiadorgas. „Bisher war es uns einmal vergönnt, einen kleinen Außenposten zu erforschen. Dort gab es zwar keinerlei nennenswerte Funde, jedoch war dieser kleine Außenposten ein Zeuge dafür, dass die Zoaleth ihre Stätten für die Ewigkeit erbaut haben. Der Außenposten war nämlich in erstaunlich gutem Zustand dafür, dass er bereits seit fast 4000 Jahren verlassen war und ich gehe davon aus, dass die Hauptstadt noch deutlich aufwendiger gebaut und gepflegt worden ist."

„Wie kommt es, dass sie bisher noch nie jemand gefunden hat", fragte Aeria weiter. „So eine Hauptstadt ist doch sicherlich recht groß und irgendwer müsste doch schon einmal darüber gestolpert sein."

„Ein guter Einwand", entgegnete Fiadorgas, „jedoch bauten die Zoaleth ihre Siedlungen allesamt sehr tief unter der Erde, viel tiefer noch, als es die Zwerge jemals taten, deswegen ist von ihnen heute auch praktisch nichts mehr bekannt und es wurde auch noch niemals eine größere Siedlung entdeckt. Darüber hinaus waren die Zoaleth äußerst bewandert in Magie und haben ihre Städte so vor Außenstehenden verborgen und geschützt. Wie Ihr seht, verlaufen unsere Wege also bis zur Grenze eurer Heimat identisch", fuhr Fiadorgas fort. „Also was sagt -ihr? Schließt Ihr Euch uns bis dorthin an? Wir würden eure Gesellschaft sehr zu schätzen wissen. Wenn Ihr nicht wichtige Dinge in eurer Heimat zu klären hättet“, als er diese Worte sprach, schaute er dabei ganz offensichtlich Aerias Schwert an, dass sie an die Bank gelehnt hatte, „würde ich Euch glatt bitten mit uns zu kommen, um die Ruinen zu erforschen. In den tiefen dieser Berge lauern viele Gefahren und jeder, der eine Waffe so zu führen weiß wie Ihr, wäre wirklich willkommen, jedoch befürchte ich, dass Ihr nicht einwilligen werdet“, schloss er ab.

„Ihr habt Recht“, gab Aeria zurück. „Ich habe tatsächlich etwas zu erledigen und werde euch mit Sicherheit nicht zu dieser ominösen Stadt begleiten, die ihr zu finden hofft. Allerdings teile ich eure Einschätzung, dass wir uns auf dem vor uns liegenden Weg gegenseitig nützlich sein könnten, deswegen schließe ich mich euch an, bis wir an meiner Heimat angekommen sind, allerdings in der Hoffnung, dass Ihr im Laufe der Zeit des Redens müde werdet“, als Aeria diese Worte aussprach, verschluckte Borogar sich an seinem Bier und lachte laut auf.

„Darauf warte ich schon sehr lange und ich fürchte, dass das nie geschehen wird“, gab Borogar daraufhin von sich.

„Ja, darauf werdet ihr vermutlich lange warten müssen“, antwortete Fiadorgas mit einem Lächeln im Gesicht. „Aber ich freue mich auf eure Gesellschaft während der nächsten Tage. Wir packen schonmal unsere Sachen und bereiten uns auf das Weiterreisen vor und Ihr könnt solange noch die Ruhe hier ohne mich genießen“, endete er.

„Wo sind eigentlich eure Pferde?“, wollte Aeria noch wissen. „Ich habe im Stall nur die der Banditen gesehen und ich glaube kaum, dass ihr den ganzen Weg zu Fuß gehen wolltet.“

„Nun“, antwortete Fiadorgas, „unsere sind uns leider ähm... sagen wir, abhandengekommen. Welch ein glücklicher Zufall es doch war, dass wir auf diese Unholde gestoßen sind, die bereit waren uns zwei ihrer schönen Tiere mehr oder weniger freiwillig zu überlassen, nicht wahr Borogar?“, dabei grinste er in Richtung seines Gefährten, der nur ein mürrisches „Mhm“ von sich gab.

Die beiden standen auf und gingen zur Treppe, die zu den Schlafgemächern führte. „Wir hätten gerne Proviant für ein paar Tage hübsche, junge Lady“, sagte Fiadorgas an die Wirtstochter gerichtet. „Wärt Ihr bitte so freundlich und packt uns etwas für drei Tage ein?

Frisches Brot, Wurst, Käse und etwas Obst wären wirklich wunderbar. Und auch noch ein paar Flaschen von eurem roten Halister, ein wirklich vorzüglicher Wein."

„Selbstverständlich werter Herr", antwortete die junge Frau. Aeria sah, wie sie rot anlief und sich sogleich auf den Weg machte. Sie schüttelte den Kopf, trank ihren Kaffee und machte sich dann über das Essen her.

Kapitel 13 - Ben - Disziplin

Ben reihte sich als letzter in die Schlange der neuen Rekruten ein, die vor der Türe zur Rüstkammer warteten, um sich ihre Ausrüstung für die Ausbildung abzuholen. Als er endlich an der Reihe war und durch die niedrige Türe eintrat, hatten vor ihm bereits elf Rekruten ihre Rüstungen abgeholt und warteten nun im Hof vor der Kammer des Rüstmeisters darauf, dass Ben sich die seine holte und dann zu ihnen kam.

Als Ben gebeugt durch die Türe trat, sah der Rüstmeister etwas entgeistert von seinem staubigen Folianten auf, in dem er vorher fein säuberlich jeden Ausgang dokumentiert hatte. „Hm..., wie mir scheint, müssen wir für dich, mein stattlicher junger Mann, etwas ganz Außergewöhnliches herauskramen“, dabei musterte der alte Mann ihn von Kopf bis Fuß. „Sieht ganz so aus, als würde... Joffrin bring Raum drei, Gang sechs, Platz zwanzig“, sprach der Mann zu einem Jungen, der in der Ecke gewartet hatte, welcher daraufhin im Eiltempo hinter einer der Türen verschwand, die an der Rückseite der kleinen Kammer in weitere Räume führten. Ben konnte durch die offene Türe unzählige Rüstungen sehen, die alle fein säuberlich auf einem Gestell aufgereiht worden waren. „Vielleicht solltest du den Karren nehmen“, gluckste der alte Mann zufrieden. „Ich habe hier noch nie einen Rekruten mit deiner Statur gehabt. Wirklich außergewöhnlich. Im ganzen Arsenal, das wir hier besitzen, gibt es wohl nur eine Rüstung, die dir passen könnte. Sie ist zwar schon alt, jedoch besitzt sie eine äußerst ruhmreiche Vergangenheit. Ich hätte nicht gedacht, dass ich sie tatsächlich einmal an einen neuen Rekruten ausgeben darf. Du solltest dich geehrt fühlen, sie tragen zu dürfen, mach mir ja keine Schande, junger Mann“, dabei schaute ihn der alte noch einmal eindringlich an. Ben schluckte kurz, um dann ein „habe ich nicht vor“ zu stammeln. Irgendetwas in dem Blick des Alten sagte, dass er sich lieber daranhalten sollte.

Nach einer gefühlten Ewigkeit kam Joffrin, schwer schnaufend, mit einer gewaltigen, verstaubten Rüstung zurück, die kaum auf den kleinen Karren gepasst hatte und überließ diesen nun Ben. Der Alte lächelte ihm freundlich zu und gab ihm dann mit einer leichten Kopfbewegung zu verstehen, dass er sich zu den anderen begeben sollte.

Draußen angekommen, warteten die übrigen Rekruten bereits ungeduldig darauf, dass sich Ben zu ihnen stellte. Als er sich gerade eingereiht hatte, betrat ein älterer Mann in einer strahlenden goldenen Rüstung, den Vorhof und kam schnellen Schrittes zu ihnen herüber. Sogleich versteiften sich die anderen Rekruten und Ben versuchte, es ihnen gleich zu machen. Er blieb vor ihnen stehen. Der Mann war zwar recht klein, wirkte aber durchtrainiert. Mit seinen dunklen, grünen Augen inspizierte er jeden einzelnen Rekruten. Sein kurzgeschorenes graues Haar und sein faltiges Gesicht zeugten davon, dass er bereits viele Jahre hinter sich hatte, dennoch wirkte er nicht wie jemand, dem das Alter zugesetzt hatte.

„Ihr werdet hier zur absoluten Elite des Königreiches ausgebildet. Ein paar von euch werden vielleicht sogar einmal das Kommando über ganze Armeen führen dürfen", sprach der Mann zu ihnen, während er nach und nach vor jeden einzelnen Rekruten trat und ihn genau musterte. „Wieder andere werden, sich das Privileg erkämpfen, für die edelsten Häuser des gesamten Kontinents zu streiten oder in ruhmreichen Schlachten ihr Ende zu finden. Einige von euch", sagte er nun eindrücklich, während er vor Ben stehen blieb und zu ihm hochschaute, „werden diese Ausbildung wiederum nicht überleben. Doch bis es soweit ist, habt ihr vorerst drei Dinge zu lernen. Disziplin, Gehorsamkeit und Sauberkeit", sagte er, während er die Reihe wieder zurück ging, wobei er das letzte Wort besonders betonte. „Unsere heutige Lektion soll euch etwas über eben jene Sauberkeit lehren, denn wir sind hier nicht bei den stümperhaften Stadtwachen oder den tumben Palastwachen, wir sind die diamantenen Schwerter und als solche sollte man uns auch erkennen, nur geht das nicht, wenn eure Rüstungen total verdreckt sind", er machte eine Handbewegung und im selben Moment zerrte Joffrin einen großen Karren aus dem Lagerraum hinaus in den Hof. In dem Wagen befanden sich alle nötigen Utensilien, die zum Polieren einer Rüstung nötig waren, wie Ben sogleich erkannte, da er die letzten Tage, wie Aren ihm angeraten hatte, in der Schmiede von Garrick verbracht hatte. Dort hatte er den ganzen Tag nichts anderes gemacht, als verschlissene, alte Rüstungen wieder auf Hochglanz zu polieren.

„Ihr werdet jetzt alle eure Rüstungen säubern und polieren und der Hof wird erst verlassen, wenn ich finde, dass jede Rüstung so sauber ist, dass man mit ihr vor unseren geliebten König treten kann." Sofort begannen die anderen Rekruten zum Wagen zu hetzen und alles Nötige zu holen. Ben besah sich seine völlig vom Staub bedeckte Rüstung und seufzte schwer, ehe er sich aufmachte, seinerseits alles Nötige zu holen. Anscheinend wusste Aren doch, was er tat, als er ihn zu Garrick geschickt hatte, auch wenn Ben damals nicht verstand, was es ihm bringen soll, wenn er nichts weiter macht, als alte Rüstungen wieder auf Vordermann zu bringen. Eigentlich hatte Ben gehofft, dort mit echten Schwertern üben zu können. Jetzt war er froh, dass er wenigstens schon etwas Übung darin hatte, denn ansonsten wäre er wohl schon an der ersten Prüfung hoffnungslos gescheitert. Als er sich umsah erkannte er, dass die Meisten wohl noch wesentlich geübter darin waren als er, denn ihre Rüstungen begannen an manchen Stellen schon zu glänzen. Ben sah eigentlich nur einen, dem der Unterricht bei Garrick wohl gutgetan hätte, so machte dieser beinahe jeden Fehler, den ihm der Schmied nach und nach ausgetrieben hatte.

Ben machte sich sorgsam daran, seine Rüstung vom Dreck zu befreien, jedoch war diese hartnäckig, dass es wohl noch eine Ewigkeit dauern würde, bis er sie richtig sauber bekommen würde. Ben schrubbte nun schon eine gefühlte Ewigkeit und sah dabei entnervt in die Runde. Die meisten waren schon fertig mit ihren Rüstungen, auch wenn ausnahmslos jeder mindestens ein zweites Mal nachpolieren musste. Sein Blick fiel auf den einzigen Rekruten, der noch neben ihm auf einer der Stufen saß. Er war etwas kleiner und schmächtiger als die anderen und seinem Aussehen nach zu urteilen, kam er nicht aus Elderan, zumindest hatte Ben noch nie so jemanden hier gesehen. Seine Haut war dunkler, als die der anderen, leicht bräunlich. Seine mandelförmigen, nussbraunen Augen hatte er auf seinen Harnisch gerichtet. Der Mann war bereits dabei, ihn zum vierten Mal neu zu polieren, doch obwohl er bisher nicht besonders erfolgreich gewesen war, schien er Spaß daran zu haben, zumindest deutete das breite Grinsen in seinem Gesicht darauf hin.

„Du musst kleinere, kreisende Bewegungen machen, etwa so", erklärte Ben ihm und machte sie an seinem eigenen Harnisch vor. Der junge Mann blickte zu Ben herüber und sah interessiert zu, wie dieser ihm die richtigen Bewegungen zeigte.

„Ah, vielen Dank", erwiderte der Mann fröhlich, „ich bin bisher leider nie in den Genuss gekommen, eine meiner Rüstungen selbst zu polieren, deswegen weiß ich es sehr zu schätzen, dass du mir dabei hilfst." Sogleich machte er sich mit der neuen Technik daran, die Rüstung weiter zu polieren. Beim nächsten Mal konnte sie dann tatsächlich dem strengen Blick des Ausbilders standhalten.

Dies war gleichbedeutend damit, dass Ben nun der letzte war, der noch dabei war, seine Rüstung zu polieren, während alle anderen kerzengerade in einer Reihe vor ihm standen und nur darauf warteten, dass er endlich fertig wurde. Jedoch hatte er immer noch einen weiten Weg vor sich. Die Rüstung war einfach zu groß und zu verdreckt, dazu waren seine Hände, trotz der Übung der letzten Tage, immer noch nicht allzu geschickt im Umgang mit dem Politurwerkzeug. *Wie lange stand sie wohl schon unberührt in der Kammer,* fragte Ben sich, als er gerade einen Knieschoner malträtierte. *Wem sie wohl davor gehört hatte. Der Rüstmeister hatte etwas von einer ruhmreichen Vergangenheit erzählt, wie die wohl ausgesehen hat,* fragte Ben sich. Die Arbeit zog sich weiter dahin und er bemerkte, dass die Stimmung der strammstehenden Männer von Minute zu Minute schlechter wurde.

„Wie mir scheint, könntest du etwas Hilfe gebrauchen", sagte der Mann, dem Ben vorher den Tipp gegeben hatte, zu ihm mit einem vergnügten Lächeln auf dem Gesicht und nahm sich sogleich einen von Bens Beinpanzern und polierte ihn, ohne auf eine Reaktion von Ben zu warten.

„Danke", antwortete Ben knapp, während er den Kniebuckel polierte. Kein anderer machte auch nur Anstalten, sich zu bewegen, obwohl die zwei noch eine gute halbe Stunde benötigten, bis sie mit allem durch waren. Zu ihrer Überraschung befand der Ausbilder Bens Rüstung schon beim ersten Mal als gut genug.

„Ihr habt alle hervorragende Ergebnisse erzielt“, sagte der Ausbilder, als sich alle wieder in einer Reihe aufgestellt hatten. „Einige von euch sogar in erstaunlich kurzer Zeit.“ Bei diesen Worten fingen ein paar der Rekruten breit zu grinsen an, während der Ausbilder jeden einzelnen streng musterte, ehe er fortfuhr. „Aber nur zwei von euch“, sagte er eindrücklich, während er erneut jedem Einzelnen tief in die Augen blickte, „nur zwei von euch haben das, was in einem Gefecht mit Abstand am wichtigsten ist, beherzigt.“ Er pausierte kurz und beobachtete, wie das Grinsen langsam wieder aus den Gesichtern der zuvor noch so von sich überzeugten Rekruten wich. „Kameradschaft.“ Er ließ erneut eine kürzere Pause. „Es gibt nichts Wichtigeres in einem Kampf, als Kameraden, die sich gegenseitig unterstützen und die sich aufeinander blind verlassen können. Lernt ihr dies nicht, so werden euch eure Soldaten niemals treu ergeben sein, solltet ihr einmal ein Kommando führen dürfen. In einem Kampf auf Leben und Tod werdet ihr mit Sicherheit den Tod finden, egal, wie gut eure Kampfkünste auch immer sein mögen, solltet ihr euch nicht blind auf eure Kameraden verlassen können. Damit ihr diese Lektion auch verinnerlicht“, fuhr er mit einem höhnischen Lachen im Gesicht fort, „gibt es als Belohnung für jeden Mann, der sich lieber mit stolz geschwellter Brust neben seine eigene Rüstung gestellt hat, als einem Kameraden zur Hand zu gehen, fünf Runden um den Hof für alle. Was, meinen bescheidenen Rechenkünsten zur Folge, bei zwölf Rekruten und nur zweien, die sich gegenseitig geholfen haben, fünfzig Runden macht. Los jetzt!“, bellte er harsch und schon rannten die ersten los. Ben brauchte etwas länger als die anderen, bis er dem Befehl Folge leistete. Die Anderen waren es wohl schon gewohnt auf Kommando loszurennen.

Ben tat die Bewegung nach der buckligen Schinderei mit der Rüstung gut. Er begann eher etwas langsamer, um sich seine Kräfte richtig einzuteilen und blieb so am Schluss des Feldes. Selbst nachdem einige der anderen Rekruten ihn recht bald überrundeten, blieb er bei seinem Tempo. Das machte sich auch schon bald bezahlt. Denn diejenigen, die zu Beginn noch losgerannt sind, merkten schnell, dass sie sich übernommen hatten und mussten ihrem anfänglichen Tempo Tribut zollen. Ben hingegen steigerte ganz langsam Seines und holte einen nach dem anderen wieder ein. Zwei Runden vor dem Ende war Ben dann schließlich der Erste der Gruppe, wobei er viele der anderen jetzt selbst überrundete. Der Einzige der mit Ben noch Schritt halten konnte, war der junge Mann, der Ben bei seiner Rüstung geholfen hatte.

„Ich bin übrigens Fahir", stellte dieser sich Ben kurz vor dem Ende der letzten Runde vor. Er wirkte beinahe so, als sei er gerade erst losgelaufen. Ben erkannte keinerlei Anzeichen dafür, dass ihm das laufen auch nur irgendetwas ausgemacht hatte. Ihm schien das Laufen noch weitaus weniger anzustrengen als Ben, der mittlerweile schon Schwierigkeiten hatte, zu sprechen und zu laufen gleichzeitig. „Freut mich deine Bekanntschaft zu machen und danke noch einmal, für deinen Ratschlag", fuhr er entspannt fort, „sonst wäre ich vermutlich noch immer am Polieren", dabei blitzte ein kurzes Lächeln in seinem Gesicht auf, wobei er sein Haupt leicht neigte, während er eine Hand auf sein Herz legte.

„Ich bin Ben", keuchte er Fahir entgegen, „ich freue mich auch und ich danke dir ebenfalls für die Hilfe." Es kostete Ben doch mehr Mühe zu sprechen, als er gedacht hätte. *Beeindruckend, dass er trotz dieses Tempos noch so entspannt wirkt,* sagte Ben zu sich selbst, während er, ohne wirklich darüber nachzudenken, Fahirs Bewegung nachahmend, seine Hand auf das Herz legte und sein Haupt leicht neigte. Danach liefen sie wieder schweigend nebeneinander her, bis sie schließlich am Ziel angekommen waren und Ben schwer atmend seine Arme auf den Oberschenkeln abstützte. Fahir hingegen stand da, als wäre er noch gar nicht losgelaufen.

„Warum bist du nicht noch schneller gelaufen?", wollte Ben wissen, nachdem er wieder etwas zu Atem gekommen war. „Du hättest doch locker schneller laufen und als erster ankommen können."
Fahir lächelte wieder, als amüsierte ihn die Frage. „Es liegt keine Stärke darin, zu zeigen, wenn man etwas besser kann als andere. Es sei denn, man möchte den anderen etwas lehren. Wie es mir scheint, ist diese

Einstellung in diesem Land jedoch recht wenig verbreitet." Mit diesen Worten verschwand das Lächeln wieder aus seinem Gesicht.

Ganz allmählich trudelten die anderen schwer schnaufend ein. Einige fielen direkt in den Staub und blieben erst einmal eine Weile liegen.

„Ich hoffe, ihr erweist euch in den nächsten Tagen als würdiger, als ich das heute miterleben durfte, wahrlich erbärmlich, was ich hier vor mir sehe. Wegtreten", schallte die Stimme des Ausbilders schroff über den Hof, als er seinen Blick über die Rekruten schweifen ließ.

„Es wäre mir eine außerordentliche Ehre, dich einmal zum Tee einzuladen", sagte Fahir zu Ben, während beide gerade dabei waren, ihre Rüstungen zusammenzupacken. Du scheinst mir hier der Einzige zu sein, dessen Gesellschaft sich lohnen könnte."

„Sehr gerne", erwiderte Ben.

„Sehr schön", antwortete Fahir darauf mit einem breiten Grinsen im Gesicht. „Nachdem er uns morgen sicherlich noch einmal den ganzen Tag lang schinden wird, würde ich vorschlagen, dass wir uns übermorgen Abend bei mir treffen. Ich werde dich zur siebten Stunde abholen lassen", wieder lächelte er freundlich, als Ben nickte, fuhr er fort. „Wirklich sehr schön, ich freue mich bereits auf deinen Besuch. Nun wünsche ich einen angenehmen Abend." Dann verbeugte Fahir sich wieder leicht, packte seine Rüstung und verschwand.

Erst jetzt bemerkte Ben, dass es wirklich schon spät geworden war. Der Mond war schon am Horizont aufgegangen und die Sonne war ihrerseits an der gegenüberliegenden Seite kurz davor, unterzugehen. Also sputete er sich, seine Rüstung auf den Karren zu verfrachten und zurück zum Gasthaus zu bringen. Als er jedoch bemerkte, dass seine Rüstung bei jedem Schlagloch laut schepperte und er vermutlich halb Elderan aufwecken würde, wenn er so durch die Straßen fahren würde, suchte er nach etwas, um sie einzuwickeln.

„Hier, dass sollte dir helfen." Ben drehte sich erschrocken um. Nachdem bereits alle anderen Rekruten gegangen waren dachte er, dass er eigentlich alleine sei. Der alte Rüstmeister stand an der Türe und grinste ihn zahnlos an. Unter dem Arm trug er eine Stoffbahn.

Zusammen wickelten sie die Rüstung fein säuberlich ein, wobei der Alte Ben anwies, wie er das am besten anstellen und anschließend möglichst platzsparend verstauen sollte. „Ich habe das Gefühl", sagte der alte Mann an Ben gerichtet, als sie damit fertig waren, „dass die Rüstung einen würdigen Träger gefunden hat. Ich glaube Theor wäre zufrieden, wenn er dich damit sehen könnte."

„Danke", erwiderte Ben. „Wer war dieser Theor, wenn ich fragen darf, war er der Grund für die ruhmreiche Vergangenheit, wie ihr sie vorhin genannt habt?"

„Ach ich habe vergessen, dass du nicht von hier kommst, mein Junge. Warte kurz hier", sagte er zu Ben, als er zurück in die Rüstkammer eilte und wenig später mit einem kleinen Büchlein wieder zurückkam. „Hier, jeder sollte die Geschichte von Theor Zweischwert kennen", sagte der alte Mann zu Ben, als er ihm das Buch überreichte. *Theor Zweischwert, sein Leben und sein Vermächtnis* stand dort in kunstvoll geschwungenen, aber bereits leicht verblassten Lettern. „Ist mit Sicherheit nicht das historisch korrekteste Buch, aber im Kern spiegelt es das wider, wofür dieser Name bis heute steht, auch wenn sein Name bei den jungen Leuten leider immer mehr in Vergessenheit gerät. Du solltest es lesen, wenn du dafür die Zeit hast. Aber jetzt solltest du erst einmal schlafen gehen, denn wie ich den alten Verren kenne, solltest du morgen früh wieder fit sein." Mit diesen Worten drehte sich der alte Mann um und verschwand pfeifend wieder in der Rüstkammer.

„Danke", rief ihm Ben noch nach, ehe er das Buch mit auf den Karren legte und dann zum Gasthaus fuhr, wobei die Rüstung nicht einmal den kleinsten Laut von sich gab.

Kapitel 14 – Tom - Magiekunde

Als Tom den stickigen, runden Raum betrat, verstummten sofort die Gespräche und alle Blicke richteten sich auf ihn. Nicht ganz ein Dutzend Studenten waren bereits in dem Raum versammelt gewesen. Tom schaute sich schnell nach einem freien Platz um. Der Tisch direkt neben der Türe schien noch nicht besetzt zu sein, also wollte er gleich seine Tasche dort abstellen.

„Soso, der feine Herr möchte sich also hier hinsetzen." sprach ihn ein schlaksiger, junger Mann mit spitzen Gesichtszügen übertrieben höflich an, ehe Tom sich setzen konnte. „Das Privileg", wobei er dieses Wort besonders betonte, „hier sitzen zu dürfen, hast du dir sicherlich nicht verdient." Während der junge Mann sprach, kam er bis auf eine Armlänge an Tom herangetreten und starrte ihm jetzt direkt in seine Augen. Abscheu und Verachtung lag in seinem Blick. Der Mann überragte Tom um fast einen halben Kopf und seine makellosen Zähne formten ein freudloses Lächeln. Einige seiner neuen Mitschüler lachten bei diesen Worten laut auf. „Für diejenigen", dabei fiel sein Blick kurz auf einen kleinen, dürren Mann der in der letzten Reihe an einem wackligen Schreibtisch saß, „die nicht das Privileg", wieder betonte er das Wort besonders. „besitzen, zu unseren auserwählten Reihen zu gehören, bleibt nur die letzte Reihe. Das ist der Platz, der allen gebührt, die nicht von edlem Blute sind", dabei wies er Tom mit einer knappen Handbewegung zu einem alten Schreibtisch, der neben dem des anderen Jungen stand. Wieder lachten einige, wobei ein paar sich jetzt hinter ihm aufgestellt hatten. Tom hatte nicht die geringste Lust, sich bereits am ersten Tag zu streiten und sich so noch unbeliebter zu machen, als er ohnehin schon war, also ging er, nachdem er den Blick des jungen Mannes noch etwas länger standgehalten hatte, an den Tisch in der letzten Reihe. Der Schreibtisch hier war wirklich ramponiert. Er wackelte, wenn man sich auch nur leicht darauf stützte. Tom hoffte nur, dass er während des Unterrichts nicht einfach zusammenbrechen würde.

Außer den beiden Schreibtischen, an denen er und der andere Junge saßen, schienen alle in tadellosem Zustand zu sein. *Fängt ja toll an hier,* ging es Tom durch den Kopf, als er sich entmutigt auf den wackeligen Stuhl setzte.

„Seht sie euch an", sagte der schlaksige Mann weiter in herablassendem Tonfall. „Seht euch die Zwei hier gut an und prägt euch dieses Bild gut ein, denn ich bin mir sicher, dass die Beiden hier nicht lange sitzen werden. Professor Niewus ist nämlich ein guter Freund meines Vaters und er sagt immer, dass Zauberei nur etwas für die wirklich privilegierten Familien ist. Alle anderen besitzen keinerlei Begabung für Magie."

Wie aufs Stichwort flog die Klassenzimmertüre schwungvoll auf und der Professor kam hereingerauscht, nur um die Türe dann wieder mit einem Krachen ins Schloss zu werfen. Ohne ein Wort der Begrüßung legte er los.

„In genau einer Woche werden einige von euch nicht mehr hier sitzen", sagte der Professor, noch während die anderen Studenten eilig ihre Plätze einnahmen, wobei sein Blick besonders lange auf Tom und dem jungen Mann neben ihm ruhten. „Denn dann wird von euch verlangt, dass ihr wirklich einen Zauber vollbringen könnt. Zwar nur einen äußerst mickrigen Zauber, wenn ich das so sagen darf, aber dennoch bereits eine zu große Hürde für manch einen von euch." Jetzt holte er eine durchsichtige Kugel hervor und setzte sie auf ein dreibeiniges Eisengestell. „Wer es nicht schafft, diesen Magiefokus bis zur Prüfung zum Leuchten zu bringen, der fliegt hier sofort wieder raus, denn dann ist er nicht würdig, an unserer Akademie unterrichtet zu werden." In diesem Moment fing der Fokus vor ihm stark orangerot zu glühen an. Beinahe so, als würden im Inneren tosende Flammen auflodern. „Dieser Fokus ist in der Lage, die Art der Magie, die in euch steckt, zu erkennen und dann zu visualisieren, sofern ihr überhaupt so etwas wie Magie in euch tragt und darüber hinaus noch die Fähigkeit besitzen solltet, diese auch zu kontrollieren. Jeder hier, sofern er Magie in sich trägt", er machte eine Pause und musterte die beiden in der letzten Reihe erneut, „hat eine Begabung für ein ganz bestimmtes

Element. Feuer, Wasser, Luft, Erde, Licht oder Schatten. Ihr werdet also theoretisch in der Lage sein, eines dieser Elemente zu beherrschen, wobei das wohl kaum einen von euch jemals gelingen wird. Die anderen Elemente werdet ihr allerhöchstens oberflächlich nutzen können. Der Fokus zeigt euch also an, welche Magie euch sozusagen im Blute liegt. Darauf wird dann euer gesamter Lehrplan für den Rest des Jahres aufgebaut werden und er entscheidet darüber, welche Zauber ihr letztlich hier lernen werdet. Bis dahin jedoch", Niewus Stimme wurde lauter und er legte eine Pause ein, in der er jeden einzelnen Schüler intensiv musterte, „werdet ihr hier nichts anderes tun, als eure Energie in den Fokus zu leiten. Ich hoffe ich habe mich für alle hier verständlich ausgedrückt." Er pausierte kurz und verschränkte seine Arme vor der Brust. „Wer außerhalb des Unterrichts auch nur daran denkt zu zaubern, der hat mit drastischen Strafen zu rechnen. Der Rausschmiss aus der Akademie wird dann noch das geringste eurer Probleme sein." Es folgte wieder eine kurze Pause. „Und ich werde mit Freuden derjenige sein, der die Strafe für euer Fehlverhalten festsetzt und ich werde auch dafür Sorge tragen, dass sie adäquat durchgeführt wird."

Nachdem er fertig war, ging der Professor zu einem der Regale an der Wand und zog eine Kiste hervor in der noch mehr Fokuskristalle lagen. Er begann sie auszuteilen, während er weitersprach. „In den letzten Jahrhunderten gab es einige wenige, denen es vergönnt war, zwei Spezialisierungen zu besitzen", sagte er, während er durch die Reihen ging. „Der letzte, bei dem eine solche Begabung festgestellt wurde, ist unser geschätzter Meister Senorus, der später einen Teil von euch mit ausbilden wird. Das ist nun allerdings auch schon sechzig Winter her. Früher soll es sogar einmal Magier gegeben haben, die das Arkane selbst für sich als Element in sich trugen und somit jegliche Form der Magie ohne große Anstrengung erlernen und anwenden konnten. Allerdings soll Meridal der Arkane der Letzte gewesen sein, bei dem der Fokus violett aufgeleuchtet hat. Nun zum Fokus selbst", änderte Niewus jetzt das Thema. „Jeder von euch bekommt genau einen Kristall von mir. Vergesst ihr ihn mitzubringen, fliegt ihr hier raus, verliert ihr ihn, fliegt ihr hier raus. Macht ihr ihn kaputt, fliegt ihr hier raus. Solltet ihr auch nur einen Kratzer reinmachen, fliegt ihr hier raus." Nun stand er vor Tom und musterte ihn besonders lange. *War ja klar, dass der Professor mich auch nicht leiden kann.* Toms Laune verfinsterte sich noch weiter. „Von jetzt an habt ihr noch genau eine Woche Zeit, bis zu eurer Prüfung."

„Gibt es jemanden, der uns vielleicht zeigen möchte, was er bereits alles kann?", fragte Niewus, als er den letzten Fokus verteilt hatte. „Jemanden, der glaubt, dass er bereits so weit ist, den Fokus richtig zu benutzen."

„Nichts leichter als das", sagte der Junge, der Tom vorhin angegangen ist. „Das habe ich bereits zu Hause bei meinen Eltern gelernt, neben vielen anderen Zaubern, die ich bereits beherrsche", sagte er von sich überzeugt.

„Soso, dann zeig doch mal, was du denn da alles gelernt hast", sagte der Professor in beinahe dem gleichen überheblichen Tonfall, in dem der schlaksige Mann zuvor mit Tom gesprochen hat. „Liarick, wenn ich mich recht erinnere?"

„Genau, Herr Professor", antwortete dieser, dem wohl gar nicht aufgefallen zu sein scheint, dass der Professor auch ihn missbilligend ansah. „Liarick Den Varian. Ihr werdet gleich sehen, dass einige deutlich mehr Talent besitzen als andere. Dabei schaute er zu Tom herüber. Dann wandte er sich wieder dem Fokus zu. Kurz darauf verzerrte sich Liaricks Gesicht zu einer Grimasse aus purer Konzentration. Sein Kopf lief schon leicht rot an und Tom hatte das Gefühl, als müsse er jeden Moment explodieren. Bei dem Gedanken musste Tom leicht schmunzeln, doch letztlich schaffte Liarick nach einiger Zeit, dass der Kristall zur Hälfte schwach orange zu glimmen begann, während die andere Hälfte sich leicht grau färbte. Zufrieden grinste er und präsentierte stolz der gesamten Klasse sein Ergebnis.

Der Professor nahm ihm die Kugel wieder aus der Hand. „Zweifellos schlummert ein besonderes Talent in dir, wenn du tatsächlich zwei Kräfte in dir trägst, Liarick", sagte er, „doch die Energie, die du überfließen lassen kannst ist außerordentlich erbärmlich. Wie ich sehe, hattest du zu Hause keinen guten Lehrer oder aber, du warst zu faul oder zu dämlich, um diesen Zauber auch nur annähernd richtig zu lernen. Vielleicht wird aus dir dennoch einmal ein annehmbarer Magier, wenn du anfängst mehr zu üben und damit aufhörst, so von dir selbst eingenommen zu sein und fälschlicherweise davon überzeugt zu sein, dass du auch nur irgendeinen Zauberspruch bereits gemeistert hättest." Mit diesen Worten warf er Liarick die Kugel wieder zu, der sie vor lauter Verärgerung beinahe fallen gelassen hätte. Die vormals noch so stolze Mine Liaricks verzog sich zu einer wütenden Grimasse, jedoch erwiderte er nichts, sondern mahlte nur lautlos mit den Kieferknochen, als er sich wieder setzte.

„Hochmut", fuhr der Professor fort, „ist einer der häufigsten Gründe für einen zu schnellen Tod unter Magiern. Wer sich selbst überschätzt, der findet meist ein unrühmliches Ende, wie Farus Ignifax, Daron der Abenteurer, Thiras Redoras, ach, ich könnte noch unzählige weitere nennen, die eindrucksvoll gezeigt haben, wie ihnen ihr eigenes Ego zum Verhängnis wurde", dabei bohrte sich der finstere Blick des Professors in Liaricks Augen, der dabei noch wütender zu werden schien, als er ohnehin schon war. „Trotz allem könnt ihr euch etwas von ihm abschauen, schließlich kann er schon etwas, was die meisten von euch wohl nie zustande bringen werden", während er dies sagte, schritt er langsam durch den Raum. Tom legte nun seinen Fokus auf die Halterung auf seinem Schreibtisch und wartete auf weitere Instruktionen. Als diese erst einmal nicht folgten, beobachtete er die anderen. Einige schauten ebenso unschlüssig drein, wie er selbst, andere konzentrierten sich auf die Kugel vor sich und bei einigen hatte Tom wieder das Gefühl, als müsse ihnen gleich der Kopf platzen vor lauter Anstrengung. Allerdings hatte außer Liarick niemand Erfolg, auch wenn sich seine Kugel immer noch nicht intensiver färbte, als bei seinem ersten Mal, obwohl er es scheinbar verzweifelt versuchte. Es dauerte etwas, bis eine junge Frau es schließlich schaffte, dass ihr Kristall in einem blassen Gold aufglomm. „Aha, noch jemand, mit einer erbärmlichen Leistung", sagte der Professor spöttisch, als er sich das Ergebnis besah. „Aber im Gegensatz zum Rest hier, immerhin eine Leistung." Anscheinend hatte der Professor nicht nur eine Abneigung gegenüber Tom und seinen Sitznachbarn, sondern gegen alle seine Schüler.

Nachdem allem Anschein nach wohl keine weiteren Anweisungen mehr kommen würden, versuchte Tom nun ebenfalls, seine Kugel zum Leuchten zu bringen, auch wenn er nicht die geringste Ahnung hatte, wie er das anstellen sollte. Was er auch anstellte, es sollte ihm nicht gelingen. Er versuchte sich, zu konzentrieren, irgendetwas zu spüren, er fasste sie dabei an, schüttelte sie, redete sogar leise mit ihr, aber es passierte nicht das Geringste. Plötzlich stand der Professor vor ihm, als Tom mal wieder die Kugel frustriert schüttelte. „Das ist keine verdammte Wahrsagekugel von irgendeinem billigen Jahrmarkt, die du da in der Hand hältst", tadelte er Tom lautstark und nahm sie ihm aus der Hand. „Wenn du, obwohl du den Fokus berührst, schon keinen Erfolg hast, dann solltest du vielleicht besser gleich wieder verschwinden." Die meisten seiner Mitschüler lachten hämisch auf. „Und diejenigen, die bislang den gleichen Erfolg hatten, wie unser Asylsuchender hier, sollten es ihm vielleicht gleichtun, oder aber, sie fangen endlich damit an, sich auf ihre Aufgabe zu konzentrieren, anstatt sich daran zu ergötzen, dass andere genauso unbegabt sind wie sie selbst." Mit einem Mal verstummten alle wieder und begannen angestrengt auf ihre Kugel zu starren, wenn auch weiterhin ohne jeglichen Erfolg.

„Hast du eine Ahnung wie das gehen soll?", fragte Tom frustriert seinen stillen Nachbarn, nachdem er eine weitere viertel Stunde vergeblich versucht hatte, dass irgendetwas passiert.

„Leider nicht, nein", antwortete dieser, „ich hatte niemanden, der mir so etwas hätte beibringen können.

„Ich heiße übrigens Tom", sagte er an seinen Sitznachbarn gewandt.

„Ich bin Oleg", erwiderte dieser knapp. „Oleg Hanson."

„Wie kommt es, dass du auch hier in der letzten Reihe sitzen musst?", wollte Tom wissen. „Neben mir, dem wohl unbeliebtesten Menschen in ganz Elderan."

„Ich bin eben auch kein Adliger, wie die anderen hier", antwortete Oleg. Mein Vater ist ein fahrender Händler und hat damit ein Vermögen verdient, damit konnte er es sich leisten, mich hier ausbilden zu lassen. Ein reisender Magier hat mein Talent vor einiger Zeit entdeckt und gesagt, dass ich hierherkommen sollte, um ausgebildet zu werden. Das ich keiner von ihnen bin, lassen sie mich deutlich spüren, genauso wie dich. Wobei sie dich allem Anschein nach noch mehr hassen, als mich. Die halten sich hier alle für etwas Besseres, nur weil sie in eine adlige Familie geboren worden sind. Dabei hat von diesen Idioten hier mit Sicherheit noch niemand auch nur einen Finger krumm machen müssen, um in seinem Leben etwas zu erreichen."

„Vielleicht sollten wir uns zusammentun", meinte Tom, „wenn uns schon sonst keiner hier leiden kann und sie vermutlich versuchen werden, uns das Leben zur Hölle zu machen, könnten wir uns zumindest gegenseitig unterstützen. Vielleicht macht es all das hier zumindest etwas erträglicher."

„In meinem Unterricht wird nicht geredet", peitschte Niewus Stimme durch den Raum. „Jetzt konzentriert euch wieder auf den Fokus, oder ich lasse euch erst gar nicht zur Prüfung zu."

„Klingt gut", flüsterte Oleg zu Tom, „falls so etwas überhaupt möglich ist."

Niemand sonst hatte in den folgenden, schier unendlich langen zwei Stunden Erfolg gehabt, als der Unterricht endlich endete. Der Professor teilte ihnen allen noch eine dünne Mappe aus und bellte nur kurz angebunden, „bis morgen durchlesen", ehe er sie alle entließ. *Der Magiefokus, Handbuch zur Benutzung*, las Tom den Titel.

„Hätte es nicht geholfen, das schon zu Beginn der Stunde auszuteilen, anstatt uns zwei Stunden sinnlos vor diesem Ding hocken zu lassen", sagte Tom an Oleg gewandt.

„Wäre es vermutlich", antwortete Oleg, „aber dann hätte er uns weniger quälen können. Glaubst du eigentlich, dass der Professor alle Menschen hasst, oder nur uns Studenten?"

„Ich weiß nicht", erwiderte Tom, während er das Handbuch und den Fokus einsteckte. „Ich glaube er hat einfach nur Spaß daran, uns zu drangsalieren, dann mal bis morgen", verabschiedete sich Tom von Oleg und versuchte dann, so schnell wie möglich aus dem Klassenzimmer zu verschwinden, jedoch passte ihn Liarick mit seinen Lakaien im Rücken noch vor der Türe ab.

„Na, wie gefällt es dir hier?“, sagte er zu Tom. „Gewöhn dich nur nicht zu sehr daran, denn schon bald wirst du hier wieder rausfliegen, jemand wie du hat hier einfach nichts zu suchen. Ich bin mir sicher, dass mein Vater dafür sorgen wird, dass so jemand nie mehr auch nur einen Fuß in unsere Akademie setzen darf. Wenn es nach mir und meiner Familie ginge, dann würdest du hier bestenfalls die Klos sauber machen.“

„Na dann ist es ja gut, dass es nicht immer nach eurer Familie geht“, erwiderte daraufhin das Mädchen, dass vorher ihr Glas leicht zum Glimmen gebracht hatte. Liarick drehte sich zu ihr um.

„Wenn das mal nicht die geschätzte Viana von Haltenstein ist“, entgegnete er ihr sarkastisch. „Ich frage mich immer noch, wie eure Familie jemals an ihren Titel gekommen ist und wie es sein konnte, dass ihr einmal etwas zu sagen hattet. Gut, dass diese Zeiten jetzt endlich vorbei sind und der König erkannt hat, wer wirklich die Geschicke unseres Reiches lenken sollte. Dank der idiotischen Ratschläge deines Vaters steht das Königreich kurz vor dem Ruin. Zum Glück hat mein Vater jetzt hier das Sagen, dann kann es mit unserem Reich endlich wieder bergauf gehen.“

„Wäre es immer nur nach eurer Familie gegangen“, antwortete Viana trocken, „dann würden wir wohl immer noch alle in Felshöhlen leben, so veraltet sind eure Anschauungen und so viel Angst habt ihr vor Veränderungen und davor auch nur etwas von eurer gestohlenen Macht einzubüßen.“

„Du wagst es, so über meine Familie zu reden du mickriges Stück Dreck? Ich bin ein Den Varian“, erwiderte Liarick mit stolz geschwellter Brust. „Mein Vater ist Mitglied im hohen Rat.“

„Dann renn doch nach Hause zu deinem feinen Herrn Vater und heul dich an seinem Rockzipfel aus. Vielleicht will er dir ja helfen, immerhin ist er der Einzige in eurer Familie, der tatsächlich Macht besitzt. Du hingegen bist nichts weiter als ein verzogenes, eingebildetes Kind, dass von nichts eine Ahnung hat und davon träumt, selber einmal Macht zu besitzen, doch bis dahin machst du nichts, als nach deinem Vater zu rufen, wenn du mit etwas nicht fertig wirst“, schleuderte sie

Liarick ins Gesicht und marschierte dann mit erhobenem Haupt an allen vorbei zur Türe heraus.
Tom nutzte die Ablenkung, für die Viana gesorgt hatte, stahl sich an allen vorbei auf den Gang und lief, so schnell es ging, zum nächsten Klassenzimmer.

Es war die Zeit des langen Winters, als die mittlerweile meterdick gewordene Schneedecke mehrere Sommer hintereinander nicht mehr schmelzen wollte. Es war eine Zeit, in der die siebzehn Clans allesamt Hunger litten und sich deswegen bekämpften, um an die letzten Vorräte zu gelangen. Die Nacht war eisig und finster. Es tobte bereits seit einem ganzen Tag ein gewaltiger Sturm über dem Meer, auf das die Wächter am Leuchtturm blickten. Ein Sturm, so wild und furchtbar, dass selbst die ältesten und erfahrensten Nordmänner noch nie einen vergleichbaren erlebt hatten. Die Wächter waren sich sicher, dass Nuron, der Gott der See, wütend auf die Menschen war und nun versuchte sie alle mit diesem Sturm wegzuschwemmen, um das Land wieder rein zu waschen. Es war genau Mitternacht. Als die Wellen meterhoch gegen die schroffen Felswände an den Steilklippen der Hafeneinfahrt peitschten, sah einer der Männer vom Leuchtturm aus ein Licht auf hoher See leuchten. Zuerst hielten es die Männer für das leuchtende Auge von Verebros, der Weltenschlange, die allem Anschein nach gekommen war, um, zusammen mit Nuron, die Welt in Stücke zu reißen. Doch als das Licht kräftig hin und her schaukelnd immer näherkam, erkannten sie, dass es sich um die Laterne eines Langbootes handelte. Die Männer trauten ihren Augen nicht, denn niemand, nicht einmal der kühnste unter den Nordmännern würde sich freiwillig während solch eines Unwetters auf See begeben. Das Langboot hielt weiter genau auf die Küste zu und es bräuchte ein Wunder, wenn es nicht an den Klippen zerschellen sollte, welche die Einfahrt in den Hafen säumten. Die Wächter ließen das Horn erschallen, welches dem Dorf das herannahende Boot signalisieren sollte, doch im Tosen des Sturmes verklang der Hall des Horns, so dass niemand es hören konnte. Deswegen stiegen die Wachen selbst hinab zum Ufer und beobachteten von dort aus, wie das Schiff scheinbar hilflos von den meterhohen Wellen hin und her geschleudert wurde, doch trotz der Wellen, die mehr als einmal kurz davor schienen, das Langboot zu zerdrücken, kam es der Anlegestelle beharrlich näher. Die Männer sahen dem Schauspiel gebannt zu. Ein Schiff während dieses Sturmes durch die Klippen zu steuern, schien ihnen ein hoffnungsloses Unterfangen, dennoch hatte das Boot es irgendwie geschafft und war jetzt nur noch einige Meter vom Ufer entfernt. Die Wächter konnten trotzdem nichts weiter erkennen, als das hin und her schwankende Licht der Laterne, zu dicht war der Regenschleier, zu finster die Nacht. Sie zogen ängstlich ihre Waffen, denn sie fürchteten, dass die Diener der großen Schlange mit dem Boot zu ihnen geschickt worden sind, denn kein Sterblicher hätte diese Fahrt überleben können. In diesem Moment durchzuckte ein Blitz den Himmel und beleuchtete die Szenerie für den Augenblick eines Herzschlages, so dass die Wächter die Mannen erkennen konnten, die sich auf dem Boot befanden. Siebzehn an der Zahl waren es insgesamt, die tapfer und mit letzter Kraft um ihr Leben ruderten. Alle an den Riemen, außer einen Hünen von einem Mann, der das Steuer mit beiden Händen fest umklammert hielt. Die Wächter erkannten den Kapitän, der mit einem breiten Grinsen dem Festland entgegenblickte. Es war Olig Osleifson, der größte Seefahrer aller Zeiten, was er hier eindrucksvoll unter Beweis stellte. Im selben Moment dröhnte der Donner so laut, dass den Männern am Ufer beinahe das Trommelfell platzte. Ihnen wurde jedoch schnell klar, dass das Boot jeden Moment von den Wellen an die Felsen gepresst und in tausend Stücke gerissen werden würde, egal wie fest die Mannschaft rudern würde und auch, dass sie rein gar nichts dagegen unternehmen konnten. Dann, ganz plötzlich, ließ der Wind nach und die See beruhigte sich für einen kurzen Augenblick, so dass das Boot sicher am Kai anlegen konnte, wo die Mannen es schnell an Land hievten und etwas Landeinwärts vertauten. Gerade als sie das Boot richtig befestigt hatten, brach der Sturm erneut los, noch heftiger, als noch zuvor, wie wenn Nuron wütend darüber war, dass ihm seine Beute entkommen waren.

Olig Osleifson, der gefeierte Seefahrer, war tatsächlich nach über zwei Jahren von seiner Expedition zurückgekehrt, obwohl die meisten bereits davon ausgegangen waren, dass er auf seiner Fahrt umgekommen war. Als Olig sah, in welchem Zustand sich seine Heimat befand, entschied er sich, etwas zu unternehmen. Er rief sich selbst zum ersten Thane über alle Clans aus und versuchte so den Krieg zu beenden. Deswegen reiste er von Clan zu Clan, um seine Herrschaft zu festigen. Wenn jemand sich nicht seiner Herrschaft beugen wollte, dann bot er ihnen das Recht auf ein faires Duell ohne Waffen an, dem Sarting. Nicht wenige haben ihn herausgefordert, doch alle konnte er besiegen. Alle, bis auf einen. Leif Liriksson, Anführer des Ufgardclans, dem kriegerischsten aller Clans ganz im Norden. Die Beiden lieferten sich einen erbitterten Kampf, der einen ganzen Tag und eine ganze Nacht andauerte. Als schließlich keiner der beiden einen Sieg davontragen konnte, einigten sich die beiden Krieger auf ein Unentschieden und der Ufgardclan blieb unabhängig. Die restlichen sechzehn Clans vereinten sich hingegen unter der Führung von Olig. Noch im selben Frühjahr taute der Schnee und hinterließ das Land fruchtbarer, als es jemals zuvor gewesen war. So führte Olig Osleifson die Clans des Nordens in eine gemeinsame Zukunft voller Wohlstand und Wachstum. Darüber hinaus wurden sie in dieser Zeit zu den gefürchtetsten Seefahrern aller Meere. Noch heute erschaudern die Menschen, wenn sie eines der Langboote am Horizont erblicken, egal ob im Eismeer im hohen Norden oder in den entlegensten Winkeln der euklastischen See ganz im Süden.

Mit diesen Worten endete die Geschichte von Meister Gunalf, die dieser erzählt hatte, nachdem jemand wissen wollte, wie das Thanentum, denn seinen Ursprung gefunden hatte. Gunalf war der Lehrer für Nirthuk, der Sprache und der Kultur der Nordmänner, und darüber hinaus ein ausgesprochener Meister im Erzählen von Geschichten. Tom hatte während der Erzählung mehrmals den Atem angehalten, so gebannt war er gewesen.

Tom war zusätzlich zur Magiekunde noch in den Fächern Runenkunde, und eben Nirthuk eingeschrieben. Gut, dass dieses Fach direkt nach Magiekunde kam, es bildete einen angenehmen Kontrast zur eben dieser. Es schien hier niemand zu sein, der eine Abneigung gegen ihn hegte, zumindest zeigte diese niemand offen. Darüber hinaus war er schon immer recht gut darin gewesen, andere Sprachen zu lernen, was ihm schon einige Pluspunkte bei Meister Gunalf einbrachte, so dass er sich hier beinahe schon wohlfühlte.

Nachdem sie zu Beginn der Stunde eine typische Begrüßung im hohen Norden gelernt hatten, erklärte Gunalf ihnen dann die einzelnen Regionen des eisigen Kontinents, ehe er dazu überging der Klasse das Ständesystem näher zu erklären.

So lernte Tom unter anderem, dass der Thane, im Moment Olaf Halgurdson, heute nach wie vor über das südliche Gebiet herrscht, während der Ufgardclan weiterhin die nördlichen Gefilde jenseits der Frostbrücke beherrscht. Auch die sechzehn verschiedenen Clans gibt es noch heute, die jeweils einen eigenen Anführer, haben. Diese sind nur dem Thane selbst unterstellt, wobei einige der Clans, insbesondere die Thorwulfs und die Angleifs, einen Großteil der Macht besitzen. Was letztlich dazu führt, dass sie in der Regel bestimmen, was beim Halting, dem jährlichen Treffen der Anführer, alles besprochen und erlassen und somit zum Gesetz wird. Denn was auf dem Halting beschlossen wurde, gilt unter allen Nordmannen als heilig und darf unter keinen Umständen gebrochen werden. So werden dort unter anderem die Plünderfahrten möglichst gerecht aufgeteilt, sowie die Abgaben festgesetzt, die jeder Clan zu entrichten hat. Aber auch Besitzrechte werden neu verhandelt oder Streitigkeiten unter einzelnen Familien oder ganzen Clans geregelt. Oft auch immer noch mit Hilfe des Sarting, dem mittlerweile heiligen Zweikampf ohne Waffen. Damit wird entschieden auf welcher Seite Borwulf, der oberste Gott der Nordmänner, bei dem jeweiligen Streit steht. Der Sieger bekommt seinen Willen, während der Verlierer sein Gesicht bei solch einem ehrenhaften Kampf dennoch wahren kann. Darüber hinaus gibt es dann im Anschluss an das Halting noch ein einwöchentliches Gelage, dass, wie Gunalf aus eigener Erfahrung zu berichten weiß, mit allem aufwartet, was man sich nur im Entferntesten erträumen kann.

Runenkunde hingegen, die er am späten Nachmittag hatte, war sehr anstrengend und bei weitem nicht so spannend wie Nirthak, was zum einen am trockenen Stoff lag, vor allem aber am noch trockeneren Vortrag von Meister Nerin, der Runenkunde unterrichtete. Tom verstand den ersten Teil der Stunde erst einmal überhaupt nichts. Die Kunst des Runenlesens erforderte noch viel mehr Einarbeitung, als jede nur erdenkliche Sprache. Bis er überhaupt einmal die erste Rune fehlerfrei aussprechen konnte verging schon beinahe die komplette erste Stunde, wobei es den übrigen Studenten genauso erging. Der Meister war überaus penibel, was das anging und er ließ sie solange üben, bis sie es alle perfekt beherrschten. „Weicht ihr nur ein kleines bisschen ab, so können Runen plötzlich eine völlig andere Bedeutung haben. So kann aus Erde sehr schnell einmal eine Wurzel werden, was im besten Fall nur dazu führt, dass eure Übersetzung falsch ist, im schlimmsten Fall führt dies zu einer falschen Nutzung von Runenmagie. Und bei Runenmagie", so wiederholte er wohl jetzt schon zum zwanzigsten Mal, „bei Runenmagie kann jeder noch so kleine Fehler eine Katastrophe auslösen. Die Rune, die ihr heute lernt, erzeugt bei richtiger Anwendung einen sanften Windhauch", wie er ihnen daraufhin demonstrierte. Als er ihnen dann zeigte was bei einer falschen Aussprache passiert, brauste mit einem Mal eine heftige Böe durch das Zimmer, so dass alle losen Blätter wild durch den Raum gewirbelt wurden. Tom hatte dabei allerdings keinen wirklichen Unterschied bei der Aussprache der Rune heraushören können „Und das", zitierte Nerin beinahe schon mantraartig, „das passiert schon bei einer der harmlosesten Runen, die es überhaupt gibt. Stellt euch nur mal vor, was bei einer Explosionsrune oder Ähnlichen alles schief gehen kann. Also merkt euch eins", bläute er seinen Schülern wieder und wieder ein, „nutzt niemals unbedacht und unkonzentriert eine Rune!“

Als es danach an das Zeichnen ebendieser Rune ging, verzweifelte Tom endgültig. Auch beim zehnten Versuch zeigte ihm Meister Nerin noch fünf, für ihn, offensichtliche Fehler auf, so dass er schon bald resigniert aufgab. Am Ende der Stunde brummte Toms Schädel, sein Mund war vom vielen Silben üben ganz trocken und er war froh, endlich zurück zum Gasthaus gehen zu können.

Kapitel 15 – Lucy – Die Schwesternschaft

Lucy verabschiedete sich von Tom und Ben, mit denen sie zusammen zur Akademie gegangen war, und näherte sich nun dem Hospital der Schwesternschaft der Heiler, wo sie heute ihre Ausbildung beginnen sollte. Da es direkt am Eingang der Akademie errichtet worden war, war Lucy die Erste, die zu ihrem Unterricht abbog. Sie stand nun alleine an der Schwelle des niedrigen, langgezogenen Gebäudes und sah durch die offenstehenden Türflügel in die lange Haupthalle. An den Wänden standen dicht gedrängt dutzende leere Betten. Über jedem hing eine niedrige Lampe von der Decke, allerdings brannte davon im Moment keine einzige. Durch die vielen milchigen Fenster, schien die Morgensonne und erfüllte so den ganzen Raum mit angenehm orangefarbenem Licht. Am Ende des Ganges, der zwischen den beiden Bettreihen verlief, führten einige Stufen zu einem Podest, auf dem acht Schreibtische standen, die um einen großen, runden Tisch in deren Mitte angeordnet waren. Mit zittrigen Knien ging Lucy zwischen den Betten entlang in Richtung des Podests. An den Wänden gingen einige weitere Türen ab. *Was wohl dahinter ist,* fragte sie sich, als sie schließlich an den Stufen angekommen war. Langsam stieg Lucy die vier Stufen nach oben. Auf den Schreibtischen lagen unzählige Stapel aus Pergamenten und Büchern. An der Wand stand darüber hinaus ein gewaltiges Bücherregal, welches Lucy sofort in den Bann zog. Sie ging zu ihm hinüber und überflog die Titel. *Abeccos Welt der Heilung Bd. 5: Gifte erkennen und neutralisieren. Ringblumenextrakt: Herstellung und mögliche Einsatzgebiete. Louisas großes Lexikon der Krankheiten: von Aalvergiftung bis Ezyrie. Therrazinos Ratgeber für Wundversorgung* und noch unzählige Titel mehr waren dort zu lesen.

Lucy war gerade dabei, ihre Hand in Richtung eines der Bücher auszustrecken, als eine eindringliche Stimme vom Fuß der Treppen zu ihr herüberschallte. „Niemand, absolut niemand fasst diese Bücher ohne meine ausdrückliche Erlaubnis an.“ Lucy fuhr erschrocken herum. Eine alte Frau kam energisch zu ihr, mit dreizehn jungen Frauen im Schlepptau, herauf gestapft. Lucy erkannte die Frau sofort.

„Merva“, sagte sie erleichtert.

„Für dich immer noch Oberschwester Augustus“, entgegnete sie Lucy schroff.

„Wie es aussieht sollte ich dir erst einmal unsere Regeln näher erläutern, ehe es mit dem heutigen Unterricht losgehen kann. Vielleicht kann diese Wiederholung auch für einige andere noch einmal sehr lehrreich sein“, dabei drehte Merva sich zu den anderen um und eine kleine, junge Frau mit kurzen, braunen Haaren, lief unter ihrem strengen Blick knallrot an. „Wer von euch möchte die Regeln noch einmal für unsere neue Schwester aufsagen?“, fragte Merva. „Nelli, du vielleicht? Falls du nicht schon wieder alle Regeln vergessen hast“, richtete sich die Oberschwester an die bereits rot angelaufene Frau.

Die kleine Frau versteifte sich zusehends und lief noch einmal ein bisschen mehr an, ehe sie einmal schwer schluckte, um dann stotternd zu beginnen. „Sehr wohl, Frau Oberschwester. Die erste Regel“, Nelli räusperte sich und sprach dann leise weiter. „Die erste Regel lautet...“

„Lauter“ ermahnte sie die Oberschwester streng. „Die Neue möchte schließlich auch hören, was du zu sagen hast.“

Noch einmal räusperte Nelli sich. „Die erste Regel lautet: Die Genesung der Patienten hat immer oberste Priorität“, sagte sie dann, schon mit etwas festerer Stimme.

„Richtig“, kommentierte Merva, „weiter.“

„Die zweite Regel lautet: Dem Wort der Oberschwester ist immer Folge zu leisten“, fuhr Nelli fort. „Die dritte Regel lautet: Es wird niemals einem anderen Menschen in irgendeiner Form ein Leid angetan, sofern es nicht zu seiner oder der Genesung anderer beiträgt.“

„Das ist richtig“, sagte Merva, „die nächste lautet?“

„Niemand, der eine ernsthafte Verletzung oder eine schwere Krankheit hat, wird an unserer Türe abgewiesen“, sagte Nelli, mittlerweile deutlich selbstsicherer. „Die fünfte Regel lautet, dass eine Schwester sich niemals alleine an einer Behandlung versucht, für die sie noch nicht bereit ist.“

„Richtig, und wie lautet die letzte Regel gleich noch einmal, Schwester Nelli?“, fragte Merva mit Nachdruck.

Wieder schluckte die Frau schwer und es schien so, als ob ihre Gesichtsfarbe einen noch tieferen Rotton annahm, obwohl Lucy gewettet hätte, das dies unmöglich gewesen wäre. „Die letzte Regel lautet, niemandem ist der Zugang zu unseren Hallen zu gewähren, der keine Schwester ist, nicht zu behandeln ist oder in irgendeinem offiziellen Auftrag handelt.“

„Sehr richtig“, fügte Merva an. „Und was passiert, wenn jemand gegen diese Gebote verstößt?“

„Dann“, wisperte Nelli kleinlaut, „entscheidet die Oberschwester, also ihr, Oberschwester Augustus, wie die betreffende Schwester zu bestrafen ist. Im schlimmsten Fall wird diejenige, die gegen diese Regeln verstoßen hat, aus der Schwesternschaft ausgeschlossen.“

„Ganz genau.“ Die Oberschwester machte eine kurze Pause und mustere noch einmal alle Schwestern eindringlich. „Ich hoffe du kannst dir alle Regeln merken, sonst bist du schneller wieder hier draußen, als du dir vorstellen kannst“, sagte sie an Lucy gewandt. „Also gut, dann beginnen wir einmal mit der heutigen Stunde. Nelli, du kümmerst dich darum, dass unsere neue Schwester keine Schwierigkeiten hat, dem Unterricht zu folgen.“

„Ja, Oberschwester“, antwortete sie leise und beugte dabei leicht ihren Kopf.

Merva führte die Frauen nun zum großen Tisch in der Mitte des Podests auf dem insgesamt 7 Haufen mit unzähligen Blättern und Kräutern verteilt lagen. Daneben waren leere Papierbögen und jeweils eine Feder und ein Tintenfass gelegt worden.

„Ich möchte, dass ihr jedes einzelne Kraut, das auf eurem Tisch liegt, benennt. Dass ihr angebt, wo es gefunden werden kann, welche Wirkung das jeweilige Kraut hat und ihr mir mögliche Zubereitungsformen, sowie deren Wirkweise nennt. Ich möchte wissen, welches Kraut gegen welche Gebrechen helfen würde und in welchen Fällen diese niemals angewendet werden dürfen. Ihr habt dafür genau zwei Stunden Zeit.“ In diesem Moment drehte sie eine große Sanduhr um, die an der Wand befestigt war. Der Sand fing daraufhin beinahe unendlich langsam durch den schmalen Hals zu rieseln.

„Komm", schubste sie Nelli an, „wer am schlechtesten abschneidet muss die Halle sauber halten und ich möchte heute nicht schon wieder bis Mitternacht hier unten bleiben müssen." Nelli begann bereits den Haufen vor sich auszubreiten, als Lucy zu ihr trat „Ich bin Lucy, freut mich und Danke, dass du mir hilfst."

„Hallo, ich bin Nelli, wie du wohl schon mitbekommen hast", erwiderte sie und lächelte Lucy freundlich an, wobei ihr Kopf allmählich wieder eine gesündere Farbe annahm.

„Dürfen wir denn keines der Bücher zur Hilfe nehmen?", stöhnte Lucy, als sie den Berg von Kräutern vor sich sah, von denen sie viele zum allerersten Mal sah.

„Nein, die Oberschwester sagt, dass wir mehr lernen, wenn wir nicht jedes Mal nachschlagen", entgegnete ihr Nelli. „Alles, was wir ohne Bücher wissen, bleibt länger in unserem Gedächtnis und je besser unser Gedächtnis ist, desto schneller und besser können wir den Patienten helfen, aber keine Angst, wir bekommen das schon hin. Ich kenne mich mit Kräutern ganz gut aus."

Wie Lucy schnell feststellte, kannte sich Nelli nicht nur ganz gut mit Kräutern aus, sondern besaß ein beeindruckendes Wissen über Kräuter und deren Wirkungsweisen. Auch erklärte sie ihr immer wieder geduldig, was es mit all den unterschiedlichen Tränken und deren Wirkungen auf sich hatte. Sie wäre mit Sicherheit deutlich schneller gewesen, wenn sie alles alleine gemacht hätte, dennoch erklärte sie Lucy leidenschaftlich alles, was sie wusste, ehe sie es fein säuberlich notierte.

Am Ende waren die Beiden, wenig überraschend, die Langsamsten gewesen und wurden dazu verdonnert, die Halle in Ordnung zu bringen.

„Es tut mir leid, dass du wegen mir hier sauber machen musst", sagte Lucy zu Nelli.

„Ach, schon in Ordnung", lächelte Nelli sie freundlich an. „Das wäre vermutlich sowieso Teil meiner Bestrafung von der Oberschwester gewesen. So konnte ich dabei wenigstens selber noch etwas lernen und dir wohl noch eine ganze Menge beibringen. Anscheinend hast du vorher wohl noch nicht allzu viel Erfahrung mit Kräutern gesammelt."

„Nein, das habe ich wirklich nicht", gab Lucy zu. „Ich habe mich, bevor... nun ja, bevor ich hier hergekommen bin, kaum mit so etwas beschäftigt und ich glaube auch, dass es viele dieser Kräuter bei uns gar nicht gibt."

„Interessant", entgegnete Nelli aufgeregt. „Es stimmt also, was manche behaupten, dass es bei euch eine andere Vegetation gibt. Du musst mir unbedingt mehr darüber erzählen."

„Nun gut", antwortete Lucy, „wenn dich das interessiert, allerdings weiß ich wirklich nicht allzu viel darüber."

„Erzähl mir einfach alles, was du weißt", ermutigte Nelli sie enthusiastisch.

Bald darauf begann Lucy ihre rudimentären Biologiekenntnisse mit Nelli zu teilen. Bei allem, was ihr unbekannt war, fingen Nellis Augen an zu leuchten und sie bohrte so lange nach, bis sie auch das letzte bisschen Information aus Lucy herausgeholt hatte.

„Was hast du eigentlich angestellt, wenn ich fragen darf?" wollte Lucy wissen, als sie geendet hatte. Die Zwei waren gerade dabei, die große Halle auszufegen. Auch beim Sauberhalten der Halle, erwies sich Nelli als ruhige und gewissenhafte Lehrerin. Sie zeigte Lucy jeden Schritt, der zu tun war, worauf dabei besonders zu achten war und worauf die Oberschwester besonderen Wert legte.

„Naja, wir Schwestern leben alle während unserer Ausbildung hier im Hospital. Da die meisten von uns, im Gegensatz zu den anderen Studenten an der Akademie, nicht aus adeligen oder reichen Familien stammen, sondern aus vielen Bewerbern von der Oberschwester höchstpersönlich ausgewählt wurden, ist dies so. Viele von uns müssten sonst zu weit laufen und in den Wohnheimen der anderen Studenten wären wir nicht gerne gesehen, deswegen ist es wohl auch gut so, dass wir alle gemeinsam hier leben.", begann Nelli. „Das war wohl schon immer so. Du musst die erste Ausnahme seit ewigen Zeiten sein. Wobei ich nicht mal weiß, ob sowas überhaupt schon einmal vorgekommen ist. Jedenfalls leben wir nicht nur hier, sondern es ist uns auch nicht gestattet, die Hallen unter der Woche zu verlassen. Die Oberschwester sagt, dass das gut für unsere Ausbildung sei, dass wir so mehr Zeit für unser Studium aufwenden würden, anstatt unsere kostbare Zeit mit sinnlosen Blödeleien zu vergeuden. Das wäre auch gar nicht so schlimm, ich mag es hier wirklich und die anderen Schwestern sind alle nett, allerdings gibt es da diesen Jungen. Fin heißt er. Er ist der Sohn eines Gerbers und so süß. Er steht irgendwie auf mich, doch leider können wir uns eben immer nur am Wochenende sehen. Ich fand das auf die Dauer zu wenig, darum habe ich ihn gestern durch einen der Hintereingänge hineingeschmuggelt. Zumindest habe ich es versucht, denn die Oberschwester hat uns erwischt, ehe er die Hallen überhaupt richtig betreten konnte und wir, nun ja, du weißt schon. Auf jeden Fall habe ich die Oberschwester noch nie so wütend erlebt und dabei ist die Oberschwester eigentlich nie besonders gut aufgelegt. Ich fürchte, sie wird diesen Vorfall so schnell nicht vergessen", endete Nelli niedergeschlagen.

„Was ist dann passiert?", wollte Lucy wissen.

„Die Oberschwester hat alle anderen geweckt und mich dann über eine Stunde lang vor ihnen angeschrien", antwortete Nelli. „Anschließend hat sie mir so viel Arbeit aufgebrummt, dass ich befürchte, dass ich die nächsten Wochenenden nicht einmal mehr Zeit haben werde, um Fin zu treffen, irgendwie ironisch."

„Dieser Fin muss ja etwas Besonderes sein", hakte Lucy nach. „Erzähl mir von ihm. ich will alles über ihn wissen."

Nellis Augen fingen an zu leuchten, als sie begann von ihm zu erzählen. Schon bald hatte Lucy das Gefühl, dass sie mehr über Fin wusste, als jeder andere in der Stadt. „Und wie ist es mit dir, gibt es in deinem Leben auch irgendjemanden?", wollte Nelli wissen, als sie geendet hatte. Lucy war auf diese Frage nicht vorbereitet gewesen. Sofort stiegen Tränen in ihr hoch, als sie an Chris denken musste. „Oh nein, das wollte ich nicht", stotterte Nelli. „Ich bin so blöd, ich habe vergessen. Ach, ist ja auch egal, du musst mir nichts erzählen."

„Schon gut", antwortete Lucy, als sie sich wieder etwas gefangen hatte. „Ich würde dir gerne von ihm erzählen", sagte sie schließlich. Seit diesem Tag hatte sie niemandem davon erzählt, wie sie sich fühlte, doch jetzt brach alles aus ihr heraus. Sie erzählte Nelli alles über Chris und über das, was geschehen war. Selbst als die Beiden längst mit ihren Aufgaben fertig waren, blieben sie noch eine ganze Weile und redeten miteinander. Es war bereits mitten in der Nacht, als sie sich herzlich verabschiedet hatten. Lucy fühlte sich von einer Last befreit, doch zugleich war sie hundemüde und freute sich auf ihr Bett. Zum Glück lag das Gasthaus nur einen Steinwurf weit entfernt von der Akademie.

Kapitel 16 – Ben - Tee

Ben wartete wie vereinbart zum siebten Glockenschlag vor dem Gasthaus auf Fahir. Er bestaunte gerade eine übergroße Sänfte, die von acht muskelbepackten, dunkelhäutigen Männern die Straße entlang getragen wurde. Sie war mit reich bestickten, rotgolden leuchtenden Tüchern verhüllt, so dass Ben nicht erkennen konnte, wer darinsaß. *Das müssen verdammt wohlhabende Leute sein,* dachte Ben sichtlich beeindruckt. Er hatte schon des Öfteren Sänften in den Straßen gesehen, aber keine davon war auch nur annähernd so groß und prächtig wie diese gewesen. Umso verwirrter war Ben, als sie direkt vor ihm abgesetzt und der Vorhang zur Seite gezogen wurde. Er blickte nun direkt in Fahirs freudestrahlendes Gesicht, das ihm aus dem Inneren der Sänfte breit entgegengrinste.

„Hallo Ben, schön dich zu sehen", sagte Fahir offensichtlich vergnügt, als er in Bens verwirrtes Gesicht blickte. „Steig ein, dann bringen uns meine loyalen Männer direkt zu unserer Botschaft".

„Fahir?", sagte Ben verdutzt. *Ihm gehört diese Sänfte und hat er gerade wirklich Botschaft gesagt? Wer ist er eigentlich?* Ben wurde mit einem Mal bewusst, dass er eigentlich überhaupt nichts über Fahir wusste und so stand er noch eine Zeit verblüfft und staunend da, bis Fahirs „Na komm schon, oder willst du lieber nebenherlaufen? Das würde sich für einen Gast unserer Familie aber nicht gehören", ihn endlich dazu brachte, einzusteigen. Ben setzte sich kommentarlos auf die weich ausgepolsterte Bank gegenüber von Fahir, der den Vorhang wieder zufallen ließ.

„Wie ich deinem Gesicht entnehmen kann, scheinst du ein paar Fragen zu haben", sagte Fahir gut gelaunt zu Ben. „Zuerst einmal erlaube mir, mich mit meinem vollen Namen vorzustellen. Ich bin Fahir al Sama al Fachtir, siebter Sohn von Hared al Sama al Fachtir, dem derzeitigen Herrscher meines Heimatlandes Nerubia. Darüber hinaus bin ich der jüngere Bruder von Ahmad al Sama al Fachtir, dem derzeitigen

Botschafter unseres Landes hier im Königreich", während Fahir sprach, wurde die Sänfte wieder nach oben gehievt und sanft in Bewegung gesetzt, so dass Ben im Innern kaum wahrnahm, dass sie sich überhaupt fortbewegten. „Ich für meinen Teil ziehe ja das Laufen dem getragen werden in einer Sänfte vor, aber mein Bruder sagt immer, es gehöre sich für unsere Familie nicht, seine Gäste zu Fuß abzuholen und ich würde ein schlechtes Licht auf uns werfen, sollte ich es dennoch tun. Außerdem hätte ich mich sonst auch nicht an deinem wundervollen Gesichtsausdruck erfreuen können", lachte er.

„Ihr habt gar nicht erwähnt, dass Ihr so reich und einflussreich seid", entgegnete Ben sichtlich eingeschüchtert.

„Ich hielt es einfach nicht für wichtig", antwortete Fahir. „Wir sind Waffenbrüder, da zählt es nicht, woher wir stammen, oder wer wir zu sein scheinen. Auf dem Schlachtfeld bluten alle Menschen gleich, egal, ob sie Könige oder Bettler sind, deswegen bin ich für dich Fahir, nicht mehr und nicht weniger. Du musst mich also auch nicht siezen, immerhin kämpfen wir Seite an Seite."

„Wie kommt es, dass jemand wie ihr... äh, wie du, ausgerechnet mich zu sich nach Hause einlädt?", wollte Ben wissen, der sich jetzt äußerst unwohl fühlte. „Ich bin mir sicher, dass sehr viele, um einiges wichtigere Personen nur darauf warten, mit dir eine Tasse Tee trinken zu dürfen."

„Da hast du durchaus recht", erwiderte Fahir, „jedoch sind davon eigentlich alle ausschließlich darauf aus, dass ich etwas von meinem Bruder für sie erbitte, dabei versuchen diese, mir dann noch so tief in den Arsch zu kriechen, dass sie meine Zähne ablecken könnten, deswegen versuche ich, wenn irgend möglich, solche Gesellschaft zu meiden. Auf so etwas kann ich dann doch getrost verzichten, da verbringe ich meine Zeit doch lieber mit Menschen, die ich gerne habe und die mir interessante Gespräche versprechen."

„Wirft es nicht ein schlechtes Licht auf dich und deine Familie, wenn du zusammen mit mir gesehen wirst? Ich bin mir sicher, du weißt, wer ich bin und was die gesamte Stadt von mir denkt", fragte Ben in fast schon sarkastischem Tonfall.

„Die Meisten werden das mit Sicherheit nicht gutheißen", antwortete Fahir gelassen, „aber niemand würde so etwas hier öffentlich zugeben, dafür ist unsere Familie einfach zu wichtig, immerhin kümmern wir uns unter anderem beinahe um den gesamten Handel, der zwischen unseren Ländern stattfindet. Außerdem gehen mir die Meinungen von anderen, gelinde gesagt, am Arsch vorbei. Ich mache mir gerne mein eigenes Bild über die Menschen. Außerdem tut es gut, hier mal ein frisches, ehrliches Gesicht zu sehen, noch dazu eines, dass nicht von Ehrgeiz zerfressen, absolut unterwürfig oder einfach nur feindselig ist. Was unseren guten Ruf angeht", fuhr Fahir fort, wobei er hier kurz innehielt, ehe er weitersprach, „scheint dieser einigen in unserer Familie um einiges wichtiger zu sein, als anderen." Dabei lachte er laut auf. „Aber jetzt genug von mir, ich will dich nicht mit endlosen Geschichten über flehende Bittsteller oder öde Ränkespiele an unserem Hof langweilen. Erzähl mir deine Geschichte, wenn auch nur ein Teil der Gerüchte stimmen, die über euch im Umlauf sind, dann klingt diese in meinen Ohren so unendlich viel spannender als die eines hochgeborenen Sprösslings des Sultans, der in seinem Leben noch nie außerhalb von Palastmauern die Möglichkeit hatte, sich ohne Wachen fortzubewegen. Geschweige denn, einmal wirklich aufregende Abenteuer zu erleben. Ich würde zu gerne wissen, wie du tatsächlich hier gelandet bist."

Nach kurzer Überlegung, wie er denn beginnen sollte, fing Ben an Fahir von dem Angriff zu erzählen. Von dem Moment an, als die ersten der Kreaturen ihn ansprangen, bis hin zu ihrer Rettung durch das Portal und ihrer Ankunft hier. So verging die Zeit, bis sie an Fahirs Palast ankamen, wie im Fluge. Ben war gerade dabei zu berichten, wie er am Tag danach in Elderan aufgewacht war, als die Sänfte abgesetzt wurde und Fahir ihn unterbrach.

„Ah, wir sind da", sagte Fahir, als er den Vorhang zur Seite schob. Nachdem Ben den Palast betrachtete, der sich vor ihnen erstreckte, verschlug es ihm abermals die Sprache. Der Palast, vor dem sie angehalten hatten, war gigantisch und wunderschön. Mit seinem orientalischen Stil schien er so gar nicht in diese sonst oftmals klobige

Stadt hinein passen zu wollen. Im Abendlicht schimmerte die Steinfassade rotgolden. Die Fenster waren mit unzähligen Motiven bunt verziert und glitzerten in allen nur erdenklichen Farben. Ein Dutzend Wachen standen vor dem Eingangstor Spalier, jeder mit einer mächtigen Hellebarde bewaffnet.

Ein älterer Mann verbeugte sich tief und begrüßte sie. „Willkommen zurück, Meister", erklang seine ölige Stimme. „Wie kann ich euch dienen?"

„Seid gegrüßt, Sillah", erwiderte Fahir. „Wir werden uns in meine Privatgemächer zurückziehen."

„Sehr wohl, Meister", gab Sillah daraufhin zurück und ging voran. Ben und Fahir folgten Sillah durch den riesigen Palast. Nach der pompösen Eingangshalle gingen sie etliche Gänge entlang. Der Palast schien von innen noch größer zu sein, als er von außen gewirkt hatte. Ben war sich nicht einmal mehr sicher, ob er den Ausgang alleine überhaupt wiederfinden würde. Vor Fahirs Privatgemächern waren zwei Wachen postiert, die ihnen umgehend die Türe öffneten.

„Sillah, bring uns bitte etwas Tee", sagte Fahir zu seinem Diener.

„Sehr wohl, mein Meister", antwortete dieser, verneigte sich tief und machte sich sogleich auf den Weg.

„Nimm doch bitte Platz", bot Fahir Ben an, als er sich selbst auf einem Stapel Kissen in der Mitte des Raumes niederließ. „Wir bevorzugen eher gemütliche Kissen, nicht diese harten Stühle oder Bänke, die hier überall verwendet werden."

Ben setzte sich schwerfällig dazu. „Was mache ich eigentlich hier?", fragte Ben halblaut, während er die unzähligen Portraits inspizierte, die an den Wänden hingen.

„Naja, ich befriedige so meine unaufhörliche Neugierde", antwortete Fahir, „verbringe die Zeit mit einem äußerst interessanten Menschen und darüber hinaus kann ich so meinem großen Bruder noch ein wenig auf die Nerven gehen."

„Versteht ihr euch denn nicht gut?", wollte Ben wissen.

„Nicht besonders, leider", entgegnete Fahir etwas bedrückt. „Die meisten unserer Familie werden sehr stark vom Ehrgeiz getrieben. Mein

Bruder allerdings, er wird beinahe von ihm aufgefressen, ich kenne niemanden, der auch nur annähernd so ehrgeizig ist, wie er. Darüber hinaus ist mein Bruder sich bewusst, dass er niemals den Titel unseres Vaters tragen wird, da er nicht der erstgeborene Sohn ist. Dieses Schicksal hat ihn mit der Zeit immer verbitterter werden lassen. Als Ausgleich versucht er jetzt, so viel Macht anzuhäufen, wie es ihm auch nur irgendwie möglich ist. Deswegen ist er letztlich auch Botschafter hier geworden, um seine Gier nach Macht und Ansehen irgendwie zu stillen, nicht um die Beziehungen zwischen unseren Völkern zu pflegen und zu verbessern, wie es eigentlich seine Aufgabe wäre. Doch obwohl er weiß, dass er nie den Titel unseres Vaters tragen wird, ist ihm nach wie vor nichts wichtiger, als ihm und unserer Familie alle Ehre zu machen. Ehre bedeutet in unserem Land beinahe alles. Ich hingegen bin kein großer Freund von vielen unserer Traditionen, da sie für mich einfach veraltet sind und meiner Meinung nach überholt oder gar ganz abgeschafft werden sollten. Das ändert allerdings nichts daran, dass ein Bruch meinerseits mit diesen alten Traditionen die Ehre unseres Hauses beschmutzen würden. Da ich bereits des Öfteren unsere alten Gebräuche, sagen wir einmal, etwas eigenwillig interpretiert habe, bin ich, nicht nur in den Augen meines Bruders, eine Schande für unsere Familie. Aber da ich eben zur Familie gehöre, mussten sie dennoch einen geeigneten Platz für mich finden. Deswegen bin ich letztlich hier gelandet, weit weg von meiner geliebten Heimat, weil ich hier angeblich weniger Schande über unsere Familie bringen kann."

„Das klingt schrecklich", entgegnete Ben.

„Naja, wie man es sieht", antwortet Fahir. „Ich bin ein überaus wohlhabender Mann, mit gewaltigem Einfluss, auch wenn ich diesen eigentlich gar nicht angestrebt habe und versuche, ihn so selten wie möglich in Anspruch zu nehmen. Ich lebe ein überaus gutes Leben hier, obwohl ich aus meiner Heimat vertrieben wurde und meine Familie mich nicht wirklich als einen Teil von sich betrachtet. Ich lebe ein besseres Leben, als die allermeisten Menschen hier es sich auch nur erträumen können. Allzu schrecklich klingt das in meinen Augen nicht", endete er.

„Ah, danke Sillah“, wandte sich Fahir an seinen Diener, als dieser den Tee auf dem niedrigen Tisch vor ihnen abgestellt hatte. „Ich hoffe, der Tee schmeckt dir, er wurde aus den erlesensten Kräutern meiner Heimat gebraut. Ich für meinen Teil liebe den Geschmack, er erinnert mich immer an mein geliebtes Zuhause.“ Nachdem Fahir die Tasse an seine Lippen geführt hatte, war es, als würde sein Blick für kurze Zeit in weite Ferne schweifen.

Ben probierte seinerseits einen Schluck. „Er schmeckt wirklich gut“, antwortete Ben. „Du wolltest also eigentlich nie hier sein?“, wollte er nun von Fahir wissen.

„Ich liebe meine Heimat und hätte sie niemals freiwillig verlassen“, antwortete Fahir schwermütig. „Aber mir blieb nun einmal nichts anderes übrig, als dem Wort meines Vaters zu gehorchen. Die Alternative wäre weitaus weniger angenehm gewesen, als ein Leben hier in diesem Palast zu verbringen. Nun aber wirklich genug von mir. Mich interessiert deine ganze Geschichte. Wie war dein Leben, bevor“, sagte Fahir, „naja, bevor du hier gelandet bist. Wie war eure Welt so?“

Ben überlegte eine Weile, bevor er anfing zu erzählen. Er berichtete ihm von seinem früheren Leben, von seinen Hobbies, von seinen Freunden, von seiner Familie. Er sprach einfach darauf los, wobei sich Fahir als äußerst guter Zuhörer entpuppte. Er hörte begeistert zu, fragte interessiert nach, wenn er etwas nicht verstand oder einfach mehr darüber wissen wollte. Insbesondere Bens Boxkämpfe schienen sein Interesse geweckt zu haben. Ebenso ließ er Themen ruhen, bei denen er merkte, dass Ben sich unwohl fühlte. So kam es, dass sich Ben Fahir immer mehr öffnete. Er erzählte weiter, von den technischen Errungenschaften und der Geschichte der Erde, von seinen Freunden, die er verloren hatte, von Tom und Lucy, die ihm als einzige noch geblieben waren, bis er schließlich bei seinem neuen Leben hier und Arens Prophezeiungen angekommen war. „Ehrlich gesagt weiß ich nicht, warum ich das alles hier überhaupt mitmache“, antwortete Ben, als Fahir ihn fragte, was denn der Grund dafür gewesen war, dass er letztlich doch zugesagt hatte, bei den diamantenen Schwertern zu lernen, anstatt einfach von hier weg zu gehen. „Das alles hier ergibt für mich nach wie vor keinen Sinn und ich... ich fühle mich einfach fehl am Platz. Nicht nur bei der Ausbildung, sondern überall hier. Mein komplettes altes Leben wurde einfach so ausgelöscht und das Leben hier, es... es ist so... Ich kenne niemanden, niemand will etwas mit mir zu tun haben, sobald sie herausgefunden haben, wer ich bin. Alles hier ist fremd, alles hier ist so schmutzig, so anders, so anstrengend, so... Ich fühle mich mittlerweile einfach nur noch müde und leer. Manchmal frage ich mich, ob es nicht vielleicht besser gewesen wäre, wenn man mich nicht gerettet hätte. Wenn ich einfach zusammen mit meiner Familie gestorben wäre."

„Ein verständliches Gefühl", gab Fahir freundlich zurück, als Ben resignierend geendet hatte. „Und doch bist du jetzt hier. Die Frage ist nur, wie du dieses neue Leben jetzt angehen willst. Du hast jetzt selbst die Wahl. Siehst du dein Leben hier als eine Bürde an, dem die Vergangenheit schwer anhaftet, oder als dir geschenkte Chance, deine Vorfahren zu ehren, die du so sehr vermisst. Ich persönlich habe ja meine eigene Auffassung von Ehre, wie du schon mitbekommen hast. Für mich gibt es nichts, womit man das Andenken an seine Familie mehr ehrt, als damit, ein möglichst gutes Leben zu führen und sein eigenes Glück zu suchen. Ich weiß, dass du es im Moment vielleicht noch nicht so sehen kannst oder willst. Die Frage ist nun, willst du zumindest versuchen, danach zu streben oder willst du lieber weiter in Selbstmitleid versinken. Du alleine musst dich früher oder später entscheiden, welchen Weg du einschlagen willst, wie dein Leben hier letztlich aussehen soll und was du letztlich aus alldem machst, was deine Vorfahren dir mitgegeben haben."

„Wie gut ist es eigentlich um deine Schwertkampfkünste bestellt?", wollte Fahir plötzlich von Ben wissen.

„Nicht gut", antwortete Ben zögerlich, während er immer noch über Fahirs Worte nachdachte. „Ich übe erst seit knapp einer Woche alleine mit einem Holzschwert. Wie gut kann ich da schon geworden sein?"

„Hm... was hältst du von einem Handel?", fragte Fahir ihn. „Ich lehre dich im Umgang mit dem Schwert und du weihst mich dafür in die Kunst des, wie nanntest du es gleich nochmal, des Boxens ein. Darüber hinaus will ich dir zeigen, dass es auch hier Menschen gibt, die deine Gesellschaft durchaus zu schätzen wissen."

„Das hört sich für mich fair an", entgegnete Ben

„Dann ist es abgemacht", sprach Fahir feierlich und hielt Ben die Hand entgegen, woraufhin er einschlug. „Was hältst denn du von einer kleinen Übung, gleich jetzt?", fragte Fahir und ohne eine Antwort abzuwarten, stand er auf, ging zur Türe und fragte die verdutzt dreinschauenden Wachen nach ihren Schwertern. Sie gaben sie ihm nur äußerst widerwillig und musterten Ben dabei streng. „Egal was ihr auch hört, ihr bleibt draußen, verstanden." Ihr Blick wurde noch ernster, aber die Wachen nickten knapp und Fahir schloss die Türe wieder hinter sich. „Hier, nimm das", sagte er und reichte Ben eines der Schwerter. „Ein ganz gutes Schwert zum Üben, immerhin für unsere Leibgarde gemacht."

Die Zwei übten bis spät in die Nacht hinein, wobei Fahir sich als ein äußerst talentierter Schwertkämpfer herausstellte, soweit Ben das überhaupt beurteilen konnte. Gleichzeitig war er ein sehr guter und geduldiger Lehrer, wobei er immer wieder betonte, wie schnell Ben lerne. Am Ende der Übung hatte Ben die Grundhaltung einigermaßen verinnerlicht und zwei einfache Hiebe im Ansatz richtig ausgeführt sowie, zumindest theoretisch, gelernt, worauf es beim Abblocken eines Schlages ankommt. An der Ausführung haperte es allerdings noch. Ben war am Ende völlig fertig. So ein Schwert zu führen ist anstrengender, als er es sich vorgestellt hatte. An seiner Schwerthand schmerzten Muskeln, von denen nicht einmal er wusste, dass diese überhaupt existierten.

„Danke", sagte er zu Fahir, als er sich seinen Arm rieb. „Ich glaube ich hätte noch ein Jahr alleine trainieren können und hätte dabei nicht annähernd so viel gelernt, wie heute von dir."

Fahir reichte ihm ein Handtuch. „Du besitzt ein außerordentliches Geschick, für deine Kraft und Größe. Mit Training und genügend Geduld, könntest du einmal ein äußerst fähiger Schwertkämpfer werden. Ich freue mich schon darauf, wenn du mir nächstes Mal etwas von deiner Boxkunst beibringst, doch nun wird es Zeit, dass wir uns verabschieden. Morgen wird mit Sicherheit wieder ein anstrengender Tag und wir beide sollten uns noch etwas Ruhe gönnen. Außerdem befürchte ich, dass ich meinen Verpflichtungen heute nicht gänzlich entkommen kann. Ich werde die Sänftenträger anweisen, dich zurück zu deiner Unterkunft zu bringen, aber vorher habe ich noch ein kleines Geschenk für dich. Fahir verschwand kurz hinter einer kleinen dunklen Holztruhe, in der er etwas zu suchen schien. Als er wieder zurückkam, hielt er ein reich verziertes, gekrümmtes Langschwert in der Hand. „Das hier ist Rislirsdorn", sprach Fahir beinahe ehrfürchtig, als er es Ben überreichte, „das Schwert meines verstorbenen, besten Freundes Serikan. Er bat mich es aufzubewahren, um es einmal an einen würdigen Träger weiterzugeben." Das Schwert steckte in einer goldenen Scheide, die mit allerlei Edelsteinen geziert war. „Zieh es einmal heraus", forderte Fahir Ben auf, als dieser zögerte es an sich zu nehmen. Er sah Fahir in die Augen, der wieder sein verschmitztes Lächeln aufgelegt hatte. Er zögerte noch einen Moment, ehe er seine Hände an den Schwertgriff legte und es aus der Scheide zog. Es glitt völlig lautlos heraus. Ben stellte erstaunt fest, dass es wesentlich leichter war, als das Schwert mit dem er vorhin geübt hatte, obwohl es mindestens die gleiche Größe hatte. Er schwang das Schwert zweimal vorsichtig hin und her. Die Klinge pfiff durch die Luft, als wolle sie selbst diese zerteilen. Ehrfürchtig betrachtete Ben das Schwert.

„Es ist eines von nur noch sehr wenigen seiner Art, geschmiedet aus feinstem Arasitstahl von einem Großmeister unserer Heimat aus längst vergessenen Tagen. Ich bin mir sicher, dass es bei dir in guten Händen ist und du diesem Schwert alle Ehre machen wirst. Ich habe nur eine Bitte an dich." Bei diesen Worten sah er Ben tief und eindringlich in die Augen. „Du wirst dieses Schwert nur ziehen, wenn es wirklich notwendig ist und du wirst es niemals gegen Unschuldige einsetzen. Schwöre es mir!"

„Ich... Ich schwöre es", stotterte Ben.

„Sehr schön", erwiderte Fahir. „Das Schwert ist bei dir wahrlich in guten Händen, das spüre ich. Sollte ich aber erfahren, dass ich mich in dir getäuscht haben und du gegen diesen Schwur verstoßen, dann werde ich es erfahren und es wieder zurückfordern. Dann würdest du dir wirklich wünschen, dass du bei dem Angriff ums Leben gekommen wärst, das versichere ich dir. Sollte ich allerdings Rislirsdorn nicht mehr von dir zurückverlangen, so ist es deine Aufgabe, einen neuen, würdigen Träger zu finden, falls du es selbst eines Tages nicht mehr benötigen solltest. Wenn dir das nicht mehr möglich sein sollte, so wirst du jemanden, dem du völlig vertrauen kannst, bestimmen, der für dich nach einem würdigen Nachfolger sucht."

Ben konnte nichts weiter als zu nicken. „Wieso gibt's du mir das, wieso trägst du es nicht? Du bist weitaus fähiger, als ich es je sein werde. Wie... Wie kannst du dir so sicher sein, dass ich tatsächlich würdig bin und nicht einfach dein Schwert an den nächstbesten Händler verscherble?", fragte Ben immer noch andächtig das Schwert betrachtend. „Wir kennen uns doch erst seit vorgestern."

„Erstens wirst du hier kaum einen Händler finden, der genug Geld besitzt, um dir für dieses Schwert einen angemessenen Preis zu bezahlen. Und die, die genug Geld besitzen, werden zu viel Angst davor haben, ein solches Schwert von einem Wildfremden zu erstehen", antwortete Fahir. Zweitens habe ich von meiner Mutter, Ahier hab sie selig, gelernt meinen Instinkten zu vertrauen. Ich habe mich bis jetzt noch nie in jemandem geirrt und ich war mir noch nie so sicher, dass dieses Schwert an deine Seite gehört und dir wertvolle Dienste leisten wird." Fahir half Ben dabei, den Schwertgurt anzulegen. „Ich selbst war nie dazu bestimmt, dieses Schwert zu führen. Meine Aufgabe war es lediglich, einen geeigneten Träger zu finden, womit ich heute meine Pflicht erfüllt habe."

„Ich weiß nicht, was ich sagen soll", sagte Ben

„Du musst gar nichts sagen“, gab Fahir zurück. „Das Einzige, was du tun musst, ist dieses Schwert immer in Ehren zu tragen, dann wirst du seine Tradition mit Sicherheit würdig fortführen. Ich werde dir ein andermal mehr über Rislirsdorn und meinen Freund Serakin erzählen, dann verstehst du vielleicht auch, wieso ich dir dieses Schwert anvertraue.“

„Du hast gerade von deiner Mutter gesprochen“, sagte Ben. „Du hast gesagt, Ahier hab sie selig, ich kenne eure Gebräuche nicht, aber bedeutet das, dass sie bereits gestorben ist?“

„Ja, das ist sie“, antwortete Fahir bedrückt.

„Darf ich fragen, was passiert ist?“, wollte Ben wissen, als der Gürtel endlich fest um seine Taille hing.

Fahir wurde für einen Moment schweigsam und auf seinem, ansonsten immer überaus fröhlichem Gesicht zeichnete sich für einen Moment tiefe Trauer ab. „Meine Mutter“, fing er an, „war ein wundervoller Mensch, vermutlich gab es wenige auf dieser Erde, die solch ein reines Herz hatten, wie sie. Ich bin mir sicher, dass viele das wohl von ihren Eltern behaupten würden, dennoch stimmte es. Ihr war nichts wichtiger, als das Wohlergehen jedes einzelnen Bürgers unseres Landes. Es war vor etwa fünf Jahren. Segetta, eine ärmliche Provinz im Südwesten unseres Landes wurde bereits seit einigen Monaten von einer todbringenden Seuche heimgesucht. Seit dem Ausbruch der Seuche ist es den Menschen verboten dort hin zu reisen oder das Land zu verlassen. Das hat dazu geführt, dass die Armut sich dort noch schneller verbreitet hat. Die Menschen leiden dort nicht nur unter der schrecklichen Seuche, sondern auch unter der extremen Dürre der letzten Jahre und der daraus resultierenden Hungersnot. Meine Mutter, selbst eine fähige Heilerin, ist mit einigen ihrer Priesterinnen damals dorthin gereist, um die Krankheit zu studieren und um ein Heilmittel zu finden, jedoch waren sie nicht erfolgreich. Schon nach wenigen Monaten wurde sie selbst krank und erlag schließlich der Seuche. Wir konnten sie nicht einmal angemessen beerdigen, da sie selbst angeordnet hatte, dass ihre Leiche sofort vor Ort verbrannt werden sollte, um weitere Ansteckungen zu vermeiden.

Bis heute gibt es immer noch kein Heilmittel und die Seuche wütet weiter in unserem Land. Ihr Tod war also völlig umsonst", endete er.

„Das tut mir leid", erwiderte Ben.

„Danke, aber es ist bereits lange her", antwortete Fahir. „So, nun wird es aber wirklich Zeit, dass wir uns verabschieden", änderte er das Thema und seine gerade noch so getrübte Stimmung hellte sich wieder auf. „Wie gesagt, habe ich heute leider noch ein paar Pflichten zu erfüllen. Ich freue mich aber schon auf unsere nächste Übungsstunde. Sillah wird dich zur Sänfte begleiten, die dich wieder zurückbringen wird. Sillah!", rief er laut und nur einige Augenblicke später kam sein Diener herbeigeeilt.

„Ja, Meister?", erklang dessen ölige Stimme unterwürfig.

„Geleite unseren Gast zur Sänfte, die ihn zurück zu seiner Unterkunft bringen soll", sagte Fahir in ungewohnt befehlsgewaltigem Ton.

„Sehr wohl, Meister", antwortete Sillah. „Bitte folgt mir", jetzt fiel sein Blick auf das Schwert, das an Bens Hüfte hing und seine Augen weiteten sich vor Schreck „Meister, ist das etwa?"

„Ja, ist es", antwortete Fahir knapp.

„Aber wie könnt ihr es wagen, dieses kostbare", fing Sillah an.

„Und wie könnt ihr es wagen, meine Entscheidung anzuzweifeln?", unterbrach ihn Fahir barsch und in einem Tonfall, der keine Zweifel daran ließ, dass diese Diskussion damit beendet war. Sofort verstummte der Diener verbeugte sich tief und murmelte dabei nur vergebungsvoll, „verzeiht mir, mein Meister, das war nicht meine Absicht. Wir sollten nun aufbrechen", sagte er jetzt an Ben gewandt und schritt schon mit gesenktem Kopf in Richtung Türe.

„Danke", sagte Ben nochmals, während sie sich zum Abschied kräftig die Hände schüttelten.

Kapitel 17 – Aeria -Familie

Nachdem Aeria sich von ihren zwei ungleichen Wegbegleitern verabschiedet hatte, denen sie ihr Pferd anvertraut hatte, stand sie nun im Schatten der Zwillinge. Dabei handelte es sich um die zwei riesigen Eichenbäume, welche die Eingangspforte nach Nie'shiallah, der Heimat der Elfen, ihrer Heimat, säumten. Soweit Aerias Auge reichte, war nur das undurchdringliche Geäst der mächtigen Laubbäume zu sehen, welche die Grenze des Reiches markierten. Nur hier, direkt vor ihr breiteten diese zwei gigantischen Eichen ihre Zweige aus, um Einlass in den Wald zu bieten, und markierten den Beginn eines Pfades, der tief hinein bis in sein Herz führte, zur Hauptstadt der Elfen, Nie'riennah. Alle, die es bisher gewagt hatten, einen Weg abseits dieses Pfades in die Wälder zu suchen, habend diese Torheit mit ihrem Leben bezahlt. Denn, wie Aeria nur zu gut weiß, war dieser Wald kein gewöhnlicher Wald. Hier geschah es nur allzu oft, dass Sträucher binnen kürzester Zeit meterhoch wuchsen und selbst Bäume scheinen hier schon einmal ihren Platz zu verlassen, so dass jeder der versucht hier einzudringen, schon nach kürzester Zeit die Orientierung verliert. Deshalb konnte bisher noch niemand den Weg zurück aus dem Wald finden, wobei die Wenigsten überhaupt so lange überlebten, als dass sie den Weg nach draußen noch suchen könnten, denn nicht nur die Bäume und Elfen verteidigen diesen Wald mit ihrem Leben, sondern auch alle Tiere, die hier leben.

Bereits nach wenigen Metern versank der schmale Pfad in tiefster Dunkelheit. Jeder, der es wagen sollte, diesen Weg ohne Erlaubnis zu betreten, würde von den gnadenlosen Wächterinnen des Waldes mit Pfeilen gespickt werden, ohne auch nur zu wissen, wie ihm überhaupt geschieht. Aerias Augen wanderten von Baumwipfel zu Baumwipfel, auf der Suche nach den Wachen, jedoch konnte sie nichts Auffälliges erspähen, dennoch wusste sie, dass in diesem Moment dutzende Augenpaare und ebenso viele Pfeile auf sie gerichtet waren.

Sie atmete einmal tief durch, bevor sie den ersten Schritt hinein machte, doch noch ehe sie den Fuß auf dem Waldboden aufsetzen konnte, erklang eine kühle Stimme über ihr.

„Warum begehrt ihr Einlass in unser Reich, Aeria Ahnschimmer, verstoßene Tochter der Herrin Anfora?“ Aeria suchte erneut die Bäume ab, jedoch gelang es ihr nach wie vor nicht, irgendjemanden ausfindig zu machen, zu gut verbargen sich die Elfen im Dickicht.

Aeria straffte ihre Schultern und antwortete dann mit fester Stimme. „Ich bin gekommen, um meinen rechtmäßigen Platz wieder in Anspruch zu nehmen. Zu diesem Zweck habe ich ein Geschenk für die Herrin dabei“, als sie fertig gesprochen hatte, zog Aeria das Schwert aus der Scheide und hielt es, nach oben gestreckt von sich. „Ich vermute, ihr erkennt es wieder.“ Selbst im schwachen Licht der wenigen Sonnenstrahlen, die durch das Dickicht drangen, begann das Schwert golden zu glühen. Für kurze Zeit herrschte Schweigen, nicht einmal die Vögel, die vor kurzem noch fröhlich gesungen hatten, trauten sich einen Laut von sich zu geben. Aeria war sich plötzlich nicht mehr sicher, ob ihr Plan tatsächlich so funktionieren würde, wie sie sich das erhofft hatte.

„Also gut, ihr dürft eintreten, jedoch werdet ihr all eure Waffen abgeben müssen“, erklang die Stimme kühl und unfreundlich zu ihr herunter. Aeria kannte die Gesetze des Waldes nur zu gut, zog sogleich ihren Waffengürtel aus und legte ihn, zusammen mit ihren verbleibenden sieben Messern und Dolchen, an der Wurzel eines der Zwillingsbäume ab. Nur das Schwert hielt sie weiterhin in der Hand.

„Ich vermute, dass ihr das Geschenk nicht aus der Hand geben werdet, bis ihr es persönlich unserer Königin überbracht habt?“, fragte die kühle Stimme Aeria.

„Da vermutet ihr ganz richtig“, antwortete sie.

Kurz darauf erschienen drei Wächterinnen, wie aus dem Nichts, um Aerias Waffen an sich zu nehmen. Gleich darauf eilten weitere Elfinnen hinzu, nahmen Aeria in ihre Mitte und eskortierten sie so den langen, gewundenen Pfad bis zum Herz des Waldes. Zwei der Wächterinnen erkannte Aeria wieder. Glamris ging einige Schritte rechts hinter ihr, die dunkle, grüne Kapuze tief in ihr schönes, ebenmäßiges Gesicht gezogen.

Ethris, lief links neben Glamris, ihre dunkelgrünen Augen starr nach vorne gerichtet. Früher waren die Drei unzertrennlich gewesen, sie sind etwa zur selben Zeit geboren worden und zusammen aufgewachsen. Sie wären alle füreinander durchs Feuer gegangen, doch jetzt erwiderten sie nicht einmal mehr Aerias Blick. Trauer überkam sie, als sie die Kälte spürte, die von ihren einstigen Freundinnen und den anderen Elfen ausgingen. *Vielleicht war es doch keine so gute Idee, wieder hier her zu kommen,* ging es Aeria durch den Kopf. *Was habe ich mir nur dabei gedacht.* Der ohnehin schon lange Marsch kam Aeria, durch das eisige Schweigen ihrer Begleiter, nur noch länger und unangenehmer vor.

Es war bereits tief in der Nacht, als sie in Nie'riennah ankamen. Die alte Elfenhauptstatt war so schön wie Aeria sie in Erinnerung hatte. Die einzelnen Häuser waren mittels Magie aus den gigantischen Bäumen gewachsen. Wendeltreppen führten hinauf bis zu den höchsten Ästen, die im Laufe der Jahrtausende zu unzähligen prächtigen Häusern und Palästen geformt und dazu noch von den Elfen kunstvoll verziert worden waren. Überall glommen orangefarbene Kugeln, die mit Hilfe von Magie zum Leuchten gebracht worden waren, ein spektakulärer Anblick, auch wenn Aeria das Gefühl hatte, dass früher noch wesentlich mehr Lichter die Bäume gesäumt hatten. Aeria wurde an hunderten solcher Bäume vorbeigeführt und sie war ergriffen von der Schönheit, die jedem einzelnen Gebäude innewohnte. Zu solch einer Schönheit und Perfektion waren die Menschen nicht einmal im Ansatz imstande mit ihren klobigen Hütten, die sie überall errichten, wo sie auftauchten. All diese Gebäude verblassten jedoch im Vergleich zu dem Palast, der um Fallasil, dem Weltenbaum, dessen Hüter die Elfen seit ihrer Entstehung waren, gewachsen war. Aus den gewaltigen Wurzeln formte sich eine Halle, die wohl mindestens genauso groß war, wie die Kathedrale in Elderan, wobei jede einzelne Wurzel kunstvoll verziert und bemalt worden war. Die

Wendeltreppe, die von dort aus weiter nach oben führte, reichte weiter, als selbst Aerias Augen sehen konnten. Sie hatte fast vergessen, wie gigantisch und wunderschön Fallasil mit seinen blutroten Blättern doch war, wobei Aeria auch hier das Gefühl hatte, das mittlerweile wesentlich weniger Lichter den Weltenbaum erhellten, als dies früher der Fall gewesen war. Auch kam es Aeria so vor, als sei der Weltenbaum an einigen stellen etwas Lichter, als früher, allerdings hatte er noch nie mehr als ein paar Blätter verloren, die in der Regel auch binnen weniger Tage wieder nachwuchsen.

Da die Wächterinnen kehrt machten und Aeria zu einem Baum führten, an dessen Wurzeln ein kleines, im Vergleich zu den anderen Kunstwerken beinahe schon schmuckloses Bauwerk stand, musste sie ihren Blick wieder vom Weltenbaum abwenden. Aeria erkannte, wohin sie gebracht wurde. *Na wunderbar, sie bringen mich dorthin,* sagte sie zu sich. Sie wusste, dass dorthin nur diejenigen gebracht wurden, die hier allenfalls geduldet, jedoch keineswegs erwünscht waren. Wieder einmal fragte sie sich, was sie sich eigentlich dabei gedacht hatte, hierher zu kommen, während Aeria in das Gebäude geführt wurde.

„Ihr könnt euch hier bis morgen ausruhen“, sagte Glamris tonlos zu Aeria, ohne sie direkt anzusehen. „Die Königin wird euch empfangen sobald sie Zeit dafür findet“, als sie fertig gesprochen hatte, verschwanden die Wächterinnen im Gleichschritt, wobei zwei von ihnen als Wachen vor der Türe abgestellt wurden. Als Aeria durch das Fenster in der Türe nach draußen blickte, war sie sich jedoch sicher, dass die Beiden nicht die einzigen Wachen waren. Sie betrachtete noch eine Weile den Weltenbaum in all seiner Schönheit, ehe sie sich umdrehte. Der schmucklose Raum wurde von einer einzigen, schwachen Lichtkugel erhellt. Aeria ging zu einem der Betten und machte es sich dort gemütlich. Wieder erwarten war es äußerst bequem. Sie legte sich auf das seidenweiche Bett und schloss ihre Augen. Seit ihrer Flucht aus ihrer Heimat hatte sie nicht mehr in einem vergleichbaren Bett gelegen. Es dauerte nicht lange, ehe die ersten Erinnerungen in Aeria aufstiegen.

Ihre erste Erinnerung führte sie zu einem Abenteuer, das sie gemeinsam mit Glamris und Ethris erlebt hatte. Die Drei waren nicht älter als neun Jahre und gerade dabei, eine Höhle an einem See zu erkunden. Schritt für Schritt machten sie sich daran, weiter in die Höhle einzudringen und hielten dabei ihre kleinen Dolche in den Händen, denn sie hatten gehört, dass hier eine wilde Bestie hausen sollte, aber so etwas schreckte die Drei nicht ab. Sollte die Bestie nur kommen, sie würden es ihr schon zeigen. Je weiter die Freundinnen vorankamen, desto dunkler wurde es. Aeria hatte eine Lichtkugel aus dem Palast gestohlen und holte diese nun hervor, damit die Drei etwas sehen konnten. In diesem Moment blitzten vor ihnen zwei große, schwarze Augen auf. Sie hatten das Monster gefunden. Ein riesiger Jaguar hatte sich in dieser Höhle niedergelassen und stand nun vor den Mädchen. Seine Muskeln angespannt, war er zum Sprung bereit. Aeria konnte sich noch gut an die Furcht erinnern, die sie überkam, als sie in die leuchtenden Augen blickte, aber auch an die unglaubliche Anmut und Schönheit, die in ihnen gelegen hatte. Sie konnte sich nicht daran erinnern, seitdem jemals wieder ein so erhabenes Geschöpf gesehen zu haben, wie diesen Jaguar. Heute wusste sie, wie viel Glück sie hatte, dass ihre Mutter ihnen gefolgt war und den Jaguar verjag hatte, sonst wären die Freundinnen wohl als Katzenfutter geendet.

Noch weitere Erinnerungen kamen in Aeria hoch. Erinnerungen an die Zeit, welche die Drei gemeinsam erlebt haben. Wie sie durch die Wälder rannten, sich von Baum zu Baum schwangen, wie sie unbeschreiblich schöne Lichtungen und tiefe Höhlen erforschten. Wie sie gemeinsam das Bogenschießen und das Reiten erlernten. Wie sie unbeschwert an den Feuern saßen und über alles Mögliche philosophierten oder einfach nur zu den Sternen sahen und sich vorstellten, wie es wohl wäre, wenn sie einmal zu ihnen reisen würden. Sie waren wahrlich unzertrennlich, sie alle waren glücklich damals. Aeria war glücklich gewesen. Sie hatte beinahe schon vergessen, wie es sich anfühlte. Dann kam eine neue Erinnerung an dem Moment, an dem sich alles mit einem Schlag ändern sollte, wieder zum Vorschein.

Aeria stand ihrer Mutter gegenüber und war aufgebracht. „Warum soll ich mich für zehn Jahre hier einsperren lassen?“, fragte sie trotzig. „Ich möchte jetzt etwas erleben, möchte die Welt entdecken, sie mit meinen eigenen Augen sehen und nicht nur in staubigen alten Büchern darüber lesen."

„Sei nicht töricht mein Kind", antwortete ihre Mutter ruhig. „Du wirst nach mir die nächste Königin unseres Volkes werden und es ist deine Pflicht in unseren Archiven zu lernen, bis du für die weiteren Schritte bereit bist, so wie ich es einst getan habe und so wie es auch alle Königinnen vor mir bereits getan haben. Glaube mir, du wirst mir noch einmal dankbar dafür sein, denn dadurch wirst du mehr lernen, als du dir im Moment überhaupt vorstellen kannst."

„Ja, Wissen aus verstaubten, alten Büchern, das mir von alten Frauen beigebracht wird, die niemals auch nur einen Fuß außerhalb unseres Waldes gesetzt haben", entgegnete Aeria wütend. „Was soll mir denn dieses Wissen schon bringen? Ich will die Welt mit eigenen Augen sehen, will selbst erfahren, was dort draußen wirklich geschieht, was dort alles gerade vor sich geht. Will die Menschen kennen lernen und alle anderen, die dort draußen noch unterwegs sind. Wir verkriechen uns doch schon seit Jahrhunderten in diesem elenden Wald aus Angst davor, was jenseits unserer Bäume alles auf uns warten könnte. Ich möchte andere Dinge sehen, die anderen Völker kennen lernen."

„Das kannst du ja, aber nicht, bevor du deine Ausbildung abgeschlossen hast, ganz wie es unsere Gesetze und Traditionen von dir verlangen", sagte ihre Mutter streng.

„Vielleicht sind unsere Gesetze und Traditionen ja überholt und es wird Zeit, dass wir sie endlich mal erneuern", entgegnete Aeria ihr.

„Wag es ja nicht", schwoll die Stimme ihrer Mutter nun drohend an, „unsere Gesetze und Traditionen in Frage zu stellen. Sie wurden uns von Apheria selbst überbracht und dienen dazu, unser Volk zu beschützen. Zweifelst du etwa die Stimme unserer Göttin an?"

„Wie kommt es dann, dass die Magie trotzdem immer weiter schwindet und unser Volk allmählich ausstirbt, obwohl wir uns doch ach so penibel an all ihre Gesetze halten. Und überhaupt, was hat denn Apheria davon, wenn ich mich zehn Jahre in einen Turm einsperre, um veraltetes Wissen zu sammeln?", antwortete Aeria zornig, „oder, dass ich danach weitere Jahre bei unseren Priesterinnen mit Singen oder Beten verschwende?“

„Schweig!“, schrie ihre Mutter Aeria jetzt an. „Was kannst du schon über den Willen unserer Götter wissen? Niemand besitzt das Recht, an ihrer Weisheit zu zweifeln. Du wüsstest mit Sicherheit bereits wesentlich mehr darüber und wärst bedeutend demütiger, hättest du schon deine Zeit im Turm verbracht. Vielleicht hätte ich doch nicht so nachsichtig mit dir sein sollen und dich schon viel früher schicken müssen.“

„Aber...“, versuchte Aeria weiter zu diskutieren.

„Kein aber“, die Stimme ihrer Mutter füllte nun drohend den ganzen Raum. „Das Gespräch ist beendet. Ab morgen wirst du deine Ausbildungsjahre bei den Wissensträgerinnen beginnen, ob es dir nun gefällt oder nicht.“ Nach diesen Worten drehte ihre Mutter Aeria den Rücken zu und verließ den Saal.

Wütend stapfte Aeria zurück in ihr Zimmer, wo sie an diesem Abend noch stundenlang auf und ab ging. Sie wusste nicht mehr, wie lange genau sie mit sich gerungen hatte, ehe sie letztlich ihren Entschluss gefasst hatte und damit begann, ihren Reisesack zu packen. Sie war gerade dabei, heimlich aus dem Fenster zu schlüpfen, als die Worte ihrer Mutter sie mitten in der Bewegung innehalten ließen.

„Wenn du jetzt gehst, muss ich dich aus unserem Volk verstoßen und kann dich nicht mehr als meine Tochter anerkennen, du weißt, dass die Gesetze unseres Landes dies von mir verlangen. Du wirst nie wieder einen Fuß auf unser Land setzen dürfen“, hörte Aeria ihre Mutter leise sprechen, die im Türrahmen ihres Zimmers stehen musste. Diese Worte bohrten sich tief in ihr Herz, sie wollte sich umdrehen, doch sie schaffte es einfach nicht. Es schien ihr, als saß sie eine Ewigkeit auf dem Fenstersims, unentschlossen, was sie nun tun sollte. Sie liebte ihre Mutter, liebte den Wald, liebte ihr Volk, doch noch nie in ihrem Leben war sie sich so sicher gewesen, dass sie all das, was noch auf sie wartete, nicht wollte. Sie wollte keinesfalls ihr restliches Leben als Gefangene in einem goldenen Käfig verbringen. Erst einmal sollte es damit beginnen, für zehn Jahre bei den Wissenshüterinnen eingesperrt zu sein, dann gefangen bei den Priesterinnen und letztlich gefangen als Königin ihres

Volkes, die sie der Bestimmung nach, einmal werden sollte. Gefangen unter einer Bürde, die sie niemals gewollt hatte. Tränen kullerten Aerias Wangen herunter. „Es tut mir leid", hauchte sie in die Nacht, ohne sich noch ein letztes Mal umzudrehen, ehe sie aus dem Fenster stieg und in ihr neues Leben aufbrach, in dem Wissen, dass sie vermutlich nie wieder hierherkommen würde.

Auch jetzt hatte Aeria Tränen in den Augen, als sie die Erinnerung erneut durchlebte, aber sie hatte sich geirrt. Sie war nun wieder hier und sie vertraute darauf, dass ihr Geschenk dazu führte, dass sie hier bald wieder willkommen sein würde. Bei diesem Gedanken fing Aeria an zu lächeln und streichelte dabei sachte den Knauf des Schwertes. Bald darauf schlief sie ein.

Es war bereits spät, als Aeria endlich gerufen worden war. Ihre Mutter saß auf einem prunkvollen Thron, der aus den Wurzeln des Weltenbaumes gewachsen war. Dreizehn Treppenstufen führten hinauf zu der Erhöhung, auf der der Thron stand, eine für jede Gottheit, welche die Elfen verehrten. Sie sah wahrhaftig wunderschön aus in ihrem blütenweiß glänzenden Kleid. Ihre gelockten, goldenen Haare, locker auf den Schultern liegend, sowie das mit Kristallen und Diamanten besetzte Diadem, umrahmten ihr makelloses Gesicht. Ihre Mutter sah mit ihren jadefarbenen Augen ausdruckslos auf sie hinab. Aeria hatte das Schwert vor sich auf den Boden gelegt, während sie sich vor ihrer Mutter Anfora, der Königin der Elfen verbeugte. Sie hoffte inständig, dass es ihr den Weg zurück zu ihrem Volk ebnete.

Es herrschte eine beinahe unnatürliche Stille im Saal. Es schien, als hätten sich alle Elfen des gesamten Reiches hier versammelt. Niemand wollte sich anscheinend dieses Ereignis entgehen lassen und alle warteten gebannt darauf, wie es sich entwickeln würde.

„Du bist also zurückgekehrt, obwohl es dir untersagt worden ist, je wieder deinen Fuß auf unseren heiligen Boden zu setzen?", kühl hallte die Stimme der Königin durch die Halle. „Du bist dir doch sicher der Konsequenzen deiner Handlung bewusst, nehme ich an?"

Bei diesen Worten musste Aeria erst einmal schlucken. „Ja, das bin ich", antwortete sie mit zittriger Stimme. „Ich bin mir bewusst, was es für mich bedeutet, jedoch komme ich nicht mit leeren Händen. Ich bin gekommen, um euch ein Geschenk zu überreichen." Daraufhin ergriff sie vorsichtig das Schwert und hob es in die Luft, ehe sie es ihrer Mutter darbot.

Die Königin nickte einer ihrer Wächterinnen zu, die daraufhin die Stufen herabstieg, um das Schwert in Empfang zu nehmen und um gleich darauf wieder hinauf zur Königin zu eilen. Aerias Mutter nahm das Schwert vorsichtig in Empfang und betrachtete es mit Ehrfurcht. Aerias Zuversicht wuchs, als sie die Reaktion ihrer Mutter mit ansah.

„Wie kommt es", wollte die Königin wissen, „dass du in den Besitz unseres Familienerbstückes gelangt bist? Es ist bereits seit Jahrzehnten verschollen und niemand konnte bislang auch nur eine Spur davon entdecken. Wie hast du es gefunden? Wie bist du an dieses Schwert gelangt?"

„Es war im Besitz eines gewöhnlichen Menschen", antwortete Aeria.

„Ein gewöhnlicher Mensch", fragte die Königin fassungslos. „Das ist absolut unmöglich, Kein Mensch sollte in der Lage sein, Hand an dieses Schwert zu legen."

„Ich war ebenso überrascht, wie Ihr", erwiderte Aeria, „jedoch konnte ich ihn nicht mehr fragen, wie er in dessen Besitz gelangt war."

„Also seid ihr nicht auf ehrliche Weise an dieses Schwert gelangt?", fragte Anfora weiter.

Auf diese Frage musste Aeria wieder schlucken. Sie wusste, dass es sinnlos war, ihre Mutter zu belügen, ihre Magie verriet es ihr sofort. „Nicht direkt, der Mensch, der es bei sich trug, hat es bei einem Kampf verloren und dann habe ich es an mich genommen, wodurch es in meinen Besitz übergegangen ist."

„Also ist der Mensch, der das Schwert getragen hatte tot?“, wollte die Königin jetzt wissen.

„Das...“, stammelte Aeria, „kann ich nicht mit Sicherheit sagen.“

„Also hast du es gestohlen?“, fuhr ihre Mutter fort, „von einem Menschen? Und dass, obwohl wir einen Friedensvertrag mit ihnen unterzeichnet haben? Weißt du, welche Konsequenzen dein Verhalten nach sich ziehen könnte?“

„Es war nicht meine Absicht, unserem Volk zu schaden. Der Mensch war im Besitz unseres Erbstückes, ich“, antwortete Aeria, ehe ihre Mutter sie unterbrach.

„Wenn ich mich recht entsinne, ist dies nicht mehr dein Volk, seitdem du dich dazu entschlossen hast, deinen Pflichten nicht nachzukommen und stattdessen die Welt zu erkunden.“, erwiderte Anfora kalt. „Wie dem auch sei, dein Geschenk an unser Volk ehrt dich, auch wenn du es gestohlen hast. Du sollst dafür reichlich belohnt werden. Einhundert Goldmünzen sollten als Gegenwert für das Schwert genügen. Das Gold wird dir am Ende deines Aufenthaltes ausgehändigt. Was deine Bitte angeht“, sie machte eine kurze Pause ehe sie im gleichen Ton fortfuhr. „Du hast erbeten, dass du durch die Wiederbeschaffung unserer heiligen Ahnenwaffe wieder in die Reihen unseres Volkes aufgenommen wirst“, wieder pausierte sie kurz, während Aerias Herz immer schneller zu schlagen begann. „Jedoch bieten unsere Gesetze keinerlei Spielraum für irgendetwas Derartiges. Deine Verbrechen bleiben bestehen und somit auch das Urteil, dass du dir dadurch eingehandelt hast. Dir ist es lediglich erlaubt, dich noch eine weitere Woche in unserem Reich aufzuhalten“, mit diesem Satz endete die Königin, stand daraufhin auf und verließ schnellen Schrittes die Halle. Im Anschluss leerte sich die Halle rasch unter dem Getuschel der restlichen Elfen. Nur Aeria blieb alleine und fassungslos am Fuße des Thrones zurück. Enttäuschung und Zorn loderten in ihr auf. Schon wieder wurde sie von ihrer Mutter enttäuscht und verraten. Schon wieder berief sie sich dabei auf dieses dämliche, veraltete Gesetz um ihre eigene Tochter zurückzuweisen. Sie kniete noch eine ganze Weile. *Ich glaube es einfach nicht, wie konnte sie das nur sagen? Wie können ihr diese*

2000 Jahre alten Fetzen Papier mehr wert sein, als ihre eigene Tochter. Wieder begannen Tränen in Aeria aufzusteigen.

Sie stand schließlich auf. Als sie den Saal verließ, konnte sie bereits den sternenklaren Nachthimmel über sich sehen. Früher hatte sie es geliebt, den Sternenhimmel zu beobachten, heute fühlte sie sich unter dem Sternenzelt so einsam und verlassen wie noch nie. *Was tue ich nun?* fragte Aeria sich, da sie nicht damit gerechnet hatte, dass sie so schnell wieder abreisen musste. Nur eines stand für sie bereits fest, *ich werde hier mit Sicherheit keine Woche mehr bleiben, ich verschwinde, noch heute Nacht. Vorher habe ich nur noch ein paar Kleinigkeiten zu erledigen,* so ging sie zurück zu ihrem Zimmer, packte ihre wenigen Sachen ein und wartete, bis der Mond hinter den Bäumen verschwand und es im Hain stockdunkel wurde. Dann nahm sie ihre kleine Habe zusammen und verließ ihr Zimmer durch eines der Fenster, das man vom Palast aus nicht sehen konnte.

Aeria schaute sich kurz um, doch niemand war zu sehen, wobei das nicht unbedingt etwas bedeuten musste. Sie schlich sich durch die ruhig daliegende Stadt, ohne auf jemanden zu stoßen, bis sie vor einem kunstvoll gewachsenen Gebäude ankam, vor dessen Tor zwei Wachen neben einem wärmenden Feuer standen und sich leise unterhielten. Aeria nahm zwei Steine vom Boden auf und schwang sich vorsichtig auf das Dach des Gebäudes. Dann warf sie einen der Steine scheppernd in die Gasse neben dem Gebäude. Sogleich drehten sich die Wachen um und lauschten in die Richtung.

„Ich seh mir das einmal an“, hörte Aeria eine der beiden sagen. *Egal ob Menschen oder Elfen, Wachen verhalten sich doch überall gleich,* lachte sie in sich hinein. Es gab einen dumpfen Schlag, als Aeria die Elfin von oben ansprang und bewusstlos schlug. Die zweite Wache bemerkte sofort, dass etwas nicht stimmte und nahm das Signalhorn zur Hand, um die restlichen Wachen zu warnen. Doch so weit kam sie nicht. Der Stein, den Aeria nach ihr warf, traf die Wache an der Schläfe, woraufhin sie bewusstlos zu Boden sackte. Schnell huschte Aeria zur Tür, nahm den Schlüssel, den sie vorher, mitsamt zweier Dolche, der Wache abgenommen hatte und öffnete die Türe zur Schatzkammer.

Sie musste nicht lange suchen, ehe sie das gefunden hatte, weswegen sie gekommen war. Das Schwert war bereits in der Mitte des Raumes auf einem Podest platziert worden, wie Aeria es vermutet hatte. Sie nahm es sich, samt Gürtel und schnallte es sich um, ehe sie schnell verschwand, bevor sie noch entdeckt wurde.

Nur noch eine letzte Kleinigkeit, die ich nun zu erledigen habe, meinte sie, nun halbwegs zufrieden, zu sich selbst.

„Es tut mir leid, dass ich dich damals so enttäuscht habe. Ich weiß nun, wie du dich damals fühlen musstest", wisperte Aeria ihrer Mutter vom Fenstersims zu, während sie sie beim Schlafen beobachtete. „Leb wohl. Wir werden uns nun wirklich nie wiedersehen."

„Was... Aeria." Ihre Mutter schreckte auf, sah jedoch nur noch, die Umrisse eines Schattens, der am Rand des Fensters bereits wieder verschwand. Kurz darauf erschollen von überall her Hörner, die geblasen wurden und dafür sorgten, dass in der ganzen Siedlung ein gewaltiger Aufruhr entstand. Die Königin erhob sich und sah aus dem Fenster ihres Turmes. Mehrere Wachen hatten sich vor der Schatzkammer versammelt, wohl um sich zu beratschlagen, ehe sie dann in alle Richtungen ausschwärmten.

„Ach Aeria, was hast du nun schon wieder angestellt?" flüsterte die Königin leise, mit Tränen in den Augen.

Aeria rannte so schnell sie nur konnte durch das dichte Unterholz des Waldes, wobei sie auch noch versuchte, dabei möglichst keine Spuren zu hinterlassen. Sie wusste, dass jede Kleinigkeit die Jägerinnen direkt zu ihr führen würde und, dass ihre Verfolger sich im Wald mittlerweile ziemlich sicher schneller bewegen konnten, als sie. Obwohl ihr ausgeprägtes Gehör keinen verdächtigen Laut wahrnahm, wagte sie es nicht, ihr Tempo zu verringern.

Sie rannte nun schon eine ganze Weile durch den Wald und Ihre Lunge brannte bereits so sehr, dass sie fürchtete, sie müsste sie jeden Moment ausspeien, aber allmählich wurde das Dickicht lockerer und sie konnte den Rand des Waldes bereits sehen, als ein Zischen die Luft durchzog. Instinktiv sprang Aeria zur Seite um hinter einem großen Baum Deckung zu suchen. Der Pfeil streifte ihre linke Schulter, riss ihr Lederhemd auf und hinterließ eine rote Blutspur, wo er die Haut gestreift hatte, ehe er im nächsten Baum einschlug. Sie blieb schwer atmend stehen. *Zum Glück nur gestreift,* dachte sie, als sie die Wunde kurz begutachtete. Dann zog sie die Dolche hervor, lauschte in die Stille des Waldes und wartete auf einen verräterischen Laut. Die nächsten Minuten wagte sie kaum zu atmen, sie hockte nur reglos da, wartete und lauschte.

Zisch... Aeria sprang auf, wich dem herannahenden Pfeil aus, warf ihrerseits einen ihrer Dolche in die Richtung, aus der der Pfeil geflogen kam und rannte im Zick Zack auf die Stelle zu, an der die Jägerin gestanden haben musste. Niemand war zu sehen, aber ihr Dolch musste getroffen haben. Eine kleine Blutlache hatte sich gebildet und eine dünne Blutspur war zu erkennen. Langsam und vorsichtig folgte Aeria der Spur und lauschte immer wieder angespannt in die Stille. Die Spur führte geradewegs zurück, tiefer in den Wald hinein. Hoffentlich holt sie keine Verstärkung. Sie überlegte, ob sie umkehren und einfach abhauen sollte, wollte aber das Risiko nicht eingehen, von ihrer Verfolgerin auf offenem Feld erschossen zu werden, also folgte sie dem Blut weiter. Es führte sie, um eine hohe Eiche herum, wo die Blutspur abrupt endete.

Zu spät sah Aeria nach oben. Die Jägerin sprang Aeria an und bohrte einen Dolch in ihre Schulter. Brennender Schmerz durchfuhr sie, doch sie biss sich auf die Zähne, um nicht laut aufzuschreien und so die anderen anzulocken, bis jetzt hatte sie wohl nur diese eine Gegnerin. Noch einmal durchfuhr sie ein stechender Schmerz, als der Dolch mit einem Ruck wieder herausgezogen wurde. Blut strömte aus der Wunde und Aeria verlor die Kraft in ihrem Arm, der nun nur noch leblos nach unten hing. *Das war ein gut gezielter Stoß*, ging es ihr durch den Kopf, als sie die Jägerin vor sich betrachtete. Scheinbar hatte ihre Kontrahentin jedoch dasselbe Problem, denn ihr rechter Ärmel hatte sich blutrot gefärbt und der Arm hing ebenfalls schlaff nach unten. Jetzt erst erkannte Aeria, wer da vor ihr stand. Es war Glamris. Einst ihre beste Freundin, war sie jetzt darauf versessen, sie umzubringen. Die beiden Rivalinnen umkreisten sich eine Zeit lang, darauf wartend, dass ihr Gegenüber einen Fehler begann. Schließlich war Aeria es, die den ersten Angriff startete. Sie schnellte ihren Dolch von unten hervor, änderte im letzten Moment ihre Schlagrichtung und versuchte die Jägerin von der Seite zu treffen. Die Finte ging jedoch nicht auf und Glamris konnte den Schlag ohne Mühe parieren und ihrerseits angreifen. Mit einem beherzten Sprung gelang es Aeria nach hinten auszuweichen. Nun war ihre Gegnerin an der Reihe und setzte ihr mit schnellen Hieben zu. Sie war schnell, verdammt schnell. Nur mit Mühe gelang es Aeria, die Schläge zu parieren. Doch sie merkte, dass ihre Kräfte sich langsam dem Ende näherten. Das lange Rennen und der Blutverlust leisteten ganze Arbeit. Aerias Bewegungen wurden langsamer.

„Scheint so, als wärst du im Menschenreich schwach geworden", höhnte Glamris ihr zu, während sie Aeria unbeirrt weiter zusetzte. Aeria kam kaum noch hinterher, ihre Kraft ging allmählich zur Neige und ihre Bewegungen wurden zu langsam, um die Schläge abzuwehren. Der Dolch drang in ihren Bauch ein. Aeria hielt Glamris Arm mit aller Kraft fest, damit er nicht noch tiefer eindrang und sie tödlich verletzte. „Das passiert, wenn man uns bestiehlt, Unwürdige", keuchte die Jägerin und setzte nun ihre ganze Kraft ein. Lange würde sie nicht mehr durchhalten, dass wusste Aeria, deswegen versuchte sie ihre Beine in die richtige Position zu bringen. Als sie schließlich den richtigen Stand gefunden hatte, stieß sie sich kräftig ab und ihr gesenkter Kopf krachte mit voller Wucht gegen Glamris Unterkiefer. Ein unschönes Knacken verriet ihr, dass ihr Plan Erfolgreich war. Glamris geriet ins Straucheln und stürzte zu Boden, dabei musste sie den Dolch loslassen, woraufhin Aeria ihn herausziehen konnte. Glamris lag wimmernd am Boden und hielt sich ihren deformierten Unterkiefer.

„Du hättest mich einfach ziehen lassen sollen“, antwortete Aeria, während sie nach Atem rang.

„Es ist meine Pflicht“, stammelte Glamris, so gut es mit ihrem gebrochenen Kiefer ging, ehe sie sich erneut auf Aeria stürzte, in ihrer Hand ein weiterer Dolch, den sie gerade gezogen hatte. Aeria reagierte instinktiv, duckte sich unter dem Schlag hinweg und stach zu. Direkt ins Herz.

„Es tut mir leid, Glamris“, hauchte sie, während Tränen ihre Wangen hinunterflossen. Wenige Pulsschläge später erstarb das Leben in Glamris Gliedern. Aeria wandte sich ab und stolperte, halb entkräftet, halb geschockt weiter durch den Wald hinaus ins Freie. Nun war sie nicht nur zu einer einfachen Ausgestoßenen, sondern auch noch eine Mörderin an ihrem eigenen Volk geworden. Müde und ausgezehrt rannte sie aus dem Wald und folgte dem Pfad, der sie weiter ins Gebirge führen sollte, bis sie schließlich entkräftet hinter einigen Felsen am Wegesrand niedersank und ihr Bewusstsein verlor.

Kapitel 18 – Lucy – Merva

„Nein, so nicht“, scholl die Stimme der Oberschwester durch die Halle. „Willst du deine Patienten denn umbringen? Konzentriere dich gefälligst. Nelli zeig es ihr noch einmal. Diesmal sollte er besser sitzen, sonst dürft ihr beide euch heute wieder dem Saubermachen der Stube widmen.“

Entnervt rollte Lucy ein weiteres Mal den Verband, den sie an Nelli angebracht hatte ab. „Ich versteh das nicht, ich habe doch alles genauso gemacht, wie du es mir gezeigt hast, was hat sie jetzt schon wieder daran auszusetzen?“, grollte sie leise.

„Er war schon sehr gut, allerdings an einer Stelle noch etwas zu locker“, versuchte Nellie sie aufzumuntern. „Die alte Augustus ist nun einmal äußerst penibel, wenn es um so etwas geht und ich kann sie sogar ein wenig verstehen. Immerhin kann es bei unserer Arbeit auch einmal um Leben und Tod gehen, da muss einfach jeder Handgriff sitzen.“

„Deswegen muss sie mich doch nicht jedes Mal vor allen hier anbrüllen“, antwortete Lucy genervt, bevor sie erneut begann, Nelli den Verband anzulegen.

„Man gewöhnt sich daran“, gab Nelli ihr augenzwinkernd zurück. „Glaub mir, dass hat jeder hier schon oft genug durchgemacht und als Neuling bist du eben jetzt dran. Ok, versuch diesmal, wenn du den Verband das erste Mal über den Brustkorb führst, etwas fester zu ziehen.“

„Es wäre viel einfacher, wenn du mir einfach sagen könntest, wie fest ich genau ziehen soll, während ich ihn dir anlege“, stöhnte Lucy.

„Das will die Oberschwester aber nicht, da sie immer sagt, dass der Patient dir das im Notfall auch nicht mitteilen kann“, antwortete Nelli. „Deswegen, sagt sie, muss jeder selbst ein Gespür dafür entwickeln, wie ein Verband richtig angelegt wird, ohne dass währenddessen geholfen wird.“

Als Lucy fertig war, betrachtete die Oberschwester den angelegten Verband kritisch. „Bleibt noch eine letzte Art einen Verband anzulegen für heute“, war das Einzige, was sie dazu sagte. „Wenn du den richtig angelegt hast, dürft ihr euch dem Ausfegen der Halle widmen.“

„Aber“, wollte Lucy einwerfen.

„Willst du mir etwa widersprechen?“, fauchte Merva sie an. „Los jetzt, je schneller du den Verband anlegst, desto schneller bist du auch hier fertig.“ Daraufhin drehte sie sich um und begutachtete die Verbände der anderen. „Serena, was soll das bitte werden? Noch einmal von vorne. Ich hätte nicht gedacht, dass du noch solche einfachen Fehler machst.“

„Ja, Oberschwester, tut mir leid, ich...“, presste Serena mit gesenktem Kopf hervor.

„Genug, ich will keine billigen Ausreden hören“, schnitt Merva ihr das Wort ab. „Nochmal von vorne und diesmal richtig.“

„Ja, Oberschwester“, gab Serena kleinlaut zurück, während Merva bereits dabei war, die nächsten Verbände zu inspizieren.

„Wieso müssen wir eigentlich immer die Halle fegen, wenn die anderen doch auch Fehler machen, vor allem wenn die doch eigentlich alle viel weiter sein müssten als ich.“, fragte Lucy missmutig, während Nelli ihr den nächsten Verband anlegte und dabei erklärte, worauf es bei diesem besonders ankommt. „Ich würde so gerne endlich einmal wieder früher ins Bett gehen.“

„Ich glaube, sie will deine Disziplin testen“, antwortete Nelli. „Viele der Frauen, die hier mit der Ausbildung anfangen, gehen nach kurzer Zeit wieder, weil sie mit dem Druck nicht umgehen können. Aber wenn sie bereits hier mit dem Druck überfordert sind, wie sollen sie dann erst in einer Notsituation zurechtkommen. Wenn beispielsweise ein großes Unglück passiert oder wenn, was ich hoffentlich nicht erleben werde, ein Krieg ausbrechen würde, dann sind wir gezwungen, unter enorm widrigen Bedingungen zu funktionieren. Dann werden wir mit noch viel weniger Schlaf auskommen müssen als jetzt und es muss uns vollkommen egal sein, was um uns herum geschieht. Das Schlimmste, was hier passieren kann ist, dass die Oberschwester uns permanent anschreit, wem das bereits zu viel ist, der ist nicht geschaffen für ein

Leben als Heilerin. Wir müssen auch in der Lage sein, harte Entscheidungen zu treffen, vielleicht sogar zu entscheiden, wer lebt und wer stirbt, das wird von uns verlangt. Ich will gar nicht wissen, was für Entscheidungen Merva schon in ihrem Leben zu treffen hatte. Ich glaube deswegen nimmt sie uns so hart ran, denn sie will, dass nur diejenigen wirklich zu Heilern werden, die mit alldem auch wirklich umgehen können."

„Das alles ändert aber nichts daran, dass sie eine alte Sklaventreiberin ist", entgegnete Lucy genervt

„Jetzt du, Lucy", Mervas Stimme direkt neben ihrem Ohr ließ sie zusammenzucken.

„Anscheinend wäre sie wohl auch eine ganz gute Diebin, so leise wie sie sich anschleichen kann", lachte Nelli, während sie Lucy den Verband wieder abnahm.

Kapitel 19 – Ben - Kampfkunst

Ben klopfte mit seiner gepanzerten Faust auf den gepflasterten Boden des Hofes, nachdem er ein weiteres Mal stöhnend zu Fall gebracht worden war. Obwohl seine massive Rüstung, die er nun zum Training trug, die Schläge erstaunlich gut dämpfte, tat ihm mittlerweile dennoch jeder Teil seines Körpers weh. Ihr Ausbilder Verren blieb unnachgiebig. Obwohl Ben bereits zum gefühlt tausendsten Mal von seinem Übungspartner vernichtend geschlagen worden war, ließ Verren ihn immer weiter auf Ben einprügeln. Sein Gegenüber hatte ebenfalls kein Erbarmen, im Gegenteil. Er schien seine wahre Freude daran zu haben, Ben jedes Mal aufs Neue zu vermöbeln. So stand er auch diesmal grinsend auf sein Übungsschwert gestützt vor ihm und wartete geduldig, bis Ben wieder in Position war. Er hatte anfangs gehofft, mit Fahir üben zu dürfen, damit dieser ihm noch mehr beibringen könnte. Der wäre mit Sicherheit auch rücksichtsvoller gewesen, als sein jetziger Partner, jedoch teilte der Ausbilder die Paare selbst ein. Er war seinem Gegenüber in allen Belangen des Schwertkampfes haushoch unterlegen, wie er nur allzu schnell und schmerzhaft feststellen musste. Selbst seine Kraft und seine, für seine Größe außerordentliche Beweglichkeit halfen ihm nichts gegen seinen bestens ausgebildeten Gegenüber. Dazu kam, dass die sperrige Rüstung ihn daran hinderte, sich so frei zu bewegen, wie er es gewohnt war.

Sein Übungspartner hieß Sir Galdwin, glaubte sich Ben zumindest zu erinnern. Mehr als seinen Namen, wusste er jedoch nicht über ihn. Die Anderen, mit Ausnahme von Fahir, sprachen nicht mit ihm und mieden ihn, wann immer möglich. Außer ihm und Fahir waren sie allesamt schon zum Ritter geschlagen worden und gaben sich daher auch nur mit ihresgleichen ab. Sie mieden Fahir zwar auch weitestgehend, dennoch respektierten sie ihn auch irgendwie, entweder wegen seiner hohen Stellung oder auch wegen seiner beachtlichen Kampfkünste. Beides etwas, mit dem Ben nicht aufwarten konnte und das ließen sie ihn überdeutlich spüren. Wieder einmal fragte er sich, was er hier denn eigentlich zu suchen hatte.

Auch die Hilfestellungen, die der Ausbilder ihm fortwährend gab, änderten nichts an seiner hoffnungslosen Lage. Die paar Tricks, die Fahir ihm bislang beigebracht hatte, halfen ihm nur sehr selten einmal, einen Hieb abzuwehren, nur um dann fast im selben Moment den nächsten zu kassieren. Selbst gar einen Treffer zu landen, davon konnte er nur träumen. Das Schwert seines Gegenübers sauste ein ums andere Mal krachend auf seinen Harnisch herab. In diesen Momenten wünschte er sich nichts sehnlicher, als einmal einen ehrlichen Boxkampf gegen diesen Sir Galdwin zu bestreiten, um ihn zu zeigen, was alles in ihm steckt und ihm dieses überhebliche Gegrinse aus seinem Gesicht zu boxen.

Bens Blick schweifte über den Übungsplatz, auf dem sich alle Rekruten in Paaren gegenüberstanden. Er blieb kurz bei Fahir hängen, als er sich mühsam aufrichtete und dabei versuchte, etwas Zeit zu schinden, bevor er ein weiteres Mal vernichtend geschlagen werden sollte. Fahirs Gegenüber schien es ähnlich zu ergehen, wie Ben. Obwohl dieser weit besser mit dem Schwert umzugehen wusste als er, war er Fahir trotzdem nicht einmal im Ansatz gewachsen. Fahir wirbelte so schnell herum, dass es Ben schon Mühe kostete, beim Zusehen alles mitzubekommen, ehe das Schwert krachend im Rücken des Anderen aufschlug. Es schien nur, dass Fahir ihn anscheinend nicht so fest schlug, wie Bens Gegenüber es mit ihm tat, oder aber der Mann konnte seine Schmerzen wesentlich besser verbergen. Nach jedem Angriff gab Fahir seinem Übungspartner Ratschläge, etwas, das Sir Galdwin wohl niemals machen würde, dafür hatte er viel zu viel Spaß daran, Ben zu demütigen.

„Aufstehen verdammt“, durchzog die Stimme des Ausbilders die Luft auf dem Hof scharf. „Habe ich irgendetwas von einer Pause gesagt? Los jetzt wieder in Position. Wir sind hier nicht bei den verweichlichten Stadtwachen. Wenn dir das hier zu viel wird, solltest du vielleicht einfach gehen, anstatt dir beim Aufstehen mehr Zeit zu lassen als meine bettlägerige Oma. Beim nächsten Mal werden alle Männer fünfzig

Runden um den Hof laufen. Los, weiter jetzt!“ Ben tat, wie ihm geheißen wurde, nur um kurze Zeit später wieder auf dem Boden zu landen.

Am Ende des Trainings kam Fahir zu Ben. „Der Ausbilder scheint dich nicht allzu gut leiden zu können“, grinste er ihn schadenfroh an.

„Ja, aber wie es scheint immer noch mehr als dieser Sir Galdwin“, ergänzte Ben niedergeschlagen, während er seine unzähligen blauen Flecke begutachtete.

„Ich wundere mich nur, wieso er dich die ganze Zeit gegen den zweitbesten Schwertkämpfer hier antreten lassen hat, obwohl doch schnell klar gewesen ist, dass du so recht wenig lernen wirst, außer dass du vielleicht irgendwann immun gegen die Schmerzen wirst“, sagte Fahir belustigt.

Jetzt, wo er es erwähnte, erinnerte sich Ben, dass die Anderen ihre Partner durchaus auch einmal gewechselt haben, nur er durfte die ganze Zeit über mit Sir Galdwin trainieren. Ben grummelte nach dieser Erkenntnis nur und besah sich seine blauen Flecken weiter an.

„Ich vermute mal, dass er damit deine Entschlossenheit prüfen wollte“, ergänzte Fahir. „Etwas anderes könnte ich mir nicht erklären, wobei mir einige der Sitten und Gebräuche hier doch immer noch recht eigentümlich erscheinen. Meiner Meinung nach hast du diese Prüfung mit Bravour bestanden. Nicht viele hätten sich den ganzen Tag so verprügeln lassen wie du“, zwinkerte Fahir Ben zu, um ihm dann ein kleines, mit einer grünen Flüssigkeit gefülltes Fläschchen zu reichen. „Hier, das hilft gegen die Schmerzen und die Entzündungen. Einfach heute vor dem Schlafen gehen auf die betreffenden Stellen auftragen und morgen solltest du dich zumindest besser fühlen als es im Moment der Fall ist. Ach und nachdem was ich heute hier gesehen habe, sollten wir uns durchaus öfter treffen um zu üben, du scheinst mir doch noch einige Stunden nötig zu haben, insbesondere, wenn Verren dich weiterhin nur gegen Sir Galdwin kämpfen lässt", endete Fahir, wobei er wieder vergnügt grinste und Ben auf die Schulter klopfte.

„Wenn du meinst", antwortete Ben mürrisch. Ihm gefiel Fahirs gute Laune im Moment so gar nicht. „Schlimmer kann es jedenfalls nicht mehr werden."

„Ich werde dir einen Boten schicken, der dir mitteilt, wo und wann wir uns das nächste Mal treffen. Unsere Botschaft ist für solche Zwecke auf Dauer nicht der richtige Ort", sagte Fahir, als er sich zum Gehen bereit machte. „Dann bis, morgen und nimm das heut nicht zu ernst. Dein Gegenüber schwingt ein Schwert praktisch bereits seit seiner Geburt und dafür hast du dich ganz gut geschlagen, auch wenn dir das wahrscheinlich nicht so vorgekommen sein muss. Mit mehr Übung, da bin ich mir sicher, wirst du schon bald gegen einige unserer Gruppe zumindest halbwegs bestehen können. Du besitzt weit mehr Talent, als die meisten Anderen hier, was einigen hier mit Sicherheit nicht sehr gefallen dürfte.

Kapitel 20 – Wiedersehen

Das erste, was Aeria sah, als sie die Augen aufschlug, war das runde, freundlich lächelnde Gesicht des Mannes, der gerade dabei war, die Wunde an ihrer Schulter zu versorgen.

„Na sieh mal einer an“, sagte der Mann fröhlich, „schau Mal Borogar, wer endlich aufgewacht ist.“

„Fiadorgas? Wie..., was ist passiert?“, fragte Aeria verwirrt, während sie sich aufzurichten versuchte, doch die Schmerzen die sie dabei verspürte, ließen sie schnell wieder zurück auf den Boden sinken.

„Ich bin es in der Tat, meine Teuerste. Welch Laune des Schicksals es doch war, dass wir uns erneut zufällig über den Weg gelaufen sind und ich euch somit nun schon zum zweiten Mal das Leben retten durfte. So langsam sollte ich mir vielleicht Gedanken über eine großzügige Bezahlung machen“, grinste Fiadorgas sie vergnügt an. „Doch alles zu seiner Zeit. Ihr solltet euch im Moment noch möglichst wenig bewegen, da ich befürchte, dass sich eure Wunde sonst erneut öffnen könnte und ich weiß nicht, ob Ihr das dann noch ein weiteres Mal unbeschadet überstehen würdet. Ziemlich fieses Ding, das Ihr euch da zugezogen habt, muss ich zugeben, auch wenn ich annehme, dass es demjenigen, der euch diese Wunde zugefügt hat, noch deutlich schlechter erging.“

Bei diesen Worten kamen in Aeria sofort die Erinnerungen an ihre Flucht wieder hoch. Glamris wutverzerrtes Gesicht erschien vor ihrem inneren Auge. *Glamris, ich..., es tut mir leid. Wie konnte das alles nur passieren,* fragte sie sich, während tiefe Trauer sich in ihr ausbreitete.

„Wenn wir nur etwas später euren Weg gekreuzt hätten“, redete Fiadorgas weiter, „wäre jegliche Hilfe für euch zu spät gekommen. Welch ein Glück, dass Ihr uns beinahe direkt in die Arme gestolpert seid.“

„Wenn wir immer noch in der Nähe des Waldes sind, müssen wir hier unbedingt weg“, keuchte Aeria, „sonst werden sie uns früher oder später finden.“

„Keine Angst, Wir haben uns bereits etwas vom Waldesrand entfernt, denn ich war mir nicht sicher, ob nicht noch andere hinter euch her waren, die euch nach dem Leben trachten. Und auch wenn man es mir vielleicht nicht ansieht, aber ich verstehe etwas davon, meine Spuren zu verwischen. Im Moment sind wir hier vollkommen sicher vor deinem Volk, Ihr braucht euch also darüber keine Sorgen zu machen. Ich möchte wetten, dass eine spannende Geschichte hinter alldem steckt, aber das muss erst einmal warten. Ihr solltet euch noch eine Weile ausruhen. Hier, trinkt das", sagte Fiadorgas und hielt ihr dabei einen ledernen Schlauch hin. „Diese Medizin wird euch stärken und ein wenig beim Entspannen helfen", als sie ihm zunickte, flößte er ihr den bitteren Inhalt vorsichtig ein. Aeria musste einmal husten, woraufhin sich schreckliche Schmerzen in ihrem gesamten Körper breit machten, doch genauso schnell, wie die Schmerzen gekommen waren, verschwanden sie auch wieder. Bald darauf fiel sie in einen tiefen, traumlosen Schlaf.

Zwei weitere Tage lag Aeria bewusstlos da, ehe sie wieder träge ihre Augenlieder öffnete. Sie blinzelte in das dichte Geäst einer kräftigen alten Buche, deren Blätter sich sachte im Wind hin und her bewegten. Vorsichtig richtete sie sich auf. Erstaunt stellte sie fest, dass ihre Schmerzen erträglich waren, woraufhin sie sich an die Stelle, an der Glamris Dolch sie getroffen hatte fasste und sie sich genauer besah. Ein Verband aus Leinenstoff und Blättern war dort angebracht worden. Was auch immer Fiadorgas benutzt hatte, um die Wunde zu behandeln, es schien äußerst effektiv gewesen zu sein, wenn dadurch die Schmerzen von solch einer Wunde so stark gelindert werden konnten. Auch ihren Arm konnte sie, wenn auch unter Schmerzen, wieder leicht bewegen. Dann wandte sie ihren Blick vom Verband ab und sah sich etwas um. Sie lag in einer kleinen, geschützten Senke, in dessen Mitte eine Feuerstelle war, in der ihre Begleiter ein kleines Lagerfeuer entzündet hatten.

Die Beiden machten sich gerade an den Pferden am Rand der Senke zu schaffen, als Fiadorgas auf sie aufmerksam wurde. „Ah, die edle Dame ist erneut aus ihrem Schlaf erwacht. Sehr gut. Lasst mich euch helfen und euch einen Schluck Wasser anbieten“, sogleich zog er einen Wasserschlauch aus einer der Satteltaschen des Pferdes, bei dem er gerade stand und kam zu ihr herüber geeilt. Aeria lehnte sich, schwer atmend, mit dem Rücken an die Buche und nahm dann den Schlauch mit zittrigen Händen entgegen. Sie konnte kaum die Kraft aufbringen, den Schlauch zu halten und nur mit Mühe gelang es ihr den Schlauch überhaupt zum Mund zu bewegen.

„Ihr werdet euch sicher bald erholt haben“, beruhigte Fiadorgas Aeria, als er das Zittern bemerkte. „Der hohe Blutverlust und das Fieber haben euch etwas geschwächt. Darüber hinaus habe ich euch ein Mittel verabreicht, dass die Muskeln entspannt, um den Heilungsprozess etwas zu beschleunigen, was wiederum dazu geführt hat, dass eure Kraft momentan noch sehr begrenzt ist, aber die Wirkung wird schon sehr bald nachlassen. Da Ihr euch zudem auf dem Weg der Besserung befindet und euer Fieber besiegt ist, sehe ich auch keinen Grund mehr, euch das Mittel noch weiter zu verabreichen. Solange Ihr jedoch noch so geschwächt seid, muss ich darauf bestehen, dass Ihr weiter unsere Hilfe und unsere Begleitung in Anspruch nehmt, bis ich mir sicher sein kann, dass eure Wunden gut verheilt sind. Es war doch wirklich ein außerordentlich wundervoller Zufall, dass ich euch erneut gefunden habe und euch somit bereits ein zweites Mal das Leben retten konnte. Ich und mein treuer Freund natürlich“, ergänzte er, als sein Kompagnon sich gut vernehmlich räusperte. „Meinen unglaublichen und weithin bekannten Fähigkeiten als Heiler und seiner Kraft habt Ihr es zu verdanken, dass Ihr nach wie vor noch unter uns weilt. Hätte ich nicht zufällig vor ein paar Tagen meine einzigartige Salbe angerührt, würdet Ihr vermutlich bereits an Eliras Seite wandeln.“

Wenn ich überhaupt noch einen Platz an der Seite der Totengöttin verdient habe, nachdem ich mein Volk bestohlen und Glamris getötet habe, ging ihr durch den Kopf, woraufhin sie versuchte, die aufkommenden Schuldgefühle und ihre Trauer zu unterdrücken.

„Ihr habt erneut meinen Dank“, antwortete Aeria mit brüchiger Stimme. „Ich stehe ein weiteres Mal tief in eurer Schuld.“

„Nicht der Rede wert“, entgegnete Fiadorgas ihr. „Das ist doch unter Freunden selbstverständlich, doch was diese Schuld mir gegenüber angeht, von der Ihr gerade spracht. Ich bin mir sicher, wir finden eine passende Art, wie ihr diese mit einem Gefallen begleichen könnt“, lächelte Fiadorgas sie an, während sein Begleiter Aeria eine dicke Scheibe Brot und ein Stück Schinken reichte. „Esst etwas und ruht euch noch ein wenig aus“, sprach Fiadorgas zu ihr, während er sich wieder von ihr entfernte. „Wir werden heute noch aufbrechen.“

Nach und nach kam Aerias Kraft wieder zurück und schon bald fühlte sie sich kräftig genug, um aufzustehen. Als sie aufrecht stand, musste sie sich erst einmal am Stamm der Buche festhalten, um nicht direkt wieder umzukippen, als ein heftiger Schwindel sie überkam.

„Schön zu sehen, dass Ihr euch schon wieder besser fühlt“, hörte sie Fiadorgas Stimme hinter sich, „dennoch werdet Ihr sicher festgestellt haben, dass eure Kraft noch nicht für einen längeren Ritt ausreichen wird. Aus diesem Grunde haben wir eine Trage gebaut, mit der wir weiterreisen können, ohne dass Ihr euch zu sehr verausgaben müsst, denn ich befürchte, dass es nicht die beste Idee ist, noch länger hier zu verweilen. Kommt, wir helfen euch.“

Daraufhin ging Aeria, gestützt von Borogar zu der Trage und legte sich hinein.

„Ich habe Wildhasen zubereitet in einer köstlichen Pfeffer - Pilzsauce, ihr müsst unbedingt davon kosten“, redete Fiadorgas auf sie ein, während er ihr eine Schale hinhielt, „es wird euch den Atem rauben. Ich bin ja nicht umsonst weithin berühmt für meine einzigartigen Kochkünste.“

Gibt es etwas, für das du angeblich nicht berühmt bist, fragte Aeria sich müde, während sie den ersten Bissen zu sich nahm. Sie musste allerdings zugeben, dass er wahrlich nicht übertrieben hatte. Der Hase schmeckte wirklich köstlich.

Die weitere Reise war, trotz der holprigen Straße, die immer höher in Richtung Gebirge führte, recht angenehm und Aeria begann sich schnell zu erholen. Schon am zweiten Tag lief sie kurze Stücke neben den Pferden her, oder setzte sich für kurze Zeit in den Sattel, um ihren Körper wieder daran zu gewöhnen. Bereits am vierten Tag konnten sie dann die Trage zurücklassen, da Aeria kräftig genug war, um wieder den ganzen Tag im Sattel zu verbringen.

Am siebten Tagen erreichten sie dann Steinheim, eine kleine Bergbausiedlung am Fuß des Gebirges, unter dessen Gipfeln sich irgendwo das Ziel von Fiadorgas Expedition verbergen sollte, auch wenn Aeria immer noch an die Existenz dieser ominösen Stadt zweifelte. Sie stiegen in dem einzigen Gasthaus der Siedlung ab und gönnten sich in der kleinen Schankstube ein warmes Mahl, das im Vergleich zu Fiadorgas Speisen jedoch recht fade schmeckte, wie Aeria zugeben musste.

„Sagt mir werter Wirt, habt Ihr zufällig schon einmal etwas von einer Stadt oder Ruine namens Arantiga gehört?", fragte er den großen, hageren Mann, der sie bediente.

„Nein, den Namen habe ich noch nie gehört", antwortete dieser ehrlich.

„Es heißt, der Eingang zu der Stadt soll direkt unterhalb des höchsten Gipfels hier liegen", fuhr Fiadorgas fort. „Sie soll erbaut worden sein von einem uralten Volk, vor Äonen von Jahren und muss nun schon seit tausenden von Jahren verlassen sein."

„Ich weiß nichts von irgendwelchen Städten oder Ruinen in diesen Bergen. Steinheim ist der letzte bewohnte Ort diesseits des Passes. Die nächste Siedlung, die mir bekannt ist, ist Saarbrugge, am anderen Ende des Passes auf der anderen Seite des Gebirges. Aber wenn ihr jemanden sucht, der vielleicht etwas darüber wissen könnte, dann sprecht mit Hergar", antwortete der Wirt. „Er ist früher oft bis zum Gipfel gestiegen und erzählt gerne von seinen Entdeckungen. Auch wenn man davon wohl das meiste nicht für bare Münze nehmen sollte, so kennt er sich dort oben trotz allem bestens aus. Wenn irgendjemand euch hier weiterhelfen kann, dann mit Sicherheit er. Allerdings hat er sich seit seinem letzten Aufstieg irgendwie verändert, hat angefangen noch mehr wirres Zeug zu reden, als er das ohnehin schon getan hat. Redet ständig von der Stimme des Berges, die er gehört haben will und dass er nicht weiß, was sie ihm sagen will. Ich befürchte ja, dass er allmählich seinen Verstand verliert, aber vielleicht schafft ihr es dennoch nützliche Informationen aus ihm heraus zu bekommen, die euch weiterhelfen können. Ihr findet ihn für gewöhnlich trinkend und Pfeife rauchend vor seinem Haus. Es ist das letzte, bevor die Straße den Pass hinaufführt."

„Danke, werter Herr für deinen Ratschlag", erwiderte Fiadorgas. „Wir werden uns einmal mit ihm unterhalten. Hat er erwähnt, was es mit diesen Stimmen des Berges auf sich hat?"

„Naja, er behauptet, dass der Berg versucht hat mit ihm zu kommunizieren, als er das letzte Mal, vor einigen Jahren zum Gipfel gestiegen ist", antwortete der Wirt, „aber anscheinend konnte er nicht verstehen, was der Berg von ihm wollte und daraufhin soll der Berg dann wütend auf ihn geworden sein und wollte ihn verschütten. Seitdem ist er nicht mehr derselbe und ist auch nie mehr in Richtung Gipfel aufgebrochen."

„Hm... Äußerst interessant", sinnierte Fiadorgas.

„Wenn ihr mich fragt, hat Hergar bei seinem letzten Aufstieg wohl einen Stein zu viel an seinen Kopf bekommen und seitdem läuft er nicht mehr ganz rund", fügte der Wirt an.

„In Geschichten steckt zumeist auch immer ein Funken Wahrheit", entgegnete Fiadorgas. „Ich bin gespannt, welcher Funke denn wohl in seiner Geschichte steckt. Auf jeden Fall vielen Dank nochmal für euren Ratschlag. Nun aber zu euch", wandte Fiadorgas sich jetzt an Aeria. „Ich stelle euch noch einmal die Frage, wollt Ihr uns auf unserer heldenhaften und überaus gefahrvollen Expedition in die Tiefen des Gebirges folgen, oder wollt Ihr lieber zurück nach Elderan, oder wohin auch immer es euch verschlagen sollte, reiten? Wie mir scheint, habt Ihr jedoch nicht mehr allzu viele Freunde in diesen Landen und nach dem, was Ihr mir von eurem Aufenthalt in eurer einstigen Heimat erzählt habt, werden die Elfen sicherlich nicht ruhen, bis sie Euch gefunden haben. Da frage ich mich, welcher Ort denn besser geeignet sein könnte, um sich vor euren Verfolgern zu verbergen, als einer, der auf keiner Karte, die sie kennen, verzeichnet ist und von dem vermutlich noch nie jemand außer uns Dreien gehört hat. Darüber hinaus würden wir uns über eure Gesellschaft sehr freuen, wir könnten eure überaus geschickten Hände sehr gut gebrauchen. Wer weiß welche Gefahren dort auf uns lauern, oder was für Schlösser nur darauf warten, von uns geknackt zu werden. Geschweige denn, welche Reichtümer an diesem Ort, von uns entdeckt werden wollen. In alten Büchern heißt es, die Zoaleth wären ein Volk gewesen, das unermessliche Reichtümer angehäuft haben soll. Ihr würdet selbstverständlich euren fairen Anteil an der gefundenen Beute erhalten. Auch würde ich eure Schuld, die Ihr selbst mir gegenüber angesprochen habt, damit als beglichen ansehen", endete er.

„Hm..." überlegte Aeria kurz. „Ihr habt Recht. Im Moment gibt es wohl keinen Ort an den ich gehen könnte oder wollte, an dem ich vor meinen Schwestern sicher wäre. Was jedoch das Abenteuer angeht, von dem Ihr sprecht. Es gib nach wie vor nicht den geringsten Beweis dafür, dass die Stadt überhaupt existiert und selbst wenn, stehen die Chance gleich null, dass wir den Eingang überhaupt finden können, nachdem sie, wie Ihr immer wieder behauptet so tief unter der Erde errichtet worden sein soll. Vermutlich ist der Eingang, so er denn wirklich existiert, längst verschüttet." Aeria pausierte kurz. „Allerdings stehe ich tatsächlich tief in eurer Schuld, deswegen werde ich euch begleiten, um diese abzutragen. Falls es bei dieser Expedition tatsächlich auch noch etwas Wertvolles zu holen gibt, umso besser. Ich bitte lediglich noch um einen winzigen Gefallen, ehe ich mich dazu entscheide, weiter mit euch zu reisen", sagte sie an Fiadorgas gerichtet und grinste ihn dabei vergnügt an.

„Und worin genau soll dieser winzige Gefallen denn bestehen?", fragte Fiadorgas neugierig.

„Versucht, weniger zu reden", antwortete sie trocken, woraufhin sich Borogar beinahe an seinem Bier verschluckt hätte.

„Das, meine Teuerste“, sagte er, während er eine theatralische Geste machte und sein breitestes Lächeln aufsetzte, „kann ich euch leider nicht versprechen“.

Am nächsten Tag machten die Drei sich an den mühsamen Aufstieg in Richtung des Gipfels. Sie hatten ihre Pferde im Stall des Gasthauses zurückgelassen, denn schon nach wenigen Meilen wären sie mit den Pferden keinen Schritt mehr weitergekommen, zu steil und zu eng wäre der Pfad, dem sie folgten, ab hier für ihre Pferde gewesen. Das unwegsame Gelände ließ sie nur sehr langsam vorankommen. Aeria wunderte sich immer wieder, wie spielend leicht Fiadorgas mit ihnen mithalten konnte, obwohl er gewiss nicht mehr der Jüngste war, ganz zu schweigen davon, dass er offensichtlich nicht allzu durchtrainiert schien. Aeria hatte sich zwar dank Fiadorgas Heilkünsten soweit wieder ganz gut von ihren Wunden erholt, dennoch war sie es, die am langsamsten ging und die meisten Ruhepausen benötigte.

Schon bald war von dem schmalen Pfad nicht mehr viel zu erkennen, der sich weiter unten noch durch das Gebirge nach oben schlängelte, nachdem sie den Gebirgspass verlassen hatten, um sich in Richtung Gipfel aufzumachen, wie es Hergar ihnen erklärt hatte. Die Drei richteten sich fortan an die Karte, die Fiadorgas unter der Anleitung von Hergar gezeichnet hatte, dabei stiegen sie den Berg unaufhörlich weiter nach oben. Aeria fand es faszinierend, wie es Fiadorgas gelungen war, eine Karte nur aus den Erzählungen eines alten Mannes anzufertigen. Noch beeindruckender allerdings war für sie, dass diese Karte so präzise war, dass sie ihr ohne Probleme folgen konnten. Nicht einmal hatten sie einen falschen Weg eingeschlagen in den vier Tagen, die sie benötigten, ehe endlich der Gipfel in Sichtweite gekommen war.

„Seht ihr?“, sagte Fiadorgas gut gelaunt, während Aeria nach dem letzten steilen Anstieg immer noch schwer atmete, „genau wie er es beschrieben hat. Die drei Zacken stehen genau hinter der Mittagssonne. Wir sind also richtig hier." Er zeigte auf eine weiter oben liegende Stelle, unterhalb des Gipfels. „Da vorne muss die Höhle liegen, die Hergar gemeint hat. Dort muss er die Geräusche gehört und die Erschütterung gespürt haben, die er als die Stimme des Berges interpretiert hat. Los, lasst uns nachsehen, was dran ist an seiner Geschichte", kaum hatte er diese Worte ausgesprochen, schon marschierte er direkt auf sein Ziel zu. Selbst Borogar schien langsam außer Atem zu kommen, als sie sich weiter auf den Weg machten.

Woher nimmt er nur diese immense Kraft, fragte Aeria sich nicht zum ersten Mal, als sie mit vor Anstrengung wackligen Beinen hinterhertorkelte. Einen ganzen halben Tag benötigten sie noch für das letzte Stück, ehe sie den Ort erreichten, den Hergar ihnen beschrieben hatte, doch Aeria fragte sich, ob denn wirklich etwas an der Geschichte dran war, die er ihnen aufgetischt hatte und wenn ja, ob das dann überhaupt irgendetwas mit der antiken Stadt zu tun hat. *Wie konnte Fiadorgas nur so davon überzeugt sein, dass an den Worten eines alten Säufers etwas daran ist, dass er ihnen so blind vertraute. Wusste er vielleicht doch mehr, als er zugeben mochte? Andererseits war es aber auch die einzige Spur, die sie hatten, vielleicht klammerte er sich einfach nur fest daran.*

Sie fanden tatsächlich eine Höhle, über deren Eingang eine einzige, gewaltige Tanne stand, was in diesen Höhen eigentlich unmöglich sein sollte. Die letzten Bäume hatte Aeria vor über zwei Tagen zu Gesicht bekommen und sie fragte sich, wie dieser Baum wohl hierher gelangt ist und wie er so lange überleben konnte.

Die Sonne war bereits hinter dem Horizont verschwunden, als sie in die Höhle eintraten. Da mittlerweile sogar Fiadorgas erschöpft wirkte, entschieden sie sich, direkt ein Lager aufzuschlagen und entzündeten ein wärmendes Feuer in einer Ecke, um sich vor der nächtlichen Kälte zu schützen. Sie wollten mit der Erkundung der Höhle bis morgen warten, wenn es draußen wieder hell geworden war. Allzu groß schien sie auf den ersten Blick nicht zu sein, auch wenn das Feuer nicht alle Bereiche der Höhle gänzlich ausleuchtete. Die Drei verloren sich in ihren eigenen

Gedanken und nicht einmal Fiadorgas redete. So vernahm Aeria außer dem Prasseln des Feuers nichts weiter, als das beständige Pfeifen des Windes, der über die Felskanten schnitt, nur ab und zu wurde es übertönt, wenn sich irgendwo Geröll löste und krachend den Berg hinunterrollte. Sie vereinbarten schließlich, dass immer jemand im Wechsel Wache halten sollte, da der alte ihnen gesagt hatte, dass er die Geräusche das erste Mal nachts gehört hatte. Fiadorgas erklärte sich sogleich bereit, die erste Schicht zu übernehmen. „Ich bin so aufgeregt, ich kann jetzt sowieso noch nicht schlafen", behauptete er, wobei er immer noch fit wirkte, während Aeria schon im Sitzen die Augen zufielen. „Wir stehen so kurz vor einem sensationellen Fund, der die gesamte akademische Welt verändern könnte, ja vielleicht sogar dem größten Fund seit Aremellas damals die Hektokristalle entdeckt hat", sagte er und wirkte dabei beinahe wie ein Kleinkind im Honigwarenladen, während er bis über beide Ohren strahlte und sich leise summend ans Feuer setzte, während Aeria und Borogar sich zur Ruhe legten.

Ihr kam es so vor, als sei sie gerade erst eingeschlafen, als sie von ihrem Begleiter geweckt wurde.

„Schon soweit?", fragte sie Borogar und er nickte knapp. „Schon Glück gehabt?", er schüttelte daraufhin seinen Kopf, legte sich hin und schien sofort einzuschlafen. Sie setzte sich ihrerseits ans leise prasselnde Feuer und legte ein neues Scheit nach, der sogleich begierig von den Flammen verschlungen wurde. Aeria horchte in die Dunkelheit, doch kein ungewöhnlicher Laut drang an ihre Ohren. So saß sie etliche Stunden am Feuer und kämpfte immer mehr mit der aufkommenden Müdigkeit. *Wie ich es mir dachte, es war doch nur ein Ammenmärchen. Wie es scheint, hat der Wind dem armen Hergar einen Streich gespielt und mit seiner Vorstellungskraft erschuf er so die Stimme des Berges. Ich glaube nicht, dass es hier oben irgendetwas anderes gibt, als Fels und Gestein. Hier gab es wohl niemals einen Zugang zur Stadt. Wie Fiadorgas wohl darauf reagieren wird,* fragte sie sich, während ihre Augen kurz davor waren wieder zuzufallen und sie Gefahr lief, weg zu dösen.

Etwas riss sie aus ihrem Halbschlaf. Sie saß jetzt kerzengerade am Feuer und horchte erneut in die umliegende Stille, konnte jedoch nichts weiter hören, außer dem immer noch stetig am Felsen nagenden Wind. *Habe ich mir das nur eingebildet,* fragte Aeria sich. *Es kam ihr fast so vor, als kämen Geräusche aus dem Inneren des Berges und es war beinahe so, als hätte er sich kurz bewegt. Ich muss wohl geträumt haben.* Sie schüttelte sich, um den Schlaf gänzlich loszuwerden, der sie immer noch umfing, doch es gelang ihr nur kurz und ihre Lider waren bereits dabei, sich wieder zu senken, als ein erneutes Geräusch sie ihre Ohren spitzen ließ. Da war es wieder, kaum wahrnehmbar, aber sie war sich jetzt sicher. Der Boden unter ihren Händen vibrierte leicht und irgendetwas tief unter ihnen gab ein gleichmäßiges, ratterndes Geräusch von sich. Es war nur für eine kurze Zeit zu hören, dann verstummte es wieder, nur, um wenige Minuten später erneut von vorne zu beginnen.

Sie weckte ihre beiden Begleiter und teilte ihnen ihre Entdeckung mit. Fiadorgas war wie aus dem Häuschen, als er davon erfuhr und allem Anschein nach waren seine Sinne weitaus geschärfter, als sie es von einem Menschen erwartet hatte, denn er schien das Geräusch ebenfalls wahrnehmen zu können.

„Es kommt von sehr weit unten, wie mir scheint“, sagte er fröhlich. „Kommt helft mir einmal.“ Er stand auf, nahm eine der Fackeln, die sie mitgebacht hatten und entzündete sie am Feuer. Dann ging er zum anderen Ende der Höhle, betrachtete intensiv die Fackel und lauschte auf den Wind, während er langsam an der Wand entlangging.

„Hier, den Felsen müssen wir zur Seite schieben, dahinter scheint sich ein Gang zu befinden. Zumindest spüre ich hier einen Luftzug, den es eigentlich nicht geben dürfte“, sagte er an die Zwei gerichtet, woraufhin sie gemeinsam versuchten, den Felsbrocken zu bewegen.

Es war ein hartes Stück Arbeit den mannshohen Felsen zur Seite zu schieben, auch wenn er weit weniger wog, als ein Felsen dieser Größe eigentlich wiegen musste. Aerias Arme brannten nach der Anstrengung, doch es hatte sich gelohnt. Dahinter kam tatsächlich eine schmale

Öffnung zum Vorschein. Ein glatt gehauener Gang führte von hier tiefer in den Berg hinein.

„Ha, wir haben ihn gefunden“, rief Fiadorgas erregt in den Stollen hinein, woraufhin sein Echo hundertfach zu ihnen zurück hallte. „Seht euch nur an, wie glatt die Wände und die Decke sind, und das nach solch langer Zeit. Wie das nur möglich ist?“ Fiadorgas holte sein Notizbuch heraus und kritzelte etwas hinein. „Diese Zeichen, die hier über der Türe angebracht sind, ich habe noch nie etwas Vergleichbares gesehen und ich kann meinen Namen immerhin in siebenundachtzig verschiedenen Sprachen schreiben. Faszinierend. Die muss ich mir etwas genauer ansehen, ihr könnt solange schon einmal unsere restlichen Sachen zusammenpacken und vermutlich könnt ihr euch danach noch etwas ausruhen, das könnte eine Weile dauern“, noch während er sprach, begann er damit, die seltsamen Runen in sein Buch zu übertragen. „Was für ein fantastischer Fund, schon bevor wir angefangen haben, den Gang überhaupt zu betreten, geschweige denn, die Stadt gesehen haben, die nur darauf wartet, dass wir sie erkunden. Stellt euch nur vor, was uns hier noch alles Aufregendes und Neues erwartet. Hm..., was diese Zeichen wohl bedeuten mögen?“, nuschelte er vor sich hin, wohl eher zu sich selbst, als zu seinen Begleitern, die bereits dabei waren, ihre Sachen zusammenzupacken. Fiadorgas studierte die Zeichen noch eine ganze Weile, was Aeria dazu nutzte, noch einmal ihre Augen zu schließen, bis Fiadorgas sein Notizbuch zufrieden zuschlug. „So jetzt ist es aber an der Zeit, dass wir uns weiter nach unten wagen. Arantiga, wir kommen!“, rief er schließlich enthusiastisch. Die Drei schritten nacheinander durch den Eingang, in den schmalen Gang, der sie weiter nach unten führen sollte. Keiner von ihnen bemerkte mehr, dass die Zeichen zu glühen begannen, als sie alle eingetreten waren.

Kapitel 21 – Tom - Die Prüfung

Toms Nerven waren zum Zerreißen gespannt, während er auf dem steinernen Bänkchen vor dem Prüfungsraum wartete. Bisher war es ihm erst einmal gelungen den Fokus zum Leuchten zu bringen und das auch nur unter Meister Arens Anleitung, wobei er sich mittlerweile nicht mal mehr sicher war, ob er es denn überhaupt geschafft hatte. Damals hatte er nämlich, um sich besser konzentrieren zu können, seine Augen geschlossen gehalten. Er hatte nur Arens freudiges Lachen gehört und wie er aufgeregt „sehr gut Tom, sehr gut", rief. Als er dann neugierig seine Augen öffnen wollte, war die Kugel bereits wieder verblasst. Nicht einmal sein Element wollte Aren ihm nennen. „Das sollte jeder Magier lieber mit seinen eigenen Augen sehen", war das Einzige, was er antwortete.

Vermutlich hat er nichts gesagt, weil nichts passiert ist, ging es Tom durch den Kopf. *Er hat mich wohl damals nur aufbauen wollen. Naja bringt jetzt ja auch nichts mehr sich darüber Gedanken zu machen.* Tom versuchte sich etwas zu beruhigen. Meister Aren sagte immer, dass ein ruhiger Geist das Allerwichtigste ist, wenn man Magie nutzen möchte. Nur fragte er sich, wie er es schaffen sollte, ruhig zu werden, schließlich war er als nächster Prüfling an der Reihe. Er war sich sicher, zu versagen, wie er es schon so oft in seinem Leben getan hatte, nur um dann rausgeworfen zu werden. Dann würde er nie lernen, seine Fähigkeiten zu beherrschen und er würde alle um sich herum in Gefahr bringen. *Ich will nicht, dass Ben und Lucy wegen mir etwas passiert, das könnte ich mir niemals verzeihen. Vielleicht wäre es das Beste, wenn ich einfach alleine weggehe,* ging er bereits die Konsequenzen seines Scheiterns durch. Darüber hinaus würde er auch Aren enttäuschen, der Einzige hier, der sich um ihn kümmerte und so viel für ihn riskiert hatte. Er hat ihm letztlich nicht nur den Platz hier besorgt, sondern Tom verdankte ihm auch noch sein Leben, sowie das Leben seiner Freunde.

Zu seinem Zweifel kam auch noch, dass Liarick in der letzten Woche nicht müde wurde, ihn zu beschimpfen und zu betonen, wie angenehm es sein wird, wenn Abschaum wie er nicht mehr länger hier wären. Tom wünschte sich nichts sehnlicher, als es diesem blasierten Idioten zu zeigen. Liarick hatte selbstverständlich seine Prüfung längst mit Bravour bestanden. Seither prahlte er damit, dass seine Prüfung selbst für die obersten Magier der Akademie eine beeindruckende Vorstellung gewesen sei und ließ sich dafür von seinen Lakeien hochleben. Selbst jeder bissige und verhöhnende Kommentar von Liarick gegen Tom wurde durch Applaus belohnt. Tom saß mit schweißnassen Händen und genervt von Liaricks Geprahle darauf, dass er endlich an der Reihe war.

Oleg, der neben Tom saß, schien es fast noch schlimmer zu gehen. Er schwitzte am ganzen Körper und sein Gesicht war aschfahl. Tom hätte ihn gerne irgendwie aufgemuntert, jedoch war er dazu im Moment nicht in der Lage. Gerade war Viana an der Reihe, die vor ihm auf den Test gewartet hatte und vor kurzem in den Prüfungsraum gegangen war. Wenig überraschend kam sie bereits kurze Zeit später wieder lächelnd heraus. Nun war er daran. Viana lächelte Tom kurz an und wünschte ihm viel Glück.

„Viel Spaß beim Versagen", hörte Tom Liarick zu ihm herüberrufen. „Ohne dich wird es endlich wieder so sein, wie es sich gehört."

„Hör nicht auf diesen Idioten, du schaffst das schon", versuchte Viana ihn aufzumuntern.

Mit zittrigen Händen drückte er die Türklinke runter und betrat den Prüfungsraum. Dieser wurde nur von ein paar Kerzen an einem ausladenden Kronleuchter, sowie drei Kerzen, die zwischen den vier Prüfern standen, erhellt. Das flackernde Kerzenlicht verlieh den Gesichtern etwas Gespenstisches, was Toms Angst nur noch weiter anfachte. Er erkannte das grimmig dreinblickende Gesicht von Niewus, der wohl nur darauf wartete, bis er ihn endlich von der Akademie werfen konnte. Daneben saß Merva. Tom hatte nicht gewusst, dass sie ebenfalls zu den zauberkundigen Meistern der Akademie gehörte. Den alten Mann, der links neben Merva saß, hatte er noch nie zuvor gesehen, ebenso wenig wie die zweite Frau, die ganz rechts saß. Ihr Gesicht war im Zwielicht kaum zu erkennen, obwohl die Kerze nicht weiter von ihr entfernt war, als von den anderen Meistern. Mit wackligen Beinen ging er zu dem verlassen dastehenden Hocker, der vor den vier Prüfern stand und setzte sich. Auf dem Tisch vor ihm stand ein Fokus, der so durchsichtig schimmerte, wie er es nun schon zu Genüge kannte. Tom atmete ein paar Mal tief ein und konzentrierte sich auf den Kristall, so wie es Aren ihm gelehrt hatte. So, wie er es schon unzählige Mal zuvor vergeblich versucht hatte. Auch dieses Mal passierte nichts. Panik kroch in ihm hoch. *War ja klar, dass ich das hier versemmle, wie ich alles bisher in meinem Leben versemmelt habe.* Er versuchte sich wieder etwas zu beruhigen, doch es gelang ihm nicht. Im Gegenteil, er wurde immer noch nervöser.

„Lass dir ruhig etwas Zeit, mein Junge", erklang die krächzende Stimme eines der Meister. Das musste Meister Senorus sein, angeblich der älteste und mächtigste Magier an der Akademie. Tom sah auf und blickte in das von tiefen Falten zerfurchte, freundlich lächelnde Gesicht des Meisters, der ihm aufmunternd zunickte. Als Senorus Blick den seinen traf, fühlte Tom sich mit einem Mal wie verwandelt. Die Angst, die gerade eben noch dabei gewesen war, sich ungehemmt durch seine Eingeweide zu wühlen, war einfach verschwunden. Sein Puls beruhigte sich und eine wohlige Ruhe breitete sich in ihm aus. Tom hatte mit einem Mal das Gefühl, dass es nichts gab, wovor er sich fürchten musste. Er richtete seinen Blick jetzt wieder auf den Fokus, atmete einmal tief ein, schloss seine Augen und gab sich ganz diesem einen Moment hin. Er versuchte, die Energie der Kugel zu erspüren und tatsächlich konnte er dabei etwas fühlen. Ein sanftes Pulsieren, ging von dem Fokus aus. Dann ging er dazu über, seine eigene Energie zu erspüren. Es dauerte auch nicht lange, bis er sie fühlte. Da war eine Energie, die tief in ihm verborgen gelegen hat, die scheinbar schon immer da gewesen war, die er bisher nur noch nie erkannt hatte. Tränen rannen von seinen Wangen hinab, als er diese Energie weiter erforschte. Sie war so überwältigend, so rein, so wunderschön. Er spürte, dass dies ein Teil seines wahren Wesens sein musste. Er verweilte noch einige Zeit in diesem unbeschreiblichen Gefühl, ehe er sich wieder dem Fokus zuwandte. Tom versuchte nun einen Teil seiner eigenen Energie in den Kristall zu leiten. Es war, als würde er einfach einen Wasserhahn anstellten. Seine Energie floss ohne irgendeinen Widerstand einfach aus ihm heraus in Richtung des Fokuskristalls. Ihm war fast so, als könne er die Magie nur mit Hilfe seiner Gedanken zu allem formen, was er sich auch nur vorstellen konnte. Er ließ sie für kurze Zeit einfach nur vor sich schweben, fühlte dabei einfach nur die gewaltige Kraft, die in ihr wohnte, dann formte er daraus eine golden leuchtende Kugel. Danach ließ er sie spielend in den Fokus gleiten. Die Meister begannen daraufhin aufgeregt untereinander zu tuscheln.

„Das kann doch nicht? Siehst du das? Wie ist das möglich?"

Als Tom seine Augen wieder öffnete sah er, wie die Meister ihre Köpfe zusammengesteckt hatten. Tom erkannte auch sofort wieso, denn ein helles violettes Licht erhellte den gesamten Raum, das von dem Fokus ausging, der vor Tom hell strahlte. *Das ist doch nicht möglich,* dachte Tom und traute seinen Augen nicht.

„Ich denke, dass genügt", sagte der alte Meister in einem sanften Ton. „Du hast ohne Zweifel bestanden und kannst nun den Nächsten hereinschicken."

Tom blinzelte kurz und verlor dadurch seine Konzentration, woraufhin das Licht wieder erlosch. Es fühlte sich so an, als würde er wieder ganz langsam zu sich kommen. Oder war er vorhin endlich zum ersten Mal in seinem Leben wirklich zu sich gekommen? War er jetzt dabei, wieder in einen Schlaf zu verfallen, in dem er schon sein ganzes Leben lang gesteckt hatte? Tom war noch durcheinander von all den Gefühlen und Gedanken, als Professor Niewus barsch „der Nächste" rief, womit er Tom zu verstehen gab, dass dieser den Raum möglichst schnell verlassen sollte.

Draußen angekommen fühlte Tom sich prächtig, er hatte es geschafft. Er hatte tatsächlich bestanden. Noch dazu schien er, wenn er das violette Leuchten richtig deutete und er Meister Niewus am ersten Tag richtig verstanden hatte, eine außerordentlich besondere Form der Magie in sich zu tragen. Etwas, dass anscheinend schon seit mehreren hundert Jahren nicht mehr vorgekommen war. Er grinste Liarick nun gelassen an. Er freute sich schon auf dessen Gesicht, wenn er erfahren würde, dass ausgerechnet Tom diese besondere Fähigkeit besitzt. Dann ging er zu Oleg, legte eine Hand auf seine Schulter und sagte zu ihm, „keine Angst, wenn ich das geschafft habe, ist das für dich doch ein Kinderspiel. Viel Erfolg." Damit schickte er ihn zu den Prüfern.

Liarick konnte nicht fassen, dass Tom bestanden haben soll. „Da muss ein Fehler unterlaufen sein. Ich bin sicher, dass der Fokus defekt war. Das wird sich bald klären", stammelte dieser vor sich hin. „Mein Vater..., mein Vater wird eine Untersuchung einleiten und dann werden wir herausfinden, wie du betrogen hast."

Doch all das war Tom jetzt erst einmal völlig egal. Er hatte gerade etwas erlebt, dass er eigentlich nicht beschreiben konnte, ein Gefühl, dass erhabener war als alles, was er bisher gespürt hatte. Er konnte fühlen, dass er alles auch nur Erdenkliche erschaffen konnte, einfach nur dadurch, dass er es sich vorstellte. Er wusste zwar noch nicht, wie genau das funktionierte, doch das würde er mit Sicherheit schon bald erlernen. Nun war er unendlich gespannt auf seine erste echte Stunde in Magiekunde. Darauf, endlich echte Zaubersprüche zu lernen.

Tom wartete noch auf Oleg, allerdings brauchte er dafür nicht allzu lange zu warten. Als er aus der Türe trat, war er zwar blass, aber er strahlte über das ganze Gesicht.

„Ha, ich habe es dir doch gesagt, dass du es auch schaffst", beglückwünschte Tom seinen Freund. „Und wie war es für dich?"

„Schrecklich", antwortete Oleg. „Ich glaube, ich hatte noch nie so viel Angst in meinem Leben wie auf diesem Stuhl. Die Meister sind wirklich furchteinflößend. Aber das ist ja jetzt auch egal, wir haben es geschafft, dass muss gebührend gefeiert werden. Die Anderen treffen sich alle in der silbernen Suppenschüssel. Ich finde, wir sollten da auch hin, dass haben wir uns redlich verdient."

„Die silberne Suppenschüssel?", fragte Tom verwirrt.

„Warst du etwa noch nie dort?", fragte Oleg verwundert. „Es ist das beste Wirtshaus hier in der Stadt und befindet sich auf dem Akademiegelände. Ich dachte eigentlich, dass jeder hier die

Suppenschüssel kennt, doch manchmal vergesse ich, dass du nicht von hier stammst. Auf jeden Fall wirst du nirgendwo in ganz Elderan ein besseres Bier finden als dort."

„Die Anderen sind auch alle da? Hältst du das denn für eine so gute Idee?", wollte Tom wissen.

„Ja natürlich, dass wird heute Abend eine riesen Feier geben. Die bereiten schon seit ein paar Tagen alles dafür vor", erwiderte Oleg. „Die Feier zur Prüfung der Adepten ist eines der Highlights in jedem Jahr, die darfst du einfach nicht verpassen."

„Ich weiß nicht, Liarick und seine Speichellecker sind doch mit Sicherheit auch da oder?", zögerte Tom. „Der wird uns doch sicher wieder vor allen beleidigen und blosstellen."

„Ach, lass diesen alten Stinkstiefel heute doch mal Stinkstiefel sein", erwiderte Oleg. „Wir sind jetzt offiziell Magieradepten. Das muss einfach gefeiert werden. Das lassen wir uns von niemandem kaputt machen, ganz besonders nicht von diesem aufgeblasenen Adelsfutzi."

„Also gut, wenn du meinst", sagte Tom mit eher mäßiger Begeisterung, während Oleg ihn schon zum Wirtshaus zog.

Die Silberne Suppenschüssel war zum Bersten gefüllt. Sie war reichlich geschmückt worden. Überall hingen bunte Girlanden aus Blumen und Glückwunschschilder. Dazu schwebten überall im Raum Glaskugeln, die in allen nur erdenklichen Farben leuchteten.

Tom und Oleg fanden ein paar freie Plätze in einer der Ecken der Stube. „Hallo Oleg und hast du es geschafft?", fragte eine der Schankmägde ihn, während sie ihm einen Krug Bier hinstellte.

„Aber natürlich Rosa", entgegnete Oleg. „Vor dir sitzt jetzt ein waschechter Adept der Akademie. Hast du etwa daran gezweifelt? Ich jedenfalls nicht."

„Das klang gestern Abend aber noch ganz anders“, neckte sie ihn gut gelaunt. „Oh Rosa, wie soll ich das nur jemals schaffen? Ich kann das doch alles gar nicht. Die werden mich wieder nach Hause schicken. Ich kann deine Stimme noch genau hören.“

„Ach, sei blos still“, murrte Oleg. „bring stattdessen lieber meinem Freund noch ein Bier. Er ist ab heute nämlich auch ein Magieradept, genauso wie ich.“

„Na dann gratuliere ich mal recht herzlich“, sagte sie, während sie Tom freundlich auf die Schulter klopfte. „Eure Getränke gehen heute Abend selbstverständlich aufs Haus. Hach, so voll waren wir schon lange nicht mehr. Das wird mal wieder eine wilde Nacht heute, wie wunderbar. Ich wünschte nur, ich wäre noch einmal so jung und ausdauernd wie ihr“, dann drehte sie sich um und verschwand Richtung Tresen.

„Ich komme hier bereits seit meiner Kindheit her. Das eben war Rosa, ihr gehört die silberne Suppenschüssel.“, erklärte Oleg. „Sie und mein Vater sind alte Freunde, er liefert ihr nämlich schon seit Jahrzehnten das Bier“, sagte er stolz. „Valingrader, das beste Bier auf dem ganzen Kontinent. Es kommt aus dem hohen Norden, die Braukunst der Nordmänner ist einfach unübertroffen. Es ist natürlich nicht ganz billig, aber es lohnt sich, du wirst sehen.“ Wie aufs Stichwort, kam Rosa auch schon mit einem Krug Frischgezapften zu ihnen und stellte ihn vor Tom ab. „Lass es dir schmecken, mein Kleiner.“ Oleg hatte recht, es schmeckte wirklich köstlich. Die Stimmung in der Schankstube stieg von Minute zu Minute. Schon bald fingen die Ersten bereits an, frivole Lieder anzustimmen, als eine wohlbekannte Stimme durch die Schankstube hallte.

„Sieh mal einer an, wen haben wir denn hier?“, rief Liarick schon leicht betrunken durch den ganzen Raum, als er mit seiner Gefolgschaft im Rücken in Toms und Olegs Richtung schritt. Mit einem Mal verstummte der ganze Saal. Alle blickten gebannt auf das Schauspiel. „Genieß dein kurzes Glück. Es wird das letzte Mal gewesen sein, dass du dir hier Erfolg erschlichen hast. Ich werde schon herausfinden, wie du betrogen hast und dann persönlich dafür sorgen, dass du von hier verschwindest.“ Tom versuchte ihn zu ignorieren und nippte, den Kopf auf den Tisch gesenkt, an seinem Bier.

„Was ist denn, hast du garnichts zu sagen?“, stichelte Liarick weiter.

„Lass uns einfach in Ruhe“, entgegnete Oleg. „Geh doch in deine Ecke zurück und feiere deinen Triumpf dort mit deinen Freunden“, wobei er das letzte Wort besonders herablassend betonte.

„Mir ist aber nicht nach feiern zumute, wenn Abschaum wie ihr in der Nähe ist, das verdirbt mir die gute Laune und lässt mein Bier schal werden.“ Mittlerweile war er am Tisch angekommen und baute sich mit samt seiner Begleiter vor den Zweien auf. „Ihr solltet euch besser ein Wirtshaus suchen, dass eurem Stand würdig ist, vielleicht gibt es ja noch eins irgendwo in der Gosse, wo ihr hingehört.“

„Vielleicht solltest du dir einfach ein anderes Wirtshaus suchen, wenn es dir hier nicht passt, dann kann der Rest von uns wenigstens in Ruhe weiterfeiern.“ Es war Viana, die aufgestanden war und sich nun vor Liarick stellte.

„Was mischst du dich denn ein?“, fragte Liarick verächtlich. „Das hier geht dich überhaupt nichts an, oder hast du dich bereits mit diesem Gesocks verbrüdert? Du bist eine Schande für unseren Stand.“

„Wenn du anfängst, mich und meine Freunde beim Feiern zu stören, dann geht es mich sehr wohl etwas an und jetzt zieh endlich Leine du kleines, verzogenes Muttersöhnchen, niemand will dich hier haben“, antwortete Viana barsch.

Liarick holte mit seinem Arm zum Schlag aus. „Was fällt dir eigentlich ein du kleine…“

„Wenn du Ärger machst, dann fliegst du hier hochkant wieder raus“, unterbrach ihn Rosa barsch, die mittlerweile hinzugekommen war.

Liarick erstarrte in seiner Bewegung und blickte die dralle Wirtin verächtlich an. „Weißt du eigentlich, wer ich bin?“, wollte er wissen.

„Natürlich weiß ich das. Du kannst deinem hochnäsigen Vater auch gerne noch einen Gruß von mir ausrichten, wenn ich dich, genauso wie deinen Vater damals, hier rausgeworfen habe.“ Liarick funkelte Rosa zornig an, ehe er seine Hand sinken ließ. Dann drehte er sich um.

„Kommt Leute, wir gehen wo anders hin. Die Gesellschaft hier ist einfach unerträglich." Noch während er wütend die Suppenschüssel verließ, fingen die übrigen Gäste wieder an zu feiern und nicht wenige erfreuten sich an der Abfuhr, die Liarick erhalten hatte.

„Ich muss mich für ihn entschuldigen", richtete sich Viana an Tom, als sie sich einen Stuhl schnappte und sich zu ihnen an den Tisch setzte. „Nicht alle Adeligen sind solch engstirnige Vollidioten wie er. Ich glaube, wir haben uns noch gar nicht offiziell vorgestellt. Ich bin Viana, freut mich, dass ihr es auch geschafft habt und wenn es nur deshalb ist, damit unser lieber Liarick vor Wut die nächsten Tage kein Auge zumachen wird. Jetzt erzählt mal, wie war die Prüfung für euch so, hattet ihr auch so viel Angst wie ich?"

„Was, du hattest Angst vor der Prüfung?", entfuhr es Oleg. „Du konntest den Zauber doch schon vom ersten Tag weg."

„Trotzdem hatte ich Angst, meine Künste vor den größten Magiern an der Akademie zu zeigen", antwortete Viana.

„Wem sagst du das", erwiderte Oleg. „Ich hätte mir fast in die Hose gemacht, ich weiß nicht mal mehr, wie ich den Zauber überhaupt zustande gebracht habe."

„Was für ein Element besitzt ihr?", wollte Viana nun wissen. „Das meines das Licht ist, wisst ihr ja bereits, jetzt will hören, welche die Euren sind, vielleicht können wir ja sogar zusammen üben."

„Also ich werde einmal der Gebieter über die Winde werden", gab Oleg großspurig zurück. „Ich werde schon bald die mächtigsten Stürme heraufbeschwören, die diese Welt jemals zu Gesicht bekommen hat. Da fällt mir ein, dass ich dich noch gar nicht gefragt habe, Tom. Was hast du denn für ein Element?"

„Ich...", stotterte Tom. „Meine Kugel hat sich violett gefärbt."

Für einen Moment starrten die zwei ihn ungläubig an, ehe Oleg laut zu lachen anfing. „Der war gut, Tom. Fast hättest du mich gehabt. Meine Kugel hat violett geleuchtet", versuchte er Tom nachzumachen, nur um dann wieder lachen zu müssen.

„Ich glaube er meint das ernst", erwiderte Viana, die Tom weiterhin mit forschendem Blick ansah.

„Ach, red doch keinen Blödsinn", antwortete Oleg. „Er hat sich nur einen Spaß erlaubt, nicht war Tom?"

„Ich, ... naja, eigentlich...", stammelte Tom vor sich hin.

„Nicht dein Ernst", brach es aus Oleg hervor. „Das gibt es doch einfach nicht. Das ist ja der Wahnsinn. Das muss gefeiert werden. Rosa, bring uns eine Flasche von deinem besten Selbstgebrannten. Du wirst mit Sicherheit einmal der berühmteste Magier aller Zeiten, darauf wette ich." Kurz darauf kam auch schon Rosa mit einer Flasche und drei Gläsern an ihren Tisch. Oleg schenkte jedem ein und erhob sein Glas. „Auf Tom, den größten Magier aller Zeiten und auf uns, die wir ihm dazu verhelfen werden", rief er laut, ehe er den Schnaps in einem Zug trank.

„Wie ich sehe, seid ihr schon richtig am feiern", hörte Tom eine Stimme hinter sich. „Ich hätte ja gehofft, dass du uns selber Bescheid gibst, dass du bestanden hast und wir es nicht durch andere erfahren mussten, aber wenn du uns heute genügend ausgibst, vergeben wir dir vielleicht noch einmal." Zu Toms Überraschung waren Lucy, Ben und Nelli gekommen. „Jetzt rutsch endlich, damit wir uns zu euch setzen können", fuhr Lucy fort. Sie rückten enger zusammen, damit sie alle an dem Tisch Platz hatten und Rosa brachte sogleich neue Gläser und eine weitere Flasche Selbstgebrannten. Sogleich löcherte Lucy alle mit Fragen, wie denn die Prüfung war und wie es jetzt wohl weiter geht. Tom lehnte sich zurück und genoss es, den anderen zuzuhören, wie sie zusammen lachten und phantasierten. Als sie dann alle gemeinsam zum wiederholten Male auf die neuen Adepten anstießen, hatte Tom zu ersten Mal seit sehr langer Zeit wieder das Gefühl zu Hause zu sein.

Kapitel 22 – Die unterirdische Stadt

Aerias Blick folgte dem Pfad weiter abwärts, während sie an der steinernen Wand lehnte. Sie konnte mittlerweile nicht mehr abschätzen, wie lange sie bereits dem Weg nach unten gefolgt waren. Der erste Abschnitt war noch sehr schmal und niedrig gewesen, doch nach einiger Zeit mündete dieser in einen weitaus breiteren und höheren Stollen, in dem ohne Probleme Pferde oder sogar ganze Wägen nebeneinander Platz gehabt hätten. Darüber hinaus waren die Wände in regelmäßigen Abständen von bläulich leuchtenden Steinen gesäumt, die den Pfad so gut erhellten, dass sie ihre Fackeln nicht mehr benötigten. Fiadorgas war, wie nicht anders zu erwarten, äußerst fasziniert von diesen Steinen. Er rätselte bis jetzt immer noch, ob diese Steine von Natur aus leuchteten, oder ob sie mittels eines Zaubers dazu gebracht worden waren und wenn ja, wie es möglich war, dass dieser Zauber nach all der Zeit immer noch wirken konnte. Der Gang schien scheinbar endlos zu verlaufen und führte sie in immer gleichen, geschwungenen Bahnen langsam aber unentwegt tiefer in das Innere des Berges. Aeria wandte nun ihren Blick vom Weg ab und sah sich in dem Raum um, in dem die Drei sich gerade niedergelassen hatten, um sich nun schon zum zweiten Mal schlafen zu legen. Der Raum war an der Innenseite des Weges in den Stein gemeißelt worden. Da hier unten keinerlei Anzeichen für Tages- und Nachtwechsel mehr auszumachen waren, konnte Aeria nicht einmal mehr mit Sicherheit sagen, ob es mittlerweile tatsächlich schon wieder Nacht geworden war oder ob sie einfach nur müde vom endlosen Bergabwandern waren. Räume, wie dieser, waren in sehr regelmäßigen Abständen in den Stein gehauen worden und wurden früher wohl ebenfalls als Raststätten genutzt, zumindest deuteten die Reste der Ausstattung dies an. Sie waren alle exakt identisch aufgebaut. Borogar hatte gerade ein kleines Feuer in der Feuerstelle entfacht, die in die Wand gegenüber dem Eingang gehauen worden war. Wie sie feststellten, funktionierte der Rauchabzug nach wie vor noch einwandfrei. Auch hier rätselte Fiadorgas immer noch, wie es möglich war, dass ein Rauchabzug in dieser Tiefe überhaupt funktionieren konnte, dazu noch nach all diesen Jahren. Schon alleine die Tatsache, dass dieser Abzug immer noch einwandfrei arbeitete, brachte Fiadorgas direkt wieder ins Schwärmen. Er konnte es kaum noch abwarten, die Stadt endlich mit eigenen Augen zu sehen. Entlang der Wände links und rechts standen jeweils sechs steinerne Rechtecke, die, ihrer Größe und Form nach zu urteilen, bereits damals als Betten dienten. Aeria spürte einmal mehr das weiche Holz der Latten, die als Rost dienten, und immer noch völlig intakt waren. Aeria konnte sich nicht erinnern, jemals ein derart beschaffenes Holz gespürt zu haben. Es war ein außergewöhnlich weiches Holz, das geradezu dazu einlud, sich darauf zu legen. Gleichzeitig war es so stabil, dass es sie oder ihre Begleiter ohne Probleme tragen konnte. Neben den Betten standen kleine Kisten aus Stein gehauen, die ebenfalls nach all der Zeit immer noch in makellosem Zustand waren. Aeria fragte sich nicht zum ersten Mal, als sie mit der Hand über den Deckel einer der Truhen strich, ob die Bewohner der Stadt denn tatsächlich vor tausenden von Jahren ausgestorben waren, oder ob sie, fernab von der restlichen Welt, hier unten einfach ungestört weiter lebten. Zu gut schien ihr alles hier erhalten, als dass es wirklich seit Jahrtausenden unberührt hätte sein können. So glatt wie die Wände und Decken immer noch geschliffen waren, hätten sie auch erst gestern in den Stein gemeißelt worden sein können. Dazu hatten sie bislang noch nicht ein Bett oder eine Truhe gesehen, die in irgendeiner Weise beschädigt gewesen wäre. Gerade schweifte Aerias Blick über eine der Glasröhren, die in jedem Raum, den sie bisher erkundet haben, sowie dem Gang, die Decke in immer gleichen Abständen durchzogen. Auf deren Oberfläche war die immer gleiche Zeichenfolge eingeätzt, für die Fiadorgas, wie für so vieles immer noch keine vernünftige Erklärung gefunden hatte. Durch diese Röhren floss entweder eine türkisgrüne, zähe Flüssigkeit nach oben, oder aber eine dunkle, grauschwarze Masse nach unten. Nachdem Fiadorgas zu Beginn noch jede einzelne dieser Röhren untersucht hatte, ohne nennenswerte Erkenntnisse daraus zu ziehen, außer, dass es sich vermutlich um ein und denselben Kreislauf handeln musste, deren Funktion er aber nicht einmal erahnen konnte, gingen sie mittlerweile achtlos an ihnen vorbei.

Wären die Geräusche, die von unten zu ihnen heraufdrangen nicht mit der Zeit immer lauter geworden, dann hätte Aeria geschworen, dass sie die ganze Zeit nichts weiter getan hätten, als im Kreis zu laufen. Zu sehr ähnelte sich hier alles, zu perfekt schien alles hier, dass sie beinahe Angst hatte, sie säßen in einer Illusion fest. In immer gleichen Abständen begann es in der Tiefe für einige Zeit zu rattern und je tiefer sie kamen, desto lauter wurden diese Geräusche. Mittlerweile konnte sie sogar spüren, wie der Stein ganz leicht bebte, wenn das Rattern erneut von vorne begann. Umso erstaunlicher fand sie es, dass immer noch alles so makellos erhalten war. Allzu weit konnte es nun wohl wirklich nicht mehr sein, hoffte Aeria, während das gleichmäßige Rattern aus der Tiefe sie allmählich in den Schlaf wog.

Endlich hatten sie das Ende des Weges erreicht. Sie betraten eine große, in tiefste Dunkelheit gehüllte Höhle. Nur das Flackern ihrer unsteten Fackeln, die sie nun wieder entzündet hatten, erhellte einen kleinen Bereich um sie herum. Sie konnten weder die Wände, noch eine Decke erkennen, einzig ein Lichtstrahl hoch über ihnen verriet, wie gigantisch diese Höhle sein musste. Irgendetwas an diesem Lichtstrahl war jedoch merkwürdig. Es sah ganz so aus, als sei der Strahl gebündelt worden, denn er erhellte die Umgebung nicht im Geringsten und traf trotz der großen Entfernung, die er in der Höhle zurücklegen musste dennoch mit der gleichen Intensität auf dem Boden auf, mit dem er oben durch die Höhlendecke eindrang. Da er das Einzige war, dass die Drei ausmachen konnten, gingen sie schnurstracks auf den Lichtstrahl zu.

„Könnte es sein, dass?“, murmelte Fiadorgas vor sich hin, als sie die Stelle erreicht hatten, an der der Lichtstrahl den Boden berührte. Er war tatsächlich nicht viel breiter als Aerias Handfläche. „Potzblitz“, rief er erheitert aus. „Ich vermute, wir sollten gleich ein besseres Bild von hier bekommen", sagte er, während er zu einem Gestell ging, dass direkt neben der Stelle stand, an dem der Strahl auf den Boden traf. An ihm war ein Spiegel angebracht. „Helft mir mal", forderte Fiadorgas sie auf. „Hier, der Spiegel muss in die richtige Position gebracht werden, damit er das Licht weiterschicken kann." Sie schoben zu dritt das Gestell in Richtung des Lichtstrahls, bis der Strahl von dem Spiegel weiter in die Dunkelheit geleitet wurde. Nichts passierte. „Lasst ihn uns ein Stück drehen", meinte Fiadorgas zu ihnen, woraufhin sie das schwere Gestell langsam im Uhrzeigersinn drehten, bis der Strahl scheinbar auf einen weiteren Spiegel traf. „Ha, habe ich es mir doch gedacht, wie wunderbar", rief Fiadorgas begeistert, während der Strahl unentwegt von Spiegel zu Spiegel gelenkt wurde und dabei jeder Spiegel, den der Strahl traf hell zu leuchten begann. Staunend betrachteten sie das Spektakel. Das Licht bewegte sich unnatürlich langsam, so dass sie seinem Lauf problemlos folgen konnten. Jedes Mal, wenn ein neuer Spiegel getroffen wurde, gab dieser wieder etwas mehr von der gewaltigen Höhle preis. Der Durchmesser musste beinahe eine Meile betragen und von der gesamten Höhlenwand gingen unzählige Stollen ab. Ob das alles solche Wege waren, wie der, dem sie gefolgt sind, fragte sich Aeria, als der Lichtstrahl langsam auf den letzten Spiegel der Höhle zuflog, der direkt vor ihnen hing. Sofort begann auch dieser zu leuchten und gab den Anblick auf eine riesige, direkt in den Felsen gehauene Pforte preis. Sie war übersäht mit im Licht schimmernden Runen und durchzogen von den Glasröhren mit der türkisgrünen Flüssigkeit. „Bei Sweredas Schwanzflosse. Selbst die Zwerge früherer Tage würden bei solch einem Anblick neidisch werden", entfuhr es Fiadorgas ehrfürchtig. Das ganze Tor war von unzähligen kleinen Scharten umgeben. Im Notfall konnten die Verteidiger hier wohl die Angreifer unter Beschuss nehmen.

„Hier möchte ich kein Angreifer gewesen sein", sagte Aeria bedächtig, als sie vor dem tiefen Graben stehen blieb, der das Tor von dem Rest der großen Höhle trennte. Auf der gegenüberliegenden Seite sah sie eine kleine Erhöhung ähnlich der, auf der sie jetzt Stand.

„Hm… ist die Brücke eingestürzt? Sonst ist hier doch alles so gut erhalten“, fragte Fiadorgas sich, als er neben Aeria getreten war und ebenfalls zur anderen Seite blickte. „Wie kommen wir jetzt da rüber? Jemand irgendeine eine Idee?“

„Du bist doch hier das selbsternannte universelle Genie“, entgegnete Aeria ihm sarkastisch. „Dir fällt doch mit Sicherheit etwas ein.“

„Wohl gesprochen meine Liebe“, konterte Fiadorgas, ohne auf ihren Unterton einzugehen, „jedoch stehe ich hier vor einem Rätsel, dessen Lösung sich mir noch nicht gänzlich offenbaren möchte. Der Graben ist zu breit, als dass wir Seile werfen könnten, auch klettern fällt auf diesem glatten Stein wohl flach. Mal abgesehen davon, dass ich keine Ahnung habe wie tief diese Schlucht überhaupt ist und ich das auch gar nicht erst herausfinden möchte. Dazu muss ich auch noch austüfteln, wie sich das Tor von dieser Seite aus öffnen lässt. Ich würde sagen, wir schlagen hier unser Lager auf und überlegen uns derweil, wie wir weiter vorgehen. Es muss einen Weg geben, wie wir dort hineingelangen. Wir sind bereits so kurz davor.“ Er legte seinen Rucksack ab und begann damit, den Sockel genauer zu untersuchen. Auch Aeria und Borogar legten ihre Sachen ab und fingen an, die Gegend nach etwas abzusuchen, dass ihnen helfen konnte, die Schlucht zu überqueren.

„Hm… hier sind dieselben Glasröhren wie in den Wänden angebracht“, sprach Fiadorgas leise zu sich selbst. „Jedoch sind die hier mit anderen Runen versehen, als die die wir bisher entdeckt hatten. Ein paar sind identisch ein paar sind gänzlich neu. Was das nur zu bedeuten hat? Ach ich wünschte nur, ich könnte diese Sprache verstehen, aber die ist so gänzlich anders, als alles, was ich bisher gesehen habe. Ich sehe auch keinen anderen Mechanismus hier. Es ist alles so, wie in den Aufzeichnungen beschrieben. Nur, dass keine Brücke vorhanden ist…“

„Wenn er nicht weiterweiß, redet er immer mit sich selbst“, sagte Borogar zu Aeria. „Noch brauchst du dir keine Sorgen um seinen Zustand zu machen. Warte erst einmal ein paar Stunden ab“, ergänzte er und grinste dabei schelmisch.

Die Zeit verging, ohne dass jemand irgendetwas Nützliches entdeckt hatte. Aeria begann damit, die Oberfläche des Felsens mit ihren sensiblen Fingern abzutasten, während sie hören konnte, dass Fiadorgas immer ungeduldiger wurde. „Ach verdamm, das funktioniert auch nicht. Hier muss doch etwas sein verdammt. Wir sind schon so nah dran..." schrie er laut, was einen enormen Widerhall zur Folge hatte.

„Still", rief Aeria ihm zu.

„Was denn?", schrie er lautstark zurück, „darf ich jetzt nicht einmal mehr meine Wut herauslassen, ohne dass..."

„Sei still", schnitt Aeria ihm das Wort ab. „Sei still und hör genau hin", entgegnete sie ihm ruhig.

Fiadorgas stutzte einen Moment, ehe er in die wieder eingetretene Stille horchte, nur das sie plötzlich nicht mehr gänzlich still war. Ein Surren drang von der anderen Seite der Schlucht zu ihnen herüber.

„Was ist das für ein Geräusch, das war vorher noch nicht da", flüsterte Fiadorgas wieder zu sich selbst. Kurze Zeit später erklang ein leises Knacken und das Geräusch verstummte wieder. „Kann es sein, dass sie hier vielleicht...?", murmelte Fiadorgas aufgeregt vor sich hin. „Ja, das muss es sein", fuhr er fort und fing dann beinahe hysterisch an zu lachen. „Ha... das wäre so einfach und gleichzeitig so genial. Sagt mir, wie gut könnt ihr die hohen Oktaven singen?", fragte er Aeria. „Mein Sopran ist leider nicht mehr so gut wie früher und Borogars Gesangskünste, nun ja, reden wir lieber nicht darüber."

„Ich.. Was? Wieso? Sollen wir jetzt vielleicht lustige Lieder singen und hoffen, dass es jemanden da drin so gut gefällt, dass er uns hereinbittet", erwiderte Aeria sarkastisch, die langsam befürchtete, dass Fiadorgas endgültig seinen Verstand verloren hatte.

„So in etwa", antwortete Fiadorgas ernst. „Bei allem, was ich bisher über die Zoaleth herausgefunden hab, waren sie unter anderem für ihre musikalischen Künste bekannt. Da sie allgemein den Künsten sehr zugeneigt waren, wieso sollten sie dies nicht auch zum Schutz ihrer Stadt eingesetzt haben? Musik. Ha...!, wie unerwartet." Als er sah, dass sie ihn immer noch kritisch musterte, fuhr er fort. „Ich glaube sie benutzen eine bestimmte Melodie, um die Brücke auszufahren oder einzuholen. Also, wie gut kannst du denn nun singen?"

„Ich bin am Hof der Elfen aufgewachsen, was denkst du wohl?", antwortete Aeria, allerdings immer noch skeptisch.

„Sehr gut, dann fang an, los. Und möglichst laut", forderte Fiadorgas sie auf, während er aufgeregt in seine Hände klatschte.

„Und wie stellst du dir das jetzt vor? Soll ich etwa jedes verdammte Lied singen, dass ich kenne, in der Hoffnung, dass eines davon das Richtige ist?", antwortete sie sarkastisch.

„Ich glaube nicht, dass es ein Lied ist, das wir kennen", entgegnete Fiadorgas ihr. „Am besten ist es wohl, wenn du Ton für Ton nach unten singst, und nach jedem Ton einen Moment wartest, ich vermute, dass wir erkennen können, ob die Tonfolge richtig ist oder nicht."

„Und ihr glaubt allen Ernstes, dass das funktioniert?", fragte sie.

„Jetzt macht schon", erwiderte Fiadorgas. „Vertraut mir einfach."

Aeria verdrehte die Augen, fing aber letztlich doch an zu Singen. Sie begann so hoch, dass ihnen beinahe das Trommelfell geplatzt wäre, dann immer einen Ton tiefer.

Klack. Ein dumpfes Geräusch erklang und mit einem Mal begann eine der Runen zu leuchten, die überall auf dem Sockel verteilt waren.

„Ha! Es funktioniert tatsächlich", lachte Fiadorgas begeistert. „Merk dir diesen Ton, das muss der erste sein und mach weiter."

Sie sang weiter, doch nach einigen Sekunden erlosch die Rune wieder und das Surren endete wieder.

„Aha, man hat wohl nur eine gewisse Zeit um den nächsten Ton zu treffen", nuschelte Fiadorgas vor sich hin. „War ja irgendwie zu erwarten. Fang noch einmal mit dem ersten Ton an und mach dann dort weiter, wo du aufgehört hast."

Sie sang weiter, wie Fiadorgas gesagt hatte und sofort fing die Rune wieder zu leuchten an. Kurz darauf leuchtete eine weitere auf.

„Sehr schön nur noch achtzehn weitere, wenn ich die Runen richtig gezählt habe", sagte er fröhlich, als die zwei schließlich wieder erloschen.

„Na, das kann ja heiter werden", sagte Borogar genervt und fing an, sich Tücher in die Ohren zu stopfen, als Aeria weiter sang und auch Fiadorgas mit einstimmte.

So vergingen einige Stunden, bis nur noch eine Rune fehlte, doch so oft sie auch die Töne rauf und runter sangen, diese letzte wollte einfach nicht aufleuchten. „Mist verdammter, irgendetwas fehlt noch, nur was?", ärgerte sich Fiadorgas. „Ich komm einfach nicht darauf. Sie müssen wohl noch irgendeinen anderen Schutzmechanismus eingebaut haben, etwas, dass ich noch übersehen habe."

„Und wenn die Apparatur nach all der Zeit einfach nur beschädigt ist?", fragte Aeria.

„Bis jetzt war alles, das wir angetroffen haben absolut intakt. Es muss einfach noch funktionieren", antwortete Fiadorgas schroff. „Es kann doch nicht sein. Ich muss irgendetwas übersehen haben. Nur was?"

Borogar ging zu den Rucksäcken und nestelte darin herum. „Singt noch einmal die richtigen Töne."

„Und dann?", gab Fiadorgas gereizt zurück. „Wir haben schon alle Töne ausprobiert, die wir singen können, wenn du nicht in den letzten..."

„Ich möchte etwas probieren", unterbrach Borogar ihn.

„Na schön, wenn du meinst", erwiderte Fiadorgas genervt. „Dann eben zum zweitausendsten Mal. Aeria wenn ich bitten dürfte." Erneut sangen sie die richtige Melodie, die in einem herrlichen Chor von den Wänden zurück hallte, bis alle Runen leuchteten, außer die Letzte. Borogar blies daraufhin kräftig in ein Horn, dass er aus einem der Rucksäcke geholt hatte. Der Lärm war ohrenbetäubend und kam von allen Seiten lautstark als Echo zu ihnen zurück, so dass sie fürchteten, der Berg könnte jeden Moment über ihnen zusammenstürzen. Nur langsam verhallte der Klang des Hornes wieder, gleichzeitig wurde das metallische Surren immer lauter.

„Ha, sieh da", rief Fiadorgas freudig aus und klatschte wieder aufgeregt in seine Hände. „Die letzte Rune, sie leuchtet. Borogar, du verdammtes Genie. Das Horn. Natürlich, wieso bin ich da nicht gleich darauf gekommen. Dann hörten sie, wie Metall auf Metall zu kratzen begann. Sie konnten dabei zusehen, wie die Brücke langsam von beiden

Seiten ausgefahren wurde. Platte um Platte setzte sie sich zusammen. Es schien wie ein Wunder, dass sie trotz des enormen Gewichtes, welches die einzelnen Elemente haben mussten, ohne Stützen auskamen. Der Mechanismus verlangsamte sich, als die beiden Brückenhälften fast ausgefahren waren und mit einem leisen Klacken fügten die letzten zwei Platten sich aneinander. Die Brücke war ausgefahren. Etwa dreißig Schritt breit, bot sie genug Platz, damit mehrere Fuhrwerke ohne weiteres nebeneinander Platz gefunden hätten. Fiadorgas nahm die Brücke unter Augenschein. „Hm... Dieses Metall, so etwas habe ich noch nie zuvor gesehen." Er klopfte leicht dagegen und das Metall begann zu singen. „Es scheint leichter zu sein als Eisen oder Stahl, so klingt es zumindest. Jedoch muss es auch hart und stabil sein, sonst würde die Brücke einfach in sich zusammenfallen. Ach, ich hoffe, ich finde dort drin ein paar kleine Exemplare zum untersuchen." Er begutachtete die Brücke weiter und ihm fiel auf, dass nicht eine winzige Fuge zu sehen war, die eigentlich zwischen den Platten hätten entstehen müssen. Er strich über das Metall und suchte mit seinen Fingern danach. Vergebens. „Einfach faszinierend. Ich bin gespannt, welche Wunder uns erst in der Stadt erwarten." Nachdem sie ihre Rucksäcke geholt hatten, überquerten sie die Brücke, bis sie vor dem Tor standen.

„So, und was jetzt?", fragte Aeria in die Runde. „Ich vermute mal, dass es nicht reicht, einfach nur anzuklopfen."

„Wenn ich das nur schon wüsste." Fiadorgas legte seinen Rucksack an die Seite. „Wir schlagen hier unser Lager auf, das wird vermutlich wieder eine ganze Weile dauern. Wenn die Brücke schon schwer zu überwinden war, wie wird das dann erst mit dem Tor sein?" Er legte seine Stirn in Falten und studierte die Zeichen, die auf den Flügeln aufleuchteten.

Aeria legte ihre Sachen ebenfalls auf den Boden und suchte ihrerseits nach etwas, das ihnen helfen konnte, dieses Tor zu öffnen oder nach einer Schwachstelle, aber sie fand nichts Derartiges. Dann begab sie sich auf die Suche nach einer Möglichkeit, die Mauer zu erklimmen. Sie suchte die Wand stundenlang ab. „Nichts. Das ist wirklich kaum zu glauben. Die gesamte Wand scheint aus einem glatten Felsen zu bestehen. Nicht einmal die kleinste Möglichkeit, sich irgendwo festzuhalten, geschweige denn über die Mauer zu klettern", sagte sie und erschrak, als sie feststellte, dass sie auch schon anfing mit sich selbst zu sprechen. Sie setzte sich niedergeschlagen ans Feuer, das Borogar mittlerweile entfacht hatte und in dem er gerade begonnen hatte, etwas Fleisch auf Spießen anzubraten. Fiadorgas schien es nicht besser ergangen zu sein, als er sich kurz darauf zu ihnen ans Feuer setzte. „Diese Zeichen ergeben einfach keinen Sinn für mich", sagte er ernüchtert. Einige erkenne ich sogar wieder, aber egal wie ich sie auch zu deuten vermag, ihr Sinn will sich mir einfach nicht erschließen. Ach das kann doch wohl nicht sein." Er nahm einen der Spieße und kaute wild darauf herum. „Vielleicht sollten wir uns jetzt eine Runde Schlaf gönnen", meinte er dann schließlich. „Wird uns allen sicherlich guttun. Mein Geist benötigt auf jeden Fall eine Pause." Er aß noch schweigend den Rest des Spießes auf, schluckte den letzten Bissen hinunter und wickelte sich dann in seine Decke ein.

Nach dem Aufstehen wiederholten sie die Prozedur, mit demselben ernüchternden Ergebnis. Zum wiederholten Male bestaunte Aeria die perfekt geschliffene Fassade, denen auch die Jahrtausende, die sie schon den schneidenden Winden hier unten trotzen musste. Nichts schien diesem Tor etwas anhaben zu können. Nicht einmal mit ihrem magischen Schwert hatte sie einen Kratzer in die Wand ritzen können. *Wie kann das nur möglich sein,* fragte sie ich. *Nicht einmal unsere besten elfischen Bauwerke würden auch nur annähernd so lange bestehen können. Eigentlich sollte es völlig unmöglich sein, dass etwas so lange so perfekt erhalten bleibt. Alles auf dieser Welt muss früher oder später dem Verfall anheimfallen.* Beinahe schon ehrfürchtig strich sie ein weiteres Mal über den glatten, kalten Stein, als ihr die Bedeutung ihrer

Gedanken bewusst wurde. *Unsere*, dachte sie wehmütig. *Ich werde wohl nie mehr unsere sagen können, dieses Recht habe ich endgültig verwirkt.* Wieder einmal sah sie das kalte, unbarmherzige Gesicht ihrer Mutter vor Augen, ehe Fiadorgas lautes Fluchen sie aus ihren Gedanken riss.

„Es muss hier doch irgendetwas geben", rief er wütend, während er wieder einmal mehr die Runen mit seinen Händen abfuhr. „Nein hier ist nichts. Scheinbar gibt es keinen Mechanismus, der das Tor von außen öffnen kann, oder zumindest ist er so gut versteckt, dass wir ihn wohl nie finden werden. Dazu spüre ich, dass es durch Magie geschützt wird. Es gibt keine andere Möglichkeit, wie wir sonst hineingelangen könnten. Borogar, den Ring bitte", sagte er zu seinem Begleiter in einem ungewohnten Befehlston, der so gar nicht zu ihm passen wollte.

„Bist du dir da auch ganz sicher? Wir könnten noch...", versuchte Borogar ihn davon abzuhalten.

„Ja, ich bin mir sicher", schnitt Fiadorgas ihm das Wort ab. „Mit normalen Mitteln kommen wir hier nicht mehr weiter. Es muss sein, auch wenn ich es ungern tue, aber anders werden wir nie an diesem Tor vorbeikommen, also den Ring, wenn ich bitten darf."

„Wenn das dein letztes Wort ist", grummelte Borogar, anscheinend noch mieser gelaunt als sonst, falls das überhaupt möglich war. „Aber sagt mir hinterher nicht, ich hätte euch nicht davon abbringen wollen, falls du dann überhaupt noch in der Lage bist zu sprechen." Die letzten Worte sagte er wohl eher zu sich selbst.

„Ja, ich habs verstanden", erwiderte Fiadorgas gereizt „und jetzt her mit dem Ring, je eher ich anfange, desto schneller können wir weiter."

Aeria verstand nicht genau, um was es bei dem Streit ging, war jedoch neugierig geworden. *Was für ein Ring ist das wohl, mit dem Fiadorgas meint, das Tor öffnen zu können,* fragte sie sich. *Wenn der Ring wirklich dazu in der Lage sein sollte, muss er wohl magischen Ursprungs sein. Vielleicht erfahre ich ja endlich bald etwas mehr über meinen mysteriösen Begleiter.* „Was habt Ihr denn jetzt vor?", fragte sie Fiadorgas.

„Das werdet Ihr gleich sehen“, entgegnete Fiadorgas kurz, während er den Ring fing, den ihm Borogar mit grimmigem Blick zuwarf.

Aeria entging die enorme Energie nicht, die von dem Ring ausging. *Wie haben sie es nur geschafft, diese Energie zu unterdrücken, dass ich davon die ganze Zeit über nicht das geringste gespürt habe?* Aeria war von Anfang an klar gewesen, dass an Fiadorgas mehr dran war, als es vielleicht den äußeren Anschein hatte, doch wenn er einen Ring mit solch einer starken Magie besaß und ihn auch noch einsetzen konnte, musste er ein weitaus fähigerer Magier sein, als sie es ihm jemals zugetraut hätte.

„Ich bin mir sicher Ihr habt einige neuerliche Fragen“, sprach Fiadorgas nun zu Aeria, nachdem er den Ring an den Finger seiner rechten Hand gesteckt hatte. „Wenn dieses Tor geöffnet ist, werde ich all eure Fragen zu eurer Zufriedenheit beantworten, soweit mir dies möglich ist natürlich. Doch solange würde ich euch bitten, hinter mich zu treten. Die Magie meines Ringes ist äußerst stark, wie Ihr wohl bereits gespürt habt. Er ist darüber hinaus manchmal auch etwas... naja sagen wir widerspenstig und ich möchte euren schönen Körper nicht verkohlt hier rumliegen haben“, sagte er mit einem angestrengt wirkendem Lächeln auf seinem Gesicht.

Sie stand ich einigem Abstand hinter Fiadorgas an der Seite von Borogar, der seine Arme verschränkt hatte und besorgt dreinschaute. „Habt ihr das schon öfter miterlebt?“, fragte sie ihn

„Nur einmal“, erwiderte er ihr.

„Was ist damals geschehen?“, wollte Aeria wissen.

„Er wäre beinahe gestorben“, lautete seine kurze Antwort, während seine Augen auf Fiadorgas fixiert waren.

Ihr Blick folgte nun dem seinem, so dass Aeria jetzt ebenfalls zu Fiadorgas sah. Der murmelte leise vor sich hin, während ihn allmählich ein bläulicher Schimmer umgab, der mit der Zeit immer heller wurde, so dass es ihr schon bald schwerfiel, ihren Blick auf ihn gerichtet zu halten. Fiadorgas schien ihr jetzt irgendwie verändert. Er wirkte kleiner, wesentlich dünner als noch vor ein paar Augenblicken, dafür war sein Kopf umso größer geworden. Je länger der Zauber andauerte, desto mehr veränderte sich sein Körper, oder spielten Aerias Augen ihr gerade nur einen Streich? Seine Gestalt wurde mit der Zeit immer schmächtiger, es war beinahe, als würde seine Körpermasse direkt in seinen Kopf fließen, der immer weiter anschwoll. Sie fragte sich ob das eine Nebenwirkung des Zaubers war, oder ob das tatsächlich seine wahre Gestalt war. War Fiadorgas in Wirklichkeit vielleicht nicht einmal ein Mensch? Sie blickte fragend zu ihrem stummen Nebenmann, der sie aber nicht weiter beachtete. Borogar wirkte angespannt, und war bereit sofort zu Fiadorgas zu eilen, sollte dies nötig sein. Dann richtete sie ihren Blick wieder nach vorne. *Wenn das seine wahre Gestalt ist, was ist er dann? Ich habe noch nie etwas Derartiges gesehen oder von etwas Vergleichbarem gehört,* dachte Aeria, während sie fasziniert dem Schauspiel weiter folgte. Die Luft vibrierte förmlich um sie herum, die Energie, die Fiadorgas umhüllte war gewaltig. Nun begann er, Energiestrahlen in Richtung des verschlossenen Portals auszusenden. Aeria konnte nur erahnen, wie viel Macht nötig war, um auch nur einen davon loszuschicken und sie vermutete, dass, wenn überhaupt, nur eine Hand voll Magier auf dem gesamten Kontinent zu solch einem Zauber fähig wären, doch Fiadorgas schickte gleich ein halbes Dutzend dieser Energiestrahlen gleichzeitig los. Die Runen, die das Tor verzierten, begannen hell aufzuleuchten, während seine Stimme immer mehr anschwoll. Aus weiter Ferne hörte sie ein leises Grollen, dass aus großer Tiefe zu kommen schien. Dann hörte sie auf einmal Schreie. Erst nur vereinzelte Schreie, doch sie konnte nicht erkennen, aus welcher Richtung sie kamen. Aeria sah sich erschrocken um, sah jedoch nichts, was für die Schreie verantwortlich hätte sein können. Borogar stand immer noch wie versteinert da, den Blick auf Fiadorgas gerichtet. Er schien die Schreie nicht zu hören, oder einfach nicht zu beachten, das konnte Aeria nicht so genau sagen. Nach und nach wurden es immer mehr Schreie und sie wurden immer lauter, so dass Aeria sich bald ihre Ohren zuhalten musste. Sie erfüllten nun die gesamte Höhle, aber Aeria konnte nach wie vor keine Quelle erkennen. Auch verstand sie nicht, was sie schrien, aber es klang als litten diejenigen, die schrien, schreckliche Qualen. Ein besonders langer, gequält wirkender Schrei ließ Aeria einen

Schauer über den Rücken laufen, dann erbebte der Boden unter ihren Füßen, als das Leuchten um Fiadorgas abrupt endete und er in sich zusammensackte. Wäre Borogar nicht zu ihm gesprungen um ihn aufzufangen, wäre er einfach auf dem harten Boden aufgeschlagen. In ihren Augenwinkeln sah sie, wie sich die gewaltigen Flügel des Tores langsam öffneten und ihnen endlich Einlass gewährten.

„Schnell, pack alles zusammen und folge mir, wir gehen hindurch, und rasten dort, ich habe keine Ahnung, wie lange das Tor für uns offenbleiben wird", rief Borogar zu Aeria, während er Fiadorgas hochhob und sich auf den Weg durch das Tor machte. Leicht verdutzt schaute sie ihm erst einen Moment nach, ehe sie kurz den Kopf schüttelte und ihr Gepäck zusammensammelte und ihm durch das Tor in die Stadt folgte.

Es war gut gewesen, dass Borogar so schnell reagiert hatte, denn noch während Aeria durch das Tor schritt, begannen die gewaltigen Torflügel sich auch schon wieder zu schließen. Es wurde mit einem Mal stockdunkel, als das Tor wieder vollständig geschlossen war und wären ihre Augen nicht mit der Sicht der Elfen gesegnet gewesen, wäre sie wohl mit den Beiden zusammengestoßen. Borogar kniete neben Fiadorgas, der langsam und unruhig atmend auf dem kalten Steinboden lag. Er war bewusstlos, aber er lebte noch.

„Hier mach ein Feuer, schnell", sagte Borogar zu ihr, während er Aeria einen Feuerstein zuwarf „und hol alle Decken raus, die wir haben. Er braucht Wärme um sich zu erholen. Schnell!"

„Willst du mir erklären, was da gerade passiert ist?", fragte Aeria, in der Hoffnung er würde ihr etwas mehr verraten, als sie ihm gerade eine weitere Decke reichte „Wer, oder besser gesagt, was genau ist er eigentlich?"

„Frag ihn selber, sollte er je wieder aufwachen", war jedoch alles, was sie als Antwort bekam.

Im Feuerschein sah Fiadorgas jetzt wieder genauso aus, wie sie ihn kennen gelernt hatte. Nichts deutete mehr darauf hin, wie sie ihn kurz zuvor noch wahrgenommen hatte, oder hatte sie sich seine körperliche Veränderung doch nur eingebildet? Hatte die Energie des Zaubers vielleicht dazu geführt, dass ihre Augen getäuscht wurden? Sie hatte auch einige Gerüchte über magische Artefakte gehört, die die Sinne täuschen konnten. In anderen war auch die Rede davon, dass sie Menschen in Ungeheuer oder Monster verwandelt konnten, aber noch nie in ihrem Leben hatte sie etwas derartiges selbst mit angesehen. Der Ring war nicht mehr an seiner Hand und Aeria konnte seine Energie auch nicht mehr spüren. Hatte ihn Borogar wieder zurück in Fiadorgas Rucksack gepackt? Und lag es am Rucksack, dass sie ihn jetzt nicht mehr spüren konnte? Dieser Rucksack, er schien ein weiteres Rätsel zu sein. Sie hatte wahrlich viele Fragen an Fiadorgas, wenn er wieder aufwachen sollte. Falls er überhaupt wieder aufwachen sollte. Er schien noch blasser geworden zu sein. Sein Begleiter flößte ihm etwas aus seinem Trinkschlauch in den Mund und legte seinen Kopf behutsam in seinen Schoß. Er kümmerte sich rührend um ihn, das hätte sie ihm gar nicht zugetraut, Fiadorgas schien ihm tatsächlich eine Menge zu bedeuten.

„Wie habt ihr euch beide eigentlich kennengelernt?", fragte Aeria nun.

Borogar zögerte etwas, ehe er antwortete. „Es ist bereits viele Jahre her, als er mir mein Leben gerettet hat", er blickte für eine Weile so starr ins Feuer, das Aeria befürchtete, er könnte nicht weitererzählen, bis er schließlich doch mit der Geschichte fortfuhr. „Ich war damals elf Jahre alt und lebte auf einem kleinen Hof, etwa einen halben Tagesmarsch von Siebenbrüggen entfernt zusammen mit meiner Familie. Meine Eltern, mein älterer Bruder Harrig und meine drei jüngeren Geschwister, Elira, Anna und Emil, der Jüngste. Er war damals gerade einmal zwei Jahre alt", wieder pausierte er und starrte weiter ins Feuer. „Wir besaßen nicht viel, etwas Acker, drei Rinder und ein paar Hühner, aber es reichte für das Nötigste. Einmal im Monat fuhren wir auf den Markt in der Stadt, um dort unsere Waren zu verkaufen. Von dem Gewinn, den wir dort erzielten, durften wir Kinder uns immer etwas Süßes kaufen. Es war kein einfaches Leben und wir mussten schwer für alles arbeiten, was wir besaßen, aber es war ein gutes Leben, bis", wieder eine Pause und Aeria sah, wie sich Tränen in seinen Augen bildeten. „Ja, bis zu diesem einen Tag. Ich war gerade auf dem Feld, noch die allerletzten Saatkörner einpflanzen. Die Nacht war bereits hereingebrochen, als ich auf einmal Schreie von unserem Hof hörte. Ich rannte sofort los, um nachzusehen was passiert war. Als ich ankam, stand bereits unser Haus in Flammen und mein Vater und meine Geschwister lagen auf dem Weg vor unserer Scheune, erschlagen von den Männern, die sich um meine Mutter geschart hatten. Sieben dieser abscheulichen Monster waren es insgesamt. Gesetzlose aus der Umgebung, die durch die Lande zogen, plünderten und mordeten. Sie waren gerade dabei, meine Mutter zu vergewaltigen, als sie mich entdeckten. Sie fingen an zu lachen und ein paar kamen auf mich zu. Ich packte mir eine Mistgabel, die auf dem Boden lag und wollte mich ihnen stellen. Ich wäre vermutlich gestorben, ohne auch nur einen von ihnen zu erwischen, wenn in diesem Moment nicht Fiadorgas gerade um die Ecke gekommen wäre. Er schrie den Banditen entgegen, „Ihr werdet dem Jungen kein Haar krümmen". Als er darauf nur höhnisches Gelächter als Antwort bekam, bewegte er nur einen Finger und einer der Männer, die gerade auf mich zukamen, sauste einfach so durch die Luft und schlug hart gegen die Scheunenwand. Vielleicht hat er auch mehr getan als nur einen Finger zu bewegen, aber für einen kleinen Bauernjungen wie mich, sah es auf jeden Fall so aus. „Ich habe gesagt, ihr werdet ihm kein Haar krümmen", schrie er ein weiteres Mal, diesmal wutentbrannt. Denjenigen Banditen, die sich daraufhin auf Fiadorgas stürzen wollten, erging es nicht viel besser, als denen, die mich töten wollten. Auch sie landeten früher oder später reglos auf dem Boden. Die restlichen Banditen wollten sich daraufhin vom Acker machen, aber Fiadorgas ließ keinen von ihnen entkommen. Er tötete sie, einem nach dem anderen. Danach hat er versucht, meine Mutter noch zu retten, allerdings waren ihre Verletzungen zu schwerwiegend, als das er noch etwas für sie hätte tun können. Nachdem er mir geholfen hatte, meine Familie zu beerdigen, ließ er mir die Wahl. Entweder würde er mich in die Stadt bringen und sich dort darum kümmern, dass ich in einer guten Familie einen Platz bekomme, oder ich könnte ihn auf seinen Reisen begleiten. Seitdem reise ich an seiner Seite." Damit endete er und starrte weiter ins Feuer, seine Tränen waren mittlerweile wieder getrocknet.

„Es tut mir leid", entgegnete Aeria, „das mit deiner Familie".

„Ist lange her", antwortete er nur.

Wie lange, sie jetzt schon in der Stadt waren, dass konnte sie nur noch schwer einschätzen. Einige Tage waren es mit Sicherheit, vielleicht sogar schon eine Woche, doch genau konnte sie das nicht mehr mit Gewissheit sagen. Zwar hatte sie, zusammen mit Borogar, auch hier ein Spiegelsystem gefunden und aktiviert, so dass jetzt weite Teile der Stadt beleuchtet waren. Doch da das Licht sich nie veränderte, gab es für sie keinerlei Anhaltspunkt, wieviel Zeit tatsächlich vergangen war. Sie machte sich ernsthafte Sorgen um Fiadorgas. Von dem Teil ihrer Ausbildung, den sie noch absolviert hatte, wusste sie, dass die Chance, von einer magischen Erschöpfung wieder zu genesen mit jedem Tag weiter schwindet. Borogar versicherte ihr zwar, dass er beim ersten Mal genauso lange bewusstlos war, was sie dennoch nicht beruhigte. Sie fragte sich allmählich, was sie denn tun würden, sollte er tatsächlich nicht mehr aufwachen. Sie hatte darüber hinaus auch keine Ahnung, wie sie wieder von hier verschwinden konnten, da sie noch keinen Weg gefunden hatte, der sie wieder nach draußen geführt hätte. Hatten sie ohne Fiadorgas überhaupt eine Chance, wieder von hier zu verschwinden? Sie hoffte es, denn irgendetwas hier unten stimmte nicht, das konnte sie spüren.

Aeria hatte die Zeit genutzt, um sich in der Stadt umzusehen. Der große Platz, der direkt an das Tor anschloss, war eingerahmt von einer gewaltigen Gebäudefront. Insgesamt standen neun Häuser am Rand des Platzes. Das Gebäude ganz links hatten sie sich als Lager auserkoren und Fiadorgas dort untergebracht, der nun in einer der vielen Wandnischen, die in der Haupthalle angebracht waren, lag. Die unzähligen leicht bekleideten, oder gar gänzlich nackten Statuen, die die gesamte Halle schmückten, teils in eindeutigen Positionen, ließen darauf schließen, dass dieses Gebäude einmal als eine Art Tempel gedient hat, der allem Anschein nach dem Fruchtbarkeitsgott der Zoaleth geweiht war, dessen Abbild am Ende der Halle kunstvoll in den Stein gehauen worden war. Es war eine leicht bekleidete, bildhübsche Frau, die, wie Aeria verwundert feststellte, Ohren besaß, die ihren eigenen nicht ganz unähnlich waren. *Ist es möglich, dass die Zoaleth etwa unsere Vorfahren waren,* fragte Aeria sich. *Aber wie kommt es dann, dass die restlichen Statuen sowohl Männer, als auch Frauen zeigten?* Darüber hinaus waren auch nicht bei allen Statuen Elfenohren zu erkennen. Vielleicht konnte Fiadorgas etwas Licht ins Dunkel bringen, wenn er wieder zu sich kommt. Sie hoffte, dass er bald wieder zu sich kommen würde, zumindest behauptete Borogar, dass sich sein Zustand langsam verbessern würde.

Aeria vermutete, dass es sich bei allen neun Gebäuden um Tempelanlagen handelte, da sie alle denselben Grundriss hatten und sich nur in den dargestellten Personen unterschieden. Insgesamt schienen die Zoaleth ein Faible dafür zu haben, Dinge symmetrisch anzulegen, denn zwischen den einzelnen Tempelanlagen führten acht breite Wege tiefer in die Stadt hinein, von denen jeder, allem Anschein nach, in einen eigenen Stadtbezirk führte, die vom Aufbau her alle identisch waren. Alle, bis auf den, den sie heute durchsucht hatte. Sie war gerade auf dem Rückweg aus einem Viertel, das allem Anschein nach dazu gedient hatte, Nahrung anzubauen. Im Gegensatz zu den anderen, dicht bebauten Vierteln, gab hier es weitläufige Flächen mit fruchtbarer Erde, auf denen immer noch Getreide wuchs oder sauber angelegte Obsthaine. Einige der Apfelbäume trugen sogar gerade reife Früchte, während andere gerade erst damit angefangen haben, zu blühen. Sie fragte sich, wie es möglich war, dass so etwas so tief unter der Erde wachsen konnte, geschweige denn, dass die Bäume derart unterschiedliche Blühzeiten hatten. Allerdings war sie froh, dass sie neben den reichlichen Wasserquellen, die es überall in der Stadt gab auch endlich etwas zu Essen gefunden hatte, denn ihre eigenen Vorräte waren schon dabei, langsam zur Neige zu gehen. Etwas weiter in den Viertel, ist Aeria sogar auf einen ganzen Wald aus gewaltigen Pilzen gestoßen, wobei sie nicht gewagt hat, einen von ihnen zu probieren.

Auch Pferche für Tiere hatte sie entdeckt. Als sie sich dem Ausgang aus dem Viertel näherte, vernahm sie Stimmen aus dem Tempel, in dem sie ihr Lager aufgeschlagen hatten. Vorsichtshalber nahm sie ihren Bogen zur Hand, den sie, neben unzähligen Kostbarkeiten, die jetzt sicher in ihrem Rucksack verstaut waren, in einem der Handwerksviertel der Stadt gefunden hatte. Sie legte einen Pfeil auf und schlich zur Eingangstüre. Als sie hineinspähte, sah sie Fiadorgas, der sich, an eine der Statuen gelehnt, leise mit Borogar unterhielt.

„Fiadorgas“, rief Aeria erleichtert aus, während sie auf die Beiden zuging und ihr Schwert wieder wegsteckte.

„Ah Aeria, wie ich sehe seid ihr ebenso wohlauf. Ich bin erleichtert, dass mein Zauber nicht außer Kontrolle geraten ist“, sagte Fiadorgas vergnügt, wenn auch mit brüchiger Stimme. „Borogar war gerade dabei, uns ein köstliches Mahl zuzubereiten, welch ein Glück, dass ich rechtzeitig erwacht bin, ich verhungere nämlich schier. Ich freue mich schon so darauf, ich habe das Gefühl, als hätte ich schon einen Monat nichts mehr gegessen, dabei lasse ich unter normalen Umständen niemals eine Mahlzeit aus. Wie mir scheint, habe ich nun ein paar davon nachzuholen. Wie es sich für ein vernünftiges Mahl gehört, werde ich euch im Anschluss eine kleine Geschichte erzählen, die euch sicher interessieren wird. Diese wird einige eurer Fragen, die ihr mit Sicherheit habt, beantworten. Ich vermute einmal, dass ihr von Borogar nichts erfahren habt. Nehmt es ihm nicht übel, er hat geschworen, dass er mein Geheimnis für sich behält und auch deswegen vertraue ich ihm blind. Ich bin mir auch sicher, dass ich euch ebenso vertrauen kann. Ah, da kommt auch schon das Essen, danke Borogar.“ Sogleich machte Fiadorgas sich über den Eintopf her, den ihr Begleiter zubereitet hatte.

„Vielleicht hätte ich mir doch nicht wünschen wollen, dass es Euch wieder besser geht“, entgegnete Aeria in gespielt genervtem Tonfall. „Schon nach den ersten Minuten habt Ihr so viel geredet, dass meine Kopfschmerzen wieder zurückkommen.“

„Ich freue mich auch darüber, danke“, antwortete Fiadorgas lächelnd, nur um gleich die nächsten Löffel in sich hineinzuschaufeln.

„Also gut", fing Fiadorgas an, als er den letzten Bissen mit klarem Wasser heruntergespült hatte. „Ich erzähle euch nun einen kleinen Teil meiner eigenen Geschichte, damit ihr wisst, wer ich in Wahrheit bin und warum wir wirklich hier sind. Fiadorgas ist mein menschlicher Name, ich fand ihn vor vielen Umläufen in einer alten Sage der Numeriden, einem Volk, dass lange bevor irgendein bekanntes Volk überhaupt das Licht der Welt erblickte, ausstarb, aber das ist wieder eine andere Geschichte. In meiner Sprache heiße ich Unab His Namarrah, was so viel bedeutet wie Hüter der Prophezeiungen. Ihr habt mich während des Rituals in meiner wahren Gestalt sehen können, nehme ich an? Euch wird dabei wohl nicht entgangen sein, dass ich in Wirklichkeit kein Mensch bin. Ich gehöre einer anderen Spezies an und bin mittlerweile der Letzte aus dem Volk der Unlein an Histeris, den Bewahrern der Geschichte, in eurer Sprache." Sein Blick wurde mit einem Mal ganz glasig und schien für eine Weile in weite Ferne zu schweifen.

Die Bewahrer der Geschichte, dachte Aeria, *woher kenne ich diesen Namen? Ah,* fiel es Aeria wieder ein. „Bewahrer der Geschichte, meine Großmutter hat mir früher immer Geschichten von euch erzählt, als ich noch ein kleines Kind war. Ihr seid ein Wächter der unendlichen Bibliothek? Ich dachte immer, das wären nichts weiter, als Ammenmärchen gewesen."

„Ihr habt tatsächlich bereits davon gehört?", fragte Fiadorgas verwundert. „Das ist erstaunlich, nur sehr wenige hier erinnern sich noch an uns, wobei ganz so überraschend ist es vielleicht doch nicht, dass sich einige der Elfen noch an uns erinnern, denn schließlich hatten wir in den alten Tagen ein sehr gutes Verhältnis zueinander. Leider hat sich dieses im Laufe der Zeit doch recht drastisch gewandelt, da die Elfen immer verschlossener wurden was ihr Wissen anging und uns irgendwann sogar als eine Bedrohung angesehen haben, aber jetzt wieder zurück zu eurer Frage. Ja und nein. Ich bin ein Sirtak, was übersetzt Wächter bedeutet, wobei es nicht in dem Sinne verstanden werden kann, in dem ihr es gewöhnlich verwendet. Denn die Bibliothek selbst benötigt eigentlich gar keine Wächter, da sie von niemandem betreten werden kann, der nicht von unserer Art ist. Das liegt in ihrer einzigartigen Natur. Ich wache lediglich über das Wissen, welches in ihr zusammengetragen worden ist. Darüber hinaus bin ich noch ein Graumak, ein Bibliothekar, der beständig auf der Suche nach neuen Büchern für die Bibliothek ist. Seit nunmehr zweihundert Jahren bin ich der letzte verbliebene Graumak und ebenso, der letzte Verbliebene unseres Volkes. Durch die Wissensgier der immer zahlreicher werdenden Völker und der daraus resultierenden Hatz auf uns, hat sich unsere Zahl stetig verringert, bis schließlich nur noch ich übriggeblieben bin. Dennoch bleibt es die Pflicht eines Graumaks, bedeutende Ereignisse zu dokumentieren, sowie seltene und wichtige Schriften zu sammeln und in unserer Bibliothek zu archivieren. So war es schon seit Anbeginn der Zeit. Erst mit meinem Tod endet meine Pflicht, wobei ich es nicht als wirkliche Pflicht empfinde, es ist viel mehr meine Bestimmung und ich könnte mir kein schöneres Leben vorstellen. Ich bete dafür, dass ihr auch eines Tages eurer Bestimmung folgen könnt."

„Was wird denn aus der Bibliothek, wenn Ihr gestorben seid", wollte Aeria wissen.

„Sie wird sterben, zusammen mit mir, zumindest im physischen Sinne, so wie ihr ihn versteht. Jeder Einzelne meines Volkes war, und ist immer noch ein Teil der Bibliothek und sie ist auch ein Teil von uns. Die Bibliothek ist mehr als nur ein einfaches Gebäude, sie ist ein Lebewesen. Ein Lebewesen, viel höher entwickelt als alles, was ihr euch auch nur im Entferntesten vorstellen könntet. Auch wenn sie, wie im Übrigen auch alle anderen Lebewesen im Universum, nicht endgültig sterben kann, da die Energie ewig weiter leben wird, stirbt die Form, die sie im Moment angenommen hat. Die der unendlichen Bibliothek."

„Und was wird dann aus all dem Wissen?", fragte Aeria weiter, „was wird aus all den Büchern, all der Weisheit, all den Geschichten?"

„Das Wissen war immer da und wird auch weiterhin immer zur Verfügung stehen", fuhr Fiadorgas fort, „auch wenn es dann nicht mehr möglich ist in der Form der Bibliothek auf all das Wissen weiter zuzugreifen. Es ändert sich also lediglich die Form, aber nichts von alldem, was wir je gesammelt haben, kann endgültig verloren gehen, ihr könnt es vielleicht nur im Moment nicht mehr finden, aber es bleibt dennoch immer da, zu jeder Zeit. Ihr müsstet euch dessen lediglich wieder bewusstwerden, dann erinnert ihr euch schließlich auch zu gegebener Zeit wieder daran, was in all diesen Büchern geschrieben stand. Dann entstehen vielleicht wieder neue Bücher, die das alte Wissen weitertragen, denn alles Wissen ist bereits vorhanden und Wissen kann auch nie endgültig ausgelöscht werden."

„Heißt das, dass alles Wissen dieser Welt in Form von Büchern in der Bibliothek gelagert ist?", wollte Aeria jetzt wissen.

„Nein, nicht mal im Ansatz", antwortete Fiadorgas. „Nur ein winzig kleiner Bruchteil davon, wird in der Bibliothek verwahrt. Da Wissen unendlich ist, ist es nicht möglich, alles davon zusammenzutragen."

„Wieso lasst ihr denn niemanden an all dem Wissen teilhaben? Dadurch könnte doch so viel Gutes entstehen", fragte Aeria weiter.

„Wissen hat immer zwei Seiten, meine Liebe", erwiderte Fiadorgas. „Man kann aus Wissen unendlich viele schöne Dinge machen, allerdings gehört zu solch einem immensen Wissen, wie es in der Bibliothek zu finden ist auch ein überaus großes Verantwortungsbewusstsein, damit dieses nicht falsch angewendet wird. Leider neigen die Völker dieser Welt, so wie auch die der meisten anderen Welten dazu, Macht und Wissen auszunutzen, deswegen bewahren wir dieses Wissen vor denjenigen, die es missbrauchen würden. Ich, oder besser gesagt die Bibliothek teilt ihr Wissen nur mit wenigen, die dafür bereit sind."

„Und wieso sammelt ihr dieses ganze Wissen dann überhaupt, wenn ihr das Meiste für euch behaltet und es dazu angeblich auch noch immer und überall vorhanden ist?", wollte Aeria jetzt wissen. „Was für einen Sinn hat das Ganze denn dann?"

„Einfach, weil wir dafür geschaffen worden sind. Dies ist unsere Lebensaufgabe die uns von der Schöpferkraft übertragen wurde. Es gibt für mich nichts Erfüllenderes, als dieser nachzukommen. Ich weiß nie, was ich als nächstes finden werde, oder was es mir letztlich Neues offenbart. Ich weiß nur, dass es jedes Mal etwas Wunderschönes und Wertvolles sein wird. Genauso weiß ich nicht wem ich auf meinen Reisen alles Nettes begegne", dabei zwinkerte er Aeria neckisch zu.

„Wie genau habt Ihr es eigentlich geschafft, dieses Tor zu öffnen?", fragte Aeria. „Dieses Ritual, dass Ihr vollführt habt war ungemein mächtig, wie konntet Ihr so etwas vollbringen."

„Das liegt an dem Ring, den ich benutzt habe. Die Bibliothek hat ihn aus den Seelen meiner verstorbenen Brüder geschmiedet", sprach Fiadorgas weiter. „Er dient dazu, dass ich sie in der Not um Rat fragen kann. Sie helfen mir auch dabei, meine magischen Fähigkeiten mit denen der Bibliothek zu verschmelzen. So war es mir möglich, das Ritual durchzuführen, mit dem das Tor geöffnet werden konnte. Allerdings entzieht das Benutzen des Ringes mir enorm viel magische Kraft, weshalb ich jedes Mal einen nicht geringen Teil meiner verbleibenden Lebensspanne einbüße, wenn ich ihn benutze. Deswegen versuche ich es, soweit es geht, zu vermeiden."

„Wieso habt Ihr ihn dann benutzt?", wollte Aeria nun wissen. „Kein Buch oder kein Wissen der Welt kann so wichtig sein, dass Ihr hierfür eure kostbare Lebenszeit opfert, noch dazu, da Ihr der letzte eurer Art seid."

„Unab His Namarrah, Hüter der Prophezeihungen", fuhr Fiadorgas fort, „das ist mein Name. Ich kenne jede Prophezeiung gut genug um zu wissen, wann welche Prophezeiung wahr zu werden droht und wann nicht. Genau aus diesem Grund muss ich hier unbedingt ein Buch finden. Ein Buch, dass noch einmal sehr wichtig werden wird, dessen bin ich mir sicher, jedoch darf ich dir im Moment nicht mehr darüber erzählen. Manche Prophezeiungen mögen es gar nicht, wenn sie weiterverbreitet werden. Sie dennoch gegen ihren Willen weiterzuverbreiten, würde äußerst verheerende Konsequenzen nach sich ziehen. Ich kann dir nur sagen, dass großes Unheil auf diese Welt zukommen könnte und dieses Buch kann ein möglicher Schlüssel zu dessen Bekämpfung sein. Nun aber genug für heute", endete Fiadorgas. „So sehr ich es auch genieße, Geschichten zu erzählen, ich muss mich doch noch ein wenig ausruhen, ehe wir weiter in die Stadt vordringen. Ah und ich glaube, da du nun mein großes Geheimnis kennst, ist es nicht länger nötig, so förmlich zu sein. Vielleicht erzählst du mir auch einmal von deinem großen Geheimnis, das dich letztlich hierhergeführt hat. Aber dafür ist auch ein andermal noch Zeit. Du solltet dich ebenfalls ausruhen. Wer weiß auf was wir hier alles noch stoßen werden, ich spüre ungewöhnlich starke Energien hier unten." Dann legte er sich hin, drehte sich weg und schlief umgehend ein.

Kapitel 23 – Tom - Die Kleidung eines Adepten

Tom stand in einem unterirdischen Gewölbe, in das Meister Niewus die Klasse geführt hatte. Hier unten waren aberhunderte von Zauberstäben in dutzenden Reihen aufgestellt worden. Ein jeder von ihnen war an die eineinhalb Meter groß und aus den verschiedensten Hölzern, mal kerzengerade, mal völlig schief gewachsen. Bei allen war einen Edelstein oder ähnliches an der Spitze eingelassen worden. Tom wusste, dass jeder Magier, der jemals an der Akademie war, seinen Zauberstab von hier unten hatte, allerdings konnte oder wollte ihm niemand sagen, woher sie stammen und wie sie hergestellt wurden.

„Jeder von euch wird sich jetzt seinen eigenen Zauberstab aussuchen", sagte Niewus. „Doch ich warne euch, seid nicht allzu vorschnell mit eurer Wahl, denn dieser Zauberstab wird euch den Rest eures Lebens begleiten. Ihr solltet euch also zu einhundert Prozent sicher sein, dass dies auch wirklich euer Stab ist. Spürt genau hin. Ein Zauberstab, der eigentlich nicht für euch gedacht ist, wird für euch früher oder später einmal zu einem ernsthaften Problem, da ihr euch letztlich doch niemals völlig auf ihn verlassen könnt. Solltet ihr mit solch einem Stab einmal einen anspruchsvolleren Zauber versuchen, so kann das schnell in einer Katastrophe enden, wobei ich bezweifle, dass irgendwer von euch jemals in der Lage sein wird einmal einen solchen Zauber wirken zu können. Und jetzt los, sucht endlich euren Stab", scheuchte er sie schließlich davon.

Tom ging langsam durch die Reihen. Er fragte sich, woran er erkenne sollte, welcher Stab denn zu ihm passte. Viele davon sahen beinahe identisch aus und bisher hatte ihm auch niemand erklärt, worauf er dabei achten sollte. Ab und an nahm er einmal einen Stab in die Hand, allerdings spürte er rein gar nichts, weshalb er sie dann schnell wieder zurückstellte.

„Hey Oleg, woran erkenne ich denn, welcher Stab denn der Richtige für mich ist?", fragte Tom seinen Freund, der eine Reihe weiter gerade einen Stab aus Kastanienholz in den Händen hielt und sich diesen besah.

„Eine gute Frage", erwiderte Oleg. „Ehrlich gesagt weiß ich das selbst nicht genau. Die älteren Semester haben mir nur gesagt, dass ich schon weiß, welcher Stab denn letztlich der Richtige ist, mehr konnte ich auch nicht in Erfahrung bringen. Dieser ist es wohl nicht", sagte Oleg schließlich, als er seinen Stab wieder zurückstellte. „Vielleicht dort drüben", dann verschwand er auf der anderen Seite des Kellers.

Die ersten Schüler hatten mittlerweile einen passenden Zauberstab gefunden und gingen wieder zurück zum Eingang, wo sie sich aufgeregt über ihre neuen Stäbe unterhielten. Liarick war selbstverständlich auch schon dabei und präsentierte stolz seinen dunklen, beinahe schon schwarzen Stab den anderen. In der Spitze war ein dunkelblauer Kristall eingelassen. Tom wusste mittlerweile, dass der Kristall, der an der Spitze eingefasst ist, ein Fokusstein war, der dazu diente, dass die Magie besser gebündelt werden konnte und der selbst diente dazu, den Zauber wenn nötig zu verstärken. Dabei hatten jedes Holz und jeder Edelstein eine ganz eigene Wirkung auf die jeweiligen Zauber, weswegen nicht jeder Zauberer mit jedem Zauberstab umgehen konnte.

Inzwischen war Tom bereits zu zwei Dritteln durch und noch immer hatte er keine Ahnung, welchen Stab er nehmen sollte. *Was, wenn ich keinen passenden Stab finde,* fragte er sich. *Soll ich dann einfach irgendeinen Stab nehmen? Oder soll ich sagen, dass mir hier keiner zusagt? Aber was würden der Meister und die anderen Schüler dann von mir denken? Liarick würde mit Sicherheit darauf herumtrampeln. Vielleicht finde ich ja auch keinen Stab, weil ich gar kein richtiger Magier bin,* zweifelte er immer noch an sich selbst. Zwischen all seine Gedanken schob sich plötzlich ein neuartiges Gefühl. Etwas begann seine Gedanken zu verdrängen und zog seine Aufmerksamkeit auf sich. Er spürte eine Energie, die von einem der Stäbe in der letzten Reihe auszugehen schien. Tom ging in die Richtung, aus der diese kam und blieb schließlich vor einem Stab aus hellbraunem, länglich gemasertem Holz stehen. An dessen oberen Ende war eine faustgroße, orangerote

Kugel eingefasst. Holz: Eberesche, Fokus: Bernstein, stand auf dem Schild, dass an der Halterung angebracht worden war. Er streckte seine Hand danach aus und ergriff ihn. Sogleich spürte er, wie seine Haare am ganzen Leib zu Berge stiegen. *Bist du etwa mein Stab,* fragte er sich. Zu seiner großen Überraschung schien dieser ihm zu antworten.

„Ja, das bin ich“, gab dieser zurück. Tom erschrak für einen Moment.

„Du kannst sprechen?“, fragte Tom verwundert mit seinen Gedanken.

„Mit deinem Geist kommunizieren, ja“, kam von ihm.

„Wie ist so etwas denn möglich?“, fragte Tom.

„Es besteht ein Band zwischen uns beiden“, antwortete der Stab. „Ein Band, das schon immer da war und auch immer bestehen bleiben wird. Eigentlich gibt es ein solches Band zwischen allen Dingen, die existieren, aber manche sind in dieser Ebene stärker, so wie das Band zwischen uns beiden. Über dieses ist es möglich, dass wir miteinander kommunizieren können. Ich freue mich, dich endlich kennen zu lernen, ich warte schon sehr lange auf dich.“

„Ich freue mich auch, schätze ich“, gab Tom zurück.

„Keine Angst, du wirst dich schon an mich gewöhnen“, kam es von dem Stab zurück.

„Haben jetzt endlich alle ihren Stab gefunden?“, fragte Niewus gereizt.

„Du solltest jetzt besser zu den anderen gehen“, sagte der Stab. „und mach dir nichts daraus, wenn du erst einmal nichts mehr von mir hörst, das erste Mal ist eine Ausnahme, ab jetzt musst du erst einmal lernen, dich mit mir zu verbinden, ehe du wieder mit mir kommunizieren kannst.“

Als er wieder zu den anderen geeilt war, fragte Tom sich, wie so etwas möglich war, wie ein Stab mit ihm kommunizieren konnte. *Ist es möglich, dass ich auch mit anderen Lebewesen oder Dingen so kommunizieren kann, wenn das Band stark genug ist, oder ich mich einfach nur besonders anstrenge,* fragte er sich. Die restlichen Adepten hatten sich bereits um einen Stapel matschbrauner Stoffe geschart hatten.

„Dies hier sind eure Adeptenroben", sagte Meister Niewus. „Jeder von euch erhält genau zwei Stück von uns und keine mehr. Solltet ihr eine verlieren, so werdet ihr keine neue bekommen. Solltet ihr sie, wie auch immer, kaputt machen, so ist das euer Problem. Ab sofort werdet ihr diese Roben immer tragen, wenn ihr euch außer Haus befindet, damit ihr als Magier erkannt werden könnt. Das Gesetz des Königreiches sieht es so vor. Solltet ihr gegen dieses Gesetz verstoßen, dann werdet ihr ohne Umschweife aus der Akademie verbannt und in ein feuchtes, dunkles Verließ gesperrt. Jetzt nimmt sich jeder zwei Roben. Im Anschluss werden euch eure Lehrpläne für den Rest des Semesters ausgehändigt."

Kapitel 24 – Ben – Küchendienst

An den Tagen, an denen sie nicht an der Akademie waren, oder früher zurückkamen, mussten die Drei im Gasthaus aushelfen. Zumeist erledigten sie Botengänge oder Besorgungen, halfen im Stall oder in der Küche aus. Ben war heute mit Küchendienst dran. Die einzige Bedingung, die Bernim dabei stellte war, dass niemand sehen durfte, wie einer von ihnen beim Zubereiten des Essens half, da er befürchtete, dass niemand mehr etwas bei ihm bestellen würde, falls herauskommen sollte, dass einer der Flüchtlinge dabei seine Finger im Spiel hatte. Da Marianne unterwegs war, waren Hilda und Ben alleine in der Küche und kümmerten sich um das Essen.

„Zwei Mal den Eintopf und drei Braten für Tisch zehn", brüllte Bernim, schlecht gelaunt, wie immer, zu ihnen herein, ehe sein Kopf wieder im Schankraum verschwand. Ben zerteilte sogleich das Fleisch und reichte Hilda die Stücke für den Braten, die sie dann über dem Herdfeuer gekonnt anbriet. Gleichzeitig erwärmte sie das gedünstete Gemüse noch einmal, welches als Beilage diente. Ben richtete in der Zwischenzeit die Teller und Schalen her und schnitt das Brot auf. Mittlerweile waren die Beiden ein eingespieltes Team. Musste Hilda zu Beginn noch jeden Schritt erklären, so waren inzwischen kaum mehr Worte nötig. Jeder wusste, was er zu tun hatte. Ben, der jetzt mit seinem Teil der Arbeit vorrübergehend fertig war, betrachtete Hilda von der Seite, während sie das Fleisch anbriet. Was kochen angeht, so stand sie ihrer Mutter in nichts mehr nach. Kurze Zeit später war das Fleisch dann auch schon fertig und sie verteilte es auf den Tellern, während Tom den Eintopf aus dem riesigen gusseisernen Topf, der über dem offenen Feuer vor sich hin köchelte, in die Schalen füllte und auf das Tablett stellte. Hilda hatte ihrerseits die Teller angerichtet und stellte diese ebenfalls auf das Tablett. Dabei geschah es, dass sich ihre Hände kurz berührten. Die beiden hielten in ihrer Bewegung inne und sahen sich tief in die Augen. Nachdem Hildas Blick kurz zur Türe geglitten war, zog sie Ben sanft an sich und küsste ihn innig. Ben genoss es, ihre zarten, weichen Lippen auf den seinen zu spüren. Schon ein paar Tage, nachdem sie im Gasthaus eingezogen waren, hatten sie sich zum ersten Mal geküsst. Seitdem trafen sie sich heimlich so oft es irgendwie ging.

„Wo bleibt das Essen für…“, knurrte Bernim, ehe er mitten im Satz abrupt endete, als er die beiden sah. Sofort lösten sie sich wieder voneinander und Hilda lief purpurrot an. „Ist es fertig?“, fragte Bernim, als er sich zwischen die Beiden drängte und das Tablett mitnahm. Wortlos verschwand er im Schankraum. Den Rest des Abends arbeiteten sie schweigend weiter.

Es war bereits kurz vor Mitternacht, als Marianne wieder zurückkam und die Küche betrat.

„Wusstest du, dass dieser Nichtsnutz hier in der Küche an unsere Tochter heranmacht?“, fragte Bernim sie aufgebracht, nachdem er einige leere Teller zum Spülen hereingetragen hatte.

„Natürlich wusste ich das“, erwiderte sie ruhig.

„Aber…, geht das etwa schon länger?“, wollte Bernim nun wissen. „Wieso hast du mir denn nichts davon gesagt und wieso hast du nichts dagegen unternommen?“

„Genau deshalb habe ich dir nichts davon gesagt“, antwortete Marianne. „Du hättest dich nur wieder unnötig aufgeregt und irgendetwas Dämliches unternommen, wie genau solch ein Gespräch zu führen. Außerdem ist unsere Tochter alt genug, dass sie selbst entscheiden kann, mit wem sie sich vergnügt.“

„Du findest es also in Ordnung, dass unsere Tochter mit ihm rummacht und dann auch noch hier in unserer Küche, wo jeder sie hätte sehen können?“, fragte Bernim entgeistert. „Was, wenn jemand davon Wind bekommt, dann wird doch niemand mehr freiwillig einen Fuß in unser Gasthaus setzen.“

„Ach du schon wieder, sollen es doch ruhig alle erfahren und sich dann das Maul über uns zerreißen“, entgegnete Marianne ihm. „Ich finde es vollkommen in Ordnung, außerdem ist Ben weit mehr als der Nichtsnutz, für den du ihn hältst. Darüber hinaus wäre ich jetzt im Übrigen auch nicht hier, wenn du nicht heimlich, entgegen aller Konventionen, mit der Magd deines Schweinebauern Unzucht getrieben hättest. Damals war dir doch auch egal, was die anderen von uns dachten oder etwa nicht?“

Bernim öffnete seinen Mund, nur um ihn dann auch gleich wieder zu schließen. „Ich muss den Schankraum noch sauber machen“, nuschelte er nur in sich hinein. „Ihr zwei macht die Küche noch fertig“, dann verschwand er auch schon wieder.

„Du wusstest also schon davon?“, fragte Hilda leise mit gesenktem Kopf.

„Naja, es war doch ziemlich offensichtlich, zumindest für manche“, lachte Marianne auf. „Die Blicke, die ihr euch zugeworfen habt, wenn ihr euch unbeobachtet gefühlt habt, sie erinnern mich daran, wie Bernim und ich uns früher immer angesehen haben. Obwohl es bereits so lange her ist, schlägt mein Herz immer noch schneller, wenn ich daran zurückdenke. Ich freue mich auf jeden Fall für euch. Es gibt doch nichts Schöneres, als verliebt zu sein und jetzt geht, bevor der alte Griesgram wiederkommt. Ich kümmere mich schon um die Küche und um deinen alten Herrn. Wie ich sehe, habt ihr gute Arbeit geleistet und so etwas sollte auch belohnt werden, also ab mit euch“, zwinkerte sie den Beiden zu. Hand in Hand machten die Zwei sich sogleich auf den Weg zu Hildas Gemächern.

„Wenn das mal nicht noch böse endet“, richtete Bernim sich an Marianne.

„Ach, bei uns ist damals auch alles gut gegangen und dein Vater war auch alles andere als begeistert von uns beiden“, erwiderte Marianne.

„Ja, nur hatte bei uns beiden nicht ein seniler, alter Magier seine Finger im Spiel, ich befürchte, dass das eines Tages noch dazu führen wird, dass unserer Tochter das Herz gebrochen wird“, entgegnete Bernim.

„Mag schon sein, doch ich vertraue Aren“, antwortete Marianne. „Er weiß, was er tut und hat immer seine Gründe. Und ich vertraue dem Urteil unserer Tochter. Wenn es irgendwann tatsächlich dazu kommen sollte, dann ist das eben so, doch solange solltest du dich für sie freuen. Hilda ist glücklich für den Moment, dass genügt doch vollkommen oder etwa nicht?“, sagte Marianne und küsste Bernim anschließend leidenschaftlich.

„Vermutlich hast du recht, wie immer“, antwortete Bernim und erwiderte ihren Kuss.

Kapitel 25 – Aeria – Tiefer in die Stadt

Anfangs schlenderte Aeria noch durch die gewaltigen Hallen der Bibliothek. Sie bestaunte die bis zum Bersten mit Schriftrollen und kunstvoll verzierten Büchern gefüllten Regale, doch mit der Zeit trieb sie eine tiefe innere Unruhe immer schneller voran. Sie hatte das Gefühl, dass sie verfolgt wurde, allerdings sah sie nichts, wenn ihr Blick durch die Dunkelheit außerhalb des Fackelscheins schweifte. Aeria wusste nicht mehr, wie lange sie schon durch die unzähligen Korridore der Bibliothek geirrt war, bis sie endlich auf eine verschlossene Türe aus massivem Holz, die mit kräftigem Eisen beschlagen worden war, traf. Sie spürte, dass ihre Verfolger jetzt ganz nah waren, dass jemand hinter ihr her war, der sie davon abhalten wollte, dass sie diese Türe öffnete. Sie drehte sich erneut um und spähte in die Schwärze, die sie umgab, konnte jedoch immer noch niemanden sehen. *Ich muss da rein,* dachte sie, als sie die Türe näher in Augenschein nahm. Sie hatte keine Ahnung wieso, doch sie wusste, dass es wichtig war, dass alles davon abhing, dass sie das, was sich dahinter verbarg unbedingt finden musste, wenn sie sich und alle anderen retten wollte. *Wovor retten,* fragte Aeria sich. Sie konnte sich nicht mehr daran erinnern, dennoch wusste sie, dass alles von ihr und von dem, was sich hinter der Türe verbarg, abhing. Sie machte sich am Schloss zu schaffen, merkte jedoch schnell, dass sie es ohne den passenden Schlüssel nicht würde öffnen können. Deswegen machte sie sich auf die Suche nach dem Schlüssel für das Schloss. Ein Teil von ihr konnte spüren, dass er ganz in der Nähe sein musste, beinahe direkt unter ihrer Nase, doch sie fand ihn einfach nicht. Immer hektischer durchwühlte sie die Schränke und Kisten, die sich in der Nähe der Türe befanden. *Irgendwo hier muss er doch sein,* hoffte sie, während die Unruhe in ihr von Sekunde zu Sekunde weiter anwuchs. Bald schon begann sie am ganzen Leib zu zittern. Kalter Schweiß lief ihr den Rücken hinunter. Als sie sich erneut hektisch umdrehte, sah sie etwas. Eine Art schwarzer Schatten kam langsam immer näher auf sie zu. Eine

Schwärze, die sie noch nie vorher gesehen hatte, kroch unaufhörlich auf sie zu. Selbst die Dunkelheit der Bibliothek schien im Vergleich zu ihr beinahe zu leuchten. Der Schatten verschlang einfach alles Licht, dass in seinem Weg war. Nichts konnte ihn aufhalten, schon gar nicht der unstete Schein der Fackel, die sie zitternd, wie zum Schutz, vor sich hielt. Der Anblick dieses unheimlichen Schattens ließ Aeria vollkommen erstarren. Sie stand einfach nur da, unfähig sich zu bewegen. Sie hatte in ihrem Leben noch nie etwas derart Furchterregendes gesehen. Bei diesem Anblick war es beinahe so, als würden all ihre Ängste mit einem Mal ans Tageslicht gefördert. Bald war es für sie nicht mehr zu ertragen. Sie öffnete ihren Mund und schrie ihr ganzes Entsetzen hinaus. Alle Ängste und Zweifel, die sich in ihrem gesamten Leben angestaut hatten, entluden sich in diesem einen Schrei. Doch obwohl ihre Stimmbänder von der Anstrengung brannten, drang nicht der geringste Laut aus ihrem Mund. Selbst Geräusche schien der Schatten völlig zu verschlingen. Auf diesem Ort lastete nun eine unheimliche, kaum zu ertragende Stille. Aeria fiel auf die Knie und kauerte vor der verschlossenen Türe. Dahinter wäre sie sicher gewesen, dass wusste sie, jedoch war es dafür jetzt zu spät. Jeden Moment würde sie von dem Schatten verschlungen werden, würde sie hineingesaugt werden in eine Welt voller Dunkelheit und unbarmherziger Stille. Sie spürte Schmerzen und Wut, so heftig, wie sie sie noch nie zuvor gefühlt hatte. Aeria wurde nun davon überwältigt. Sie schrie und weinte sich weiterhin die Seele aus dem Leib, doch immer noch drang kein einziger Laut an ihre Ohren. „Aeria!“, hörte sie plötzlich ihren Namen. In Mitten der unendlichen Stille klang selbst dieses leise Wispern viel zu laut, ehe auch dieses direkt wieder von der Stille verschluckt wurde. Mit jedem Herzschlag schwoll die Angst weiter an, die sich durch ihre Eingeweide bohrte. Gleich hatte der Schatten sie erreicht, würde sich ihrer annehmen. Mit jeder Sekunde wuchs der Schmerz weiter an, der ihr Herz nun zu zerreißen drohte. Nur noch wenige Augenblicke, dann war alles vorbei, der Schmerz, die Trauer, die Stille, dessen war sie sich sicher. *Bitte, lass es endlich aufhören,* flehte sie den Schatten tonlos an.

„Aeria!“ Plötzlich tauchten zwei bläulich glühende Punkte in dem Schatten auf. *Was ist das,* fragte sie sich. Sie kamen ihr seltsam vertraut vor, doch konnte sie nicht mehr sagen woher. Ihre Gedanken versagten. Sie konnte sich dem Schatten nicht länger erwehren und er begann sie in das Dunkel zu ziehen. *Gleich ist alles vorbei*, dachte sie fast schon erleichtert.

„Aeria!“, erschrocken blickte sie in die leuchtend blauen Augen von Fiadorgas, als sie erschöpft ihre Lider hob. Ihr Herz raste noch immer und sie spürte nach wie vor den Schrecken, den sie gerade in ihrem Traum erlebt hatte, während die Erinnerungen schon aus ihrem Bewusstsein schwanden.

„Ich, wo bin ich, was ist passiert?“ stotterte sie erschöpft. „Der Schatten, ist er weg?“

„Der Schatten war nicht real, du hattest nur einen Alptraum“, redete er beruhigend auf sie ein, während er ihr zärtlich über die Stirn strich. „Einen, nun ja, sagen wir einmal sehr ungewöhnlichen Alptraum. Dieser Ort scheint von weit mehr Macht durchdrungen zu sein, als ich angenommen hatte und ich befürchte, manche Mächte sind uns hier unten nicht allzu freundlich gesinnt.“ Er legte seine linke Hand auf ihren Bauch. „Ich werde dir etwas Kraft schenken, du wirst es brauchen, versuch dich zu entspannen.“ Aeria spürte zunächst ein leichtes Kribbeln um ihren Bauchnabel, kurz darauf breitete sich eine wohlige Wärme in ihrem gesamten Körper aus und vertrieb ihre Müdigkeit. Als Fiadorgas fertig war, fühlte sie sich so ausgeruht und kräftig, wie schon lange nicht mehr, während sie gleichzeitig eine tiefe Ruhe in sich verspürte.

„Danke“, entgegnete sie ihm. „Dieses Gefühl, es war schrecklich. Ich bin froh, dass es weg ist. Es war als... als...“

„Als ob dir die Seele aus deinem Leib gerissen würde?“, fragte Fiadorgas

„Ja, das..., das trifft es ganz gut“, antwortete Aeria immer noch schwer atmend.

„Das ist wahrlich nicht gut. Du solltest mir auf jedenfall noch nicht zu früh danken“, entgegnete Fiadorgas. „Ich weiß nicht ob die Kraft, die ich dir geliehen habe, ausreicht für das, was alles noch vor uns liegt. Wir sollten hier unten auf jeden Fall nicht länger verweilen, als unbedingt nötig ist. So gerne ich auch alles genauestens untersuchen würde, ich befürchte, dass wir in dieser Stadt nicht wirklich willkommen sind und dass wir uns besser beeilen sollten. Anderenfalls könnten die Konsequenzen verheerend sein. Komm, wir machen uns besser gleich auf den Weg." Daraufhin streckte Fiadorgas ihr seine Hand hin und half ihr hoch. Gleich darauf begaben die Drei sich tiefer in die dunklen Gassen von Arantiga.

„Du sprachst von dunklen Mächten, die hier am Werk sind", sagte Aeria leise, der noch immer der Schrecken aus ihrem Traum in den Gliedern steckte. „Weißt du welche das sind und was sie vorhaben könnten?"

„Ich befürchte ja", flüsterte Fiadorgas nervös. „Es scheint, als hätte sich hier unten eine uralte Macht eingenistet, allerdings nicht erst seit heute. Er muss schon seit unzähligen Jahren sein Unwesen hier treiben, sonst wäre er noch nicht so stark. Ich dachte, es gäbe ihn schon längst nicht mehr auf dieser Welt, jedoch scheinen die Bewohner dieser Stadt wesentlich weiter in die Magie vorgedrungen zu sein, als ich es überhaupt je für möglich gehalten hatte. Anders kann ich es mir nicht erklären, dass er hier immer noch sein Unwesen treiben kann. Der Schatten, den du in deinem Traum gesehen und gespürt hast, gehört zu einem der ersten Götter, die gemeinsam dieses Universum erschaffen haben. Er besitzt viele Namen, Algaloth ist er in der Sprache der ersten Götter, was so viel bedeutet wie Alptraumfürst. Er lebt in den Träumen von Lebewesen und nutzt ihre größten Ängste gegen sie. So gelang es ihm von diesen nach und nach Besitz zu ergreifen. Je mehr Angst und Gewalt in einer Welt herrschten, desto stärker war auch seine Macht und desto mehr Angst konnte er wiederrum mit seinen Anhängern verbreiten. Er gehörte zu den mächtigsten der ersten Götter. Durch ihn sind in den alten Tagen bereits dutzende Reiche zu Fall gebracht und zerstört worden. Es heißt, dass es tief im Süden einmal ein Land namens Tuth gegeben hatte. Das größte, wohlhabendste und florierendste Reich, das unsere Welt je zu Gesicht bekommen hat. Zumindest solange, bis Algaloth es schaffte, sich des damaligen Regenten zu bemächtigen.

Dieser verbreitete fortan mit seinen Schergen Angst und Schrecken im ganzen Land, bis es letztlich kurz vor dem Ruin stand. Durch all die Gräueltaten, die unter dessen Herrschaft vollbracht wurden, war Algaloth bereits so mächtig geworden, dass er sogar seinen Schatten in die reale Welt schicken konnte. Der gleiche Schatten, den du vorhin in deinem Traum gesehen hast. Dadurch war es ihm letztlich möglich geworden, selbst die Tiere und Pflanzen des Landes zu verderben. Sein Einfluss breitete sich so immer mehr aus, weit über die Landesgrenzen hinweg und er stand kurz davor, den gesamten Kontinent ins Dunkel zu stürzen. Erst eine Allianz der übrigen Völker unter dem Schutz der restlichen Götter schaffte es in einem langen und brutalen Krieg Algaloth zu stürzen und ihn am Ende in die Dämonenwelt zu verbannen. Seitdem ward er nicht mehr in unserer Welt gesehen, zumindest dachten das alle. Doch dass er hier, in deinem Traum aufgetaucht ist, zeigt mir, dass wir uns getäuscht haben. Irgendwie müssen es die Zoaleth geschafft haben, den Schleier zur Dämonenwelt zu durchbrechen. Ein fürchterlicher Gedanke, aber im Moment auch der einzig vernünftige, der mir einfällt. Vielleicht ist dies ja auch der Grund, warum die Zoaleth so plötzlich verschwunden sind. Wenn das wirklich wahr sein sollte, dann hat sie wohl ein äußerst schreckliches Ende ereilt."

„Gibt es eine Möglichkeit, sich vor ihm zu schützen?", wollte Aeria wissen.

„Die gibt es mit Sicherheit, ja", antwortete Fiadorgas. „Doch leider kenne selbst ich diese Schutzzauber nicht, allerdings dauert es in der Regel eine ganze Weile, bis er tief in einen Geist eindringen und er wirklich Schaden anrichten kann. Bis es so weit ist, sind wir längst wieder von hier verschwunden. Dann wird er nichts weiter für dich sein, als eine unangenehme Erinnerung in deinem Geist, doch solange wir hier sind, wird er versuchen, unsere eigenen Ängste gegen uns zu nutzen. Ich frage mich, wie die Verbindung zur Dämonenwelt hergestellt wurde und ob wir eine Möglichkeit finden, diese wieder zu trennen. Nicht auszumalen, was alles passieren könnte, wenn diese Verbindung noch weiter bestehen sollte.

Mittlerweile waren die Drei soweit in die Stadt vorgedrungen, dass das Licht der Spiegelanlage nicht mehr bis hier vordrang, so dass sie die Fackeln angezündet hatten. Ihre Schatten huschten über den glatten dunklen Stein, aus dem alles hier zu bestehen schien. Sie gingen unentwegt durch gigantische Häuserschluchten, in denen sie oftmals die Dächer der Häuser nicht einmal mehr erkennen konnten. Aeria fragte sich, wie riesig wohl die gesamte Stadt sein musste, wie viele hier unten zur Hochzeit gelebt hatten. Sie hatte bereits aufgegeben, sich den Weg zu merken, zu viele Abbiegungen hatten sie bereits genommen, doch Fiadorgas sagte immer wieder, er wisse, wohin sie gehen müssten. Sie fragte mittlerweile nicht weiter nach, woher er das denn zu wissen glaubte, sie hoffte nur, dass er Recht behielt und sie diese Stadt möglichst bald wieder verlassen konnten. Sie fürchtete sich hier. Irgendetwas kroch ganz langsam immer tiefer in sie hinein, das konnte sie fühlen und das ließ sie erschaudern. Etwas an diesem Ort war wahrlich böse, soviel spürte sie und sie vertraute darauf, dass auch Fiadorgas nicht länger als irgend nötig hierbleiben wollte.

Das Rattern, welches sie seit sie hier unten waren ständig in regelmäßigen Abständen begleitet hatte, wurde mit der Zeit immer noch lauter. Allem Anschein nach befanden sie sich mittlerweile ganz in der Nähe der Quelle. Als die Drei erneut um eine Ecke bogen, war der hintere Teil der schmalen Gasse in ein dunkles, violettes Licht getaucht. An deren Ende schien ein Platz zu liegen, der von irgendetwas beleuchtet wurde. Es war die erste Lichtquelle, die sie hier unten außerhalb von den Spiegeln entdeckt hatten. Langsam und so leise, wie möglich schlichen sie bis zum Ende der Häuserreihe. Fiadorgas spähte als erstes um die Ecke, trat dann einen Schritt aus dem Schatten heraus und blieb wie angewurzelt stehen. „Potzblitz", war das Einige, dass er herausbrachte.

Als Aeria ihm folgte, verschlug es auch ihr die Sprache. Vor ihr war die Quelle des violetten Lichts. Ein gigantischer Kristall, mindestens dreißig Meter im Durchmesser, schwebte violett leuchtend, in der Luft. Um den Kristall war eine gigantische Maschine errichtet worden. Die unzähligen Zahnräder, die unermüdlich ihre Arbeit verrichteten, wurden wohl von der Magie des Kristalls angetrieben. Der gesamte Kristall war von Rohrleitungen durchzogen. Es waren dieselben Rohre, die sie bereits in der gesamten Stadt gesehen hatten.

„Das ist einfach unglaublich", stammelte Fiadorgas ehrfürchtig, ehe er sich wieder richtig gesammelt hatte. „Ich wusste nicht, dass es solch riesige Hektorkristalle gibt, oder haben sie ihn etwa künstlich hergestellt? Aber das dürfte eigentlich unmöglich sein, es sein denn…", hielt er kurz inne. „Die haben doch nicht etwa? Das wäre überaus töricht gewesen, andererseits würde das dann auch die Verbindung zur Dämonenwelt erklären. Würde ich es nicht mit eigenen Augen sehen, so hätte ich das für unmöglich gehalten. Aber ich spüre es eindeutig, der Kristall besitzt nicht nur eine Verbindung zur Dämonenwelt, er speist sogar seine Energie aus ihr. Und das bereits seit so langer Zeit? Es ist ein Wunder, dass die Barriere nicht schon längst gefallen ist. Das erklärt auf jeden Fall, warum hier alles noch in so einem unglaublich guten Zustand ist. Sie müssen die Magie, die von diesem Kristall aus der Dämonenwelt gezogen wird über diese Rohre mit der gesamten Stadt verbunden haben. Diese Magie hat dann scheinbar dafür gesorgt, dass sich hier alles immer wieder wie von selbst regeneriert. Deshalb sieht hier also alles so aus, als sei es gerade erst neu errichtet worden. Einfach eine unglaubliche Meisterleistung und gleichzeitig so ungemein schrecklich. Darauf beruhte wohl ein Großteil ihrer Macht und dadurch haben sie letztlich auch ihren Untergang besiegelt. Ich vermute jetzt einfach mal, dass die Zoaleth am Ende durch diesen mächtigen Zauber in die Dämonenwelt gezogen wurden, welch ein grausames Schicksal. Wir müssen den Kristall zerstören. Sollte er noch länger mit der Welt der Dämonen verbunden bleiben, fürchte ich, dass nicht nur Menschen hineingezogen werden, sondern, dass bald auch Dämonen hierher übertreten und ihr Unwesen in unserer Welt treiben könnten, wahrlich keine angenehme Vorstellung."

„Haltet Ihr das wirklich für eine gute Idee?", wollte Aeria wissen. „Die Macht, die von dem Kristall ausgeht, ist enorm. Könnte das Zerstören des Kristalls nicht dazu führen, dass der gesamte Berg über uns einstürzt? Gibt es keine Möglichkeit, den Zauber anders zu beenden?"

„Nein, zumindest wäre mir keine andere bekannt und selbst wenn ich sie kennen würde, so reichen meine magischen Fähigkeiten bei weitem nicht aus, um solch einen Zauber alleine durchzuführen. Es ist durchaus möglich, dass der Berg über uns einstürzt", antwortete Fiadorgas, „doch nur, wenn wir einen Fehler begehen und ich begehe nur äußerst selten Fehler. Außerdem bleibt uns keine Wahl, denn glaub mir, du willst nicht erleben, wie eine Horde Dämonen demnächst in unsere Welt einfällt, oder, wie wir in die Dämonenwelt gezogen werden, sollten wir nicht rechtzeitig wieder aus dieser Stadt kommen. Um ehrlich zu sein habe ich keine Ahnung, wie lange so etwas dauern kann, insbesondere, wenn der Zauber schon so lange aktiv ist und der Schleier zwischen den Welten schon so weit geschwächt worden ist."

„Also gut, überzeugt", erwiderte Aeria, „nur, wie sollen wir einen magischen Kristall dieser Größe denn bitteschön zerstören?"

„Zu unserem Glück", gab Fiadorgas zurück, „ist der Kristall bereits in einem schlechten Zustand. Siehst du die ganzen Risse, die ihn bereits durchziehen? Wenn wir an ein paar Schwachstellen genügend Druck ausüben, dann sollte er einfach in sich zusammenfallen."

„Und wie genau stellt ihr euch das vor?", wollte Aeria nun wissen. „Ich bezweifle, dass ein paar kräftige Hiebe mit einem Hammer ausreichen, um ihn zu zerstören."

„Da dürftest du recht haben", antwortete Fiadorgas. „Zum Glück waren die Zoaleth ihrer Zeit um Lichtjahre voraus, nicht nur was ihre Magie betraf. Wir sind vorhin an einer interessanten Werkstatt vorbeigekommen, ich glaube, dort könnten wir genau das finden, wonach wir suchen. Wirklich zu schade, dass wir hier nicht mehr Zeit zum Erkunden dieser außergewöhnlichen Stadt haben. Hier unten lagern so unendlich viele Schätze, die es zu entdecken gäbe, dass es vermutlich für ein ganzes Menschenleben reichen würde.

Aeria folgte Fiadorgas zurück durch die Gassen, während Borogar den Kristall auf Schwachstellen untersuchte. Kurze Zeit später blieb er schließlich vor einem Haus stehen. „Das ist es“, sagte er aufgeregt, „hier sollten wir fündig werden. Von hier an bitte ich um absolute Vorsicht, denn ansonsten könnte jeder Schritt unser letzter gewesen sein.“ Fiadorgas trat zuerst ein. Aeria folgte ihm mit etwas Abstand. Allem Anschein nach hatte es sich einmal um ein Geschäft gehandelt. An den Wänden waren Regale und Fässer aufgestellt und an der gegenüberliegenden Wand war eine Theke aufgebaut worden. „Du bleibst genau da stehen, ich sehe mich einmal um“, sagte Fiadorgas zu Aeria. „Das hier war einmal der Laden eines fähigen Alchemisten“, erzählte Fiadorgas, während er mit äußerster Vorsicht die Regale und die Fässer des Ladens durchsuchte. „Er hat zu seiner Zeit mit außerordentlichen Dingen experimentiert. Als wir vorhin hier vorbeigekommen sind, habe ich etwas gerochen, dass... Ah hier ist es“, sagte er halblaut. „Komm her und halte meine Fackel, aber sei vorsichtig!“ Aeria kam näher und nahm Fiadorgas die Fackel ab.

„Was ist das?“, fragte Aeria während sie mit ihrer Fackel über das Fass ging, um es zu erleuchten.

„Nicht!“, zischte Fiadorgas sie an und hielt ihre Hand zurück. „Ein kleiner Funke genügt und dieses Pulver lässt den gesamten Berg über uns zum Einsturz bringen.“ Aeria zog erschrocken ihre Hand wieder zurück.

„Dieses Pulver?“, fragte Aeria verwundert. „Wie soll das möglich sein. Ist es magisch? Ich spüre rein gar nichts.“

„Nein es ist nicht magisch“, antwortete Fiadorgas. „Es ist nur eine alchemistische Reaktion, die dafür sorgt, dass dieses Pulver explodiert, sollte es mit Feuer in Berührung kommen. Und genau diese Reaktion wird uns dabei helfen, den Kristall zu zerstören und deswegen solltest du jetzt besser noch ein paar Schritte zurücktreten."

„Du denkst, dass es genug Pulver ist, um ihn zu zerstören?", fragte Aeria skeptisch. „Es erscheint mir doch recht wenig, für solch einen riesigen, magischen Kristall."

„Glaub mir, das ist mehr als genug", entgegnete ihr Fiadorgas. „Dieses Fass reicht aus, um ganz Elderan in Schutt und Asche zu legen und deswegen solltest du jetzt endlich ein paar Schritte zurück gehen, ich habe nicht das Bedürfnis, hier in Stücke gerissen zu werden." Nachdem Aeria etwas zurück gegangen war, begann Fiadorgas sorgsam drei Glasphiolen mit dem Pulver zu füllen. „Wenn wir diese drei Phiolen an den richtigen Stellen platzieren und dann entzünden, sollten die Explosionen ausreichen, um den Kristall zu zerstören und gleichzeitig den Berg nicht über uns einstürzen zu lassen. Das hoffe ich zumindest."

Aeria visierte die kleine Phiole über den brennenden Pfeil, der auf ihrer Bogensehne gespannt war, an. Sie hatte sie an einer der Schwachstellen platziert, die Borogar ausgewählt hatte, um den Kristall zu zerstören. Auf der anderen Seite des Platzes leuchtete Borogars Pfeil. Er zielte auf die zweite Phiole, während Fiadorgas die Dritte mittels eines Zaubers entzünden würde. Aeria sog die Luft ein und hielt den Atem an. Auf Fiadorgas Zeichen hin ließ sie die Sehne los und der Pfeil pfiff durch die Luft. Das leise Brechen von Glas zeigte ihr an, dass sie ihr Ziel getroffen hatte. Beinahe im selben Moment gab es einen ohrenbetäubenden Knall, als das Pulver in die Luft flog. Das Echo der Explosion dröhnte in ihren Ohren. Der ganze Berg schien zu beben. Von der Decke stürzten meterdicke Felsbrocken herab. *Hoffentlich hält die Decke das auch aus,* dachte Aeria. *Ich will hier unten nicht verschüttet werden.* Große Stücke des Kristalls wurden durch die Explosion herausgerissen und zerfetzten die Konstruktion um ihn herum, die jetzt langsam in sich zusammenbrach. Auf den Knall folgte nun das Scheppern der Metallteile, als diese schließlich nach und nach zu Boden fielen. Es dauerte eine ganze Weile, bis der Lärm endlich wieder verstummte. Aeria blickte zu dem Kristall, der nach wie vor noch in der Luft schwebte. *Hat es doch nicht gereicht?* Erst als das letzte Echo verhallt war, nahm Aeria ein leises Knacken wahr, welches von dem Kristall ausging. Sie fokussierte sich jetzt auf den Kristall und tatsächlich erkannte sie, dass die Risse, die von den Explosionsstellen ausgingen, sich immer tiefer in ihn hineinbohrten. Plötzlich begann der Kristall zu flackern, erst ganz langsam, dann immer schneller. Er stand kurz davor, zusammenzubrechen. Erneut gab es einen mächtigen Knall. Aeria konnte sich gerade noch rechtzeitig hinter der Hauswand in Sicherheit bringen, denn die Explosion des Kristalls schoss die Splitter mit wahnsinniger Geschwindigkeit durch die gesamte Höhle. Mit einem Mal war es dunkel um sie herum und das Echo der letzten Explosion hallte durch die gesamte Stadt zu ihr zurück.

„Ha, wie wunderbar", hörte sie Fiadorgas frohlocken. „Die Verbindung ist zerstört und noch dazu sind wir am Leben. Ich hätte nicht gedacht, dass die Höhle das tatsächlich aushält."

Kapitel 26 – Lucy – Das Hospital

Zu Lucys Ausbildung gehörte es auch, dass sie einmal im Monat in Elderans größtem Hospital Dienst verrichten musste. Zu diesem Zweck wurden immer jeweils zwei Schülerinnen eingeteilt, so dass am Ende jede einmal im Monat an der Reihe war. Heute waren Nelli und Lucy an der Reihe. Während Nelli mit Doktor Ricculus, dem Oberarzt des Hospitals, unterwegs war, kümmerte sich Merva höchst persönlich um Lucy. Sie fragte sich, womit sie das verdient hatte, denn laut Nelli war die Oberschwester noch nie dabei gewesen, wenn ihre Schüler im Hospital arbeiteten. *Das kann ja heiter werden,* dachte Lucy. *Wie oft wird sie mich wohl heute wieder anbrüllen?* Eigentlich hatte sie sich auf die Zeit im Hospital gefreut, denn sie hatte gehofft, dass sie dort einmal von jemand anderem lernen könnte, von jemandem der sie nicht ständig anschrie, der sie vielleicht sogar respektierte.

„Sag mir, an was er leidet", forderte Merva Lucy auf und holte sie wieder aus ihren ernüchterten Gedanken. Sie ging zu dem Mann, der bewusstlos auf dem Bett lag, um ihre Untersuchung durchzuführen, ganz so wie sie es gelernt hatte. „Vielleicht eine Infektion mit einem Virus", endete Lucy, als sie damit fertig war. „Aber ich kann es nicht mit Gewissheit sagen, dazu brauche ich mehr Informationen."

„Alle Informationen, die du brauchst liegen vor dir", entgegnete ihr Merva. „Das hier wird bei weitem nicht das letzte Mal sein, dass deine Patienten dir nicht auf deine Fragen antworten können oder, dass sie dich anlügen beziehungsweise, dass sie dir Symptome verschweigen, oder weglassen, weil sie diese als nicht wichtig erachten oder sie ihnen schlicht zu peinlich sind. Deine Aufgabe ist es, dennoch die richtige Diagnose zu stellen. Mit deiner Vermutung wirst du ihm nicht weiterhelfen können, vielleicht kostet sie ihm sogar das Leben, wenn du ihn aufgrund einer Vermutung falsch behandelst. Du musst dir immer zu einhundert Prozent sicher sein, bei dem was du machst, deswegen musst du lernen mit all deinen Sinnen wahrzunehmen, nicht nur mit deinen Augen. Du musst fühlen, riechen, hören, manchmal sogar schmecken. Alles kann dir etwas über den Zustand eines Patienten verraten. All das wird dir am Ende helfen die passende Behandlung für deinen Patienten zu finden, aber das Wichtigste ist", Merva pausierte kurz und fixierte Lucy an, „dass du lernst, mit deinem Herzen zu sehen. Das ist eine Fähigkeit, die leider heutzutage kaum noch verbreitet ist, aber man kann sie wieder erlernen. Wenn du eine wirklich gute Heilerin werden willst, musst du das sogar. Sie erlaubt dir, dich mit deinem Gegenüber zu verbinden, mit ihm zu kommunizieren, selbst wenn dieser nicht einmal mehr bei Bewusstsein ist. Dadurch wirst du alles über ihn und die Ursache seiner Krankheit herauszufinden, was du benötigst, um ihn bestmöglich zu behandeln. Oftmals erfährst du so sogar wesentlich mehr, als du es mit deinen anderen Sinnen jemals könntest. Und jetzt untersuche ihn noch einmal", forderte Merva sie energisch auf.

Lucy startete erneut. Sie versuchte diesmal mit all ihren Sinnen etwas wahrzunehmen, allerdings kam sie trotzdem zu keinen neuen Erkenntnissen.

„Sieh mit deinem Herzen", sagte Merva ungeduldig. „Du musst dich mit deinem Patienten verbinden. Los, sieh hin." Lucy versuchte es verzweifelt, doch sie hatte keine Ahnung wie sie so etwas denn überhaupt anstellen sollte. Je länger es dauerte, ohne dass sie irgendeinen Fortschritt erzielte, desto nervöser wurde sie. Merva trat neben sie und legte ihr sachte eine Hand auf die Schulter. „Jetzt fühle mit deinem Herzen, sieh mit deinem Herzen, sprich mit deinem Herzen."

Lucy beruhigte sich schlagartig, spürte wie sie instinktiv eine Verbindung mit dem Mann einging, wie sie es noch nie zuvor erlebt hatte. Sie sah einen goldenen Strom aus Licht, der von ihrem Herzen direkt in das Herz des Patienten zu fließen schien. Kurz darauf bemerkte sie, dass jemand da war, jemand in ihrem Geist, der versuchte mit ihr zu sprechen.

„Wer bist du?", fragte Lucy die unbekannte, aber dennoch seltsam vertraut wirkende Stimme.

„Ich bin sein innerer Heiler", erklärte diese. „Ich bin hier, um dir zu helfen, damit du ihm helfen kannst."

„Wie genau willst du mir denn helfen?“, wollte Lucy wissen.

„Ich kann dir sagen, was du wissen musst und dich bei der Behandlung leiten“, antwortete die Stimme. „Du kannst mich alles fragen, was du willst.“

„Was fehlt ihm denn?“, fragte Lucy daraufhin.

„Er hat eine Entzündung im Gehirn“, antwortete die Stimme.

„Woher stammt diese Entzündung denn?“, hakte Lucy nach.

„Das spielt im Moment keine Rolle“, gab die Stimme zurück. „Die Ursache wurde bereits behoben.

„Was ist denn dann wichtig, damit er wieder gesund werden kann?“, wollte Lucy wissen.

„Die Entzündung muss möglichst schnell wieder abklingen, sonst wird er dauerhafte Schäden davontragen, du weißt bereits, welche Medizin besonders wirksam ist, gib sie ihm, möglichst schnell“, war die Antwort des inneren Heilers.

„Woher weißt du d...“, wollte Lucy wissen, doch dann ließ Merva ihre Schulter wieder los, woraufhin die Verbindung sofort wieder abbrach.

„Was war das?“, fragte Lucy noch etwas verwirrt.

„Hat er dir doch gesagt“, erwiderte Merva barsch. „Du hast mit dem inneren Heiler deines Gegenübers kommuniziert. Jeder besitzt einen solchen inneren Heiler und wir müssen in der Lage sein, mit diesem jederzeit zu kommunizieren, damit wir sicher sein können, dass wir auch die richtige Behandlung wählen. Jetzt mische endlich die richtige Medizin für den Mann zusammen, um ihn zu behandeln, bevor er wirklich noch bleibende Schäden davonträgt“, forderte Merva sie auf.

Es herrschte große Unruhe, als Lucy zurück in die Halle trat. Das Tor war weit aufgerissen worden und die Pferde, die einen Wagen in den Eingangsbereich gezogen hatten, schnaubten vor Aufregung. „Es gab einen schrecklichen Unfall auf dem Markt. Eine Pferdekutsche ist durchgegangen“, hörte Lucy einen Mann aufgelöst berichten. „Wir haben ein paar der am schwersten verletzten aufgesammelt und sie direkt hierhergebracht, es werden aber sicher bald noch sehr viel mehr eintreffen. Es sah wirklich übel aus.“

Merva war sofort bei dem Wagen, um die Verwundeten zu betrachten. „Ricculus, du kümmerst dich um die junge Frau“, gab sie gleich darauf Anweisungen. „Sie muss schleunigst operiert werden, wenn sie überleben soll. Nelli, du wirst ihm bei allem, was er heute noch macht assistieren. Marcel, du übernimmst den vorderen Mann, die Blutung muss endlich richtig gestoppt werden. Linaia, du behandelst den anderen Mann.“ Obwohl Merva im Hospital eigentlich nichts zu sagen hatte, folgten alle ohne Widerrede ihren Anweisungen. „Lucy, du wirst mir bei dem Jungen helfen. Ihr anderen, bereitet alles für die Patienten vor, die bald hier auftauchen werden.“ Dann hob sie vorsichtig den Jungen vom Wagen und trug ihn zu einem der Behandlungsräume.

Der Junge weinte bitterlich auf dem Bett und wand sich vor lauter Schmerzen. Sein Bein war gebrochen. Lucy musste sich überwinden, überhaupt hinzusehen. Ein Teil seines Schienbeines ragte aus der Haut. Merva zog den Vorhang zu, setzte sich auf den Bettrand, dann legte sie dem Jungen sachte eine Hand auf die Schulter.

„Beruhige dich“, hörte Lucy Merva liebevoll sagen. „Keine Angst, wir werden dir helfen. Das mit deinem Bein bekommen wir schon wieder hin.“ Wenn Lucy es nicht besser gewusst hätte, hätte sie geschworen, dass es nicht die Oberschwester ist, die gerade mit dem Kind redet. Von ihrer üblichen Strenge war nichts mehr zu spüren, stattdessen tröstete sie den Jungen liebevoll. Je länger sie mit ihm redete, desto ruhiger wurde er, bis dieser schließlich sogar aufhörte zu weinen. Er sah Merva nun ganz ruhig in die Augen. „So ist es gut. Lucy hol mir bitte Bergursaft, eine halbe Unze.“ Lucy eilte los, goss etwas von dem Saft in eine kleine Schale und reichte sie Merva. „Hier, trink das“, forderte sie den Jungen auf. „Es wird dir die Schmerzen nehmen, damit du etwas schlafen kannst. Während du schläfst, kümmern wir uns um dein Bein, versprochen.“ Der Junge trank den Saft daraufhin bereitwillig aus.

Wenige Augenblick später war er schon eingeschlafen. „Gut, jetzt können wir beginnen", sagte Merva an Lucy gerichtet. „Komm her, wir müssen seinen Knochen wieder richten. Er hat wirklich einen üblen Bruch erlitten, aber wir bekommen das wieder hin." Merva schloss ihre Augen und fuhr mit ihrer Hand an der gebrochenen Stelle entlang. „Er ist an vier Stellen gebrochen, aber zum Glück ist er nicht allzu sehr gesplittert. Trotzdem wird es harte Arbeit werden. Lucy, bring mir das Operationsbesteck."

Lucy eilte zum Schrank und holte alles nötige, damit Merva beginnen konnte. „Ich will, dass du ganz genau hinsiehst", sagte sie zu ihr. „Egal, wie du dich dabei fühlst, du siehst nicht weg", dann begann Merva einen kleinen Schnitt zu setzen, um dann mit der Pinzette winzige Knochensplitter herauszuholen. Lucys Magen verkrampfte sich, dennoch blieb sie tapfer und schaute weiter zu, bis die Oberschwester damit fertig war. „Soweit gut", kam von Merva. „Lucy, du hältst den Fuß genau hier fest. Egal, was ich tue, egal, was du hörst oder siehst, du darfst ihn unter keinen Umständen loslassen. Du musst ihn mit all deiner Kraft festhalten." Lucy schluckte und zierte sich noch, den Fuß mit aller Kraft festzuhalten. „Er ist betäubt, er spürt nichts. Du brauchst dir deswegen keine Gedanken zu machen, aber wenn du nicht richtig festhältst, wird er den Rest seines Lebens Schmerzen haben und früher oder später als Krüppel in der Gosse enden, also reiß dich jetzt zusammen." Ihr eindringlicher Appell wirkte. Lucy atmete einmal tief ein, dann packte sie fester zu. „Dann wollen wir mal beginnen. Gut festhalten." Kurz darauf gaben die Knochen markerschütternde Knirsch- und Knackgeräusche von sich, als Merva sie wieder zurück an ihre ursprüngliche Position schob. Lucy wurde von den Geräuschen noch schwindeliger, doch sie zwang sich weiter hinzusehen und das Bein festzuhalten, während Merva ohne Unterlass die Knochen verschob. *Wie schafft sie es eigentlich, die Knochen so zu verschieben, dass sie wieder an der richtigen Stelle sind, obwohl sie doch garnichts sehen kann,* fragte sich Lucy, als sie langsam wieder dazu im Stande war, einen klaren Gedanken zu fassen.

„Wie ich dir heute schon einmal gesagt habe, kann man mit allen Sinnen sehen", sagte Merva schroff zu ihr.

„Ihr..., könnt ihr etwa“, stotterte Lucy

„Meine Gedanken lesen“, beendete Merva den Satz. „Ist in deinem Falle gerade nicht besonders schwer“, fuhr sie fort. Du musst deine Sinne trainieren, alle deine Sinne. Hier, was spürst du, wenn du über diese Stelle fährst?“, fragte Merva sie.

Lucy strich mit ihren Fingern über eine Stelle unterhalb des gebrochenen Knochens. „Ich...“, wollte sie anfangen, doch Merva unterbrach sie direkt wieder.

„Du musst dir mehr Zeit nehmen“, entgegnete sie Lucy ruhig. „Manchmal ist es sinnvoll, sich etwas mehr Zeit zu nehmen, damit man alles richtig macht, dass wird dir später einmal sehr viel Arbeit ersparen. Besonders in brenzligen Situationen darfst du nicht überhastet vorgehen, du musst immer bei dir bleiben, damit du deine Arbeit gewissenhaft machen kannst. Du musst dir immer absolut sicher sein und völliges Vertrauen in dich und deine Fähigkeiten haben, ansonsten brauchst du gar nicht erst anfangen, jemanden zu behandeln. Jetzt nochmal, aber diesmal langsamer, schließe am besten deine Augen, sie behindern meistens nur deinen Tastsinn.“

Lucy schloss ihre Augen und fuhr erneut über die Stelle. Diesmal spürte sie tatsächlich wesentlich mehr, als zuvor. „Ich spüre eine leichte Wölbung. Etwas Flüssigkeit hat sich hier angesammelt, vielleicht eine Einblutung?“, mutmaßte Lucy.

„Richtig, dort ist aufgrund des Bruchs eine Einblutung entstanden. Du wirst das Blut später ablassen, doch zuerst muss ich noch einmal an den Knochen, er sitzt noch nicht ganz richtig. Bereit?“

„Ja“, antwortete Lucy und Merva drückte den Knochen noch einmal in die richtige Position. „Jetzt liegen sie gut“, sagte Merva, als sie ein letztes Mal mit ihrer Hand über den Fuß gefahren war. Im Anschluss hielt sie beide Hände über die gebrochene Stelle, schloss ihre Augen und verharrte so eine ganze Zeit lang. „So kann der Knochen wieder richtig zusammenwachsen“, sagte Merva schließlich, als sie ihre Augen wieder öffnete.

„Müssen wir die Knochen nicht irgendwie stabilisieren?", wollte Lucy wissen. „Bei uns werden dafür Schrauben oder so etwas angebracht, dass die Knochen in ihrer Position bleiben."

„Hm, eine interessante Methode", entgegnete Merva. „Das könnte mit Sicherheit funktionieren, aber dabei kann es zu so vielen Komplikationen kommen. Das Gute ist, dass der menschliche Körper, überhaupt jeder Körper, so aufgebaut ist, dass er mit allem auch alleine fertig werden kann. Ich habe gerade dafür gesorgt, dass die Muskeln und das Gewebe sich bis morgen Abend so um den Knochen legen, dass er so stabilisiert wird, damit die Knochen wieder ohne Probleme zusammenwachsen können. Solange wird er noch von uns schlafend gehalten."

„Aber wie habt ihr das bitte angestellt, wie soll so etwas denn möglich sein?", wollte Lucy wissen.

„Das ist etwas, dass du noch nicht wissen musst", antwortete Merva. „Das ist etwas, was nur wenige Heiler können und es erfordert jahrelanges, intensives Üben. Vielleicht wirst du das auch eines Tages einmal beherrschen, aber im Moment ist es genug, dass du weißt, dass so etwas möglich ist. Du hast so schon genug gelernt heute. Jetzt wirst du das Blut ablassen, seine Wunden vernähen und dann sein Bein schienen. Danach wirst du ihm noch eine Lösung mit einer Unze Serin einflößen. Heute Abend, bevor du gehst, wirst du ihm noch eine weitere Serinlösung geben, damit er nicht doch aufwacht und noch den ganzen Heilungsprozess zunichtemacht. Zum Schluss wirst du ihm noch einmal die Verbände wechseln", sagte sie zu Lucy, während sie sich die Hände an der Waschschüssel wusch. „Ich werde mich um den nächsten Patienten kümmern."

„Aber ich habe das alles noch nie an einem echten Patienten gemacht", versuchte Lucy verunsichert zu protestieren. „Was, wenn ich etwas falsch mache? Was, wenn er wegen mir nie wieder richtig laufen kann?"

„Du weißt, wie das alles geht", erwiderte Merva. „Nur wird dir dein Wissen nie etwas bringen, wenn du es nicht auch anwendest und du nicht ständig darauf hoffst, dass Nelli oder ich dir sagen, was du zu tun oder zu lassen hast. Vertraue auf dein Wissen, vertraue auf deine Sinne, vertraue auf deine Fähigkeiten, doch vor allem vertraue auf dein Herz, dann ist das hier kein Problem für dich. Ich vertraue dir jedenfalls und der Junge tut es auch“, endete sie, als sie den Vorhang zur Seite schob. „Wenn du damit fertig bist, hilf am Eingang dabei, die Neuankömmlinge zu versorgen, das könnte heute noch ein langer Tag für uns alle werden. Vergiss nicht, zwischendurch kurze Pausen einzulegen und etwas zu essen“, sagte sie und schon war sie aus der Türe getreten und ließ Lucy alleine zurück.

Es war bereits spät, als Lucy alleine am Rand der steinernen Rampe am Eingang saß. Es waren noch dutzende, teils schwer verletzte Patienten angekommen, aber sie hatten letztlich alle erfolgreich behandeln können. Lucy war mit ihren Kräften am Ende, dennoch fühlte sie sich so gut wie schon lange nicht mehr. Merva kam zu ihr herüber und setzte sich schwer atmend neben sie. „Ein schönes Gefühl, nicht wahr?“, sagte sie mit einem müden Lächeln auf den Lippen. „Wenn alles gut verläuft, wird der Junge schon bald wieder herumtollen können. Du solltest anfangen zu üben, die Herzensverbindung mit anderen Menschen aufzubauen und zu halten, du bist außerordentlich begabt darin. Mit mehr Übung kann aus dir einmal eine gute Heilerin werden, das war wirklich gute Arbeit heute Lucy. So, ich muss mich jetzt erst einmal ausruhen, ich werde langsam wirklich zu alt für so etwas. Wir sehen uns dann morgen.“ Merva stand stöhnend auf, um sich auf den Weg nach Hause zu machen. „Leider wird es uns nicht immer vergönnt sein, jeden zu retten, aber heute war ein guter Tag. Wir sollten solche Tage immer in Erinnerung behalten, sie können uns viel Kraft spenden, besonders, wenn das Schicksal es einmal nicht so gut mit unseren Patienten meint“, sagte sie noch im Hinausgehen.

„Das war das erste Mal, dass ich Merva jemanden so loben habe hören. Du musst sie schwer beeindruckt haben“, sagte Nelli anerkennend, als sie sich neben Lucy setzte. „Das war heute wirklich anstrengend. Ich weiß nicht, wie es dir geht, aber ich könnte jetzt einen Krug in der silbernen Suppenschüssel vertragen.“

„Solltest du nicht viel eher zur Stube zurückgehen?“, fragte Lucy. „Wenn Merva davon Wind kriegt, wird sie bestimmt wieder richtig wütend auf dich werden.“

„Ach, die hat heute ganz andere Sorgen, so wie die aussah“, antwortete Nelli. „Außerdem, was will sie denn groß machen? Ich muss ja sowieso schon immer die Halle fegen, viel schlimmer kann es wohl kaum werden.“, lachte Nelli. „Also was ist, kommst du jetzt mit?“

„Ich glaube, mir reicht es für heute“, antwortete Lucy.

„Ach komm, nur für einen Krug“, beharrte Nelli. „Du wirst sehen, danach geht es dir gleich viel besser.“

„Ich weiß nicht, ich bin wirklich müde, ich will einfach nur in mein Bett“, erwiderte Lucy.

„Schlafen kannst du auch später noch, du wirst sehen, nach einem Krug schläfst du sogar noch viel besser“, redete Nelli weiter auf sie ein.

„Also gut, aber nur auf einen Krug“, gab Lucy letztlich auf, sie wusste, dass Nelli so schnell keine Ruhe geben würde.

„Super! Na, dann los“, sagte Nelli freudestrahlend, während sie Lucy hochzog.

Kapitel 27 – Tom – Meister Senorus

Tom betrat die kleine, dunkle Kammer, die Meister Senorus im oberen Teil des Akademieturmes als Büro diente. Da das kleine Fenster von einem schweren Vorhang verdeckt wurde, waren die Kerzen, die überall im Zimmer brannten die einzigen Lichtquellen. Der Duft von Kräutern lag wohlig schwer in der Luft. Der Meister wartete bereits in seinem Sessel auf Tom und bat ihn, gegenüber Platz zu nehmen.

„Wenn du begierig darauf bist, dich stetig zu verbessern und du gleichzeitig bereit bist, Demut vor deiner Gabe zu entwickeln, dann wirst du eines Tages in der Lage sein, die wundervollsten Dinge zu vollbringen", begann Senorus, während er in die Flamme der Kerze blickte, die auf dem kleinen Tisch zwischen ihnen stand. „Doch bis dahin ist es noch ein sehr weiter und äußerst beschwerlicher Weg. Du hast noch sehr viel zu lernen. Es lauern schier unendlich viele Gefahren auf dich, wenn du diesen Weg einmal eingeschlagen hast. Du wirst etliche Hürden überwinden, dich gegenüber vielen Menschen behaupten und viele Lektionen lernen müssen. Doch wartet dein größter Feind nicht irgendwo dort draußen auf dich. Nein, dein größter Feind lauert in dir selbst. Dein größter Feind ist dein eigenes Ego. Der menschliche Geist ist allzu oft nicht dazu in der Lage, die Verantwortung für eine solch große Macht zu tragen, wie sie unter anderem auch in dir schlummert. Zu oft habe ich schon große Magier gesehen, die ihrer Macht zum Opfer gefallen sind, deswegen ist es das Wichtigste für einen Magier, dass er sich seiner Macht und seiner Entscheidungen immer bewusst ist. Die meisten von denen, die ihrer Magie einst verfallen sind, waren einmal gute Menschen mit einem starken Willen. Am Ende haben sie dann dennoch grauenhafte Dinge vollbracht. Haben ihre Macht missbraucht, haben gestohlen, sich Titel und Ländereien erpresst, gemordet oder noch viel grausamere Dinge angestellt. Der menschliche Geist. Er ist unsere größte Stärke und unser Verhängnis zugleich. Du allein entscheidest, welche Richtung du letztendlich hier auf dieser Welt einschlagen wirst“, Meister Senorus pausierte kurz und blickte Tom nun eindrücklich in die Augen. „Wie ich sehe, hat der gute Aren bereits mit dem Training begonnen, auch wenn du noch ganz am Anfang stehst. Ich gehe davon aus, dass er beabsichtigt, dieses auch noch weiter fortzusetzen?“

„Ja, Ich denke schon“, antwortete Tom.

„Das ist gut. Auch wenn Lehren wahrlich nicht eine seiner Stärken ist, so kann Meister Aren dir noch eine Menge beibringen und so können wir uns hier eher praktischeren Dingen zuwenden“, erwiderte der Meister. „Doch vorher, sag mir, wie genau beschwörst du einen Zauber herbei? Erkläre es mir und versuch es im Anschluss gleich an diesem Magiefokus hier“, daraufhin holte er einen Kristall aus seiner Tasche und stellte ihn auf den Tisch zwischen Tom und sich selbst.

„Nun ja“, fing Tom an. „Zunächst einmal konzentriere ich mich und versuche die Magie in mir zu spüren. Anschließend forme ich diese Magie nach meinem Willen um. Um den Zauber zu wirken oder ihn zu verstärken, spreche ich dann eine magische Formel.“

„Nun denn, dann zeig mir doch gleich einmal, wie du dein theoretisches Wissen in der Praxis umsetzt“, forderte Senorus ihn auf.

Tom begann sich zu konzentrieren. Er konnte zwar seine Magie spüren, allerdings schaffte er es nicht, sie zu formen. Es fühlte sich so an, als versuche er mit seinen bloßen Händen nach Wasser zu greifen. Jedes Mal, wenn er seine Magie zu fassen versuchte, rann sie ihm einfach durch die Finger. Mit jedem Versuch wurde Tom nervöser, bis er bald sogar Probleme damit hatte, seine Magie zu spüren. *Wenn er jetzt bemerkt, dass ich eigentlich gar nicht fähig bin, Magie zu nutzen, dann wird er mich doch sicher nicht weiter unterrichten wollen. Vielleicht werfen die mich sogar aus der Akademie.*

„Denk an das Gefühl, das du hattest, als du es das erste Mal geschafft hast“, versuchte Senorus ihn zu beruhigen. „Denk daran, wenn du es schon einmal geschafft hast, dann kannst du es auch wieder schaffen“, doch es nützte nichts. Tom konnte sich mittlerweile kaum noch konzentrieren.

„Ich, ich schaff es nicht", brach Tom entnervt ab. „Um ehrlich zu sein, weiß ich nicht einmal, wie ich es bei der Prüfung schaffen konnte. Es war das erste Mal, dass ich den Fokus zum Leuchten gebracht habe. Auch danach habe ich es nie mehr geschafft."

„Du zweifelst zu sehr an dir selbst und an der Magie", erwiderte Senorus ruhig.

„Das sagt Aren auch immer zu mir", antwortete Tom entmutigt, „doch ich habe keine Ahnung, wie ich das abstellen soll."

„Sieh mir in die Augen", sagte der Meister. Tom blickte auf und sah ihn direkt an. Nach kurzer Zeit waren sowohl die Nervosität, als auch seine Enttäuschung verschwunden. Sie machten einem anderen Gefühl Platz. „Was spürst du gerade?", wollte Senorus von ihm wissen.

„Ich weiß nicht genau", erwiderte Tom. „Es fühlt sich so ruhig an, fast schon friedlich."

„Spürst du im Moment irgendwelche Zweifel in dir?", fragte der Meister ihn.

„Nein, alles scheint gerade so überaus klar", antwortete Tom.

„Sehr gut", erwiderte Senorus. „Lass dieses Gefühl ganz in dich eindringen, bis es jede einzelne Zelle deines Körpers durchströmt. Präge es dir gut ein. Das ist der ideale Zustand, um dich der Magie hinzugeben. Jetzt versuche es erneut."

Tom konzentrierte sich ein weiteres Mal. Plötzlich fühlte er sich genauso, wie er sich während der Prüfung gefühlt hatte. Erneut überkam ihn ein Hochgefühl. Jetzt war er ohne Probleme dazu in der Lage, seine Magie beliebig zu formen und brachte den Fokus spielend leicht zum Leuchten."

„Siehst du, es ist ganz einfach, wenn dein Geist in der richtigen Verfassung ist", grinste Senorus.

„Wie macht ihr das?", fragte Tom. „Wie schafft ihr es, dass meine Angst plötzlich verschwindet?"

„Ich habe nichts weiter gemacht, als meine eigenen Gefühle des Friedens und der Gewissheit auf dich, nennen wir es, zu übertragen", antwortete Senorus. „Damit habe ich diese Gefühle, die zuvor bereits in dir waren, nur verstärkt, so dass sie letztlich an die Stelle deiner negativen Gefühle treten konnten."

„Habt ihr das auch bei der Prüfung mit mir gemacht?", wollte Tom wissen. „Ich dachte immer, es sei gegen die Regeln, den Schülern in irgendeiner Form zu helfen.

„Ja, das habe ich", erwiderte der Meister. „Ich habe gespürt, dass du sagen wir, einen kleinen Schubser gebraucht hast und auch, dass du die Führung unserer Akademie nötig hast. Deswegen habe ich dir ein wenig unter die Arme gegriffen. Aber das sollte besser unter uns bleiben, die meisten meiner Kollegen sehen sich doch eher den Traditionen verpflichtet, als den Menschen wirklich zu helfen. Dein Zauber war schon ganz passabel ausgeführt, es geht selbstverständlich noch besser, aber darauf lässt sich aufbauen. Das zeigt mir, dass du dazu in der Lage bist, deine eigene Magie zu beherrschen, was unumgänglich ist, willst du auch einmal Magie nutzen, die nicht von dir selbst stammt. Ich vermute mal, dass dir Aren bereits erzählt hat, dass Magie nicht nur in dir, sondern in allem um dich herum existiert. Dadurch ergibt sich für Magier die Möglichkeit, sich mit dieser Magie zu verbinden und sie so zu nutzen. Wenn du allerdings bis dahin deine eigene Magie nicht blind beherrschst, dann wird das in der Regel nicht gut enden." Senorus hielt seine Handfläche nach oben und eine kleine Flamme kam zum Vorschein. Gleichzeitig nahm das Licht der Kerze ab. „Ich kann mich mit dieser Flamme verbinden und ihre Magie selbst nutzen, sofern sie damit einverstanden ist. Du musst wissen, dass alles hier seinen eigenen Willen besitzt. Nicht nur jeder Mensch, nein, auch jedes Tier, jede Pflanze, ja jedes einzelne Objekt besitzt einen eigenen Willen. Es ist zwar durchaus möglich, Magie eines Objektes gegen dessen Willen zu nutzen, jedoch nur unter größten Anstrengungen und mit unabsehbaren Folgen. Darüber hinaus ist es wichtig, die Menge der eingesetzten Magie genau zu kontrollieren. Es ist möglich, dass du mehr Magie auf einmal nutzen kannst", in diesem Moment wurde die Flamme über seiner Hand größer, während das Wachs der Kerze rapide dahinschmolz. „Solltest du jedoch zu viel Magie auf einmal abziehen wollen, so endet in der Regel die Verbindung." Die Flamme in seiner Hand schwoll für einen kleinen

Moment an, nur um dann zu verpuffen. Die Kerze war ebenfalls erloschen. Wenn du also mit offenen Augen durch die Welt läufst, dann ergeben sich dir unendlich viele Möglichkeiten, wie du Magie einsetzen kannst, allerdings musst du dir immer im Klaren darüber sein, dass alles in einem Gleichgewicht ist und du dieses Gleichgewicht störst, wenn du Magie nutzt. Wenn du zu viel deiner eigenen Magie benutzt, wirst du schwächer und kannst im schlimmsten Fall daran sterben. Komplizierter wird es, wenn du die Magie von anderen Lebewesen oder Dingen nutzt. Man kann nur sehr schwer voraussehen, welche Auswirkungen das im Endeffekt haben wird. Ob es nur dazu führt, dass eine Kerze schneller abbrennt oder dazu, dass eine ganze Stadt in Schutt und Asche gelegt wird, hängt von deinem gewirkten Zauber, der Menge der eingesetzten Magie, sowie deren Quelle und deinen Fähigkeiten ab. Du solltest also niemals leichtfertig oder nur so zum Vergnügen Zaubern, denn es kann sein, dass du oder jemand anderes dafür einen sehr hohen Preis bezahlen muss. Ich hoffe, du hast verstanden, wie wichtig das ist."

Tom nickte zögernd. „Ja, ich denke das habe ich, Meister."

„Gut, du solltest das nie vergessen. Dann können wir ja anfangen. Wir werden uns zunächst einmal damit befassen, dass du deine eigene Magie besser kennenlernst, damit du sie eines Tages bestmöglich anwenden kannst."

Kapitel 28 – Aeria - Kampf in der alten Stadt

Eine massive Eisentüre versperrte den Dreien ihren Weg. Das Gold und die Edelsteine, die kunstvoll in sie eingelassen worden waren, glitzerten im Fackelschein und Aeria war versucht, ein paar der Steine herauszubrechen, allerdings hatte sie bereits genügend Wertgegenstände auf ihren Streifzügen durch die Stadt erbeutet. Wenn sie noch mehr davon in ihrem Rucksack unterbringen wollte, müsste sie sich von einigen Dingen trennen, die sie womöglich noch einmal benötigen würde.

„Ah, hinter dieser Türe finden wir das, weswegen wir eigentlich hier sind“, flüsterte Fiadorgas, wie wenn er befürchtete, dass sie belauscht werden könnten. „Würdest du uns die Güte erweisen, diese Türe öffnen?“, fragte er Aeria mit neckischem Unterton. „Ich kann zwar von mir behaupten, dass ich selbst auch ein wenig bewandert in der Kunst des Schlösserknackens bin, aber ich glaube, dass ich von dir in dieser Hinsicht doch noch eine Menge lernen kann.“ Er nahm ihr die Fackel ab und stellte sich so hin, dass der Schein auf den Schließmechanismus zeigte. Die Türe war mit drei Schlössern verriegelt.

Aeria zog einen Satz Dietriche aus ihrem Umhang hervor und machte sich sogleich daran, die Schlösser zu öffnen. Die ersten zwei waren leichter zu knacken, als sie gedacht hatte. Nach nur wenigen Handgriffen glitten die Riegel geräuschlos zur Seite. Beim dritten Schloss hatte Aeria allerdings ihre Probleme. „Es klemmt, aber wieso? Komm schon du Mistding“, fluchend zog sie die Dietriche wieder heraus, um sie noch einmal neu auszurichten. „Das ist merkwürdig“, sagte sie, als sie ihre Dietriche betrachtete. „Das Schloss ist verrostet. Wie kommt es, dass ausgerechnet dieses Schloss rostet? Ich habe hier unten bislang noch nichts rosten sehen, was hat das zu bedeuten?“

„Das ist wahrlich eigenartig“, sagte Fiadorgas, „ich frage mich, was dazu geführt haben mag, aber ich glaube, dass das nur ein weiterer

Grund für uns ist, so schnell wie möglich zu unserem Ziel zu gelangen. Ich hoffe doch, dass du das Schloss trotzdem aufbekommst."

„Natürlich", erwiderte Aeria, „allerdings könnte es noch etwas dauern." Sogleich machte sie sich wieder am Schloss zu schaffen. Sie benötigte noch einige Zeit, aber letztlich gelang es ihr, den letzten Riegel quietschend zur Seite zu schieben. Die Drei öffneten die Flügel des Tors, hinter denen ein langer, finsteren Gang zum Vorschein kam, dessen Ende Aeria nicht einmal erkennen konnte. Borogar schritt voran, gefolgt von Fiadorgas. Aeria ging als Letzte hinein. Ihr Blick wanderte über den auch hier makellos gehauenen, schwarzen Stein und blieb letztlich an der Decke hängen. Über ihnen waren Bildnisse aus fluoreszierendem, weißem Stein in die Decke eingelassen worden. Sie zeigten allerlei unterschiedliche Szenarien. Teils waren darauf abscheuliche Kreaturen abgebildet, die grausame Taten vollbrachten, oder aber von mutigen Helden niedergestreckt wurden. Auch wenn die meisten der Bilder unsagbare Grausamkeiten zeigten, so übten sie doch eine gewisse Faszination auf Aeria aus, so dass sie die Augen nicht davonlassen konnten. Sie hatte selten etwas derart Kunstvolles gesehen. Selbst die besten Bildhauer ihrer Elfenschwestern oder der Zwerge kamen nicht an diese Kunstfertigkeit heran. Es schien ihr beinahe so, als könnten diese Bilder jeden Moment zum Leben erwachen, als ob Monster nur darauf warteten, dass die ungebetenen Eindringlinge unachtsam werden, damit sie sie dann hinterrücks anzugreifen können. Unwillkürlich sah Aeria hinter sich, während eine Erinnerung an ihrem Alptraum sie durchfuhr. Es war nichts zu sehen. Noch etwas kam Aeria an diesen Fresken merkwürdig vor. Als sie genauer hinsah, erkannte sie feine Risse die sich durch die Bildnisse zogen. Es war das erste Mal, dass sie hier unten irgendwo Risse entdeckte, dass etwas nicht mehr makellos war. Sie machte Fiadorgas darauf aufmerksam. „Siehst du auch die Risse, die hier überall sind?"

„Ja, die sind mir auch schon aufgefallen", gab dieser zurück. „Zusammen mit dem verrosteten Schloss von vorhin komme ich zu dem Schluss, dass die Stadt nun, da wir den Zauber gestoppt haben, immer mehr dem Zerfall anheimfallen wird. Wie es scheint, schreitet der Verfall der Stadt jedoch recht schnell voran, schneller noch, als ich befürchtet habe. Ich vermute, dass die Stadt ohne den Regenerationszauber, der sie durchdrungen hat, schon sehr bald in sich zusammenstürzen wird. Ein weiterer Grund, uns möglichst zu beeilen."

„Wie lange glaubst du, wird das noch dauern?", fragte Aeria Fiadorgas.

„Schwer zu sagen", antwortete er. „Ich habe noch nie von einem vergleichbaren Zauber gehört, deswegen kann ich nur raten, aber ich glaube, dass es vermutlich von Stadtteil zu Stadtteil unterschiedlich sein wird. Je mehr Magie in den Jahren benötigt wurde, um den Verfall zu stoppen, desto schneller wird er vermutlich von Statten gehen, deswegen sind diese Fresken hier auch schon sichtbar davon betroffen, denn in der Regel sind solche Kunstwerke die ersten, die der Zeit zum Opfer fallen. Wie lange die restliche Stadt noch hält, weiß ich wirklich nicht zu sagen, allerdings glaube ich, dass uns nicht mehr allzu viel Zeit bleiben wird, doch zum Glück ist unser Ziel nicht mehr allzu weit entfernt, das kann ich spüren."

Ein lautes Knacken ließ Aeria ihren Blick von den Deckengemälden abwenden und auf den Boden fallen. Vor ihren Füßen lagen unzählige Knochen verstreut. Unwillkürlich zuckte sie zusammen.

„Wir sollten jetzt vorsichtig sein.", flüsterte Fiadorgas. „Wie es scheint sind wir hier unten nicht mehr alleine. Hoffen wir einmal, dass sie uns in Ruhe lassen." Er schritt vorsichtig weiter, darauf bedacht möglichst keinen Laut zu verursachen.

„Sie?", flüsterte Aeria, „Weißt du, wer noch hier unten ist? Ich dachte es wäre schon seit ewigen Zeiten niemand mehr hier unten."

„Niemand von außen, das stimmt", antwortete Fiadorgas. „Jedoch haben sich nach den Zoaleth wohl andere Wesen hier eingenistet. Ich hoffe, dass sie uns weder als Beute, noch als Bedrohung betrachten."

„Hier unten lebt nach wie vor jemand?", wollte Aeria wissen.

„Ja, natürlich", entgegnete Fiadorgas. „Vielleicht sind es sogar tatsächlich direkte Nachfahren der Zoaleth, die dann allerdings von Generation zu Generation immer mehr degenerierten, so dass sie heute eher Tieren ähneln. Es könnten aber genauso gut auch einfach nur wilde

Tiere sein, die schon immer hier unten gehaust haben, so genau kann man das wohl nicht mehr sagen. Sie scheinen allerdings nur diesen Teil der Stadt zu bewohnen, zumindest sind sie mir davor noch nicht aufgefallen und jetzt sind sie ganz in unserer Nähe, wir sollten also möglichst wenig Krach machen."

Wieder einmal wunderte sich Aeria, über welch scharfe Sinne Fiadorgas doch verfügte. Sie selbst hatte bislang nicht das Geringste wahrgenommen. Selbst, als sie sich ganz darauf konzentrierte, gelang es ihr nicht. „Wie kommt es, dass sie nicht auch in die Dämonenwelt gezogen wurden, wie es den Zoaleth widerfahren ist", wollte Aeria wissen.

„Naja, da habe ich im Moment nur ein paar Theorie, wenn auch eine recht schlüssige, wenn ich das so behaupten darf", erwiderte Fiadorgas. „Leider weiß ich nur äußerst wenig über Dämonen und deren Magie. Es könnte sein, dass die Dämonen kein Interesse daran hatten, diese Kreaturen zu sich zu holen, oder aber, dass sie sie absichtlich hiergelassen haben, damit sie sie eines Tages vielleicht kontrollieren können, bevor sie selbst einen Fuß auf diese Welt setzen können. Ich kann auch nicht ausschließen, dass dies bereits geschehen ist. Vielleicht sind diese Kreaturen auch einfach von Natur aus immun gegen die Dämonenmagie. Ehrlich gesagt stochere ich da doch noch etwas im Dunkeln. Es gibt einfach zu wenige verlässliche Quellen über Dämonen und ihre Kräfte und selbst diese Quellen sind oftmals sehr vage und lückenhaft. Ich hoffe nur, dass die Kreaturen nicht schon besessen sind, dass könnte sonst noch sehr unangenehm für uns werden."

Sie waren jetzt schon eine ganze Zeit lang in dem schmalen Gang unterwegs, doch noch immer war kein Ende in Sicht. Trotz der vielen Skelette auf dem Boden hatten die Deckenverzierungen Aeria bald wieder in ihren Bann gezogen. *Bilde ich mir das nur ein, oder werden die Risse ganz allmählich tiefer?* fragte sie sich, als sie gerade eine Szene betrachtete, in der ein dreiköpfiger Drache Feuer über ein ganzes Dorf spie und dabei Häuser, Menschen sowie Tiere gleichermaßen niederbrannte. Ihr kam es beinahe so vor, als würde der Drache jeden Moment aus dem Bild fliegen, um auch sie mit Feuer zu überziehen.

„Ssscht!“, Borogar blieb stehen und zeigte mit seinem Arm an, dass sie es ihm gleich machen sollten. Aeria hielt die Luft an und hörte angestrengt in die Ferne. Zunächst hörte sie nichts außer dem Prasseln der Fackeln. Dann schienen diese ebenfalls zu verstummen. Wenn sie nicht noch geleuchtet hätten, hätte sie darauf gewettet, dass sie erloschen sind. Die Stille drückte unangenehm auf ihre Ohren. Zunächst nur ganz leicht, doch der Druck nahm immer weiter zu, bis sie beinahe vor Schmerzen aufgeschrien hätte. Es fühlte sich an, als würde sie in die Stille hineingezogen, als wollte diese sie ganz und gar verschlingen. Panik überkam Aeria, während die Stille sie Stück für Stück verzehrte.

Fiadorgas Berührung brachte sie wieder zurück. Sie vernahm das Prasseln der Fackeln wieder, so laut, dass ihr Trommelfell zu platzen drohte, doch gleichzeitig war es das schönste Geräusch, dass sie jemals vernommen hatte. Es hat diese unnatürliche, diese schreckliche Stille wieder verdrängt und allmählich gewöhnte sie sich wieder an die Lautstärke. Schon bald hörte sie leise weitere Geräusche, die aus dem Gang vor ihnen zu kommen schienen. Sie waren noch weit weg, aber sie bewegten sich ohne jeden Zweifel auf sie zu. Auch hinter ihr vernahm Aeria nun etwas. Zu ihrem Entsetzen gesellten sich zu den ersten Geräuschen immer mehr dazu. Sie mussten von dutzenden Kreaturen stammen, die sich unaufhörlich auf sie zubewegten. Es schien fast so, als kämen sie aus allen Richtungen, selbst über und unter ihr vernahm Aeria das schaben von Krallen auf festem Stein. Die jetzigen Bewohner schienen sie entdeckt zu haben und waren vermutlich nicht darauf aus, sie freundschaftlich willkommen zu heißen.

„Macht euch bereit“, sagte Fiadorgas, als er sein Schwert langsam aus der Scheide zog. Borogar tat es ihm nach. Aeria hatte noch immer Probleme damit, einen klaren Gedanken zu fassen. Irgendetwas zerrte an ihrem Geist, seitdem sie in diese Stadt gekommen war, das spürte sie immer deutlicher. Sie versuchte sich zu konzentrieren, doch es gelang ihr nicht. Erst als Fiadorgas sie sanft an der Schulter berührte, kam ihr Verstand wieder zu mehr Ruhe.

„Wir brauchen dich jetzt, lass dich nicht ablenken“, flüsterte er ihr beinahe liebevoll ins Ohr. Mit diesen Worten kehrte wieder etwas mehr

Klarheit in ihrem Geist ein. Die Geräusche um sie herum schwollen immer mehr an. Die Kreaturen schienen sich untereinander mit grellen Pfeiff- und Pieptönen zu verständigen. Eine Seite pfiff etwas und von der anderen Seite kamen Laute als Antwort zurück. Nicht mehr lange und sie hatten sie erreicht. *In diesem Gang sind wir leichte Beute,* dachte Aeria, als sie sich Rücken an Rücken aufstellten. Zum Fliehen war es jetzt allerdings bereits zu spät, sie waren eingekesselt. Es blieb ihnen also nur eine Möglichkeit, sie mussten kämpfen. Kämpfen gegen eine Übermacht. Aeria versuchte anhand der Geräusche abzuschätzen, wie viele Gegner ihnen entgegenkamen. Allerdings waren es unzählige Geräusche, so dass sie nicht erahnen konnte, wie zahlreich ihre Gegner waren. Sie zog ihr Schwert, das sie eigentlich ihrer Mutter überbringen wollte. Es schimmerte bläulich im Fackellicht. Sie spürte einen Hauch von seiner uralten Macht. Ihr kam es beinahe so vor, als würde es sich auf den kommenden Geschmack von Blut freuen.

Mit einem Mal wurde es ruhig, zu ruhig. Aeria konnte ihr Herz wild schlagen hören. Es war fast, als ob es mit seinen lauten Schlägen den Tunnel zum Einsturz bringen wollte. Von ihren Angreifern war kein einziger Laut mehr zu hören. Sie warteten. *Nur auf was,* fragte sie sich. Sie starrte in die Dunkelheit, doch trotz ihrer beeindruckenden Nachtsicht konnte sie nichts erkennen. Es kam ihr so vor, als ob sie bereits Stunden dastand. Allmählich keimte die Hoffnung in ihr auf, dass die Kreaturen die Gefahr erkannten, die von ihnen ausging und sie vielleicht doch in Ruhe lassen würden.

Ein tiefes Dröhnen, wie von einem gewaltigen Jagdhorn, ließ die Wände erzittern. Staub und Putz rieselte auf die Drei nieder. *Sie verfügen wohl doch über eine gewisse Intelligenz,* sagte Aeria zu sich, denn allem Anschein nach hatten sie alle auf dieses Signal gewartet. Mit einem Mal brach ein Getöse aus lauten schrillen Schreien und Pranken, die über den Steinboden schrammten, los. Schon wenige Augenblicke später prallten die Ungeheuer von allen Seiten auf die Drei. Dem Ersten stieß Aeria ihr Schwert mitten in die nackte, fahlblaue Haut, so dass es tot in sich zusammensackte, während klebriges, schwarzes Blut aus der Wunde spritzte. Dem Angriff der zweiten Kreatur wich sie mit einem

Seitschritt aus, trennte ihr den mit langen spitzen Fingernägeln bestückten Arm mit einem Hieb ab und schlug ihr mit der gleichen Bewegung den Kopf von seinen dünnen Schultern. Seine erstarrte Grimasse fiel zu Boden und starrte sie aus milchig weißen Augen an. *Sehen diese Kreaturen überhaupt etwas?* Die Frage verwarf Aeria schnell wieder, da weitere Monster geradewegs auf sie zu rannten. Mit ihren krummen Beinen und so rundbucklig, wie sie liefen, gingen sie Aeria nicht einmal bis zu ihrem Hals, wenngleich sie aufrecht vielleicht sogar fast ihre Größe erreicht hätten. Aus ihren Mündern ragten spitze gelbe Zähne. Drei weitere erschlug Aeria ohne große Mühe. Sie waren weder bewaffnet, noch in irgendeiner Form gepanzert, auch schienen sie keine Strategie zu verfolgen. Sie stürmten nur wie wilde Tiere weiter auf sie ein, gleich wie viele von ihnen schon gefallen waren. Es schien fast so, als wollten dieKreaturen sie mit ihrer bloßen Übermacht überrennen. Das Blut machte den Boden unter ihren Füßen bereits glitschig und Aeria musste immer mehr darauf achten, nicht ihren Halt zu verlieren. *Wenn das so weiter geht,* dachte sie, *wird ihr Plan schon sehr bald aufgehen. Sie würden sie nicht ewig abwehren können und wenn einer von ihnen fallen würde, dann würden sie alle fallen.* Aeria erwischte noch einmal zwei weitere der Kreaturen. Sie konnte spüren, wie das Schwert ihr Kraft verlieh. Manchmal war sie sich nicht einmal mehr sicher, ob sie selbst, oder doch das Schwert ihre Hand führte. Ein weiterer tiefer Hornruf ließ Staub von der Decke regnen. Mit einem Male verstummten die meisten der wilden Schreie. In der Ferne vernahm Aeria nun vereinzelt lautes Gequiekte. Die wenigen Kreaturen, die Aeria im trüben Fackelschein erkennen konnte, zogen sich langsam wieder zurück.

Nun vernahm Aeria das Pochen von metallenen Stiefeln, die schwer auf den Steinboden krachten. Jeder Schritt hallte von den Wänden zu ihnen hinüber. Aeria umklammerte ihr Schwert fester, während sie schwer atmend versuchte im Dunkeln etwas zu erkennen. Sie war immer noch nicht ganz bei Kräften und fühlte, dass sie bereits an ihren Reserven zehrte. Sie hatte sich wohl bei dem Kampf mehr verausgabt, als sie gedacht hatte. Mittlerweile hatten sich Fiadorgas und ihr Begleiter rechts und links neben sie gestellt. Gemeinsam starrten sie in die Dunkelheit. Jeder donnernde Schritt, den der Unbekannte auf sie zu machte, ließ den Boden unter ihren Füßen beben und verstärkte ihre Anspannung noch mehr. Aeria umschloss das Heft des Schwertes so fest, dass ihre Fingerknöchel bereits weiß anliefen. Die Kreaturen hinter ihr zogen sich ebenfalls zurück, so dass die Drei sich Schritt für Schritt langsam rückwärts bewegen konnten, in der Hoffnung, bald das Ende des Ganges zu erreichen. Eine Fackel ließen sie liegen, damit sie rechtzeitig erkennen konnten, was da auf sie zu kam.

Kapitel 29 – Tom – Das Duell

„Warts nur ab, ich werde es dir schon noch zeigen", entgegnete Tom Liarick entnervt, der mal wieder dabei war, ihn und Oleg beim Mittagessen zu beleidigen.

„Habt ihr das gehört?", höhnte Liarick seinem Gefolge zu. „Er will es mir zeigen. Wie lächerlich. Aber gut, wenn du so überzeugt davon bist, dass du das kannst, wieso zeigst du es mir nicht einfach bei einem Duell?"

„Ein Duell?", fragte Tom verdutzt.

„Ja genau, ein Magierduell. Nur du und ich, dann stampf ich deinen kleinen Flüchtlingsarsch wieder dorthin, wo er hingehört", antwortete Liarick hochnäsig.

„Ach hör blos nicht auf diesen Idioten", redete Oleg Tom zu.

„Anscheinend glaubt Oleg auch nicht daran, dass du eine Chance hast. Außerdem wusste ich sowieso, dass du zu feige dazu bist", stichelte Liarick weiter.

„Komm, wir gehen", sagte Oleg an Tom gewandt. „Der will dich doch nur weiter provozieren."

Tom und Oleg standen auf und waren schon am Gehen, als Liarick weiterredete. „Vielleicht sollte ich deinen zwei Mitflüchtlingen auch einmal einen Besuch abstatten und ihnen sagen, was für ein Feigling du doch bist."

Daraufhin drehte Tom sich aufgebracht um. „Lass Ben und Lucy aus dem Spiel. Das geht nur uns Beide etwas an", entgegnete er Liarick barsch.

„Komm schon, lass gut sein", sagte Oleg sichtlich unruhig, während er versuchte Tom am Arm mit sich zu ziehen.

„Wenn du nicht gegen mich kämpfen willst, vielleicht wollen es ja deine Beiden Freunde. Vielleicht nehme mal ich ein paar meiner Freunde mit und schaue, welch guten Kampf sie mir liefern."

„Wenn du unbedingt ein Duell mit mir haben willst, dann sollst du es bekommen“, rief Tom Liarick wütend entgegen, dessen Grinsen bei diesen Worten immer größer wurde.

„Ich freue mich schon darauf“, gab Liarick zurück.

Tom ärgerte sich immer noch über sich selbst, dass er Liaricks auf Provokationen hereingefallen war, als er mit zitternden Knien die kleine, kreisförmige Arena, die im Untergeschoss des Akademieturmes errichtet worden war, betrat. Über ihm standen die restlichen Adepten, sowie Meister Senorus und Meister Niewus auf den Besucherrängen und blickten zu ihm herab. Die Arena war eigens dafür gebaut worden, um dort magische Duelle auszutragen. Laut seinem Mentor gab es früher regelmäßig Duelle zwischen Schülern, es wurden sogar Wettbewerbe ausgetragen, allerdings führten die Wettbewerbe allzu oft zu Konkurrenzdenken und bösem Blut zwischen den Magiern, weshalb diese irgendwann verboten wurden. Mit der Zeit sind dann auch Duelle zu einer echten Seltenheit an der Akademie geworden. Liarick war bereits da. Er wartete mit verschränkten Armen und hoch erhobenem Kinn auf ihn. Tom fragte sich, wie er nur so dumm hatte sein können Liaricks Herausforderung anzunehmen und ihm jetzt in einem Duell gegenüberzutreten. Er wusste, dass Liarick eigentlich nicht den Mut hatte, ihn oder seine Freunde offen anzugreifen, dennoch hatte er bei ihm einen wunden Punkt getroffen und ihn so weit gebracht, dass er jetzt hier unten stand.

Meister Senorus hatte ihm gerade noch einmal die Regeln eines Duells erklärt. Das Wichtigste für ihn war, dass jeder Schüler durch einen Schild geschützt wurde, den einer der Meister auf ihn wirkte. Somit war gewährleistet, dass niemand ernsthaften Schaden erleiden konnte. Die Beiden waren jeweils mit ihrem Stab bewaffnet, den sie vor kurzem bekommen hatten. Tom war noch nicht wirklich vertraut im Umgang mit ihm. Zudem hatte er nur einen Tag Zeit gehabt, sich gemeinsam mit Senorus auf das Duell vorzubereiten. Sein Meister war offensichtlich nicht begeistert von der Idee gewesen, jedoch hielt er ihn auch nicht davon ab. Ein Duell durfte nämlich nur mit der Einwilligung der jeweiligen Meister stattfinden. Senorus hatte trotz seiner Einwände zugestimmt um ihn dann bestmöglich darauf vorzubereiten. Das Duell sollte zeigen, welcher der Kontrahenten über größere Macht verfügt, bzw. wer seine magischen Kräfte besser unter Kontrolle hatte. Dazu feuern die Kontrahenten jeweils einen energiestrahl ab und derjenige, der es schafft, den Strahl des anderen vollständig zu verdrängen, ist dann der Sieger. Tom wusste, dass er gerade erst ganz am Anfang war, seine Kräfte kennen zu lernen, allerdings hoffte er, dass es Liarick auch nicht anders erging. Er war sich zwar sicher, dass hinter dessen großen Worten nicht wirklich viel steckte, doch da Meister Niewus als dessen Mentor fungierte, war Tom noch nie Zeuge davon geworden, wie gut Liarick tatsächlich zaubern konnte. Ihm war nur klar, dass er unter keinen Umständen verlieren durfte. Er wollte sich gar nicht ausmalen, wie es erst werden würde, wenn dieser ihn tatsächlich besiegen sollte.

„Seid ihr beide bereit?“, hörte Tom Meister Senorus Stimme.

„Ja“, erwiderten die Beiden im Chor.

„Gut, dann wirken wir jetzt die Schutzzauber“, sprach Senorus. „Meister Niewus, wenn ihr so freundlich wärt.“ Toms Körper begann zu kribbeln, als der Zauber sich über ihn legte.

„Wir zählen gleich bis drei, dann beginnt euer Kampf“, fuhr der Meister fort. „Erst wenn das Signal ertönt, dürft ihr beginnen. Sollte jemand von euch auf die glorreiche Idee kommen, seinen Zauber bereits früher zu wirken, so wird dieser für einen Monat vom Unterricht ausgeschlossen und das Duell gilt für diesen als verloren. Habt ihr das verstanden?“

„Ja“, erwiderten die Beiden.

„Gut, dann geht auf eure Positionen“, verlangte Senorus.

„Ich freue mich schon auf dein Gesicht, wenn du weinend im Dreck liegst“, verhöhnte Liarick ihm. Tom versuchte sich nicht wieder provozieren zu lassen. Senorus hatte ihm eingebläut, dass es das wichtigste ist, fokussiert zu bleiben und sich von nichts ablenken zu lassen, ansonsten hätte man in einem Duell keine Chance. Er ging im Kopf noch einmal den Zauber durch, den er wirken musste.

„Bereit“, fragte Senorus, als sie in Position waren.

„Ja“, kam es von den Beiden

„Also gut. Drei... Zwei... Eins... Beginnt!“, rief Senorus.

Tom wirkte sogleich seinen Zauber. Im selben Moment kam ein violetter Energiestrahl aus dem Bernsteinfokus, der am Ende seines Stabes eingefasst war. Liarick war allerdings noch einen Tick schneller gewesen, so dass dessen Strahl, der aus purem Feuer zu bestehen schien, weitergekommen war, als die beiden aufeinanderprallten. Tom konzentrierte sich und legte seine gesamte Kraft in den Magiestrom. Er fühlte, dass er kräftiger wurde und ganz langsam Liaricks Strahl verdrängte. Dem ersten Hochgefühl folgte jedoch schnell Ernüchterung. Auch wenn er etwas an Boden gutmachte, so bemerkte er, dass er dafür zu viel Energie aufwenden musste. Ihm war klar, dass er diese Anstrengung nicht so lange aufrechterhalten konnte, um das Duell auf diese Weise zu gewinnen. Er versuchte sich noch mehr darauf zu konzentrieren, den Zauber sauber auszuführen, damit er nicht so viel seiner Magie verschwendete, jedoch spürte er, dass er seine Kraft trotzdem noch zu schnell verbrauchte. Er nahm etwas Magie aus seinem Angriff, so dass die beiden Strahlen sich wieder im Gleichgewicht befanden, er jedoch nicht so schnell seine Reserven aufbrauchte. Fieberhaft überlegte er, während er in Liaricks grinsende Grimasse blickte, was er tun könnte, um seine drohende Niederlage zu verhindern. „Mindestens genauso wichtig, wie die eigenen Fähigkeiten zu kennen, ist es, über die Stärken und Schwächen des Gegners Bescheid zu wissen.“ Hallten Meister Senorus Worte durch seinen Geist. *Die Stärken und Schwächen des Gegners,* fragte Tom sich. *Allem Anschein nach, beherrscht er den Zauber besser, als ich, doch wo liegen seine Schwächen? Ich muss sie schnell finden, sonst ist es bald aus.* Noch einmal blickte er in Liaricks Gesicht. Obwohl auch er sich gewaltig anstrengte, lag immer noch ein überhebliches Grinsen auf seinen Zügen. Offensichtlich war er davon überzeugt, dass er gewinnt. *Das ist es,* jubilierte Tom innerlich. *Seine Arroganz, ich muss sie mir irgendwie zu Nutze machen.* Tom begann, noch etwas mehr Magie aus seinem Angriff zu nehmen, gerade so viel, dass Liaricks Feuerstrahl sich ihm langsam näherte. Gleichzeitig versuchte er, seine restliche Energie zu sammeln. Stück für Stück rückte nun der Treffpunkt der beiden Strahlen näher an Tom heran.

„Ha..., ich wusste doch, dass du nur ein Versager bist", hörte er Liarick spotten. „Seht ihr, er ist es nicht wert, an unserer Akademie zu studieren." Das Grinsen auf seinem Gesicht wurde breiter, während die Anstrengung langsam wich. *Sehr gut, seine Konzentration nimmt ab,* merkte Tom, so dass er immer mehr Kraft aus seinem Zauber nehmen konnte, ohne dass Liarick es auffallen würde. Nur noch etwa ein halber Meter lag jetzt zwischen Tom und den kreuzenden Strahlen. „Gleich wirst du den Fußboden lecken, du Versager", höhnte Liarick triumphierend. Um seine Worte noch zu verstärken und seine Macht zu demonstrieren, nahm er sogar einen Arm von seinem Stab. *Das ist meine Chance,* wusste Tom. Er legte all seine verbleibende Kraft in diesen einen Angriff. Mit einem Schlag verstärke sich sein Energiestrahl und schoss nun ungebremst auf Liarick zu.

„Was zum", rief dieser entsetzt, legte seinen zweiten Arm wieder um den Stab und versuchte verzweifelt, seinen Zauber wieder zu verstärken, doch es war bereits zu spät. Toms violetter Strahl traf auf die Spitze von Liaricks Stab. Dadurch wurde eine Druckwelle erzeugt, die stark genug war, um diesen gegen die Wand zu schleudern. Tom sackte in die Knie. Ihm war schwindelig. Er hatte beinahe all seine Magie in diesen Angriff gelegt, aber das hatte sich gelohnt.

„Der Sieger des Duells ist Tom", hörte er Senorus laut rufen. Er hatte tatsächlich gewonnen.

Als er sich wieder etwas gesammelt hatte, vernahm er aufgeregtes Geflüster von oben. „Er hat ihn tatsächlich besiegt, dass hätte ich nicht für möglich gehalten." „Anscheinend ist Liarick nichts weiter als ein Aufschneider." „Sehr gut, Tom, du bist der Größte", das musste von Oleg gekommen sein. Seine Sinne waren immer noch nicht ganz auf der Höhe.

„Das kann nicht sein“, rief Liarick wutentbrannt. „Das..., das ist nicht möglich. Er, er hat betrogen. Er muss betrogen haben. Ich fordere, dass er disqualifiziert und von der Akademie geworfen wird. Er hat...“

„Ruhe“, schnitt Meister Niewus ihm streng das Wort ab. „Tom hat ehrlich gewonnen. Er hat deine eigene Inkompetenz gegen dich ausgenutzt, dafür kannst nur du alleine etwas.“

„Meine Inkompetenz?“, brüllte Liarick. „Ich werde ihm gleich meine Inkompetenz zeigen.“ Mit diesen Worten richtete er seinen Stab erneut auf Tom.

„Das solltest du besser unterlassen, junger Schüler“, sprach Senorus ruhig aber bestimmt, doch Liarick hörte nicht darauf. Stattdessen wirkte er einen Feuerball und schleuderte ihn auf Tom zu.

„Genug von diesem Kindergarten“, rief Niewus. Mit einem Wink seines Zauberstabes brachte er den Feuerball zum Erlöschen und drückte gleichzeitig Liarick gegen die Wand. „Was glaubst du eigentlich, was du hier machst?“, schrie er ihn an. „Solch ein Verhalten wird hier an der Akademie nicht toleriert. Du bist hiermit vorrübergehend vom Unterricht ausgeschlossen, solange, bis du deine Lektion gelernt hast. Solltest du jemals wieder etwas derartiges wagen, wirst du deinen Stab und deine Robe endgültig abgeben. Und jetzt will ich dich hier erst einmal nicht mehr sehen“, endete Niewus, während er Liarick mit einem weiterem Wink seines Zauberstabes grob aus der Arena beförderte.

„Das werdet ihr alle noch einmal bereuen“, schrie Liarick aus dem Tunnel zu ihnen. „Niemand geht so mit einem Den Varian um, niemand. Du solltest dich besser in Acht nehmen Tom, wenn dir dein Leben lieb ist.“

„Danke“, keuchte Tom Niewus entgegen.

„Was für eine dämliche Idee dieses Duell doch war“, antwortete dieser nur und ging zum Ausgang, vermutlich, um Liarick hinauszubegleiten.

„Du hast ihn tatsächlich besiegt“, kam Oleg gleich auf ihn zugestürmt, als er oben ankam. Auch die meisten anderen Schüler hatten sich um ihn versammelt und beglückwünschten ihn. „Das geschieht ihm ganz recht, ich bin froh, wenn wir ihn erst einmal nichtmehr hier sehen. Kommst du mit, wir wollen den Sieg in der silbernen Suppenschüssel begießen", fragte Oleg.

„Ja, geht schon mal vor, ich brauch noch einen Moment, dann komme ich nach", antwortete Tom.

„Sehr schön, ich bestell bei Rosa schon einmal ein Bier für dich, also lass dir nicht zu viel Zeit", dann machte Oleg sich fröhlich pfeifend mit den anderen auf den Weg zur Suppenschüssel.

„Das war eine ganz vorzügliche Taktik", kam Senorus zu ihm, als die anderen Schüler sich laut schwatzend zurückgezogen hatten. „Du hast gespürt, dass du mit roher Kraft nicht weiterkommst, also hast du einen anderen Weg gefunden. Das beweist einmal mehr, dass zu einem guten Magier mehr gehört, als reine magische Kraft."

„Danke", erwiderte Tom. „Ich habe nur euren Ratschlag beherzigt und die Schwachstelle des Gegners ausgenutzt."

„Fürwahr, das hast du", entgegnete Senorus. „Allerdings wirst du es vermutlich in Zukunft selten so leicht haben, bei deinen Gegnern eine Schwachstelle zu finden, wie es bei Liarick der Fall war", lachte der Meister, ehe er wieder ernst wurde. „Du solltest dir also nicht allzu viel darauf einbilden, insbesondere, da dein Zauber einfach nur grauenhaft ausgeführt war. Hättest du auch nur etwas mehr aufgepasst, als ich ihn dir vorgeführt habe, dann hättest du Liaricks Hochmut überhaupt nicht erst gebraucht, geschweige denn, dass du dich bis zur Erschöpfung verausgaben hättest müssen. Hätte ich nicht ein Auge auf dich gehabt, dann wäre das für dich übel ausgegangen. Du musst lernen, dein eigenes Limit zu kennen, sonst wird das eines Tages noch dein Tod. Du solltest jetzt mit den anderen feiern gehen, aber sei dir bewusst, dass du dir deinen Sieg heute beinahe teuer erkauft hättest." Mit diesen Worten ließ er ihn alleine stehen.

Kapitel 30 – Ben – Boxkampf mit Fahir

„Du machst dich langsam mit dem Schwert“, keuchte Fahir, während er mühelos einer linken Geraden von Ben auswich.

„Ich komme mir dabei immer noch wie ein kompletter Vollidiot vor“, antwortete Ben. Er setzte seiner linken Geraden noch einen Aufwärtshaken nach, doch Fahir wich auch diesem mühelos aus. „Ich wünschte, ich würde mit den Schwertkampf genauso schnell lernen, wie du das Boxen.“

„Du solltest dich selbst nicht immer so klein machen“, erwiderte Fahir. „Immerhin hast du gestern Sir Semrock zu Fall gebracht, wenn das nicht etwas ist, auf das du stolz sein kannst. Und der trainiert schon sein ganzes Leben lang mit einem Schwert in der Hand, während du das erst seit ein paar Wochen machst.“

„Aber den Rest der Zeit kassiere ich nichts weiter als eine Tracht Prügel nach der anderen“, antwortete Ben zerknirscht, während er gerade zu einem neuen Schlag ausholte.

„Tja, das ist eben das Los eines Neulings. Aber mit jeder Tracht Prügel, die du kassierst, wirst du stärker, sofern du etwas daraus lernst“, gab Fahir zurück, während er den Schlag blockte.

„Warum bist du eigentlich zu den Diamantenen Schwertern gegangen?“, wollte Ben von Fahir wissen. „Du bist doch bereits bestens ausgebildet und ich bin mir sicher, dass ihr die besten Lehrer auch zu euch kommen lassen könnt. Außerdem bezweifle ich, dass du dich danach sehnst, ein Leben als Leibwächter zu führen.“

„Zum einen ist es ein sehr gutes Training für mich. Da mein eigentlicher Schwertmeister nicht mit uns nach Elderan gereist ist, kann ich hier im Palast leider nicht mehr entsprechend trainieren. Ich hätte zwar von den Rekruten durchaus mehr erwartet, da es immer hieß, dass die besten Schwertkämpfer des gesamten Reiches dort trainieren würden, aber anscheinend sind die Diamantenen Schwerter auch nicht mehr das, was sie früher einmal waren. Was aber nichts daran ändert, dass die Ausbildung wahrlich exzellent ist. Des Weiteren habe ich dadurch eine ausgesprochen gute Ausrede, um Banketten oder anderen langweiligen Pflichten an der Botschaft fernzubleiben. Meine Familie sieht darin sogar etwas Ehrenhaftes, dass ich mich den Schwertern als erster unseres Landes anschließen durfte. Ich kann dadurch also sogar meinen schlechten Ruf bei meiner Familie irgendwie wieder etwas aufpolieren, auch wenn mir das vermutlich trotzdem nicht allzu viel bringen wird. Darüber hinaus ist es immer gut, über die Kampftechniken und Strategien anderer Kulturen Bescheid zu wissen. Sei es, um sich selbst weiter zu verbessern oder auch, um sich im Notfall besser schützen zu können." Fahir wich einem Schlag von Ben aus, merkte jedoch zu spät, dass es nur eine Finte war, so dass ein Kinnhaken von Ben ihn zu Boden beförderte.

„Alles in Ordnung", fragte Ben, als er sich neben ihn kniete.

„Ja, alles Ok", antwortete Fahir, als er mit dem ledernen Handschuh, den er extra nach Bens Anweisungen hatte anfertigen lassen, über seinen Kiefer fuhr. „Aber der Schlag hat gesessen, ich denke, das war heute genug für mich", Er lächelte schon wieder als Ben ihm auf die Beine half. „Ich genieße unsere Kämpfe wirklich sehr. Ich glaube, ich werde in meiner Heimat einmal eine Boxschule eröffnen, sofern ich wieder einmal in dorthin zurückkehren darf. Ich würde mich sehr freuen, wenn du eines Tages dort als Ausbilder tätig werden würdest." Fahir wischte sich den Schweiß von seinem muskulösen Oberkörper und schlüpfte danach wieder in seine Gewänder. „Ich würde dir gerne eine kleine Geschichte erzählen, die ich dir noch schuldig bin, doch dazu brauche ich zunächst etwas Tee. Sillah, bring uns bitte zwei Tassen Tee", rief er quer durch den Raum. Als Antwort kam ein gedämpftes „sehr wohl, mein Meister" aus dem Nebenzimmer. „Ich habe dir ja versprochen, dass ich dir einmal die Geschichte deines Schwertes und meines Freundes erzählen werde, dies will ich heute tun." Er setzte sich auf die Kissen und zeigte Ben an, es ihm gleichzutun. In diesem Moment kam auch schon der Diener durch die Türe und brachte den Tee. „Danke Sillah, du kannst wieder gehen. Ich rufe dich, wenn unser Gast wieder nach Hause möchte."

„Sehr wohl, mein Meister", antwortete der Diener unterwürfig, verbeugte sich tief und ging wieder aus dem Zimmer.

Fahir nahm Rislirsdorn zur Hand und wog es andächtig hin und her. Der Stahl glänzte rötlich im Schein der untergehenden Sonne, die durch die hohen Fenster zu ihnen drang. „Obwohl dieses Schwert bereits tausende Jahre alt ist, soll es noch nie nötig gewesen sein, es zu schärfen, die Klinge ist immer noch so scharf wie an dem Tag, an dem es geschmiedet wurde", begann er. „Die Geschichte erzählt davon, dass es einmal fünf von diesen Schwertern gegeben haben soll, gefertigt vom größten Waffenschmied aller Zeiten, Eiusallah an Euchetan. Jedes dieser Schwerter gab er an einen der Söhne des Rebellenführers Musiallah, der zu seiner Zeit gegen den blutrünstigen Sultan Sellekath revoltierte. Eiusallah verlangte im Gegenzug von den fünf Söhnen nur, dass sie sich dem gleichen Schwur unterwerfen, den auch ich dir abverlangt habe. Nachdem die Söhne ihren Eid abgelegt hatten, zogen sie gegen Sellekath in den Krieg, aus welchem sie letztlich, nicht zuletzt dank der Schwerter, siegreich hervorgingen. Musiallah wurde fortan der neue Sultan und eine kurze Zeit des Friedens begann in dem Land. Doch schon bald erlag der älteste Sohn der Macht seiner neuen Position als künftiger Sultan und er verstieß gegen den Schwur, den er geleistet hatte. Er forderte sein Recht ein, die Frau eines anderen zu ehelichen, die er begehrte. Als dieser sich weigerte sie ihm zu überlassen, erschlug er ihn kurzerhand mit seinem Schwert. Am nächsten Morgen jedoch fand man auch den ältesten Sohn tot in seinem Palast, von dem Schwert fehlte jede Spur. Der Sultan schäumte vor Wut. Er hörte immer noch die Worte, die der Schmied ihnen damals gesagt hatte. „Sollte einer von euch jemals gegen diesen Schwur verstoßen, so wird dies das Letzte gewesen sein, das ihr jemals in eurem Leben getan habt." Er wies seine verbliebenen Söhne an, den Schmied zu finden und ihn zu ihm zu bringen, damit dieser seine gerechte Strafe erhalten sollte. Sogleich zogen die vier Söhne in alle Himmelsrichtungen aus, um den Schmied zu suchen, doch niemand fand eine Spur von ihm. Schon bald machten die anderen Söhne ebenfalls Gebrauch von ihrem Schwert und zogen es gegen unschuldige Bürger, um den Mörder ihres Bruders zu finden und auch, um ihrem Vater zu gefallen, denn jeder wollte durch die Gefangennahme des Schmiedes in dessen Gunst steigen. Jeder, bis auf den jüngsten Bruder. So kam es letztlich, dass ein Bruder nach dem anderen ihrem eigenen Eidbruch zum Opfer fiel. Auch von ihren Schwertern fehlte anschließend jede Spur. Der Sultan verfiel mit der Zeit immer mehr dem Wahn und schon bald musste der jüngste Sohn fliehen, da sein Vater mittlerweile vermutete, dass er mit dem Schmied gemeinsame Sache machte, um ihn zu stürzen, damit er selbst Sultan werden konnte. So versank das Reich immer mehr in Chaos und in Gewalt. Der Sultan tat alles, um den Schmied und seinen verbliebenen Sohn zu finden, damit er sie für das bestrafen konnte, das sie ihm vermeintlich angetan haben. In der Folge war seine Herrschaft überaus blutig und grausam. Solange, bis sein Sohn das alles nicht länger mit ansehen konnte und begann, Truppen um sich zu scharen, um seinen eigenen Vater nun tatsächlich zu stürzen, obwohl dies eigentlich nie seine Absicht gewesen war. Letztlich gelang es ihm, die Truppen seines Vaters zu besiegen. Er versuchte, seinen Vater zur Vernunft zu bringen, jedoch hatte sich dieser bereits zu sehr in seinem Wahnsinn verfangen, so dass ihm am Ende nichts anderes übrigblieb, als seinen eigenen Vater zu erschlagen und seinerseits den Platz als Sultan einzunehmen. Am Tag der Krönungszeremonie erschien dann der Schmied im Palast und sprach am Hofe vor. Er sagte ihnen, dass das Schwert jetzt seinen Zweck in den Händen des Sultans erfüllt hatte und jetzt endlich ein weiser und gütiger Mann über dieses Land herrscht, der es zu Frieden und Wohlstand führen wird. Da es seinen Zweck nun erfüllt hatte, sollte der Sultan sein Schwert an einen würdigen Nachfolger weitergeben, in dessen Händen es einmal gebraucht werden würde. Von diesem sollte der Sultan den gleichen Schwur abverlangen, den er selbst einst geleistet hatte. An seinem Hofe regte sich Widerstand, da jeder gesehen hatte, welche Macht in diesem Schwert lag. Sein Hofstaat war der Meinung, dass dieses Schwert nur in die Hände des rechtmäßigen Herrschers gehörte. Daraufhin antwortete der Schmied, dass dieses Schwert nicht dazu geschmiedet worden war, um nur einem Herrn oder einem Land zu dienen, es ist dazu bestimmt, jenen Menschen zu dienen, die dessen Hilfe am dringendsten benötigen.

Bevor der Sultan antwortete, wollte er noch von ihm wissen, ob er für den Tod seiner Brüder verantwortlich war und was aus den übrigen Schwertern geworden war.

„Die anderen Schwerter habe ich wieder vernichtet", antwortete der Schmied. „Sie hatten ihren Zweck bereits erfüllt und durch den Eidbruch deiner Brüder war ihre Essenz verunreinigt worden, so dass sie für diese Welt einmal zu einer großen Gefahr geworden wären. Was deine Brüder angeht, so war am Ende jeder von ihnen selbst für seinen Tod verantwortlich, da sie gegen den Schwur verstoßen hatten, obwohl sie wussten, was dies für sie bedeutet. Wer letztlich das Schwert geführt hat, das sie tötete ist daher eigentlich nicht weiter von Belang, aber letzten Endes war ich es, ja." Der Hof schäumte nun vor Wut und forderte den Kopf des Schmiedes. Der Sultan antwortete aber. „Es ist gut, dass du die restlichen Schwerter zerstört hast, sie besitzen eine zu große Macht und sie verleiten allzu oft dazu, diese zu missbrauchen. Ich selbst bin von ihm in Versuchung geführt worden. Du hast mein Wort, dass ich einen passenden Nachfolger für dieses Schwert finden und es selbst nicht mehr ziehen werde. Ich bin ohnehin des Kampfes müde und möchte, dass jeder hier in Frieden leben kann. Was den Mord an meinen Brüdern angeht, so war ihr Wille allem Anschein nach einfach nicht stark genug, um gegen die Versuchungen der Macht anzukommen. Ich glaube, dass es am Ende ihr Schicksal war, durch den Bruch ihres eigenen Schwures, also letztlich durch deine Hand, zu sterben. Ich danke dir für deine Ehrlichkeit und den Frieden in diesem Land, den es ohne dich wohl nicht geben würde. Du darfst gehen."

Der Hof des Sultans war außer sich, dass er den Schmied einfach so gehen ließ, obwohl dieser gerade offen zugegeben hatte, die Brüder getötet zu haben, doch der Sultan blieb bei seiner Entscheidung. Schon bald darauf fand er einen würdigen neuen Träger für das Schwert, während das Land ganz allmählich immer mehr aufblühte. Der Schmied wurde seitdem nie mehr gesehen und Rislirsdorn wurde mit der Zeit in unzählige fähige Hände gelegt. In jeder Hand brachte es den Menschen den Tod, die zu einer Gefahr für das gemeine Volk geworden waren oder es noch werden sollten. Es streckte seitdem Diebe, Räuber, Mörder, dunkle Magier, habgierige Fürsten oder gewissenlose Herrscher nieder, bis es am Ende bei meinem guten Freund und Mentor Serakin landete, der mit dessen Hilfe die Invasoren aus dem Süden zurückschlug, die versuchten im Auftrag des Gottkönigs Teuteath unsere Länder zu erobern. Nachdem die Invasoren zurückgedrängt wurden, gelang es meinem Vater einen Friedensvertrag mit dem Gottkönig im Süden auszuhandeln. Seitdem gedeiht der Handel wieder zwischen unseren Völkern und auf beiden Seiten wächst der Wohlstand stetig. Leider verlor Serakin in der Schlacht sein Leben. Seine letzte Bitte, die er an mich richtete, war dass ich an seiner Stelle einen passenden Träger für Rislirsdorn suchen und diesem den Schwur abverlangen soll. Seitdem habe ich das Schwert verwahrt, bis ich dich getroffen habe. Die Geschichte des Schwertes ist also wahrlich blutig und ging auch nicht immer gut für den Träger aus, dennoch diente es immer einem höheren Zweck, nämlich dazu, dem Volk zu helfen und letztlich großes Unheil von ihm abzuwenden. Ich weiß also nicht, wann oder gegen wen du es einmal ziehen wirst, aber ich weiß, dass es stets einem guten Zweck dienen wird", damit endete Fahir.

„Wie war Serakin so", wollte Ben wissen.

„Er war weise und gütig", antwortete Fahir nach einer kurzen Pause. „Streng und urkomisch. Unendlich einfühlsam und gleichzeitig unfassbar stur. Er sagt immer, dass man, wenn man einmal ein Ziel vor Augen hat, für das es sich einzutreten lohnt, man niemals aufgeben soll, bis man dieses auch erreicht hat. Damit hat er alle anderen um sich ständig zur Verzweiflung gebracht, aber gleichzeitig hat er dadurch auch viel erreicht. Er war es zum Beispiel, der es erreicht hat, dass heute auch Frauen in unseren Armeen kämpfen dürfen. Das war eines dieser Ziele, die er beinahe sein ganzes Leben verfolg hatte und Letzen Endes hat er es dann erreicht. Heute sind gut dreißig Prozent aller neuen Rekruten Frauen und sie haben sich bereits mehr als bewährt. Er hat eigentlich immer alles erreicht, was er sich in den Kopf gesetzt hat. Ich habe viel von ihm gelernt. Er fehlt mir sehr."

Kapitel 31 – Aeria - Die Bibliothek

Das Erste, was Aeria im Fackelschein sah, war die massive, mit Stacheln bewährte Eisenkeule, die das Ungetüm in seiner Hand hielt, welches sich ihnen mit schweren Schritten näherte. Das schwarze Blut, dass zähflüssig von den Spitzen auf den Boden tropfte, zeugte davon, dass dieses Monster ihren ersten Angreifern ebenfalls nicht allzu freundlich gesonnen war und dass nicht alle der Kreaturen rechtzeitig den Rückzug angetreten hatten. Ihr neuer Feind war ein ausgewachsener Oger, der sich leicht bücken musste, damit er überhaupt durch den Gang passte.

„Wir müssen hier raus!", rief Borogar, als er ihren Gegner erkannte. „In diesem Gang sind wir leichte Beute für ihn, hier können wir seinen Schlägen nicht ausweichen und können unsererseits nicht effektiv angreifen."

„Da hat du durchaus recht", stimmte Fiadorgas ihm zu. „Ich hoffe nur, dass dieser Gang auch wirklich irgendwann ein Ende hat."

Mit einem markerschütternden Schrei stürmte der Oger nun auf sie zu. Bei jedem seiner Schritte erbebte der Boden unter ihren Füßen.

„Lauft!", schrie Fiadorgas, allerdings hätte er das nicht extra tun müssen. Aeria hatte bereits kehrt gemacht und rannte, so schnell sie ihre müden Beine tragen konnten, hinter Borogar und Fiadorgas her. Die ersten Kreaturen, die sich noch außerhalb ihres Fackelscheins aufgehalten hatten, überrannten sie einfach und stachen sie ohne Probleme nieder. Schon bald ergriffen auch die restlichen Monster laut quiekend die Flucht, allerdings glaubte Aeria, dass dies mehr an dem brüllenden Oger, als ihnen geschuldet war. Dieser holte langsam immer weiter auf. Obwohl er aufgrund seiner Größe in dem Gang nicht einmal gänzlich aufrecht gehen konnte, war er trotzdem schneller als sie. Nicht mehr lange und er würde sei eingeholt haben.

„Irgendwelche Ideen?", fragte Fiadorgas schwer atmend. „Mir sind meine nämlich gerade ausgegangen."

Aeria überlegte fieberhaft, allerdings sah sie im Moment keine Möglichkeit für sie, um zu Entkommen. Sich ihm hier im Nahkampf zu stellen, wäre reiner Selbstmord und die Haut des Trolls war viel zu dick, als dass sie mit ihren Pfeilen irgendetwas ausrichten könnte. Dazu gab es in diesem Gang weit und breit nichts anderes, als glatt gehauenen Stein und die Fresken an der Decke, deren Abbildungen sie zu verhöhnen schienen. *Vielleicht, wenn wir eines der Fresken aus der Decke schlagen und auf ihn herabfallen lassen könnten,* ging es ihr durch den Kopf, allerdings fiel ihr beim besten Willen nicht ein, wie sie dies im vollen Sprint bewerkstelligen sollten, außerdem zweifelte sie daran, dass dies ihn tatsächlich aufhalten würde. Als sie bereits den heißen, fauligen Atem in ihrem Nacken spüren konnte, kroch langsam Panik in ihr hoch.

„Da vorne, Licht!", hörte sie Borogar rufen.

„Sehr schön", schnaubte Fiadorgas, „vielleicht ist doch noch nicht alles verloren. Schnell jetzt!" Fiadorgas beschleunigte seine Schritte noch einmal ein wenig. Aeria blieb nicht die Zeit, sich mal wieder über Fiadorgas enorme Kräfte zu wundern, zu nah war der Oger bereits an sie herangerückt.

Borogar und Fiadorgas waren bereits durch den Türspalt verschwunden, als Aeria spürte, dass ihr Verfolger seine Keule nach ihr schwang. Sie duckte sich instinktiv weg und sprang nach vorne. Die Keule sauste über ihren Kopf hinweg und streifte ihren Rucksack, so dass die Riemen rissen. Aeria wurde durch die Luft gewirbelt, ehe sie unsanft neben ihrem Rucksack aufschlug. Die Keule rauschte krachend in die Wand und der heftige Aufprall riss große Stücke aus ihr heraus. Aeria lag auf dem Rücken und sah dem Ungetüm einen Moment lang in seine großen, gelben Augen, die auf sie fixiert waren, ehe sie sich wieder aufrappelte, um so schnell wie möglich weiter in Richtung Ausgang zu rennen. Der Oger brüllte noch einmal laut auf, wohl aus Wut, sein Ziel verfehlt zu haben, dann brachten seine schweren Schritte den Boden unter ihren Füßen wieder zum Beben.

Aeria hechtete durch die offene Türe. Ein lautstarker Knall zeugte davon, dass einer der Türflügel aus den Angeln gerissen worden war. Sie drehte sich um, hob zitternd ihr Schwert vor sich, als sie erkannte, dass die Türe nicht vom Oger aus den Angeln gerissen worden war, sondern von Fiadorgas, der allem Anschein nach einen Zauber gewirkt und dem Ungetüm einen der Flügel entgegengeschleudert hatte. Allerdings bewirkte der Treffer nicht den gewünschten Effekt, denn der Oger stand bereits wieder auf und beförderte den Türflügel mit einem kräftigen Tritt aus dem Gang. Aeria konnte gerade noch zur Seite ausweichen, ehe dieser krachend dort aufschlug, wo sie gerade noch gekauert hatte.

„Du verdammtes Mistvieh", hörte sie Fiadorgas fluchen. „Du lässt mir wohl keine andere Wahl." Mit einem lauten Schrei entfesselte er erneute einen Zauber und im selben Moment stürzte der Gang über dem Ungetüm ein und begrub ihn unter tonnenweise Gestein. „So, ich hoffe, das hat gereicht", stöhnte Fiadorgas, ehe er in sich zusammensackte.

Borogar war sofort bei ihm. „Geht es dir gut?", fragte er besorgt.

„Ja, alles in Ordnung", antwortete Fiadorgas schwer atmend. „Ich habe mich nur etwas überanstrengt, nichts weiter. Eine kurze Verschnaufpause und es kann weiter gehen. Ha seht, wir haben unser Ziel erreicht."

Sie befanden sich auf einer Anhöhe, die den Blick über eine große Halle preisgab, die mit künstlichem Licht geflutet war, das auch hier über Spiegel weiterverbreitet wurde. Sie hatten endlich die Bibliothek erreicht. Die schiere Größe ließ Aeria vor Ehrfurcht erstarren. Unzählige Bücherregale drängten sich bis in die hintersten Ecken der Halle. Selbst die Bibliothek in ihrer Heimat war im Vergleich zu dieser hier geradezu winzig, obwohl sie gemeinhin als die größte Bibliothek auf dem gesamten Kontinent gilt. In der Mitte der Halle führte eine gewaltige Wendeltreppe in die Höhe, geradewegs hinauf zur Decke, in der sie verschwand.

„Wie mir scheint, müssen wir bald einige Stufen erklimmen", sagte Fiadorgas fröhlich, aber immer noch erschöpft. „Ich spüre dass das Buch, welches ich suche sich am Ende dieser doch recht beeindruckenden Treppe befindet."

„Ich denke, wir sollten uns vorher allerdings noch ein wenig ausruhen", schlug Borogar vor.

„Da stimme ich dir voll und ganz zu, mein Freund“, antwortete Fiadorgas. „Eine kurze Verschnaufpause würde uns allen sicherlich gut tun, bevor wir den Aufstieg wagen. Meine Beine sind nach dem Zauber doch noch etwas wackelig. Ich befürchte, ich habe es vielleicht doch etwas übertrieben, allerdings wollte ich auf Nummer sicher gehen.“

„Glaubt ihr, dass die Kreaturen zurückkommen?“, fragte Aeria immer noch außer Atem.

„Ich weiß es nicht“, gab Fiadorgas zurück. „Ich hoffe, dass der Oger sie verscheucht hat, aber sicher sein können wir nicht. Wir sollten auf jeden Fall weiter wachsam bleiben.“

Aeria suchte die Umgebung nach Anzeichen für die Kreaturen ab, jedoch fand sie keine. *Wo sind die nur hin,* fragte sie sich. Sie sah keinen anderen Ausgang, als den, durch den sie gekommen waren. Auch fand sie keine sonstigen Öffnungen in den Wänden, die bis in den letzten Winkel mit Regalen vollgestellt waren. „Wie kommen wir hier jetzt eigentlich wieder hinaus?“, wollte Aeria wissen. „Ich sehe keinen anderen Ausweg hier, außer dem, der gerade hinter uns eingestürzt ist.“

„Darüber mache ich mir Gedanken, wenn ich das Buch gefunden habe“, antwortete Fiadorgas. „Es gibt immer irgendeinen Weg, wir werden ihn schon finden, doch jetzt brauche ich erst einmal etwas Ruhe, ich befürchte, meine alten Knochen sind allmählich nicht mehr geeignet für solche Zauber.“

„Ich halte Wache“, kam es von Borogar. „Du solltest dich auch etwas hinlegen.“

„Danke“, sagte Aeria. Sie war tatsächlich am Ende ihrer Kräfte und war froh, dass Borogar die Wache übernahm. Sie wickelte sich in ihrem Umhang und ärgerte sich noch kurz darüber, dass sie all die Schätze, die sie hier gesammelt hatte, wohl nie wiedersehen würde, doch bald darauf war sie auch schon eingeschlafen.

Aeria streifte durch die Wälder ihrer einstigen Heimat. Sie suchte etwas. Oder jemanden? Sie wusste es nicht mehr, nur, dass es ungemein wichtig war. Sie versuchte sich verzweifelt daran zu erinnern, wonach sie suchte. Irgendwo in ihrem Geist lag die Antwort darauf, das wusste sie, doch konnte sie sie noch nicht finden. Schon bald betrat sie eine Lichtung auf der eine Frau in einem wunderschönen, weißen Kleid stand. Obwohl diese ihr den Rücken zugewandt hatte, erkannte sie Anfora Ahnschimmer sofort.

„Mutter?", wisperte Aeria, verblüfft, die Königin hier zu sehen. Sie ging auf ihre Mutter zu, doch diese regte sich nicht. „Mutter?", sagte sie nun lauter, mit einem Zittern in der Stimme. Immer noch keine Regung. Aeria erreichte sie und berührte Anfora an ihrer Schulter.

Aeria wich zurück, nachdem sich ihre Mutter zu ihr umgedreht hatte. Anstatt in deren wunderschöne, jadefarbenen Augen blickte sie in einen Abgrund aus tiefstem Schwarz. „Mutter, was...", stotterte Aeria, während sie erschrocken zurückwich.

„Du bist zu spät", hörte sie ihre Mutter leise krächzen. „Du hast mich schon wieder enttäuscht, mich und mein ganzes Volk. Du bist zu spät."

„Zu spät? Zu spät wofür? Was ist passiert?", wollte Aeria wissen.

„Du bist zu spät", fuhr Anfora mit tonloser Stimme fort. „Meine Heimat ist verloren. Alles ist verloren. Du hast versagt. Hast alle enttäuscht. Wie immer", während sie weitersprach, begann die Elfenkönigin langsam rückwärts zu schweben.

Was ist hier los, fragte sich Aeria, während sie verzweifelt versuchte, ihrer Mutter durch das dichte Unterholz zu folgen. Sie konnte sie nicht mehr sehen, sie hörte nur noch ihre monotone Stimme von weit weg. „Du bist zu spät", wiederholte sie immer wieder.

Aber wofür, wollte Aeria endlich wissen. Bald schon trat sie aus dem Dickicht heraus. Sie war in der Hauptstadt angekommen, doch diese stand lichterloh in Flammen. Die Häuser, die mächtigen Bäume, ja sogar der Weltenbaum selbst, alles brannte. Die Flammen verzehrten alles und jeden. Ihre Schwestern lagen reglos auf dem Boden. Sie hatten wohl noch versucht, sich zu wehren, aber sie haben es nicht geschafft.

Aber gegen wen oder was haben sie gekämpft? Warum brennt hier alles? Aeria konnte niemanden sonst entdecken. Sie lief zu einer der am Boden liegenden Elfen und kniete sich neben sie. „Glamris?“, stieß sie erschrocken aus. In diesem Moment öffneten sich ihre Augen und Aeria blickte erneut in tiefste Dunkelheit.

„Du hast mich getötet“, flüsterte sie. Die Stimme klang so kalt, dass Aeria ein Schauer über den Rücken lief. „Du hast uns alle getötet. Du hast den Untergang allen Lebens besiegelt, den Weltenbaum verraten. Du hast uns enttäuscht. Du hast versagt. Wie immer. Du kannst deinen Fehler jetzt nicht mehr gut machen. Du bist zu spät“, dann zerfiel Glamris in ihren Händen zu schwarzer Asche.

„Nein!“, schrie Aeria. „Glamris!“ Aeria weinte bitterlich während alles um sie herum zu Staub zerfiel, bis sie ganz alleine zurückblieb. Sie erstarrte. Sie kannte dieses Gefühl bereits. Der Schatten war hier. Er war gekommen, um sie zu holen. Vorsichtig drehte sie sich um und sah den Schatten langsam auf sie zukriechen bereit, sie endgültig zu verschlingen. Aeria konnte sich nicht bewegen, nichts dagegen unternehmen. Sie wollte sich auch gar nicht mehr wehren, war fast froh, dass gleich alles zu Ende war, dass die Leere sie von all ihren Schmerzen befreien würde.

Aeria schreckte schreiend auf und spürte sogleich Fiadorgas Hand auf ihrer Schulter. „Schon wieder ein schlechter Traum?“, fragte er besorgt.

Aeria nickte nur knapp.

„Obgleich wir die Verbindung zur Dämonenwelt getrennt haben, scheint das Echo des Alptraumfürsten hier unten nach wie vor sein Unwesen zu treiben“, sagte Fiadorgas bedrückt. „Wir sollten uns wirklich beeilen und von hier verschwinden. Komm, wir gehen weiter, je eher wir das Buch finden, desto besser.“

Sie gingen durch die dicht gedrängten Regalreihen in Richtung der Wendeltreppe. Aeria konnte keinen der Titel entziffern. Sie waren alle in einer ihr gänzlich unbekannten Sprache geschrieben.

„Könnt ihr diese Sprache lesen?“, fragte sie Fiadorgas, fasziniert von all dem Wissen, dass hier lagerte.

„Ja", antwortete er. „Einen Großteil der Bücher, die hier unten stehen, haben wir bereits in unsere Sammlung aufgenommen. Äußerst interessante Werke sind hier untergebracht. Allerdings sind hier auch Bücher, die wir noch nicht haben. Ach, was würde ich nur dafür geben, hier eine Weile nach noch unentdeckten Schriften zu suchen, allerdings bleibt uns dafür nicht mehr genügend Zeit, die Halle beginnt instabiler zu werden." Wie aufs Stichwort löste sich ein Teil von der Decke und krachte in einiger Entfernung auf eines der Bücherregale. „Ich weiß nicht, wie lange das alles hier noch standhält. Ich befürchte, ich habe mit meinem Zauber dafür gesorgt, dass der Verfall noch rascher vonstattengeht, als es ohnehin der Fall gewesen wäre."

„Was steht in all diesen Büchern?" fragte Aeria, während sie besorgt an die Decke des Gewölbes blickte, in der Sorge, dass sie bald selbst von einem Felsen erschlagen würden. „Ich hätte nicht gedacht, dass es überhaupt so viel Wissen gibt, welches niedergeschrieben werden kann." Auch sie wünschte sich, dass sie die Möglichkeit hätte, hier zumindest eine Weile damit zubringen zu können, einen kleinen Teil der Bücher zu studieren. Gleichzeitig wollte sie aber so schnell und so weit wie möglich weg von diesem Ort. Nicht nur, weil die Höhle jeden Moment über ihr einzustürzen drohte. Je länger sie sich in dieser Stadt aufhielt, desto mehr zerrte etwas an ihrem Geist, desto mehr wuchs eine unbestimmte Angst in ihr.

„Alles nur Erdenkliche ist hier niedergeschrieben", erwiderte Fiadorgas. „Im Moment laufen wir durch den Teil, in dem die Geschichte dieser Stadt und des ganzen Volkes der Zoaleth festgehalten wurde, von den Entstehungsjahren, über die blutigen Kriege, bis hin zu den letzten Tagen, wenn auch ein wenig parteiisch, wenn ich mir dieses Urteil erlauben darf. Allerdings wurde in den Büchern, die bereits in unserem Besitz sind, nirgendwo in irgendeiner Weise vermerkt, was letztendlich zum Ende der Zoaleth geführt hat, beziehungsweise dazu hätte führen können. Auch über den Zauber, den wir beendet haben, gibt es bislang keinerlei Aufzeichnungen. Ich bin mir sicher, dass ich hier unten fündig werden würde. Ach, wäre doch nur etwas mehr Zeit übrig. Ah, hier vorne stehen sogar Bücher über die Zeit, bevor die Zoaleth entstanden sind, auch wenn es eher ungenaue oder lückenhafte Exemplare sind, ist das dennoch sehr bemerkenswert. Wenn ich die Zeichnungen, die hier angebracht sind, richtig gedeutet habe, gibt es weiter hinten Abteilungen für jede nur erdenkliche Handwerkskunst, ihre Kampfkünste, eine Abteilung für Poesie, für einfache Lyrik, Heldensagen und noch vieles weitere. Darüber hinaus gibt es hier einen Teil über die arkanen Künste der Zoaleth, genau das ist unser Ziel. Dort sollte es ein Buch geben, welches nur einmal geschrieben wurde und Geheimnisse enthält, die das Schicksal dieser Welt verändern könnten. Ich spüre es, allerdings liegt es wohl ein gutes Stück über uns. So wie es aussieht haben wir jetzt einige Treppenstufen zu erklimmen", endete er, als die Drei vor der Wendeltreppe angelangt waren, die in der hohen Decke verschwand. Sie war aus filigranen Metallstäben zusammengesetzt, die beinahe zu zerbrechlich aussahen, als dass sie das Gewicht der Treppe hätten halten können. Das Geräusch von sich verbiegendem Metall verstärkte ihren Eindruck nur noch mehr.

„Glaubt ihr, dass die Treppe uns noch trägt?", wollte Aeria besorgt wissen. „Sie scheint langsam ihre Stabilität zu verlieren."

„Das werden wir gleich herausfinden", antwortete Fiadorgas vergnügt.

„Wie hoch, schätzt ihr, müssen wir etwa?", frage Aeria, die ihre Erschöpfung, trotz der Pause, die sie eingelegt hatten, kaum noch verbergen konnte, während sie an der steil nach oben ragenden Treppe entlangblickte.

„Ein gutes Stück ist es schon", antwortete Fiadorgas. „Noch ist die Aura des Buches undeutlich, was darauf schließen lässt, dass wir hoch hinaus müssen. Ich denke, wir sollten uns vorher noch etwas stärken", sagte er, während er seinen Rucksack langsam zu Boden gleiten ließ und dann seinen Wasserschlauch sowie etwas Proviant herauszog. „Ich bin mir auch sicher, dass es auf dem Weg nach oben einige Fallen und Zauber gibt, die diesen Teil der Bibliothek vor ungebetenen Gästen schützen sollten. Es wäre also besser, wenn ich vorangehe."

Aeria war froh über die erneute Verschnaufpause und sie hoffte, dass sie endlich am Ziel angelangt waren. Sie waren bereits Stunden auf dieser Treppe. Sie führte nicht nur bis zur Decke, sondern noch weit in den Felsen hinein. Hier waren wieder leuchtenden Steine in der Wand eingefasst worden, wenngleich immer mehr der Steine ihre Leuchtkraft verloren hatten, je höher sie kamen. Fiadorgas begutachtete wieder eine der magischen Barrieren, die sie am Weiterkommen hindern sollte. Es war die fünfte und hoffentlich auch letzte. Den Geräuschen nach zu urteilen, die das Metall der Treppe mittlerweile von sich gab, würde es nicht mehr allzu lange dauern, bis sie nachgeben und einstürzen würde. Schon während ihres Aufstieges sind immer mehr Treppenstufen oder Teile des Geländers herausgebrochen. Wenn sie hier noch länger ausharren mussten, sah Aeria sich schon den ganzen Weg wieder nach unten stürzen. Sie betrachtete gerade die kunstfertig verzierte Holztüre, vor der sie sich hingesetzt hatte, um wieder auf andere Gedanken zu kommen. Sie blickte in die smaragdgrün bemalten Augen eines Wesens, das sie noch nie zuvor erblickt hatte. Sie zogen sie in ihren Bann und ihr Verstand begann an einen fernen Ort abzudriften. Einen Ort voller Wunder. Sie sah das Wesen auf einer Wiese voller blauem Gras weiden und schon im nächsten Moment seine gewaltigen Flügel ausbreiten. Im Hintergrund schwebte ein gewaltiger Berg, auf dessen Gipfel eine Burg thronte, die von den Göttern selbst errichtet worden schien. Sie wollte sich gerade auf den Weg zu dem Felsen begeben, als Fiadorgas fast schon enttäuscht klingende Stimme sie wieder zurückholte. „Hm... da hätte ich irgendwie mehr erwartet, aber sei es drum." Er stand auf, streckte seine Arme in Richtung der Türe und murmelte etwas vor sich hin. Bald darauf durchzogen weiße Linien das Holz der Türe, nur um sich dann in Rauch aufzulösen. „Sehr schön, wir können endlich eintreten. Ich bin ja schon so aufgeregt."

Fiadorgas öffnete die Türflügel und trat hindurch. Aeria und Borogar folgten ihm hinein. Dies schien weniger ein weiterer Teil der

Bibliothek gewesen zu sein, als vielmehr eine Art Laboratorium. Auf dutzenden Schreibtischen waren allerhand Glasphiolen und merkwürdige Apparaturen zu sehen. Von weiteren Büchern, wie sie sie erwartet hatte, fehlte allerdings jede Spur.

„Was genau war das hier?“, fragte Aeria, während sie sich vorsichtig umsah.

„Ich bin mir sicher, das werden wir gleich herausfinden“, sagte Fiadorgas mit einem Funkeln in den Augen, während er auf einen Sockel am Ende des Raumes zulief, auf dem ein in dunkles Leder eingebundenes Buch gebettet war. Vorsichtig streckte er seine Hände danach aus und strich zärtlich über den Einband. „Tatsächlich, wie ich es mir dachte. Dieser Raum hier wurde als Labor benutzt, von niemand anderem als Almexias dem Mächtigen und dies hier ist sein Tagebuch. Hier hat er all seine Abenteuer und all sein Wissen eingetragen. Vielleicht das kostbarste Buch, das je geschrieben wurde. Ich kann mir gar nicht ausmalen, was ich dort alles in Erfahrung bringen kann.“ Er öffnete die erste Seite. „Und allem Anschein nach ist es verschlüsselt“, sagte er begeistert. „Ha, wie wunderbar. Es wäre doch gelacht, wenn ich dieses Buch nicht entziffern könnte.“

„Woher wisst ihr das alles“, wollte Aeria von ihm wissen.

„Schon vergessen wer ich bin?“, fragte Fiadorgas Aeria lächelnd. „Es liegt in meinem Wesen, so etwas zu wissen. Außerdem ist auf dem Einband Almexias Siegel eingebrannt. Aber jetzt erstmal genug davon. Wir sollten jetzt von hier verschwinden.“ Das Geräusch von brechenden Metallstangen und das Scheppern der Treppe, die in sich zusammenstürzte, erfüllte den Raum und ließ Aeria sich ihre Ohren zuhalten.

„Wie mir scheint, können wir nicht mehr denselben Weg nehmen, den wir gekommen sind“, sagte Fiadorgas, „aber das habe ich mir bereits gedacht.

„Du hast dir das also bereits gedacht ja?“, erwiderte Aeria gereizt, als sie in den Abgrund starrte, in dem bis eben noch eine Treppe gestanden hatte. „Und was jetzt? Sollen wir einfach gemütlich hinunterklettern oder hast du vielleicht sogar ein unendlich langes Seil in eurem ach so tollen Rucksack versteckt an dem wir uns alle herablassen können?“

„Wie mir scheint, drückt dieser Ort doch allmählich auf deine Stimmung, was ich durchaus nachvollziehen kann. Zu unserem großen Glück, hat der mächtige Almexias sich anscheinend einen eigenen Zugang hierher geschaffen, seht.“ Fiadorgas zeigte auf einen vergilbten Wandteppich.

„Er bewegt sich“, erwiderte Borogar. „Ein Luftzug.“ Borogar ging zu dem Teppich und riss ihn herunter. Dahinter kam eine glatte Felswand zum Vorschein.

„Hier muss es irgendwo einen Mechanismus geben um..., ah hier“, sagte Fiadorgas und fuhr mit der Hand über ein kleines Loch in der Wand. „Hm... es benötigt wohl einen Schlüssel. Aeria, könntest du dich dieses Schlosses bitte annehmen?“

„Natürlich, ich hoffe, dass wir hier endlich bald rauskommen. Dieser Ort wird mir immer unheimlicher“, antwortete sie und machte sich sogleich daran, den Mechanismus zu knacken.

Es dauerte nicht lange. Nach einem leisen Klicken fuhr die Wand geräuschlos zur Seite und dahinter kam ein langer, kreisrunder Gang zum Vorschein, der sachte bergauf führte.

„Wir sollten uns besser beeilen, ich bin wirklich froh, wenn wir wieder hier raus sind“, sagte Fiadorgas, entzündete eine Fackel und schritt voran in die Dunkelheit, während ein nicht enden wollendes Grollen aus der Tiefe des Berges davon zeugte, wie die Stadt allmählich in sich zusammenfiel.

Teil 3
Aufbruch

Kapitel 32 – Angriff auf dem Marktplatz

Lucy schenkte den Beschimpfungen von Liarick mittlerweile keinerlei Beachtung mehr. So oft hatte er sie in den letzten drei Monaten schon mit jedem nur erdenklichen Schimpfwort bedacht, als dass es ihr noch irgendetwas ausmachen konnte. Obwohl es erst Mittag war, lallte Liarick bereits stark. Seitdem Tom ihn im Duell gedemütigt hatte, war die Flasche ein steter Begleiter von Liarick geworden. Dazu hatten sich nach und nach immer mehr seiner vermeintlichen Freunde von ihm abgewandt, als sie erkannten, dass er bei weitem nicht so mächtig war, wie er von sich selbst behauptete. Lefit und Shack waren die letzten seiner Anhänger, die ihm noch geblieben waren. Die beiden grobschlächtigen Hünen umrahmten ihn immer noch und folgten seinen Befehlen weiterhin wie dressierte Schoßhunde. Dass Lucy ihn nicht beachtete, als sie gemütlich über den Marktplatz schlenderte, schien ihn nur noch wütender zu machen.

„Hey, bleib stehen du Tochter einer Etta" das letzte Wort spie er nur noch aus. „Ich rede mit dir. Na warte, es wird dir noch leidtun, dass du einen Den Varian ignorierst."

Lucy ging unbeirrt weiter, ehe sie beim Stand eines alternden Glashändlers stehen bleib um eine kleine handverzierte Schüssel aus feinstem geschliffenem Kristallglas zu inspizieren. Ihr Blick schweifte eher zufällig über Liarick, der jetzt mit seinem Zauberstab wild fuchtelnd auf sie zeigte. Seine beiden Wachhunde versuchten ihn zu beruhigen, ihn dazu zu bringen den Stab wieder zu senken. Nur den Stab öffentlich als Drohmittel einzusetzen war streng verboten und kann mit einem Rausschmiss aus der Akademie bestraft werden, doch das schien Liarick in diesem Moment völlig egal zu sein.

„Ich bin ein Den Varian", brüllte er über den Platz. „Niemand ignoriert mich, niemand macht sich über mich lustig! Ich werde euch schon zeigen, wozu ich fähig bin." Lefit und Shack versuchten weiter auf ihn einzureden, jedoch ohne Erfolg. „Niemand sagt mir, was ich zu tun oder zu lassen habe", rief er ihnen entgegen. Im selben Moment schlug wütend er seinen Stab auf den Boden, woraufhin ein lauter Knall ertönte. Beide wurden von einer Schockwelle getroffen und flogen mehrere Meter durch die Luft, ehe sie unsanft auf dem Pflaster aufschlugen.

Schrille Schreie hallten jetzt über den Markt. Die Menschen suchten panisch Schutz, nachdem die Explosion von Liaricks Zaubers den Platz erschüttert hatte. Seit über sechzig Jahren ist in Elderan von niemandem mehr ein Angriffszauber gewirkt worden. Seit dieser Zeit steht auf das Wirken von solchen Zaubern die Todesstrafe. Der Glashändler hatte mittlerweile schon das Weite gesucht. Die meisten Leute rannten panisch davon, nur einige wenige Neugierige blieben in einigem Abstand von den Beiden stehen um das Schauspiel zu beobachteten.

Liarick verfiel in ein fast wahnhaftes Lachen, als er den Stab erneut hob und jetzt direkt auf Lucy richtete. Sie erstarrte vor Angst. Die Schale, die sie gerade eben noch begutachtet hatte, fiel ihr aus den Händen und zerbarst in tausende kleine Splitter, als sie auf dem Pflaster aufschlug. Sie wusste, dass das Anwenden von Magie strengstens verboten war, dass so etwas im Normalfall mit dem Tode bestraft wurde, doch ihr wurde klar, dass das Liarick nicht daran hindern würde, sie anzugreifen. Sie war vollkommen schutzlos.

„Na, mal sehen wie dir das gefällt", schrie er sie an, ehe er eine magische Formel rief, woraufhin ein gleißender Feuerball auf sie zu schoss. Der Stand des Glashändlers wurde durch die Wucht der Explosion wegfegt. Glas- und Holzsplitter sausten durch die Luft und verletzten die Schaulustigen, welche sich zu weit vorgewagt hatten. Nun brach endgültig Panik auf dem Platz aus. Alle liefen wild und angsterfüllt durcheinander. Nur wenige kümmerten sich um die Verletzten, die meisten versuchten sich, so schnell es ging selbst in Sicherheit zu bringen. Langsam öffnete Lucy ihre Augen wieder. Das Erste, was sie sah, als der Schein der Explosion nachließ, war Toms dunkle, dreckbraune Robe, die im Wind flatterte. Er hatte sich schützend vor sie gestellt, um den Feuerball abwehren zu können.

„Tom“, wisperte sie, als ihre zitternden Beine schließlich unter ihr nachgaben.

Tom war so schnell gerannt, wie er konnte, als er die Druckwelle vernommen hatte. Er war immer noch völlig außer Atem, sowohl von seinem Sprint, als auch von dem Zauber, den er gewirkt hatte, um den Feuerball abzuwehren. In der Kürze der Zeit, die ihm zur Verfügung gestanden war, um seinen Zauber zu wirken, hatte er sich etwas verschätzt und zu viel seiner eigenen Energie in ihn hineingelegt. Er wollte einfach auf Nummer sicher gehen, jetzt bereute er es fast schon. Als sich die Rauchwolken schließlich verzogen, sah er schwer atmend, aber entschlossen in Liaricks Augen. Dessen ungläubiger Blick verzog sich schnell in eine Fratze aus purem Hass, bis sein Gesicht beinahe etwas Dämonenartiges hatte. Wahnsinn blitzte in seinen Augen auf.

„DU!“, schrie er und spuckte auf den Boden. „Ich werde dich jetzt endlich dorthin schicken, wo du hingehörst.“ Er sprach erneut eine Formel um einen weiteren, noch größeren Feuerball zu beschwören, den er auf Tom schleuderte.

Tom blieb ruhig stehen. Dieses Mal hatte er genügend Zeit gehabt, um einen wirkungsvollen Gegenzauber zu sprechen. Die letzten drei Monate hatte er mit Meister Senorus gut trainiert, so dass es ihm mittlerweile nicht mehr allzu schwerfiel, einen guten Schutzzauber zu erzeugen. Mit einem kurzen Wink seines Stabes ließ er den Feuerball an einem Schutzschild abprallen und beförderte ihn dadurch hoch in die Luft, wo er ohne Schaden zu verursachen explodierte.

„Glaubst du etwa ich würde zulassen, dass ein Wurm wie du meinen Freunden schadet?“, entgegnete Tom in ruhigen aber bestimmten Ton. „Du konntest mich m Duell schon nicht besiegen und kannst es jetzt auch nicht.“ Nun richtete er selbst seinen Stab gegen Liarick. Er flüsterte eine Formel vor sich hin. Noch während er Lucys ängstliches, „nein Tom, tu das nicht“ hörte, löste sich eine faustgroße Kugel aus violettem Licht von der Spitze seines Stabes und flog direkt auf Liarick zu. Bei dem Aufprall entstand eine riesige Explosion. Eine dichte Staubwolke legte sich über den Platz Als sie sich langsam wieder verzog, war nur noch ein kleiner Krater im Boden zu sehen, von Liarick aber gab es keine Spur.

„Du kleiner Feigling“, rief Tom über den Markt. Liarick hatte sich längst verkrochen als die Stadtwachen sich aus allen Richtungen näherten. Tom legte seinen Stab beiseite und ließ sich ohne Widerstand festnehmen.

Kapitel 33 – Abschied

Marianne hatte Tränen in den Augen, als sie die Drei zum Abschied noch einmal in die Arme geschlossen hatte. „Passt gut auf euch auf“, hauchte sie ihnen zu.

„Es ist ein Jammer, dass du aus der Stadt verbannt wurdest, obwohl du nur diesem widerwärtigen Wurm eine kleine Lektion erteilen wolltest“, sagte Oleg an Tom gerichtet. „Weißt du schon, wo es jetzt für euch hingeht?“

„Nein“, antwortete Tom. „Meister Aren wollte uns heute Abend treffen und dann alles weitere mit uns besprechen. Ich wünschte nur, ich hätte mich besser beherrscht, dann müssten wir jetzt nicht alle von hier verschwinden.“

„Du hast nichts falsch gemacht“, erwiderte Oleg. „Hättest du es nicht getan, hätte ich das früher oder später übernommen. Ich frage mich, wo diese feige Ratte jetzt steckt. Auf alle Fälle werden wir ihn nichtmehr so schnell hier sehen. Dafür hast du unseren ewigen Dank, wobei ich mich immer noch frage, wie Meister Aren es geschafft hat, dass du für deinen Angriff auf Liarick nicht hingerichtet worden bist.“

„Laut meinem Vater musste Meister Aren viele Gefallen einfordern, die ihm die Reichen und Mächtigen noch schuldig waren.“, sagte Viana, die gerade den Weg entlangkam. „Es ist schon erstaunlich, wieviel Einfluss der alte Magier noch in der Stadt besitzt. Was den jämmerlichen Feigling betrifft, so ist er angeblich noch am selben Tag von seinem Vater heimlich aus der Stadt gebracht worden. Jetzt verkriecht sich dieses Muttersöhnchen irgendwo und hofft, dass er nie gefunden wird. Er sitzt bestimmt in irgendeinem abgelegenen Schloss am Arsch der Welt und heult rum, wie ungerecht doch die ganze Welt ist. Selbst sein Vater hätte ihn jetzt nicht mehr vor einer Verurteilung in einem Prozess beschützen können. Ohne ihn wird es mit Sicherheit angenehmer in dieser Stadt werden, aber du wirst uns fehlen Tom.“

„Das werdet ihr mir auch“, gab Tom zurück. „Ich hoffe, wir sehen uns irgendwann wieder.“

„Da bin ich mir sicher und wenn wir uns das nächste Mal sehen, dann bin ich eine ausgebildete Magierin“, antwortete Viana

„Davon bin ich überzeugt und eine äußerst Fähige noch dazu. Pass gut auf dich auf und hab ein Auge auf Oleg, damit er sich nicht eines Tages selbst in die Luft jagt“, antwortete Tom.

„Hey, das ist nicht fair“, gab Oleg zurück. „Du bist hier schließlich derjenige von uns, der sich beinahe selbst schon einmal in die Luft gejagt hätte und nicht ich. Wenn wir uns wiedersehen, werde ich der größte Magier in ganz Elderan sein, sofern ich mich nicht vorher in die Luft jage“, fügte er noch scherzhaft hinzu.

„Keine Angst, ich pass schon auf ihn auf“, antwortete Viana lachend, als sie Tom zum Abschied herzte.

Nelli nestelte ein weiteres Mal an einer von Lucys Satteltaschen herum. „Ich hoffe, ich habe alles eingepackt, was du für deine Reise gebrauchen kannst“, sagte sie aufgeregt, während sie den Inhalt noch einmal prüfte. „Nesselextrakt, Blauwurz, Gelbwurz, Feraunensamen, Rotkieferbeeren. Ferlenblätter? Wo sind die Ferlenblätter“, fragte sie beinahe schon hysterisch, während sie den Beutel durchwühlte.

„Keine Angst, mein Kind, sie hat alles dabei, was sie für die Reise benötigt. Was sie sonst noch braucht, dass findet sie unterwegs. Du hast sie schließlich gut vorbereitet Nelli und du hast weit mehr eingepackt, als ein normaler Mensch in einem ganzen Jahr überhaupt verbrauchen könnte“, beruhigte Merva sie mit einem Lächeln im Gesicht. „Du hast mir sogar ein paar meiner wertvollsten Bücher abgeluchst, damit sie auf ihrer Reise noch weiter lernen kann“, sagte sie vergnügt zu Nelli, die sich wieder etwas beruhigte, ehe sie sich an Lucy wandte. „Du hast einiges gelernt in der kurzen Zeit, doch wirst du noch viel mehr lernen müssen, wenn du das, was alles noch kommen mag, überstehen willst. Aber ich bin mir sicher, dass du dazu in der Lage bist. Denke daran, bleibe immer offen für neues Wissen und vertraue deiner eigenen inneren Stärke. Gib gut auf dich und deine Jungs acht, sie werden dich brauchen“, sagte sie, als sie Lucy kurz in die Arme schloss und fest an sich drückte. „Ich bin mir sicher, dass ich noch einiges von euch hören werde", mit diesem Worten verabschiedete sie sich von ihr, drehte sich um und ging wieder zurück in Richtung Akademie.

Jetzt war Nelli an der Reihe, Lucy zu umarmen. „Ich werde dich schrecklich vermissen. Aber du verblüffst mich immer wieder. Ich habe noch nie gesehen, wie Merva irgendwen umarmt hat", sagte Nelli in gespielt ehrfürchtigem Ton. „Vielleicht hast du es ja letztlich doch geschafft, ihr kaltes Herz wieder etwas zu erweichen."

„Nelli beeil dich jetzt, der Unterricht wartet nicht auf dich", rief Merva schroff zu ihnen herüber.

„Oder vielleicht auch nicht", lachte Nelli, während Tränen ihre Wange hinunterrannen.

„Ich werde dich auch vermissen, Nelli", erwiderte Lucy, die ihrerseits Tränen in den Augen hatte. „Pass gut auf die anderen auf und richte Fin liebe Grüße aus", dann lösten sie sich voneinander und Nelli folgte Merva zurück zur Akademie.

„Ich glaube, bald ist der Zeitpunkt gekommen, an dem das Schwert, sein Schicksal in deinen Händen erfüllen kann", sagte Fahir zu Ben, als er ihm kräftig die Hand schüttelte. „Ich bin mir sicher, du wirst ihm alle Ehre machen."

„Ich werde mein Bestes versuchen", gab Ben zurück.

„Davon bin ich überzeugt", erwiderte Fahir. „Mir werden die Trainingseinheiten und die Gespräche mit dir fehlen Ben. Ich wünsche dir alles Gute auf deiner Reise, wo auch immer sie dich hinführen mag und welche Entscheidungen du auf ihr auch zu treffen hast. Ich hoffe, wir sehen uns eines Tages wieder", dann lächelte er, wie eigentlich immer, legte seine Hand auf das Herz und neigte sein Haupt. Ben machte es ihm gleich.

„Du wirst mir auch fehlen, Fahir", gab Ben zu. „Ich hoffe auch, dass wir uns eines Tages wiedersehen. Vielleicht kannst du mir beim nächsten Mal ja deine Heimat zeigen, ich würde sie gerne einmal besuchen."

„Alles scheint möglich", antwortete Fahir. „Man weiß nie, wo uns das Schicksal einmal hinführen wird. Es wäre mir auf alle Fälle eine große Ehre, dir meine Heimat zu zeigen. Und jetzt lebt wohl, ich glaube, da will sich noch jemand anderes von dir verabschieden." Mit einem süffisanten Lächeln schlenderte Fahir davon.

Hilda stürmte sogleich auf Ben zu und küsste ihn noch ein letztes Mal leidenschaftlich. „Ich, ... ich weiß nicht, was ich ohne dich machen soll. Kann ich wirklich nicht mitkommen?", fragte sie aufgelöst.

„Es ist besser, wenn du hierbleibst", antwortete Ben niedergeschlagen. „Ich habe keine Ahnung, wo wir jetzt hingehen. Sobald ich mehr weiß, werde ich dir schreiben und ich verspreche dir, dass ich du zu mir kommen kannst, wenn es irgendwie möglich ist. Aber so wie ich Meister Aren verstanden habe, werden wir uns wohl vorerst eine Weile nicht mehr sehen können, aber ich komme irgendwann wieder." Er küsste sie noch einmal, ehe sie sich voneinander lösten.

„Das will ich dir auch raten", sagte Hilda zu ihm, als sie schluchzend in die Arme ihrer Mutter lief.

Nachdem sie sich von allen verabschiedet hatten, ritten die Drei, eskortiert von einem Dutzend Stadtwachen, langsam los in Richtung Stadttor.

„Genau so etwas habe ich befürchtet", sagte Bernim, während er einen Arm um seine Frau und die andere auf Hildas Kopf gelegt hatte. „Es musste ja irgendwann so kommen."

„Wieso muss Ben denn eigentlich auch weg?", wimmerte Hilda. „Er hat doch Garnichts getan."

„Das weiß wohl nur der verrückte alte Mann", grummelte Bernim vor sich hin.

Kapitel 34 – Die Reise beginnt

Die Sonne war bereits dabei unterzugehen, als die Drei den Gasthof erreichten, den Aren ihnen beschrieben hatte. Tom war froh, endlich wieder den Boden unter seinen Füßen zu spüren. Sein ganzer Körper schmerzte ihn, als er sich mühsam aus dem Sattel hob. Ben schien es ähnlich wie ihm zu ergehen, auch er lief erst einmal gekrümmt, als er von seinem Pferd gestiegen war. Nur Lucy schien das Reiten nichts ausgemacht zu haben. Sie übergab munter und fröhlich die Zügel an den Stallburschen, der sich auch der Pferde von Tom und Ben annahm, so dass sie sich zur Stube aufmachen konnten.

Bis auf einen Tisch, direkt neben dem Eingang, an dem bereits einige Männer fleißig dabei waren sich zu betrinken, war der Schankraum fast leer, so dass sie Aren sofort erkannten der an einem großen Tisch in einer der Ecken saß und gerade angeregt mit einem kleinen, stämmigen Mann redete. Tom war mittlerweile lange genug in dieser Welt, um zu erkennen, dass es sich bei diesem um einen Zwerg handelte. Nicht zuletzt deshalb, weil sich zwei kunstvoll geschmiedete Äxte in Griffweite an der Wand neben ihm gelehnt befanden. Die Drei gingen zu Aren an den Tisch, der sie sogleich herzlich begrüßte. „Ah, schön, dass ihr endlich da seid“, sagte er, als er einen nach dem anderen umarmte. „Darf ich euch vorstellen. Das ist Gerrick, Gerrick Garolfson, ein guter, alter Freund meinerseits.“

Der Zwerg stand nun seinerseits auf und streckte Tom seine Hand zur Begrüßung entgegen. „Ihr seid also die, von denen Aren mir schon so viel erzählt hat. Lucy, Tom und Ben, wenn ich mich recht erinnere?“

„Ja“, erwiderte Tom durch seine gepressten Lippen, als er Gerrick seine Hand entgegenstreckte und dieser daraufhin so fest zudrückte, dass er befürchtete der Zwerg würde ihm jeden einzelnen Knochen brechen. „Die sind wir, ich bin Tom, freut mich“, fügte Tom schließlich erleichtert hinzu, als dieser wieder losließ.

„Die Freude ist ganz meinerseits", antwortete Gerrick, als er auch Lucy die Hand reichte und ihr einen Handkuss gab, was Lucy dazu brachte, leicht zu erröten. „Ah einen festen, starken Händedruck hast du, mein Junge", sagte Gerrick breit grinsend, als er Bens Hand schüttelte. „Etwas, das nur die wenigsten von euch, oftmals allzu verweichlichten, Menschen beherrschen."

„Wenn alles so verläuft, wie ich mir das vorgestellt habe, wird Gerrick eine Weile mit euch reisen", sagte Aren, „aber dazu später mehr. Setzt euch erst einmal, ruht euch aus, bestellt euch etwas zu trinken und zu essen. Wie ich sehe hat die lange Reise auf einem Pferd dem ein oder anderen von euch doch etwas mehr zugesetzt.", dabei grinste er verschmitzt zu Ben und Tom hinüber.

„Da hast du allerdings recht", murrte Tom. „Mir tut alles weh. Ich hätte nicht gedacht, dass Reiten so anstrengend sein kann."

„Keine Angst, ihr werdet euch schnell daran gewöhnen", entgegnete Aren. „Das ist auch gut so, denn ihr werdet vermutlich noch eine ganze Zeit lang mit euren Pferden unterwegs sein. Vielleicht hat Gerrick ja auch ein paar Tipps für euch auf Lager. Anders als die meisten seines Stammes ist er nämlich ein äußerst fähiger Reiter." Dann winkte er den Wirt zu sich an den Tisch, damit die Drei sich einen Met und etwas zu essen bestellen konnten. Gerrick orderte für sich auch gleich einen neuen Krug.

In diesem Moment ging die Türe zum Schankraum erneut auf und drei Gestalten, in lange Umhänge gehüllt, betraten die Stube. Dass die Letzte von ihnen eine Frau war entging wohl auch den angetrunkenen Männern am anderen Tisch nicht.

„Hallo schönes Ding", lallte einer der Männer am Tisch der Frau zu, während er mit seiner Hand an ihren Hintern fassen wollte. „Zeig mir doch mal, was du alles Schönes unter deinem Mantel vers.... Ahhh!" Weiter kam er nicht. Noch bevor er auch nur in die Nähe kam, hatte sie bereits seinen Arm gepackt und ihn so verdreht, dass der Mann nur noch so vor Schmerzen schrie. In derselben Bewegung hatte sie eines ihrer Messer gezogen, dass sie ihm nun an den Hals presste. „Solltest du auch nur an mich denken, schneide ich dir sämtliche Finger einem nach dem anderen ab, und füttere dich damit, ehe ich dich genüsslich ausweide", flüsterte sie ihm bedrohlich, aber so laut, dass es für alle anderen Anwesenden gut verständlich war, in sein Ohr. Der Mann wimmerte und nickte unter Schmerzen. Die Frau ließ ihn daraufhin wieder los, dann gingen die Drei unbeirrt weiter. Nachdem sich der erste Schreck bei den Männern gelegt hatte, verfielen sie in schallendes Gelächter, während der Mann sich seinen schmerzenden Arm rieb und purpurrot anlief. Die Drei kamen jetzt direkt auf ihren Tisch zu. Als sie kurz vor ihrem Tisch angelangt waren, zog der Vorderste seine Kapuze nach hinten und gab damit sein rundes, freundliches Gesicht preis.

„Fiadorgas mein alter Freund", sagte Aren freudestrahlend, während er aufstand um ihn herzlich zu umarmen. „Ich freue mich, dass ihr es rechtzeitig geschafft habt. Es ist viel zu lange her, dass wir uns das letzte Mal gesehen haben."

„Freut mich auch, dich wieder zu sehen", erwiderte der Mann Arens Begrüßung. „Es ist wahrlich schon eine Zeit her, seit unserem letzten Treffen. Es muss beim Salahfest in Fesheim gewesen sein oder?"

„Ja, allerdings", entgegnete Aren. „Wahrlich ein rauschendes Fest war das damals. Es wird mit Sicherheit vielen noch lange in Erinnerung bleiben. Borogar, auch schön, dich zu sehen", wandte er sich nun an den zweiten Neuankömmling.

„Freut mich ebenso, Meister Aren", antwortete dieser und nickte knapp.

„Und ihr müsst die bezaubernde Aeria sein", begrüßte Aren jetzt die Frau. „Es ist mir eine außerordentliche Ehre endlich eure Bekanntschaft machen zu dürfen. Ich habe schon vieles von euch gehört."

„Darf ich euch vorstellen, das sind Lucy, Tom und Ben. Die von denen ich dir erzählt habe, alter Freund", stellte Aren alle einander vor.

„Angenehm", entgegnete Fiadorgas ihnen. „Ich freuen mich schon auf die Gespräche mit euch. Ich bin schon äußerst gespannt auf eure Geschichten. Ich glaube ja, sie verdienen es, festgehalten zu werden. Ich würde mich sehr freuen, wenn ich die Ehre besitzen dürfte, diese eines Tages niederzuschreiben, aber darüber können wir bestimmt später noch ausgiebig sprechen. Und wenn das mal nicht der alte Gerrick ist", wandte sich Fiadorgas nun an den Zwerg. „Welch angenehme Überraschung, dich hier zu sehen."

„Schon eine Weile her, alter Märchenerzähler", erwiderte Gerrick mit einem süffisanten Unterton.

„Geschichten, nicht Märchen", verbesserte Fiadorgas Gerrick mit einem Zwinkern.

„Kommt, setzt euch", sagte Aren. „Wir haben eine Menge zu bereden, doch vorher. Wirt!", rief er woraufhin der Mann herbeieilte und auch gleich den Met mitbrachte, den sie vorhin bestellt hatten. Dann nahm er die Bestellung der drei Neuankömmlinge auf und verschwand wieder in der Küche.

„Ich habe euch alle hier versammelt", sprach Aren in die Runde, nachdem er einen tiefen Schluck Met zu sich genommen hatte, „da ich etwas außerordentlich Wichtiges mit euch zu bereden habe. Es gibt etwas, das unbedingt getan werden muss, etwas, das unbedingt von euch allen hier gemeinsam getan werden muss. Jeder einzelne, der hier an diesem Tisch sitzt wird dafür gebraucht." Er legte eine kurze Pause ein, um einen neuerlichen Schluck Met zu sich zu nehmen.

„Nun spann uns schon nicht länger auf die Folter. Sag endlich, was du von uns willst", polterte Gerrick, während auch er zu einem tiefen Schluck aus seinem Krug ansetzte.

„Also gut, dann komme ich gleich auf den Punkt", erwiderte Aren. „Ihr müsst die Pforten von Duurack wieder öffnen, denn es ist unabdingbar, dass wir etwas aus der Stadt bergen."

Gerrick verschluckte sich daraufhin an seinem Met. „Wie mir scheint, stimmen die Gerüchte über dich doch und du bist tatsächlich verrückt geworden", hustete Gerrick. „Jeder weiß, dass es unmöglich ist, die Pforten unserer alten Heimatstadt wieder zu öffnen. Alle, die sich bisher daran versucht haben, sind entweder gestorben oder wahnsinnig geworden. Vielleicht hast du es ja bereits versucht und der Wahnsinn frisst sich jetzt ganz allmählich durch dein Hirn."

„Diejenigen, die es bisher versucht haben", entgegnete Aren ruhig, „hatten auch nicht das, was ihr haben werdet, wenn ihr vor den

Toren von Duurack steht. Zum einen werdet ihr mit Wissen ausgestattet sein, mit dem kein anderer vor euch jemals ausgestattet war. Zum anderen hatten die anderen dich nicht, mein lieber Freund Gerrick."

„Mich?", erwiderte Gerrick verdutzt. „Was habe ich denn damit zu tun?"

„Du bist nun mal ein direkter Nachfahre der ersten Zwergenkönige", antwortete Aren. „Durch deine Adern fließt nach wie vor ihr Blut."

„Und was genau soll uns das bringen?", fragte Gerrick gereizt. „Soll ich einfach ans Tor klopfen und bitten, dass es sich für mich öffnet? Viele meiner Vorfahren haben es bereits vergeblich versucht und allesamt mit ihrem Leben dafür bezahlt."

„Ohne dich wird sich das Tor auf jeden Fall nicht öffnen lassen", entgegnete Aren. „Du wirst für das, was kommt unverzichtbar sein."

„Von welchem Wissen habt ihr gesprochen?", wollte Fiadorgas wissen. „Selbst mir ist kein Weg bekannt, die Runenzauber, die die Pforte schützen, zu brechen. Bislang weiß noch nicht einmal jemand, welche Runen genau die Tore schützen, geschweige denn, welche Art von Ritual in der Lage wäre, diese äußerst mächtigen Runen zu brechen, falls es überhaupt ein derartiges Ritual geben sollte."

„Bis jetzt", antwortete Aren. „Ich konnte endlich in Erfahrung bringen, welche Runen das Tor schützen und nun liegt es an euch, herauszufinden, wie genau diese gebrochen werden können. Dann können die Tore wieder geöffnet werden."

„Tatsächlich? Wie genau hast du denn herausgefunden, welche Runen es zu brechen gilt?", wollte Fiadorgas neugierig wissen.

„Genaugenommen war nicht ich es, sondern Tom", antwortete Aren, woraufhin kurzes Schweigen herrschte und alle ihn ansahen.

„Ich?", fragte Tom verdutzt. „Wie könnte ich denn...?"

„Erinnerst du dich an den ersten Abend im kochenden Eber und an deine Vision, die du während der Sangeskünste von Gerolt hattest?", wollte Aren wissen.

„Ich, ja", antwortete Tom, „aber was hat das denn damit zu tun?", fragte er.

„Wie mir scheint wurde Tom damals ein kurzer Einblick in eine mögliche Zukunft gewährt. Er hat gesehen, wie sich die Tore von Duurack geöffnet haben und er hat auch gesehen, welche Runen das Tor schützten. Dank seiner Beschreibung konnte ich Nachforschungen anstellen und herausfinden, welche Runen das sind. Jetzt liegt es an euch, herauszufinden, wie das Siegel nach all den Jahren endlich gebrochen werden kann."

„Das ist erstaunlich", erwiderte Fiadorgas. „Aber wo genau meinst du, können wir die Antwort darauf finden?", wollte Fiadorgas nun wissen. „Wenn sie in einem Buch zu finden wäre, hättest du mich doch sicherlich schon um Rat gefragt."

„Die richtige Frage lautet nicht wo, sondern viel eher, von wem ihr die Antwort in Erfahrung bringen könnt", gab Aren grinsend zurück. „Ihr müsst zu Helas, der Mutterdruidin im hohen Norden. Sie und ihre Druidenschwestern bewahren das Wissen über die Runenmagie, die alten Rituale und Zauber bereits seit unzähligen Generationen. Sie wird alles, was nötig ist wissen, damit das Tor wieder geöffnet werden kann."

„Helas?", rief Fiadorgas erschrocken auf. „Nun befürchte auch ich, dass dein Verstand über die Jahre vielleicht mehr gelitten hat, als ich gehofft hatte. Das letzte Mal, als ich mit der wunderbaren Helas zu tun hatte, bin ich gerade so mit meinem Leben davongekommen, und da wollte ich nur von ihr wissen, wie sie ihren leckeren Tee zubereitet hat. Ich kann mir nicht vorstellen, dass sie das geheime Wissen der Druiden einfach so mit ein paar mehr oder weniger Wildfremden teilt. Du bist wahrlich verrückt, wenn du das glaubst."

„Vertraut mir", entgegnete Aren ruhig. „Sie wird euch helfen, ob du es im Moment glauben willst oder nicht, allerdings fürchte ich, dass die Zeit allmählich knapp wird. Ihr solltet so bald wie möglich aufbrechen, wenn ihr Erfolg haben wollt. Ich kann euch leider nicht sagen wieso. Nur, dass es so ist."

„Wieder mal eine deiner vagen Ahnungen einer Zukunft?", fragte Fiadorgas belustigt.

„Ja, und du weist selbst, wie oft ich damit richtig gelegen habe", antwortete Aren.

„Warum müssen wir überhaupt in diese Stadt?", wollte Lucy wissen. „Was sollen wir denn dort finden?"

„Ah, eine gute Frage", antwortete Aren. Daraufhin hob er seine Hand über den Tisch und drehte seine Handfläche nach oben. Es erschien eine daumengroße Kugel, die im Inneren orangerot leuchtete.

„Ist das", wollte Fiadorgas wissen. „Ist das das Herz des Phönix?"

„Ja, das ist es, in der Tat", antwortete Aren.

„Also habt ihr tatsächlich vor, ihn wieder zusammen zu setzen?", fragte Fiadorgas.

„Ja, das habe ich und das werde ich", erwiderte Aren.

„Bist du dir sicher, dass du das tun willst?", wollte Fiadorgas wissen. „Du bist dir doch der Gefahren bewusst. Warum willst du diese auf dich nehmen, warum willst du die gesamte Welt damit gefährden?"

„Ich bin mir all dem bewusst", antwortete Aren, „doch es bleibt uns keine andere Wahl. Ich weiß, dass du es auch spürst mein alter Freund. Etwas kommt auf uns zu. Etwas Schreckliches, etwas Gewaltiges. Ich befürchte, ohne das Artefakt haben wir keine Möglichkeit, es aufzuhalten. Unsere Welt wird ohne den Stab dem Untergang geweiht sein."

„Ja, du hast recht, ich spüre es auch", antwortete Fiadorgas. „Allerdings hätte ich nicht gedacht, dass es derart machtvoll sein wird, dass wir nur diese eine Wahl haben. Du bist dir wirklich absolut sicher dabei?"

„Ja, dass bin ich", erwiderte Aren überzeugt.

„Wenn das so ist", sagte Fiadorgas.

„Von was redet ihr Zwei da denn eigentlich?", wollte Lucy wissen. Könnt ihr euch einmal so ausdrücken, dass auch wir etwas davon verstehen? Was ist dieses Herz des Phönix, von welchem Artefakt redet ihr da und was verdammt soll da bitte auf uns zukommen?"

„Das Herz des Phönix", begann Gerrick. „Wir Zwerge wurden vor vielen Generationen als Wächter dieses Artefakts ausgewählt. Es war die wichtigste Aufgabe eines Herrschers, das Herz sicher zu verwahren. Es ist einer von vier Teilen eines ungeheuer mächtigen Artefakts, dem Stab der Titanen. Das Artefakt, welches einst eigens dazu geschaffen worden war, um die Trennung der Welten zu vollziehen. Da es allerdings über solch ungeheurere Kräfte verfügte, die wohl niemand auf Dauer beherrschen konnte, wurde es, nachdem es seinen Zweck vollbracht hatte, wieder in seine vier Einzelteile gespalten, die dann auf der ganzen Welt versteckt wurden. Einer davon wurde uns Zwergen anvertraut. Nach dem Fall der Stadt muss das Herz immer noch irgendwo in Duurack liegen, da die Geflohenen es nicht bei sich hatten."

„Und wo sind die anderen Teile versteckt?", wollte Aeria wissen.

„Dazu habe ich einige Vermutungen, die ich noch näher prüfen muss", antwortete Aren. „Wobei ich glaube, dass Fiadorgas bereits mehr über den Aufenthaltsort des Auges des Sturmatronarchen weiß, als ich."

„Zumindest vermute ich schon seit längerer Zeit, dass das Auge zu seiner Zeit einem Volk weit im Süden anvertraut wurde, um von ihnen gehütet zu werden", erwiderte Fiadorgas. „Ich bin ja so aufgeregt. Das könnte das größte Abenteuer meines Lebens werden und ich habe schon so einige Abenteuer erlebt. Jetzt weiß ich auch, warum das Buch aus Arantiga nach mir gerufen hat."

„Willst du mir jetzt endlich sagen, was es mit diesem Buch auf sich hat?", wollte Aeria wissen.

„In dem Buch wird unter anderem ein Ritual beschrieben, das mächtig genug ist, um das Artefakt wieder zusammenzusetzen", antwortete Fiadorgas. „Das kann wahrlich kein Zufall sein. Das Schicksal hat uns hier zusammengeführt, da besteht absolut kein Zweifel."

„Und du bist in der Lage, dieses Ritual auch durchzuführen?", wollte Aeria wissen.

„Ich kann dabei unterstützend mitwirken, jedoch wird jemand anderes es durchführen müssen, dafür reicht meine Kraft bei weitem nicht mehr aus", sagte Fiadorgas, während sein Blick sich auf Tom heftete.

„Ihr meint doch nicht etwa, dass ich das Ritual durchführen soll?", entgegnete Tom. „Ich, ich habe doch keine Ahnung von so etwas. Ich kann gerade einmal ein paar einfache Zauber wirken und das noch nicht einmal besonders gut. Was ist mit dir, Meister Aren, kannst du oder einer der Meister an der Akademie das nicht übernehmen?"

„Ich bin zu alt und zu schwach geworden für solch eine Magie und ich befürchte, dass kein Meister an der Akademie solch einem Akt zustimmen würde", antwortete Aren. „Natürlich bist du noch lange nicht so weit, aber dir bleibt noch Zeit, um weiter zu lernen und in dir schlummert genug arkane Macht, damit du dieses Ritual irgendwann einmal meistern kannst. Aber das alles sind im Moment nichts weiter als Spekulationen über eine mögliche Zukunft. Wer weiß, was am Ende alles dabei herauskommt. Wichtig ist nur, dass wir die Artefakte finden und den Stab wiederherstellen müssen, sonst droht unserer Welt das gleiche Schicksal, wie eurer Heimatwelt. Sie werden irgendwann über unsere Welt kommen, wie sie das bereits bei eurer gemacht haben, dass ist das Einzige, was feststeht. Auch wenn uns noch Zeit bleibt, uns vorzubereiten, so sollten wir dennoch keine Zeit mehr verlieren. Ich weiß, dass ich eine Menge von euch allen verlange. Es wird eine lange und äußerst gefährliche Reise werden, auf die ich euch schicken will. Eine, bei der auch nur der kleinste Fehler zu eurem Tod führen könnte. Eine Reise, die wohl der Grund ist, warum ich euch letztlich gerettet habe."

„Dieser Stab hilft uns also dabei, diejenigen zu besiegen, die unsere Heimat zerstört haben?", fragte Ben.

„Er besitzt zumindest die Macht dazu, ja", antwortete Aren, „aber ich kann nichts versprechen. Auf eurem Weg dorthin werdet ihr allerdings viele Schlachten zu schlagen haben."

„Schlachten klingen gut", gab Gerrick zurück.

„Und was genau soll meine Rolle bei dieser ganzen Sache sein?", wollte Lucy wissen. „Ich kann weder Kämpfen, noch Zaubern, bin nicht besonders stark und meine Ausbildung zur Heilerin dauerte ja nun wirklich nur äußerst kurz. Ich glaube nicht, dass ich hier irgendwie nützlich sein kann."

„Du unterschätzt deine Fähigkeiten, junge Lady", entgegnete Fiadorgas ihr. „In dir steckt weit mehr, als du dir auch nur vorstellen kannst. Du musst etwas mehr Vertrauen in dich haben. Jeder einzelne von uns hier wird gebraucht, jeder ist wichtig für das, was kommt, daran besteht auch für mich kein Zweifel. Man wächst immer mit seinen

Aufgaben, das wird auch bei dir so sein. Nur wenn man etwas ausprobiert, kann man wirklich wissen, ob etwas zu groß für einen ist oder nicht. Wenn du dir Sorgen darum machst, dass deine Ausbildung noch nicht abgeschlossen ist, so kann ich dir mit Sicherheit noch das ein oder andere beibringen. Ich selbst bin durchaus ein wenig versiert in der Kunst des Heilens. Ich bin ja schon so aufgeregt, was uns alles erwartet."

„Also gut, von meiner Seite wäre das alles gewesen", sagte Aren. „Die Frage ist nun, ob ihr dabei seid oder nicht."

„Ich könnte mir absolut nichts Spannenderes vorstellen, als noch ein letztes, großes Abenteuer zu bestreiten", antwortete Fiadorgas fröhlich.

„Wo Fiadorgas hingeht, da gehe auch ich hin", führte Borogar an.

„Wenn es tatsächlich eine reelle Chance geben sollte, die Pforten von Duurack wieder zu öffnen, dann ist es meine Pflicht, diese zu ergreifen", gab Gerrick zurück.

„Ich habe ohnehin keinen Platz, an den ich zurückkehren könnte", sagte Aeria. „Außerdem soll in der alten Zwergenstadt ja Unmengen an Gold und Edelsteinen herumliegen. Ich bin dabei."

„Und was ist mit euch Dreien?", fragte Fiadorgas freundlich lächelnd Tom, Ben und Lucy. „Habt ihr nicht auch Lust, eines der größten Abenteuer unserer Zeit mitzuerleben, eines, über das vermutlich noch in tausend Jahren Lieder gesungen werden? Ich persönlich würde mich sehr freuen, wenn ihr mit uns ziehen würdet. Ich bin mir sicher, dass es für uns alle sehr Lehrreich wird."

Tom schaute Ben und Lucy an. Sollte er ein gefährliches Abenteuer in einer ihnen immer noch fremden Welt wagen, das vermutlich mit seinem Tod enden würde? Auf der anderen Seite, könnten sie so vielleicht einen Beitrag dazu leisten, dass die Monster, die seine Heimat vernichtet hatten, besiegt werden können. Außerdem, was hatte er denn schon zu verlieren. Was wartete denn sonst auf ihn? Irgendwo ein bescheidenes Leben auf einem einsamen Hof leben? Wieder von vorne anfangen, nur dass ihm das erneut alles irgendwann weggenommen wird? Tom hatte seinen Entschluss gefasst. Er nickte schließlich den beiden zu, die auch ihrerseits zögerlich nickten.

„Ja, wir sind dabei“, antwortete Tom.

„Wunderbar“, entgegnete Fiadorgas begeistert. „Wir sollten dann gleich morgen früh noch Norden aufbrechen. Das wird einfach der Wahnsinn, ich bin ja schon so gespannt, wo uns diese Reise noch überall hinführen wird.“

Tobias Melder

Wurde 1986 in Memmingen geboren und lebt seit seinem ersten Lebensjahr im Ostallgäu. Nach dem Abitur und einem abgebrochenen BWL Studium und einer damit einhergehenden Depression, begann er mehr und mehr, sich mit sich selbst und seiner Spiritualität auseinander zu setzen. Seitdem hat sich sein Leben grundlegend gewandelt. Er ist heute ausgebildeter Heilerziehungspfleger und betreut Menschen mit Behinderung auf ihrem Lebensweg. Seit Mai 2019 ist er auf Poetry Slam Bühnen in Deutschland und Österreich unterwegs. Im November 2019 brachte er sein erstes Buch, den Gedichtband das Selbst, der Zweifel und die Entscheidung im Eigenverlag heraus.

www.Tobias-Melder.de

Weitere Bücher von mir:

Das Selbst, der Zweifel und die Entscheidung:

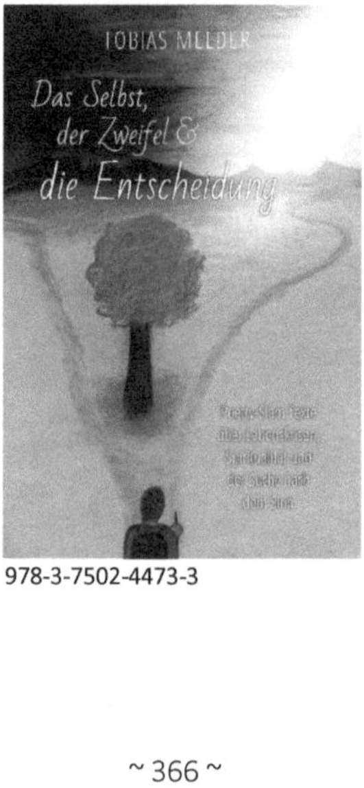

978-3-7502-4473-3

ISBN 978-3-7531-6908-8
9 783753 169088 00001
www.epubli.de